*Der Traum des Baders*

Beverly Swerling

# *Der Traum des Baders*

Roman

Aus dem Amerikanischen von
Ursula Wulfekamp

WILHELM HEYNE VERLAG
MÜNCHEN

Die Originalausgabe erscheint unter dem Titel
*City of Dreams: A Novel of Early Manhattan*
bei Simon & Schuster, New York


Satz: Franzis print & media GmbH, München
Druck und Bindung: Clausen & Bosse, Leck
Printed in Germany

ISBN 3-453-19618-X

Für Michael, unseren ewig geliebten Jungen
*Hasta la proxima entonces, mi niño*

# Erstes Buch

## *Der kleine Musquash-Pfad*

*Juni 1661 bis Oktober 1664*

*Manhattan – »die Insel der hohen Hügel« in der Sprache der Algonquin. Vor der Ankunft der Weißen verbrachte das Volk der Canarsie hier den Sommer, um im Winter nach Metoaca, der »langen Insel«, zurückzukehren. Der Hauptort der Canarsie auf Manhattan hieß Werpoes und lag am schmalen Südzipfel der Insel, und dorthin kamen die Angehörigen vieler Clans, um die kunstvollen Wampums der Canarsie einzutauschen, jene mit aufwändigen Schnitzereien verzierten Muscheln, die überall begehrt waren.*

*Unweit von Werpoes befand sich der Ort, an dem die Frauen die Zeit ihrer Monatsblutung verbrachten und den sie auch aufsuchten, um Kinder zu gebären. Dort standen die Frauen unter dem Schutz der Blutgeister, die sie vor den Augen der Männer verbargen, denn diese wurden zornig, wenn sie dem Anblick einer unreinen Frau ausgesetzt waren. Dann verloren sie ihre männliche Kraft und ihre Fähigkeit, zu jagen und zu fischen und ihre Feinde zu töten.*

*Um von Werpoes zu diesem heiligen Ort zu gelangen, wanderten die Frauen über den Pfad, den sie den kleinen Musquash nannten.*

# Kapitel 1

## I

Elf Wochen auf einem Schiff von siebenunddreißig Fuß Länge und sieben Fuß Breite, darauf eine neunköpfige Besatzung sowie zwanzig Passagiere. Das Schlingern, Wogen und Branden des Atlantiks, Tag und Nacht das Ächzen der Segel, die sich über ihren Köpfen breiteten wie die Schwingen eines gierigen Raubvogels. Eines Raubvogels, der auf den Tod lauerte.

Die Latrineneimer auf dem offenen Deck waren hinter einem fadenscheinigen Kattunvorhang verborgen, den der Wind ständig beiseite blies. Für Sally Turner waren die Latrineneimer das Schlimmste.

Sie war dreiundzwanzig Jahre alt, klein, hatte dunkles Haar und strahlende, dunkle Augen in einem schmalen, etwas verhärmten Gesicht. Vor dem Schiff war ihr Zuhause ein Elendsquartier in Rotterdam gewesen, und davor ein von Ratten verseuchter Schober in Kent. Seit der Abfahrt enthielten ihre Gedärme praktisch nur noch Wasser. Sieben oder acht Mal jeden Tag suchte Sally die Latrineneimer auf. Fast immer wehte der schäbige Vorhang beiseite, und dann sah sie die hungrigen Blicke der grauhaarigen Matrosen, die bloß darauf warteten, dass sie die Röcke hob. Als hätte sie derlei in Kent nicht genügend erlebt.

Ihrem Bruder machte die Seekrankheit mehr zu schaffen.

Von Natur aus war Lucas Turner ein kräftiger Mann, seiner Schwester sehr ähnlich bis auf die dunklere Haut und die Klugheit, die ihm aus den Augen blitzte. Eigentlich konnte man ihn als gut aussehend bezeichnen. Auf der Überfahrt war er zu einem Schatten seiner selbst geworden. Seit dem Einschiffen hatte er Tag und Nacht an der Reling des knarzenden Schiffes gehangen und sich die Seele aus dem Leib gespien.

Die Fahrt ging über alle Vorstellungen, über die Grenzen des Erträglichen hinaus. Nur blieb ihnen gar keine andere Wahl, als das alles zu ertragen. Einen kleinen Trost hatte es gegeben: Als die *Princess* an jenem Apriltag in Rotterdam abgelegt hatte, war das Wetter außergewöhnlich warm gewesen. Auf ihrem Kurs nach Westen hatte ein verfrühter Sommer sie eingeholt. Allerdings war keine drei Wochen später durch die Hitze ein Großteil der Essensvorräte vernichtet. Ständige Übelkeit verschonte sie vor nagendem Hungergefühl.

Die Überfahrt war länger, elender und gefährlicher als alles, was sie sich ausgemalt oder womit sie gerechnet hatten. Und wenn sie ihr Ziel endlich erreicht hatten … Was erwartete sie dann? Im Winter bittere Kälte, im Sommer brütende Hitze. So lauteten zumindest alle Berichte, die sie gehört hatten. »Und Wilde«, sagte Sally Turner am ersten Junimorgen, neun Wochen nach Beginn der Reise, als sie mit ihrem Bruder am Schiffsbug stand. Hier machte sich die Dünung zwar stärker bemerkbar, aber Lucas meinte, noch übler könne ihm gar nicht werden. Und hier konnten sie zumindest etwas für sich sein. »In Amerika gibt es Rote, Lucas. Mit bemalten Gesichtern, mit Federn und Beilen. In Gottes Namen, worauf haben wir uns bloß eingelassen?«

Lucas gab keine Antwort. Es war ihre gemeinsame Entscheidung gewesen, das Wagnis auf sich zu nehmen. Außerdem konnte er gar nicht antworten; er musste sich wieder über die Reling beugen, musste wieder speien. Sein Magen enthielt zwar nichts mehr, was er hätte erbrechen können, nicht einmal Galle, aber trotzdem würgte es ihn immer wieder, unerbittlich.

So lange Sally zurückdenken konnte, hatte sie das Wenige, das sie an Sicherheit überhaupt kannte, Lucas zu verdanken. Bei jedem Verkrampfen seiner gequälten Gestalt war ihr, als würde sich ihr selbst der Magen heben. Sie bückte sich, hielt sich am Schott fest, um nicht das Gleichgewicht zu verlieren, und wühlte in ihrem Korb. Nach einer Weile richtete sie sich wieder auf und entkorkte eine kleine Zinnphiole. »Kamillenpulver, Lucas. Komm, ich geb dir was auf die Zunge.«

»Nein. Das ist dein letzter Rest. Ich will es nicht.«

»Ich hab noch mehr. Bei unseren Sachen unten.«

»Sal, du lügst. Ich seh's dir doch …« Ein erneuter Würgekrampf ließ ihn abbrechen.

Seine Schwester beugte sich zu ihm, in der Hand die Medizin, die ihm Erleichterung verhieß. Sehnsüchtig beäugte Lucas die Phiole. »Hast du wirklich noch mehr davon?«

»In der Truhe im Laderaum. Ich schwöre es dir.«

Lucas öffnete den Mund, und Sally streute ihm den letzten Rest des Pulvers auf die Zunge. Für eine Viertelstunde würde er vom Gefühl der Übelkeit befreit sein.

Unter Deck, in der soliden Truhe, die all ihre sorgsam in Ölzeug eingeschlagenen Habseligkeiten enthielt, hatte sie tatsächlich noch mehr Kamille, allerdings nur als Samen. Diese Samen warteten wie Lucas und Sally Turner darauf, in Nieuw Amsterdam ausgesät zu werden, um in der jungfräulichen Erde der Insel Manhattan zu blühen, zu wachsen und zu gedeihen. Ein neuer Anfang in einer neuen Welt.

Es gab zwar eine Art hölzernen Landungssteg, doch dort lagen bereits zwei Schiffe. Die *Princess* ging gut hundertfünfzig Fuß vor der Küste vor Anker, und die Passagiere wurden mit einem Floß an Land gebracht. Es war nicht groß genug, um alle neunundzwanzig Menschen auf einmal aufzunehmen. Lucas und Sally gehörten zur dritten Fuhre.

Verzweifelt klammerten sie sich aneinander, damit sie nicht über Bord gespült würden, und hörten ungläubig zu, wie einer der Flößer über das ruhige Wasser des tiefen Hafens sprach. »An dieser Küste gibt's nur wenig Stellen, wo man Leute mit 'nem Floß an Land bringen kann. Aber hier ... Bei Flut ist die Bucht ruhig wie'n See.« Unterdessen gerieten sie bei jeder Welle ins Schlingern – oder so kam es Sally und Lucas zumindest vor –, und sie konnten kaum den Kopf heben, um zu schauen, wo sie nach elf Wochen Höllenfahrt gelandet waren.

Endlich. Boden unter den Füßen. Wenn sie sich auch kaum aufrecht darauf halten konnten. Die beiden wussten, dass das Gefühl, noch immer auf den schwankenden Schiffsplanken zu stehen, bald vergehen würde. Vor drei Jahren hatten sie es das erste Mal erlebt, nach der weitaus kürzeren Überfahrt von England in die Niederlande. »Das dauert nicht lange, Sal«, sagte Lucas tröstend. »Bald wird's besser.«

Sally betrachtete, was sich ihr von der Stadt darbot. Eine zerfallende Schanze, die eine Ecke des Forts Amsterdam bildete. Eine Mühle, deren Flügel sich nicht drehten, weil absolute Windstille herrschte. Ein Galgen, von dem eine geteerte, von Fliegen umsummte Leiche baumelte. Und darüber nichts als die Sonne, die auf sie herabbrannte. Erbarmungslos. »Lucas«, flüsterte Sally. »Guter Gott, Lucas.« Er legte ihr eine Hand auf den Arm.

»He, Ihr da«, rief ein Mann. »Mijnheer Turner. Kommt her, sobald Ihr Eure Beine wieder im Lot habt.«

»Da unter dem Baum ist ein bisschen Schatten«, sagte Lucas leise. »Dort kannst du warten. Ich erledige alles.«

Rohe Planken auf zwei einfachen Holzböcken bildeten einen behelfsmäßigen Tisch, hinter dem der Sekretär thronte und Namen von einer Liste abhakte. Lucas wankte auf ihn zu. Der Mann hob nicht einmal die Augen. »Turner?«

»Jawohl. Lucas Turner. Und Sally Turner.«

»Engländer?«

Sein Akzent verriet ihn unweigerlich. »Ja, aber wir sind auf Fürsprache von ...«

»*Patroon* Van Renselaar. Ich weiß. Euch ist Parzelle Nummer neunundzwanzig zugewiesen. Die liegt genau im Norden. Folgt hinter dem Fort dem Brede Wegh bis zur Wall Street. Auf der habt Ihr nach rund zehn Minuten Fußmarsch die Stadt durchquert, dann geht durchs zweite Tor in der Mauer hinaus. Gleich dahinter beginnt der Pfad. Ihr werdet das Grundstück erkennen, sobald Ihr es erreicht. Rechter Hand stehen drei Kiefern, eine hinter der anderen, alle weiß markiert.«

Lucas beugte sich vor, um in die vor dem Niederländer liegenden Papiere zu sehen. »Ist das eine Karte von unserer Parzelle?«

»Das ist eine Karte mit dem ganzen Land, das Van Renselaar gehört. Eure Parzelle ist mit drauf.«

Lucas streckte die Hand nach dem Dokument aus, doch der Sekretär riss es sofort zurück. Zum ersten Mal schaute er auf. Er wirkte leicht überrascht. »Ihr könnt lesen, Engländer?«

»Ja. Und ich würde mir die Karte gerne ansehen. Nur kurz. Ich gebe sie Euch sofort zurück.«

Der Sekretär schaute zweifelnd drein. »Warum? Was würde sie Euch sagen?«

Lucas war sich der schäbigen Kleider bewusst, die ihm

um die Knochen schlotterten, und des struppigen Barts, unter dem sein Gesicht fast völlig verborgen war. »Zum einen würde ein Blick auf Eure Karte mir sagen, wie weit es in etwa zu den drei Kiefern ist.«

»Das ist nicht nötig. Das kann ich Euch sagen. Ein halber Tag Fußmarsch, sobald Ihr Euch von der Reise erholt habt.« Der Mann schielte zu Sally hinüber. »Für eine Frau vielleicht etwas länger. Die Berge sind zum Teil ziemlich steil.«

Als Lucas sich erneut über die Karte beugte, wurde sie nicht fortgerissen. Er sah ein dicke Linie, die offenbar die Stadt vom umliegenden Land trennte – zweifellos der Wall, von dem der Mann gesprochen hatte. Dahinter lag eine Art kleiner Siedlung. »Unsere Parzelle ist dort?«, fragte Lucas und deutete auf die Niederlassung jenseits des Walls.

»Nein, das ist die *voorstadt*; ein Lagerhaus und die Landwirtschaften, die die Stadt versorgen.« Den Sekretär schien die Wissbegier des Neuankömmlings zu belustigen. Er deutete mit einem fleischigen Finger auf einen unregelmäßigen Kreis ein gutes Stück jenseits der *voorstadt*. »Das ist der Collect Pond, das Wasserreservoir, das uns mit frischem Wasser zum Bierbrauen versorgt. Wollt Ihr sonst noch was wissen, Engländer? Soll ich Euch eine Führung geben?«

»Mir ist eine Parzelle in der Stadt versprochen worden«, sagte Lucas. »Aber ich nehme auch eine in dieser *voorstadt*. Ich bin Bader. Ich kann meinen Lebensunterhalt nicht verdienen, wenn ich ...«

»Eure Parzelle liegt da, wo ich es sage. Ein halber Tag Fußmarsch hinter der *voorstadt*. Jetzt seid Ihr ein Bauer. Das sind die Leute, die wir hier brauchen. Wer zur Ader gelassen oder entlaust werden will, der kann ...«

»Warte.« Die Frauenstimme klang herrisch, als sei sie keinerlei Widerspruch gewohnt. »Ich will mit dem Mann reden.« Eine schmale Gestalt löste sich aus dem Kreis von Menschen, der in einiger Entfernung wartete. Trotz der Hitze war sie von Kopf bis Fuß in einen Kapuzenumhang aus dem festen grauen Stoff gehüllt, den die Niederländer *duffel* nannten. Sie streckte eine schmale Hand vor und zeigte auf Lucas. »Schick ihn zu mir.«

»Ja, Mevrouw, natürlich.« Der Sekretär machte eine Kopfbewegung zur Frau hin. »Tut, was sie Euch sagt«, brummte er leise. »Was immer es sein mag.«

Lucas trat einen Schritt auf die Frau zu, zog seinen schwarzen, breitkrempigen Hut und senkte den Kopf als Andeutung einer Verneigung. Dann wartete er.

Ihr Haar war dunkel, von grauen Strähnen durchzogen und zu einem strengen Knoten gebunden. Ihre Gesichtszüge waren scharf geschnitten, und beim Sprechen bewegte sie kaum die Lippen, als befürchtete sie, sie könnte aus Versehen lächeln. »Ich habe Euch dem Mann da sagen hören, dass Ihr lesen könnt. Und dass Ihr Bader seid.«

»Beides entspricht der Wahrheit, Mevrouw.«

»Wart Ihr der Wundarzt auf der jämmerlichen Schaluppe dort?« Mit dem Kopf deutete sie auf die *Princess*, die vor Anker im Hafen lag. »Gott steh allen bei, die auf ihr eine Überfahrt machen müssen.«

»Nein, der war ich nicht, Mevrouw.«

»Das spricht für Euch. Wir sind hier in der Kolonie geschlagen mit so genannten Schiffsärzten. Allesamt unfähige Schlächter. Ihr seid Engländer, sprecht aber Niederländisch. Und das klägliche Schiff kommt aus Rotterdam, nicht aus London. Seid Ihr Mitglied der englischen Zunft der Bader?«

»Das bin ich, Mevrouw. Aber ich habe zwei Jahre in Rotterdam gelebt, und mir wurde gesagt, ich könnte hier ebenso praktizieren wie …«

»Ich habe keinen Grund, Eure Worte anzuzweifeln. Und

wenn Ihr Euer Gewerbe beherrscht …« Sie brach ab, biss sich auf die schmale Unterlippe und musterte ihn. Lucas wartete. Nach einigen Sekunden des Schweigens deutete die Frau auf Sally. »Das ist Eure Frau?«

»Nein, Mevrouw, ich bin nicht verheiratet. Das ist meine Schwester, Sally Turner.« Lucas winkte Sally zu sich, doch sie machte nur einen Knicks, ohne aus dem Schatten vorzutreten.

Ein kurzes, amüsiertes Blitzen funkelte in den Augen der Frau auf. »Die Juffrouw ist offenbar nicht sonderlich gehorsam, Lucas Turner. Aber Eure Schwester ist Euch zugetan?«

»Das glaube ich doch, Mevrouw.«

»Gut. Dann werdet Ihr mich verstehen, wenn ich Euch sage, dass ich ebenfalls einen Bruder habe. Dem ich sehr zugetan bin. Ich bin Anna Stuyvesant. Mein Bruder ist Peter Stuyvesant, der Gouverneur von Nieuw Amsterdam. Und im Moment …«

Gütiger Gott. Der verfluchte Stuyvesant und seine verfluchte Schwester. Wo er, Lucas, doch nichts, überhaupt nichts anderes wollte als einen Ort, an dem die Obrigkeit ihn endlich in Ruhe ließ. Nur deswegen war er überhaupt in diese gottverlassene Kolonie am Ende der Welt gekommen.

Entweder sah man ihm seine lästerlichen Gedanken nicht an, oder die Frau nahm sie bewusst nicht wahr. Auf jeden Fall redete Anna Stuyvesant weiter. »Mein Bruder braucht einen fähigen Bader, und zwar jetzt, sofort. Und ich versuche herauszufinden, ob Ihr dieser Mann sein könntet, Lucas Turner.«

Also gut. Er musste die Gelegenheit beim Schopf packen. »Das hängt davon ab, in welcher Hinsicht der Mann fähig sein muss, Mevrouw. Ich verstehe mich auf mein Gewerbe, wenn das Eure Frage ist.«

»Teil meiner Frage. Der andere Teil ist die genaue Art Eures Gewerbes. Ist es wahr, dass Barbiere und Bader in London zwar zur selben Zunft gehören, aber nicht dieselben Tätigkeiten verrichten?«

Lucas hörte, wie Sally erschrocken Luft holte. Also konnte sie das Gespräch doch mithören; er war sich nicht ganz sicher gewesen. »Offiziell stimmt das, Mevrouw. Aber beide werden im selben Saal ausgebildet. Wenn sich jemand für die eine und die andere Tätigkeit interessiert, bleibt es nicht aus, dass er beide lernt. Ich bin im Gewerbe des Barbiers ebenso bewandert wie in der Baderei. Was genau benötigt der Gouverneur?«

Der Blick der Frau schweifte kurz zu Sally, als wäre auch ihr die erschreckte Reaktion nicht entgangen. Doch nur eine Sekunde, dann tat sie die junge Frau als unwichtig ab. »Meiner Meinung nach benötigt mein Bruder dringend einen Steinschneider, Bader.«

Lucas lächelte.

Endlich, zum ersten Mal seit vielen Wochen, empfand er keinerlei Zweifel. Er hatte befürchtet, er hätte mit seinem Mageninhalt vielleicht auch sein ganzes Selbstvertrauen verloren. Aber dem war nicht so. »Betet zu Gott, dass Ihr Recht habt, Mevrouw. Wenn Euer Bruder tatsächlich einen erfahrenen Steinschneider benötigt, dann hat er Glück. Er hat ihn gefunden.« Lucas drehte sich zu Sally, die mit blassem, mürrischem Gesicht dasaß. Er tat, als würde er es nicht bemerken. »Komm, Sal. Bring meine Instrumente mit. Da wartet ein Patient auf meine Hilfe.«

Der Mann, der vor ihm im Bett lag, sah klein und absolut bedeutungslos aus. Wie es hieß, herrschte Peter Stuyvesant mit absoluter Macht, und jeder, der seine Macht anzweifelte, müsste teuer dafür bezahlen. Doch in diesem Augenblick, aschfahl und schweißnass vor Schmerzen, wirkte er alles andere als mächtig.

Lucas legte ihm die Hand auf die Stirn. Der Mann hatte kein Fieber; die Haut war kalt und feucht. »Wo habt Ihr Schmerzen, Mijnheer?«

»Im Bauch, Mann. Ganz unten. Unerträgliche Schmerzen. Und vor lauter Brennen kann ich nicht pissen. Meine Schwester ist überzeugt, dass ich einen Stein habe.«

Anna Stuyvesant stand mit ihnen im Raum, im Schatten neben der Tür, sagte aber nichts. Eine Gemahlin war erwähnt worden, und beim Betreten des Hauses hatte Lucas Kinderstimmen gehört. Gesehen aber hatte er nur eine schwarze Dienstbotin – nach allem, was er von dieser Kolonie wusste, war es vermutlich eine Sklavin – und den Mann im Bett. Und die Schwester, die alles überwachte. Eindeutig verheiratet, oder verheiratet gewesen, denn der Mann am Dock hatte sie »Mevrouw« genannt, aber offenbar hatte sie, dem niederländischen Brauch folgend, nicht den Namen ihres Gatten angenommen. Und seinen Schwanz hatte sie auch nicht bereitwillig angenommen, schloss Lucas aus ihrem Äußeren. Er spürte, wie ihr Blick sich ihm unablässig in den Rücken bohrte.

Er beugte sich über den Patienten und nahm die trüben Augen wahr, die Blässe der Gesichtshaut, den sauren Atem, der stoßweise durch den halb geöffneten Mund ging. »Eurem Aussehen nach zu urteilen, ist es gut möglich, dass Mevrouw Stuyvesant Recht hat, Mijnheer. Und wenn sie Recht hat, wenn es ein Stein ist, kann ich Euch helfen. Aber ...« Er zögerte. Einige Männer dachten hinterher nur an die Erleichterung und empfanden Dankbarkeit. Andere erinnerten sich lediglich an die Qualen des Schneidens und hassten einen für immer und ewig. Gott stehe ihm und Sally bei, wenn der Gouverneur von Nieuw Nederland ihn für immer hassen sollte.

»Aber was?«, herrschte Stuyvesant ihn an.

»Aber was ich tue, wird weh tun«, sagte Lucas. Er entschied, die Wahrheit nicht zu bemänteln. »Schlimmer als die Schmerzen, die Ihr jetzt empfindet. Doch wenn der Eingriff vorüber ist, seid Ihr genesen.«

»Wenn ich ihn überlebe, meint Ihr.«

»Die Wahrscheinlichkeit ist außerordentlich groß, Mijnheer.«

»Aber absolut sicher ist es nicht.«

»In dieser Welt gibt es keine absolute Sicherheit, Mijnheer Gouverneur, wie Ihr zweifellos wisst. Aber ich habe diesen Eingriff Dutzende von Malen vorgenommen.«

»Und all Eure Patienten haben überlebt?« Beim Sprechen wand er sich vor Schmerzen, stieß die Worte zwischen zusammengebissenen Zähnen hervor.

»Sechs oder sieben nicht, Mijnheer. Aber sie waren von schwächlicher Konstitution, schon bevor der Stein sie plagte.«

Die Schmerzen verebbten lange genug, dass Stuyvesant den Engländer betrachten und sogar ein kleines Lächeln zu Stande bringen konnte. »Ich bin nicht von schwächlicher Konstitution, Bader. Und trotz Eures niederländischen Kauderwelschs sprecht Ihr wie jemand, der seine sieben Sinne beisammen hat. Aber so, wie Ihr ausschaut, von Eurem Gestank ganz zu schweigen ... Ach, meine Schwester hat mir erzählt, dass Ihr gerade mit der *Princess* angekommen seid, also ...«

Die Schmerzen packten ihn wieder – offenbar unvermittelt und heftig, denn sonst hätte er nicht mitten im Satz abgebrochen. Doch Stuyvesant ließ es sich mit keinem Stöhnen, mit keinem Aufschrei anmerken. Er biss nur die Zähne zusammen, so fest, dass Lucas um den Kieferknochen fürchtete. Der Schweiß lief ihm in Strömen übers Gesicht.

Lucas wischte ihm mit einer Ecke des Betttuchs Stirn und Wangen ab. Eine halbe Minute dauerte der Anfall, vielleicht weniger, dann war er vorüber. Erschöpft rang Stuyvesant nach Luft. »Dieser Eingriff …« Er sprach im Flüsterton; die Schmerzen hatten ihm alle Kraft geraubt. »Wie lange dauert der?«

»Fünfundvierzig Sekunden«, antwortete Lucas. »Von Anfang bis Ende. Ihr könnt die Zeit messen.«

Der Gouverneur sah ihm fest in die Augen. »Das werde ich tun. Fünfundvierzig Sekunden? Zumindest da seid Ihr Euch absolut sicher?«

»Ja.«

Stuyvesant warf die Decke zurück. »Dafür haben sie fünfundvierzig Minuten gebraucht.« Sein rechtes Bein war am Knie abgeschnitten.

Lucas schaute auf den Stumpf, dann auf das Gesicht des Mannes. Schmerzen hatten seine Wangen ausgemergelt, aber als ihre Blicke sich begegneten, sah Stuyvesant nicht beiseite. Schließlich nickte Lucas. Er wandte sich zu der Frau, die noch immer neben der Tür stand. »Bringt etwas Rum, Mevrouw. Er muss so viel trinken, wie wir ihm einflößen können.«

Anna Stuyvesant trat aus der dunklen Ecke des Zimmers hervor. »In diesem Haus gibt es keinen Rum.«

»Dann schickt jemanden nach einer Flasche. Euer Bruder kann nicht …«

»Doch, das kann ich.« Stuyvesants Stimme klang fester als zuvor, weniger gequält. »Das muss ich. Über meine Lippen kommt nichts Stärkeres als gewöhnliches Bier.«

»Aber unter diesen Umständen …« Lucas schaute wieder auf den Beinstumpf.

»Auch damals nicht«, erklärte Stuyvesant leise. »Ich fürchte den Herrn mehr als die Schmerzen, Bader.«

»Wie Ihr wollt. Aber vielleicht kann ich beide Herren zufrieden stellen. Wenn Ihr mich einen Moment entschuldigen wollt …«

Lucas trat in den engen Flur hinaus. Sally saß am oberen Treppenabsatz, ihren Korb und den kleinen Lederkoffer mit Lucas' Instrumenten auf dem Schoß. Sie sprang auf, beide Bündel an sich gedrückt; ihr ohnehin schmales Gesicht war vor Angst noch mehr eingefallen. »Wie geht es ihm? Kannst du ihm helfen, ohne zu schneiden?«

»Nein.« Schwitzend fuhr Lucas sich mit dem Ärmel seiner schwarzen Jacke übers Gesicht. Der Dreck der wochenlangen Überfahrt hinterließ auf seiner Stirn eine dunkle Spur. »Gott steh mir bei, ich muss den Stein entfernen.«

»Aber …«

»Es gibt kein Aber. Wenn der Stein nicht entfernt wird, ertrinkt der Mann in seiner eigenen Pisse. Wenn ich den Schnitt nicht mache, stirbt er.«

»Und vielleicht stirbt er auch, obwohl du ihn machst.« Sie hatte die Stimme zu einem eindringlichen Flüstern gesenkt. »Du weißt genau, dass ich Recht habe, Lucas. Manche Leute können die Schmerzen der Operation nicht ertragen. Andere verbluten. Und man weiß nie …«

»Dieser Mann kann Schmerzen ertragen.« Lucas warf einen beklommenen Blick zur Tür des Schlafgemachs. »Sal, ihm ist ein Bein am Knie abgesägt worden. Und wenn er Durst hat, trinkt er nur Bier, nichts Stärkeres. Nicht einmal, um die Schmerzen vom Messer und von der Säge zu lindern. Und was das Verbluten angeht, da muss ich einfach zusehen, dass das nicht passiert. Und jetzt sprich deine Gebete und gib mir meine Instrumente.«

»Lucas, wenn etwas passiert …?«

»Es wird nichts passieren. Außer, dass Mijnheer Gouverneur mich für den größten Chirurgen seit Galen halten wird.«

»Aber du bist kein Chirurg, Lucas. Du bist ein Bader. In drei Himmels Namen, weswegen sind wir denn damals aus London verjagt worden, Lucas? Nur, weil du diese Instrumente, die Instrumente eines Chirurgen, besitzt!«

»Ich weiß. Aber wir sind hier in Nieuw Amsterdam, nicht in London. Und auch nicht in Rotterdam. Wir sind bis ans Ende der Welt gefahren, Sally, damit alles besser wird. Und jetzt, wo sich uns die Gelegenheit bietet, müssen wir sie ergreifen. Schau nach, ob du in deinem Korb einen blutstillenden Puder hast.«

Sally zögerte.

»Jetzt schau schon nach, Sal. Sonst mach ich's ohne deine Mittel.«

Einige Sekunden vergingen. Schließlich begann sie in ihrem Korb zu suchen. »Ja, hier ist es.« Sie hielt ein kleines Tongefäß hoch. »Blutstillender Puder, eine ziemliche Menge.«

»Sehr gut. Und jetzt etwas Laudanum.«

Sally schüttelte den Kopf. »Ich hab keins. Ich schwör's dir, Lucas, ich habe nur wenig mitgenommen, und wir haben alles verbraucht, als ...«

»Hölle und Verdammnis! Schau noch mal, Sal! Selbst wenn's nur ein bisschen ist – jetzt könnte es uns gute Dienste leisten.«

Nach kurzem Wühlen beförderte sie eine winzige Zinnphiole zu Tage, ähnlich derjenigen, in der die letzten Reste des Kamillenpulvers aufbewahrt waren. »Da war Laudanum drin. Aber sie ist leer.«

Lucas nahm das Fläschchen, zog den Korken heraus, schnüffelte an der kleinen Öffnung und spähte hinein. »Vielleicht gibt's noch einen Tropfen her. Besser als nichts. Doch, ein oder zwei Tropfen sind noch drin.« Er verkorkte die Phiole wieder, steckte sie in die Seitentasche seiner Kniehose und wandte sich mit dem Lederkoffer in der

Hand zum Schlafzimmer. »Wünsch mir viel Glück, Sal. Und halt dir die Ohren zu. Die Schreie werden schrecklich sein, aber tröste dich, es wird nicht lange dauern.«

Sally setzte sich wieder auf den Treppenabsatz, drückte ihren Korb fest an sich, als wollte sie sich daran festhalten. Als könnten nur ihre Heilkräuter ihr Gewissheit geben, wer sie war und wie es überhaupt dazu kam, dass sie hier hatte landen können.

Dieses Haus an der Ecke des Forts, eigens für den Gouverneur von Nieuw Nederland erbaut, war nicht halb so prächtig wie viele der Häuser, die sie in London und Rotterdam aus der Ferne gesehen hatte, aber es war unzweifelhaft das prächtigste, in das sie je ihren Fuß gesetzt hatte. Zwei Stockwerke, und beide nur für den einen Mann mit seiner Familie und seiner Dienerschaft. Außen Ziegelstein, innen poliertes Holz. Sogar die Holztreppe glänzte derart, dass Sally sich darin spiegelte, wenn sie sich vorbeugte – ihr Gesicht lugte über die Spitzen ihrer abgestoßenen Stiefel.

Lucas hatte ihr die Stiefel vor der Abfahrt in den Niederlanden gekauft. Er hatte gesagt, Holzpantinen seien nicht das Richtige für eine so lange und gefahrvolle Reise. Anfangs waren ihr die spitzen Stiefel, bis weit über die Knöchel geschnürt, ungemein elegant erschienen, aber mittlerweile hatten sie ihren Glanz eingebüßt. Und die strengen niederländischen Gesichter, die aus Goldrahmen von der Wand auf sie herabschauten, wirkten wenig beeindruckt.

Das war nichts Neues für Sally. Viele Leute, Niederländer wie Engländer, hatten auf sie herabgeschaut, ob sie nun Holzpantinen trug oder Stiefel oder barfuß ging. Neu war, dass sie hier saß, in der Bastion des Feindes. Auch dafür war Lucas verantwortlich. Ihr Bruder und sein Unwille, sich an die Gesetze zu halten, sein Starrsinn, nur das zu tun, wozu er Lust hatte – das brachte sie an den Rand von … Ruhm oder Ruin. Bei Lucas war es immer das eine oder das andere, nichts dazwischen. Bis jetzt, bis zu dieser Stunde, hatte Sally immer geglaubt, es würde letztlich Ruhm sein.

Damals in Kent, in der Scheune hinter der Schänke ihres Vaters, wo die elf kleinen Turners durcheinander im Stroh schliefen, weil alle Betten um einen Penny die Nacht an Durchreisende vermietet wurden, und wo Lucas sie vor den Abscheulichkeiten bewahrte, die ihre Geschwister – oft unter Beihilfe ihres Vaters – erleben mussten, hatte Sally an Lucas geglaubt, an seine Suche nach einem besseren Leben als jenes, in das er hineingeboren war. Als er zuerst sich und dann ihr das Lesen beibrachte, glaubte sie an ihn. Als er sich bei der Zunft der Barbiere und Bader eine Baderlehre ertrotzte, indem er einem hochgeborenen Herrn Sallys Zeichnung zeigte – das bloße Gesäß des besagten Herrn in die Luft gereckt, wie er neben dem Schober einen Sechsjährigen, ebenfalls ein Turner, rammelte –, hatte Sally an ihn geglaubt. Als Lucas sie zu sich nach London holte und zwei Jahre später der Zorn der Chirurgen sie beide auf die Straße trieb, hatte Sally an Lucas und seinen Ehrgeiz geglaubt. Jetzt, nachdem sie gemeinsam so vieles auf sich genommen hatten, wo Lucas an diesem fremden, unvertrauten Ort drauf und dran war, sich wieder in Schwierigkeiten mit der Obrigkeit zu stürzen – jetzt war sie sich nicht mehr so sicher.

Lucas kehrte in Stuyvesants Schlafzimmer zurück. Der Patient lag schweigend im Bett, wie erstarrt vor Schmerzen. Seine Schwester beugte sich über ihn, tupfte ihm das Gesicht mit einem in Duftwasser getauchten Tuch ab. Lucas trat zu ihr. »Lasst aus der Kaserne drei kräftige Männer holen«, flüsterte er ihr zu. »Sie müssen jung sein und …«

»Nein.« Stuyvesants Wort war ein Befehl. »Ich lasse mich nicht festhalten.«

»Ich hatte nicht beabsichtigt, dass Ihr mich hört, Mijnheer. Ich meinte auch nicht, dass Ihr festgehalten werdet, sondern nur, dass Ihr Euch nicht unwillentlich bewegt. In bestimmten Umständen folgt der Körper seinen eigenen Bedürfnissen. Es zeugt nicht von mangelndem Mut, wenn ein Mann unter dem Messer zuckt.«

»Ich werde nicht zucken, Bader.«

»Mijnheer ...«

»Jetzt macht schon, Mann! Sonst lass ich Euch aufknüpfen als Scharlatan, der Hoffnung verspricht, wo es keine gibt.«

Zögernd sah Lucas zu Anna Stuyvesant. Sie schüttelte den Kopf. Lucas holte die Phiole aus seiner Tasche. »Nun gut. Bitte öffnet den Mund.«

»Ich habe Euch schon gesagt, ich trinke keinen Schnaps.«

»Das ist kein Schnaps. Das ist ein pflanzliches Mittel, das meine Schwester zubereitet hat. Sie ist in der Heilkräuterkunde sehr bewandert.« Stuyvesant sah immer noch skeptisch drein. »Schaut nur, wie klein das Fläschchen ist, Mijnheer.« Lucas hielt ihm das Zinngefäß vor die Augen. »Könnte das genügend Rum oder Genever enthalten, um auch nur ein Kind zu betäuben?«

Der Gouverneur zögerte noch einen Moment, dann öffnete er den Mund. Lucas schüttelte ihm den letzten Tropfen Laudanum auf die Zunge. Das Wortgefecht war überflüssig gewesen – die Phiole enthielt nicht genug, um irgendetwas zu bewirken. Andererseits half es oft auch schon, wenn ein Patient glaubte, was man ihm sagte.

»Das macht alles viel leichter«, erklärte Lucas. Es gelang ihm, so überzeugend zu klingen, als glaube er seinen Worten selbst. »Und jetzt, Mijnheer – gleich müsst Ihr aufstehen und zu der Truhe dort drüben am Fenster gehen. Da ist das

Licht am besten. Ich möchte, dass Ihr Euch mit den Ellbogen auf die Truhe stützt. Aber zuerst« – er wandte sich an Anna Stuyvesant – »bringt mir einen Eimer, Mevrouw. Und ein paar Tücher. Und einen Kessel kochendes Wasser.«

Sie verließ den Raum. Lucas überprüfte den Inhalt seines Koffers. Ein Dutzend Fäden aus Schafsdarm. Drei Skalpelle unterschiedlicher Größe, zwei Sägen, eine mit Katzendarm gefädelte Nadel und, eigens fürs Steineschneiden, eine spitz zulaufende Sonde sowie eine Zange, die sich auf die Breite von vier gespreizten Fingern öffnen ließ. Alles war bereit.

Einige Minuten vergingen. Das einzige Geräusch war das Summen der Fliegen in der Sonne draußen vor dem Fenster. Der Mann im Bett biss die Zähne zusammen und sagte nichts, hielt die Augen nur unverwandt auf Lucas gerichtet. Lucas erwiderte den Blick. Schließlich kehrte Anna Stuyvesant zurück. »Heißes Wasser, wie Ihr verlangt habt, saubere Lappen und ein Eimer.«

»Danke.« Lucas zog sich die Jacke aus und begann, die Hemdsärmel aufzukrempeln. »Darf ich Euch aus dem Bett helfen, Mijnheer?«

»Ja, aber zuerst ... Anna, geh. Lass uns allein.«

»Ich will aber nicht gehen, Peter. Wenn du ...«

»Das ist kein Anblick für eine Frau. Geh.« Als sie fort war, sprach er weiter. »Also gut, Bader, bringen wir die Sache hinter uns. Wenn Ihr mir den Stock gebt, kann ich ...« Stuyvesant brach ab, eine weitere Woge des Schmerzes überwältigte ihn. »Jetzt macht«, ächzte er schließlich. »Es ist mir gleichgültig, wie sehr oder wie lang es weh tut. Um der Liebe Gottes willen, macht voran, Mann.«

»Fünfundvierzig Sekunden«, versprach Lucas wieder. »Vom ersten Schnitt an. Ich schwöre es.«

Auf ihn gestützt, hinkte Stuyvesant zur Truhe am Fenster. Dort beugte er sich vor und stützte sein ganzes Gewicht auf die Ellbogen, wie Lucas es ihm auftrug. Am liebsten hätte Lucas seinen Patienten gebeten, sich oben auf die Truhe hinzuhocken, aber einem Einbeinigen konnte man eine solche Haltung nicht zumuten. Vornübergebeugt zu stehen war das Nächstbeste. Lucas schob Stuyvesants Nachtgewand hoch, so dass sich ihm das füllige Gesäß des Gouverneurs darbot. Dann sagte er: »Eine Sache noch, Mijnheer Gouverneur.«

»Was für eine Sache, Bader?«

»Mein Honorar.«

»Habt Ihr den Verstand verloren? Ich lasse Euch auspeitschen. Natürlich bekommt Ihr Euer Honorar. Wofür haltet Ihr mich?«

»Für einen strengen, aber gerechten Mann. Ich habe gehört, dass man Eurem Wort absolutes Vertrauen schenken kann.«

»Das stimmt. Ich nehme an, Ihr wollt etwas anderes als Geld.« Die Worte kamen stoßweise, von keuchendem Atem begleitet, aber der Mann war eindeutig klar bei Sinnen. »Dann redet. Schnell.«

»Eine Heimstatt, die näher an der Stadt liegt als diejenige, die meiner Schwester und mir zugewiesen wurde. Und einen Raum in der Stadt, wo ich meinem Gewerbe nachgehen kann.«

Stuyvesant wandte den Kopf und schaute über die Schulter hinweg zu Lucas. »In der Stadt ist kein Raum zu haben. Das ist die eine Sache, über die selbst ich in Nieuw Amsterdam keine Macht habe – das Dach über den Köpfen der Leute. Fünfzehnhundert Seelen zwischen dem Hafen und dem Wall, und sie alle bauen, wie es ihnen gerade in den ... Aber grundgütiger Gott, Bader, das ist ein reichlich seltsames Gespräch für jemanden, der seinem Gegenüber das Gesäß entgegenreckt.«

Lucas zeigte sich von der seltsamen Situation nicht im

mindesten befangen. »Ich brauche nicht viel Platz, um mein Gewerbe auszuüben, Mijnheer. Ein kleiner Raum genügt.« Er hatte seine Instrumente noch immer nicht berührt.

»Aber ich sage Euch doch … Also gut. Wir werden etwas für Euch finden. Und jetzt …«

»Und eine andere Parzelle für meine Schwester und mich. Wie gesagt, sie braucht nicht direkt in der Stadt zu liegen, nur in der Nähe der Stadt. Vielleicht in der *voorstadt.*«

Ein oder zwei Sekunden noch schaute Stuyvesant Lucas in die Augen. »Jetzt macht voran«, sagte er dann. »Ihr bekommt, was Ihr verlangt. Einen Baderraum diesseits des Walls und eine Heimstatt in der *voorstadt*. Aber vergesst nicht – das alles nur, wenn ich überlebe und selbst die Anordnung geben kann.«

»Ich dachte mir schon, dass Ihr diese Bedingung stellen würdet, Mijnheer.« Lucas schob die Ärmel noch höher. »Jetzt kommt erst die Untersuchung. Die fünfundvierzig Sekunden beginnen, sobald sie abgeschlossen ist.«

Er führte den Finger tief in Stuyvesants Rektum ein. Der Gouverneur ächzte, rührte sich aber nicht von der Stelle. Das weiche Darmgewebe gab auf den Druck hin nach. Lucas ertastete die Blase und, als er den Druck etwas verstärkte, auch den Stein. »Oh, der Stein ist alles andere als klein, Gouverneur. Kein Wunder, dass er Euch solche Qualen bereitet.« Zur Antwort kam nur Stuyvesants mühsames Atmen. »Und jetzt, Mijnheer, beginnen gleich die fünfundvierzig Sekunden. Wenn Ihr wollt, fangt an zu zählen.«

Lucas schob den Eimer unter die herabbaumelnden Geschlechtsteile seines Patienten und zog gleichzeitig den Finger aus dessen Darm. Dann griff er nach dem Skalpell, machte einen raschen Schnitt zwischen Hoden und Rektum. Zwei Zoll lang. Kundig und schnell, den Arm um die Taille des Mannes geschlungen, damit der sich nicht bewegte. Stuyvesant zuckte einmal zusammen, hielt aber sofort wieder still und gab bis auf ein leises Stöhnen keinen Laut von sich.

Blut sickerte aus der Wunde. Lucas griff nach der Zange und führte sie in den Schnitt ein. Mit einem Klicken öffnete der Griff sich weit und dehnte das Gewebe auseinander. Lucas konnte die Blasenwand sehen. Er nahm ein anderes, kleineres Skalpell, machte einen weiteren Schnitt, kaum einen halben Zoll lang – und der scharfe Uringeruch sagte ihm, dass er den Schnitt richtig angesetzt hatte. Die ganze Zeit stöhnte Peter Stuyvesant nicht, regte sich nicht.

Pisse strömte in den Lederkübel. Und eine Sekunde später in der Stille, die nur vom keuchenden Atem des Patienten unterbrochen wurde, ein unverkennbares Geräusch – das Auftreffen des harten Steins auf dem Kübelboden. Dem guten Gott sei Dank – er brauchte nicht danach zu suchen.

Lucas hatte drei Abbindungen vorbereitet, dünne Schnüre aus Schafsdarm. Er band die Blutgefäße ab und betupfte den Schnitt mit den Lappen, die Anna Stuyvesant ihm gegeben hatte. Es hörte nicht auf zu bluten. Langsam, aber beständig sickerte das Blut aus einem Gefäß, das er aufgeschnitten hatte, aber nicht sehen konnte. Ihm blieb nichts anderes übrig, als den ursprünglichen Schnitt zu verlängern. Das hatte er aus bitterer Erfahrung gelernt. Tat man das nicht, starb der Patient unweigerlich, so sorgsam man die Wunde auch vernähen mochte.

Im Hinterkopf – während seine Hände geschickt die Operation durchführten, die er Dutzende von Malen vorgenommen hatte – zählte Lucas die Zeit mit. Fünfunddreißig Sekunden waren vergangen. Wollte er nicht der Großmäuligkeit bezichtigt werden, musste er jetzt zu nähen anfangen. Aber das wagte er nicht.

Er nahm wieder das kürzere Skalpell zur Hand, verlängerte den Schnitt an jedem Ende um etwa einen halben Zoll. Schließlich entdeckte er das blutende Gefäß, fast ganz oben in der Nähe der Niere. Lucas packte es mit der Sonde, zog es heraus und band es ab. Zweiundvierzig Sekunden. Und kein Laut, keine Bewegung des Mannes, der über der Truhe gekauert dastand. Die Stille war noch tiefer als zuvor.

Oh Heiland, vielleicht hatte Stuyvesant aufgehört zu atmen! Das war bei einer Operation weiß Gott nichts Unbekanntes. Und der Chirurg war völlig machtlos dagegen. Wenn das Herz des Patienten während eines Eingriffs versagte, wurde der Chirurg für dessen Tod verantwortlich gemacht, auch wenn er überhaupt nicht in die Nähe des Herzens gelangt war. »Mijnheer Gouverneur«, flüsterte Lucas. »Hört Ihr mich?«

»Ja.« Die Stimme war schwach, aber der Patient lebte, war bei Sinnen.

Einen Moment verspürte Lucas ein Gefühl von Triumph. Er und Sally hatten so vieles durchgestanden, so vieles erlitten. Endlich, endlich lächelte ihnen das Glück. »Ich wollte nur sichergehen, Mijnheer«, sagte er. »Ich bin fast fertig.« Er säuberte die Wunde mit dem heißen Wasser, das Anna Stuyvesant bereitgestellt hatte, stäubte etwas von Sallys blutstillendem Puder darauf, löste die Feder am Griff der Zange, zog das Instrument heraus und warf es beiseite. Dann nahm er die Nadel mit dem dünnen Darmfaden zur Hand und begann zu nähen.

»Fertig«, sagte er wenige Sekunden später. »Es ist vorbei, Gouverneur. Der Stein ist entfernt. Die Schmerzen, die Ihr in den nächsten Tagen noch verspüren werdet, rühren von der Wunde her. Wenn sie verheilt ist, seid Ihr genesen. In der Zwischenzeit müsst Ihr jeden Tag ein Klistier mit Kleie und Salz machen. Beim Stuhlgang darf kein Druck ausgeübt werden.«

Während Lucas redete, half er seinem Patienten ins Bett, stützte ihn mit einem Arm um die Taille. »Soll ich Eure Schwester rufen?«, fragte er, als der Gouverneur wieder im Bett lag, die Decken über sich gezogen. »Vielleicht wollt Ihr etwas Bier, um wieder zu Kräften ...«

»Zweiundfünfzig Sekunden«, unterbrach Stuyvesant ihn. »Ich habe mitgezählt.« Auf seiner Unterlippe war eine feine Blutspur zu sehen. Und Abdrücke von Zähnen. Er hatte sich lieber ins eigene Fleisch gebissen, als zu schreien. »Ihr habt zweiundfünfzig Sekunden gebraucht, Bader, nicht fünfundvierzig.«

Lucas nickte. »Ja, Ihr hattet ein blutendes Gefäß, das versteckt war. Ich musste einen zweiten Schnitt machen, um ihn zu finden. Wenn ich das nicht getan hätte, Gouverneur, hätte ich Euch zwar zusammennähen können, aber Ihr hättet innerlich geblutet. Dann wärt Ihr vor dem Morgen tot gewesen.«

Einen Augenblick sah es aus, als wollte Stuyvesant Einwände erheben, ihn wegen seiner Prahlerei als Steineschneider zur Rede stellen. Aber dem war nicht so. »Geht runter ans Wasser. Sagt Heini, dem Sekretär, dass ich Euch erlaubt habe, die Nacht im Fort zu verbringen, im Lagerhaus. Und dass er mich morgen Früh aufsuchen soll. Sagt ihm, ich möchte Eure Landzuteilung ändern.«

## II

Wie sich herausstellte, war die mit Pech geschwärzte Leiche, die unten am Hafen vom Galgen baumelte, nur eine Art Vogelscheuche, die Gesetzesbrechern als Warnung dienen sollte, aber es gab in der Kolonie auch hohe Bäume, von denen wirkliche Hingerichtete hingen. Innen im Fort, aber unter freiem Himmel, befanden sich eine aus Staketen errichtete Umzäunung – das Gefängnis der Stadt – und zwei Schandpfähle.

Doch Nieuw Amsterdam war nicht so trostlos und abweisend, wie Lucas und Sally anfangs geglaubt hatten. Abgesehen von der bröckeligen Schanze des Forts – das ständig instand gesetzt werden musste – und dem makabren Schauspiel unten am Wasser hatte die Stadt vieles zu bieten, was das Auge erfreute.

Dreiunddreißig Jahre waren vergangen, seit Peter Minuit den dort lebenden Indianerstämmen die Insel abgehandelt hatte. Mittlerweile nahm die gedrängte Siedlung rund ein Drittel des schmalen südlichen Zipfels von Manhattan ein und erstreckte sich eine knappe halbe Meile vom Fort bis zum Wall. Dahinter war sie von dicht bewaldeten Hügeln geschützt. Sicher, die Straßen von Nieuw Amsterdam waren schmal und gewunden, denn sie folgten dem Verlauf der Indianerpfade und waren nur wenig verbreitert worden, und vor nicht allzu langer Zeit hatten die Siedler noch in mit Schilf gedeckten Erdgruben gelebt, aber bereits seit 1661 standen die ersten richtigen Häuser. Wegen der Feuergefahr hatten Stuyvesant und sein Rat, die Burgomaster und Schepens, Strohdächer verboten und glasierte gelbe Backsteinziegel einführen lassen, so dass die wohlhabenderen Auswanderer die gleichen soliden, hübschen Häuser bauen konnten, die sie aus ihrer niederländischen Heimat kannten.

Auf Lucas wirkten selbst die einfacheren Holzhäuser unverkennbar niederländisch. Die meisten waren kleine, zweigeschossige Bauten mit steilen Dächern, in die Fenster eingelassen waren, und standen dicht aneinander, mit dem Gaubenende zur Straße hin. Für die Niederländer galt es schon immer als Zeichen des Wohlstands, in einer bevölkerungsreichen Stadt zu leben.

Und sicher war auch der Tidekanal in Erinnerung an die

alte Heimat entstanden. Der Wasserlauf begann an der Rundung des östlichen Ufers und zog sich rund achthundert lange Schritte nach Nordwesten hin. Wenn der Kanal zufror, so erzählte man sich, lief die Bevölkerung darauf Schlittschuh. Wer kein solches Schuhwerk in die Neue Welt mitgebracht hatte, band sich stattdessen Schienbeinknochen eines Rindes an die Stiefel.

Den Rest des Jahres konnten die Frachtschiffe auf dem Kanal bis zu den Lagerhäusern der wohlhabenden Kaufleute vorfahren und ihre Ladung direkt in die prachtvollen Residenzen aus gelbem Backstein liefern. Vor diesen Häusern blieb Platz für einen Garten, wie auch vor den Backsteinhäusern in der Pearl Street entlang der Wasserfront – als beinahe Erstes nach ihrer Ankunft hatten die Niederländer die Uferstraße mit Muscheln von den nahe gelegenen Austernbänken gepflastert –, und weitere Gärten gab es vor den prächtigen Anwesen rechts und links des Brede Wegh.

Wenn Lucas auf einer Erhöhung – etwa der mittleren der drei Brücken über den Kanal – stand und die Stadt mit dem Rücken zum Meer betrachtete, sah er vor allem die Gärten. Von hier aus verschwand die ordentliche Kleinstadt, die sich an der Inselspitze zusammendrängte und im Norden von dem hügeligen, bewaldeten Land geschützt war, beinahe in der üppigen Vegetation der gesamten Insel Manhattan. Es war »ein kühner und ein hübscher Ort«, wie es in der Flugschrift geheißen hatte, die um Einwanderer warb. Was der Blick von der Brücke jedoch nicht offenbarte, war das raue, geschäftige Treiben, das diese Stadt einmalig machte.

Boston, Providence und alle anderen Siedlungen waren entstanden mit dem Ziel, ein hohes Ideal der Philosophie oder der Religion zu verwirklichen, und sie hatten englische Aussiedler angelockt, die dieser Glaubensrichtung folgten. Nieuw Amsterdam jedoch war eine Gründung reicher Niederländer, die nach noch größerem Reichtum strebten. Und jeder, der dieses Ziel beförderte, wurde mit offenen Armen aufgenommen. Es war nichts Ungewöhnliches, an einem einzigen Tag an der Kreuzung von Brede Wegh und Wall Street achtzehn unterschiedliche Sprachen zu hören.

Hier sah Lucas nirgends die Armut und das Elend, wie sie in Dover, London oder Rotterdam zum Stadtbild gehörten. In Nieuw Amsterdam brauchte niemand zu hungern. Man hatte den Eindruck, als würde in jeder Gasse, an jeder Kreuzung Geld gemacht – man brauchte nur einen Blick dafür, welches Gewerbe gefragt war. Und Mut. Und natürlich Glück und eine robuste Natur.

In Neuengland herrschte die Ordnung, die aus einem gemeinsamen Glauben hervorging. In Nieuw Amsterdam hingegen, in diesem Gewimmel aus Nationalitäten, Religionen und Ungläubigkeit, das die Niederländische Westindien-Gesellschaft geschaffen hatte, konnte nicht einmal die eiserne Faust eines Gouverneurs wie Stuyvesant etwas an der Tatsache ändern, dass der schnelle Weg zu Reichtum ein ungeordnetes, lautstarkes Unterfangen darstellte. Und sobald sie Geld besaßen, verlangten die wohlhabenden Männer – insbesondere die Trapper, Händler und Matrosen, die die engen Straßen der Stadt bevölkerten – nach Vergnügen. Aber auch unter den aufrechten niederländischen Bürgern gab es eine ganze Reihe, die sich gerne die eine oder andere Ausschweifung erlaubte.

Dirnen waren geduldet, solange sie ihr Gewerbe auf die Princes Street beschränkten und sich nicht unter die anständigen niederländischen *huisvrouwen* mischten. In der kleinen Stadt gab es einundzwanzig Tavernen, Bierhäuser und Schankstuben. Das gefiel Lucas – wenn auch nicht aus vielleicht nahe liegenden Gründen. Hurerei und Trunksucht zogen immer wieder Streitereien und Schlägereien nach sich. So war einem Mann seiner Zunft ein gutes Auskommen gesichert.

Stuyvesant hatte Lucas einen winzigen Laden am östlichsten Ende der Holzpalisade zugewiesen, nach der die Wall Street ihren Namen trug. Sein Behandlungsraum war eine Art Anbau, etwa fünf lange Schritte breit und tief. Es gab kein Fenster, sondern nur die Tür – auf Art der Niederländer quer in zwei Hälften geteilt – und an der gegenüberliegenden Wand eine Feuerstelle. »Wort hat er ja gehalten, aber nur gerade eben, der Schuft«, sagte Lucas zu Sally. »Der Laden liegt knapp an der Stadtgrenze.« Trotzdem fand sich, sobald er den rot-weiß gestreiften Pfosten in die von der heißen Sonne ausgedorrte Erde vor der Tür geschlagen hatte, ein beständiger Strom von Patienten bei ihm ein.

Auf Grund der Botschaft, die von diesem Pfosten ausging, kamen viele, die sich zur Ader lassen wollten, häufig nach überreichlichem Alkoholgenuss. Lucas war sich zwar nicht sicher, ob das Öffnen eines Blutgefäßes an der Schläfe oder das Ansetzen von Blutegeln die Übelkeit und die dröhnenden Kopfschmerzen tatsächlich linderte, aber schaden konnte es auch nicht. Und da er der festen Überzeugung war, dass der Glaube des Patienten an die Wirksamkeit des Heilmittels ebenso zählte wie das Heilmittel selbst, half es vielleicht tatsächlich.

Außerdem hatte der übermäßige Genuss von Rum und Genever des Öfteren auch Knochenbrüche zur Folge, die eingerenkt werden mussten. Lucas zimmerte sich ein solides Holzgestell, in dem er Arm- und Beinbrüche vorsichtig ausrichten konnte, bevor er die Knochen wieder in die richtige Position brachte. Die Schiffschirurgen, die in der Kolonie seine einzige Konkurrenz darstellten – meist Männer, die sich nur kurze Zeit in Nieuw Amsterdam niederließen, bevor ihre Rastlosigkeit sie wieder auf See trieb –, kannten derlei Feinheiten nicht. Sie renkten Knochenbrüche mit schierer Kraft und Gewalt ein, zogen und zerrten an den Gliedmaßen, bis die Patienten es nicht mehr ertragen konnten. Bei Lucas' Methode waren die Schmerzen zwar nicht minder groß, aber die Ergebnisse weitaus zufrieden stellender. Drei oder vier Mal die Woche musste er dieses Gestell einsetzen.

Trunksucht war auch der Grund, weshalb er von verzweifelten Ehefrauen gebeten wurde, ihren Männern den Schädel zu trepanieren. Einige Löcher im Kopf ihres Gemahls, so hofften sie, würde ihn von seiner Gier nach Alkohol heilen. Lucas hielt das zwar für unwahrscheinlich, nutzte aber begeistert die Gelegenheit, sich im Trepanieren zu üben – er hatte erst vor kurzem seinen alten Bohrer verbessert. Diese beiden Behandlungen waren die interessantesten überhaupt, die er in seinen ersten Monaten in Nieuw Amsterdam vornahm, und füllten in seinen Aufzeichnungen jeweils eine ganze Seite.

Vom ersten Tag an führte er über jede Behandlung genau Buch, selbst über die gewöhnlichen Arbeiten eines Baders – Entlausen, Rasieren, zur Ader lassen und Furunkel aufstechen –; die anspruchsvolleren Tätigkeiten wie das Entfernen von Fisteln, Tumoren und Blasensteinen beschrieb er in aller Ausführlichkeit. Steine musste er sehr häufig entfernen. Seit er diese Operation an Stuyvesant vorgenommen hatte, war er dafür berühmt geworden; die Leidenden schreckten auch vor weiten Wegen nicht zurück, kamen von entfernten Farmen auf der langen Insel und von Staten Island, manche sogar aus dem nördlichsten Teil von Nieuw Harlem, und einmal fand sich sogar ein Mann von einem großen Hof, einer *bouwerie*, in Yonkers in seinem kleinen Raum neben dem Wall ein.

Anfangs zählte nur die Geschwindigkeit, mit der Lucas

den Stein entfernte. Er wusste, dass es seinem Ruf nicht schadete, wenn die Begleitperson des Patienten daneben stand und mitzählte, wie viele Sekunden zwischen dem ersten Schnitt und dem letzten Stich verstrichen. Doch im Herbst, nachdem Sally ihr erstes Mohnfeld abgeerntet hatte, war Lucas vor allem dafür bekannt, dass er den Kranken mit einem Trank seiner Schwester benommen machen und glückselige Träume in dessen Kopf zaubern konnte, sodass die Schmerzen beinahe erträglich wurden.

Nicht anders als beim Baderladen war es ihnen auch mit der Zuweisung ihrer Heimstatt ergangen: Stuyvesant hatte gerade so eben Wort gehalten. Das Grundstück der Turners war klein – das, was die Niederländer eher eine *plantage* als eine *bouwerie* nannten –, und sie lag außerhalb der *voorstadt*, in der Nähe des Collect Pond, beinahe eine Meile vor den Toren der Stadt. Aber Lucas und Sally brauchten keinen halben Tag, um zur Wall Street zu gelangen, sondern nur zwanzig Minuten. Und was immer sich noch dagegen vorbringen ließ – nachdem sie ihr bisheriges Leben lang stets kümmerlich vor sich hin existiert hatten und beinahe drei Jahre auf Wanderschaft gewesen waren, hatten sie hier, in der Wildnis Manhattans, zum ersten Mal eine Heimat gefunden, die wirklich ihnen gehörte.

Bevor sie ein Haus bauten, bestellten sie den Garten, und den ganzen ersten Sommer schliefen sie auf der bloßen Erde, eine Muskete zwischen sich, auch wenn die Eingeborenen, die sie bislang gesehen hatten, nicht feindselig wirkten. »Ein bisschen missmutig und abweisend«, sagte Sally. »Als bräuchten sie ein kräftiges Purgiermittel, aber ansonsten harmlos.«

Lucas war weniger zuversichtlich. Selbst als ihre Blockhütte fertig war – Wände aus behauenen Holzplanken, ein Dach aus Schilf und Gras, was nördlich des Walls gestattet war –, ging er jede Nacht mit der geladenen Muskete zu Bett. In der Stadt berichteten die Leute immer wieder von Indianer-Überfällen. Lucas hörte von vergewaltigten Frauen, ermordeten Kindern und von Männern, die langsam zu Tode gefoltert wurden; und wenn eine Behausung abgefackelt wurde, ging jahrelange Arbeit in Flammen auf.

Zumindest waren die Niederländer nie so dumm oder so habgierig gewesen, den Stämmen in ihrer unmittelbaren Umgebung Flinten zu verkaufen. Rund um Nieuw Amsterdam waren die Europäer, auch wenn sie eine Minderheit darstellten, durch ihre überlegenen Waffen im Vorteil. Weit oben im Norden, in der Nähe des niederländischen Fort Orange, kam es ständig zu blutigen Auseinandersetzungen mit den plündernden Catskill- und Wawarsink-Stämmen. Sie hatten Waffen von den Franzosen und Engländern bekommen, die die Eingeborenen in ihren Kriegen um Kolonien unbedingt auf ihre Seite ziehen wollten. In Lucas' Augen war diese Vorgehensweise unsinnig. Kurzsichtig. Vor die Wahl gestellt, einem Wilden zu vertrauen oder dem eigenen Gewehr, würde er sich immer und unweigerlich für die Waffe entscheiden, und deshalb behielt er seine Muskete stets in Reichweite.

Manchmal, lange nach Einbruch der Dunkelheit, wenn er den Geräuschen unbekannter Nachtvögel lauschte, die sich in den Wäldern zuriefen, fielen ihm die Geschichten ein, die er gehört hatte: rituelle Feuer, in denen der Tod erst nach stundenlangem qualvollem Brüllen eintrat, Verstümmelungen, die bei den Zehen begannen und langsam über den ganzen Körper ausgedehnt wurden. Oft, wenn Lucas nachts wach lag, fasste er sich an den Kopf und fragte sich, ob die Menschen, denen die Wilden den Skalp abzogen, immer schon tot waren. Und ob Sally ebenso viele Geschichten über Vergewaltigungen und Folter gehört hatte wie er.

Die beiden hatten zu viel zu tun, um über solche Dinge zu

reden. Das Erdreich um ihre Hütte war schwarz und fruchtbar. Auch wenn Sally die Pflanzensamen in diesem ersten Jahr erst spät aussäen konnte, keimten sie fast alle und gediehen gut. Aber Sally baute auch einheimische Gewächse an, Kürbisse und Maispflanzen, die die Grundnahrungsmittel der Siedler darstellten. Auf Lucas' Drängen hin säte sie auf einem großen Feld am Rand ihres gerodeten Grundstücks nur Mohn aus. »Sal, ich brauche genug Laudanum, damit ich jede Operation vornehmen kann, die ich machen will, ohne dass der Patient schreiend davonläuft.«

»Zum Wohle des Patienten natürlich«, sagte Sally.

»Natürlich.«

»Lucas Turner, du lügst. Du willst, dass die Leute, die du aufschneidest, nichts spüren, weil du dir dann Zeit lassen und genau schauen kannst, wie sie gebaut sind.«

»Ja, da ist was Wahres dran.« Lucas sprach, ohne aufzusehen. Es war Oktober, fünf Monate nach ihrer Ankunft. Er saß in der Blockhütte am Feuer und schrieb im Schein der Flammen. »Es ist wahr, aber es schadet niemandem.«

»Nach den Vorschriften der Gilde bist du Bader, Lucas, und kein Chirurg. Und nur Chirurgen dürfen eine Sektion vornehmen.«

»Du widersprichst dir selbst, Sal. Wenn der Patient am Leben ist, ist es keine Sektion. Das heißt nur so, wenn man eine Leiche aufschneidet.«

»Komm mir nicht so klug daher, Lucas. Nach den Vorschriften der Gilde bist du kein Chirurg. Wenn sie rausfinden, was du da treibst, dann …«

»Bist du verrückt, Sal? Wir sind in Nieuw Amsterdam, nicht in Neuengland. Und die Gilde ist auf der anderen Seite des Meers. Glaubst du wirklich, so ein englischer Magistrat wird elf Wochen auf einem Höllenschiff auf sich nehmen, nur um nachzusehen, ob Lucas Turner sich an die Regeln hält?«

»Wahrscheinlich nicht.« Sie trocknete die Zinnschalen ab, aus denen sie zu Abend gegessen hatten – Eintopf aus Wildgans und Mais –, und stellte sie sorgsam auf das Regal über der Feuerstelle zurück.

Die Zinnschalen hatten sie von einer Dame in England bekommen. Lucas hatte bei ihr den Schleier entfernt, der ihr das rechte Auge trübte, und ihr damit die Sehkraft zurückgegeben. Die Lehrbücher über dieses Thema beriefen sich auf die großen Heiler des mystischen Ostens, aber die Operation war derart heikel – man durfte nur die oberste Spitze der Lanzette verwenden und sehr sachten Druck ausüben –, dass drei englische Chirurgen sich geweigert hatten, sie durchzuführen. Nachdem Lucas eingewilligt hatte, den Eingriff vorzunehmen – und ihn erfolgreich abgeschlossen hatte –, war er von der Gilde ausgestoßen worden. Als Grund wurde genannt, er als Bader dürfe nicht die Instrumente eines Chirurgen besitzen. Wäre die Frau gestorben, hätte man ihn vielleicht weniger hart bestraft. Aber da sie überlebte und obendrein geheilt war, hatten die neidischen Chirurgen Lucas und Sally Turner aus London vertrieben.

Das alles ging ihm durch den Kopf, als er seine Schwester die Zinnschalen auf das Regal stellen sah. Er würde seinen Kopf darauf verwetten, dass die Chirurgen, die ihm das angetan hatten, noch immer aus Holzschalen aßen. Lucas lächelte.

Sally merkte, dass die Gelegenheit günstig war. »Lucas, wir haben hier doch ganz schön was geschafft, oder nicht? Dein Geschäft läuft doch gut?«

»Das stimmt beides. Und wenn du endlich aufhören würdest, dir Sorgen um mich zu machen, damit ich mir keine Sorgen mehr um dich zu machen brauche, dann wäre die Welt vollkommen in Ordnung.«

»Ich werd's versuchen, Lucas. Aber« – sie wandte sich

zur Seite, um seinem Blick auszuweichen –, »was ich dich fragen wollte …«

»Ja? Nur zu, Sal, frag.«

»Wo wir jetzt hier sind und du so viel Kundschaft hast … Haben wir nicht genug Geld, um etwas für eine Mitgift beiseite zu legen?«

Vor ihrer Abreise aus Rotterdam hatten sie sich öfter über dieses Thema unterhalten. Mit einer Aussteuer könnte Sally vielleicht einen Ehemann finden, der ihrer würdig war. Das war ihre einzige Möglichkeit, unter die Haube zu kommen, denn sie wollte keinen Mann aus der Schicht, der sie selbst entstammten, und Lucas hatte geschworen, sie zu keiner Ehe zu zwingen. »Ich hab auch schon daran gedacht, Sal. Aber ich werde oft mit Wampum bezahlt, nicht mit Gulden, und …«

»Hier zahlt jeder mit Wampum. Er ist so gut wie Geld. Bestimmt wäre Wampum in Ordnung, zumindest für einen Teil der Mitgift.«

»Vielleicht hast du Recht. Ich werde mich umhören, Sal. Und die Augen offen halten nach jemandem, dem es nichts ausmacht …« Er brach ab.

»Dem was nichts ausmacht, Lucas?«

»Dass du beinahe vierundzwanzig bist. Und …«

»Und keine Schönheit.«

»Das habe ich nicht gesagt.«

»Aber gedacht.«

»Nein. Was ich sagen wollte, ist – beinahe vierundzwanzig und klüger als jeder Mann, der sich hier in Nieuw Amsterdam eine Frau suchen könnte.«

Drei Jahre zuvor, während der Typhusepidemie von 1659, waren die Leichen in den Straßen lästiger geworden als die Schweine, die die Bewohner umherstreifen ließen, und die Latrinen, die sie auf öffentlichen Wegen anlegten. Daraufhin hatte Stuyvesant ein Hospiz für Sterbende errichten lassen. Dorthin verirrten sich fast ausschließlich Huren und Trunkenbolde der übelsten Sorte. Anständige Leute starben zu Hause. Das Hospiz hatte fünf Betten, in denen die Bedürftigen unentgeltlich und nur um der Liebe zum Allmächtigen willen sterben durften.

Die wohltätigen Frauen von Nieuw Amsterdam sahen es als ihre Pflicht an, sich um die Sterbenden zu kümmern, so nichtswürdig sie auch sein mochten. Anna Stuyvesant war häufig im Hospiz zu sehen, gelegentlich auch Judith Bayard, die Ehefrau des Gouverneurs. Obwohl sie aus einer französischen Hugenottenfamilie stammte, hatte sie dem niederländischen Brauch gemäß nach der Eheschließung ihren eigenen Namen beibehalten. Sie war sehr schön, aber auch rechtschaffen und streng. In ihrer Gegenwart wurden selbst die Sterbenden meist ruhiger, schrien und fluchten weniger, ebenso wenn die Gemahlin des Rektors der Niederländisch-Reformierten Kirche ihre Runde machte. Nur Sally Turner verlangte niemandem Respekt ab. An ihr ließen die Patienten all ihr Elend und ihre Unzufriedenheit aus. Dennoch besuchte niemand das Hospiz so regelmäßig wie Sally.

Beinahe jeden Tag konnte man Juffrouw Turner mit ihrem Korb auf dem schmalen Waldpfad zwischen der *plantage* ihres Bruders und der Stadt dahineilen sehen, wie sie durch das Westtor des massigen Holzwalls trat, den breiten Brede Wegh entlanghastete, den kleinen Seitenarm des Hauptkanals umrundete, der als Bever's Gracht bekannt war, und dann die schmale Brücke überquerte, die zur Jews Lane führte. Dies war der einzige Abschnitt ihres Wegs, den Sally nicht mochte. Die Juden waren erst vor relativ kurzer Zeit aus Brasilien nach Nieuw Amsterdam eingewandert. Jeder wusste, dass Stuyvesant sie hasste, aber er war gezwungen gewesen, sie aufzunehmen, denn unter den Direktoren der Westindien-Gesellschaft befanden sich auch einige niederländische Juden.

Stuyvesant mochte zwar der sturköpfigste Mensch von Nieuw Amsterdam sein, doch in dieser Hinsicht hatte er Recht gehabt. Allein, wenn Sally an den gelben Backsteinhäusern der Juden unterhalb der Mühle vorbeiging, sträubten sich ihr die Haare im Nacken. Die Geschichten von den abscheulichen Ritualen mit dem Blut von Christenkindern ... Sie konnte die Jews Lane gar nicht schnell genug hinter sich lassen und war dann immer froh, wenn sie ihre Röcke für den Gang entlang der Coenties Alley – die immer schlammig war – hochraffen konnte und auf das dreistöckige Steinhaus zuging, das am Rand des Wassers stand.

Bis vor einem Jahr war dieser Bau die größte Schenke in Nieuw Amsterdam gewesen und der einzige Gasthof überhaupt. Doch als Stuyvesant einen großen Raum brauchte, in dem sich alle Bürger versammeln konnten, hatte er den Gasthof ins *Stadt Huys* verwandelt, das Rathaus. Der Coenties Slip, der zum Hafen in der Stadt hinabführte, begann vor dem *Stadt Huys*. Ganz in der Nähe standen die städtischen Lagerhäuser, und über ihnen, in fünf Werkstätten, die früher an Schiffsbauer verpachtet wurden, befand sich das Hospiz.

Die alten Werkstätten hatten insgesamt nur zwei Fenster. Die Sterbenden stanken, und die Fenster blieben außer beim allerschlimmsten Wetter immer offen. Während Sally ihren Tätigkeiten nachging, konnte sie auf die kurze Straße namens Hall Place hinaussehen und auf die Tür der Fleischhauerei, die Lucas häufig aufsuchte.

Um die Schweinsblasen und Schafsdärme zu kaufen, die er für sein Gewerbe braucht, sagte Sally sich. Das war natürlich der Grund, warum ihr Bruder so häufig zum Fleischer am Hall Place ging, obwohl zwischen Lucas' Baderladen und der Fleischhauerei ein Fußweg von zehn Minuten lag. Aber schließlich schaute er jede Woche ein paar Mal im Hospiz vorbei, um zu sehen, ob jemand zur Ader gelassen oder operiert werden musste, deshalb war es nur verständlich …

»Juffrouw … bitte, Juffrouw …« Die Stimme einer Frau. Einige Stunden zuvor hatte sie in der Gasse hinter der Schenke Blue Dove an der Pearl Street zwei Kinder zur Welt gebracht. Viele Wochen vor der Zeit. Beide tot. Und ein Segen, dass sie nicht lebten. Das eine hatte keine Beine, das andere ein großes Loch im Kopf gehabt. Die Frau – eine stadtbekannte Hure – blutete seit der Geburt. Sally wusste, dass sie in den nächsten ein, zwei Stunden sterben würde.

»Bitte, Juffrouw, könnt Ihr mir was geben, weil's mir in der Brust so brennt? Er da drüben« – die Frau deutete mit dem Kopf zu dem Mann im benachbarten Bett, einen Betrunkenen, dessen untere Körperhälfte tags zuvor von einem Fass zerschmettert worden war, der sich aber weigerte, sich von Lucas die Beine absägen zu lassen –, »er sagt, Ihr hättet da was.«

Sally holte aus ihrem Korb die Salbe aus Steinbrech und Eigelb und zwang sich, nicht mehr an die allzu häufigen Besuche ihres Bruders beim Fleischer zu denken.

»Einen guten Tag wünsche ich Euch, Mevrouw.« Es war niemand anders im Laden. Lucas brauchte das Blitzen seiner Augen und das Lachen in seiner Stimme nicht zu verbergen.

»Und ich Euch, Bader. Ich habe eigens für Euch etwas zur Seite gelegt. Die Gedärme einer großen Kuh. Kommt mit nach hinten und schaut sie Euch selbst an.«

Marit Graumann, die Ehefrau Ankel Jannssens, trat hinter dem Holztresen hervor. Ihr Mann war einer der zwölf

»bestallten Fleischer« der Stadt, denen es gestattet war, innerhalb der Stadtmauern Vieh zu schlachten. Er zahlte die Steuer für einen Stand auf dem Broadway Shambles, dem Markt gegenüber des Forts, und war verpflichtet, außer sonntags jeden Vormittag dort seine Waren feilzubieten. Nachmittags durfte er sein Geschäft von zu Hause aus betreiben. Was gut und schön war, nur pflegte er, nachdem Marit ihm sein Mittagessen vorgesetzt hatte, sinnlos betrunken ins Bett zu fallen. So blieb es ihr überlassen, die Tiere und das Geflügel zu zerteilen, die im Laden am Hall Place verkauft wurden.

Ein Rupfenvorhang trennte den vorderen Teil des Geschäfts vom hinteren. Marit schob den Stoff beiseite und blieb wartend stehen. Während Lucas sich an ihr vorbeischob, spürte er, wie er steif wurde. Das kam von ihrem Geruch, der ganz eigen war. Der Geruch einer Frau. In London und Rotterdam war er bei unzähligen Huren gewesen, einige Male sogar hier, aber keine hatte wie Marit gerochen. Auch keine der Frauen, die sich von ihm behandeln ließ. Sie stanken nach Krankheit, oft auch nach Dreck. Mevrouw Marit Graumann hingegen roch nach Blumen. Und nach heißer Wärme. Ihr Verlangen hatte einen ganz eigenen dunklen und verführerischen Duft. Lucas hatte noch bei keiner Frau gelegen, die wirklich nach ihm verlangte. Es war eine berauschende Erfahrung.

Es war tollkühn, so oft in den Laden am Hall Place zu kommen. Er wusste es, und trotzdem kam er immer wieder. Die Frau des Fleischhauers hatte ihn betört. Sie war so blond, wie er dunkel war, und beinahe so groß wie er. Ihr Körper war üppig und sinnlich. Wenn er Marit an sich drückte, gab ihr Leib ihm nach, schien an seinem hinzuschmelzen. Ihre Haut war weich, samten, voller verlockender Grübchen. Die Körperteile, die er im Dämmerlicht der Vorratskammer hinter dem Fleischerladen sehen konnte, wo all ihre Begegnungen stattfanden, waren rosa und weiß und immer und unweigerlich von Lust entflammt.

Sie führte ihn an den herabhängenden Kadavern vorbei in die Ecke des Raums, in dem sie stets zusammenkamen und den Marit eigens für diesen Zweck frei hielt. Der Boden der Fleischkammer war, wie auch der Laden vorne, mit Sägespänen bestreut, und sie wagte es nicht, ihn zu fegen aus Angst, das Misstrauen ihres Mannes zu erregen. Sie mussten sich im Stehen paaren, aber das störte sie nicht. Als Marit sich zu ihm umdrehte, hatte sie die Schnüre ihres Mieders bereits gelockert.

Lucas umschloss ihre vollen Brüste mit den Händen. Er streichelte sie. Anfangs noch sanft. Eine solche Weichheit hatte er noch nie erlebt. Nur ihre Brustwarzen waren hart, erwarteten ihn. »Saug dran«, flüsterte Marit. »Bitte, Lucas, saug dran. Ich halt's keine Sekunde länger aus.«

Er vergrub das Gesicht zwischen ihrem Busen, saugte nacheinander an beiden Brustwarzen. Vater im Himmel, dieser Geruch! Und die samtene Haut, die glühte, wo immer er sie berührte. Marit bebte in seinen Armen.

»Lucas, oh, Lucas ... Ich träume jede Sekunde von dir, Tag und Nacht. Ich lebe nur dafür, um zu fühlen, was ich fühle, wenn ich mich dir hingebe.«

Er machte sich daran, sich aus seiner Kniehose zu befreien. Sie hob ihre Röcke an. Plötzlich erscholl über ihren Köpfen ein Geräusch, ein lautes Klappern. Beide erstarrten, hielten die Luft an. Noch ein Lärmen, lauter als zuvor, dann Stille.

»Alles in Ordnung«, flüsterte Marit einige Sekunden später. »Das Schlafzimmer liegt direkt über uns. Er muss beim Umdrehen etwas umgestoßen haben. Sonst nichts. Er hat zum Essen drei Krüge Genever und zwei Krüge Rum getrunken. Er wird noch Stunden weiterschlafen.«

Lucas schaute zu den splitternden Holzplanken und den grob behauenen Bohlen empor, die die Decke über seinem Kopf und den Fußboden des Jannssenschen Schlafzimmers bildeten. Der Mann war so nah bei ihm, so bedrohlich nah. Ankel Jannssen, der Fleischhauer. Ein ungeschlachter Grobian, ein Schwein, ein Trunkenbold. Ein Mann, der kein Recht auf eine Frau wie Marit hatte. Und doch gehörte sie ihm. Gott steh ihnen bei. Ehebruch – wenn der Fleischer das herausfand, konnte er vor Gericht gehen, konnte Marit auspeitschen lassen und aus dem Haus verbannen mit nichts als den Kleidern am Leibe. Und Lucas' ganzer Besitz würde zur Sühne an ihn fallen.

Gütiger Gott, es war Wahnsinn. Warum machte er es trotzdem? Weil er selbst jetzt, nach diesem Moment grauenvoller Angst, wieder hart wie Stein war und nichts empfand als Lust nach ihr.

Marit atmete durch den Mund, fuhr die Konturen ihrer Lippen mit der Zungenspitze nach. »Lucas«, wisperte sie, schob ihre Röcke und Unterröcke über die Taille und spreizte die Beine. »Nimm mich, Lucas! Tu, was immer du willst. Aber küss mich dabei. Steck deine Zunge in meinen Mund.«

Er drückte seine Lippen auf die ihren, sog ihren Atem ein. Seine Hände lagen auf ihrem Gesäß, massierten ihr heißes Fleisch, pressten sie an sich. Sein Schwanz kannte den Weg, hatte ihn in den letzten drei Monaten kennen gelernt. Er war sofort in ihr. Sie begann zu stöhnen. Leise drangen die Geräusche in seinen Mund. Er verschlang sie. Er stieß tiefer in sie, drückte sie fester an sich. Mit jeder Sekunde zitterte sie heftiger. Ihr Stöhnen kam schneller, wurde lauter.

Die Glocke über der Ladentür läutete. »Mevrouw Graumann, bedient Ihr?«

Marit und Lucas hatten schon vor längerer Zeit beschlossen, dass es verdächtiger wäre, die Türe zum Geschäft zu verschließen, als von einem Kunden überrascht zu werden. Sie wurden heute nicht zum ersten Mal gestört. Lucas löste seinen Mund von ihrem. Marit wandte das Gesicht zu dem fadenscheinigen Vorhang, der sie vom wartenden Kunden trennte. »Ich komme sofort, Mijnheer. Einen Augenblick noch, bitte.«

»Ist gut, ich warte.« Marit legte den Kopf in den Nacken, so dass Lucas im trüben Licht ihr Gesicht sehen konnte. Ihre Wangen waren gerötet, ihre Haut feucht vom Schweiß ihrer Leidenschaft. Er sog ihren Duft ein. Der Geruch umfing ihn. Marit sah ihm in die Augen, und er stieß wieder in sie. Zuerst langsamer, dann immer schneller. Sie schloss die Augen. Er sah, wie sie sich auf die Lippen biss, um die Laute ihrer Lust zu ersticken. Er war noch keiner Frau begegnet, die derlei Dinge tat. Die derlei Dinge empfand. Sie zu beobachten, sie in seinen Armen beben und erschauern zu fühlen war das Aufregendste, was er je erlebt hatte. In einem Aufwallen unbeschreiblicher Lust war es vorüber, aber das Verlangen ließ ihn hungrig zurück, auch wenn er wusste, dass es nie gestillt sein würde.

Einen Moment später hatte Marit ihr Mieder bereits zugeschnürt und ihre Röcke gerichtet. Sie glättete ihr blondes Haar und bedeutete ihm, in der Kammer zu bleiben, dann ging sie nach vorne in den Laden. Wenige Sekunden später hörte er sie die jeweiligen Vorzüge von Schweinefleisch und Wild erörtern. Kurz darauf vernahm er das Geräusch ihres Hackmessers. Sie trennte die Fleischstücke ab, die der Kunde wünschte.

Von der Ecke der Fleischkammer aus konnte Lucas eine Rinderhälfte sehen, die an einem Haken in der Wand herabhing. Das Tier war wohl erst vor kurzem geschlachtet worden, denn es troff noch Blut in die Sägespäne. Daneben sah er einen Schweinskopf. Von einem dritten Haken hing eine große, formlose Masse. Das waren vermutlich die Eingeweide, die Marit ihm versprochen hatte. Lucas hatte erwähnt, dass er versuchen wollte, Schnüre daraus und nicht aus Schafsdärmen zu machen. Außerdem sah er zwei Schweinsblasen. Wahrscheinlich waren sie ebenfalls für ihn bestimmt. Von Schweinsblasen konnte Lucas nicht genug bekommen.

»Lucas, komm raus. Er ist fort.«

Marit stand in der Tür und winkte ihn zu sich. Lucas ging zu ihr und zog sie hinter den Vorhang. »Marit, wir müssen aufhören. Es ist Wahnsinn. Was ist, wenn du schwanger wirst? Oder …«

»Ich habe in sieben Jahren Ehe nie empfangen, Lucas. Und sollte ich in andere Umstände kommen, würden die Leute denken, dass es von meinem Mann ist.«

Er spürte, wie ihm das Blut im Kopf rauschte, wusste, wie sein Gesicht vor Zorn rot anlief. Das war absurd. Verrückt sogar, aber er konnte nicht anders. »Ich kann den Gedanken nicht ertragen, dass das Schwein dich anfassen …«

»Still, beruhige dich. Das tut er fast nie. Ankel mag Alkohol lieber als mich.«

Er nahm ihr Gesicht zwischen die Hände, drückte ihr Küsse auf die Wangen, die Nase, die Stirn. »Ach, Marit, Marit … Wir sind wahnsinnig. Was wir tun, ist unglaublich riskant. Die Folgen sind …«

»Ich möchte mit dir in den Wald gehen.« Es war, als hätte sie ihn gar nicht gehört. »Seit Tagen kann ich an nichts anderes denken. Ich möchte all meine Kleider ausziehen, und dir all deine, und auf der sauberen Erde liegen und du auf mir.«

»Marit, das geht nicht. Was, wenn …«

Sie führte seine Hände an ihre Lippen und begann, sie zu küssen, an den Fingerspitzen zu saugen, eine nach der anderen. Jede Kuppe führte sie tief zwischen ihre geschürzten Lippen ein, bohrte ihre Augen in seine. Und als sie fertig war, folgte ein Schwall von Worten, Worte wie ein reißender Fluss. »Du kannst dir gar nicht vorstellen, was ich alles mit dir machen will, Lucas, und was ich will, das du mit mir machst. Ich kann es selbst nicht glauben. Die Ideen kommen mir ganz von selbst in den Kopf, ich weiß nicht woher. Überleg dir eine Möglichkeit, mein Liebling! Es wird ein Sonntag sein müssen, wenn der Laden zu hat. Ankel schläft am Sonntag immer den ganzen Nachmittag. Du wohnst weit außerhalb der Stadt. Find einen Platz, an dem wir uns treffen können, und sag mir nur, wie ich dorthin komme.«

Auch Sally hatte Geheimnisse, und auch die ihren drehten sich um Frauen. Um Indianerfrauen.

Die erste Begegnung fand im Herbst statt, wenige Monate nach ihrer Ankunft in Nieuw Amsterdam. Rein zufällig traf Sally ein kleines Indianermädchen, das im Wald ganz in der Nähe ihrer Blockhütte Hagebutten sammelte. Sobald das Kind die weiße Frau bemerkte, die sie beobachtete, lief es davon; doch offenbar waren die wild wachsenden Rosen in der Nähe der Turnerschen Heimstatt besonders begehrt, denn das Mädchen kam wieder. Auf eine zweite zufällige Begegnung folgte eine dritte, und jedes Mal fassten das Mädchen und die Frau etwas mehr Zutrauen zueinander.

Schließlich kam der Moment, in dem das Mädchen lange genug stehen blieb, so dass Sally auf die Hagebutten deuten und ein übertrieben lautes Niesen von sich geben konnte.

Die Kleine lachte. Dann tat auch sie, als müsste sie niesen. Und dann deutete sie auf den Inhalt ihres Korbes und wischte sich mimisch übers schweißnasse Gesicht.

»Genau«, sagte Sally. »Hagebutten lindern die Winterkrankheit. Ob du daraus wohl auch einen Tee zubereitest?« Mit Gesten stellte sie dar, wie sie Wasser aus einem Krug in einen Topf goss und ihn aufs Feuer stellte. Das kleine Mädchen nickte heftig und lächelte breit. »Ah, du machst also dasselbe. Ich wünschte mir, du könntest mir erzählen, was du sonst noch im Wald sammelst und wie du es verwendest.«

Verständnislos schüttelte das Mädchen den Kopf.

»Nein, natürlich verstehst du kein Wort von dem, was ich sage. Wie solltest du auch? Aber vielleicht ... Sally«, sagte Sally und deutete auf sich. »So heiße ich. Sal-ly.«

Das Kind lächelte. »Tamaka«, sagte sie. »Ta-ma-ka.« Dann packte sie ihren Korb und lief davon.

Einige Tage später erschien sie am Rand der Lichtung, in deren Mitte die Blockhütte stand. In der Hand hielt sie zwei Maiskolben. Sally ging ihr mit einem Krug selbst gebrautem Wurzeltrank entgegen. Das war der Beginn einer Freundschaft. Nach einer Weile wurden Geheimnisse ausgetauscht.

Anfangs unterhielten Sally und Tamaka sich vorwiegend mit Gesten, bis sie allmählich jeweils einige Worte der anderen Sprache lernten. Nach einiger Zeit hatten sie sich eine eigene Sprache geschaffen – teils Zeichen, teils Englisch und teils die Sprache vom Volk des Kindes –, in der sie sich mühelos miteinander unterhalten konnten.

Tamaka erklärte Sally, dass die Heimstatt der Turners früher, lange bevor die Weißen auf der Insel eingetroffen waren, ein ganz besonderer, ein heiliger Ort gewesen war. Hierher waren die Frauen gekommen, um ihre Kinder zur Welt zu bringen. Deswegen hatten die Kräuter, die hier geerntet wurden, auch eine besondere Heilkraft. Eines Tages führte Tamaka ihre neue Freundin zu einem Gebüsch, wo die Brombeeren größer waren als alle, die Sally je zuvor gesehen hatte. Wieder ein anderes Mal zeigte Tamaka ihr eine gelbe Schwertlilie, die an verborgenen Stellen am Bachlauf wuchs, und erklärte, aus der Wurzel dieser Pflanze könne man eine Paste für Brandwunden herstellen.

Zum Dank zeigte Sally ihrer kleinen Freundin den süß duftenden rosafarbenen Schöterich, dessen Samen sie aus den Niederlanden mitgebracht hatte. Man konnte die Blüten in Honig einlegen und den Sirup, der daraus entstand, als Mittel gegen Halsweh verabreichen, aber auch für Wickel verwenden und damit Prellungen am Fuß- und Handgelenk lindern. Sally gab ihr ein paar Samen davon mit. Einige Tage später kam Tamaka mit ihrer Mutter und ihrer Tante, um ihnen den Schöterich in Sally Turners Garten zu zeigen, dem Ort, an dem ihre Ahninnen einst ihre Kinder zur Welt gebracht hatten.

In jenem ersten Winter sahen Sally und Tamaka sich sehr häufig, doch den älteren Frauen begegnete Sally erst im folgenden Sommer wieder. Da führte Tamaka sie an den Rand des Indianerdorfs, und die beiden Frauen, die Sally besucht hatten, empfingen sie. Dann führten sie Tamakas Freundin mit ernster, entschlossener Miene zu dem Schöterich, der auf ihren Feldern zwischen den Kürbissen und dem Mais wuchs.

Von all dem erzählte Sally ihrem Bruder nichts. Nie zuvor hatte sie etwas vor ihm geheim gehalten, aber sie wusste, was passieren würde, wenn sie ihm davon berichtete. Lucas würde über die Wilden schimpfen; er würde ihr das Versprechen abnehmen, nie mehr in das Indianerdorf zu gehen. Deshalb beschloss Sally, diese kleine Nische ihres Lebens vor ihm Bruder zu verbergen. Um des lieben Friedens willen.

Diesem Entschluss blieb sie zwei Jahre lang treu, bis zum Sommer des Jahres 1663, als sie eines Tages mit der reglosen Tamaka im Arm schreiend in den Baderladen taumelte. »Lucas! Bist du da? Lucas!«

»Sally, was ist los? Was… Gütiger Himmel, Mädchen, wen bringst du mir denn da?«

»Das ist Tamaka. Sie… im Wald… O mein Gott…« Sally hatte das Mädchen den ganzen Weg von der Blockhütte in die Stadt getragen und war so erschöpft, dass sie sich kaum verständlich machen konnte. »Tamaka«, wiederholte sie und legte das Mädchen auf Lucas' Behandlungstisch. »Tamaka.«

Von ihrer Last befreit, lehnte Sally sich an die Wand und rang nach Luft. »Tamaka«, stieß sie ein drittes Mal hervor.

Lucas starrte seine Schwester an, ohne sich der kleinen Patientin zu nähern.

»Ihre Hand. Schau!« Mehr brachte Sally nicht hervor. Sie rutschte an der Wand hinab und sackte in einem Häufchen am Boden zusammen, ließ den Kopf zwischen die Knie sinken und atmete tief durch, bis das Feuer in ihrer Brust erlosch und das Zittern in ihren Armen und Beinen aufhörte.

Lucas beäugte das Mädchen, das er untersuchen sollte. Ihr Rock aus Hirschhaut war vorne mit Blut durchtränkt. Sie lag völlig reglos da, nur das leichte Heben und Senken ihres nackten Oberkörpers zeigte, dass sie noch am Leben war. Er trat nicht zu ihr. Vielmehr ging er zu seiner Schwester, beugte sich über sie und legte ihr eine Hand auf die Schulter. »Du bist ja halb tot. Wart einen Augenblick. Ich hole dir schnell von gegenüber etwas Bier.«

»Nein, nein. Tamaka!« Das Sprechen fiel ihr jetzt leichter. Sie konnte ganze Sätze hervorbringen. »Schau dir ihre Hand an, Lucas.«

Er drehte den Kopf und betrachtete das Mädchen auf dem Untersuchungstisch. Als wollte er sich vergewissern, dass er sich in seiner ersten Einschätzung nicht geirrt hatte.

Das hatte er nicht. »Sally, das ist eine Rothaut. Ein Indianerbalg. Eins weniger von denen bedeutet, dass ein paar weniger von uns im Bett ermordet werden.«

Lucas hatte sich angewöhnt, der Sommermode der Kolonialisten entsprechend ein eng gegürtetes Lederwams anstatt einer Jacke zu tragen. Sally packte ihn am Saum und zog daran. Ihre Augen blickten ihn flehentlich an. »So ist es gar nicht. Bitte, Lucas, dreh dich nicht weg. Schau mich an. Um der Liebe des Allmächtigen willen, sie ist ein Kind! Und sie ist meine Freundin.«

»Deine was?«

»Meine Freundin. Ich kenne sie fast so lange, wie wir hier sind. Ein Fuchs hat sie angefallen. Wir haben Beeren gesammelt an einer Stelle, die sie kennt, und dann ist ein Fuchs aus dem Gestrüpp gesprungen und hat ihr die Finger abgebissen. Ich hab sie mitgebracht. Ich habe dir Tamakas Finger gebracht, Lucas, damit du sie annähst. Die alten Ägypter haben das auch gemacht. Das hast du mir erzählt. Das kannst du auch. Bitte, Lucas. Um meinetwillen. Bitte.«

Widerwillig musste Lucas sich eingestehen, dass Sallys Worte ihn fesselten. Einen Finger oder einen Zeh anzunähen ... Er hatte von derartigen Operationen gelesen. In London hatte er sogar gehört, dass in Preußen einmal ein Fuß wieder angenäht worden war, obwohl er später brandig und schwarz wurde und der Patient schließlich starb. Aber ein Kinderfinger ... Klein, handlich, das perfekte Gliedmaß, um sich an einem solchen Eingriff zu versuchen. Und bei einem Indianerbalg, wo es egal war, ob es überlebte oder starb.

Sally zerrte noch immer an seinem Wams. Lucas machte sich los und trat an den Behandlungstisch.

Über dem blutgetränkten Rock sah er die knospenden Brüste des Mädchens, kleine Schwellungen auf dem mageren nussbraunen Oberkörper. Sie regte sich nicht. Lucas glaubte, sie wäre noch ohnmächtig, bis er ihr ins Gesicht sah: Sie war wach und starrte ihn an. Ihre großen, dunklen Augen verrieten keinerlei Gefühlsregung, nicht einmal Schmerz.

Sie hielt die linke Hand mit der Rechten auf dem Bauch umklammert. Er berührte ihre Finger. Sie öffnete die Hand nicht, hielt den Blick aber unverwandt auf ihn gerichtet. »Sie lässt sich nicht von mir untersuchen.«

Mühsam richtete Sally sich auf und trat an den Tisch. Sie stellte sich neben Tamaka, streichelte ihr über Stirn und Wangen. »Es wird alles gut werden, Schätzchen. Wirklich. Das ist mein Bruder, er kann dir helfen.« Sie wandte sich an Lucas. »Jetzt wird sie dich lassen.«

Sie hatte Recht. Nun konnte Lucas die Hände des Mädchens lösen und die Verletzung genauer betrachten. Die Linke hatte stark geblutet. Sally hatte Sumachblätter um die Wunde gelegt und ihren Schal darum gebunden, aber mittlerweile war alles von Blut durchtränkt. Er wickelte den Schal und die Blätter ab. Drei kleine Teile fielen zu Boden. Drei Finger.

Lucas hob sie auf. Sie waren verstümmelt, halb zermalmt. »Wieso hat der Fuchs sie nicht gefressen?«

»Weil ich ihn getötet habe.« Sally streichelte noch immer Tamakas Stirn. »Ich habe ihn mit einem Ast erschlagen und ihm die Finger abgenommen.«

Lucas hob den Kopf und musterte seine Schwester. »Wie es scheint, hast du viele Gaben, von denen ich nichts weiß.«

»Sie ist ein Kind, Lucas.« Sie würde nicht mehr betteln. Entweder würde er Tamaka helfen, nur der Gerechtigkeit halber, oder er würde es bleiben lassen. »Warum solltest du ihr nicht helfen? Sie hat niemandem etwas zu Leide getan.«

»Und die Operation wäre faszinierend«, murmelte Lucas. Er fasste einen Entschluss. »Komm, Sal, hilf mir.«

Seine Worte gaben ihr neue Kraft. Sie war ihm schon früher zur Hand gegangen. Sie wusste genau, was er brauchte. Schnell goss sie Wein in den Topf, der über dem Feuer hing. Bei Lucas brannte immer ein Feuer, obwohl es jetzt, in den heißesten Augusttagen, gut mit Asche bedeckt war. Sally stocherte in der Glut, bis die Scheite aufloderten, dann lief sie in die andere Ecke des Zimmers, holte seine Instrumententasche und öffnete sie. Schließlich ging sie zu dem kleinen Vorrat von Heilmitteln, den sie stets für Lucas bereit hielt, und holte den Krug mit Laudanum.

»Nein«, sagte Lucas. Er war bereits dabei, die Wunde zu säubern, tupfte die blutigen Stümpfe ab, die der Fuchs von den Fingern zurückgelassen hatte.

»Gegen die Schmerzen«, flüsterte Sally. »Dann braucht sie nicht so viel zu leiden.«

»Und ist uns weniger dankbar. Kein Laudanum, Sal. Ich brauche es für meine anderen Patienten.« Die Hand des Kindes blutete so gut wie nicht. »Woher weißt du, dass man Wunden mit Sumachblättern verbinden muss? Sieht ganz so aus, als würden sie sich ausgezeichnet dafür eignen.«

»Das weiß ich von Tamaka. Die Indianer verwenden bei Blutungen immer Sumach.«

»Und sie war noch bei Sinnen, wie? Nachdem der Fuchs sie angefallen hat?«

»Nein, sie ist ohnmächtig geworden. Das mit dem Sumach hat sie mir schon früher erzählt.«

»Ach ja, ich hatte völlig vergessen, sie ist ja deine Freundin. Seitdem wir hier sind. Obwohl du mir nie davon erzählt hast.«

»Lucas, ich ...«

»Egal. Ich verzeihe dir, Sally. Wir brauchen nicht wieder davon zu reden.« Während er sprach, untersuchte er die abgetrennten Finger. »Viel ist von ihnen nicht übrig geblieben. Sie sind ziemlich zerkaut. Aber einen Versuch ist es allemal wert.«

»Es muss dir gelingen, Lucas. Wenn ihre Hand so arg verstümmelt ist, wenn ihr Finger fehlen, wird sie nie einen Mann kriegen. Niemand wird sie wollen. Die Indianer glauben ...«

»Guter Gott, bist du auch noch eine Expertin in ihren Glaubensdingen?«

»Nein, natürlich nicht. Es ist nur ... Vergiss es. Wirst du es schaffen, Lucas? Ihr die Finger wieder anzunähen?«

»Offen gestanden, ich weiß es nicht. Aber es ist ein interessanter Versuch.«

Lucas machte sich daran, die abgetrennten Finger zu säubern. Sally stellte sich wieder neben Tamaka, streichelte ihr über den Kopf, flüsterte ihr beruhigende Worte zu. Lucas achtete weder auf seine Schwester noch auf das Kind; er konzentrierte sich ganz auf seine Arbeit, sägte die zersplitterten Knochen von den Fingerstümpfen, so dass eine saubere Fläche zurückblieb; dann schnitt er mit einer scharfen Klinge die Hautfetzen ab. Schließlich steckte er die Finger in den Wein, der über der Feuerstelle köchelte.

Es gehörte zu Lucas' Eigenheiten als Wundarzt, dass er Wein auf dieselbe Art verwendete, wie man es in der Antike getan hatte – zum Säubern von Wunden und zum Tränken der Bandagen vor dem Anlegen. Warum das half, wusste er nicht genau, aber er war überzeugt, dass Wein den Heilungsprozess oft unterstützte. Und es wäre viel aufschlussreicher, wenn dieses Indianerbalg mit wieder angenähten Fingern weiterlebte, als wenn es seine Mühe in ein frühes Grab nähme. »Jetzt lass uns mal die Hand ansehen, ja?«

Lucas schob ein Holzbrett unter den Arm des Mädchens und band ihn daran fest. »Halt sie fest«, sagte er zu Sally.

»Wenn sie sich bewegt, hat sie nicht nur keine Finger, sondern auch keine Hand mehr.«

»Sie wird sich nicht bewegen«, erwiderte Sally.

Lucas schaute auf. »Halt sie fest«, wiederholte er. Er suchte seine kleinste Säge heraus, die mit den feinsten Zähnen, und beugte sich über die Patientin.

Offenbar hatte der Fuchs heftig um seine Mahlzeit kämpfen müssen; er hatte gezogen und gezerrt, um dem Kind die Finger abzureißen. Die winzigen Knochen, die die Finger mit der Hand verbunden hatten, waren zersplittert, der Rest war eine formlose Masse. Lucas sah keine Möglichkeit, die Knochen oder die Sehnen wieder zusammenzufügen; er konnte nur die Finger annähen und hoffen, dass die Natur ein Übriges tun würde. In den Büchern hieß es, dass der Körper auf irgendeine Art Blut in das zuvor abgetrennte Glied schickte, so dass kein Wundbrand entstand und Gift durch das ganze System floss. Das Einzige, was er tun konnte, war, eine saubere Anschlussstelle zu schaffen. Dafür musste er das zerfetzte Fleisch und die zersplitterten Knochen an der Hand ebenso entfernen, wie er es bei den Fingern getan hatte.

Er begann zu sägen. Langsame, vorsichtige Bewegungen, als würde er Zehennägel schneiden. Das Mädchen rührte sich nicht. Lucas warf einen Blick auf die Patientin, dann zu seiner Schwester. Sallys Gesicht war verzerrt, als erleide sie die Schmerzen des Kindes. Tamakas Miene hatte sich nicht verändert, sondern war ebenso ausdruckslos wie zuvor.

Einige Minuten später war er mit dem Sägen fertig. Mit seinem kleinsten Skalpell schnitt er die Fleischfetzen ab. Wann immer er den Kopf hob und Tamaka ansah, ruhte ihr Blick auf ihm. Er hätte schwören mögen, dass ihre dunklen Augen kein einziges Mal blinzelten. Und sie gab keinen Laut von sich.

»Ganz schön zäh«, sagte Lucas, als er mit dem Säubern

fertig war. »Wirklich ganz schön zäh, deine Tamaka. Kein Wunder, dass wir solche Mühe haben, sie und ihre Leute umzubringen.«

Sally schluckte ihren Zorn hinunter. Lucas wiederholte nur, was er in der Stadt hörte. Er wusste es nicht besser. »Indianische Frauen geben bei der Geburt keinen Ton von sich, Lucas. Das ist für sie eine Frage der Ehre. Kennst du auch nur eine einzige weiße Frau, die das schafft?«

»Das weiß ich nicht.« Er schaute nicht auf. »Ich bin schließlich keine Hebamme. Geburtshilfe gehört nicht zu meinem Fach. Gib mir den blutstillenden Puder.«

Er sprenkelte das Styptikum großzügig über die verstümmelte Hand, dann nahm er den Zeigefinger und nähte ihn vorsichtig an. Mit kleinen Stichen, die dicht an dicht saßen. Die Haut des Fingers ließ er auf die Hand überlappen, so dass der Finger auch ohne Knochen guten Halt hatte. Es dauerte beinahe vier Minuten, bis der erste Finger angenäht war. Dann nahm Lucas sich den zweiten vor.

»Die sind mindestens ein Drittel kürzer als vorher«, sagte er, als er auch den dritten Finger fertig angenäht hatte. »Aber da ist der Fuchs dran schuld, nicht ich. Und sie wird sie natürlich nicht bewegen können.«

Sally tat seinen Einwand mit einem Kopfschütteln ab. »Das macht nichts. Unverheiratet bleibt sie nur, wenn ihr ein Körperteil fehlt. Die Krieger wollen keine verstümmelte Frau.«

»Wie schön zu wissen, dass deine kleine Freundin, wenn sie's überlebt, noch ein paar Indianer mehr zur Welt bringt, die uns bei lebendigem Leib verbrennen.«

»Das würde Tamaka nie tun. Und ihr Volk auch nicht. Lucas, sie wird doch überleben, oder?«

»Die Wahrheit?«, fragte er. Sally nickte. »Das kann ich nicht sagen. Aber ich habe sorgfältig gearbeitet, und sie ist jung und kräftig. Ich denke schon.«

»Das wäre großartig. Es wird dir auch nicht Leid tun, Lucas. Ich kenne Tamakas Mutter und ihre Tante. Sie werden dir so dankbar sein. Du hast etwas Wunderbares getan, Lucas. Von jetzt an haben wir beide von den Indianern nichts zu befürchten.«

Eine Woche nach der Operation berichtete Sally, dass zwei von Tamakas angenähten Fingern sich schwarz verfärbten.

»Pech«, sagte Lucas. »Aber es war ein interessanter Versuch.«

»Lucas, was ist mit Tamaka? Wenn sie ...«

»Wenn die schwarzen Finger nicht abfallen, wird sie sterben. So viel ist sicher, Sally. Das habe ich schon oft gesehen. Zuerst verfärbt sich das Fleisch schwarz, was bedeutet, dass die Wunde brandig geworden ist, dann kommt das Fieber. Und dann der Tod.«

»Und wenn ich sie dazu bringen kann einzuwilligen – würdest du ihr die schwarzen Finger abnehmen?«

Lucas zögerte nur einen Moment. »Ja, warum nicht? Aber das müsste ich in der Blockhütte machen, nicht im Laden in der Stadt. Beim letzten Mal hatten wir Glück. Das Risiko möchte ich nicht noch mal eingehen.«

»Welches Risiko?«

»Dass jemand sieht, wie ich einen Indianerbalg operiere.«

Doch Lucas' Sorge erwies sich als überflüssig.

Sally ging erneut ins Indianerdorf und Tamakas Tante kam ihr entgegen. »Tamaka«, sagte Sally. »Bitte, ich muss sie unbedingt sehen. Mein Bruder will ihr helfen. Er muss ihr ...« Die Indianerin legte Sally einen Finger auf die Lippen. Dann machte sie kehrt und ging davon.

Eine weitere Woche verstrich. Keine Spur von Tamaka. Schließlich nahm Sally allen Mut zusammen und suchte wieder das Indianerdorf auf. Niemand kam, um sie zu begrüßen. Sie blieb am Rand der mit Tierhäuten bespannten Hütten stehen und wartete, wie sie es immer tat, aber nichts geschah. Sie sah zwei Frauen, die zur Arbeit auf den Feldern aufbrachen und zu ihr herüberblickten, aber keine näherte sich ihr. Sally wusste nicht, was sie tun sollte, also blieb sie stehen und wartete. Schließlich trat eine alte Frau auf sie zu. »Tamaka«, sagte Sally und deutete auf ihre Hand. »Wie geht es ihr?«

Offenbar war die Frau als Botin auserkoren worden, weil sie ein paar Worte Englisch sprach. »Tamaka tot«, sagte sie.

## III

»Guten Tag, Bader. Ich bin Jacob Van der Vries.«

Lucas blickte auf und sah einen stämmigen Mann von kleiner Statur, aber gewichtiger Miene vor sich. Sein Haar war leuchtend rot, er trug einen kurzen roten Bart und einen außergewöhnlich buschigen roten Schnurrbart. Und obwohl er Englisch gesprochen hatte, verriet sein Akzent, dass er aus den Niederlanden stammte. »Guten Tag, Mijnheer. Ihr wollt vermutlich barbiert werden?«

»Nein, kein Barbieren.«

»Entlausen?« Lucas erhob sich von seinem Schemel am Feuer – es war ein finsterer Tag Anfang Dezember, und er hatte im Licht der Flammen geschrieben – und ging mit seinem Journal zum Behandlungstisch.

»Ich will auch nicht entlaust werden«, erwiderte der Niederländer. »Was habt Ihr da?«

»Aufzeichnungen über einige Gebrechen. Aber darüber braucht Ihr Euch sicherlich keine Sorgen zu machen; Ihr seht nicht krank aus.«

Ganz im Gegenteil, Van der Vries sah wie der Inbegriff

der Gesundheit aus. Und des Wohlstands. Die Manschetten seiner Ärmel bestanden aus Spitzenrüschen, seine Gürtelschnalle aus poliertem Silber. Der Gürtel selbst spannte sich über der Jacke und dem wohlgenährten Bauch. »Ich habe Euch in Nieuw Amsterdam noch nie gesehen«, fuhr Lucas fort. »Heißt das, dass Ihr eben erst angekommen seid?«

»Vor einigen Tagen. Und Ihr habt Recht, ich bin nicht krank. Aber Eure Aufzeichnungen interessieren mich, Bader.« Van der Vries streckte die Hand aus. »Darf ich sehen?«

»Tut mir Leid, nein. Es sind einfache Aufzeichnungen. Damit ich später einmal umfassend darüber berichten kann, was ich in zweieinhalb Jahren in Nieuw Amsterdam alles gesehen habe.« Lucas schloss sein Tagebuch fort. »Wenn Ihr also nicht barbiert und nicht entlaust werden wollt, und wenn Euch nichts fehlt, so dass Ihr keinen Aderlass braucht – was führt Euch dann zu mir, Mijnheer Van der Vries?«

»Ich bin Jacob Van der Vries, meines Zeichens Arzt.«

»Ah, ich verstehe.« Lucas steckte den Schlüssel zur Schublade des Behandlungstisches in seine Hosentasche. »Ein Arzt.«

»In der Tat. Ich ging beim fortschrittlichsten Wundarzt von Den Haag in die Lehre. Und eine Zeit lang diente ich den Kranken in Eurer schönen Stadt Cambridge. Nun stehe ich im Dienst der Niederländischen Westindien-Gesellschaft. Das heißt, wir werden häufiger miteinander zu tun haben, Bader. Ich werde Euch rufen lassen, wenn meine Patienten zur Ader gelassen werden müssen. Und nun, da jemand hier ist, der Eure Tätigkeiten überwacht, werdet Ihr vielleicht nicht mehr die Notwendigkeit verspüren, Aufzeichnungen über …«

Beide Türhälften schwangen auf, so heftig, dass sie gegen die Wand knallten. »Arbeit für Euch, Bader! Bringt sie hier rein, Jungs!« Dem Sergeanten folgten vier Soldaten mit zwei Tragen. »Die Rothäute haben die Bronck-*bouwerie* und die kleine *plantage* vom alten Heerik überfallen. In Schutt und Asche gelegt. Sieben Tote. Zum Glück ist zufällig eine unserer Patrouillen vorbeigekommen und hat die blutrünstigen Wilden von Heeriks Grundstück vertrieben, bevor sie alle umbringen konnten. Bei zwei der Verwundeten haben wir uns gedacht, dass es sich lohnt, sie zu Euch zu bringen.«

Auf einer der Tragen lag eine junge Frau; sie war bewusstlos, in ihrem Bauch steckte noch ein Pfeil. Ihr hellblondes Haar streifte über den Boden, weil ihr die Hälfte der Kopfhaut abgetrennt worden war. Beim zweiten Opfer handelte es sich um einen alten Mann. In seinem Körper steckten drei Pfeile, aber er war bei Bewusstsein und sein Haarschopf war noch fest mit seinem Schädel verwachsen. »Vergesst mich«, flüsterte er, als die Soldaten seine Trage absetzten. »Kümmert euch um meine Tochter.«

»Ja, ja, beruhigt Euch. Ich kümmere mich um Euch beide.« Das kam von Van der Vries, der sich gerade über die junge Frau beugte und ihre Kopfwunde in Augenschein nahm.

Lucas' Aufmerksamkeit galt nur den Soldaten. »Meine Schwester, Sergeant! Sie ist ganz allein. Unsere *plantage* ist nicht weit von ...«

»Es ist alles in Ordnung. Wir haben schon Patrouillen ausgeschickt, um alle Familien von den umliegenden Farmen ins Fort zu holen, bis wir das rote Pack gefangen haben.«

»Soldat!« Wieder Van der Vries. »Schickt augenblicklich jemanden zu meinem Haus. Er soll meine Tasche holen. Mein Diener wird sie ihm geben. Schnell!«

»Jawoll, Mijnheer. Sofort.«

In der Zwischenzeit hatte Van der Vries sein Jackett abgelegt und hielt es nun Lucas entgegen. »Hier, Bader. Legt das irgendwohin, wo es nicht schmutzig wird. Dann legt noch etwas Holz nach. Das Brenneisen muss glühend heiß sein, damit ich diese Wunde behandeln kann.«

Lucas nahm das Jackett entgegen und schlang es sich über die Schulter. »Ich besitze kein Brenneisen, Mijnheer Wundarzt. Abgesehen davon billige ich Kauterisieren auch nicht. Aber Holz haben wir reichlich, und ich lege gerne so viel nach, wie Ihr wünscht.«

Van der Vries beugte sich vor und kniff die Augen zusammen. Er musterte Lucas eingehend. »Ihr billigt nicht ... Was wollt Ihr überhaupt von medizinischer Behandlung verstehen?«

»Ich bin ebenso Chirurg wie Bader.«

»Ach, so ist das? Ein Chirurg. Ich war geneigt, Euch für einen Bader zu halten, weil alle Euch so nennen. Und jetzt muss ich feststellen, dass Ihr einer von diesen Schlächtern seid, ein Metzger, der sein verkommenes Handwerk an menschlichem Fleisch verrichtet. Nun, jetzt bin ich hier, Chirurg oder Bader oder was immer Ihr seid, und ...«

»Und während wir debattieren, verliert die Patientin zusehends Kraft.« Lucas trat zur Trage, auf der die junge Frau lag. »Der Schädel ist nicht verwundet, und die Blutungen waren nicht sehr stark. Wenn wir schnell sind und etwas vom blutstillenden Puder meiner Schwester aufstäuben, wenn wir die Wunde mit Wein säubern und die Kopfhaut wieder annähen und dann den Pfeil aus ihrem Bauch ziehen, kommt sie vielleicht sogar mit dem Leben davon.«

»Blutstillender Puder – das klingt ja ungemein interessant. Und woher bekommt Eure Schwester diesen Puder?«

»Sie ...«

»Ich mache ihn aus der Wurzel der Pflanze, die Herbalisten Achillea nennen, Mijnheer. Ihr kennt sie vermutlich unter dem Namen Schafgarbe.« Sally nahm ihren Umhang ab, noch während sie den Raum betrat. »Die Soldaten haben mich hergebracht, Lucas. Sie haben mir erzählt, was passiert ist. Und dass der gute Arzt hier ist.« Schon stand sie an der Theke, schüttelte die getrocknete und pulverisierte Schafgarbenwurzel in ein Stück Birkenrinde. »Guten Tag, Mijnheer.«

Van der Vries schaute zu ihr, die Augen noch immer zusammengekniffen. »Sehr interessant«, murmelte er. »Ihr gebt ein überaus interessantes Paar ab. Der Schlächter hat seine eigene Apothekerin. Sagt, aus welcher Gegend Englands kommt Ihr?«

»Aus Dover in Kent«, antwortete Lucas. »Ursprünglich.«

»Ach, aus der Provinz. Das habe ich mir schon gedacht, wegen Eures Akzents.« Der Niederländer wandte sich der Patientin zu, beugte sich über sie und beäugte die Wunde. »Aber natürlich habt Ihr Euer Handwerk in London studiert, oder nicht?«

»Natürlich«, sagte Lucas. »In London.«

Sally stockte der Atem, ein unwillkürliches Erschrecken, das sie nie ganz unterdrücken konnte. Rasch versuchte sie, davon abzulenken, indem sie ihrem Bruder die Rinde mit dem Puder reichte. »Lucas, hier, es ist fertig.«

Lucas trat zu der jungen Frau, die auf der Trage lag. Ihr Atem ging sehr flach. Viel Zeit blieb ihnen nicht. »Sally, hast du ein anregendes Tonikum?«

»Ich glaube schon. Wenn nicht hier, dann in meinem … Ja, hier ist es.« Noch während er sprach, entkorkte sie ein Fläschchen und griff nach einem Dosierlöffel.

»Nun denn«, sagte Van der Vries leise. »Ihr müsst mir von Eurem anregenden Tonikum erzählen, Juffrouw.«

»Ein Dekokt aus Digitalis puerperia. Für Euch Fingerhut, Mijnheer. Gerard und Culpepper sind beide …«

»Fingerhut. Bitte, frischt mein Gedächtnis auf! Die Blüten sind herzförmig? Oder vielleicht lungenförmig?«

Sally starrte ihn an. Lucas gab ein Geräusch von sich, das halb Schnauben, halb Lachen war, und machte sich daran, die Kopfverletzung der Frau mit dem blutstillenden Puder zu bestäuben. Van der Vries sprang auf ihn zu. Für einen Mann seiner Statur bewegte er sich überraschend gewandt – noch bevor Lucas etwas auf die Wunde sprenkeln konnte, hatte der Niederländer seine Hand beiseite gestoßen. Der kostbare Puder rieselte auf den Boden.

»Bei Gott, Mann! Schaut, was Ihr getan habt! Wie kann ...«

»Ich bin ein Arzt im Dienst der Westindien-Gesellschaft. Das heißt, dass ich für diese armen Menschen verantwortlich bin, Bader. Und offenbar seid Ihr und Eure Schwester nicht bewandert in der Signaturenlehre. Juffrouw Sally sagte uns, dass sie ihre anregenden Tonika aus Pflanzen herstellt, deren Blüten weder die Form eines Herzens noch die einer Lunge haben, und ihr Styptikum besteht ausgerechnet aus Schafgarbe. Weiße Blüten, nicht rote. Daher kann Schafgarbe bei blutenden Wunden keine Wirkung zeigen.«

»Mann«, stieß Lucas hervor, »das kann doch nicht Euer Ernst sein?«. Dann, nach einigen Sekunden: »Heiliger Heiland, Ihr meint es tatsächlich ernst. Ich kann nicht glauben ... Komm, Sal, Heilkräuter sind deine Sache. Sag's ihm. Die Signaturenlehre wurde widerlegt ... wann? Vor dreißig Jahren?«

Sally hielt ihm noch immer das Dekokt aus Fingerhut und den Dosierlöffel entgegen. »Lucas, diese Frau atmet kaum noch ...«

»Sag's ihm, Sally. Das war doch Gerard, oder? Gerard hat die Signaturenlehre widerlegt.«

»Ja, das war er. Vor vierzig Jahren. Es dauerte zwar

lange, bis seine Meinung allgemein anerkannt wurde, aber jetzt ist jeder Apotheker dieser Ansicht.«

»Danke. Hier, Sal, gib mir den Löffel.« Lucas nahm das Tonikum von ihr entgegen. Die Frau war bewusstlos, dennoch gelang es ihm, ihr ein paar Tropfen zwischen die Lippen zu träufeln. »Jetzt warten wir ab, wie sie darauf reagiert, bevor wir ihr noch mehr geben. Und dann müssen wir uns um die Kopfwunde kümmern, sonst ist sie sowieso verloren.«

Van der Vries hielt den Blick auf Sally gerichtet, doch er sprach zu Lucas. »Da es hier bislang keinen Arzt gab, der Eure Arbeit hätte übernehmen können, werde ich darüber hinwegsehen, dass Ihr meiner Patientin ohne meine Erlaubnis ein Mittel verabreicht habt. Und da Ihr kein Brenneisen habt, versichere ich Euch, dass sich die Kopfwunde nicht behandeln lässt, bis der Soldat mit meiner Tasche eintrifft.«

Lucas fädelte eine Nadel mit einem Stück Katzendarm.

»Ich schwöre es, Bader, Ihr werdet der Frau nicht den Kopf zusammennähen, bevor ich ihren Schädel nicht kauterisiert habe.«

»Ihr meint, bevor Ihr ihr das Hirn verbrannt habt.«

»Wunden verbrennen den Körper. Um Feuer zu behandeln, muss man Feuer einsetzen. Das ist das oberste Prinzip in der Medizin. Obwohl Ihr natürlich auch davon nichts wissen könnt. Ich werde nicht … Ach, hier ist ja der Soldat mit meiner Tasche.«

Ein junger Offizier kam herein und reichte Van der Vries eine ausladende Ledertasche. Der Arzt ließ sie aufschnappen und nahm einen langen Eisenstab mit elfenbeinernem Griff heraus. Den eisernen Teil steckte er tief in die rote Glut. »Es muss so heiß wie möglich werden, etwas anderes hilft nicht. Wir müssen warten.«

Lucas schaute zu Sally. Sie zuckte nur mit den Schultern.

Dann sah er zu der Frau, deren Kopfhaut halb herabhing. Ihr Atem ging noch flacher als zuvor. Er überlegte, ob er ihr etwas mehr von dem anregenden Tonikum geben sollte, aber Van der Vries würde sie bei lebendigem Leibe verbrennen, bevor er ihr auch nur einen Tropfen verabreicht hätte. Verzweifelt drehte er sich zu dem alten Mann, der auf der Trage am Boden lag. »Ihr habt gesagt, dass sie Eure Tochter ist. Was wünscht Ihr, was wir tun? Wollt Ihr, dass Van der Vries, der Arzt, ihr den Schädel verbrennt oder dass ich ihr die Kopfhaut wieder annähe? Sagt es mir. Ihr habt die Verantwortung für sie. Die Entscheidung liegt bei Euch.«

Es kam keine Antwort.

Sally kniete neben dem Alten nieder. Dann legte sie ihm die Hand unter dem Hemd aufs Herz und wartete einige Sekunden. Schließlich schaute sie auf. »Lucas, er ist tot.«

Der Offizier hatte unterdessen gebannt den halb skalpierten Schädel der Frau betrachtet. »Und die hier auch, wie's scheint. Auf jeden Fall atmet sie nicht mehr.«

Lucas ging zum Behandlungstisch und spürte nach dem Herzschlag der Frau, dann legte er das Ohr an ihre Brust. Nichts. Sally trat neben ihn, eine Scherbe versilbertes Glas in der Hand. Lucas hielt den Spiegel an die Lippen der Frau, dann streckte er ihn ins Licht. Auf dem Glas war kein Hauch zu sehen. »Sie ist tot. Hölle und Verdammnis, Van der Vries, sie ist tot. Und der Alte auch.«

Van der Vries zog das Brenneisen aus dem Feuer und legte es zum Abkühlen vor die Feuerstelle. Einen Moment richtete er seine ganze Aufmerksamkeit auf seine Spitzenmanschetten, die er eingehend betrachtete. Als er sprach, war seine Stimme sehr leise. »Da seht Ihr die großartige Wirkung Eures Tonikums, Mistress Sally.« Und an Lucas gewandt: »Von heute an werden meine Anweisungen ohne weitere Fragen befolgt. Habt Ihr mich verstanden?«

»Soweit ich Euch verstehe, seid Ihr ein …«

»Ein praktizierender Arzt. Und in England wie in meiner Heimat sind Ärzte den Chirurgen und Badern übergeordnet, nicht wahr? Spreche ich nicht die Wahrheit? Kommt, Mijnheer Turner der Bader, der auch chirurgische Eingriffe vornimmt – der Offizier und ich warten auf Eure Antwort.«

»Das ist wahr.«

»Gut, Ihr seid ein aufrichtiger Mann, so unwissend Ihr auch sein mögt. Ich hoffte, dass das der Fall sein würde.« Van der Vries spielte noch immer mit seinen Manschetten. »Offizier, sagt Euren Vorgesetzten, dass in Zukunft alle Verletzten direkt zu mir gebracht werden. Wenn ich die Dienste des Baders brauche, schicke ich nach ihm.«

Die riesigen Würmer waren schwarz, vielfach in Ringe unterteilt und jeweils etwa drei Zoll lang. Van der Vries hatte beinahe eine Pinte davon. In dem großen, mit einem Korken verschlossenen Glasgefäß bildeten sie einen unförmigen, sich windenden Haufen. Auf Lucas, der im Schatten stand, wirkten die Würmer wie eine einheitliche Masse, doch er wusste, was er da vor sich sah. *Hirudo medicinalis*. Blutegel.

Gewöhnlich schaute Lucas täglich oder jeden zweiten Tag im Hospiz vorbei, doch in der Woche seit dem Überfall der Indianer hatte er zu viel zu tun gehabt. Vorwiegend handelte es sich dabei um Pfeilverletzungen. Die Canarsie, die Shinnecock und die Raritan – allesamt hier ansässige Stämme – waren auf dem Kriegspfad.

Nur einmal hatten die Indianer die Verteidigung von Nieuw Amsterdam durchbrochen. 1655 war es einem Trupp Wappinger gelungen, mit ihren Kanus ganz in der Nähe des Forts zu landen und in die Straßen vorzudringen. Damals war Stuyvesant weit oben im Norden gewesen, in

Fort Orange. Dieses Mal war er zu Hause. Am Südufer wimmelte es vor Bewaffneten, und der Wall war alle zehn Fuß mit einem Wachposten bemannt. Natürlich hatten alle Kolonialisten, die in der *voorstadt* oder noch weiter nördlich lebten, den Schutz der Stadt aufgesucht. Die Siedlung platzte aus allen Nähten, es ging zu wie in einem Bienenstock. Dann hatten die Wilden eine regelrechte Belagerung der Stadt begonnen.

Und inmitten dieses Aufruhrs musste Lucas sich mit diesem Jacob Van der Vries herumschlagen. Mit einem Mann, der an die Signaturenlehre glaubte, drei Jahrzehnte nachdem jeder vernünftige Arzt die Theorie aufgegeben hatte, und der sich einen Vorrat schwarzer Würmer zugelegt hatte, die die Arbeit des Baders und des Skalpells übernehmen sollten.

Lucas trat von der Türschwelle in den Raum. »Guten Tag, Mijnheer Van der Vries. Wie ich sehe, muss Eure Patientin zur Ader gelassen werden.«

»Ah, der Bader. Ja, ich glaube, dass ein Aderlass dieser armen Kreatur helfen wird. Aber ich brauche Euch nicht. Ich habe meine kleinen Freunde.« Van der Vries hielt das Glas hoch. Die Egel hatten ihre vergeblichen Bemühungen eingestellt, an den Innenwänden des Gefäßes hinaufzukriechen, und bildeten nun eine reglose, schwarze Masse. Sie waren hungrig und damit in genau dem richtigen Zustand, um sich an menschlichem Fleisch festzusaugen und Blut aufzunehmen.

Lucas deutete mit dem Kopf auf das Glas. »Die habt Ihr hier gefunden, nicht wahr? Der Größe nach zu urteilen stammen sie nicht aus den Niederlanden.«

»In der Tat nicht. Sie kommen aus einem Teich keine fünf Minuten von meinem Haus entfernt. Erstaunlich groß, findet Ihr nicht auch?«

»Doch. Und genau das ist das Problem. Egel saugen, bis

sie voll sind, dann fallen sie ab. Die Art, die hier in Nieuw Nederland gedeiht, braucht sehr viel Blut.«

»Umso besser.« Van der Vries öffnete geschäftig seine Tasche. »Wenn man etwas tun will, sollte man es gleich richtig tun. Ich war nie ein Mann für halbe Sachen.«

Lucas beugte sich über die Patientin. Die Frau – etwa vierzig und sehr mager, um nicht zu sagen verhungert – war nicht bei Bewusstsein. An ihrem Hals wucherte ein etwa faustgroßes Geschwür. Lucas betastete den Tumor. Er war kalt und steinhart. Mit beiden Händen befühlte er die Kehle rechts und links der Geschwulst. Hier war die Haut von normaler Temperatur und gab seinem Druck nach. Dann blickte er der Frau ins Gesicht. Und jetzt erkannte er sie, trotz der entstellenden Wucherung. »Das ist ja die Witwe Kulik. Sie lebt in der Nähe des Forts. Nicht die Art Frau, die man oft hier sieht. Wie lange ist sie schon hier?«

»Das weiß ich nicht.« Van der Vries hatte getan, als würde er Lucas' ungebetene Untersuchung der Patientin nicht bemerken, während er den Inhalt seiner Tasche durchsuchte. »Was habe ich nur mit meinem Schröpfkopf getan? Er war doch hier ...«

»Euer Schröpfkopf«, sagte Lucas leise. »Ihr wollt sie also schröpfen?«

Van der Vries wühlte noch immer in seiner Tasche. »Das hatte ich vor, ja.«

Lucas sah sich um. Normalerweise war Sally im Hospiz, aber nicht an diesem Tag. Seit Beginn der Belagerung wohnten sie beide in dem einen Zimmer, aus dem sein Baderladen bestand. Sally hasste es, dort leben zu müssen. Sie verbrachte die ganze Zeit damit, den Raum so sauber zu halten wie die Blockhütte. Es war ein aussichtsloses Unterfangen, aber sie weigerte sich, den Kampf einzustellen.

Auch Anna Stuyvesant ließ sich durch den Belagerungszustand nicht davon abhalten, ihren Pflegedienst zu verrichten. Die Schwester des Gouverneurs stand am anderen Ende der kleinen Station. Und sie beobachtete Lucas und Van der Vries. Wäre es Sally gewesen, hätte Lucas sie zu sich gewinkt, doch bei Anna Stuyvesant hielt er es für angemessen, auf sie zuzugehen. »Wie ich sehe, ist die Witwe Kulik zu Euch in Pflege gebracht worden, Mevrouw. Darf ich den Grund erfahren? Und wie lange ist sie schon hier?«

»Seit gestern. Nachbarn haben sie hergebracht. Sie hat zu Hause niemanden, der sich um sie kümmern kann. Ihr letzter noch lebender Sohn ist vor zwei Tagen umgebracht worden.«

»Von den Wilden?«

»Natürlich. Sie sind die größte Plage, die wir hier haben.«

Lucas nickte. »Wenn ich mich recht erinnere, waren Kinder bei ihr …«

»Drei. Praktisch noch im Säuglingsalter. Die Witwe Kulik hat sich um sie gekümmert, seitdem die Mutter vergangenes Jahr im Kindbett gestorben ist. Die braven Leute in der Nähe haben sich der Kinder angenommen. Man konnte kaum erwarten, dass sie auch noch die sterbende Großmutter zu sich holen.«

»Und jetzt ist sie Patientin von Van der Vries«, sagte Lucas leise. »Und er will sie zur Ader lassen und schröpfen. Ist das seine Art, Mevrouw?«

»Dazu kann ich kaum etwas sagen; schließlich ist er noch keine zwei Wochen hier.«

»Lang genug für eine Person Eures Scharfsinns, sich ein Urteil zu bilden.« Bei diesen Worten sah er ihr direkt ins Gesicht, aber Anna Stuyvesant wich seinem Blick aus.

»Er ist praktizierender Arzt, Bader. Er hat seine Kunst bei Männern gelernt, die der angesehensten Gesellschaft dienten. Es ist nur recht und billig, dass das Hospiz unter seine Verantwortung fällt.«

Und er die zwanzig Gulden pro Jahr bekommt, die als Gehalt für dieses Amt bezahlt werden. Aber das erwähnte Lucas nicht. »Ihr habt den Knoten am Hals der Witwe Kulik bemerkt?«

»Es wäre schwer, ihn zu übersehen.«

»In der Tat.« Lucas sprach leise, aber eindringlich. »Direkt unter ihrem Kinn, eine Wucherung beinahe von der Größe meiner Faust und steinhart. Die ganze medizinische Welt erkennt das als einen Kropf an, Mevrouw. Der chirurgisch entfernt werden muss. Den Schröpfkopf anzusetzen bringt nichts weiter, als das Leid der Patientin zu vergrößern. Und ein Aderlass ist in solchen Fällen völlig sinnlos. Ich brauche Euch sicherlich nicht zu sagen, dass das Gefäß des Arztes Blutegel enthält. Noch dazu die hiesige Art. Sie saugen das Zwölffache ihres Gewichts an Blut, bevor sie abfallen.«

»Und wäre die Witwe Kulik zu Euch gekommen, hättet Ihr den Kropf entfernt?«

»Ja. Ich könnte nicht gewährleisten, dass ... Heiliger Strohsack!« Lucas machte auf dem Absatz kehrt und lief zum Bett der Patientin zurück. Jacob Van der Vries hatte seine Suche nach dem Schröpfkopf eingestellt und das Glasgefäß entkorkt, das er jetzt mit der Öffnung nach unten über den Kopf der Frau hielt. »Habt Ihr den Verstand verloren? Ihr dürft Blutegel doch nicht auf diese Art ansetzen! Um Himmels willen, Mann, Ihr bringt sie um!«

»Das ist eine erstaunliche Denkweise für einen Bader, oder nicht? Ein Aderlass ist doch Eure Antwort auf alles.« Van der Vries schaute nicht zu Lucas, sondern verfolgte, wie die Egel aus dem Glas purzelten. Einige fielen aufs Bett, doch die weitaus größere Zahl landete auf dem Gesicht der Frau. Mindestens sechs saugten sich an ihrem Hals fest.

»Gut«, flüsterte der Niederländer. »Ausgezeichnet! Und jetzt tut euer Werk, kleine Freunde. Saugt das Gift aus der Schwellung.«

Lucas explodierte beinahe vor Zorn. Seine Stimme zitterte, als er sprach. »Die Schwellung, wie Ihr sie zu nennen beliebt, ist kalt. Und hart. Das ist ein Tumor, Ihr Dummkopf, und kein Furunkel, den man mit Aufstechen oder einem Aderlass heilen kann.«

Van der Vries überhörte die Beleidigung. Er lachte leise. »Seid Ihr neidisch, Engländer? Immerhin verlangen diese Tierchen kein Honorar für ihre Dienste. Sie wollen sich nur mit dem schlechten Blut füllen, das dieser armen Frau solche Pein bereitet.«

»Ich habe Euch doch gerade gesagt, dass es kein ...« Lucas schluckte den Rest seines Widerspruchs hinunter. Es war zu spät. Mittlerweile hatten sich praktisch sämtliche Egel festgesaugt. Gesicht und Hals der Frau waren eine einzige schwarze, haarige Masse, die sich wand und krümmte und in dem Maße, wie die Würmer sich mit Blut füllten, zunehmend größer wurde. »Ihr seid ein Idiot«, flüsterte Lucas. »Schlimmer noch, ein Verbrecher und ein Mörder. Vier Egel auf einmal, höchstens fünf. Angesetzt am inneren Arm, nicht ...«

»Offenbar habe ich meinen Schröpfkopf vergessen. Zweifellos eine Nachlässigkeit meinerseits.« Van der Vries studierte angelegentlich die Fingernägel seiner linken Hand und sprach, ohne Lucas anzusehen. »Aber kaum ein Grund zur Aufregung in Anbetracht des fortgeschrittenen Stadiums der Krankheit. Und es würde kaum nützen, Blut aus dem Arm zu nehmen, wenn jeder Narr sehen kann – selbst ein Bader, der sich für einen Chirurgen hält –, dass die kranken Säfte sich im Hals der armen Seele eingenistet haben.«

Lucas holte tief Luft. Das Ausmaß dieses Irrtums war

einfach zu entsetzlich. Er meinte fast daran ersticken zu müssen.

Anna Stuyvesant hatte sich nicht in den Disput eingemischt, aber jetzt trat sie näher. Lucas wich einen Schritt beiseite, damit Anna Stuyvesant die schwarze Masse genau sehen konnte. Sie atmete hörbar ein. »So viele, Mijnheer Van der Vries?« Nichts von ihrem üblichen herrischen Ton. Sie klang flehentlich. »Ich habe nie ... Vielleicht könnt Ihr, Bader, zusammen mit dem Arzt einige Egel entfernen ...«

»Nein. Das können wir nicht.« Lucas beobachtete, wie der letzte Egel langsam über das Laken kroch, weiter über die Leiber seiner Verwandten, bis er ein Stück bloße Haut hinter dem Ohr der Frau fand. Lucas hätte diesen einen entfernen können, aber es war sinnlos. »Blutegel müssen von selbst abfallen, Mevrouw. Sonst lassen sie ihr Saugwerkzeug im Patienten zurück, und die Wunde entzündet sich.« Er zwang sich, den Blick von der zuckenden schwarzen Masse zu wenden, unter der das Gesicht der Witwe Kulik verborgen war, und zu Van der Vries zu schauen. »Ist dem nicht so, Mijnheer?«

»Ja, natürlich.« Van der Vries starrte entzückt auf die Würmer. »Aber seht, mindestens sechs haben sich am Kropf festgesetzt. Sie saugen das schlechte Blut heraus, das ...«

»Sagt, Van der Vries – als Ihr im vornehmen Cambridge in England Eure Kranken mit vornehmen ärztlichen Methoden behandelt habt, habt Ihr da nicht auch vom überaus vornehmen Leibarzt des englischen Königs gehört, von William Harvey?«

Van der Vries schaute noch immer nicht auf, so verzückt war er von den blutsaugenden Würmern. »Harvey«, murmelte er. »Doch, ich glaube, den Namen gehört zu haben.«

»Das freut mich. Denn bereits vor mindestens vierzig Jahren hat Harvey nachgewiesen, dass das Blut im menschlichen Körper fließt. Es bleibt nicht an einer Stelle, Ihr

Dummkopf! Der Kropf der Witwe Kulik ist eine Wucherung, eine Struma aus Gewebe, die vom Blut des ganzen Körpers versorgt wird. Das hat nichts …«

»Jetzt kommen wir also zur eigentlichen Sache.« Endlich wendete der Niederländer den Blick vom Bett und sah direkt zu Lucas. »Ihr wolltet schneiden, nicht wahr, Bader?«

»Ich hätte den Kropf entfernen können, ja. Den Erfolg hätte ich nicht garantieren können, aber …«

»Aber dafür unerträgliche Schmerzen. Betrachtet allein die Größe der Schwellung. So groß wie zwei Hühnereier. Seid Ihr nicht auch der Meinung, dass es schon lange vor meiner Ankunft in der Kolonie an ihrem Hals gewachsen sein muss?«

»Natürlich.«

»So ist es. Und trotz der Tatsache, dass Ihr hier wart und ich nicht, hat das arme Wesen Euch nie konsultiert.«

»Manche fürchten das Messer. Das wisst Ihr ebenso gut wie …«

Anna Stuyvesant trat zwischen die beiden Männer. »Seht, die Egel … Einige fallen schon ab.«

»Ah ja.« Van der Vries beugte sich wieder über das Bett und begann, die fetten, schwarzen Würmer in sein Glas zu füllen. »Danke, dass Ihr mich an meine Aufgabe erinnert, Mevrouw. Diese Kleinen werden noch einem anderen Patienten gute Dienste leisten. Macht euch für eine neue Mahlzeit bereit, meine kleinen Freunde.«

Allmählich wurde das Gesicht der Witwe Kulik hinter dem Berg von Egeln wieder sichtbar. Ihre Haut war leichenblass, völlig blutleer. Ihre Augen waren weit aufgerissen, ihr Mund entspannt. Lucas legte ihr die Hand auf die Brust. »Sie ist tot. Kein Herzschlag.«

»Ja, das habe ich mir bereits gedacht.« Hingebungsvoll klaubte Van der Vries die Egel auf. Es war leichte Arbeit. Die Würmer waren prall gefüllt mit Blut, völlig benommen von ihrem Mahl. Gesättigt ließen sie sich in das Glasgefäß gleiten und versuchten nicht einmal, sich an den feisten Händen des Niederländers festzusaugen. »Wie Ihr selbst eingeräumt habt, war die Krankheit bereits weit fortgeschritten. Dennoch ist es die Pflicht eines jeden wahren Arztes, alle denkbaren Heilversuche zu unternehmen, bis zum bitteren Ende.«

## IV

Nachdem Lucas sie nackt in den Wäldern gehabt hatte, kam es ihn hart an, Marit wieder nur in der Vorratskammer hinter der Fleischhauerei lieben zu können, sich mit der dämmerigen Ecke bescheiden zu müssen, in die die kriegerischen Überfälle der Indianer sie verbannten, und stets zu wissen, dass Ankel Jannssen über ihnen seinen Rausch ausschlief.

Trotzdem, es war besser als nichts. Schon über ein Jahr trafen sie sich, und sein Verlangen nach ihr hatte nicht nachgelassen. Und ebenso wenig ihres nach ihm. Marit stöhnte noch immer in seinen Armen. Sie keuchte noch immer vor Lust, wenn er in sie eindrang, und zitterte wie Espenlaub, wenn die Leidenschaft sie schließlich überwältigte. Wenn Lucas sie so sah, kam er sich immer wie ein Gott vor. So erging es ihm immer noch, aber es war nicht das gleiche.

Manchmal errötete er, wenn er an die Dinge dachte, die sie miteinander in der Höhle getrieben hatten, keine zwanzig Minuten zu Fuß von der Wall Street entfernt. Als sie nackt wie Adam und Eva, umgeben nur vom Urwald, im kühlen, frischen Wasser des Collect Pond gebadet hatten, war ihm das alles so natürlich erschienen wie das Atmen selbst.

Lucas verzehrte sich nach der Freiheit dieser kostbaren Stunden. Ebenso wie Marit. Wenn er tief in ihr war, hinten im Vorratsraum der Fleischhauerei, flüsterte sie ihm ihre Erinnerungen ins Ohr. »Ah, Lucas, ja, so. Steck deine Finger in mich, beweg sie hin und her. Als wir in der Höhle waren, hast du ihn mir da hinten reingesteckt. Weißt du noch, mein Liebling, wie du mich von hinten genommen hast? Weißt du noch, Lucas?«

Wenn sie solche Dinge sagte, wurde er wild. Wurde er noch größer, noch härter und stieß noch tiefer in sie. Wer hätte sich je vorgestellt, dass eine Frau solche Worte sagen könnte? Und keine Hure, sondern eine Frau, die einen Ehemann hatte und adrette Kleider trug und sonntags den Gottesdienst besuchte. Manchmal sah sie ihm ins Gesicht, wenn sie die Kirche verließ, und allein ihr Blick verriet ihm, woran sie dachte. An das, was sie laut sagen würde, sobald sie in ihrem Höhlenversteck zusammen waren. *Ich will an deinem Ding lutschen, Lucas. Ich will es in den Mund nehmen und aussaugen.*

Damit war es vorbei. Das Risiko war zu groß. Abgesehen davon, dass Ankel Jannssen über ihnen schlief, gab es die Kundschaft, und zwar mehr denn je zuvor.

Die Bevölkerung von Nieuw Nederland kannte zwar viele Probleme, aber Hunger gehörte normalerweise nicht dazu. In der Kolonie gab es Lebensmittel in Hülle und Fülle, vielfach ohne dafür mit Geld bezahlen zu müssen. Jetzt jedoch, da die Landwege zu den Gehöften und in die Wälder abgeschnitten waren, musste alles Notwendige mit Schiffen in die Stadt geliefert werden. Stuyvesant führte Rationierungen ein. Das hätte eigentlich weniger Kundschaft für die Jannssens bedeuten müssen, doch es kamen mehr Leute denn je zuvor, ein beständiger Strom von Menschen.

Die Atmosphäre, in der sie lebten, nährte Gerüchte, die sich wie Ungeziefer im Dunghaufen vermehrten. Es hieß,

Ankel und Marit hätten einen geheimen Fleischvorrat im Keller unter ihrem Haus. Hätten sie ihn tatsächlich gehabt, er wäre schon längst verrottet, aber das hielt die Leute nicht davon ab nachzufragen, ob sie nicht etwas von den Beständen kaufen könnten. Offenbar glaubten sie, wenn sie nur die Fleischersfrau allein erwischten und ihr etwas zusätzliches Geld boten, würde Mevrouw Graumann ihnen mehr als ihre Ration zustecken.

Marit schickte sie alle mit derselben Erklärung fort. »Selbst wenn ich mehr Fleisch hätte, was nicht der Fall ist, würde ich es nie wagen, Euch mehr als Euren Anteil zu verkaufen. Die Geldstrafe für Betrug mit rationierten Lebensmitteln ist horrend – drei Gulden.«

Als Lucas sie das zum ersten Mal sagen hörte, war er in der Fleischkammer verborgen und wartete, dass sie zu ihm zurückkäme; sein noch unbefriedigter Schwanz steckte ihm steif wie ein Besenstiel in der Hose. Wenn er an die Strafe dachte für das, was sie in den nächsten Minuten tun würde – weitaus Schlimmeres als drei Gulden –, wunderte er sich über seine eigene Tollkühnheit. Und über ihre. Aber das Geschäft verließ er trotzdem nicht, und er hörte auch nicht auf, die Fleischhauerei bei jeder sich bietenden Gelegenheit aufzusuchen. Ebenso wenig wie die Kundschaft, die weiterhin dem Gerücht Glauben schenkte, weil sie ihm Glauben schenken wollte.

Nur selten konnten Lucas und Marit so ungestört zusammen sein wie an jenem Donnerstag im Januar; die Belagerung dauerte schon über einen Monat. Ausnahmsweise waren sie kein einziges Mal gestört worden, und als Lucas fertig war, konnte er noch einige Sekunden in ihr bleiben. Er strich Marit eine goldblonde Strähne aus der Stirn. Er küsste ihre Wangen, ihre Lippen und Augen. Ihr Körper strahlte noch immer Hitze ab, Woge um Woge von Hitze. Und ihren wunderbaren Geruch.

»Ich möchte wieder in den Wald«, flüsterte sie. »Ich würde so gerne wieder nackt mit dir sein.«

»Ich auch. Aber ich möchte nicht so gerne meinen Skalp verlieren oder zusehen müssen, wie du deinen verlierst.«

Langsam zog er sich aus ihr heraus. Marit seufzte. »Jedes Mal, wenn du das tust, ist es wie ein kleiner Tod.«

»Ich weiß. Mir geht es genauso.«

»Wirklich?«

»Guter Gott, Marit, natürlich. Wie kannst du überhaupt ...«

»Wenn du ohne mich genauso unglücklich bist wie ich ohne dich, dann müssen wir etwas unternehmen.«

Lucas knöpfte seine Kniehose zu. Dann gab er ihr einen Kuss auf die Stirn. »Geliebte Marit, wir können nichts unternehmen. Wenn, dann hätte ich ...«

»Wir könnten fortgehen, Lucas.«

Er schrak zurück, starrte sie an. »Was sagst du da? Wohin sollten wir ...«

»Wir könnten nach Neuengland gehen. Ganz weit weg, nach Boston.«

Lucas lachte leise. »Wir würden wirklich wunderbar zu den Puritanern in Boston passen. Ein ungläubiger Bader und ein Mitglied der Niederländisch-Reformierten Kirche, die ihrem Ehemann davongelaufen ist. Boston ist nichts für uns, Mädchen. Sie würden uns keine zehn Minuten nach der Ankunft aufknüpfen.«

»Wir könnten nach Europa zurückgehen. Vielleicht nach England. Oder wir könnten nach ...«

»Ich kann nicht nach England zurück. Außerdem kann ich nicht von hier weg. Ich muss mich um meine Schwester kümmern.«

»Ach ja.« Marit schnürte ihr Mieder zu, schob ihre schweren Brüste in die beengende Kleidung zurück.

»Natürlich, deine Schwester. Die heilige Juffrouw Sally, die ständig ins Hospiz geht, um die stinkenden Tagediebe zu versorgen, die sowieso bloß dort sterben. Wie alt ist deine Schwester, Lucas?«

»Fünfundzwanzig«, antwortete er. »Beinahe sechsundzwanzig.«

»Eine verschrumpelte alte Pflaume. Du hättest schon längst einen Mann für sie finden sollen.«

»Wir können uns die Mitgift nicht leisten. Und ich habe Sally versprochen, dass ich nie ...«

Auf der Treppe waren die schweren Schritte des Fleischhauers zu hören. »Marit! Verdammt noch eins, Weib, wo bist du? Marit!«

Lucas hatte sich so sicher gefühlt, dass er nicht einmal die Stimme gesenkt hatte. Das Rufen des Fleischers schnürte ihm die Kehle zu. Er rannte aus der Kammer in den Laden und stellte sich vor die Theke.

Marit folgte ihm auf den Fersen. Sie richtete sich noch die Schürze, fuhr sich noch durchs Haar, während sie ihren Platz auf der anderen Seite des Fleischerblocks einnahm. »Ich bin hier, Ankel. Ich spreche mit einem Kunden.« Ihre rote Lippen deuteten einen Kuss an, den sie Lucas verstohlen zuwarf.

Ankel Jannssen schob den Rupfenvorhang beiseite und äugte in den Laden. Er war ein kräftiger Mann, ebenso groß wie Lucas, aber zwei Mal so breit; er füllte den ganzen Türrahmen aus. Es war nicht zu übersehen, dass er sein Leben lang viel Fleisch gegessen hatte. »Hör, Weib, ich will ... Wer ist das?«

»Der Bader, Ankel. Lucas Turner. Du kennst ihn doch.«

»Ah ja, Turner. Der Engländer. Du hast Recht, ich kenne ihn. Und was macht Ihr hier, Bader?«

Lucas klopfte das Herz wie wild. Er war sicher, dass der Mann es hören konnte. »Eure gute Frau verkauft mir die

Schafsgedärme und Schweinsblasen, die ich für mein Gewerbe brauche, Fleischer. Ich hatte gehofft, heute etwas zu bekommen.«

»Nicht heute. So etwas haben wir jetzt nicht mehr. Die Leute fressen alles bis auf den Geruch. Demnächst noch die Sägespäne vom Boden.«

Jannssen trat an den Fleischerblock, stützte sich darauf und musterte sein Gegenüber. Der Gestank von vergorenem Schnaps, der fast den Geruch des ungewaschenen Körpers überlagerte, drang zu Lucas herüber. Der Fleischer hatte kleine Augen, die nah beieinander standen und in seinem feisten Gesicht bloße Schlitze waren, regelrechte Schweinsäuglein. »Ja, Turner der Engländer.« Es klang, als hätte er lange darüber nachgedacht. »Kommt nicht mehr her, Bader. Fragt woanders nach Euren Gedärmen und Blasen. Es gibt Fleischereien, die nicht so weit von Eurem Laden weg sind. Belästigt die. Auch wenn deren Frauen nicht so große Titten haben.«

Marit lief dunkelrot an und wandte sich von ihrem Mann ab. Lucas sah ihm direkt ins Gesicht. »Ich werde tun, was Ihr sagt, Mijnheer Jannssen. Einen guten Tag wünsche ich Euch. Und Euch, Mevrouw.«

Lucas verließ den Laden. Noch bevor er die Tür geschlossen hatte, hörte er das unverkennbare Geräusch einer auf Fleisch auftreffenden Faust. Und Marits Stimme. »Nein, Ankel, nein! Ich hab dir doch gesagt ... Das bildest du dir nur ein ...« Beim Geräusch einer zweiten Ohrfeige erstarb ihre Stimme.

Lucas stand wie erstarrt in der Tür. Auf der gegenüberliegenden Straßenseite unterhielten sich drei Gemeindeälteste. Zwei *huisvrouwen* näherten sich ihm, gefolgt von zwei schwarzen Sklaven, die ihre Einkäufe trugen. Auf der kurzen Straße war mindestens ein Dutzend Leute unterwegs. Mehr als genug, um dem Fleischhauer zu Hilfe zu eilen, wenn sie hörten, wie er vom wesentlich jüngeren und kräftigeren Bader Lucas Turner zusammengeschlagen wurde. Genügend achtbare Zeugen, die zu Protokoll geben würden, dass Ankel Jannssen gerade sein Recht auf Züchtigung seiner Ehefrau ausübte, als er grundlos vom Engländer angegriffen wurde.

Gott allein wusste, welche Aussagen Ankel Jannssen vor Gericht machen würde, aber auch ohne den Beistand Gottes wusste Lucas, was mit Marit passieren würde, wenn sie als Ehebrecherin gebrandmarkt und geschieden wurde.

Lucas ging den Hall Place entlang, vorbei an den schmucken Holzhäusern mit ihren Kattunvorhängen und den Blumentöpfen zu beiden Seiten der Haustür. Erst als er die weite Fläche vor dem Fort überquerte, glaubte er, das Geräusch von Jannssens Fäusten auf Marits weichem Körper nicht mehr zu hören.

Weder am Freitag noch am Samstag suchte Lucas den Fleischerladen auf. Am Sonntag erwog er, in die Kirche zu gehen, entschied sich aber schließlich dagegen. Im Gegensatz zu Neuengland stand in Nieuw Nederland das Fehlen beim Gottesdienst nicht unter Strafe. Der Zorn Stuyvesants und der Gemeindeältesten galt nur jenen, die eine andere Art öffentlicher Andacht begingen als die der vorgeschriebenen Niederländisch-Reformierten Kirche. Selbst von den Juden wusste man, dass sie in einem Raum über der Mühle an der Beaver Street ihre Riten begingen. Solange sie nicht öffentlich zur Schau stellten, wie oder zu wem sie beteten – und solange keine Christenkinder vermisst wurden –, ließ man sie in Ruhe.

Lucas hing keinem besonderen Glauben an. Er war weiß Gott kein Jude, aber welche Art Christenmensch man war, schien ihm relativ gleichgültig. Er hatte sich nicht vom Zorn Gottes und Stuyvesants bedroht gefühlt, als er – nur um einen Blick auf Marit zu werfen – einige Male zur Sonntagsliturgie in die Kirche St. Nicholas gegangen war. Doch an dem Sonntag, nachdem Ankel sie überrascht hatte, wollte er sich dieser Gefahr nicht aussetzen. Stattdessen schlenderte er gegen Ende des Gottesdienstes wie zufällig dort vorbei.

Die Kirche war in die Wälle des Forts gebaut. Schnee lag in der Luft, und ein eisiger Wind pfiff über den Exerzierplatz. Lucas stellte sich Schutz suchend in die Tür eines Lagerhauses ganz in der Nähe der Kirche. Er hörte die letzten Töne des abschließenden Chorals, die getragene Stimme des Geistlichen, der den letzten Segen sprach. Wenig später verließen die ersten Gläubigen das Gotteshaus. Alle schritten rasch aus, wollten schnell aus dem unwirtlichen Wetter und an den häuslichen Kamin gelangen. Marit und Ankel saßen immer in einer Kirchenbank nahe dem Eingang; sie waren unter den Ersten, die heraustraten.

Lucas drückte sich in den dunklen Türeingang. Der Fleischer und seine Frau kamen näher. Ankel redete mit dem Mann zu seiner Rechten. Marit ging links von ihrem Gemahl, auf der Lucas zugewandten Seite. Sie hielt den Kopf gesenkt. Mit einer Hand raffte sie die Kapuze ihres grauen Mantels fest unter dem Kinn zusammen. Dann, als sie auf Lucas' Höhe war, schien sie seine Gegenwart zu spüren. Sie drehte den Kopf zu ihm.

Beinahe hätte Lucas aufgeschrien. Er hätte wissen müssen, was ihn erwartete, aber so schlimm hatte er es sich nicht vorgestellt. Ihre beiden Augen waren fast völlig zugeschwollen. Auf der rechten Wange hatte sie Schrunden, die linke war blau-schwarz verfärbt. Und es hatte Jannssen nicht genügt, Marit nur mit Schlägen zu strafen, er hatte sie auch noch öffentlich beschämt: Er hatte sie gezwungen, zur Kirche zu gehen mit einem Gesicht, das die Spuren seiner Schläge trug. Damit jeder wusste, dass sie etwas getan hatte, um ihn zu verärgern, und dass er sie entsprechend gezüchtigt hatte.

Nur mit Mühe konnte Lucas sich zurückhalten, auf den Fleischer loszustürzen und ihn zu Boden zu schlagen. Seine Arme spannten sich an; er ballte die Fäuste so fest zusammen, dass die Nägel ihm die Haut aufritzten. Dennoch rührte er sich nicht vom Fleck.

Einige Sekunden schaute Marit zu ihm, drehte den Kopf, damit sie ihn sehen konnte, während sie am Arm ihres Mannes bereits weiterging. Schließlich wandte sie sich ab.

Zitternd vor Wut blieb Lucas in der Tür stehen. Der Drang, Jannssens teigiges Gesicht mit den Fäusten zu bearbeiten, ihm die gelben Zähne auszuschlagen, die Nase zu brechen und die Wangenknochen zu zertrümmern, war beinahe übermächtig. Er konnte sich nur beherrschen, indem er absolut reglos stehen blieb. Als er sich schließlich zu bewegen wagte, war die Kirche leer, auch die letzten Gemeindemitglieder hatten das Fort verlassen. Er war allein.

Der Schnee, der in der Luft gelegen hatte, begann zu fallen, als er den Heimweg halb zurückgelegt hatte, aber er bemerkte die Flocken ebenso wenig wie die Kälte. Als er die Tür zum Baderladen öffnete und den Geruch des Essens einatmete, das Sally gerade zubereitete, musste er würgen. Eine Zeit lang blieb er einfach stehen. Hinter ihm tobte der Wind und wehte Schnee in den kleinen Raum.

»Lucas.« Sally wandte sich von der Feuerstelle zu ihm. »Du meine Güte, du bist wohl nicht ganz bei Sinnen! Mach die Tür zu, bevor die ganze Wärme zum Teufel ist.«

Er tat, wie sie ihn hieß, aber ihm wurde weder wärmer noch kälter. Er nahm seine Umgebung überhaupt nicht wahr. Seine Wut loderte wie ein Höllenfeuer in ihm. Und da es keine andere Nahrung hatte, verbrannte es Lucas selbst.

# Kapitel 2

## I

Ich geh nach Hause.« Sally beugte sich über die kleine Feuerstelle im Baderladen, und stocherte in den Holzscheiten, obwohl das Feuer gar nicht geschürt zu werden brauchte. Es brannte lichterloh durch die Zugluft, die entstand, weil Lucas die obere Hälfte der Tür geöffnet hatte und auf die gefrorene Straße hinausschaute.

Es war die letzte Januarwoche. Vor sieben Wochen hatte die Belagerung begonnen. Vor neun Tagen hatte Lucas Marit nach dem Kirchgang gesehen. Vor zwölf Tagen hatte er sie das letzte Mal berührt. Er stand im Flammen und war überhaupt nicht in der Laune, sich Sallys Unsinn anzuhören. »Guter Gott, Frau, du kannst unmöglich zur Blockhütte gehen. Was glaubst du denn, wie lange du dort draußen überleben würdest?«

»Die Indianer werden mir nichts tun. Sie wissen, dass ich ihnen freundlich gesonnen bin. Das ist auch der Grund, warum unser Haus noch steht und nichts berührt wurde. Bitte, Lucas, mach die Tür zu. Ich erfriere.«

Die eisige Luft fühlte sich gut an auf der Haut, kühlte das Feuer, das ihn innerlich verbrannte, aber Lucas schlug die Tür zu.

»Danke. Und jetzt dreh dich bitte um und schau mich an.«

Lucas drehte sich um. »Also gut, jetzt schau ich dich an. Und was nun?«

»Lucas, du kannst nicht leugnen, dass ich die Wahrheit gesagt habe. Unsere Blockhütte ist wirklich nicht beschädigt worden. In den wochenlangen Kämpfen ist kein Indianer in die Nähe unseres Hauses gegangen. Du hast doch den jungen Soldaten gehört, der mir das heute gesagt hat.«

»Ich hab's gehört. Aber das heißt nur, dass die Wilden sich unsere Hütte noch nicht vorgenommen haben.«

»Nein. Es heißt genau das, was ich gesagt habe. Die Indianer vertrauen mir. Du weißt gar nicht, wie oft ich ihre Wunden behandelt habe, Lucas. Und ich habe mit den Frauen und Kindern immer gerecht Handel getrieben. Sie wissen, dass ich anders bin als die anderen Weißen. Außerdem hat Tamaka mir erzählt, dass unser Haus auf besonderem Boden steht. Es ist ein Ort, den nur Frauen aufsuchen durften; den Kriegern war es verboten, ihn zu betreten.«

»Mein Gott, Sal, du bist wirklich einfältig. Wie kannst du dem Gequassel von einem Indianerbalg nur Glauben schenken? Im Augenblick können die Tiere, die du Krieger nennst, nach Belieben überallhin gehen; nur der Wall rings um die Stadt hält sie ab. Und das auch nur wegen der Kanonen, die obenauf stehen. Von den Indianern gibt's Tausende, und wir haben nur ein paar Hundert Soldaten. Hier geht's um Leben und Tod, Sally, wir sind im Kriegszustand! Die Rothäute, die wir nicht töten, werden versuchen, uns umzubringen. Jeden von uns.«

»Das glaube ich nicht. Wie auch immer, ich kann es hier nicht mehr länger ertragen. Es ist unmöglich.« Sie stocherte wieder im Feuer, so dass die Funken aufflogen. »Schau uns doch an, eingepfercht in diesem Kämmerchen mit den Läusen und den Flöhen, wo wir Tag und Nacht den Gestank von Blut und Schweiß ertragen müssen. Ich halte es nicht mehr aus, Lucas.«

»Doch, das kannst du.« Lucas' Ton wurde sanfter. »Du

und ich, Sal, wir haben doch bis jetzt alles ertragen, was wir ertragen mussten.«

»Nur, bis sich was daran ändern ließ. In Dover warst du derjenige, der was verändert hat. Jetzt bin ich an der Reihe.«

»Sally, glaub mir, so schlimm die verkommene Scheune in Kent gewesen sein mag, sie war für uns Kinder weniger gefährlich, als unsere Blockhütte in Nieuw Nederland es jetzt ist.«

»Aber warum, in Gottes Namen, bleiben wir dann hier, Lucas? Warum verschwinden wir nicht einfach aus dieser gottverlorenen Kolonie?«

Heiliger Heiland, wie kamen Frauen bloß immer auf solche Ideen? »Wohin sollten wir denn gehen, Sal? Das sag mir mal, ich würd's wirklich gern wissen.«

Sally hielt sich die Haare zusammen, zog sie an den Schläfen straff zurück, als wollte sie sich skalpieren. Das war eine Gewohnheit von ihr, und dabei wurden ihre Mund- und Augenwinkel nach oben gezogen, so dass sie beinahe hübsch aussah, zweifellos viel jünger. Nicht mehr ganz wie eine »vertrocknete Pflaume«, als die Marit sie bezeichnet hatte. Der Eindruck währte nicht lange. Sobald sie die Hände sinken ließ, war sie wieder die alte, die hausbackene Sally, die sehr bald eine alte Jungfer sein würde. »Wir könnten nach Hause gehen, Lucas«, beharrte sie. »Wir könnten nach Hause.«

»Wo soll das denn sein? London vielleicht? Damit die Chirurgen mich in den Kerker werfen? Oder vielleicht Dover? Möglicherweise ist der alte Mann schon tot, aber wenn nicht, dann hat er immer noch genug Kraft im Arm, um die Pferdepeitsche zu schwingen. Und genug Habgier im Herzen, um auf jede noch so infame Weise an Geld zu kommen. Rotterdam? Unsere Absteige in der überfüllten Stadt hat schon längst jemand anders beschlagnahmt. Und wer weiß, ob wir eine andere finden.«

Lucas trat ans Feuer und stieß ein Scheit, das aus dem Kamin gerollt war, in die Flammen zurück. Funken stoben auf. »Wo ist zu Hause? Sag mir, Sal, wo?«

»Das Blockhaus, das wir mit unserer eigenen Hände Arbeit gebaut haben. Das erste eigene Heim, das wir je gehabt haben. Das ist unser Zuhause. Bald kommt das Frühjahr. Ich muss den Boden vorbereiten, damit ich pflanzen kann. Sonst haben wir im kommenden Jahr keine Heilmittel.«

»Das ist die geringste Sorge. Wozu brauchen wir Heilmittel, da doch jetzt Jacob Van der Vries hier ist?«

»Genau! Und was unternimmst du dagegen, Lucas? Du lässt ihn einfach ...«

»Ich habe mit Stuyvesants Schwester gesprochen. Nachdem Van der Vries die alte Witwe Kulik mit seinen verdammten Egeln umgebracht hat.«

»Wirklich? Das ist ja wunderbar, Lucas. Das hast du mir nie erzählt. Mevrouw Anna weiß doch, wie geschickt du ...«

»Sie weiß, dass ich ein englischer Bader bin und Van der Vries ein niederländischer Arzt.«

»Aber nach dem, was du getan hast ... Der Gouverneur muss doch ...«

»Der Gouverneur muss gar nichts. Ich habe mit Stuyvesant einen Handel gemacht. Ich habe meinen Teil erfüllt, er den seinen. Und wie Mevrouw Anna sehr deutlich sagte, das war's gewesen.«

Sally schüttelte den Kopf. »Trotzdem. Du kannst doch nicht jeden Abend dasitzen und dich verzehren nach ...« Sie brach ab.

Lucas starrte sie an. »Verzehren nach was?« Sally antwortete ihm nicht. »Sprich deinen Satz zu Ende. Verzehren nach was?«

»Nicht nach was – nach wem. Nach Marit Graumann, der Frau des Fleischhauers.«

Es war, als hätte er plötzlich einen kalten Klumpen im Magen; eine eisige Faust umklammerte seine Eingeweide und quetschte sie zusammen. »Und wie kommst du auf die Idee? Ist der Gegenstand meiner Zuneigung, wer oder was mich verzehrt, wie du es nennst, ein Gesprächsthema für die *huisvrouwen* von Nieuw Amsterdam?«

»Guter Gott, nein. Wenn das passieren würde, etwas so Gefährliches, würde ich es dir sofort sagen. Ich habe einfach zwei und zwei zusammengezählt. Weil ich vom Hospiz aus auf den Hall Place schauen kann, und ich sehe doch, wie oft du in Jannssens Fleischhauerei gehst.«

»Um mir die Sachen zu besorgen, die ich als Bader brauche.« Sein Mund war trocken. Er stieß die Worte zwischen zusammengepressten Zähnen hervor. »Schweinsblasen und Schafsgedärm. Von dem Fleischer, bei dem ich auf dem Weg ins Hospiz vorbeikomme. Da ist doch nichts dabei.«

»Ich habe auch nie gesagt, dass etwas dabei wäre, Lucas.«

»Gut, das ist es nämlich nicht. Außerdem habe ich die Nase voll von Ankel Jannssen. Der Mann ist ein Trunkenbold und ein Trottel und er stinkt. Ab sofort gehe ich zu einem anderen Fleischer, der mehr in der Nähe ist.«

»Schön. Das ist deine Sache – ich wollte nicht neugierig sein.« Sally legte beide Hände auf den Behandlungstisch, beugte sich vor, als müsste sie sich abstützen, um aufrecht stehen zu bleiben. Als sie wieder sprach, hob sie nicht den Kopf. »Lucas, was ich vorhin sagte ... dass ich nach Hause will, zur Blockhütte ... Ich kann einfach nicht länger hier eingesperrt bleiben. Ich ertrage es nicht. Was immer du sagst, ich kann nicht mehr.«

»Du wirst es ertragen, so lange du musst.« Er fuhr sich durchs Haar, stieß wieder in die brennenden Scheite. »Und jetzt reicht's, verdammt! Ich verbiete dir, je wieder davon anzufangen.«

Sally starrte ihn an. Ihr ganzes Leben hatte Lucas noch nie so zu ihr gesprochen, in einem solchen Ton oder mit solchen Worten. »Du verbietest es mir?«, flüsterte sie. »Hast du das wirklich gesagt, Lucas?«

»Ja. Du lässt mir keine andere Wahl. Du willst nicht Vernunft annehmen, also muss ich ein Machtwort sprechen. Ich verbiete dir, je wieder davon zu reden, dass du die Stadt verlassen willst, bis ich der Meinung bin, dass es ungefährlich ist.«

Sally sagte kein Wort mehr. Sie ging in die Ecke, legte sich auf den Stapel Felle, die ihr als Bettstatt dienten, und starrte mit trockenen Augen auf die grob behauene Holzdecke des verdreckten kleinen Raums.

Lucas nahm sein Tagebuch aus der verschlossenen Schublade im Behandlungstisch und überarbeitete den Bericht von der Enfernung einer Fistel vor sechs Monaten. Er schrieb, bis das Feuer fast erloschen war. Dann bedeckte er die Glut mit Asche und legte sich auf sein eigenes Deckenlager. Er schlief ein. Als er am Morgen aufwachte, war Sally fort.

Die Nacht war bitterkalt. Sally kam es vor, als würde die Luft bei jeder Bewegung knistern. Es störte sie nicht. Sie atmete tief durch und fühlte sich innerlich gereinigt. Mondlicht fiel auf den Pfad. Sie schritt frei und ungehindert aus, der gefrorene Boden knirschte unter ihren Stiefeln. Nach den langen Wochen des Eingesperrtseins empfand sie ein immenses Gefühl der Befreiung, das alle Angst vertrieb. Zweimal hörte sie eine Eule rufen, einmal das Gurren einer Taube. Vertraute Geräusche, die sie nicht ängstigten.

Der Krieger namens Pappitan gurrte noch einmal wie eine Taube. Er wartete auf den Eulenruf, der eigentlich aus größerer Nähe kommen sollte. Doch er erscholl aus einer gewissen Ferne. Pappitan war ein Shinnecock, sein Land lag tief auf Metoaca, der langen Insel. Er war vierzehn und zum ersten Mal auf dem Kriegspfad. Das war auch der Grund, weshalb er von den anderen Kriegern getrennt worden war – er war tiefer in die Wälder gegangen, um seine Notdurft zu verrichten. Trotzdem minderte das sein Schamgefühl nicht im Geringsten.

Auch deswegen hatte er sich geschworen, dass er seinen Tomahawk in Blut baden und viele Skalps nehmen würde, bevor er in sein Dorf zurückkehrte. Wenn die anderen Krieger dann erzählten, dass Pappitan stundenlang verloren gegangen war, weil er nicht sein eigenes Lager, sondern nur seinen eigenen Kot riechen konnte, würde das Gelächter etwas freundlicher sein.

Wieder gurrte er. Wieder antwortete die Eule. Dieses Mal schien das Geräusch aus einer völlig anderen Richtung zu kommen.

Pappitan griff nach dem Fuchs-Totem, das ihm an einem Lederriemen um den Hals hing. *Führe mich von diesem Ort, dass ich mich nicht entehre. Hilf mir, viele Skalps zu nehmen, um meine Schande auszulöschen.* Die Eule rief erneut. Rief ihn. Es schien wieder aus einer anderen Richtung zu kommen. Pappitan hatte nur wenige Schritte gemacht, als er das Weißgesicht hörte. Es musste ein Weißgesicht sein – kein Krieger würde derart laut trampeln, wenn er durch den Wald ging.

Der Feind kam auf ihn zu. Pappitan versteckte sich und wartete. Sein Herz klopfte wild vor Freude, und er schickte dem Fuchs-Totem, das seine Bitte erhört hatte, viele Dankesgebete. Wenn er wieder auf den Kriegstrupp stieß, würde er seinen ersten Skalp mit sich führen. Die Geschichte von Pappitans Kot würde die ehrenhafte Geschichte eines Mannes sein, nicht die schmähliche Geschichte eines kleinen Jungen.

Wie still es in den Wäldern war. Wie süß die frische, kalte Luft roch. Beinahe wünschte Sally, ihre Wanderung würde nie ein Ende nehmen. Aber sie freute sich auch darauf, die Blockhütte zu sehen, sich zu vergewissern, dass alles wirklich noch so war, wie sie es zurückgelassen hatten. Als Erstes würde sie ein Feuer entzünden, auch wenn es noch mitten in der Nacht war, und neben den Flammen schlafen. Wenn sie am Morgen aufwachte, würde sie im Gemüsekeller nachsehen, ob der große Kürbis noch genießbar war. Wahrscheinlich schon. Zum Frühstück würde sie sich ein Stück davon über dem Feuer garen. Dann würde sie versuchen, ein Eichhörnchen zu fangen, damit auf Lucas, wenn er kam, ein heißer Eintopf wartete.

Sie war ziemlich sicher, dass ihr Bruder bis Mittag bei ihr eintreffen würde. Natürlich würde er wütend sein. Aber da sie nun einmal hergekommen war, würde es ihm zu peinlich sein, ihr nicht zu folgen. Er würde begreifen, wie dumm es von ihm war, in der stinkigen Stadt auszuharren, wo er doch völlig gefahrlos in seinem eigenen Haus leben konnte. Aus dem einfachen, aber sehr guten Grund, weil er versucht hatte, Tamakas Finger zu retten, und weil seine Schwester den Indianern mit Achtung begegnet war und nicht, als wären sie Wilde. Davon war sie überzeugt. Lucas würde kommen. Und sie beide hatten überhaupt nichts zu befürchten.

Eine Frau. Pappitan konnte es kaum glauben. Er konnte einfach nicht glauben, dass eine so kleine Frau derartig großen Lärm verursachen konnte. Er war enttäuscht. Er hatte den Skalp eines Mannes nehmen wollen, am liebsten den eines Soldaten. Er hatte sich vorgestellt, wie er, angetan mit der Kleidung des Soldaten und mit seiner Beute in der Hand, zum Kriegstrupp zurückkehrte. Stattdessen war es nur eine kleine, hässliche Frau.

Dass sie wirklich hässlich war, sah Pappitan, weil er ihren lauten Schritten zu einer Lichtung gefolgt war, zu einer der Hütten, die die Weißgesichter Blockhäuser nannten. Hier schien der Mond sehr hell, und er konnte sie gut sehen. In Pappitans Herz stieg Hass auf diese weiße Frau auf. Nicht nur, weil sie eines der Weißgesichter war, die er vom Land seines Volkes zu vertreiben geschworen hatte. Er hasste sie auch, weil sie nicht das war, was er sich wünschte.

Pappitan packte den Tomahawk fester. Sein Onkel hatte ihn für ihn gemacht, den schönsten Tomahawk des ganzes Dorfes; er lag wunderbar in seiner Hand. Wenn das Weißgesicht ein Mann wäre, der erhoffte Soldat, dann würde er den Tomahawk jetzt durch die Luft schleudern, so dass er in den Schultern seines Feindes landete und ihn tötete. Kein Krieger im Dorf, ob jung oder alt, konnte einen Tomahawk so zielgenau werfen wie Pappitan vom Clan der Füchse. Aber die Vorstellung, diese Frau so rasch zu töten, als wäre sie ihm, dem Krieger, ebenbürtig, missfiel ihm.

Er beobachtete sie, wie sie den Holzstumpf vor der Tür zur Hütte beiseite schob. Er wartete. Vielleicht war dort drinnen der Mann, möglicherweise sogar der Soldat, zu dem das Fuchs-Totem Pappitan und seinen Tomahawk geführt hatte.

Sally ließ die Tür offen stehen, damit das Mondlicht hereinfiel und sie etwas Reisig und die Zunderbüchse finden konnte, um das Feuer zu entfachen. Dann würde sie mit einer Kerze durch ihr kleines Heim gehen und jeden Winkel untersuchen, um sich zu überzeugen, dass alles wirklich war wie zuvor. Seltsam, sie war überhaupt nicht müde. Es musste zwei Uhr sein, aber …

Nur die Hand um ihren Hals hielt sie auf den Beinen. So groß war ihr Schock, dass sie zu Boden gestürzt wäre, wenn der Indianer – sie konnte ihn zwar nicht sehen, wusste aber sofort, dass es ein Indianer war – sie nicht gehalten hätte.

Ihre Hände fuhren verzweifelt durch die Luft. Sie packte ihn am Arm, wollte sich befreien, rang nach Atem. Der Griff wurde fester, sie bekam keine Luft mehr. Der Raum drehte sich. Schwärze wollte sie umfangen. Aber Sally wehrte sich gegen den Trost des Vergessens. Sie wusste, dass er den Tod bedeutete. Doch um weiterzuleben, musste sie sprechen, musste sie erklären, wer sie war, musste ihm zu verstehen geben, dass sie nicht seine Feindin war. Und um sprechen zu können, musste sie Luft bekommen. Sally verkrallte sich in dem Arm, der ihren Hals umklammerte, grub die Nägel in die Haut. Unvermittelt ließ der Angreifer sie los, und sie fiel vornüber zu Boden.

Mit einem heftigen Aufprall landete sie auf den Holzdielen, das Gesicht im Staub. Würgend, keuchend lag sie da, rang nach Luft. Sie war halb bewusstlos und merkte kaum, wie ihr beide Arme hinter dem Rücken gefesselt wurden. Auf jeden Fall wusste sie nicht, was das bedeutete. Nicht den Tod, zumindest nicht sofort. Etwas anderes.

Pappitan verlangte nicht nach ihr. Ihr Geruch war entsetzlich, und die vielen Lagen von Kleidern, die sie auf dem Leib trug, starrten vor Schmutz. Als er den Stoff aufschnitt und ihr Fleisch entblößte, musste er seinen Ekel niederringen. Er flehte zum Fuchs-Totem um ein hartes Werkzeug, damit er tun konnte, was er tun musste; damit er diese Frau gebrauchen konnte, bevor er sie tötete. So dass ihre Art wusste, wer der Herr war, und ihr keine andere Wahl blieb, als sich zu unterwerfen.

Wenn er fertig war, würde er ihr Geschlecht aufschlitzen. Dann würde er ihr die Brüste abschneiden. Und erst dann würde er ihr die Kehle durchtrennen und ihren Skalp nehmen. Vielleicht würde er dann nicht mehr so wütend sein, dass sie kein Soldat war, kein weißer Mann, um seinen Tomahawk mit dem Blut seines ersten Feindes zu ehren. Nur diese dumme, hässliche Frau mit dem abstoßenden Gestank der Weißgesichter.

Da ihr die Hände auf dem Rücken gefesselt waren, konnte Sally sich nicht aufstützen, als der Indianer sie an den Beinen hochhob. Ihr Oberkörper wurde flach auf den Boden gepresst, ihr Gesicht über den rauen Boden gezogen. »Nein«, flüsterte sie mühsam und erstickte beinahe an ihrem eigenen Erbrochenen. »Nein, versteh doch ... Ich meine es gut mit dir. Ich habe immer ... aaahhh!«

Sie konnte den Schmerzensschrei nicht unterdrücken. Die Beine wurden ihr so weit gespreizt, dass sie beinahe glaubte, entzweigeschnitten zu werden, und sie vermeinte, ein glühend heißer Schürhaken werde in sie gestoßen, bis tief in ihren Bauch, und verbrenne ihre Eingeweide.

Pappitan war überrascht über den Widerstand, auf den sein Werkzeug stieß. Vielleicht waren Weißgesichterfrauen anders gebaut als die Frauen des Volkes. Vielleicht waren die Werkzeuge der Weißgesichtmänner anders. Nein, das stimmte doch nicht. Jetzt war er in ihr. Das Frauenloch war sehr klein und eng. Allmählich bereiteten seine Stöße ihm Freude, aber es war rasch vorüber. Wenige Sekunden später spürte er, wie sein Männersaft sich ergoss, spürte die letzten Schauer der Lust kommen und gehen.

Dann spürte er einen Arm, der ihn um den Hals packte.

Der Krieger, der Pappitan von der Weißgesichtfrau zog, war der Anführer des Kriegstrupps und Pappitans Onkel, eben derjenige, der dem Jungen seinen ersten Tomahwak gemacht und ihn zu schleudern gelehrt hatte. Und diesen Tomahawk hob der Onkel jetzt über den Kopf seines Neffen. »Du hast die Blutgeister geweckt«, sagte der ältere

Mann. »Du bist an einem Ort, den in alten Zeiten die Frauen aufsuchten, um zu bluten und zu gebären, und du hast die Blutgeister geweckt, die sie hier zurückgelassen haben.«

Pappitan öffnete den Mund. Aber noch bevor er ein Wort hervorbringen konnte, sauste der Tomahawk mit aller Kraft, die sein Onkel besaß, auf ihn herab. Der Schädel des Jungen wurde beinahe der ganzen Länge nach gespalten.

Das Kind seiner Schwester. Ein Angehöriger seines Clans. Aber das Gesetz musste befolgt werden. Der Onkel zog das Messer aus seinem Gürtel, öffnete seinem Neffen die Brust und schnitt ihm das Herz heraus. Damit ging er zur Tür der Hütte, die die Weißgesichter auf dem verbotenen Land der Blutgeister errichtet hatten.

»Hört mich, Ihr Heiligen«, rief er. »Ich habe in Eurem Namen den Sohn meiner Schwester getötet. Lasst nicht zu, dass Böses und Niederlagen die Kriegstruppen des Volkes befallen. Der Kriegspfad wird nie wieder den kleinen Musquash-Pfad kreuzen.« Damit warf er Pappitans Herz in die Bäume jenseits der Lichtung. »Schlaft, Ihr Heiligen! Da habt Ihr Blut zu trinken.« Dann kehrte er zu der Frau zurück, die am Boden lag.

Er beugte sich über sie und lauschte. Der Geist war aus ihr entwichen, aber sie atmete noch. Vielleicht würden die Blutgeister sie schonen, weil sie eine Frau war; vielleicht auch nicht. Es stand ihm nicht zu zu entscheiden, ob sie lebte oder starb. Mit demselben Messer, mit dem er Pappitan das Herz herausgeschnitten hatte, löste er den Lederriemen um ihre Handgelenke. Dann schulterte er den Leichnam seines Neffen und lief auf leisen Sohlen schnellfüßig davon.

Der Morgen graute bereits, als Lucas die Lichtung vor der Hütte erreichte. Er war den ganzen Weg gelaufen und hatte sich zur Verteidigung nur seine Muskete mitgenommen.

Zuerst hatte er sich überlegt, zu seiner Begleitung zwei Soldaten anzufordern, aber als er erwachte und feststellte, dass Sally fort war, hatten alle Patrouillen das Fort bereits verlassen, und die wenigen zurückgebliebenen Soldaten wurden gebraucht, um die Kanonen zum Schutz der Stadt zu bemannen.

Noch während er über die Lichtung lief, bemerkte Lucas, dass kein Rauch aus dem Kamin aufstieg. Ein schlechtes Zeichen. Aber wenn sie nicht hier war, wo dann? Tot, skalpiert, irgendwo im Wald. Nein. Das war unmöglich. Er verbot sich, solche Gedanken auch nur zu denken. »Sally! Sal! Um Gottes willen, Frau … Sally, wo bist du?«

Der Holzstumpf, der die Tür verschlossen hielt, war bewegt worden, die Tür stand offen. Nur einen Spalt, aber doch weit genug, um Lucas klarzumachen, dass sie nicht von innen versperrt war. Er war kein Soldat. Durch sein Schreien hatte er jede Möglichkeit, einen Feind zu überraschen, vereitelt. Wie dumm von ihm. Die Muskete war geladen, schussbereit. Er hob sie an die Schulter, dann sprang er nach vorne, stieß die Tür auf.

Stille. Und Blut, überall Blut. Boden und Wände waren von Blut verschmiert. Und von noch etwas anderem: blutige Klumpen, eine breite Spur von der Tür bis zur Feuerstelle. Er erkannte sofort, woher sie stammen. Teile des menschlichen Gehirns. »Oh mein Gott, arme Sally«, flüsterte er. »Meine arme, törichte Schwester.«

Dann ein Geräusch. Mühsames Atmen. Lucas drehte sich, die Muskete schwang im weiten Bogen mit. Seine Augen bohrten sich ins Dämmerlicht der Hütte. Schließlich sah er sie zusammengekauert in der Ecke sitzen, den Rücken an die Wand gelehnt, die Röcke um sich zusammengerafft, die Knie bis zum Kinn hochgezogen. »Sal! Gott sei Dank, du lebst noch! Ich dachte … Was ist passiert? Ist alles in Ordnung? Bist du verletzt …?«

Er verstummte. Seine Schwester hatte den Kopf nicht zu ihm gedreht. Sie schien seine Anwesenheit gar nicht wahrzunehmen. Mittlerweile hatten sich Lucas' Augen an die Dunkelheit gewöhnt. Er sah, dass ihr die Haare um die Schultern hingen, struppig auf eine Art, wie er sie nur einmal vor vielen Jahren in London gesehen hatte. Als er in die Irrenanstalt Bedlam gegangen war, um eine Verrückte zur Ader zu lassen.

Er lehnte die Muskete an den Tisch und trat auf Sally zu. Ihr Gesicht war zerschunden, mit blauen Flecken übersät, ein Auge halb zugeschwollen. Aber das Schlimmste war, sie wollte ihn nicht ansehen. Sie starrte an ihm vorbei, als wäre er gar nicht da. »Sally, in Gottes Namen, sag mir, was …« Es nützte nichts, sie schien ihn nicht zu hören.

Er zog sie auf die Beine. Ihr Körper war schlaff. Es war, als wäre sie tot, aber noch nicht erstarrt. Und als ihre Kleider von ihr abfielen, tat Sally nichts, um ihre Blöße zu bedecken. Ihre Röcke und Unterröcke waren aufgeschnitten, so dass sie von der Taille ab unbekleidet war. Lucas starrte auf den Beweis für das, was in der Hütte vorgefallen war. Guter Gott. Gütiger Himmel. »Komm, Sally«, flüsterte er. »Ich bring dich nach Hause. Wir reden nie mehr davon. Es ist nie passiert. Hörst du mich? Das alles ist nie passiert.«

Sie sah ihn noch immer nicht an, aber sie ließ sich gefügig aus der Blockhütte führen.

Ausnahmsweise war Lucas dankbar dafür, dass sein winziger Baderladen direkt am Wall ganz im Norden der Stadt lag. Nur deswegen konnte er Sally in die Stadt bringen, ohne dass jemand sie sah bis auf den Wachposten, der sie durchs Tor winkte, sobald er sie als Weiße erkannte, und gleich darauf wieder nach Indianern Ausschau hielt.

Nach wenigen Schritten hatten sie den Baderladen erreicht. »Komm rein.« Er führte sie zum Schemel, der neben der Feuerstelle stand. »Jetzt setz dich. Ich schür erst mal richtig ein.« Er stocherte in der Glut und legte ein Scheit nach, das rasch Feuer fing. »So, das ist besser. Ist dir kalt? Sal, du musst was sagen! Du kannst nicht einfach ...«

Er wurde von einem lauten Klopfen unterbrochen. Lucas ging zur Tür, öffnete aber nur den oberen Laden. Es war ein Kind, das nach etwas verlangte, »... dass mein Pa wieder scheißen kann und lachen mag«.

»Wart. Bleib stehen, ich bring dir was.« Lucas schloss die Tür und drehte sich um. »Dein Abführmittel, Sal. Die bittere Lakritze. Ich weiß nicht, wo ...«

Sie saß nicht mehr am Feuer. Auch wenn Sally nicht einfach verschwunden sein konnte, verspürte Lucas einen Anflug von Angst. Es war dunkel im Raum, nur die tanzenden Flammen des Feuers erhellten die Schwärze. »Sal, um Himmels willen, wo bist du denn? Ich muss erst das Balg loswerden, bevor ... ah, ja.« Seine Stimme wurde freundlicher, verlor den panischen Unterton. »Das ist gut. Ruhe ist die beste Medizin.«

Sally hatte sich zwischen die Felle und Wolldecken verkrochen, die ihr Bett darstellten. Lucas kniete sich neben sie, zog ihr die oberste Decke bis ans Kinn hoch. »Ruh dich aus«, sagte er. »Aber zuerst musst du mir sagen, wo du die Tinktur aus bitterer Lakritze aufbewahrst.«

Sie starrte in die Luft. Lucas wartete lange Sekunden. Der Junge klopfte wieder an der Tür. »Ich komm gleich!«, rief Lucas. »Sei nicht so verflucht ungeduldig!« Sally stierte noch immer vor sich hin und schien nichts von dem, was er sagte, wahrzunehmen. Er stand auf und holte eine seiner kostbaren Schweinsblasen und eine Hand voll der Kleie-Salz-Mischung, wie er sie nach dem Steinschneiden und anderen Eingriffen in der unteren Körperhälfte eines Patienten verordnete.

Der Junge hatte einen Beutel aus kariertem Stoff mitgebracht. Als Lucas wieder den oberen Türflügel öffnete, hielt er den Beutel auf, und Lucas tat die Kleiemischung hinein und legte die Schweinsblase obenauf. »Sag deiner Ma, sie soll dem Alten einen warmen Einlauf machen. Sag ihr, sie soll zusehen, dass sie die Flüssigkeit richtig tief in ihn hineinbekommt. Dann bleibt er stundenlang auf dem Lokus. Das wird die Verstopfung richten und deiner Ma etwas Ruhe verschaffen.« Der Junge grinste verschmitzt und reichte ihm eine Hand voll Wampum.

Sally hatte sich nicht von der Stelle gerührt. Lucas wünschte, es gäbe für ihr Gebrechen ein ebenso einfaches Heilmittel. Eine Schweinsblase und etwas Kleie. »Deine eigene Schuld, Sally«, flüsterte er in die Dunkelheit. »Aber mein Gott, was hast du für deinen Ungehorsam bezahlen müssen.«

Als er am nächsten Morgen aufwachte, schürte sie bereits das Feuer. »Sal, ist alles wieder in Ordnung? Kann ich etwas …«

»Ich habe dir zum Frühstück Maiskuchen gebacken. Wir haben kein Fleisch.«

Ihre Stimme klang beinahe normal. Sie stocherte unablässig in die Holzscheite, beharrlicher und kraftvoller, als er ihr zugetraut hätte. »Was tust du denn da? Will das Holz nicht brennen?«

»Doch, es brennt sehr gut.«

Mittlerweile war Lucas aufgestanden. Er stellte sich hinter seine Schwester und schaute in die Flammen. Gerade konnte er noch die letzten Reste einer ihrer Unterröcke ausmachen. Und als er Sally genauer anschaute, bemerkte er, dass sie ihren guten Rock angezogen hatte, den dunkelroten, den sie eigentlich nur sonntags trug. Alles andere hatte sie verbrannt. Sie folgte also seinem Rat. Sie würde vergessen, was passiert war. Und er auch. »Jetzt würden mir ein paar Maiskuchen sehr gut schmecken«, sagte er.

Sally setzte sie ihm vor, ohne ein Wort zu sagen. Aber zumindest hatte sie ihre Haare zum üblichen Knoten gebunden und starrte nicht mehr ins Leere.

## II

Van der Vries hatte angeordnet, dass ohne seine Genehmigung kein chirurgischer Eingriff vorgenommen werden durfte. Dennoch gewöhnte Lucas es sich an, jeden Tag im Hospiz vorbeizuschauen. So hatte er einen guten Grund, um über den ganzen Hall Place zu gehen. An der Fleischhauerei vorbei.

Gelegentlich stand die Ladentür offen, und er konnte einen Blick auf Marit werfen, die hinter dem Fleischerblock stand und verkaufte. Manchmal wirkte der alte Zauber, und sie erahnte seine Nähe, schaute zur Straße in genau dem Moment, in dem er vorüberging. Dann trafen sich ihre Blicke sofort, aber immer schaute Marit als Erste beiseite.

Diese kurzen Begegnungen sagten Lucas alles, was er zu wissen brauchte. Er wagte es nicht, sie aufzusuchen. Sie hatte panische Angst, und ihre flüchtigen Blicke warnten ihn davor, den Laden zu betreten. Kein Wunder, jedes Mal, wenn er sie sah, hatte sie neue blaue Flecken.

Die Spuren auf Marits schönem Gesicht verfolgten ihn. Er konnte die Blutergüsse nicht vergessen. Jede Nacht lag er lange Stunden wach und stellte sich Jannssen im Schlafzimmer über der Fleischhauerei vor. Mit seiner Frau. Die er schlug. Oder … Er wurde die Bilder einfach nicht los. Ankel Jannssen, der mit dem Gürtel auf Marit einschlug. Oder auf ihr lag. Lucas wusste nicht, was schlimmer war.

In der Woche danach war die Tür des Fleischerladens stets geschlossen, wenn er daran vorüberging. Lucas hatte Kunden hineingehen sehen und wusste, dass Marit dort stehen musste, aber er sah sie nie. Das Schicksal hatte für Ankel Jannssen und gegen ihn Partei ergriffen.

Am folgenden Sonntag verbarg cr sich wieder in der Tür bei der Kirche St. Nicholas, aber der Fleischer und seine Frau erschienen nicht. Als Lucas am Montagnachmittag auf dem Weg ins Hospiz in den Hall Place einbog, wartete Jannssen schon auf ihn. Der Fleischer stellte sich ihm in den Weg.

»Ihr da, Engländer. Warum kommt Ihr so oft dieses Wegs? Ich habe Euch gesagt, dass Ihr zu einem anderen Fleischhauer gehen sollt.«

»Das tue ich auch. Ich bin gerade auf dem Weg ins Hospiz, um zu sehen, ob die Patienten mich brauchen. Lasst mich vorbei.« Lucas' Hände ballten sich zu Fäusten. Vor seinem inneren Auge sah er sich rittlings auf Ankel Jannssen sitzen und ihm das Gesicht zu einer blutigen Masse zermalmen. Zu rohem Fleisch, wie eine der Rinderhälften, die er immer in der Fleischkammer hinter dem Laden hatte hängen sehen.

Jannssen wich nicht von der Stelle. Lucas schnitten die Nägel in die Handflächen. Seine Arme waren erstarrt, er spürte den Puls in seinen Armen hämmern. »Geht Euren Geschäften nach, Fleischer, und lasst mich meinen nachgehen«, stieß er hervor und wollte sich am anderen vorbeidrängen.

Der Niederländer legte ihm eine Hand auf die Brust. »Nicht so schnell. Ich hab Euch was zu sagen.«

Alkoholschwaden stiegen von Jannssen auf. Mit ihm zu reden war, als würde man den Kopf über einen Destillierkolben hängen. Nur mit aller Mühe gelang es Lucas, nicht die Beherrschung zu verlieren. »Gut, dann sprecht.«

Der Fleischer schaute sich um. Vier oder fünf Passanten waren unterwegs. Die Tür zu seinem Laden ging auf und zwei Frauen traten heraus. Alle schauten neugierig zum Fleischer und dem Bader, die in der Mitte der schmalen Straße standen. »Nicht hier«, sagte er. »Im Wooden Horse. Heute Abend. Gleich nach Sonnenuntergang.«

Im Wooden Horse herrschte Hochbetrieb. Pfeifenrauch hing in Schwaden in der Luft, der Geruch von Bier und Rum war betäubend. Diese Bierschänke war stets gut besucht. Die meisten Gäste befanden sich auf der Durchreise und blieben nur kurz in Nieuw Amsterdam – Trapper, Matrosen und Männer, die gegen die Indianer kämpften. Lucas ging nie ins Wooden Horse. Der Lärm und der Geruch dort erinnerten ihn zu sehr an den Ausschank seines Vaters in Kent. Einen Moment blieb er in der Tür stehen, um nach Jannssen Ausschau zu halten, und erwartete beinahe, seinen Vater hinter dem Tresen hervortreten zu sehen. Wahrscheinlich mit einer Pferdepeitsche in der Hand.

»Engländer. Hier.«

Jannssen saß an einem Holztisch hinter der Tür. Lucas nahm ihm gegenüber Platz. Der andere verschwand beinahe hinter den dichten Rauchschwaden. Lucas brannten die Augen ebenso wie die Kehle, und vom Gestank wurde ihm speiübel.

»Hier gibt's gutes Bier. Und den besten Genever und Rum.« Jannssen sprach mit der Pfeife zwischen den Zähnen und deutete mit dem Kopf zum Tresen am anderen Ende des gedrängt vollen Raums. »Holt Euch was. Ich warte.«

»Nein, danke. Ich bin nicht gekommen, um mit Euch zu trinken.« Lucas hatte erwogen, gar nicht zur Verabredung zu erscheinen, aber er befürchtete, dass Marit dann dafür büßen müsste. »Sagt, was Ihr zu sagen habt, Fleischer. Dann gehe ich.«

Jannssen nahm einen kräftigen Schluck aus seinem Krug. Dem Geruch nach zu urteilen Rum. Dabei ließ er Lucas nicht aus den Augen, spähte ihn über den Rand des Krugs hinweg an. Schließlich stellte er ihn ab und wischte sich über den Mund. »Na, was habt Ihr's denn so eilig, Engländer? Treibt's Euch vielleicht zu 'ner Hure in der Princes Street? Euer Schwanz ist wohl steif, was? Tja, wenn Ihr verheiratet wärt wie ich, dann hättet Ihr das Problem nicht. Dann bräuchtet Ihr Euch bloß im Bett umzudrehen und sie läg schon da. Dicke Titten, weicher rosa Bauch. Und die Schenkel ... Ihr solltet mal die Schenkel von meiner Marit sehen, Engländer. Rund, mit lauter Grübchen. Und eine Haut wie ...«

Lucas erhob sich nicht, er beugte sich nur vor und packte Jannssen am Hemdkragen. Er sprach ihm direkt ins Gesicht. Sehr leise. »Fleischer, ich sag Euch das nur einmal, also hört mir gut zu. Wenn Ihr nicht respektvoll von Eurer Frau redet, verprügle ich Euch, bis Euer Gesicht aussieht wie ein Stück Fleisch, das Ihr zerhackt habt. Habt Ihr mich verstanden?«

Jannssen lächelte. »Ich hab Euch verstanden, Engländer. Und ich hab keine Angst. Jeder kann jemanden verprügeln, der älter oder jünger ist, schwächer oder kleiner. So ist die Welt nun mal. Ihr könnt mich schlagen und ich kann ...«

Er beendete den Satz nicht, das war nicht nötig. Lucas ließ den Mann los.

»Und jetzt bin ich an der Reihe«, fuhr Jannssen fort. »Habt Ihr mich verstanden, Engländer?«

»Ja.«

»Gut.« Der Fleischer nahm einen weiteren Schluck. »Ich will Euch ein Angebot machen. Sechzig Gulden.«

Lucas brach der Schweiß aus. In der Taverne lauerten lauter Gespenster, die über ihn herzufallen schienen. »Ich weiß nicht, wovon Ihr sprecht.«

»Von Geld. Gulden. Oder Pfund, wenn Euch das lieber ist. Aber kein Wampum.«

»Geld wofür?«

»Damit ich weggehen kann.« Jannssen beugte sich vor und kniff dabei die Schweinsäuglein zusammen. »Gebt mir sechzig Gulden, und sie gehört Euch. Ich fahr nach Süden, auf die Inseln. Vielleicht nach Barbados oder Curaçao. Da ist es warm. Und da gibt's so viel Rum, wie ein Mann schlucken kann, aber zu 'nem Viertel von dem, was es hier kostet.« Er deutete mit einer knappen Kopfbewegung zum Hafen. »Da unten fahren jede Woche Schiffe zu den Inseln ab. Sechzig Gulden, und ich sitz auf dem nächsten.«

»Ich habe keine sechzig Gulden.«

»Schade«, sagte Jannssen. »Bis Ihr sie habt, kann ich sie nach Lust und Laune ficken oder prügeln.«

Lucas erhob sich, jeden Augenblick würde er sich übergeben müssen. Ein Mann trat auf ihn zu. Sein Vater. Das gleiche dünne schwarze Haar, in Strähnen über die Glatze geklebt. Das gleiche böse Gesicht.

»Das ist der Patron«, sagte Jannssen mit einem Grinsen. »Dem gehört diese Taverne. Er ist reich. Vielleicht sollt ich ihm dasselbe Angebot machen. Er hat schon lang 'n Auge auf Marit geworfen.« Lucas wandte sich zum Gehen. »Noch eins«, rief Jannssen ihm nach. »Traut Euch nicht wieder in die Nähe meines Ladens. Nicht ohne das Geld. Sonst kriegt sie die Pferdepeitsche zu spüren. Und Ihr wisst ja, das ist das Vorrecht des Mannes – bei seiner ihm angetrauten Frau.«

Lucas begann, durch die Stadt zu streifen, egal ob Regen oder Sonnenschein. Tag um Tag. Er setzte einen Fuß vor den anderen und überlegte, wie er sechzig Gulden zusammenbekommen könnte. Auch wenn er wusste, dass es unmöglich war. Zwei Wochen vergingen, und in all der Zeit sah er Marit nur ein einziges Mal. Es war an einem Samstag Ende Februar, sie ging mit ihrem Korb eilig über den Brede Wegh. Vielleicht lieferte sie eine Fleischbestellung ab. Einer der seltenen Sonntagsbraten für jemanden, der sich für ein Mitglied der vornehmen Gesellschaft Nieuw Amsterdams hielt.

Sie sah ihn im selben Moment wie er sie. Beide hielten inne, starrten sich über eine Entfernung von zehn Fuß an.

Lucas trat einige Schritte näher. Auf ihrem Gesicht waren keine Blutergüsse zu erkennen. Zwei Herzschläge lang blieb Marit wie angewurzelt stehen, dann ging sie weiter.

»Mevrouw, wartet«, rief Lucas leise. »Wartet.« Mehr noch als sonst war die Straße in diesen Tagen des Kriegs und der Belagerung, in denen nahezu die gesamte Kolonie hinter dem Wall Zuflucht suchte, voller Menschen. »Mevrouw, bitte, dürfte ich Euch einen Moment sprechen …«

Marit drehte sich um. Mindestens fünf Sekunden sah sie ihn an – voller Liebe und Verlangen, auch wenn nur Lucas das sehen konnte –, dann schüttelte sie den Kopf und hastete weiter.

Sechzig Gulden. Es könnten genauso gut sechshundert sein. Oder sechstausend. Es war ein Vermögen – das er nie im Leben zusammenkriegen würde.

Am folgenden Mittwoch um Mitternacht wurde nach ihm gerufen. »Bader! Bader! Seid Ihr da? Macht auf!«

Halb im Schlaf wankte Lucas zur Tür. »Ja, was ist?« Er warf die obere Hälfte der Tür auf, konnte aber niemanden sehen. »Wer ist da? Was …«

»Ich bin's, Bader, Stuyvesants Micah. Der Gouverneur schickt mich.«

Lucas blinzelte, schaute noch einmal. Der Nachthimmel war wolkenverhangen, weder Mond noch Sterne waren zu sehen. Nur die Augen von Stuyvesants schwarzem

Sklaven glänzten schwach in der Dunkelheit. »Was ist passiert?«

»Der Gouverneur braucht Euch, Bader. Er sagt, Ihr sollt sofort kommen. Kommt mit Micah – der Gouverneur wartet.«

Lucas brauchte nicht eigens aufgefordert zu werden, seine Instrumente mitzunehmen. Sonst gab es keinen Grund, weshalb Peter Stuyvesant ihn rufen sollte.

Judith Bayards Schlafraum befand sich auf der anderen Seite des Gangs, gegenüber dem Zimmer, in dem Lucas ihren Mann operiert hatte. Sie lag in einem traditionellen niederländischen Bett, das in die Wand eingelassen war, umgeben von den vertäfelten Türen zahlreicher Schränke. Ein kleines Feuer brannte, auf dem Tisch neben der Tür leuchtete eine einzelne Kerze. In ihrem Schein konnte Lucas das hellblonde Haar auf dem Kissen ausmachen. Und die gerötete Haut. Er legte der Frau die Hand auf die Stirn; die Haut war ungewöhnlich trocken und heiß. »Sie verbrennt vor Fieber.«

»Ich weiß.« Auf seinen Stock mit dem silbernen Knauf gestützt, ließ Stuyvesant sich auf die Bettkante sinken. Er griff nach der Hand seiner Frau; ihre Finger lagen reglos in seinen. »Sie scheint mich nicht zu hören. Ich rede zu ihr, wie wir alle, aber sie antwortet nicht.«

Jeder Atemzug rasselte zuerst tief in ihrer Brust, dann folgte ein heiseres, schrilles Pfeifen aus ihrer Nase. Lucas hatte solche Atemzüge schon öfter gehört, immer bei Patienten, die dem Ende sehr nah waren. »Wie lange geht das schon so?«

»Seit zwei Tagen. Die Krankheit kam ganz plötzlich … Sie war wohlauf, hatte nur Halsschmerzen, sonst nichts.«

»Ich verstehe. Und was habt Ihr gemacht?«

»Meine Schwester Anna verbringt Tag und Nacht an ihrer Seite. Sie hat versucht, meiner lieben Frau etwas nahrhafte Brühe einzuflößen, aber sie will nichts.«

»Hört doch ihren Atem. Ihre Lunge ist voller Säfte. In einem solchen Zustand dürft Ihr sie nicht zwingen, etwas zu trinken, Mijnheer. Sonst erstickt sie daran.«

Stuyvesant nickte. »Ich weiß. Anna weiß es auch. Aber wir sind verzweifelt. Ich dachte, vielleicht könnt Ihr …«

Lucas beugte sich wieder über die Frau. Dann richtete er sich auf. »Ich vermute, Ihr habt Van der Vries konsultiert. Wie lautet seine Meinung?«

»Ich habe Van der Vries nicht kommen lassen.«

Lucas verschränkte die Arme und lehnte sich an die Wand. »Ach, das ist interessant. Ein Arzt, den Eure Herrin, die stets fürsorgliche Westindien-Gesellschaft, eigens hierher gesandt hat, um unseren Kranken beizustehen, und der Gouverneur der Kolonie lässt ihn nicht rufen, obwohl seine Frau ein böses Fieber hat.«

»Ich habe Euch rufen lassen. Und jetzt nehmt Haltung an, Mann, und hört auf, mich zu quälen. Es ist gleichgültig, was Ihr von mir denkt. Oder Van der Vries. Meine Frau bedarf Eurer Hilfe. Als Christenmensch habt Ihr keine Wahl, als ihr nach Kräften zu helfen.«

Lucas zuckte die Achseln. »Was immer ich sagen könnte – ich würde Eurer Frau meine Hilfe nicht verwehren, wenn es in meiner Macht stünde, ihr zu helfen. Aber das ist nicht der Fall.«

Der Niederländer stützte sich wieder auf seinen Stock, diesmal um aufzustehen. Er machte einige Schritte auf die Feuerstelle zu. Jeder Schritt wurde von einem zweifachen Klopfen begleitet, wenn der Stock und das Holzbein, das an sein rechtes Knie befestigt war, auf dem Boden auftrafen. Ein uneitler Mann, wie es hieß. Seine einzige Eitelkeit bestand in der Überzeugung, sich stets im Recht zu befinden. Und in seinem Stolz auf das kunstvoll gewirkte Silber seines Stockknaufs und seines Beins. In den Tavernen und Verkaufslokalen wurden immerfort Witze über Peter Stuyvesant erzählt, der in der Hölle einen Jig tanzt, während der Teufel ihn auf einer silbernen Flöte begleitet. Lucas hatte sie alle unzählige Male gehört.

Stuyvesant offenbar auch. »Ich bin nicht beliebt«, sagte er leise, den Rücken dem Bader zugewandt. »Das weiß ich. Aber ich bemühe mich, meinem Gott und meinen Vorgesetzten mit aller Ergebenheit und Klugheit zu dienen, die mir zur Verfügung stehen. Ich kenne keine andere Art, etwas zu tun, als die meine. Nur wenige Frauen können mit einem solchen Mann glücklich werden. Ich bin mit zweien dieser Art gesegnet. Meiner Schwester und meiner Frau. Wollt Ihr mir sagen, dass ich jetzt eine von ihnen verlieren muss, Bader?«

»Das sage ich nicht. Nur, dass ich ihr nicht helfen kann. Ich kenne keine chirurgische Behandlung für das, woran Mevrouw Bayard leidet.«

Stuyvesant drehte sich um. Erleuchtet vom roten Schein des Feuers hinter ihm glich er selbst einem Teufel, der aus der Unterwelt heraufbeschworen wurde. »Sagt mir nur eines«, flüsterte er. »Ist es Scharlachfieber?«

Zur Antwort ergriff Lucas die Kerze und trat näher ans Bett. Judith Bayards Mund war halb geöffnet, die Lippen entspannt. Lucas legte ihr die Finger unters Kinn und drehte das Gesicht zu sich, dann beugte er sich vor und betrachtete sie im Licht der einen Flamme. Schließlich steckte er ihr zwei Finger zwischen die Lippen und drückte ihre Kiefer auseinander. Ihr fiebriger Atem war heiß. »Kein Scharlach«, sagte er. »Ihre Zunge ist weder rot noch mit Pusteln übersät.«

»Das sagte Anna auch. Sie sagt, eine Erdbeerzunge ist das einzig unverkennbare Anzeichen für Scharlachfieber.« Stuyvesant klang nicht erleichtert, sondern eher noch trostloser. »Ich kann nur hoffen, dass ihr beide Recht habt. Eine solche Krankheit, eine Epidemie ... während die Stadt vor Menschen wimmelt ...«

»Beruhigt Euch, Gouverneur. Mevrouw Anna hat Recht, Eure Frau hat kein Scharlach.« Lucas stellte die Kerze wieder zu seiner Instrumententasche auf den Tisch neben der Tür. »Ich vermute, dass es eine Affektion des Rachens ist.«

»Was könnt Ihr dagegen tun?«

»Nichts.« Lucas wich dem Blick des Gouverneurs aus. »Ich kann nichts tun.«

»Sie stirbt.« Stuyvesants Stimme war schmerzverzerrt. »Ich habe Euch holen lassen, weil Ihr meine letzte Hoffnung seid. Meine Frau stirbt, und Ihr ...«

»Haltet sie warm«, unterbrach Lucas ihn. »Es muss immer jemand bei ihr sein und ...« Er hatte sagen wollen, dass man warten müsse, bis das Fieber brach, und beten, dass sie so lange lebte. Aber er kam nicht mehr dazu. Bislang war das Atmen der Frau mühsam und hohl gewesen, jetzt wurde es zu einem heiseren Keuchen, fast ein Pfeifen. Es war ein entsetzliches Geräusch. Die beiden Männer eilten ans Bett. »Judith«, rief Stuyvesant. Er klang ungeduldig, ärgerlich sogar. »Judith!«

Das Pfeifen wurde lauter und gleichzeitig flacher. Ein schreckliches Ringen nach Luft. Lucas hob die Patientin an den Schultern etwas höher. »Herr im Himmel, schreit nicht so laut! Hier, helft mir, ihr den Kopf höher zu legen. Mehr Kissen. Schnell.«

Stuyvesant stopfte seiner Frau Kissen in den Rücken. Es schien ihr nicht zu helfen. Ihr Gesicht, das gerade noch heiß und trocken gewesen war, glänzte schweißnass. Das Fieber brach, aber das nützte wenig, wenn sie nicht atmen konnte. Mehr Pfiffe drangen aus ihrer Kehle, schneller, lauter, aber auch keuchender und nutzloser.

Der Gouverneur trat einen Schritt zurück. »Tut etwas«, flüsterte er. »Sie bekommt keine Luft.«

Lucas hielt die Sterbende noch immer an den Schultern. »Ich kann nichts gegen eine Affektion des Rachens tun«, sagte er leise. »Es tut mir Leid, ich kenne keine Behandlung für ...«

»Das könnt Ihr mir nicht sagen! Das dürft Ihr mir nicht sagen! Ihr habt außergewöhnliche Fähigkeiten. Ihr könnt sie retten, Engländer. Um der Liebe Jesu Christi willen, tut es!«

»Ich sage Euch, es gibt nichts ...« Lucas unterbrach sich.

Nichts. Bis auf eines. Seitdem er das Krankenzimmer betreten und das mühsame Atmen gehört hatte, war ihm dieser Gedanke nicht mehr aus dem Sinn gegangen. In London, vor vielen Jahren, ganz zu Anfang seiner Lehrzeit. Die Chirurgen hatten von einem Mann namens Severino gesprochen, einem Chirurgen in Neapel. Während einer epidemischen Rachenkrankheit hatte dieser Severino zahllosen Menschen das Leben gerettet, indem er ihnen die Trachea öffnete und einen vorübergehenden Luftweg schuf.

Sie hatten immer nur von den Erfolgen gesprochen, Gott allein wusste, wie viele Menschen unter Severinos Messer gestorben waren. Zudem hatte Lucas den Eingriff nie gesehen, nicht einmal eine Zeichnung davon in einem Buch. Er hatte nur davon gehört, als er gerade sechzehn gewesen war. Und zwar von Chirurgen, denen er offiziell nicht einmal zuhören durfte, da er bei einem Bader zur Lehre ging.

»Guter Gott, Turner.« Stuyvesants Stimme war nicht mehr als ein Krächzen. »Ich flehe Euch an! Lasst sie nicht sterben.«

Lucas hielt den Arm noch immer hinter Judith Stuyvesants schmächtigen Schultern. Er spürte ihre Qual fast körperlich. Die Schauer gingen von ihr auf ihn über. Das Ringen nach Luft wurde zum Ringen mit dem Tod. Ihr Gesicht verfärbte sich blau vor Anstrengung, Luft zu bekommen. Ihm blieben nur noch wenige Sekunden.

Lucas schleuderte die Kissen auf den Boden und ließ den Kopf der Sterbenden sinken. »Meine Instrumententasche! Drüben bei der Tür!«

Wenige Sekunden später lag die kleine Lanzette in seiner Hand.

Stuyvesant hatte auch die Kerze mitgebracht und hielt sie über den Kopf seiner Frau. Mit der freien Hand spannte Lucas die Haut ihrer Kehle. Wieder hörte er den schrillen, zwitschernden Atemzug. Ein langer, qualvoller Versuch. Eindeutig der letzte. Die Klinge schwebte über der Vertiefung zwischen Kehle und Ansatz des Brustbeins. Zum ersten Mal, seit er sich erinnern konnte, zitterte seine Hand. Trotzdem machte er den Schnitt.

Etwas Blut sickerte heraus, es schoss nicht hervor. Gott sei Dank hatte er keine der großen Arterien durchgetrennt, die der Luftröhre gefährlich nah lagen. Das Keuchen hatte aufgehört. Lucas ließ die Lanzette aufs Laken fallen und dehnte den Schnitt mit beiden Händen auseinander. Vier Luftblasen, eine rasch nach der anderen, dann mehr, in langsamer, aber beständiger Folge.

»Was ist passiert?« Stuyvesants Stimme war schwach, kaum hörbar. »Judith«, flüsterte er. »Meine Liebe … Engländer, ist sie von uns gegangen?«

»Nein. Eure Frau lebt, Gouverneur. Es geht ihr besser, sie kann endlich wieder frei atmen.« Das Licht der Kerze wurde heller; Stuyvesant beugte sich vor. »Schaut her«, sagte Lucas. »Zwischen meinen Fingern, die Luftblasen. Sie entstehen, weil sie jetzt Luft direkt durch die Luftröhre in die Lunge bekommt.«

»Gott im Himmel. Ein Wunder.«

»Nein, Gouverneur, es ist kein Wunder. Das ist Wissenschaft. Eine Affektion des Rachens lässt den Patienten ersticken. Ich habe den Rachen umgangen und einen anderen Luftweg geöffnet. Die Lunge ist dafür gemacht, Luft aufzunehmen und auszustoßen. Das tut sie auf jedem beliebigen Weg.«

»Dann wiederhole ich, was ich gesagt habe«, antwortete Stuyvesant leise. »Der Körper ist ein Wunder. Ein Geschenk Gottes, des Allmächtigen.« Er legte seiner Frau eine Hand auf die Stirn. »Sie ist nicht mehr so heiß.«

»Ja. Das Brechen des Fiebers hat die Krise hervorgerufen.«

»Bader, das Öffnen der Kehle ... Muss sie jetzt immer so atmen?«

»Nein, natürlich nicht. In einigen Tagen können wir den Schnitt schließen. Wenn die Affektion vorüber ist und Mevrouw wieder ganz bei Kräften. Aber jetzt muss ich eine Möglichkeit finden, den Einschnitt offen zu halten. Severino, der Italiener, der diese Methode erfunden hat« – Lucas sprach mehr zu sich selbst als zum Gouverneur –, »angeblich hat er auch ein Elfenbeinrohr entwickelt, das er einführte ... Gouverneur, lasst mir von jemandem ein paar von den Grashalmen holen, die unten am Wasser wachsen.«

»Grashalme? Aber zu welchem Zweck? Ihr wollt doch nicht ...«

»Nein, nicht das gewöhnliche Gras, sondern das zähe, harte. Das hohe Schilf mit dem hohlen Stiel.«

Anna Stuyvesant brachte Lucas zur Tür. »Wir stehen erneut in Eurer Schuld, Engländer«, sagte sie leise. »Im Namen meines Bruders und meiner Schwägerin danke ich Euch.«

Solche Freundlichkeit hatte er von Peter Stuyvesant nicht

zu hören bekommen. »Ich bin froh, dass ich Euch helfen konnte, Mevrouw.«

»Ich auch. Aber jetzt müsst Ihr mir das Honorar für Eure Dienste nennen. Dann liegt es bereit, wenn Ihr morgen wiederkommt, um nach meiner Schwägerin zu sehen.«

Kurz überlegte er, ob er sechzig Gulden verlangen sollte. Aber er wusste, dass er sie nicht bekommen würde. Zwei Gulden war die höchste Summe, die ihm je für eine Operation gezahlt worden war. »Ich verlange kein Honorar«, antwortete er.

Anna Stuyvesant hob die Augenbrauen. »Doch, das tut Ihr sehr wohl.« Er bemerkte die leiseste Andeutung eines Lächelns, doch sie blieb ernst. »Wir haben Erfahrung mit Euren ›kostenlosen‹ Diensten, Bader. Wollt Ihr mir sagen, was Ihr verlangt, oder wollt Ihr es lieber mit meinem Bruder besprechen?«

»Ich kann es ebenso gut Euch sagen, Mevrouw. Wenn Ihr versprecht, meine Bitte weiterzuleiten.«

»Natürlich.«

»Das Hospiz. Ich würde gerne ...«

»Der Gouverneur wird das Hospiz nicht unter Eure Verantwortung stellen, Bader. Um ehrlich zu sein, habe ich ihm den Vorschlag bereits gemacht, nachdem die Egel die Witwe Kulik umge... Als die Witwe Kulik starb. Dem Gouverneur geht Tradition über alles. Brauch und Sitte als Maßstab für das eigene Verhalten. Ärzte stehen über Chirurgen – und auf jeden Fall über Badern.«

»Das weiß ich. Werdet Ihr ihn trotzdem fragen?«

»Wenn Ihr es wünscht.«

»Das tue ich. Erinnert ihn daran, was er über meine Fähigkeiten sagte. Und dass seine Frau atmet.«

Als Lucas am Nachmittag desselben Tages wiederkehrte, wurde er von Anna Stuyvesant empfangen. »Eurer Patientin geht es erstaunlich gut. Sie hat kein Fieber mehr und sie kann mühelos durch das Schilfrohr atmen.«

»Ausgezeichnet. Heute setze ich ein neues ein, und morgen ebenfalls. Dann kann ich die Wunde vermutlich vernähen. Mevrouw, ist der Gouverneur hier?«

»Nein. Er ist im Fort. Sie sprechen über neue Möglichkeiten, mit den Wilden fertig zu werden.«

»In der Stadt heißt es, dass Neuengland uns vielleicht zu Hilfe kommen wird.«

»Gebe Gott, dass das stimmt. Ich meinerseits überlasse derlei Dinge meinem Bruder. Er hat das hier für Euch hinterlegt.«

Sie reichte ihm einen schweren Umschlag. »Geld«, sagte Lucas.

»Drei Gulden. Eine fürstliche Summe, doch wie ich sagte, wir stehen alle in Eurer Schuld.«

»Und das Hospiz ...«

»... bleibt Mijnheer Van der Vries unterstellt, dem Arzt. Sitte und Brauch, Bader. Der Gouverneur kennt nichts anderes.«

## III

»Sal, kannst du das glauben? Die Leute sagen, dass der englische König uns seinem Bruder geschenkt hat. Einfach so.« Lucas schloss beide Hälften der Tür zum Baderladen und schob die Riegel vor. »In London sagen sie jetzt, in dieser Sekunde, dass Nieuw Nederland dem Herzog von York gehört. Weil seine Königliche Hoheit Charles II. das sagt. Hast du schon jemals solchen Unsinn gehört?«

Beim Weggehen hatte er sich zum Schutz vor dem peitschenden Märzregen in eine indianische Decke gehüllt. Jetzt breitete er sie zum Trocknen vor dem Feuer aus. »Ein großartiges Geschenk, muss ich sagen. Nichts als Dreck und Schlamm überall. Die Straßen schwimmen.«

Sally war bereits dabei, die Spuren fortzuwischen, die seine Stiefel zwischen Tür und Feuerstelle hinterlassen hatten. Das tat sie ständig, aber der Schmutz nistete sich tief in den rauen Planken ein, und so sehr sie auch schrubbte, der Boden wurde nicht sauber. Die Läuse, Flöhe und Wanzen fühlten sich zu Hause in dem Dreck, der trotz Sallys ständigem Putzen zurückblieb, und so war es ein immerwährender Kampf.

Über dem Feuer hing ein Topf, in dem ein kärglicher Eintopf köchelte – eine Hand voll getrockneter Mais und der achte Teil eines Eichhörnchenbeins. »Riecht ekelhaft«, sagte Lucas, als er daran schnupperte. »Aber das ist nicht deine Schuld. Ich weiß, du tust dein Bestes, um aus diesen knappen Rationen was Essbares zu zaubern. Also, das mit diesem Geschenk – der alte Doncke erzählt überall herum, dass den englischen Siedlern in der Kolonie der Krieg erklärt werden müsste. Zum Glück dachten die anderen Männer in der Taverne nicht …«

Er brach ab. Sie hörte ihm gar nicht zu. Sally hatte die Tür geöffnet und fegte den Schmutz mit dem abgenützten Besen in die Straße, gegen den stürmischen Wind, der ihn wieder in den Laden wehen wollte. Etwas an der Art, wie sie diese sinnlose Arbeit verrichtete, erschreckte Lucas. Ihr Körper war wie erstarrt, sie schien vor Anspannung zu beben.

»Lass es gut sein, Sally. Es ist doch sauber genug. Komm, setz dich ans Feuer. Wir leisten uns einen Schluck Genever.«

Sie drehte sich nicht zu ihm, fegte nur immer weiter gegen den Sturm an, mühte sich gegen den unerbittlichen Regen, Wind und Dreck. »Sal, hör auf. Du hast genug gearbeitet. Himmelherrgott, Frau, hörst du überhaupt, was ich sage?«

Sie wirbelte zu ihm herum, schloss aber nicht die Tür. Eine Bö brachte beide Flügel zum Aufschlagen, ließ sie wieder zuknallen und dann wieder auf. Eine Wolke von Schmutz zusammen mit Laub des vergangenen Herbsts, kleinen Steinchen und Klumpen von Kot bliesen in den Raum. Sally achtete nicht darauf. Sie stand in der Türöffnung, während beide Läden hinter ihr krachend auf und zu schlugen. »Ich bin guter Hoffnung, Lucas.«

Als sie das sagte, lief er gerade durchs Zimmer zur Tür, um sie zu schließen und Sally in den Raum zu ziehen. Mehrere Sekunden lang konnte er tun, als habe er sie nicht gehört.

In all den Wochen seit der Nacht, in der sie fortgelaufen war, zwischen seinem Schmerz über den Verlust Marits, seinem Zorn auf Van der Vries, der ihm alle Eingriffe bis auf die einfachsten, niedersten Arbeiten verboten hatte, hatte Lucas sich gesagt, dass seine schlimmste Befürchtung nicht wahr werden würde. Dass es genau das war: eine bloße Befürchtung. Ein Teufel, den er an die Wand malte. Die Wahrscheinlichkeit, dass Sally in dem einen Moment dummer, gedankenloser Trotzigkeit das Allerschlimmste auf sie beide herabbeschworen hatte, musste einfach zu klein sein. Und dieses eine Mal würde das Schicksal es doch gut mit ihnen meinen, auch wenn es in der Vergangenheit nie so gewesen war.

Fast zwei Monate waren vergangen, und er hatte Sally Tag und Nacht beobachtet, hatte sich gesorgt, weil sie schweigsam und zurückgezogen blieb, weil sie düsterer Laune war, hatte aber mit Erleichterung bemerkt, dass sie, wenn überhaupt, höchstens dünner wurde. Für Lucas bedeutete das, dass der Wilde seiner Schwester keinen Wechselbalg gemacht und ihn damit ins Verderben gestürzt hatte. Es musste einfach so sein, weil er es sich so verzweifelt wünschte.

»Komm rein, Sal! Komm! Da draußen bläst doch ein Orkan. Schlimmer als damals, als …«

»Lucas, hast du mich gehört?« Mit jedem Wort wurde ihre Stimme noch schriller. »Ich bin gesegneten Leibes, Lucas. Ich bin schwanger. In meinem Bauch wächst ein Indianerkind. Ein Wechselbalg. Was sagst du dazu, dass du bald Onkel wirst, Lucas? Bist du nicht entzückt, Lucas?«

Lucas zog sie in den Raum, schloss die Tür und schob wieder die Riegel vor. Als er sich zu seiner Schwester umdrehte, zitterte er.

Der Wind hatte ihren ordentlichen Knoten gelöst. Sallys langes, dunkles Haar war so zerzaust wie an dem Morgen, als er sie im Blockhaus gefunden hatte. Wie das Haar der Verrückten in Bedlam. Und in ihren Augen lag genau der gleiche Blick wie bei den Frauen dort. Schwarze Glut in einem weißen Gesicht, Augen, die vor innerer Qual brannten.

»Das kannst du doch gar nicht genau wissen«, sagte er. »Das ist unmöglich, Sally. Es ist doch erst gut einen Monat her, seit …«

»Zwei.« Sie sprach ruhiger als zuvor, aber in ihrer Stimme lag dieselbe grenzenlose Verzweiflung. »Zwei Monate, Lucas. Und bis jetzt war mein Monatsfluss regelmäßig wie der Sonnenaufgang.«

»Aber schau dich doch an, wie dünn du bist. Wenn …«

»Ich bin dünn, das stimmt.« Als sie das sagte, lächelte sie sogar. »Das kommt von den vielen Purgierungsmitteln, die ich in den letzten Wochen genommen habe. Ist dir nicht aufgefallen, dass ich Tag und Nacht ständig auf den Lokus gerannt bin, Lucas? Ein Mittel ums andere. Jedes Brechmittel, das mein kleiner Vorrat an Kräutern hergibt. Und Arzneitränke, das kannst du dir gar nicht vorstellen. Mittel, die so starke Krämpfe machen, dass sie ein Kind zum Austreiben zwingen müssten. Aber alles umsonst. Der Balg in meinem Bauch wird mit jedem Tag kräftiger. Er lässt sich weder herausscheißen noch herausbrechen und auch nicht vorzeitig zwischen meinen Beinen hervorpressen.«

Sie kauerte neben dem Feuer und stocherte geistesabwesend in den Scheiten. Das Haar hing ihr wild um die Schultern, doch Sally schien es gar nicht zu merken. Lucas hatte sie noch nie so erlebt. Sie war wie eine Fremde, diese Frau, die alle Hoffnung aufgegeben hatte, die sich nicht einmal die Mühe machte, auch nur den Anschein von Anstand zu wahren. Er konnte nur dastehen und sie anstarren.

»Ein ganz kräftiger kleiner Balg«, flüsterte Sally. »Kannst du dir nicht schon vorstellen, wie ich ihn in ein paar Monaten den Brede Wegh entlangtrage? Auf einem Brett am Rücken, wie die Indianerinnen es tun? Was für ein Bild, Lucas.«

Gütiger Heiland, was in Gottes Namen sollten sie nur tun? Wenn Sally wirklich schwanger war, würde sie wahrscheinlich gar nicht lange genug leben, um sich einen Indianerbalg auf den Rücken zu binden. Gesetzlich war die Steinigung lediger Frauen, die ein Kind bekamen, noch gestattet. Unwahrscheinlich, dass die Gemeindeältesten so weit gehen würden; vermutlich würde nicht einmal Stuyvesant darauf bestehen. Aber Sally würde ein paar Tage am Zwangsstock stehen müssen. Und höchstwahrscheinlich auf den Tauchstuhl gefesselt und in die Zisterne beim *Stadt Huys* geworfen werden. Das gebot der Anstand. Sitte und Brauch, das wird der verdammte Stuyvesant sagen. Und es ist mir egal, dass du mein Leben und das meiner Frau gerettet hast. Sobald Sally einen dicken Bauch bekommt, zerren sie sie zum …

Andererseits gab es vielleicht doch einen Ausweg, schließlich waren sie beide ein gerissenes Paar. Es musste doch eine Möglichkeit geben. Und wenn er Stuyvesant eine Ausrede lieferte, mit der er das Gesicht wahren konnte, würde der Mann nach ihr greifen und Sally unauffällig schützen. »Sal, hör mir mal zu. Ich hab eine Idee.«

Sie schaute nicht zu ihm, hob nicht einmal den Kopf. Lucas ging zu ihr, packte sie an den Schultern und zog sie auf die Füße. »Jetzt hör mir zu, Mädchen! Hörst du mich?«

Endlich hob Sally den Kopf. »Ja.«

»Gut. Weißt du, was wir machen? Wir sagen, dass du einen Tumor hast. Wir sagen allen, dass in dir eine Geschwulst wächst. Und wenn der Bastard geboren ist, fällt uns schon was ein. Wir geben ihn den Indianern. Oder … irgendwas. Darüber machen wir uns Sorgen, wenn es so weit ist. Bis dahin wird dir nichts passieren. Sie müssen uns glauben, schließlich bin ich Bader und habe einen ausgezeichneten Ruf. Die Leute vertrauen mir …«

»Sie werden mich von Van der Vries untersuchen lassen«, unterbrach Sally. Ihr Ton hatte sich verändert; sie klang wieder mehr wie die alte Sally. Und in dem Blick, mit dem sie ihn betrachtete, lag etwas von ihrer alten Zuneigung. Sie streichelte ihm sogar die Wange. »Mein armer, geliebter Bruder. Glaubst du, ich wüsste nicht, dass das Ganze für dich genauso schlimm ist wie für mich? Dass ich mir nicht alle Möglichkeiten überlegt habe? Du kannst sagen, dass ich eine Geschwulst habe. Ich kann es sagen. Aber die braven Leute von Nieuw Amsterdam werden sich nicht so leicht die Gelegenheit nehmen lassen, sich über einen Riesenskandal das Maul zu zerreißen und sich im Glauben zu wiegen, dass die Probleme ihrer Mitmenschen schlimmer sind als ihre eigenen. Und sie werden auch keine Sekunde überlegen, dass ich mir diesen verdammten Bastard nicht freiwillig habe machen lassen.«

Sally befreite sich aus dem Griff ihres Bruders. Sie bewegte sich durch das Zimmer, als würde sie tanzen, wirbelte umher, tänzelte und knickste mit Schritten, die Lucas ihr nie zugetraut hätte. Eine Karikatur der aristokratischen Damen in London und Rotterdam, die weder wie Sally sprachen noch wie Sally aussahen. Und die nicht einmal ein Zehntel ihres Verstands und ihrer Klugheit besaßen. »Überleg doch, lieber Bruder. Jacob Van der Vries ist der angesehenste Arzt in dieser vornehmen, eleganten Stadt Nieuw Amsterdam. Der mit den roten Haaren, dem roten Schnurrbart, dem roten Bart und dem erbsengroßen Gehirn wird beauftragt werden, die Wahrheit herauszufinden.«

Sie wirbelte umher, unablässig, bis Lucas fürchtete, sie könnte vor Schwindel zu Boden stürzten, aber das passierte nicht. Sally hielt sich an dem Stuhl fest, in den Lucas Patienten zum Zähnereißen setzte, umfasste die hohe Rückenlehne mit beiden Händen und beugte sich zu ihm vor. Im Licht der Flammen glühte ihr Gesicht rot. »Überleg doch, Lucas. Sogar ein Dummkopf wie Van der Vries weiß, dass er nach dem Herzschlag des Kindes hören und seine Finger in mich stecken muss, um das Kind zu ertasten. Sogar der dumme, dumme, dumme Jacob Van der Vries, der jeden medizinischen Unsinn glaubt, der je gedacht wurde, wird wissen, dass ich schwanger bin. Wenn wir ihn nicht im Schlaf umbringen, können wir nicht verhindern, dass der sabbernde Trottel ein Mal in seinem Leben eine richtige Diagnose stellt.«

Lucas ging zur Feuerstelle, stützte sich mit den Armen auf den gespaltenen Stamm, der als Kaminsims diente, und presste die Stirn gegen die raue Rinde, als könnte dieser Schmerz ihn von dem viel schrecklicheren Schmerz ablenken. Eine lange Weile sagte er nichts. Als er sich schließlich wieder zu seiner Schwester umdrehte, stand sie noch immer hinter dem Stuhl und beobachtete ihn.

»Es gibt noch eine andere Möglichkeit, Sal.« Er flüsterte die Worte, weil er wusste, dass sie bestimmt auch bereits daran gedacht hatte. Und wenn er sie laut aussprach, würden sie Wirklichkeit. »Ich könnte versuchen ...«

»Du könntest versuchen, das Kind aus mir herauszuschneiden«, beendete sie den Satz für ihn. »Daran habe ich auch schon gedacht.«

»Das wäre der beste Weg«, sagte Lucas. »Uns bleibt nichts anderes übrig. Wir können es noch heute Abend tun, Sal. Dann ist es vorbei, bevor ...«

»Nein, Lucas.«

»Was heißt ›nein‹? Welche andere Möglichkeit haben wir denn? Sally, weißt du denn nicht, was sie tun werden, die so genannten achtbaren Leute in dieser Stadt?«

»Natürlich weiß ich das. Das Gesetz sagt, dass sie mich steinigen können, aber ich glaube nicht, dass sie so weit gehen werden. Sie werden sagen, dass ich Unzucht getrieben habe, und mich ein paar Tage an den Zwangsstock stellen. Sie werden mich von den Kindern verspotten lassen, Kot auf mich werfen, das Übliche. Wahrscheinlich bekomme ich ein paar Hiebe mit dem Stock. Vielleicht ein Tauchbad. Dann werden sie mich verbannen. Ich werde vor den Wall geschickt und muss selbst zusehen, wie ich überlebe. Was angesichts der gegenwärtigen Lage ein sichereres Todesurteil ist als eine Steinigung.«

Lucas konnte nicht glauben, dass sie all das so ruhig und gefasst sagte, mit solcher Gelassenheit. Ihm fiel keine Erwiderung ein.

»Glaubst du, ich wüsste nicht genau, was passieren wird, Lucas? Wie sollte sich dieses kleine Schauerstück denn sonst entwickeln, um die braven Leute von Nieuw Amsterdam zu unterhalten?«

»Aber Sal, so weit braucht es doch nicht zu kommen. Ich schneide den Bastard aus dir heraus, in ein paar Tagen hast du alles überstanden und niemand wird je davon erfahren.« Beim Sprechen fegte er alles, was auf dem Behandlungstisch lag, auf den Boden. »Nimm das ganze Laudanum, das du noch hast. Jetzt sofort. Jeden Tropfen, Sal. Und gib mir deinen Vorrat an blutstillendem Puder. Ich mach schon mal den Wein heiß und …«

»Nein, Lucas.«

»Guter Gott, Sally! Bist du verrückt? Es gibt keinen anderen Weg. Das hast du gerade selbst gesagt. Warum wehrst du dich gegen die einzige Möglichkeit, diesen Schrecken mit heiler Haut zu überleben?«

»Weil die Wahrscheinlichkeit, den Eingriff zu überleben, ganz, ganz klein ist, lieber Lucas. Jetzt schau mich nicht so an. Du weißt genau, dass das stimmt. Das haben doch schon Hunderte versucht – und wie wenige waren erfolgreich? Wir haben doch beide immer und immer wieder von solchen Fällen gehört, Lucas. Frauen überleben den Versuch nicht, das Kind aus sich herausschneiden zu lassen. Sie verbluten, Lucas. Alle.«

Lucas schaute sie an, wollte Einwände erheben, aber schließlich nickte er. »Ja, Sally, du hast Recht. Die Überlebenschancen bei einem solchen Eingriff sind nicht hoch. Aber eine andere Möglichkeit haben wir nicht, also müssen wir's versuchen.«

»Das lasse ich nicht zu, Lucas. Ich weiß, du kannst es auch gegen meinen Willen machen, kannst mich bewusstlos schlagen und mich fesseln. Aber ich glaube nicht, dass du das tun wirst.«

»Nein, Sally, das würde ich auch nicht tun. Aber ich verstehe nicht, warum …«

»Weil ich diejenige bin, die guten Glaubens war, Lucas. Weil ich mich getäuscht habe. Wenn ich als Folge davon in die Wildnis geschickt werde und dort zu Grunde gehe, dann sei's drum. Was ich nicht erlaube, ist, dass für den Rest deines Lebens mein Tod auf deinem Gewissen lastet.«

»Nach Hause! Es ist vorbei, ihr könnt alle nach Hause!« Lucas war gerade in der Mühle, als der Soldat eines frühen Apriltags den Waffenstillstand verkündete und in den Straßen von Nieuw Amsterdam die Nachricht ausrief, auf die alle schon so lange gewartet hatten. Der Krieg mit den Wilden war zu Ende. Die Indianer hatten Frieden geschlossen. Die Kolonialisten konnten zu ihren Heimstätten zurückkehren; gerade noch rechtzeitig, um zu säen und zu pflanzen.

Lucas lief den ganzen Weg von der roten Backsteinmühle nach Hause, die kleine Tüte mit dem vom Mahlen noch warmen Mais in der Hand. Schon fünfzig Fuß vor dem Baderladen rief er nach Sally.

In den Wochen, seitdem sie ihm von ihrem Zustand erzählt hatte, ging es ihr etwas besser. Sie war zwar nach wie vor ebenso schweigsam wie seit der unheilvollen Nacht, als sie weggelaufen war und dieses Leid über sie gebracht hatte, aber sie war nicht mehr wie von Sinnen. Es war, als fände sie die geteilte Last leichter zu ertragen. Und jetzt, so wurde Lucas bewusst, als er auf die Wall Street zurannte, schien sich ihnen ein Ausweg zu bieten.

»Sal! Sally! Wo bist du? Komm zur Tür, Frau, ich hab Neuigkeiten! Sally!«

Die Tür des Ladens öffnete sich. Sally hatte sich bereits in ihren Schal gehüllt und hielt in der Hand ein Bündel, das in Öltuch gewickelt war und alles enthielt, was trocken bleiben musste. Lucas lächelte, als er sie sah. »Du hast es also schon gehört.«

»Ja. Die Indianer haben Frieden geschworen. Ich hab's gehört. Alles, was wir brauchen, ist hier drin.« Sally hielt das Bündel in die Luft. »Ich habe auch deine Tagebücher eingepackt. Ich will gleich nach Hause, Lucas. Sofort. Bitte.«

»Nichts spricht dagegen, Sal. Überhaupt nichts.«

Die Blockhütte war genau so, wie sie sie an jenem schrecklichen Morgen zurückgelassen hatten.

Alles lag unter einer dicken Staubschicht. Spinnen hatten in allen Winkeln ihre Netze gewoben. Die Blutspuren auf Boden und Wänden waren zu dunkelbraunen Flecken vertrocknet. Selbst die Klumpen, die Lucas als Teile des Gehirns identifiziert hatte, klebten noch auf den Planken zwischen Feuerstelle und Tür. Jetzt waren sie nur mehr eine harte, verschrumpelte Masse von undefinierbarer Farbe, aber Lucas wusste, worum es sich in Wirklichkeit handelte.

Sally blieb eine Sekunde in der Tür stehen und betrachtete den Raum. Lucas beobachtete sie. Dann drehte sie sich zu ihm um. »Was ist hier passiert, Lucas? Wieso bin ich nicht gestorben?«

»Ich weiß es nicht, Sal. Ich habe viel darüber nachgedacht und oft versucht mir vorzustellen, was hier vorgefallen sein könnte, aber ich weiß es nicht.«

Sally hängte ihren Schal an den gewohnten Nagel neben der Tür. »Wirklich, Lucas? Du hast oft daran gedacht? Das hast du mir nie gesagt.«

»Ich wollte dich nicht daran erinnern.«

Sie lachte. »Keine Sorge. Ich brauche nicht eigens daran erinnert zu werden. Ich trage ein dauerhaftes Andenken in mir.«

»Nicht für immer. Nur bis Oktober.«

»Und was dann?«

»Ach, Sal, ich weiß es nicht. Ich dachte, wir hätten beschlossen, erst wieder darüber zu reden, wenn es so weit ist.«

Sie schauderte, ein sichtbares Zittern durchfuhr sie. Aber dann riss sie sich zusammen, fasste neuen Mut. »Das stimmt, Lucas. Wenn es so weit ist. Aber vorher sollte ich mal hier nach dem Rechten sehen.«

Während sie sprach, drehte sie sich im Kreis, untersuchte jede Ecke des großen Raums, in dem sie lebten, spähte in den kleinen hinteren Anbau, in dem ihr Bett stand. »Und das werde ich jetzt tun. Der Dreck der letzten Monate reicht mir fürs ganze Leben, wenn nicht für länger. Besorg uns was zu essen, Lucas! Schau nach, ob die Fallen am Bach noch da sind; vielleicht ist ja ein Biber oder eine Ente reingegangen. Sonst fang uns ein Eichhörnchen. Lass mir eine Stunde Zeit, dann kommst du in ein Heim zurück, das diesen Namen verdient.«

Sobald er verschwunden war, krempelte sie die Ärmel hoch und ging zur Regentonne. Sie war randvoll. Immer und immer wieder tauchte Sally den Ledereimer ins Fass und schöpfte gallonenweise frisches, sauberes Wasser, um Boden und Wände der Blockhütte abzuspülen. Das Blut vom Vater ihres Kindes floss zur Tür hinaus und versickerte in der Erde, ein rostfarbenes Opfer an die Götter, wer immer sie sein mochten, die ihr Leben geschont und seines genommen hatten.

Ende Mai bewegte sich das Kind.

Als Sally es das erste Mal spürte, stieg in ihr ein Gefühl auf, das sie weder kannte noch benennen konnte. Es war so stark, dass es ihr die Luft nahm und sie ohnmächtig zu werden glaubte.

Sie arbeitete gerade in ihrem Heilkräutergarten und dünnte ein Beet Schafgarbe aus, aus der sie schließlich ihr Styptikum zubereiten würde. Als sie spürte, wie der Bastard sich in ihr regte, legte sie die Harke beiseite und faltete die Hände über dem Bauch. Die Rundung war noch klein und zeichnete sich unter ihrer Kleidung noch gar nicht ab. Und in dieser Rundung lebte etwas. Ihr Kind.

Nein. Was war bloß in sie gefahren? Das war kein Kind, das war ein Bastard. Von einem Wilden, der sie grausam überfallen und sie beinahe getötet hätte. Sie hatte alles in ihrer Macht Stehende getan, um den Balg loszuwerden. Wäre sie sicher gewesen, dass Lucas ihn aus ihr herausschneiden konnte, ohne dass sie starb und er ein Leben lang mit dieser Schuld leben musste, hätte sie frohen Herzens eingewilligt. Dieses Ding in ihr war nicht der Sohn oder die Tochter, auf die sie schon lange alle Hoffnung aufgegeben hatte. Das war unmöglich.

Das Kind stieß ein zweites Mal. Sally stöhnte. Tränen traten ihr in die Augen und rannen über ihre eingefallenen Wangen.

Sie würde ein Kind bekommen.

Lucas hatte ihr nie erlaubt, einen Ehemann zu haben. Sie hatte den Gedanken noch nie so klar formuliert, aber in ihrem tiefsten Inneren hatte sie es immer schon gewusst. Es gefiel ihrem Bruder, dass sie für ihn da war, sich um sein Zuhause kümmerte, ihm das Essen kochte, in seinem Garten arbeitete und seine Heilmittel zubereitete. Das war der Grund, warum er angeblich nie genügend Geld für ihre Mitgift aufbringen konnte. Und weil sie Lucas so vieles verdankte, hatte Sally sich damit abgefunden, eine alte Jungfer zu werden.

Aber jetzt, plötzlich, als Folge eines Ereignisses, an das sie gar nicht denken wollte, weil es so entsetzlich war, würde sie ein Kind bekommen. Und dieses Gefühl, das sie empfand, war Liebe.

Lucas wollte ihr das Kind gleich nach der Geburt wegnehmen. Er hatte es nie direkt gesagt, aber sie wusste es. Wahrscheinlich würde er es töten. Und da sie ihm gestattet hatte, seinen Plan anzudeuten, ohne lauthals zu protestieren, hatte sie ihm Vorschub geleistet.

Ach, mein Kind, mein liebes, armes Kind. Verzeih mir. Verzeih mir, dass ich auch nur im hintersten Winkel meines Kopfes einen solchen Gedanken haben konnte. Ich war von Sinnen. Ich hatte den Verstand verloren. Aber jetzt sehe ich wieder klar. Ich habe dich in mir gespürt, und jetzt sehe ich klar. Und ich schwöre beim Allmächtigen, dass dir nichts Böses zustoßen wird.

Die Wochen verstrichen. Der Juni ging in den Juli über. Im Gegensatz zu den meisten anderen Schwangeren wurde Sally nicht rund und rosig. Wie zum Hohn auf die einfachen Lösung, die Lucas anfangs vorgeschlagen hatte, sah ihr heranwachsendes Kind tatsächlich wie eine Geschwulst aus. Nur ihr Bauch rundete sich. Wer sie aus einiger Entfernung sah, hätte nie geahnt, dass sie ein Kind trug. Und damit Lucas der Einzige blieb, der sie aus der Nähe zu sehen bekam, begleitete Sally ihn nicht mehr in den Baderladen und ging auch nicht mehr ins Hospiz. Manchmal fragte sie sich ängstlich, ob sie nicht ebenso große Aufmerksamkeit erregte, wenn sie sich nicht mehr in der Stadt blicken ließ, als wenn sie durch die Straßen gegangen wäre.

»Keine Angst«, beschwichtigte Lucas sie dann immer. »Ich sage allen dasselbe. Ich sage, dass du wegen der Belagerung keine Heilmittel mehr hast, die du austeilen könntest. Dass du deine ganze Zeit damit verbringst, im Garten zu arbeiten und neue Heilmittel herzustellen. Und wer sich mit der Erklärung nicht zufrieden gibt, dem sage ich, dass du außerdem einen Husten und manchmal auch etwas Fieber hast.«

»Und du meinst, dass sie dir glauben?«

»Natürlich glauben sie mir. Nach dem Winter, der hinter uns liegt, sind alle krank. Außerdem sind praktisch alle damit beschäftigt, ihre Häuser wieder herzurichten, sich Essen zu beschaffen und im Garten zu pflanzen. Sie haben gar keine Zeit, sich Gedanken über mich und dich zu machen; sie denken nur an sich selbst.«

Sie kannte ihn zu gut. An seiner Stimme merkte Sally, dass etwas nicht ganz in Ordnung war. »So gut wie alle, aber nicht jeder. Ich hab doch Recht, oder, Lucas? Irgendjemand hat nicht zu viel zu tun, um sich Gedanken über mich zu machen. Wer?«

»Van der Vries«, gestand Lucas. »In den letzten fünf Tagen war er drei Mal bei mir. Er fragt immer nach Heilmitteln. Vor allem nach Laudanum. Heute hat er sich direkt nach dir erkundigt.«

»Was hast du ihm gesagt?«

»Dasselbe wie den anderen. Dass du zu Hause bist, hier in der Blockhütte. Dass wir keine Heilmittel haben und dass es dir nach dem harten Winter nicht so gut geht.«

»Und hast du ihm auch gesagt, dass wir kein Laudanum mehr haben und erst in zwei Monaten wieder welches machen können?«

»Ja. Er hat sich damit abgefunden. Er war zwar nicht glücklich drüber, aber er hat mir geglaubt. Ich habe ihm versprochen, wir würden unser Laudanum mit ihm teilen, sobald wir wieder welches haben.«

»Und warum sollten wir das tun?«

»Ihm habe ich als Grund genannt, dass seine Patienten genauso Schmerzen leiden wie die paar, die ich noch habe. Aber in Wahrheit habe ich's ihm versprochen, weil er sonst nie aufgehört hätte, von den geheimen Vorräten zu reden, die wir angeblich horten.«

»Aber wir haben doch gar keine.«

»Das weiß ich, Sal, genauso gut wie du. Aber nicht der dicke Arzt.«

»Der dicke und dumme Arzt. Vergiss das dumm nicht, Lucas. Die Dummheit ist das Auffallendste an ihm.« In dieser Bemerkung klang ein wenig die alte Sally von früher mit, die scharfzüngige Gefährtin, die sie ihm gewesen war.

Der Moment verflog rasch. »Lucas, warum kommt er jetzt und fragt nach Laudanum? Früher hat er nie …«

»Laudanum und andere Heilmittel«, wandte Lucas ein. »Er sagt, die Vorräte, die er aus Holland mitgebracht hat, wären ihm jetzt ausgegangen, und er braucht welche von uns. Übrigens sagt er, dass er uns dafür bezahlt. Gulden oder Wampum, ganz wie wir wollen.«

Sie hatten ihre Mahlzeit beendet. Sally trug die Schüsseln zur Regentonne, die neben der Haustür stand. »Sag ihm, wir verkaufen ihm die Heilmittel, wenn wir welche haben, für Wampum. Damit kommt man hier sehr viel weiter als mit Gulden.«

Sie hockte sich auf den Boden und wischte die Schüsseln mit einer Handvoll Gras aus, um das Taubenfett zu entfernen. »Sag ihm, ich mache Heilmittel für ihn, wenn die Pflanzen ausgewachsen sind, und dann einigen wir uns auf einen Preis.« Sally tauchte die Hände in die Regentonne und sprenkelte Wasser über die Schüsseln, dann trocknete sie sie an ihrem Rock ab.

»Ich werd's ihm sagen. Obwohl ich nicht glaube, dass ihn das abhalten wird, trotzdem wieder zu kommen.«

»Er hat einfach nicht genug zu tun«, sagte Sally. »Wer ein Haus in der Stadt hat und nicht wie die Bauern in dieser gottverdammten Kolonie ausgebrannt worden ist, der hat Zeit, andere Leute zu behelligen.« Sie stellte die Schüsseln auf das Regal über dem Feuer und blieb stehen, den Rücken ihrem Bruder zugewandt. »Lucas, ich hab darüber nachgedacht … wenn das Kind da ist.« Sie hörte seinen erschreckten Atemzug, zwang sich aber weiterzureden. »Wir dürfen nichts Böses tun, Lucas. Nichts, was wir den Rest unseres Lebens bereuen würden.«

»Und das, was dir angetan wurde«, warf Lucas leise ein. »War das nicht böse?«

»Doch, aber das heißt nicht …«

»Und was die Gemeindeältesten mit dir tun, wenn sie herausfinden, dass du schwanger bist – ist das nicht böse?«

»Lucas, das weiß ich alles. Aber ...«

»Und was mit mir passiert, wenn die Leute die Sache herausfinden? Dass ich alles, was ich besitze, zur Sühne für dein Vergehen aufgeben muss – ist das vielleicht nicht böse?«

Sally drehte sich zu ihm und hielt sich die Ohren mit den Händen zu. »Hör auf! Das weiß ich alles, Lucas. Ich denke ständig daran. Tag und Nacht. Aber ich kann nicht ...« Sie beendete ihren Satz nicht. Es gab keinen Grund weiterzureden. Lucas hatte den Raum verlassen.

## IV

Hochsommer. Sengende Hitze und kein Regen. Schwärme von Fliegen und Stechmücken, Wespen und Kriebelmücken. Außer am frühen Morgen war es unmöglich, sich im Freien aufzuhalten. Lucas brach im Morgengrauen in die Stadt auf. Um sieben Uhr arbeitete Sally bereits im Garten. Um zehn war sie schon wieder im Haus und verließ es erst wieder nach Sonnenuntergang. Ein Tag um den anderen verging nach diesem Muster, und es schien, als würde der Rhythmus zur Gewohnheit werden und ewig weiterbestehen.

Bis zum zweiten Freitag im Juli, als Sally zwischen der Gerste Unkraut jätete. Kurz nach neun Uhr hörte sie jemand ihren Namen rufen.

»Guten Tag Euch, Juffrouw Sally.«

Sie wusste sofort, wer es war. Sie atmete tief durch und bemühte sich, ruhig zu bleiben. »Und Euch, Mijnheer Van der Vries.« Sie stand nicht auf. Mittlerweile war sie beinahe im siebten Monat und musste sich hinknien, um zu jäten, weil sie nicht länger in die Hocke gehen konnte. Ihre Hüften konnten das Gewicht ihres Bauchs nicht mehr tragen. Und es fiel ihr schwer, sich mühsam und ungelenk aus dieser Position wieder aufzurichten.

Sie sah die fülligen, bestrumpften Beine des Niederländers vor sich. Sally hob den Kopf, um den ganzen Mann zu sehen. »Wenn Ihr Lucas sucht – der ist vor zwei Stunden in die Stadt aufgebrochen. Dort findet Ihr ihn bestimmt.«

Van der Vries' Atem ging schwer, Schweiß lief ihm in den roten Schnurrbart und tropfte von seinem Spitzbart. Er holte ein Taschentuch aus dem Ärmel hervor und wischte sich übers Gesicht. »Verzeiht, Juffrouw. Der Pfad ist sehr schmal. Ich musste den Wagen weiter hinten stehen lassen und zu Fuß herkommen.«

»Und nach all der Mühe trefft Ihr Lucas nicht an. Das tut mir Leid für Euch, Mijnheer.« Ihr war noch immer keine Möglichkeit eingefallen, wie sie aufstehen sollte, ohne die Aufmerksamkeit auf ihren Bauch zu lenken. Guter Gott, mach, dass er geht.

»Ich bin aber wegen Euch gekommen.« Der Arzt steckte sein Taschentuch fort. »Bitte, Juffrouw, gestattet, dass ich Euch beim Aufstehen helfe.« Er streckte ihr die Hand entgegen.

Ihr blieb nichts anderes übrig, als sie zu ergreifen. Seine Haut war schlaff und klamm, die Handfläche klebrig vom Schweiß. Sally hievte sich auf die Füße. Mit aller Willenskraft versuchte sie, leichtfüßig und grazil zu wirken, aber nach der Art zu urteilen, wie er sie betrachtete, war ihr das misslungen.

Van der Vries sprach betont langsam und musterte sie dabei von Kopf bis Fuß. »Euer Bruder hat mir gesagt, dass Ihr nicht ganz bei Kräften seid. Das ist zum Teil auch der Grund meines Besuchs. Vielleicht benötigt Ihr meine Hilfe?«

Er betrachtete sie noch immer eingehend. Sally spürte, dass sich einige Strähnen aus ihrem Knoten gelöst hatten und ihr ins Gesicht hingen. Das Kleid, das sie trug, hatte sie sich vor sieben Jahren in Rotterdam genäht, aus einem Stück Kaliko, das Lucas ihr zum einundzwanzigsten Geburtstag geschenkt hatte. Damals war es hübsch gewesen, aber jetzt sah es abgetragen und verblichen aus. Und formlos. Sally hatte die Schärpe nicht angelegt, so dass das Kleid von den Schultern lose an ihr herabhing, über ihren gerundeten Bauch – den es nicht ganz verbarg.

Genau daran zeigte Van der Vries das größte Interesse – an der Rundung, wo eigentlich ihre Taille sein sollte. Sally sprach rasch, ohne zu überlegen. Alles, um ihn zu zwingen, seinen Blick von ihrem Bauch auf ihr Gesicht zu richten. »Eure Sorge um mich ist sehr freundlich gemeint, Mijnheer. Aber ich bin nicht krank, nur nicht ganz bei Kräften nach dem strengen Winter. Ihr sagtet, meine Gesundheit sei nur zum Teil Anlass für Euren Besuch. Was ist der andere Teil?«

Er hielt noch immer ihre Hand. »Seid Ihr sicher, Juffrouw? Ihr seid wirklich ganz gesund?«

»Ganz gesund.« Sally entzog ihm die Hand. »Wenn Ihr gekommen seid, um mich zu behandeln, Mijnheer, so danke ich Euch für Eure Mühe. Aber ich brauche Eure Dienste nicht.«

»Tja, das sehe ich.« Seine Stimme war ganz leise, und er blickte ihr jetzt in die Augen. Als wollte er sie zwingen, ihre Unbehaglichkeit einzugestehen. »Ich glaube, ich verstehe allmählich, dass Ihr und Euer Bruder hier alles habt, was ihr braucht. Hier draußen in den Wäldern. Vor allem natürlich habt ihr einander.«

Sally spürte den Zorn wie Galle in sich aufsteigen, ein bitteres Feuer, das ihr in der Kehle brannte, aber sie war zu klug, ihren Unmut in Worte zu fassen. »Ihr habt Recht, Mijnheer. Alles, was wir brauchen.« Sie sprach betont ruhig, als wäre sie sich keiner Schuld bewusst, als hätte sie keinerlei Geheimnisse zu verbergen. »Und jetzt, bitte, sagt mir den zweiten Grund für Euer Kommen.«

»Ach ja. Der zweite Grund. Abgesehen von meiner Sorge um Euch, natürlich. Und genau da liegt das Problem, Juffrouw. Ich habe in Nieuw Amsterdam so viele Patienten, dass mir alle Heilmittel, die ich mitgebracht hatte, ausgegangen sind. Ich brauche mehr. Es gibt in der Kolonie zwar viele Frauen, die die Signaturkräuter anbauen, aber niemand mischt die Rezepturen so geschickt wie Ihr.«

»Danke für Eure freundlichen Worte, aber im Augenblick habe ich keine Heilmittel, die ich Euch geben könnte.«

»Die Ihr mir verkauft, Juffrouw. Ich habe Eurem Bruder gesagt, dass ich dafür bezahlen will und werde. Gulden oder Wampum, ganz wie Ihr wollt.«

»Ja, das hat er mir erzählt. Aber meines Wissens sagte mein Bruder Euch auch, dass unsere Vorräte im Winter aufgebraucht wurden und wir noch keine neuen haben.«

»Aber Ihr seid doch schon seit April hier. Nur Ihr und Euer Bruder. In dieser Abgeschiedenheit, wo niemand Euch stört.« Jetzt sah er ihr wieder ins Gesicht, direkt in die Augen. So gerne Sally seinem Blick ausgewichen wäre, sie wollte nicht als Erste wegschauen.

Schließlich wandte Van der Vries sich ab und deutete auf den Acker ganz am Rand der Lichtung. Er stand mit Sally in dem Feld, in dem Gerste und Erbsen angebaut waren, daneben wuchsen Mais und Kürbisse. Jenseits davon gediehen die Gemüse und Kräuter, aus denen ein Großteil ihrer Nahrung und alle ihre Arzneimittel bestanden. Und hinter diesen Beeten lag das Feld, dem Jacob Van der Vries seine ganze Aufmerksamkeit schenkte: Mohnblumen in voller Blüte mit nickenden roten Köpfen.

»Die sind doch schon voll erblüht. Genau richtig, um gepflückt zu werden. Also wollt Ihr Laudanum machen, oder nicht?«

»Später. Jetzt ist es noch zu früh. Zuerst müssen die Blütenblätter abfallen. In ein paar Tagen wird es so weit sein, vielleicht auch erst in einer Woche. Dann ernte ich die Samenkapseln. Und dann erst bereite ich daraus Laudanum.«

Van der Vries nickte. »Dann müssen wir also noch ein kleines Weilchen warten. Ein paar Tage vielleicht.«

»Ein paar Wochen, vielleicht einen Monat.«

»Das kann nicht sein. Ihr habt doch gerade selbst gesagt, dass die Blütenblätter in ein paar Tagen ...«

»In ein paar Tagen oder einer Woche, ja. Aber beim Herstellen von Laudanum muss man sich Zeit lassen. Man darf es nicht überstürzen.«

»Ich verstehe. Nun, ich bin überzeugt, dass Ihr und Euer Bruder alles daran setzen werdet, um es so schnell wie möglich herzustellen.« Jetzt starrte er ihr nicht in die Augen, sondern auf den Bauch. »Unter den gegebenen Umständen seid Ihr sicher auch der Meinung, dass das geraten ist.«

»Und die ganze Zeit, während er vom Laudanum geredet hat, habt ihr da draußen im Garten gestanden?«, fragte Lucas ungläubig. »In der heißen Sonne?«

»So lange war es gar nicht. Zehn Minuten vielleicht.«

»Aber warum bist du nicht mit ihm ins Haus gegangen und hast ihm was zu trinken angeboten, einen Krug Bier vielleicht? Guter Gott, Sally, wenn du ihn abgelenkt hättest, vielleicht sogar umgarnt hättest, vielleicht wäre er dann ...«

»Vornehme Herren zu umgarnen liegt mir nicht, Lucas. Wie du sehr wohl weißt. Und es war unmöglich, mit ihm ins Haus zu gehen und ihn mit Bier zu benebeln.«

»Aber warum denn nicht, Sally? Das verstehe ich nicht. Du bist doch schlau genug, um ...«

»Und du bist ein Hohlkopf. Schau mich doch an, Lucas. Schau her.« Sie standen im großen Zimmer, das allerdings nur im Verhältnis zu den übrigen Räumlichkeiten der Blockhütte groß war. Mit vier Schritten hatte Sally die Südwand erreicht, dann ging sie sechs Schritte nach Norden. Dann blieb sie stehen und wartete auf die Reaktion ihres Bruders.

»Ja und?«, fragte Lucas.

»Ja und? Etwas anderes fällt dir nicht ein? Bist du blind? Ich gehe nicht, Lucas, ich watschele. Wenn ich einfach nur dastehe, in diesem losen Kleid, sieht man nicht genau, ob ich schwanger bin. Aber wenn man mich gehen sieht und ich meinen dicken Bauch vor mir herschiebe, wie alle Frauen in diesem Zustand, dann weiß jeder genau Bescheid.«

»Ach so. Du hast Recht, natürlich. Aber du glaubst, dass Van der Vries es trotzdem erraten hat, auch wenn er dich nicht gehen sah?«

»Ich weiß es.«

»Das kannst du nicht wissen.«

»Doch, das weiß ich. Und ich weiß noch etwas, Lucas.« Sally wandte sich ab; er sollte nicht sehen, wie sehr ihr das Gesicht brannte, als sie die Worte aussprach. »Jacob Van der Vries glaubt, dass du mir dieses Kind gemacht hast.«

Eine junge Schwarze öffnete die Tür. Lucas hatte sie schon öfter in der Stadt gesehen. Sie hieß Van der Vries' Hetje, ein Mädchen von rund achtzehn Jahren, die nicht in Afrika geboren war, sondern im Sklavenlager oben in den Wäldern außerhalb des Walls. Van der Vries hatte Hetje bald nach seiner Ankunft gekauft. Lucas drängte sich an ihr vorbei. »Wo ist dein Herr? Ist er hier?«

»Ja, aber ...«

»Welche Tür? Diese?« Lucas riss die Tür zu seiner Linken auf. Er sah ein geräumiges Zimmer, in dem Stühle entlang der Wand aufgereiht standen. Es war leer. »Wo ist er? Willst du, dass ich es aus dir herausprügele?«

»Da.« Die junge Frau deutete auf eine Tür ganz hinten im Gang. »Wartet hier. Ich sage ihm, dass Ihr …«

»Ich sag's ihm selbst.« Lucas schob sie grob beiseite und ging den Flur entlang. Die Tür öffnete sich lautlos. Die Fenster standen offen, von draußen strömte das sommerliche Abendlicht herein. Im Raum roch es nach süßem Tabakrauch. Van der Vries saß auf einem Sessel neben dem leeren Kamin und schmauchte an einer großen, geschwungenen Pfeife, die Schale in seine feiste Hand geschmiegt. Er sah auf. »Lucas Turner, der Bader«, sagte er leise. »Tretet ein, Mann. Ich habe Euch erwartet. Wenn auch vielleicht nicht ganz so bald.«

»Ihr habt meine Schwester aufgesucht.«

»Ja. Ich war heute bei ihr. Heute Morgen. Ich war besorgt, da Ihr sagtet, sie sei krank. Aber als ich sie sah, wurde mir natürlich klar …«

Lucas ballte die Hände zur Faust, hob die Arme aber nicht. »Was ist Euch klar geworden? Deswegen bin ich hier. Das will ich wissen.«

»Ja, ich weiß. Aber zuerst sollten wir etwas trinken. Was möchtet Ihr, Bader? Ein Bier vielleicht? Doch, ich denke, das wäre gut. Es ist zu heiß für Rum oder Genever. Sogar für Wein. Hetje! Komm!«

Das Mädchen trat in die offene Tür, erhielt ihre Anweisungen und verschwand. Der Arzt wandte sich wieder an Lucas. »Und jetzt nehmt doch bitte Platz. Raucht Ihr, Bader? Ich kann Euch eine Pfeife anbieten, wenn Ihr Eure nicht bei Euch habt.«

»Ich stehe lieber. Und ich rauche keinen Tabak.«

»Ach, ich verstehe. Nun ja, es hat ja jeder von uns sein kleines Vergnügen, nicht wahr? Die Dinge, die uns Freude bereiten, gleichgültig, was die aufrechten Bürger dazu … Oh, hier ist ja Hetje mit unserem Bier.«

Die Sklavin hielt zwei mit Bier voll geschenkte Zinnhumpen in den Händen. Lucas war den ganzen Weg von der Blockhütte zu Van der Vries' Haus an der Pearl Street gelaufen. Er trank den Humpen mit einem Zug halb leer.

»Ihr habt großen Durst, Bader. Es ist ein weiter Weg von Eurer abgelegenen Hütte in die Stadt. Hetje, bring uns einen ganzen Krug Bier.« Nachdem sie gegangen war, fuhr er fort: »Ist das nicht gemütlich, Lucas Turner? Wo außer in den Neuen Welt könnten ein Bader und ein Arzt gemeinsam ein Bier trinken, als wären sie beide Herren?«

Lucas leerte seinen Humpen und stellte ihn auf den Tisch. »Ich überlege mir, ob ich Euch zusammenschlagen soll, Jacob Van der Vries«, sagte er leise. »Ihr tätet gut daran, Eure Zunge zu hüten, während ich mir die Sache durch den Kopf gehen lassen.«

»Mich zusammenschlagen? Aber warum denn, in Gottes Namen? Und falls Ihr es tun solltet – wie würde Euch das helfen?«

»Ihr wisst, warum. Wegen der gemeinen, gehässigen Dinge, die Ihr angedeutet habt und …«

»Die gemeinen, gehässigen Dinge, wie Ihr sie nennt, gehen nicht auf mich zurück, sondern auf Euch selbst, Bader. Und Ihr könnt mich schlagen, so viel Ihr wollt, damit wird Eure ledige Schwester um keinen Deut weniger schwanger, um keinen Deut weniger eine Frau, die als Hure gebrandmarkt und für ihr Verbrechen gesteinigt wird.«

Lucas stürzte auf Van der Vries zu, packte ihn am Jackett und riss ihn aus dem Sessel. Der Niederländer war mindestens einen Kopf kleiner als er. Er schaute auf das rote Haar hinab, den kleinen roten Bart, den buschigen roten Schnurrbart. »Ihr irrt Euch. Versteht Ihr mich, fettes, dummes Schwein, das Ihr seid. Ihr irrt Euch. Und jetzt fragt mich, warum ich keine Angst habe, Euch das ins Gesicht zu sagen. Obwohl Ihr ein einflussreicher und mächtiger Mann in Nieuw Amsterdam seid und ich der Bader. Los, jetzt fragt mich schon, verdammter Trottel! Fragt!«

»Lasst mich los. Ich werde …«

»Fragt mich! Wenn Ihr nicht fragt, werf ich Euch zum Fenster raus.« Lucas packte Van der Vries noch fester am Jackett und hob ihn hoch, so dass seine dicken Beine in der Luft baumelten. Dann schleifte er ihn zum Fenster. Unter ihnen lag ein neu angelegter Obstgarten. »Eure Apfelbäume werden das wohl überleben, Mijnheer. Aber Ihr werdet Euch wahrscheinlich das Genick brechen. Zumindest etliche Knochen. Und ich versichere Euch, ausnahmsweise werde ich mich nicht bereit erklären, sie zu richten.«

Van der Vries stieß heftig mit den Beinen aus, aber ergebnislos. »Wartet. Wartet. Was soll ich Euch fragen? Ich verstehe nicht, was …«

»Ihr sollt fragen, wie es kommt, dass ich keine Angst vor Euch habe, Wurm, der Ihr seid, Jacob Van der Vries. Warum Eure widerwärtigen Anschuldigungen mich nicht kümmern. Jetzt fragt schon, Dummkopf, fragt!«

»Ja, schon gut. Ich frage. Warum? Warum habt Ihr keine Angst …«

»Sprecht weiter!«, brüllte Lucas. »Dreckige Gedanken und dreckige Anschuldigungen. Sagt es!«

»Dreckige Gedanken und dreckige … was immer Ihr gesagt habt.«

Lucas löste seinen Griff so plötzlich, dass der Arzt zu Boden sackte. Er richtete sich nicht wieder auf. »Jetzt sage ich Euch, warum«, sagte Lucas leise. »Aber zuerst brauche ich noch einen Schluck Bier.«

Er wandte sich zum Tisch. Dort stand Hetje, den gewünschten Krug in der Hand, den Blick auf Lucas und nicht auf ihren Herrn gerichtet. Sie war mager, sah aber kräftig und drahtig aus. Hetje hätte ihrem Herrn zu Hilfe kommen können, dachte Lucas. Sie hätte ihn mit dem schweren Zinnkrug verteidigen können. Oder mit dem Schürhaken, der neben dem Kamin lag. Aber das hatte sie nicht getan. Und der Grund war – das wurde Lucas rasch klar –, weil sie gar nichts dagegen hatte, wenn Jacob Van der Vries ein wenig Unbehagen bereitet wurde.

Hetje und Lucas schauten sich an, ihrer beider Augen lächelten. Lucas streckte ihr seinen Humpen entgegen. Hetje füllte ihn. »Danke«, murmelte er. »Und jetzt lass den Krug stehen und geh.«

Hetje zögerte und schaute zu ihrem Herrn. Der kauerte noch immer am Boden, fuhr sich übers Gesicht und versuchte, zu Atem zu kommen. Dann sah sie wieder zu Lucas, sah ihm erneut in die Augen. Er verstand.

»Raus mit dir!«, schrie Lucas. »Raus, oder ich bring euch beide um!« Die Sklavin stellte den Krug auf dem Tisch ab. Lucas blinzelte ihr zu. Sie lief hinaus, ließ die Tür hinter sich ins Schloss knallen.

Lucas schenkte sich nach und trank einen Schluck. Schließlich wandte er sich wieder Van der Vries zu. Der Niederländer hatte sich erhoben und bewegte sich vom geöffneten Fenster fort, offenbar auf den Kamin zu. Dort schimmerte der bronzene Schürhaken im Dämmerlicht.

»Um zu unserem Gespräch zurückzukehren, Mijnheer«, begann Lucas mit gezwungener Ruhe. »Der Grund, warum ich keine Angst vor Euren dreckigen Gedanken und Euren dreckigen Anschuldigungen habe, ist, weil ich begriffen habe, dass Ihr ohne Laudanum nicht glücklich sein könnt. Und meine Schwester und ich sind die besten – nein, die einzigen – Lieferanten von Laudanum in ganz Nieuw Amsterdam. Möglicherweise auch in ganz Nieuw Nederland.«

»Ich verstehe«, sagte Van der Vries.

»In der Tat. Ich dachte, dass Ihr das verstehen würdet. Vermutlich versteht Ihr auch, dass es keineswegs in Eurem Interesse liegt, Sally Schwierigkeiten zu bereiten. Oder mir. Die Herstellung erstklassigen Laudanums verlangt großes Geschick. Meine Schwester ist darin unübertroffen.«

»Das glaube ich gerne.«

»Gut, dann ist unsere Unterhaltung beendet. Ich gehe.«

Lucas wandte sich zur Tür. »Bader«, rief Van der Vries ihm nach. Lucas zögerte, dann drehte er sich um. »Nicht so hastig, Bader. Da Ihr schon einmal hier seid ... Ich möchte Euch einen Vorschlag machen.«

»Ich bezweifle, dass ich ihn hören will.«

»Seid nicht so voreilig. Ich glaube doch, dass er Euch interessiert.«

Lucas' Gefühl riet ihm, zur Tür hinauszugehen, weil es kein gutes Ende nehmen würde, wenn er noch länger mit dem Niederländer redete. Sein Verstand riet ihm, wenigstens zu hören, was der Mann zu sagen hatte. Lucas blieb stehen.

»Sehr gut.« Van der Vries sprach mit leiser Stimme. »Also, eines muss ich Euch fragen. Da Ihr sagt, dass nicht Ihr Eure Schwester geschwä...« Lucas machte einen Schritt auf ihn zu. Van der Vries hob die Hand. »Jetzt beruhigt Euch. Diesen Teil des Gesprächs hatten wir bereits. Ich glaube Euch. Aber wenn nicht Ihr – wer war es?«

Lucas starrte ihn an, ohne eine Antwort zu geben.

»Kommt, was kann es schaden, mir das zu sagen? Wir sind doch überein gekommen, dass alles, was wir hier sagen, unter uns bleibt, weil das unserem beiderseitigen Interesse dient. Wer, Bader? Welcher unserer braven Nachbarn hat sich vergnügt mit Eurer ...«

»Haltet den Mund, sonst stopf ich ihn Euch! Das hatte mit Vergnügen nichts zu tun. Sie wurde ...« Lucas verschluckte sich an dem Wort. Aber Van der Vries hatte Recht. Es konnte keinen Schaden anrichten, es ihm zu sagen. »Sie wurde vergewaltigt.«

»Ach ... schrecklich. Das arme Ding.« Van der Vries begann, seine Pfeife zu stopfen. »Wer war das? Ein Trapper womöglich, jemand ...«

»Ein Wilder. Er hat sie im Wald überrascht und sie vergewaltigt. Schaut nicht so erstaunt, Mann. Sie ist weiß Gott nicht die Erste.«

»Nein, natürlich nicht. Aber ... Von einem Indianer vergewaltigt zu werden und noch den Skalp zu haben ... Ich dachte, sie würden die Frauen entweder verschleppen oder umbringen.«

»Wir haben gestritten. Sie ist in den Wald gegangen, obwohl ich es ihr verboten habe. Ich bin ihr gefolgt und gerade noch rechtzeitig dazugekommen, um den Wilden umzubringen und meine Schwester zu retten.« Er erzählte diese Version nicht, um sich als Helden darzustellen, sondern weil sie am überzeugendsten klang.

»Welch ein Glück«, murmelte Van der Vries.

»Ja. Und warum wolltet Ihr das wissen? Wieso betrifft Euch das?«

Van der Vries zog an seiner Pfeife. Lucas konnte den Rauch riechen, aber nicht sehen. Die Dämmerung war in den Abend übergegangen, und es wurde dunkel im Raum. »Weil«, antwortete der Arzt schließlich, »weil ich um die Hand der Juffrouw Turner anhalten möchte. Deswegen ist die Frage nach dem Vater ihres Bastards durchaus von Interesse für mich.«

»Heiraten! Ihr habt den Verstand verloren. Sally würde nie einwilligen.«

»Es ist nicht nötig, dass sie einwilligt, Bader. Nötig ist nur Eure Einwilligung. Ihr seid doch Ihr Bruder, oder nicht? Ihr einziger Vormund.«

»Ja.« Selbst dieses eine Wort bereitete Lucas Schwierigkeiten. Auf einmal war ihm der Mund trocken, die Zunge wie angeschwollen. Er hätte es gerne auf die drei Humpen Bier geschoben, aber er wusste, dass das nicht stimmte.

»Gut. Dann brauchen wir uns also nur über Eure und meine Wünsche in dieser Angelegenheit zu unterhalten. Juffrouw Sally wird ihrem Bruder, der ihr gesetzlicher Vormund ist, doch sicher gehorchen.«

»Nein, das wird sie nicht. Nicht, wenn ...«

»Redet doch nicht wie ein Kind, Bader. Die Frau ist ledig und schwanger von einem Wilden, der sie angeblich überfiel. Aber angesichts der Tatsache, dass es außerordentlich ungewöhnlich ist, wenn eine Frau einen solchen Vorfall bei lebendigem Leib übersteht – glaubt Ihr nicht, dass die Gemeindeältesten zu dem Schluss kommen werden, dass Ihr lügt, um sie zu schützen, und dass sie freiwillig mit dem Indianer Unzucht getrieben hat? Dass sie sich mit dem Feind vergnügt hat?«

»Sollen sie denken, was sie wollen.« Allmählich hatte Lucas sich wieder in der Gewalt. Der Kopf drehte sich ihm nicht mehr und er konnte seine Worte klar formulieren. »Und was Sally will, ist mir auch gleichgültig. Ich gestattete Euch nicht, meine Schwester zu heiraten. Schwanger oder nicht, sie ist zehn Mal mehr wert als Ihr, Van der Vries. Und wie Ihr sagt, ich bin ihr gesetzlicher Vormund. Gute Nacht, Mijnheer.« Lucas wandte sich zum Gehen.

»Bader. Lucas. Einen Augenblick noch. Überlegt doch. Ich könnte mich versucht fühlen, die Behörden über diese Tatsachen in Kenntnis zu setzen, auch trotz Mistress Sallys Fähigkeiten in ihrem Gewerbe. Ich gestehe, das lässt mich schwanken, aber schließlich bin ich ein Arzt, ein angesehener Mann. Ihr seht also ... Und es gibt noch etwas, was Ihr bedenken solltet.«

Lucas regte sich nicht. »Und das wäre?«

»Nur das: Wenn Ihr mir Eure Schwester zur Frau gebt, bin ich bereit, Euch vierzig Gulden zu bezahlen.«

Lucas hatte die Hand noch immer an der Tür, aber er öffnete sie nicht. »Warum?« Seine Stimme war heiser. »Warum wollt Ihr sie? Wie kann sie Euch so viel Geld wert sein?«

»In Anbetracht der Umstände, lieber zukünftiger Schwager, glaube ich nicht, dass Ihr Euch um derartige Fragen sorgen solltet. Aber wenn Ihr es unbedingt wissen wollt, ich habe die Juffrouw ins Herz geschlossen. Seitdem ich sie das erste Mal sah.«

»Ins Herz geschlossen.«

»Ja, ins Herz geschlossen. Vierzig Gulden. Das ist sehr viel Geld. Ein Gradmesser meiner Zuneigung.«

Eine lange Weile blieb Lucas stehen. Als er schließlich Van der Vries ansah, schwieg er noch eine ganze Zeit länger. Die beiden Männer starrten sich an. Schließlich brach Lucas das Schweigen. »Sechzig Gulden, nicht vierzig«, sagte er. »Zahlt sechzig Gulden, und wir sind uns einig.«

## V

Gütiger Gott, was würde sie sagen? Und was sollte er ihr sagen? Dass es der einzige Ausweg war. Dass Van der Vries sie sonst den Behörden ausgeliefert hätte. Dass sie, wenn sie den Niederländer nicht heiratete, so gut wie tot wäre, dass Lucas bankrott und sein Leben ebenso zu Ende wäre wie das ihre. Aber jetzt hätten sie beide eine Chance.

All das und andere Dinge mehr. Überzeugende Argumente. Er würde sich noch etwas einfallen lassen. Aber nicht jetzt. Jetzt musste er Ankel Jannssen finden.

Bald würde es neun Uhr schlagen. Das letzte Licht des Tages strahlte noch am Himmel. Wenn es verschwunden war, würde der Nachtwächter seine Runde machen und die Sperrstunde ausrufen. Aber unten am Hafen versuchten die Behörden gar nicht mehr, diese Vorschrift durchzusetzen.

Das Wooden Horse war gedrängt voll. Schon auf halbem Weg die Straße hinab hörte Lucas das Johlen und Schreien. Als er die Tür zur Taverne aufstieß, empfing ihn ohrenbetäubender Lärm, vor lauter Rauch konnte er nichts sehen. Alles war wie beim letzten Mal.

Blinzelnd schaute er zum Tisch, an dem Jannssen bei ihrer letzten Begegnung gesessen hatte. Er erkannte niemanden.

»Bader!«, rief jemand. »Kommt her! Ich spendiere Euch was, Mann. Rum oder Genever.«

Lucas sah sich um. Ein Trapper drängte sich durch die Menge und hielt Lucas einladend seinen Humpen entgegen. Er hatte den Mann vor einigen Tagen entlaust. »So gut isses mir schon lang nich mehr gegangen«, rief der Trapper über den Radau hinweg. »Zum ersten Mal seit Jahren juckt's mich nicht mehr. Was trinkt Ihr, Bader?«

»Danke, aber ich bin nicht zum Trinken hergekommen. Ich suche nach jemandem. Nach Ankel Jannssen, dem Fleischer. Wir haben was zu besprechen. Kennt Ihr den Mann?«

»Ja. Aber heute hab ich ihn nich gesehen.« Der Trapper wandte sich an einige Männer in seiner Nähe. »Hat einer von euch Jannssen den Fleischer gesehen?«

Jemand erklärte, Jannssen sei am frühen Abend dagewesen, aber bereits gegangen. Und niemand glaubte, dass er eine andere Taverne aufgesucht hatte. »Wahrscheinlich ist er nach Hause zu seinem feisten, feschen Weib«, rief ein anderer Gast. »Wenn ich so was zu Hause auf mich warten hätt, würd ich meine Zeit nicht mit den Saufbrüdern hier vertun.«

Lucas floh auf die Straße.

Mittlerweile herrschte völlige Finsternis. Am Himmel stand ein Halbmond, doch sein Licht wurde von tief hängenden Wolkenfetzen verdunkelt. Die Wellen klatschten rhythmisch gegen die Bohlen des Hafens. Einen Augenblick lang teilten sich die Wolken, und Lucas sah drei Briggs vor Anker liegen, die fest gerefften Segel ragten wie weiße Finger gen Himmel. Er legte die Hand auf den Beutel, der von seinem Gürtel hing. Die Münzen waren schwer, eine Last. Er brauchte nur Ankel Jannssen zu finden und ihm das Geld zu geben. Dann würde der Fleischer auf einem der Schiffe davonsegeln. Heiliger Strohsack, worauf wartete er noch?

Lucas verfiel in Laufschritt. Offenbar hatte der Nachtwächter seine Runde bereits beendet. Die Straßen lagen verwaist da, in den wenigsten Häusern brannte noch Licht. Durch die geschlossenen Türen einiger Bierschänken und Tavernen konnte er Menschenstimmen hören, aber nach allem, was er erfahren hatte, trank Jannssen nur zu Hause oder im Wooden Horse. Lucas ging direkt zum Hall Place.

Alle Fenster- und Türläden des Fleischergeschäfts waren fest verriegelt. Lucas trat auf die Straße und schaute am Haus empor, ob nicht ein Lichtstrahl durch die oberen Fenster fiel. Es war nichts zu sehen. Er drehte sich um, betrachtete die Häuser auf der gegenüberliegenden Seite. Alle Türen waren geschlossen, nirgendwo brannte Licht. Doch es war noch nicht einmal zehn Uhr; gut möglich, dass hinter den Läden ein Paar Augen neugierig die Straße beobachtete.

Nachdem er Jannssen das Geld gegeben hatte, nachdem der Mann fort war – was sollten Marit und er dann tun?

In all den Wochen und Monaten, seit der Fleischer ihm das Angebot gemacht hatte, waren seine Gedanken nur um die Frage gekreist, wie er an das Geld kommen konnte, damit Jannssen endlich verschwand. Aber es gab noch eine andere Frage. Sie lauerte tief in seinem Innersten, wohin er alles verdrängte, worüber er nicht nachdenken wollte. Was würde passieren, wenn Jannssen fort war? Marit würde noch immer die Frau des Fleischhauers sein.

Vergiss es. Denk nicht dran. Jetzt geht es darum, Jannssen zu finden und sicherzustellen, dass er Wort hält. Dreißig Gulden Anzahlung. So mache ich das. Die zweite Hälfte bekommt er, wenn er …

»Lucas. Gott sei Dank.«

Die Worte waren ein bloßes Flüstern in der schwülen Nachtluft. Lucas wusste nicht, woher sie kamen, nur, dass es Marits Stimme war. Rasch drehte er sich zum Laden um. Die Wolken hatten sich ganz vor den Mond geschoben. Es herrschte tiefste Finsternis. Lucas legte den Kopf in den Nacken, schaute aus zusammengekniffenen Augen zu den Fenstern empor.

»Nicht da oben, Lucas. Hier drüben. Schau.«

Sie stand in der Gasse neben dem Haus, an die Wand geschmiegt, nichts als ein schwarzer Schatten in der Nacht. Lucas trat auf sie zu. Als er näher kam, sah er, dass Marit trotz der Hitze von Kopf bis Fuß in einen dunkelgrauen Umhang gehüllt war und sich die Kapuze über Haar und Gesicht gezogen hatte. »Komm.« Ihr Flüstern war heiser und dringlich. »Schnell. Geh die Wand entlang, mir nach.«

Sie führte ihn die Gasse hinab, dann um eine Ecke zur Rückseite des Hauses. Lucas hatte keine Ahnung, wohin sie ihn führte oder was sie vorhatte. »Marit, was machen wir hier? Wo ist …«

»Psst. Später. Komm.«

Gerade hatte Lucas ihre umhüllte Gestalt noch ausgemacht, im nächsten Moment war sie verschwunden. Von Panik erfüllt schaute er um sich und fürchtete, sie verloren zu haben.

»Lucas, schau nach unten. Bei deinen Füßen. Da ist eine Tür.« Lucas ging in die Hocke. Es kam ihm vor, als würde sie eine Art Luke offenhalten. »Setz dich auf den Boden und hangle dich mit den Füßen hinab«, flüsterte sie. »Schnell.«

Er ließ sich auf den Boden nieder, steckte die langen Beine durch die Öffnung und glitt nach unten. Nach wenigen Fuß landete er auf einem festen, aber weichen Untergrund. Sägespäne, dachte er. Die Fleischkammer.

Nirgends brannte Licht; es war völlig dunkel. Er hörte, wie Marit die Luke über ihren Köpfen schloss und verriegelte. Dann spürte er, dass sie sich zu ihm drehte. Sofort nahm er ihren wunderbaren Duft wahr, die Wärme ihres Körpers. Er streckte die Arme nach ihr aus. Marit schob ihn von sich. »Warte, Lucas, zuerst muss ich dir was sagen ...«

»Ich kann nicht warten.« Die Worte kamen aus den Tiefen seines Seins, wo er in diesen endlos langen Wochen seinen ganzen Schmerz vergraben hatte. »Aber du hast Recht, wir müssen warten. Wo ist Ankel? Ich muss mit ihm reden, Marit. Er hat mir ein Angebot ge...«

»Ich habe gebetet, Lucas. Seit zwei Stunden gehe ich hier hin und her und bete. Dann habe ich zum Fenster hinausgeschaut und du warst da. Da habe ich gewusst, dass Gott dich zu mir geschickt hat.«

Sie flüsterte nicht. Das heißt, dass Jannssen sturzbetrunken sein musste. Verdammnis und Hölle über den Mann. Ein einziges Mal wollte er ihn nüchtern und wach antreffen, und dann ... Marits betörender Duft umfing ihn. Es war ihm unmöglich, sie nicht zu berühren. Als er jetzt die Hände nach ihr ausstreckte, überließ sie sich seiner Umarmung. Ihre Lippen fanden sich. Er schmeckte ihre honigsüße Zärtlichkeit, berauschte sich daran. »Marit ... Heiliger Heiland, ich hab mich so nach dir gesehnt. Du hast mir so gefehlt. Ich hab fast den Verstand verloren, so hast du mir gefehlt.«

Er machte sich an seiner Hose zu schaffen. Sie legte ihm die Hand auf seine, aber nicht, um ihn zu liebkosen. »Wart, mein Liebling. Bitte, bitte, nicht jetzt. Aber bald. Das schwöre ich dir.« Wieder war sie fort, entglitten, verschwunden.

Lucas wartete. Mehrere Sekunden verstrichen. Er hörte, wie eine Zunderbüchse geöffnet, wie ein Feuerstein angeschlagen wurde. Als der Docht Feuer fing, sah er einen roten Lichtschein. Dann erleuchtete eine Kerzenflamme die Wände der Fleischkammer. Marit drehte sich zu ihm. Sie trug noch immer den bodenlangen Umhang, hatte aber die Kapuze zurückgeworfen. Licht fiel auf ihr Gesicht. Überall klebte geronnenes Blut, ihr Haar war blutverkrustet.

»Guter Gott! Was hat er mit dir gemacht?«

»Heute Abend hat er mir nichts getan. Mir tut nichts weh, Lucas.«

»Was soll das heißen, dir tut nichts weh? Ich kann doch ...«

»Komm.« Sie drehte sich um. Die Kerzenflamme bewegte sich langsam von ihm fort. Wie eine Motte, die ans Licht drängt, so folgte Lucas dem Schein.

Die Treppe war steil und gewunden und sehr schmal. Und die Frau, nach der er verlangte, war ihm immer einige Schritte voraus, gerade aus seiner Reichweite.

Sie erreichten den oberen Treppenabsatz. Von dort gingen zwei Türen ab, beide geschlossen. Vor einer blieb Marit stehen. »Lucas, liebst du mich?«

»Verdammt, Frau, kennst du die Antwort darauf wirklich nicht?«

»Ich glaube schon«, antwortete Marit leise. Dann öffnete sie die Tür und hielt die Kerze in den Raum.

Ankel Jannssen lag auf dem Bett, hing aber zu einer Seite halb heraus. Er starrte zur Decke. Das Gehirn quoll aus seinem gespaltenen Schädel hervor. Das Fleischerbeil, das ihm den Tod gebracht hatte, steckte noch darin. Neben dem Bett war eine große Blutlache. In der Hitze der Sommernacht trocknete alles sehr rasch, doch es roch kaum nach Verwesung. Er konnte noch nicht allzu lange tot sein.

Mehrere Sekunden lang blieben beide reglos stehen. Marit hielt die Kerze so, dass Lucas genau sehen konnte, was in dem Raum vorgefallen war. Er betrachtete die Leiche. Überflüssig zu fragen, wer das getan hatte. Er wusste es. Schließlich fasste er an den Beutel, der an seinem Gürtel hing. Sechzig Gulden. »Wenn du nur gewartet hättest«, flüsterte er. »Wenn du es nur noch eine Nacht ausgehalten hättest, wäre ich …«

»Ich konnte nicht mehr.« Sie ging zum Tisch, der neben der Tür stand, und stellte die Kerze darauf ab, dann drehte sie sich wieder zu ihm. »Eines musst du wissen, Lucas. So sehr ich dich liebe, und ich bin weiß Gott verrückt nach dir – aber das ist nicht der Grund, warum ich das getan habe.«

In diesem Moment waren ihre Worte völlig bedeutungslos für ihn. Seine Hand lag noch auf dem Beutel, und nur das Geld hatte Bedeutung. Sechzig Gulden. Er hatte Sally verkauft, um Marit zu bekommen. Vor zwei Stunden war ihm das Geld überreicht worden. Vielleicht in genau dem Moment, in dem sie mit dem Beil ausgeholt und den Schädel ihres Mannes gespalten hatte. »Nur eine Nacht noch«, flüsterte er. »Wenn du es nur eine Nacht noch ausgehalten hättest, hätte ich dich gerettet.«

»Lucas, schau mich an.«

Er richtete den Blick auf sie. Marit fuhr mit der Hand zum Kragen ihres Umhangs und öffnete den Knopf, der ihn zusammenhielt. Dann ließ sie den grauen Stoff zu Boden gleiten und stand nackt vor ihm.

Im Kerzenschein schimmerte ihre Haut rosa und weiß. Lucas sah ihre vollen Brüste mit den dunklen Spitzen, die Rundung ihrer Hüften und die sanfte Wölbung ihres Bauchs. Und trotz des Blutbads wenige Schritte von ihm entfernt stöhnte er vor Verlangen auf. Er wollte sie noch genauso wie früher. Mehr noch. Aber er war wie gelähmt, schien wie gebannt durch den Anblick der Leiche.

Er hatte sich nicht vom Fleck gerührt, dennoch hob Marit abwehrend die Hand. »Warte«, wisperte sie. »Warte.« Sie drehte sich um.

Die Läden waren fest verschlossen. Kein Lufthauch wehte durch den Raum. Nur Marits Bewegungen ließen die Kerzenflamme flackern. Sobald sie still hielt, verbreitete die Kerze wieder ein helles, gleichmäßiges Licht. Der Schein fiel auf den langen blonden Zopf, der ihr über den Rücken hing. Und auf die Striemen, die sie von den Schultern bis zu den Knöcheln überzogen. Die meisten waren zu hässlichen, wulstigen Narben verheilt, aber manche waren noch rot und blutverkrustet.

Lucas unterdrückte einen Aufschrei. Marit drehte sich zu ihm. »Dass er mich mit den Fäusten schlug, konnte ich noch ertragen«, sagte sie. »Aber als er anfing, mich an die Stange in der Fleischkammer zu binden und die Pferdepeitsche benutzte – das konnte ich nicht mehr ertragen.«

»O mein Gott, Marit ... Warum hast du nicht ...«

»Warum habe ich was nicht? Was hätte ich denn tun sollen, Lucas? Ich bin – ich war – seine ihm rechtmäßig angetraute Ehefrau. Das konnte ihm niemand verbieten. Schwierigkeiten mit dem Gesetz hätte er nur bekommen, wenn er mich zu Tode geprügelt hätte. Der Geistliche hätte vielleicht etwas gesagt, wenn er Spuren gesehen hätte, dass Ankel mich allzu heftig schlägt, aber dafür war er zu schlau. Die Peitsche hat er nur da verwendet, wo man es nicht sieht. Ins Gesicht hat er mich immer nur mit der Hand geschlagen. Er sagte, er wollte meine Schönheit nicht verschandeln, sondern mir nur blaue Flecke machen, damit alle wissen, dass ich sein Besitz bin.«

Sie hob den Umhang vom Boden auf und wickelte ihn um sich. Als ob sie sich selbst vor Lucas schützen wollte. »Ich habe das Einzige getan, was ich tun konnte, Lucas. Als Ankel heute Abend aus der Taverne nach Hause kam, wusste ich mit einem Blick, was er im Sinn hat. Er würde eine Weile schlafen. Und wenn er dann aufwachte, würde er mit der Peitsche zu mir kommen. Das hatte er sich so angewöhnt. Es hat ihm richtig Spaß gemacht. Also bin ich mit dem Beil nach oben gegangen und habe gewartet, bis er schlief. Dann habe ich ihn umgebracht. Hinterher, als überall das ganze Blut war, da habe ich schreckliche Angst bekommen und bin wie eine Wahnsinnige durchs Haus gelaufen. Und ich habe gebetet, Lucas. Ich habe Gott angefleht, mir zu helfen. Dann bist du aufgetaucht. Also weiß ich, dass Gott mir meine Tat vergeben hat. Jetzt bleibt nur eine Frage, Lucas: Vergibst du mir auch?«

Zur Antwort schloss er sie in die Arme. Er nahm sie dort, auf dem Boden, vor den toten Augen Ankel Jannssens. Marit war noch blutbeschmiert. Noch nie war es so schön gewesen.

Lucas erwog, den Leichnam zu verbrennen, aber das war nicht möglich. In dieser schwülen Nacht brannte nirgendwo ein Feuer. Wenn es jetzt, gegen Mitternacht, nach bratendem Fleisch roch, würden alle misstrauisch werden. Die einzige Möglichkeit, Ankel Jannssens Leiche verschwinden zu lassen, bestand darin, sie zu vergraben. Dafür mussten sie ihn in die Wälder jenseits der *voorstadt* schaffen. Und zwar im hellen Tageslicht, während alle Leute ihren Geschäften nachgingen. In kleinen Päckchen, damit niemand Verdacht schöpfte.

Lucas zog seine Jacke aus und hängte sie an einen Haken draußen vor dem Schlafzimmer. Dann krempelte er die Ärmel hoch. »Hol mir von unten die Säge«, sagte er leise. »Die große, mit der du Rinderhälften zerteilst.«

Bald nach Sonnenaufgang hörte Sally den Wagen kommen. Sie saß noch am Tisch; seit drei Uhr morgens wartete sie dort. Seit sie aufgewacht war und bemerkt hatte, dass Lucas nicht nach Hause gekommen war.

In den knapp drei Jahren, die sie hier lebten, hörte sie jetzt zum ersten Mal das Geräusch von Holzrädern, die über den schmalen Pfad zu ihrer Blockhütte fuhren.

Langsam erhob sie sich, schwer vor Müdigkeit, Hitze und Sorge und dem Gewicht ihres Bauches. Sally legte eine Hand auf die Rundung. »Hab keine Angst, Kleines. Was immer passiert, ich sorge dafür, dass dir nichts zustößt.«

Sie ging zur Tür, um sie zu öffnen. Dann wartete sie. Die Geräusche des herankommenden Wagens wurden lauter, bis sie abrupt abbrachen. Sie hörte Männerstimmen, die sich offenbar beklagten, aber sie konnte die Worte nicht verstehen. Anscheinend war die Kutsche, oder was immer es sein mochte, stecken geblieben.

Sie konnte sich nicht erinnern, dass Lucas auch nur ein einziges Mal die ganze Nacht ausgeblieben wäre. Immer, gleichgültig, wo er war oder was er tat, war er nach Hause gekommen und hatte in seinem Bett geschlafen.

Sie hatte gewusst, dass es nur Ärger geben würde, als er wie ein Besessener zur Hütte hinausgestürmt war und ihr zugeschrien hatte, die Tür zu verriegeln und im Haus zu bleiben, bis er wiederkam. Dann war er in die Stadt gelaufen, als wären ihm alle Teufel der Hölle auf den Fersen.

Es war alles ihre Schuld. Sie hatte Lucas von Van der Vries' Vermutung nur erzählt, um ihn zu warnen. Damit er aufpasste. Wenn er sich stattdessen mit dem Niederländer prügelte und ihn für die schrecklichen Verdächtigungen bestrafte, dann würde Lucas vor Gericht zur Rechenschaft gezogen werden.

Guter Gott, und was sollte sie tun, wenn er in den Zwangsstock kam? Die Behörden könnten ihr verbieten, allein in der Blockhütte zu leben, so dass sie bis zu Lucas' Freilassung in seinem Baderladen wohnen müsste. In der Stadt. Wo alle *huisvrouwen* sie sehen und …

Jetzt drehten die Holzräder sich wieder. Das Geräusch wurde lauter, kam näher. Obwohl die Morgenluft bereits drückend heiß war, holte Sally ihren Schal und legte ihn sich um die Schultern. Am liebsten hätte sie sich versteckt, aber das war sinnlos. Sie konnte sich nicht ihr Leben lang verstecken. Nicht einmal die zwei Monate, bis ihr Kind zur Welt kam.

Ein kleiner Einspänner tauchte aus dem Wald auf und kam auf der Lichtung zu stehen. »Ach, Juffrouw, wie schön, dass Ihr bereits auf seid! Womöglich wartet Ihr sogar auf mich? Voll Ungeduld, wie es sich für eine Braut ziemt.«

Van der Vries. Und Pfarrer Goos von der Kirche. Was immer Lucas mit dem Holländer gemacht hatte – es hatte ihm das Hirn verbrannt. Der Arzt brabbelte Unsinn, wie ein Verrückter. Fest in ihren Schal gehüllt, trat Sally vors Haus. »Wo ist mein Bruder? Und was tut Ihr beide hier?«

»Wo sonst sollte ein Bräutigam sein, wenn nicht bei seiner Braut? Und der Pfarrer ist natürlich mitgekommen, um uns zu trauen.« Van der Vries stieg aus dem Wagen. »Seid Ihr bereit? Wenn ja, dann begehen wir die Zeremonie gleich hier. Auf der Stelle.«

»Ihr habt den Verstand verloren. Pfarrer Goos, ich bin keine Kirchgängerin, aber ich wende mich an Euch als …«

»Alle Menschen in Nieuw Amsterdam sind meine Schäfchen, Juffrouw. Und da Jacob mich über die Umstände in

Kenntnis gesetzt hat, bin ich ebenfalls der Meinung, dass die Hochzeit sofort stattfinden sollte. Sowohl Gott als auch die Menschen werden Euch vergeben, dass Ihr Euch einen Moment vergessen habt, liebes Kind. Daran dürft Ihr nicht zweifeln. Wenn Ihr beide ein Ehepaar seid, kann niemand über die Leidenschaft richten, die Euch zu Eurer Sünde verleitete.«

»Leidenschaft? Ich versichere Euch, Sir, ich empfinde keine Leidenschaft für Jacob Van der Vries. Ich verabscheue den Mann. Ich …«

»Ich kann verstehen, dass Ihr diese Gefühle hegt«, unterbrach der Geistliche beschwichtigend. »Aber selbst wenn er einmal die Gewalt über sich verlor, könnt Ihr nicht leugnen, dass Mijnheer Van der Vries zu einer vollständigen Wiedergutmachung bereit ist. Ihr sollt seine Frau werden und vor dem Gesetz unter seinem Schutz stehen. Ich glaube nicht, dass Ihr in dieser Sache eine Wahl habt, Juffrouw.« Goos nickte in Richtung ihres Bauchs. Offenbar war ihm gesagt worden, was er zu erwarten hatte, denn Sallys füllige Taille zeichnete sich kaum unter ihrem Schal ab. »Keinerlei Wahl, angesichts der Umstände«, wiederholte er.

Sally wandte sich zu Van der Vries. »Was in Gottes Namen habt Ihr ihm gesagt?«

»Die Wahrheit. Und da ich meine Sünde bereute, musste ich sie beichten.«

»Die Wahrheit. Dass Ihr und ich … Pfarrer Goos, er lügt. Das schwöre ich.«

»Mein Kind, ich habe viele Frauen in Eurem Zustand gesehen. Ihr könnt Euch weitere Ausflüchte ersparen.«

»Wo ist Lucas? Ich muss mit meinem Bruder reden. Er würde nie erlauben, dass …«

»Beruhigt Euch, Juffrouw.« Van der Vries griff in seine Jacke und zog ein Blatt Papier hervor. »Die Sache ist bereits einvernehmlich geklärt. Vielleicht möchtet Ihr das selbst lesen.« Er reichte ihr das Blatt, richtete seine Worte aber an den Geistlichen. »Wie gesagt, eine bemerkenswerte Frau. Sie kann nicht nur lesen, sondern auch schreiben. Und sogar zeichnen. Stimmt das nicht, meine Liebe?«

Sally riss ihm das Papier aus der Hand. Die ersten Worte erschienen ihr wie ihr Todesurteil. *Ich, Lucas Turner, einziger gesetzlicher Vormund meiner Schwester Sally Turner, gebe aus freiem Willen meine Einwilligung zu ihrer Verehelichung ...* »Wie habt Ihr das bekommen?« Beinahe versagte ihr die Stimme. Ihr Atem ging heiser und keuchend. Gleich würde sie in Ohnmacht fallen. »Wo ist Lucas? Mein Gott, was habt Ihr mit ihm gemacht, dass er ...«

Van der Vries staubte eine Fluse von seinem Revers. »Ich habe nichts mit ihm gemacht. Oder zumindest nichts in der Art, die Ihr offenbar andeutet. Ich habe ihm sechzig Gulden gegeben. Um ehrlich zu sein, ich habe vierzig geboten, aber das lehnte er ab und verlangte zwanzig mehr. Ihr seid Eurem Bruder lieb und teuer, Juffrouw.« Er sah sie mit einem Lächeln an. »Ebenso wie mir. Und nun – es wird immer heißer. Lasst uns zur Sache kommen.«

Der Pfarrer sah ein wenig verwirrt drein, vielleicht sogar etwas traurig. Sally wandte sich an ihn. »Pfarrer Goos, ich flehe Euch an. Ich will diesen Mann nicht heiraten. Und sicherlich kann ich nicht dazu gezwungen werden.«

»Juffrouw, ich möchte Euch zwei Fragen stellen. Beantwortet sie aufrichtig. Mit Gott als Eurem Zeugen. Seid Ihr gesegneten Leibes?«

Sie wollte nicht den Kopf senken, den Blick abwenden. Sie sah ihm direkt in die Augen. »Ja, das bin ich. Aber ...«

Goos hob eine Hand. »Die zweite Frage. Ist die Unterschrift auf diesem Dokument wirklich die Eures Bruders und einzigen Vormunds, Lucas Turner?«

Die Verzweiflung überflutete sie wie eine Woge. Es war,

als wäre sie ins Meer geworfen worden und wüsste, dass sie ertrinken musste. Sie bekam keine Luft. Sie erstickte, das Leben wich aus ihr, und es gab niemanden, der ihr zu Hilfe kommen wollte.

»Ich warte auf Eure Antwort, Juffrouw. So Gott Euer Zeuge ist – ist das die Unterschrift Eures Bruders?«

»Ja.«

»Dann – da Euer Bruder seine Einwilligung gibt und Mijnheer Jacob Van der Vries es wünscht – beginnen wir sofort mit der Zeremonie.«

# Kapitel 3

## I

Seit drei Tagen war sie Van der Vries' Ehefrau, aber bislang hatte er sie noch nicht angerührt. »Meine ehelichen Rechte nehme ich erst in Anspruch, wenn diese ... Peinlichkeit vorüber ist«, hatte er zu ihr gesagt. »Sicherlich weißt du meine Rücksicht zu schätzen und wirst dich entsprechend verhalten.«

Sally wusste nicht genau, was er damit meinte, bis er ihr den Destillierraum zeigte. »Eigens für dich ausgestattet, meine Liebe. Sag mir, wenn dir irgendetwas fehlt.«

Irdene Töpfe, Phiolen, Krüge, Gefäße – einige sogar aus dem seltenen, kostbaren Glas –, Dosierlöffel und eine Waage, eine Kohlenpfanne, um kleine Menge zu erhitzen, und eine Feuerstelle für große Mengen ... An Geräten fehlte nichts. »Ich brauche Pflanzen, um Heilmittel herzustellen.« Sally gab sich keine Mühe, ihre Verachtung zu verbergen. »Das habt Ihr vielleicht vergessen, Mijnheer.«

»Nein, das habe ich nicht. Hetje, komm.«

Die Sklavin, die den Raum betrat, trug einen Korb randvoll mit Samenkapseln von Mohnblüten. »Ich möchte, dass du so viel Laudanum wie möglich machst, aber hebe genügend Samen für die nächste Aussaat auf. Vielleicht kaufe ich eigens zu dem Zweck ein Feld am Ende der Straße. Wenn das nicht möglich ist, roden wir den Obstgarten.«

Laudanum. Das also steckte dahinter: Ihr Geschick in seiner Zubereitung und Jacob Van der Vries' Gier, es zu trinken und die seltsamen, faszinierenden Träume zu träumen, die es hervorrief. Schon in römischer Zeit hatten Kräuterkundige wie Plinius von den Gefahren berichtet, die mit dem Trinken des Mohnsaftes einhergingen. *Süße Lust, die Schmerz und Zerstörung zurücklässt ...* Laudanum hatte sie auf diesen Weg in die Hölle geführt, aber Sally hatte keine Wahl, als ihm weiter zu folgen.

Zumindest bis das Kind geboren war und sie es irgendwie geschafft hatte, das Kleine in Sicherheit zu bringen.

Ihr Mann hatte dieselbe Absicht wie ihr Bruder. Gott steh ihr bei. Er wollte das Kind töten, sobald es auf der Welt war. Sally konnte Van der Vries' Gedanken ebenso lesen wie früher Lucas'. Aber sie wusste auch, dass sie beide überlisten, dass ihr Kind am Leben bleiben würde. Und die Lösung lag irgendwie in ihrem Gewerbe. Der Destillierraum war ihre Zuflucht.

Drei Mal versuchte Lucas, mit ihr zu sprechen. Er beobachtete das Haus und wartete, bis Van der Vries fortging. Zwei Mal bekam er auf sein Klopfen überhaupt keine Antwort. Er war überzeugt, dass Sally zu Hause war und genau wusste, wer vor der Tür stand, aber er konnte seine Schwester nicht zwingen, ihn zu sehen. Beim dritten Mal schließlich öffnete Hetje die Tür.

»Hetje, Gott sei Dank. Ich möchte mit meiner Schwester sprechen. Sag ihr, dass ich da bin.«

Die Sklavin schüttelte den Kopf. »Mevrouw sagt nein, Bader. Mevrouw sagt, Ihr dürft nicht reinkommen.«

»Sie muss mit mir reden, Hetje. Ich muss ihr alles erklären.«

»Mevrouw sagt, jetzt ist sie die Frau des Arztes. Es ist ihr egal, was ein Bader über irgendetwas denkt. Mevrouw sagt, jeder Bader in Nieuw Amsterdam kann auf der Stelle tot umfallen und sie weint keine Träne.«

»Du kannst ihr sagen, dass die Nachricht klar und deutlich ist. Guter Gott, das ist alles so schrecklich. Wie geht es ihr, Hetje?«

»Mevrouw ist ziemlich müde, Bader. Sie hat das Wechselfieber.«

»Das ist also das Gerücht, das Van der Vries in Umlauf setzt. Sie hat das Wechselfieber.«

»Mevrouw ist bald wieder gesund. Dann empfängt sie jeden.« Hetje klang, als hätte sie die Worte auswendig gelernt.

Lucas trat etwas näher an die junge Schwarze heran. »Hetje, ich glaube, du und ich, wir verstehen uns. Wir wissen beide, dass man manchmal Dinge tun muss, die man eigentlich überhaupt nicht tun will. Sag meiner Schwester, dass es mir so ergangen ist. Sag ihr, dass es mir Leid tut. Dass ich alles tun will, um es wieder gutzumachen. Schwör, dass du ihr das sagst.«

Hetje nickte. »Ich ...«

»Hetje! Mach die Tür zu und komm rein.«

Sallys Stimme. Wahrscheinlich saß sie auf der Treppe und hörte jedes Wort mit. Lucas versuchte, sich an der Sklavin vorbeizudrängen, aber offenbar war die junge Frau darauf gefasst, denn sie wehrte seinen Ansturm ab. »Mevrouw sagt, Ihr dürft nicht reinkommen, Bader. Sie sagt, ich darf Euch nicht reinlassen.«

So kräftig Hetje auch war, Lucas hätte sie mühelos überwältigen können. Aber er sah keinen Sinn darin. Nicht, bis Sally etwas versöhnlicher wurde. Vielleicht, wenn sie den Wechselbalg los war. Vielleicht würde es dann besser werden. »Und du bist sicher, dass es ihr gut geht? Das Schwein missbraucht sie nicht? Wenn er das je tut, Hetje, musst du mir das sofort ...«

»Mevrouw ist etwas müde vom Wechselfieber.« Hetje schaute über seine linke Schulter hinweg ins Leere.

Lucas wandte sich zum Gehen. Auf halbem Weg zur Pforte drehte er sich noch einmal um. Das schwarze Mädchen stand nach wie vor in der Tür, aber jetzt sah sie ihn direkt an. »Hetje, der Mohn, der auf meinem Feld gewachsen ist, bei meiner Blockhütte ... Die Blütenblätter waren gerade abgefallen, da wurden die Samenkapseln mitten in der Nacht geerntet. Nur ein paar Tage nachdem meine Schwester deinen Herrn geheiratet hat. Weißt du irgendetwas davon?«

»Mevrouw ist müde vom Wechselfieber.«

»Also gut«, sagte Lucas leise. »Richte ihr aus, was ich gesagt habe. Sag ihr, dass es mir Leid tut.« Er ging den langen Pfad zwischen den Apfelbäumen entlang, durch die Pforte von Van der Vries' Haus und trat auf die Pearl Street hinaus.

Hetje schaute ihm nach, bis sich das Tor hinter ihm schloss. Dann suchte sie nach ihrer Herrin. Sie stand nicht mehr im Flur. Die Sklavin ging in den Destillierraum. »Der Bader ist fort, Mevrouw. Er hat mir gesagt, ich soll Euch sagen ...«

»Ich weiß, was er dir gesagt hat. Ich habe jedes Wort gehört. Und kein einziges geglaubt. Reich mir die Schöpfkelle.«

Das Laudanum war beinahe fertig. Sie hatte die Mohnsamen mit reifen Äpfeln und Korinthen vermischt und fünfzehn Tage ziehen lassen, bis eine dickflüssige, schaumige Masse daraus entstand. Sally tauchte die Kelle tief in den Topf und schnupperte an der Mischung. Der Geruch war genau richtig, üppig und berauschend, mit einem unverkennbaren Hefearoma. »Jetzt können wir alles abseihen. Dabei musst du mir helfen. Trag den Topf zum Tisch dort drüben. Hetje, wo kaufst du das Fleisch, das der Arzt zu essen bekommt?«

Das Mädchen wirkte von der Frage nicht im Mindesten überrascht, als hätten sie sich nicht gerade über die Herstellung einer Mixtur unterhalten, die die Herrin offenbar zuzubereiten verstand und nach der sich der Herr jeden Tag ungeduldig erkundigte. »Auf dem Fleischmarkt am Brede Wegh, Mevrouw. Immer früh am Morgen. Da bekommt man das beste. Soll ich alles in das Tuch gießen?«

»In den Musselin, ja. Vorsichtig, das Sediment soll so wenig wie möglich aufgerührt werden. Von jetzt an kaufst du das Fleisch immer nachmittags. Beim Fleischhauer am Hall Place, Hetje. Und erzähl mir alles, was vor sich geht, wenn du dort bist.«

Nie zuvor hatte sie derart große Mengen Laudanum auf einmal zubereitet. Nach dem Abfüllen standen vor Sally vier irdene Krüge des blassgoldenen Tranks. Und ein weiterer Krug, einer aus Glas, lag fest verkorkt und sorgfältig eingepackt unter einer lockeren Bodendiele im Destillierraum. Als sie ihn dort verstaute, hatte sie darauf geachtet, dass niemand sie beobachtete, nicht einmal Hetje.

Seit dem Tag ihrer Ankunft in diesem Haus als Jacob Van der Vries' rechtmäßige Ehefrau hatte sie gewusst, dass die junge Sklavin ihre Verbündete sein würde. Doch wenn die letzten Monate sie eines gelehrt hatten, dann, dass sie niemandem vertrauen konnte. Nicht den Indianern, die sie für ihre Freunde gehalten hatte. Nicht dem Geistlichen, der gesagt hatte, er diene dem Allmächtigen. Nicht einmal ihrem Bruder, der ihr immer zur Seite gestanden hatte – bis er sie für sechzig Gulden verkaufte. *Aber du, mein liebes Kind, du kannst mir vertrauen. Ich werde dich nicht im Stich lassen.*

Jacob Van der Vries hatte keinen Grund, nach einem verborgenen Laudanum-Vorrat zu suchen. Stattdessen betrachtete er die auf der Theke aufgereihten Krüge und erschauerte vor Entzücken. »Ausgezeichnet, meine Liebe. Ausgezeichnet. Ich nehme an, die Qualität wird deinem Ruf gerecht?«

»Ich habe nie Besseres gemacht.«

»Ausgezeichnet«, wiederholte Van der Vries leise. »Vielleicht werde ich nach dem Mittagessen ein wenig davon kosten. Nur um sicherzugehen, dass es auch wirklich den Ansprüchen meiner Patienten genügt.«

Auf Van der Vries' Wunsch hin wurde sehr früh zu Mittag gegessen. Kurz nach zwei Uhr nahm Sally ihm am Tisch gegenüber Platz. Während der Mahlzeit wurde nicht gesprochen. Seit der Geistliche Sally und Jacob Van der Vries zu Mann und Frau erklärt hatte, richtete sie von sich aus kein Wort an ihn. Wenn er etwas sagte, gab sie ihm Antwort, ansonsten blieb sie stumm. Und auch er schwieg, außer, um sich nach dem Laudanum zu erkundigen. Jetzt, da es fertig war, hatten sie keinen Grund mehr zu sprechen.

Hetje trug das Essen herein und stellte die Schüsseln auf den Tisch. Dann aßen sie.

Sally nahm gerade genug zu sich, damit das in ihr heranwachsende Kind kräftig und stark wurde. Trotzdem musste sie sich zu jedem Bissen zwingen, würgte jeden Mund voll hinab, vorbei an dem Knoten aus Wut und Elend, der ihr die Kehle zuschnürte. Normalerweise war Van der Vries ein herzhafter Esser, doch heute sprang er auf, kaum hatte er von dem Reh, dem Kürbis und den Bohnen gekostet. »Ich habe mehr als genug gespeist. Ein guter Zeitpunkt, um dein Laudanum zu probieren, Frau. Bring mir etwas.«

»Einen Löffel?« Sie zwang sich, demütig und willfährig zu klingen. »Vielleicht in etwas heißem Wasser?«

»Zwei Löffel.« Van der Vries lächelte. »Und ich brauche kein Wasser. Ich will den reinen Geschmack kosten.«

Sally ging in den Destillierraum und kehrte mit einer kleinen Blechtasse voll der klebrig-zähen, gelben Flüssigkeit zurück. Gierig griff er danach und stürzte den Inhalt hinunter. Zehn Minuten später saß er in seinem Arbeitszimmer, schmauchte verträumt an seiner Pfeife, starrte in die kalte Feuerstelle und lächelte geistesabwesend.

Sally stand in der Tür und beobachtete ihn eine Weile. Die ganze Zeit hielt sie die Hände über dem Bauch verschränkt, gab sich selbst ein Versprechen. Dann zog sie sich zurück.

Sie ging in die Küche. Es war ein kleiner Raum mit einem mächtigen Backofen, der neben der Feuerstelle in die Wand gemauert war. Hier war es immer sehr warm. Hetje räumte gerade die Reste des Mittagessens fort. Sally setzte sich auf den Schemel, der am Tisch in der Mitte des Zimmers stand. »Das Reh, das du heute gekocht hast, war ausgezeichnet, Hetje. Hast du es vom Fleischhauer am Hall Place gekauft, wie ich es dir gesagt habe?«

»Ja, Mevrouw. Ich tue immer alles, was die Herrschaften sagen.«

»Das glaube ich nicht«, antwortete Sally leise. »Nur, wenn es dir passt.«

»Hetje ist gute Sklavin.« Das Mädchen wischte den Tisch mit weit ausholenden Bewegungen ab. »Mijnheer und Mevrouw müssen Hetje nie nicht schlagen.«

»Ich werde dich nie schlagen«, versprach Sally. »Das schwöre ich dir. Und ich werde alles tun, was in meiner Macht steht, damit …« – sie konnte sich nicht überwinden, »mein Mann« zu sagen – »damit er dich auch nicht schlägt. Bist du bereit, mir im Gegenzug dafür zu helfen, Hetje?«

»Hetje ist gute Sklavin. Hetje tut alles, was Mevrouw …«

»Hetje, bitte. Ich bin hier, weil ich keine andere Wahl habe. Genau wie du. Und ich bekomme ein Kind.«

Hetje hatte den Tisch fertig gewischt, trug die Krümel zum Holzfass, das in der Ecke stand, und warf sie fort. Dann drehte sie sich um. »Was wollt Ihr von mir, Mevrouw?«

»Sag mir, was du beim Fleischer gesehen hast.«

»Da wird viel drüber geredet über den Laden, Mevrouw.«

»Was wird geredet? Ist mein Bruder ...«

»Vom Bader höre ich nichts. Sie reden über den Fleischer. Letzten Monat ist er verschwunden, und seitdem hat niemand ihn nicht gesehen. Seine arme Frau muss alles allein tun, und ihre Augen sind ganz rot vom Weinen.«

»Vom Weinen? Marit Graumann? Wegen dem Schwein, mit dem sie verheiratet war ... Das glaube ich nicht. Jeder weiß doch, dass Ankel Jannssen ein Trunkenbold war und sie abscheulich behandelt hat. Wie kann ...«

»Davon weiß ich nichts, Mevrouw. Aber ihre Augen sind zugeschwollen vom Weinen. Das sieht jeder. Und sie schaut ganz krank aus.«

»Und es weiß wirklich niemand, wohin ihr Mann verschwunden ist?«

»Das habe ich überall in der Stadt gehört, Mevrouw. Niemand weiß etwas. Zwei Gemeindeälteste und der Sheriff haben das ganze Haus von oben bis unten durchsucht und nichts gefunden. Sie sagen, seine Kleidung ist auch fort. Und dass er schon seit Jahren sagt, dass er mit einem Rumschiff wegfahren will. Vielleicht zu den Inseln.«

»Und mein Bruder, der Bader? Was sagen sie über ihn?«

»Nichts, Mevrouw. Über den Bader höre ich nichts.«

Sally zog unsichtbare Linien über den Tisch. Sie schaute das Mädchen nicht an. »Soll ich dir etwas erzählen, Hetje? Ein Geheimnis? Doch, ich glaube, ich erzähle es dir.

Mein Bruder Lucas und die Frau des Fleischers sind ein Liebespaar. Seit gut einem Jahr. Eine Weile habe ich es nur vermutet, aber ich war mir nicht sicher. Dann bin ich eines Tages, vor der Belagerung, bevor wir alle wie Ratten in einem Fass in der Stadt eingepfercht waren, Lucas zu einem Versteck beim Collect Pond gefolgt, Hetje. Ich hab gesehen, was die beiden miteinander gemacht haben, mein Bruder und die Frau des Fleischers. Unglaubliche Sachen. Das kannst du dir gar nicht vorstellen.«

Sally brach ab. Hetje starrte sie an. Ihre Augen wirkten in dem dunklen Gesicht wie riesige, abgrundtiefe Teiche. Mit diesen großen, schwarzen Augen sah sie Sally an, und es war, als könnte sie ihr bis in die Seele blicken. »Ihr vergiftet Euch das Herz mit dem, was Ihr da gesehen habt«, wisperte sie. »Wenn man einem anderen Paar zusieht, das wo sich liebt, das vergiftet ...«

Ein Lärmen ließ Hetje verstummen – lautes, unablässiges Hämmern. Die beiden Frauen liefen in den Flur. »Das muss er sein«, stieß Sally atemlos hervor. »Er schlägt um sich. Das Laudanum hat ihm den Verstand genommen.«

»Nicht der Herr«, widersprach Hetje. »Da klopft jemand an der Haustür.«

»Guter Gott, vielleicht ist es ein Patient. Aber in dem Zustand kann er doch nicht ... Geh hin, Hetje. Sag ihm, wer immer es ist, dass der Arzt nicht da ist. Sag, dass er erst gegen Abend zurückkommt.« Sally zog sich in eine dunkle Ecke der Küche zurück. »Jetzt geh schon, Hetje! Mach die Tür auf.«

Auf der Schwelle stand ein Mann. Gegen die Nachmittagssonne, die ihm auf den Rücken schien, konnte Sally seine Gestalt selbst mit zusammengekniffenen Augen nicht richtig erkennen, aber seine Worte waren klar und deutlich zu verstehen. »Englische Kriegsschiffe«, rief er. »Vier an der Zahl. Sind gerade in den Hafen gesegelt. Sag das deinem Herrn. Er soll im Haus bleiben und die Türen fest verriegeln.«

Oberst Richard Nicolls verlangte die Übergabe der Stadt im Namen Charles' II., des Königs von England. Stuyvesant überreichte ihm einen Brief, in dem der Anspruch der Niederlande auf dieses Gebiet festgehalten war. Nicolls weigerte sich, das Dokument zu lesen. »Ihr könnt schreiben, was Ihr wollt, Sir. Wenn die Stadt nicht binnen zweier Tage übergeben wird, wird sie unter Beschuss genommen.«

Das Fort war, wie immer, in einem maroden Zustand. Seit dem letzten Krieg gegen die Indianer gab es nicht einmal mehr sechzig Soldaten, und die Niederlande hatten keine Ersatztruppen geschickt. Für die Musketen der Soldaten war zwar noch genügend Schießpulver vorhanden, aber praktisch keine Munition mehr für die Kanonen der Stadt. Die unbedingte Loyalität des Gouverneurs gegenüber der Niederländischen Westindien-Gesellschaft ließ ihn zögern. Den Kolonialisten waren derlei Bedenken fremd. Zudem stellten die Engländer großzügige Bedingungen: Die Bevölkerung konnte ihren Besitz behalten, Religionsfreiheit wurde gewährleistet. Die Bürger verlangten die Kapitulation.

In Nieuw Nederland lebten mehr als zweitausend Menschen. Nicht einmal Peter Stuyvesant konnte sich gegen den Willen einer solchen Überzahl durchsetzen. Am achten Tag des Septembers im Jahre 1664 unterzeichnete er den Kapitulationsvertrag. Dann zog er sich auf seine ausgedehnte *bouwerie* jenseits der *voorstadt* im Norden des Walls zurück. Fast alle anderen blieben, wo sie waren, und gingen ihrem Leben wie gewohnt nach. Der einzige Unterschied bestand für sie darin, dass sie jetzt vom Bruder des englischen Königs regiert wurden – James, Herzog von York –, dass Fort Orange zu Albany und Nieuw Amsterdam zu New York umbenannt wurden. Und dass es plötzlich ein Vorteil war, Engländer zu sein. In gewisser Hinsicht, unter gewissen Bedingungen.

»Ihr lebt schon eine ganze Weile bei den Niederländern, was, Bader?«

»Ich bin seit dreieinhalb Jahren hier in der Kolonie. Seit Juni 1661. Vorher war ich in Rotterdam.«

»Ah ja. Ihr versteht Euch mit ihnen? Sprecht ihre Sprache?«

»Einigermaßen.«

Der Engländer blätterte in seinen Unterlagen, die vor ihm auf dem Schreibtisch lagen. Die beiden Männer befanden sich im früheren *Stadt Huys*. Jetzt hieß es City Hall. Das Fenster am anderen Ende des Raums ging noch immer auf den Hall Place hinaus. Die Entfernung war zwar zu groß, als dass Lucas etwas erkennen konnte, aber er schaute trotzdem immer wieder über die Schulter des Mannes zu Marits Laden hinüber.

»Mir ist gesagt worden, dass Ihr nicht nur Bader, sondern auch Chirurg seid.« Der Mann, der diese Fragen stellte, hieß Witherspoon. Er trug eine gepuderte Perücke, die der neuesten Mode entsprach, eine blassblaue Weste aus Satin und eine dunkelblaue samtene Kniehose. Er arbeitete als Sekretär von Nicolls, dem neuen Gouverneur von New York. »Ich habe gehört, dass Ihr ein exzellenter Steinschneider seid. Und dass Ihr darüber hinaus Knochenbrüche richten und Tumore entfernen könnt.«

»Ich habe in meinem Gewerbe einige Erfahrung, Mr. Witherspoon. Und Ihr scheint – dafür, dass Ihr noch keine Woche hier seid – viel über uns zu wissen.«

»Das ist der Vorteil, wenn man eine Volkszählung durchführt, Mr. Turner. Dabei erfährt man mancherlei.«

»Das stimmt wohl. Wenn das alles war, werde ich jetzt ...«

»Natürlich, ich möchte Euch nicht aufhalten. Nur eins noch. Habt Ihr Euer Gewerbe in Rotterdam gelernt? Bei den Niederländern?«

»Nein, Sir, in London, bei der englischen Baderzunft.« Lucas war überzeugt, dass Witherspoon das bereits wusste. Seit fast hundert Jahren veröffentlichte die Zunft jedes Jahr Listen, auf denen ihre Mitglieder namentlich aufgeführt waren. Männer, die Sekretäre von Kolonialgouverneuren waren, pflegten sich gemeinhin gerne mit dieser Art von Listen zu befassen.

Witherspoon lächelte. »In der heutigen Zeit ist es doch recht ungewöhnlich, Bader und Chirurg gleichzeitig zu sein, nicht wahr? Ich meine, wenn man Lehrling bei der englischen Zunft war?«

»Sehr ungewöhnlich.«

»Dann kann New York sich wirklich glücklich schätzen«, erwiderte Witherspoon leise. »Ein Bader, der gleichzeitig auch Chirurg ist. Und dazu noch ein Arzt, der, wie der glückliche Zufall es will, mit der Schwester des Baders verheiratet ist. Das ist doch der Fall, nicht wahr?«

»In der Tat.«

»Und Ihr, Sir – Ihr seid noch nicht verheiratet?«

»Noch nicht.«

»Ich verstehe.« Witherspoon legte seine Feder beiseite. »Sehr gut, Ihr könnt gehen.« Lucas wandte sich zur Tür. »Eine Sache noch, Mr. Turner. Da Ihr dem Blut und der Geburt nach Engländer seid … In gewisser Hinsicht mutet diese Stadt Gouverneur Nicolls sehr merkwürdig an. Man würde erwarten, dass die Niederländische Kirche die einzig zugelassene wäre, aber offenbar gibt es auch Sabbatarier, Antisabbatarier, die verschiedensten Quäkersekten, Juden … Das ist sehr verblüffend. Wie ich höre, gibt es sogar einige Römisch-Katholische.«

»Meines Wissens ist das korrekt.«

»Aber Stuyvesant … Wie es heißt, ist er ein sehr streitbarer Vertreter seines Glaubens. Findet Ihr nicht auch, dass das ein gewisser Widerspruch ist, Bader?«

Lucas trat an den Schreibtisch und deutete zum Fenster hinaus. »Das da draußen ist eine Stadt, die zu einem einzigen Zweck gegründet wurde: um Geld zu machen. Wenn der Gott, den jemand anbetet, ihm bei diesem Unterfangen hilft …« – Lucas machte eine kleine Pause und zuckte vielsagend mit den Schultern –, »dann wurde er von der Niederländischen Westindien-Gesellschaft mit offenen Armen aufgenommen. Man kann glauben, wonach einem der Sinn steht, solange man es nicht laut herausposaunt. Und vor allem, solange man seinen Geschäften nachgeht.«

»Und daran stoßt Ihr Euch nicht?«

»Weniger als an einigen anderen Denkungsarten. Hier verhungert niemand. Und im Großen und Ganzen wird der Friede gewahrt.«

Wieder lächelte Witherspoon. »Kein schlechtes Argument. Der Friede. Ihr seid klug, Bader. Und, wie ich bereits sagte, ein Engländer. Das ist eine vorteilhafte Verbindung. Ich glaube, Ihr werdet mich nicht missverstehen, wenn ich Euch bitte, die Augen offen zu halten und mich aufzusuchen, wenn jemand hier in New York unzufrieden sein sollte mit der Herrschaft Seiner Gnaden.«

»Was ich eigentlich sagen wollte, Sir – die Menschen von Nieuw Am … von New York kümmern sich wenig darum, wer in Europa herrscht. Sie sind zufrieden, wenn Ihr die Wilden in die Schranken weist, keine übertrieben hohen Steuern erhebt und sie ihr Leben leben lasst.«

»Das nach allem, was Ihr sagtet, vorwiegend darin besteht, Wohlstand zu schaffen.«

»Ja.«

»Nun gut. Aber wenn es etwas geben sollte … Alles, was Euch merkwürdig erscheint – Ihr werdet feststellen, dass

Gouverneur Nicolls seinen Freunden gegenüber sehr großherzig ist, Mr. Turner.«

Lucas überlegte so schnell, dass ihm keine eigentlichen Worte durch den Kopf gingen, sondern eher eine Abfolge von Eindrücken. Und eine Erinnerung. Pack die Gelegenheit beim Schopf. Diese Verhaltensregel hatte ihm schon früher gute Dienste geleistet. »Einen Mann möchtet Ihr vielleicht im Auge behalten. Er heißt Jan Doncke. Vor ein paar Monaten meinte er, die niederländischen Kolonialisten sollten den Engländern den Krieg erklären.«

»Danke. Wir werden Mr. Doncke im Auge behalten.«

Das würde ihnen zu tun geben, bis sie herausfanden, dass Doncke ein alter Narr war, auf den niemand etwas gab. »Jetzt habe ich noch eine Frage, Mr. Witherspoon. Eine Frage bezüglich der englischen Rechtspraxis.« Der Mann hinter dem Schreibtisch nickte, wartete.

»Wenn ein Mann seine Frau verlässt«, sagte Lucas leise, »wenn er verschwindet, ohne eine Nachricht zu hinterlassen, und keinerlei Vorkehrungen für sie getroffen hat – wie lange muss eine solche Frau warten, bis sie zur Witwe erklärt wird und wieder heiraten darf? Die Niederländer sagen sieben Jahre. Wie verhält sich das englische Gesetz dazu?«

Witherspoon presste die Fingerspitzen beider Hände gegeneinander und schaute Lucas darüber hinweg an. »Eine interessante Frage, Mr. Turner. Ich persönlich bin im Rechtswesen nicht bewandert und weiß nicht, wie die Antwort in London lauten würde. Aber hier in New York herrscht natürlich Gouverneur Nicolls. Gesetz ist, was er zum Gesetz erklärt.«

Sally rann der Schweiß in Strömen übers Gesicht. Die Wehen kamen noch in großen Abständen, aber bei den schlimmsten musste sie die Zähne zusammenbeißen, um nicht laut zu schreien. Ansonsten unterdrückte sie ihr

Stöhnen und hielt Hetjes Hand umklammert. Die Sklavin wich nicht von ihrer Seite. Sie trocknete Sally die Stirn und murmelte beruhigend auf sie ein. »Es wird alles gut, Mevrouw. Und mit dem Kind auch.«

»Und was ist mit ihm?« Sally schaute zum Flur.

»Ich hab Euch doch gesagt, Mevrouw. Der Herr ist noch nicht zurück. Er hat gesagt, er kommt erst zum Abendessen.«

»Bis dahin sind noch zwei Stunden«, flüsterte Sally. »Vielleicht ist das Kind dann schon da.«

»Nie«, antwortete Hetje mit Nachdruck. »Es hat gerade erst angefangen. Das erste Kind braucht immer lange, um geboren zu werden. Aber macht Euch keine Sorgen. Hetje macht alles genau so, wie Ihr es gesagt habt.«

»Du hast die Pastete gemacht? Nach meinem ganz besonderen Rezept?«

Die junge Schwarze lachte. »Ich habe eine wunderschöne Pastete gemacht, Mevrouw. Mit Tauben und Äpfeln und Korinthen. Und jede Menge von Mevrouws Spezialsoße. Heute wird das Essen dem Herrn sehr gut schmecken. O ja.«

Sally drückte Hetje die Hand. »Und ihn hinterher stundenlang schlafen lassen. Lang genug, um ...« Sally konnte die Worte nicht aussprechen. Allein beim Gedanken daran traten ihr Tränen in die Augen.

Hetje tupfte ihr mit einem feuchten Tuch die Stirn ab. »Keine Sorge, Mevrouw. Alles wird gut. Und mit dem Kind auch.«

»Hetje, ich hatte dich nie fragen wollen. Es kam mir zu grausam vor, aber – hast du je ein Kind gehabt?«

»Drei, Mevrouw. Wie ich elf war, haben sie mich das erste Mal zu einem Mann gelegt.«

»Zu einem Mann gelegt ... Hattest du ihn lieb, Hetje? Hast du ihm vertraut und ihn geachtet?«

»Ich hab ihn nicht gekannt, nur die eine Woche. Im Sklavenlager haben sie mich zu ihm gelegt, und er hat's mir gemacht, und dann musste er woanders hin, und ich hab ihn nie mehr nicht gesehen. Und neun Monate später hab ich ein kleines Mädchen gekriegt.«

»Und wo ist sie jetzt? Was ist ...« Eine Wehe raubte Sally den Atem. Sie verkrallte sich in Hetjes Hand und biss sich auf die Lippen, um den Schrei zu unterdrücken.

»Ihr müsst atmen, Mevrouw. Jedes Mal wenn die Schmerzen kommen, müsst Ihr fest atmen.«

Sally holte tief Luft. Zwei Mal, drei Mal. Die Schmerzen ebbten ab. »Und was ist aus deiner Tochter geworden?«, fragte sie. »Wo ist sie, Hetje? Ist sie im Sklavenlager? Wenn du mein Kind dorthin bringst, wird ...«

»Ich hab sie nie mehr gesehen, nicht seit sie vier war«, antwortete Hetje. »Da haben sie sie verkauft. Ich weiß nicht wohin.«

»O mein Gott, Hetje. Das tut mir Leid. Es kann doch nicht richtig sein ...«

»Ich hatt auch zwei kleine Jungen. Einer ist an der Cholera gestorben, wo er zwei war. Der andere ist mit fünf verkauft worden.«

»Und jedes Mal ... Die Väter ... Du hast nicht ...«

»Es war immer wie beim ersten Mal. Wenn sie wollten, dass ich ein Kind bekomme, haben sie mich zu einem Mann gelegt. So ist es im Lager, Mevrouw. Männer und Frauen leben getrennt. Tags machen alle ihre Arbeit und nachts ...« Hetje brach ab. Die beiden Frauen tauschten einen wissenden Blick. »Für mich hätt's vielleicht anders sein können«, fügte Hetje hinzu. »Meine Eltern waren Freie.«

»Wirklich?«

Das Mädchen nickte. »Meine Mama und mein Papa, die hatten einen kleinen Bauernhof oben im Wald. Im Sumpfland um den Minetta Brook. Der Gouverneur vor dem jetzigen, Kieft war das, der wollte, dass Leute, wo keine Indianer sind, zwischen der Stadt und den Rothäuten leben. Kieft hat meiner Mama und meinem Papa ein bisschen Land gegeben, gerade genug für ein paar Felder und ein Häuschen. Sogar Papiere hat er ihnen gegeben. Hat gesagt, sie wären frei, solang sie dem Gouverneur jedes Jahr ein fettes Schwein geben und in der Stadt arbeiten, wenn er sie braucht.«

Sally kam es drückend heiß im Raum vor. Sie schwitzte. Wieder wischte die Skavin ihr das Gesicht mit einem feuchten Tuch ab. »Danke, Hetje. Aber das verstehe ich nicht. Wenn deine Eltern Freie sind, warum ...«

»In den Papieren steht nichts von Kindern, Mevrouw. Ein Mann und eine Frau, wo mit Papieren vom alten Gouverneur Kieft als Freie leben – ihre Kinder müssen ins Sklavenlager, wenn sie da gebraucht werden. So war's bei mir. Sie haben mich gebraucht. Sie sagten, elf wär alt genug. Sie sagten, sie bräuchten mehr Sklavenbestand, ich dürft nicht brachliegen.«

Sally drückte der Schwarzen mitfühlend die Hand. »Es tut mir Leid, dass du so viel Kummer erlebt hast, Hetje. Deine Kinder einfach so zu verlieren. Aber ich bin froh, dass du jetzt bei mir bist. Hetje, was ist, wenn mein Kind ...«

»Jetzt macht Euch mal keine Sorgen nicht, Mevrouw. Mit Eurem Kind wird alles gut. Ganz bestimmt ist im Lager eine Frau, die genug Milch hat für Euer Kleines. Sie lassen es nicht sterben. Im Sklavenlager sind Kinder was Wertvolles. Wenn sie ein paar Jahre alt sind, sind sie viel Geld wert. Das ist das Wichtigste, Mevrouw. Da müsst Ihr dran denken. Euer Kind bleibt am Leben.«

Um vier Uhr morgens – nachdem Hetje ein Laken ans Kopfende des Bettes gebunden hatte, an das Sally sich klammern konnte, nachdem sie beinahe siebzehn Stunden in den Wehen gelegen und lautlos ihre Schreie ausgestoßen hatte – brachte sie ihr Kind zur Welt.

»Ein Junge, Mevrouw!« Hetje legte das Neugeborene seiner Mutter auf den Bauch. »Ein hübscher kleiner Junge!«

Mühsam hob Sally den Kopf. »Ein Junge ... Fehlt ihm auch nichts, Hetje?«

»Aber nein, Mevrouw.« Während sie sprach, schrie das Kleine, einmal nur, aber laut.

Mühsam versuchte Sally, sich aufzurichten. »Hetje, er darf nicht schreien. Er ...«

»Und Ihr müsst auch still sein, Mevrouw. Alles ist, wie's sein muss. Dem kleinen Mann fehlt gar nichts. Ist alles dran, was er haben muss, und schreien kann er auch.« Sie band die Nabelschnur an zwei Stellen ab. »Die schneid ich jetzt durch, aber keine Sorge, das tut nicht weh.« Mit einer großen Schere trennte Hetje die Schnur zwischen den beiden Knoten. »So, schon vorbei. Und Ihr habt nichts gemerkt, oder?«

»Gar nichts.« Sallys Stimme war schwach vor Erschöpfung. Sie legte die Hand auf das Kind, das auf ihrem Bauch lag. »Ein Junge«, flüsterte sie. »Mein Sohn. Hetje, wo ist der Herr? Vielleicht hat er ihn schreien hören. Schau im Flur nach.«

»Ich bin in der letzten Stunde zehn Mal im Flur gewesen, Mevrouw. Mijnheer hat die ganze Zeit geschlafen und schläft ganz bestimmt immer noch. Ich hab Euch doch gesagt, er hat die ganze Pastete aufgegessen. Keinen Krümel hat er nicht übrig gelassen.«

»Ja, das hast du mir erzählt.« Sally ließ den Kopf ins Kissen sinken. Sie wusste, viel länger würde sie sich der Müdigkeit nicht erwehren können.

Hetje nahm das Kind in die Arme. »Jetzt muss ich mich um ihn kümmern, Mevrouw. Muss ihn waschen und einwickeln.«

»Hetje, ist er … Seine Haut …« Sie hatte nichts sehen können. Sie war zu müde, um etwas zu sehen. Hatte zu große Angst, um ihrem eigenen Urteil zu vertrauen. »Welche Hautfarbe hat er, Hetje?«

»Ein hübscher, dunkler kleiner Junge, Mevrouw. Und die Haare kohlrabenschwarz.«

»Gut«, flüsterte Sally. »Das ist gut. Dunkel. Das ist besser für ihn.«

Wenig später legte Hetje ihrer Herrin das gewickelte Kind in den Arm. Sally drückte es an sich, sie konnte seinen Herzschlag an ihrem eigenen Herzen spüren. Wie in den vergangenen neun Monaten. »Mein süßer kleiner Sohn«, wisperte sie. »Mein Liebling.« Das Kleine war von Kopf bis Fuß eingewickelt, nur sein Gesicht war zu sehen, rot und gerunzelt, oben ein Saum schwarzer Haare. Sally küsste ihn auf die Stirn und drückte ihn an sich.

Hetje schaute zum Fenster. »Mevrouw, der Nachtwächter ist grade vorbeigegangen. Bald kommt er wieder. Ich sollt gehen, bevor es Morgen wird.«

»Ja, ich weiß. Nur ein paar Minuten noch.« Sie hielt den Kleinen umfangen. Lieber Gott, wie sollte sie ihn je hergeben?

Hetje ging zur Tür und öffnete sie einen Spalt. Als einziges Geräusch war ein Schnarchen zu hören, das aus dem Arbeitszimmer drang. »Er schläft noch, Mevrouw. Jetzt ist eine gute Zeit, dass ich gehe.«

»Ja«, flüsterte Sally. »Eine gute Zeit.« Sie gab ihrem Sohn einen letzten Kuss. »Leb dein Leben, Kleiner. Ich kann dich nicht bei mir behalten, aber ich habe geschworen, ich würde nicht zulassen, dass sie dich umbringen, und ich habe mein Versprechen gehalten.« Dann, ohne ein weiteres Wort zu sagen, reichte sie Hetje den Jungen und vergoss lautlose Tränen.

»Und jetzt«, flüsterte Hetje zu dem Kind, das sie unter ihrem Umhang verborgen hielt. »Und jetzt, kleiner Mann«, wiederholte sie. Sie stand auf der Pearl Street in der grauen Dunkelheit, die sich vergeblich gegen die Dämmerung zu behaupten versuchte. »Und jetzt. Wie's scheint, sind du und ich ganz allein hier draußen. Jetzt muss Hetje bloß noch entscheiden, wo sie dich hinbringt.«

Am Himmel stand kein Mond, nur die Sterne leuchteten. Hetje schlug ihren Umhang auf und schaute auf das Gesicht des Neugeborenen. Allmählich nahm das Gesicht, das nach der Geburt ganz rot gewesen war, seine natürliche Farbe an. »Ein kleiner weißer Junge«, wisperte sie. »Ich hab Mevrouw gesagt, dass du schwarz bist, weil sie das hat hören wollen. Und das hatten wir die ganze Zeit auch gedacht, die Herrin und ich. Weil deine Mama weiß ist und dein Papa ein roter Wilder, da solltest du ein dunkles Kind sein, und ich hätte dich ins Sklavenlager bringen können, und niemand hätte genau gewusst, wo du herkommst. Aber jetzt ... Was soll Hetje tun mit dir, wo niemand dich haben will? Außer deiner Mama, wo dich nicht behalten darf, nie und nimmer. Kannst du mir das sagen, kleiner Weißer?«

Das Kind schlief ungerührt weiter.

Lucas starrte auf das Neugeborene in Marits Armen. »Was ist das?«

»Ein Findelkind. Das hat Gott uns geschickt. Das weiß ich ganz genau. Ich habe nie ein Kind bekommen, Lucas. Ich glaube nicht, dass ich ...«

»Wo hast du ihn her? Wann hast du ihn bekommen? Und wie willst du ihn füttern?«

Das Kleine weinte. Marit beugte sich über ihn und küsste sein Gesichtchen, dann drückte sie es an sich und wiegte es sacht hin und her. »Psst«, murmelte sie. »Du redest zu laut, Lucas. Du bringst ihn zum Weinen.«

»Marit, ich will aber wissen, was …«

»Ich kann dir nur sagen, was passiert ist. Ich hab die Tür aufgemacht und da lag er. Heute am frühen Morgen. Es dämmerte gerade. Und ich gebe ihm Milch von der Kuh meiner Nachbarin. Schau, ich zeig's dir.« Marit tauchte die Ecke eines Tuchs in eine Schale Milch, die auf dem Tisch stand, und steckte sie ihm in den Mund. Das Kind saugte gierig. »Schau, er ist ein kluger Junge, unser Nicholas. Er weiß …«

»Unser Nicho … Marit, jetzt hör mir mal gut zu. Wir sollen heute Nachmittag getraut werden. Keine drei Monate seitdem … Seitdem du keinen Mann mehr hast. Das ist schon ein gewaltiges Zugeständnis. Und weil kein Pfarrer uns trauen will, findet die Hochzeit vor einem Friedensrichter statt. Das ist ein zweites gewaltiges Zugeständnis.«

»Du hast mir selbst gesagt, dass Gouverneur Nicolls ein Gesetz erlassen hat, nach dem Paare überall in New York von einem Friedensrichter getraut werden dürfen.«

»Das stimmt. Aber das heißt nicht, dass die Leute das richtig finden.«

»Jetzt regieren hier die Engländer. Das hast du selbst gesagt.« Wieder tauchte sie das Tuch in die Milch und gab es dem Kind. »Und was die Engländer sagen, müssen die Leute richtig finden.«

»Sie müssen so tun, als würden sie es richtig finden, aber …«

»Schau, Lucas, schau dir seine Augen an. Sie stehen ganz weit auseinander, wie bei dir. Und seine Stirn ist wie die deine. Ich finde, er sieht aus wie …«

»Marit, was sollen wir tun, wenn ich keine Patienten mehr bekomme?«

»Du bist der einzige richtige Chirurg hier, der einzige, zu dem sie Vertrauen haben. Wie sollen sie …«

»Jetzt, wo wir eine englische Kolonie sind, wird es bald

sehr viel mehr geben. Sie werden aus den anderen Kolonien kommen. Und aus England. Marit, bitte, wir können das Kind nicht behalten. Das wäre Wahnsinn.«

Marit drückte das Kind noch fester an sich. Als sie zu Lucas aufsah, glänzten ihren großen, blauen Augen vor Tränen. »Was immer Ankel mir angetan hat«, flüsterte sie, »was immer er mir androhte, ich habe nie aufgehört, dich zu lieben. Ich habe alles auf mich genommen, weil ich dich so sehr liebe, Lucas. Und jetzt liebe ich dieses Kind genauso. Er ist der einzige Sohn, den ich je haben werde. Wie kannst du da von mir verlangen, dass ich ihn hergebe?«

Lucas kniete sich neben sie. »Nur, weil es so gefährlich ist, mein Herz. Weil es uns in Gefahr bringt.«

Marit nahm seine Hand und legte sie auf die Brust des Kleinen. Es war von oben bis unten in Flanell gewickelt, nur sein Gesichtchen war zu sehen. Durch den weichen Stoff spürte Lucas den Herzschlag. Das Kind sah kräftig und gesund aus. »Dein Sohn«, flüsterte Marit. »Den Gott dir geschickt hat.«

Lucas wusste, welche Gefühle sie in ihm zu wecken versuchte, aber er empfand sie nicht. Dieses kleine Wesen, das Marit so rasch ins Herz geschlossen hatte, bedeutete für ihn nichts als eine Gefahr. »Nein«, antwortete er leise. »Nicht mein Sohn, Marit. Es tut mir Leid, aber das ist er nicht.«

Er richtete sich auf und trat ans Fenster. Es war fast drei Uhr. Die meisten Leute waren zum Essen nach Hause gegangen, der Hall Place lag verwaist da. »Hast du dir überlegt, wessen Kind es wirklich sein könnte?«

»Nein. Und es ist mir auch egal, Lucas. Gott hat ihn auf meine Türschwelle gelegt, damit ich ihn finde. Das weiß ich. Er ist unser Sohn. Nicholas Turner.«

Lucas seufzte. »Ach, ich verstehe. Und Gott hat dir auch den Namen des Jungen gesagt.«

Marit schüttelte den Kopf. »Mach dich nicht über mich lustig, Lucas. Sobald ich ihn sah, wusste ich, dass er Nicholas heißen muss. Lucas, hör mir zu. Wenn wir ihn nicht behalten, weisen wir ein Geschenk Gottes zurück. Dann werden schreckliche Dinge passieren. Bis jetzt haben wir immer Glück gehabt. Wir haben … Wir haben alles getan, was wir tun mussten, und nichts Schlimmes ist uns passiert. Aber wehe uns, wenn wir unser Glück nicht mit diesem kleinen Jungen teilen.«

»Aber Marit, wie sollen wir den Leuten denn erklären, dass wir jetzt ein Kind haben? Was werden sie denken?«

»Dass ich guter Hoffnung war, als Ankel mich verließ«, antwortete sie ruhig. »Und wer kann mir nachweisen, dass ich lüge, Lucas? Wer kann das Gegenteil beweisen?«

»Niemand hat dich guter Hoffnung gesehen. Niemand …«

»Weil niemand es bemerkt hat. Sie haben immer nur auf mein verweintes Gesicht geschaut in den Monaten, seit …«

»Die Zwiebelfrau«, unterbrach er sie. Diesen Spitznamen hatte er ihr gegeben, als sie begann, eine geschälte Zwiebel in der Fleischkammer aufzubewahren und immer wieder daran zu riechen, bis ihr die Tränen über die Wangen strömten und sie wie eine trauernde Witwe aussah.

»Ja«, sagte sie mit einem Lächeln. »Die Zwiebelfrau. Aber jetzt nicht mehr, Lucas. Ab heute Nachmittag die fröhliche, glückliche Ehefrau des Baders. Und die Mutter von Nicholas.«

»Ankel Jannssens Vermächtnis«, flüsterte Lucas. »Also gut, dann sei es.«

Van der Vries durchstöberte das ganze Haus, vom Destillierraum bis zum Speicher. Als er seine Suche beendet hatte, trat er wieder ans Fußende von Sallys Bett. »Erzähl mir noch einmal genau, was passiert ist.«

»Die Wehen haben eingesetzt. Hetje hat mir geholfen. Das Kind ist tot zur Welt gekommen. Heute Morgen um vier Uhr. Ich wollte es nicht ansehen. Hetje ist es für mich losgeworden.«

Die Sklavin kniete vor der Feuerstelle und schichtete Scheite auf. Van der Vries ging zu ihr. »Was hast du mit dem toten Kind gemacht?«

Hetje schaute zu ihm auf. »Mevrouw hat gesagt, ich soll es loswerden. Sie sagte, sie will nicht, dass es irgendwo hier vergraben wird. Also hab ich einen Stein an das Kind gebunden und bin runter zum Hafen und hab's ins Meer geworfen. Niemand wird es sehen, Herr. Da braucht Ihr Euch keine Sorgen nicht machen. Nur die Fische ...«

Van der Vries machte sich an der Schnalle seines Gürtels zu schaffen. »Sehen wir doch mal, ob du noch dieselbe Geschichte erzählst, wenn ...«

»Nein!« Sally setzte sich im Bett auf. »Ihr dürft sie nicht schlagen. Es ist sinnlos und dumm. Das Kind ist tot. Ihr wolltet, dass es verschwindet, und es ist verschwunden. Was wollt Ihr denn noch?«

»Ich will wissen, dass ich nicht übertölpelt werde«, antwortete Van der Vries leise. »Dass meine Frau und meine Sklavin mich nicht zum Narren halten.«

»Das tun wir nicht.« Sally sah ihm unverwandt ins Gesicht. »Und wenn Ihr Hetje schlagt, oder auch mich, wird die Stimmung hier im Haus dadurch nicht freundlicher, Jacob Van der Vries. Und Schläge machen auch Euren Destillierraum nicht produktiver.«

»Ah ja, mein Destillierraum. Das bringt mich zu einer weiteren Frage. Warum ich so lange fest geschlafen habe. Nicht einmal in meinem eigenen Bett, sondern im Sessel. Wie ist das passiert, Weib? Hast du eine Ahnung?«

»Hetje weiß, dass Euch der Trank so gut schmeckt, den ich aus dem Mohn gemacht habe. Sie wusste nicht, dass man ihn nicht zum Kochen verwenden darf. Ich habe es ihr erklärt. Es wird nie wieder vorkommen.«

Van der Vries schaute zwischen den beiden Frauen hin und her. »Sieh zu, dass es wirklich nie wieder vorkommt«, sagte er schließlich. »Hetje«, meinte er nach einer Pause, »geh jetzt. Ich möchte unter vier Augen mit der Herrin sprechen.«

Er wartete, bis sich die Tür hinter dem schwarzen Mädchen schloss, dann trat er ans Bett. Ohne Vorwarnung packte er das Federbett und warf es zurück. Sally krümmte sich instinktiv zusammen. »Halt still«, befahl Van der Vries.

Auf die Ellbogen gestützt, starrte sie zu ihm hoch. Eine Weile betrachtete er sie eingehend, ohne ihr Nachtgewand zu berühren. Schließlich legte er ihr die Hand auf den Bauch. Er war noch gerundet, wenn auch wesentlich kleiner als zuvor, weich und nachgiebig. »Ich spüre keinen Herzschlag«, sagte er zufrieden.

»In Gottes Namen, wie solltet Ihr auch? Ich habe Euch doch gesagt, das Kind ist vor neun Stunden tot zur Welt gekommen.«

»Ja, das hast du mir gesagt.« Er entfernte die Hand. »Nun gut, damit ist die Sache erledigt. Wir werden nie mehr davon sprechen. Nächste Woche gibt Gouverneur Nicolls einen Empfang, zu dem die ganze Bevölkerung eingeladen ist. Du wirst mich begleiten. In dieser Zeit schadet es nicht, eine Engländerin zur Frau zu haben. Du erweist dich als wertvoller, als ich je gedacht hätte. Die sechzig Gulden waren eine gute Investition.«

Damit verließ er den Raum. Zwei Tage lang sah sie überhaupt nichts von ihm. Dann, in der dritten Nacht nach der Geburt ihres Kindes, als sie wach lag, zur Decke starrte und sich überlegte, wie sie es schaffen würde, den Rest ihres Lebens unter diesem Dach weiterzuleben, ging die Tür auf. Vor ihr stand Van der Vries, eine Kerze in der Hand.

»Ah, du bist wach.«

»Ja. Was wollt Ihr?«

Er betrat den Raum, schloss die Tür hinter sich, stellte sich an ihr Bett. »Ich will, was mir von Gesetzes wegen zusteht«, sagte er leise. »Meine ehelichen Rechte.« Er stellte die Kerze auf den Nachttisch, beugte sich vor und zog die Federdecke zurück. »Und jetzt heb dein Gewand. Ich möchte mir genau ansehen, was ich da gekauft habe.«

Dieses Mal zuckte Sally nicht zurück. Sie zog den Saum ihres Nachthemds bis ans Kinn hoch. Hetje hatte ihr die Brüste abgebunden, damit die Milch nicht einschoss. Mit einem zufriedenen Nicken betrachtete Van der Vries die Bandagen. Dann begutachtete er ihren restlichen Körper. »Ziemlich dürr«, murmelte er. »Schönheit habe ich für mein Geld nicht bekommen. Aber zum Ausgleich dafür gibt es andere Vorzüge.« Damit blies er die Kerze aus und legte sich auf sie.

# Zweites Buch

## *Der Pfad des weiten Sehens*

### *Dezember 1711 bis Juni 1714*

*In jenen Tagen bevor die Europäer kamen, verließen die Canarsie jeden Herbst die hügelige Insel Manhattan und überquerten den Fluss der aufgehenden Sonne, um den Winter auf der langen Insel Metoaca zu verbringen. Aber stets blieben zwei Frauen zurück, damit die Manetuac, die Blutgeister Manhattans, sich nicht verlassen fühlten.*

*Die Ältere der Zurückbleibenden war die Frau, die das größte Wissen in der Zubereitung von Medizin besaß; die Jüngere war ihre Schülerin. Mindestens einmal jeden Winter führte die ältere Frau die jüngere den Pfad entlang, den die Canarsie »Pfad des weiten Sehens« nannten, über die steilen, vereisten Berge hinauf und hinab, über die zugefrorenen Flüsse und Bäche zu der Seite der Insel, die dem Fluss der untergehenden Sonne zugewandt war. Dort, wo der eisige Wind nie zu wehen aufhörte und man über das Wasser zum Land der fernen Berge sehen konnte, war der Ort der heiligen Steine, die die Medizinfrau um den Hals trug.*

*Die Steine waren rot.*

*Rot stand für das Heilen.*

*Und für das Blut.*

*Blut stand für das Leben. Und für die heiligsten Schwüre.*

# Kapitel 4

## I

Am letzten Abend des Jahres 1711 kamen sie mit einer roten Henne zu Peter dem Doktor.

Kinsowa der Ibo hatte die Henne aus dem Stall seines Herrn gestohlen. Das war eine wagemutige Tat, denn die Kolonialisten hüteten ihr Geflügel wie ihren Augapfel. Die meisten wussten genau, wie viele Hühner sie besaßen, und jeder wusste, welche Rolle Hennen in der westindischen Magie spielten. Das war der Grund, warum freigelassene Sklaven – Leute wie Peter der Doktor, die in den Negerbehausungen rund um den Beekman-Sumpf lebten – keine Hühner halten durften. Kinsowa der Ibo war in der Tat sehr mutig.

Sie alle waren sehr mutig.

Der Aufruf war im Flüsterton verbreitet worden. Und viele folgten ihm: Männer, die im alten Sklavenlager oben im Wald zur Welt gekommen waren; zwei der Indianer, die als Sklaven zurückgeblieben waren, als man den Rest ihres Stammes nach Norden getrieben hatte; ein Dutzend Afrikaner, die erst vor kurzem aus dem Schiffsbauch entladen worden waren; und auch einige der erfahrenen Sklaven, wie die New Yorker sie nannten, Schwarze von den Westindischen Inseln. Aber das waren sehr wenige. Die erfahrenen Sklaven mit ihren vernarbten Rücken und den toten Augen ließen sich kaum zu einem Aufstand überreden. Mit den vielen Peitschenhieben war ihnen auch die Seele aus dem Leib geprügelt worden.

Insgesamt waren es sechsunddreißig, die sich an diesem Abend in der Hütte versammelten. Ausnahmslos Sklaven, bis auf Peter den Doktor, dem sein Herr vor Jahren die Freiheit geschenkt hatte – unter bestimmten Auflagen. Peter der Doktor setzte seine Freiheit aufs Spiel, um ihnen zu helfen. Wenn sie ihm eine Henne brachten.

Möglich war das alles nur, weil sie in New York lebten, wo es keine Plantagen gab, keine Aufseher, keine Bewacher. In New York wohnten die Sklaven meist zu zweit oder zu dritt unter dem Dach ihres Herrn oder in dessen Nähe. Sie bewegten sich im Auftrag ihrer Herrschaften frei durch die Stadt. Ein paar von ihnen konnten sich immer verabreden und Pläne schmieden. Und diese wenigen trafen andere, mit denen sie wiederum redeten und Pläne machten. Aber es war in New York auch möglich – sehr leicht möglich –, verraten zu werden. Deswegen trafen sie sich bei Peter dem Doktor.

Er stammte nicht von den Westindischen Inseln, aber seine Frau war von dort gewesen. Sie war im Sumpf ertrunken, aber die Leute sagten, dass ihr Geist auf Peter den Doktor übergegangen war. Sie erklärten, jetzt, wo die Frau tot war, besaß Peter der Doktor ihre westindische Magie. Er besaß das *obeah*.

Einzeln und zu zweit kamen sie, stahlen sich aus den Häusern ihrer Herrschaften und bewegten sich auf leisen Sohlen durch die Nacht, vermieden das Licht des Vollmonds, das so gefährlich für sie war und doch so günstig für ihr Vorhaben; sie schmiegten sich in die Schatten, verschmolzen mit der Finsternis, sagten kein Wort, atmeten kaum. Bis sie beisammen waren mit Peter dem Doktor, dem freigesetzten Sklaven. Mit dem mutigen Kinsowa dem Ibo, der die rote Henne gestohlen hatte. Und mit dem alten

Weißen, der den kaputten Arm hatte. Auch wenn niemand wusste, dass er in der Nähe war.

Der Weiße war im Gestrüpp verborgen, das rund um den Sumpf wuchs. Als er die Schwarzen eintreffen sah, zitterte er, vor Fieber und Furcht, und blieb nur, weil er zu große Angst hatte, um davonzulaufen.

Erleuchtet wurde die Hütte vom Schein eines kleinen Feuers, das in einer Grube in der Mitte des einzigen Raums brannte. Peter der Doktor stand mit der Henne in der Hand neben dem Feuer. Die anderen umringten ihn, ein Kreis schweigender Kraft. Peter hob die Henne hoch über den Kopf. Sie gackerte laut, wollte mit den Flügeln schlagen und nach Peters Hand picken. Aber als er die Henne ansprach, verstummte sie und überließ sich gefügig seinem Griff. »Coo-ha«, flüsterte Peter. »Jaba, jaba, jaba. Coo-ha.«

Langsam, das Huhn über den Kopf haltend, begann Peter, sich im Kreis zu drehen. Eine ganze Umdrehung, um die Henne allen im Raum zu zeigen. Um der Henne alle Anwesenden zu zeigen. Dieses Mal sang er laut die fremdländischen Worte, die nur er und die Henne verstanden. »Coo-ha! Tami! Tami! Tami!«

Einer der Westinder erinnerte sich. Er erinnerte sich an seine Kindheit auf einer Zuckerrohrplantage und an das eine Mal, als jemand den Mut gefunden hatte, eine Henne zu stehlen und die alte Zeremonie durchzuführen. Er erinnerte sich an das, was passiert war, bevor der Aufseher bemerkte, was da vor sich ging; bevor er den mutigen Mann in eine Grube steckte, die Hände mit Ketten hinter den Rücken gebunden, die Füße gefesselt, und Hunde auf ihn hetzte. Und dann versuchte der Aufseher, den anderen die Erinnerung an diese Zeremonie auszupeitschen, auch dem kleinen Jungen. Viele Jahre, viele Schläge später war aus dem kleinen Jungen ein Mann geworden. Und der erinnerte sich. »Tami«, fiel er leise mit ein, und seine Stimme verschmolz mit der von Peter dem Doktor. »Tami, tami, tami.«

Die Afrikaner verstanden die Worte mit dem Bauch. Kinsowa der Ibo, die beiden Fanti und die neun Ashanti, die zu den neuesten Ankömmlingen aus der Sklavenfestung vor der Küste Guineas gehörten. Sogar eine Frau war dabei – eine Ashanti, die das Glück gehabt hatte, gemeinsam mit ihrem Mann an eine Familie in der Stadt verkauft zu werden. Tief in ihrem Inneren verstanden alle Afrikaner – gleichgültig, woher sie kamen – den Gesang. Jetzt waren sie zwar an einem fremden Ort, der seine eigenen Geister hatte, doch auch diese dienten dem einen großen Geist; und diese Zeremonie besagte dasselbe wie ihre Zeremonien. Dasselbe mit anderen Worten. »Tami, tami, tami«, sangen die Afrikaner gemeinsam mit Peter und dem Westinder. »Tami, tami, tami.«

Den Afrikanern zuckte es in den Füßen. Sie begannen sich zu bewegen. Vor und zurück, vor und zurück. Sie blieben aufrecht stehen, nur die Füße tanzten über die festgestampfte Erde des Hüttenbodens hin und her. »Tami, tami, tami.« Sie rissen die anderen mit sich. Ihre Worte und Bewegungen steckten die New Yorker Schwarzen an, die von ihren Wurzeln abgeschnitten waren, die dort oben im Sklavenlager in den Wälder in Unwissenheit gehalten wurden, denen die Luft zum Atmen genommen wurde, die zu etwas gemacht wurden, das sie nicht waren. Zu Packtieren. Der Ibo und die Ashanti und die Fanti rissen die anderen mit sich, so dass sie alle Teil des Einen wurden. Des Gebets um Freiheit. »Tami, tami, tami.«

»Coo-ha!« Peter der Doktor sang die rituellen Worte. »Jaba! Jaba! Jaba!« Wieder reckte er die Henne gen Himmel. »Coo-ha!« Dann drehte er sich zu der Frau und hielt ihr den Vogel entgegen. »Coo-ha!«

Die Frau sah Peter in die Augen. Sie fasste sich an ihren

dicken Bauch, bot dem großen Geist das Kind in ihr dar. »Tami, tami, tami.« Das Kind würde in Freiheit geboren werden. Oder sterben.

Peter trat näher zu ihr heran. Die anderen machten ihnen Platz. Plötzlich gluckte das Huhn einmal. Peter packte es fester, streckte es der Frau entgegen. Die wusste, was er wollte, was die Henne wollte. Sie öffnete die Lippen, öffnete weit den Mund. Ihre scharfen weißen Zähne schimmerten im Feuerschein. Peter der Doktor steckte den Kopf der Henne in den geöffneten Mund der Ashanti. Ohne zu zögern biss sie zu, durchtrennte den Hals.

Das dünne Hühnerblut rann der Frau übers Kinn. Sie wischte es mit beiden Händen fort, spuckte den Kopf des Vogels ins Feuer und leckte sich die Hände ab.

Danach ging Peter der Doktor zu jedem Einzelnen von ihnen, damit sie vom Blut der roten Henne trinken konnten. »Auf unsere Kraft«, sagte Peter. »Auf unser Glück. Auf eure Freiheit.« Dann hielt er den Kadaver des Vogels an den Füßen, schwang ihn drei Mal im Kreis und warf ihn in die Flammen.

Der Alte, der draußen vor der Hütte stand, konnte es nicht mehr ertragen. So krank er auch war, so erbärmlich das Fieber ihn auch schüttelte, so arg der Arm pochte und hämmerte, auch wenn er eigens zum Sumpf gekommen war, weil die Leute sagten, einen Arm wie den seinen könnte man heilen, indem man ihn in Sumpfwasser tauchte – ein Mittel, das er noch nicht versucht hatte –, machte er trotzdem kehrt und lief in die Stadt zurück, als säße ihm der Leibhaftige im Nacken.

In der Hütte nahm Peter der Doktor das Messer, das mit den Eingeweiden der Henne beschmiert war, und machte im Handgelenk jeder der Sechsunddreißig einen Schnitt. Sie tranken gegenseitig von ihrem Blut. »Jetzt kann unser Plan nicht scheitern«, sagte Peter. »Wenn einer von uns die anderen verrät, wird sein Geist nie frei sein. Er wird nach seinem Tod auf ewig ein Sklave bleiben.«

Der Ausrufer entdeckte den Alten um fünf Uhr morgens am ersten Tag des neuen Jahres 1712. Er lag zwischen den verwaisten Marktständen in der Fishmonger's Alley in einer Lache aus Schlamm und Schneewasser, auf der Bröckchen von Erbrochenem trieben; vermutlich stammten sie von ihm selbst.

Um sechs Uhr würden die Fischstände aufmachen. Wenig später würde sich die Gasse mit einigen der fünftausend ehrbaren Bürger von New York füllen. Die vier Ausrufer, die nachts die Straßen patrouillierten, hatten nicht nur die Aufgabe, das Wetter und die Stunde zu melden, sondern sich auch darum zu kümmern, dass die erwachenden Einwohner nicht von unerfreulichen Anblicken belästigt wurden. »He, du da. Steh auf.«

Der Alte öffnete die Augen, blinzelte ein paar Mal. »Lassen Sie mich … ich tu doch nichts.«

»Komm schon, Alter, du weißt genau, dass du nicht hier bleiben kannst.«

»Warum nicht? Ich sag doch, ich tu doch niemandem …«

»Bald werden die anständigen Leute hier sein, darum nicht. Steh auf. Hol einen Eimer Wasser aus dem Brunnen um die Ecke, putz deinen Dreck weg und dann verschwinde.«

»Wenn Sie mich in Ruhe lassen, sag ich Ihnen, was ich gesehen hab. Draußen am Beekman-Sumpf. Die haben …«

»Der Beekman-Sumpf ist mir egal. Aber du nicht. Mitten in der Fishmonger's Alley. Also, verschwindest du freiwillig, oder muss ich dir mit der Faust nachhelfen?«

Der Ausrufer war jung und kräftig. Und er hatte eine schwere Messingglocke bei sich, die im Notfall als Waffe dienen konnte. Mühsam rappelte der Alte sich auf. Es gelang ihm, ein paar Schritte zu machen. Dann überwältigten ihn wieder Schwindelgefühl und Übelkeit und er fiel der Länge nach hin. In dieselbe Ekel erregende Lache, mit dem Gesicht nach unten.

»He! Lass das bleiben. Ich hab dir doch gesagt …« Der Ausrufer stieß den Mann mit der Stiefelspitze an, so dass er auf den Rücken rollte. Schlamm und Erbrochenes hingen in den grauen Bartstoppeln des Mannes, klebten ihm an Mund und Nase. Wenn er sich nicht so weit zusammenreißen konnte, um das wegzuwischen, war es reine Zeitverschwendung, ihm mit Schlägen zu drohen.

Der Ausrufer beugte sich vor. Mit der linken Hand des Alten war etwas nicht in Ordnung. Es sah aus, als hätte er einen Unfall gehabt. Welcher Art, das kümmerte den Ausrufer nicht. »Den verbrennt das Fieber«, murmelte er. »Und er kotzt seine vom Rum zerfressenen Eingeweide hoch. Also, hier kannst du auf jeden Fall nicht sterben.« Er packte den Mann unter den Achseln und schleifte ihn übers Kopfsteinpflaster, von der Wasserfront bis zur Kreuzung von Dock Street und Broad Street.

Als der Ausrufer den alten Mann auf seinen zweiräderigen Karren warf, kam er kurz zu Bewusstsein, einen Moment nur. »Nicht ins Hospiz«, flüsterte er. »Um der Liebe Christi willen, Junge, um der Seele deines Vaters und deiner Mutter willen, nicht ins Hospiz.«

Vor vielen Jahren hatten die Niederländer fünf kleine Werkstätten in der Nähe des Hafens als Hospiz genutzt, das aber aufgegeben wurde, als das alte *Stadt Huys* und eine Reihe benachbarter Gebäude im Jahr 1700 für zu schäbig befunden wurden. So hatte der damalige Bürgermeister vor der Aufgabe gestanden, einen neuen Ort für die sterbenden Bedürftigen zu suchen. In der Zwischenzeit fand man eine vorläufige Lösung: drei Betten in einem Teil eines Dachgeschosses, das in einem selten benutzten Lagerhaus ein gutes Stück nördlich der einstigen *voorstadt* lag. Das war am Rand der heutigen Stadt, die auf königlichen Befehl hin nicht mehr New York Town, sondern New York City hieß, in der Nähe der Kreuzung des Broad Way und des Königswegs nach Boston. Jetzt, zwölf Jahre später, versah das provisorische Hospiz noch immer seinen Dienst. Aber nur für jene, die nicht verhindern konnten, dorthin gebracht zu werden.

In allen Kirchen – der Anglikanischen, der Niederländisch-Reformierten und der Schottisch-Presbyterianischen – standen neben der Tür Spendenkästen für wohltätige Zwecke, und alle Gemeinden ernannten Wärter, die die Armen in den New Yorker Haushalten ermittelten, die der Wohltätigkeit für wert befunden wurden. Wenn solche Leute erkrankten, wurden sie auf Kosten der Kirchen wie verdienstvolle Bürger zu Hause gepflegt. Die anderen – nicht viele, eine Hand voll unverbesserlicher Saufbolde und Dirnen – starben vor aller Augen verborgen dort, wo sie ihr Leben verbracht hatten: in den engen Straßen und Gassen der Stadt. Außer sie hatten das Pech, von einem Ausrufer aufgelesen und zum Hospiz gekarrt zu werden. Wie der Alte.

An dem Tag war er der einzige Patient. Als Christopher Turner die Tür zum Dachboden aufschloss und ihn entdeckte, war der Alte fast von Sinnen vom Fieber. Der junge Mann riss sofort ein Fenster auf und ließ den kalten, grauen, feuchten Neujahrsmorgen herein – der Gestank von Exkrementen, Urin und Erbrochenem war überwältigend. Dann hielt er sich ein Tuch vor die Nase und näherte sich dem Kranken.

Gleichgültig, wie übel sie stanken – und dieser Patient ließ ihn würgen –, Obdachlose weckten immer Christophers Neugier. Die Leute, die ihn in seinem Baderladen am

Hall Place aufsuchten, konnten eine Operation ablehnen, wenn sie ihnen allzu drastisch erschien. Und das war oft der Fall. Doch die Bedürftigen, die ins Hospital gebracht wurden, waren ihm ausgeliefert.

Er legte dem Patienten eine Hand auf die Schulter, als tröstliche Geste und auch, um ihn aufzuwecken. »Was fehlt dir denn, Alter? Wo tut's weh?«

Der Mann öffnete die Augen. Sein Atem ging keuchend und stoßweise, trotzdem mühte er sich, sich aufzusetzen. »Hör zu, Junge. Wenn du mich rauslässt ... ich sag dir, was ich gesehen hab.«

»Hast du's im Bauch? Hast du Schmerzen?«

»Wollt's dem Ausrufer sagen ... Der hat nicht zugehört ... Hühnerblut haben sie getrunken.«

»Wie lange bist du schon krank?«

Erschöpft sank der Alte ins Bett zurück. »Draußen beim Beekman-Sumpf«, wisperte er. »Ein Huhn ... Und der Mond war voll.«

»So voll wie hier in der Stadt, Freundchen. Und ich wette, ein oder zwei Hühner würden sich auch finden lassen, wenn wir danach suchen.« Das Bett war mit einem Laken aus grobem Rupfen bedeckt, das mit den Ausscheidungen unzähliger früherer Patienten beschmutzt war. Neben dem Kopf des Alten sah Christopher neue Flecken. »Hast du gekotzt? Wann war das letzte Mal? Blut?«

»Genau. Blut haben sie getrunken und den Hühnertanz getanzt. Das hab ich mit eigenen Augen gesehen.«

Auch ohne den Mann zu berühren, konnte Christopher die Fieberhitze spüren, die er abstrahlte. Kein Wunder, dass er im Delirium redete. Christopher presste sich das Tuch fester auf Mund und Nase und beugte sich über den Alten, um ihm ein Augenlid hochzuziehen. Der Teil des Auges, der weiß sein sollte, war gelb verfärbt. Und die Stirn war trocken, die Haut gespannt.

Wieder versuchte der Mann, sich aufzurichten, und wollte Christophers Arm mit seiner gesunden Hand packen. Es fehlte ihm die Kraft. »Hühnerblut haben sie getrunken«, flüsterte er noch einmal und fiel in das schmutzstarrende Bett zurück. »Ich hab's gesehen. Nix sonst hab ich nicht getan. Und nur deswegen sollt ich nie nicht hier sein.«

Der Ausrufer, der ihn ins Hospiz gebracht hatte, hatte ihn mit einer kratzigen Pferdehaardecke zugedeckt. Christopher schlug sie zurück und seufzte zufrieden. Mit einem Blick erkannte er die Ursache für das Fieberdelirium des Mannes.

Der linke Unterarm war leberfarben verfärbt und auf die dreifache Größe angeschwollen, Hand und Finger waren verstümmelt. Solche Verletzungen kannte Christopher von Trappern, die in ihre eigenen Fallen geraten waren, oder von Holzfällern, denen die Axt abgerutscht war. Aber bei diesem Alten war keines davon der Fall. Seine Hand war halb zerfressen. Christopher hatte solche Wunden schon oft gesehen. Eine der Gefahren für Trunkenbolde, die zu Boden stürzten und liegen blieben, bestand darin, dass sie den Ratten als Fraß dienten.

Ohne auf den üblen Geruch zu achten, steckte Christopher das Tuch, das er sich vors Gesicht gehalten hatte, in seinen Ärmel und umfasste den geschwollenen Arm des Alten mit beiden Händen. Er war steinhart und noch heißer als der übrige Körper, wenn das überhaupt möglich war.

Der Mann begann zu winseln. »Hühnerblut. Ich schwör's. Hühnerblut.«

Christopher beugte sich direkt über ihn. »Hör mal, Alter. Schau mich an! Versuch, zu verstehen, was ich dir sage. Du hast zwei Möglichkeiten. Entweder der Arm kommt ab oder dein Leben ist vorbei. Was ist dir lieber?«

Der alte Mann weinte. Dicke Tränen rannen ihm über

die verdreckten Wangen. »Ich lüg nicht, Junge. Ich schwör's. Ich hab den Hühnertanz gesehen.«

Der ganze Arm musste amputiert werden. *Im Falle eines schwarz verfärbten Gliedmaßes muss die Amputation bei dem nicht befallenen Gelenk, das dem Rumpf am nächsten liegt, vorgenommen werden. Gibt es kein solches, ist es bereits zu spät.* Derartige Operationen waren selbst unter den besten Umständen nicht einfach. In dem schlecht ausgestatteten Hospiz, wo Christopher ganz auf sich allein gestellt war, nahmen die Vorbereitungen den Großteil des Vormittags in Anspruch.

Seine Instrumente hatte er bei sich, ein starkes Seil würde er im Schrank unter der Treppe finden. Vor sechs Monaten, als man ihm die Verantwortung für diese provisorische Einrichtung übertrug – was Christopher acht Pfund im Jahr einbrachte –, hatten sie ihm einen Bund Schlüssel überreicht. Er fand den zum Schrank unter der Treppe passenden, nahm das Seil und schleppte es auf den Speicher. Damit band er Rumpf und Beine des Mannes am Bett fest, ebenso wie den rechten Arm. Den linken, den er abschneiden würde, schnürte er an ein solides Brett.

Die Stadtväter hatten wenig unternommen, um im Hospiz eine richtige medizinische Versorgung zu ermöglichen, doch immerhin hatten sie einige Metallhaken in die Wand eingeschlagen. So konnte Christopher das Brett im rechten Winkel zum Körper anbringen. Schließlich gelang es ihm, dem Alten trotz seines Würgens und Keuchens beinahe eine ganze Flasche Rum einzuflößen.

Sein Großvater Lucas Turner hatte Laudanum verwendet. Zumindest bis zu dem Tag, an dem Lucas' Schwester Sally Jacob Van der Vries geheiratet hatte und nicht mehr mit ihm sprach; da war seine Quelle versiegt. Laut Lucas' Aufzeichnungen ermöglichte auch Laudanum keine schmerzfreie Operation – *das ist eine aussichtslose Hoffnung, und nur Narren und Kinder können glauben, dass es das jemals geben wird* –, sei aber weitaus wirksamer als Alkohol.

Christopher war derselben Ansicht. Bevor er zum Messer griff, schickte er seine Patienten zur Apotheke, die seine Großtante Sally an der Pearl Street eröffnet hatte, um Laudanum zu kaufen. Er hätte selbst gerne einen Vorrat davon besessen, aber er durfte den Laden nicht betreten. Aus Gründen, die nichts mit Chirurgie zu tun hatten, wäre es sehr unklug von ihm gewesen, auch nur in die Nähe der Pearl Street zu gehen. Und da er keine Ehefrau hatte, die Heilmittel für ihn zubereitete, kaufte er sein Styptikum und andere Rezepturen von den New Yorker Hausfrauen. Doch nur wenige von ihnen besaßen die Fähigkeit, erstklassiges Laudanum herzustellen. Deshalb schickte er seine Patienten in die Pearl Street. Doch dieser alte Mann war nicht in der Lage, irgendwohin zu gehen. Rum war das Beste, was Christopher ihm bieten konnte.

Als die Flasche leer war, zog er den Stuhl an die Bettkante, krempelte die Ärmel hoch, öffnete die alte Ledertasche, die er von seinem Großvater geerbt hatte, und legte die Messer bereit.

Seine Technik des Amputierens stammte von Lucas. Christopher hatte sie aus dessen Aufzeichnungen gelernt, wie praktisch alles, was er über Chirurgie wusste. *Ich empfehle, mit einem flachen Schnitt durch die Membrana Adiposa mit dem kleinen dreieckigen Skalpell zu beginnen.* Christopher beugte sich vor, überlegte einen Moment; er sah den Vorgang deutlich vor sich. Schließlich hob er die Hand, in der das Skalpell lag, und ohne jedes Zögern schnitt er in einer rasch absteigenden Kurve vom oberen Teil der Schulter über den Pektoralmuskel bis zur Achselhöhle.

Offenbar zeigte der Rum kaum eine Wirkung. Schon beim ersten Schnitt begann der Alte zu brüllen. »Aufhören! Hör auf, um der Liebe Jesu willen! Aufhören!«

Das Fleisch an der Arminnenseite des alten Mannes war runzelig und trocken; jede Falte starrte vor dem Dreck eines ganzen Lebens. Unter dem Messer blätterte der Schmutz ab. *Dann muss man, so viel Haut wie möglich belassend, das Messer mit der Schneide nach oben drehen und einen Teil des Deltamuskels durchtrennen, was ohne Gefahr für die großen Gefäße geschehen kann, welche durch diesen Schnitt bloßgelegt werden.*

»Allmächtiger, steh mir bei! Aufhören! Aaah!«

Außer dem Seil hatte Christopher im Schrank auch einige Lappen gefunden. Mit ihnen tupfte er den Blutfluss ab und band dann die Arterie und die Vene, wie Lucas es beschrieb, mit einer festen Ligatur aus Schafsmagen ab. Daraufhin griff er nach dem breiteren, etwas spatelförmigen Skalpell, führte die dünne Schneide zwischen Muskel und Knochen ein und begann vorsichtig – *ohne allzu große Hast, aber auch ohne qualvolles Zögern* –, das Gewebe fortzuschaben und den Knochen freizulegen.

»Aaaah! Ah! Aaaah!«

In weniger als einer Minute hingen die Muskeln als formlose Masse von der Schulter und ließen sich mühelos beiseite schieben. Der Knochen lag vor ihm. Christopher hörte auf zu schaben.

Das Brüllen des Alten war zu einem schluchzenden Flüstern herabgesunken. »... guter Herr Jesus, aufhören. Ich sag die Wahrheit. Hab das Huhn gesehen. Und wie sie Blut getrunken haben.«

»Sicher hast du das gesehen, alter Freund. Ich weiß, dass du die Wahrheit sagst.« Wieder tupfte Christopher mit den Lappen das Blut ab, das aus den Gefäßen unter den Ligaturen in die Wunde sickerte. »Hör zu, Alter, was ich hier mache, ist keine Strafe. Ich versuch dir das Leben zu retten.« Er griff nach der Säge. »Ich schwöre dir, das ist zu deinem Besten.«

Zum Sägen musste er aufstehen. Er erhob sich, setzte das Werkzeug an.

»Aaaah!«

Der weiche Knorpel ließ sich mühelos trennen. Darunter lag der Knochen. Das war weitaus härtere Arbeit; Christopher musste seine ganze Kraft einsetzen und einfach immer weiter sägen. Ohne auf die Schreie des Alten zu achten, auch wenn sie ihm in den Ohren gellten und in seinem Kopf widerhallten. Nur ans Sägen denken. Vor und zurück. Vor und zurück. Vor und zurück.

»Heiliger …«

Jetzt durchs weichere Knochenmark. Etwas leichter, aber das währte nicht lange. Dann wieder der harte Knochen. Als schließlich der ans Brett gebundene Arm abfiel und vom Wandhaken baumelte, war Christopher schweißüberströmt.

Der alte Mann gab keinen Laut von sich.

Vielleicht war er tot.

Das passierte bei Eingriffen öfter, vor allem bei Amputationen. Christopher rang noch nach Atem, wischte sich gerade den Schweiß vom Gesicht, als er sich über die Brust des Alten beugte. Das Herz schlug sehr rasch, aber es schlug. Einmal in seinem Leben hatte der Trunkenbold Glück gehabt. Er war ohnmächtig geworden.

In seinen Aufzeichnungen brüstete Lucas sich damit, dass er beim Operieren die Sekunden mitzählte. Christopher wusste nicht, ob Nicholas das ebenfalls getan hatte. Nach dem Tod von Chris' Mutter – da war er elf gewesen – hatte sein Vater eine Sklavin gekauft, die für den Sohn den Haushalt führte, und war Schiffschirurg geworden. Als Christopher sechzehn war, hatte Nicholas bei einem Schiffsunglück sein Leben verloren. Nicholas Turner war Zeit seines Lebens ein finsterer, einschüchternder Mann gewesen, der nur wenig sprach. Christopher hatte ihn nie nach dem Mitzählen der Sekunden gefragt. Er wusste nur, dass er selbst es nicht konnte. Die Operation, das Untersuchen der Anatomie nahmen seine ganze Aufmerksamkeit in Anspruch. Er konnte bloß schätzen, dass die Amputation des Arms eine knappe Stunde gedauert hatte. Und er war noch nicht fertig.

Er nähte den Hautlappen über den Schulterstumpf, dann bestäubte er die Wunde mit blutstillendem Puder und verband sie. Schließlich setzte er dem Mann Egel an, drei auf die Brust und zwei auf den Hals. Falls Gift aus dem befallenen Arm in den Körper gewandert war, würden sie es entfernen. Als Christopher damit fertig war, setzte er sich – obwohl er nichts zu Mittag gegessen hatte und es bereits dunkel wurde – ans Bett des Mannes und beobachtete ihn noch mindestens eine Stunde. Möglicherweise auch zwei. Es gab in der Nähe zwar einen Brunnen, doch wie die meisten in Manhattan enthielt er nur Brackwasser, das so gut wie ungenießbar war. Ein Eimer Bier, der im Hinterzimmer stand, war weitaus bekömmlicher. Bevor Christopher ging, flößte er seinem Patienten einige Schlucke davon ein. »Also, du alter Dummkopf, eine bessere Behandlung hättest du nicht bekommen, selbst wenn du ein feiner Herr in einem Mahagonibett mit Damastvorhängen wärst.«

Der Königsweg nach Boston war in gutem Zustand, wenn auch sehr schmal, denn er folgte einem alten Indianerpfad. Er war vor dreißig Jahren wegen der berittenen Postkuriere angelegt worden, die Briefe zwischen New York und den neuenglischen Kolonien hin und her beförderten. Die Straße verlief direkt nach Norden, bis sie beim kleinen Dorf Harlem über die Königsbrücke aufs Festland hinüberführte.

Der verbreiterte Abschnitt des Broad Way – nur die wenigen alten Niederländer, die kein Englisch gelernt hatten, nannten ihn noch den Brede Wegh – endete, wo er in die Straße der Postkuriere mündete. Von da ab war sie ein bloßer, mit Seilen gesicherter Pfad, der durch den Wald führte. Es gab Pläne, auch diesen Abschnitt einzuebnen und zu verbreitern, aber das würde erst passieren, wenn mehr Leute hier draußen leben wollten. Bislang waren das nur wenige. Christopher ging durch die Dunkelheit des Winterabends, die nur hier und dort vom fernen Lichtschein einiger abgelegener Farmhäuser erhellt wurde. In der Stille war das Geräusch seiner derben Schuhe klar zu hören.

Er überquerte den Bach, in dem die Frauen ihre Wäsche wuschen, und dann die Maiden Lane. Als er sich den kopfsteingepflasterten Straßen der eigentlichen Stadt näherte, fiel ihm ein, dass er vergessen hatte, die Bandagen mit Wein zu tränken. Er hatte keinen Wein gehabt. Und zur nächsten Taverne war es immer noch ein gutes Stück Weg. Außerdem war auch Lucas nicht sicher gewesen, ob diese Praxis die Heilung wirklich beschleunigte. *Manchmal denke ich, dass ich eher aus Aberglauben am Wein festhalte als aus naturwissenschaftlichen Gründen,* hatte er geschrieben. *Vielleicht bin ich letzten Endes nicht minder leichtgläubig, als ich es bei meinen Patienten vermeine.*

Trotzdem machte Christopher sich deswegen immer noch Vorwürfe, als er schließlich in die Broad Street einbog. Die breite Straße endete an einem mit Stein ausgekleideten Wasserbecken zwischen dem westlichen und dem östlichen Hafen, die durch eine lange Holzbrücke verbunden waren. Die Häuser der wohlhabenden Kaufleute – aus rotem Backstein mit weißen Ziergiebeln – standen sich in perfekter Symmetrie gegenüber, zwischen ihnen sorgsam verlegte Pflastersteine. Die Pracht der Häuser machte einen vergessen, dass die Broad Street über einen alten, mittlerweile eingefüllten Kanal verlief.

In den letzten Jahren seines Bestehens war nicht einmal die Flut stark genug gewesen, um den vielen Unrat und den Inhalt der Koteimer wegzuspülen, die in den Kanal gekippt wurden, und der Wasserlauf war zu einer verpesteten Kloake verkommen. Heute verlief hier die vornehmste Straße von ganz New York. Anderswo in der Stadt war jedes siebte Haus verpflichtet, bei Einbruch der Dunkelheit eine Laterne an einer Stange aus einem der oberen Fenster zu hängen; doch hier in der Broad Street hatte eine ganze Reihe der wohlhabenden Bewohner dauerhafte Pfosten vor ihre Gärten gestellt, auf denen jeweils eine Laterne thronte. Jede Woche wurde einem anderen Sklaven die Aufgabe zugeteilt, diese Straßenlaternen zu entzünden.

Fortschritt – die Folge der Wissenschaft. Auf der Vergangenheit errichtet, aber stets der Zukunft zugewandt. Vergiss den Wein, sagte Christopher sich. Er hatte dem alten Saufbruder einen sehr guten Dienst erwiesen.

Das Blut tropfte langsam, Tropfen um Tropfen. Aus der gefüllten Schweinsblase in das Glasrohr, das mit einer Hohlnadel versehen war, und diese steckte in der geöffneten Vene im rechten Arm des Alten.

Achtundvierzig Stunden waren seit der Operation vergangen, und das Fieber war noch nicht gesunken. Dies war Christophers letzte Möglichkeit, den Patienten zu retten. Es lohnte sich, die geheimnisvolle Technik zu probieren, sagte er sich, denn sonst würde der alte Mann sowieso sterben. So unsicher Bluttransfusionen auch waren, eine andere Hoffnung hatte der Patient nicht. Mit solchen Gedanken zerstreute er die aufkommenden Zweifel, ob sein Wunsch, Lucas' Werk fortzusetzen, bei seinen Bemühungen nicht eine ebenso große Rolle spielte wie der Kranke selbst.

Sein Großvater – Christopher nannte Lucas in Gedanken nie seinen Adoptiv-Großvater, auch wenn er wusste, dass das juristisch der Wahrheit entsprach – war mit fünfundfünfzig Jahren friedlich in den Armen seiner Frau Marit gestorben. Ein Jahr später war sie ihm gefolgt. Beide hatten nicht mehr gelebt, als Christopher 1690 zur Welt kam. Er kannte sie nur von den Porträts, die gegen Ende ihres Lebens von einem wandernden Maler angefertigt worden waren.

Wie es hieß, war Marit eine Schönheit gewesen. Als der Porträtist sich ans Werk machte, war ihr Haar bereits weiß, aber ihre Augen waren noch immer groß und blau, und sie lächelten. Lucas wirkte strenger. Auf dem Bild, drei Jahre vor seinem Tod entstanden, waren seine Haare und sein Bart noch tiefschwarz. Die Porträts hingen rechts und links der Haustür im Flur vom Hall Place und blickten auf die Stelle hinab, wo Marit bis zu ihrer Heirat – als die Fleischerei in einen Baderladen umgebaut wurde – hinter der Holztheke gestanden und Tierhälften zerteilt hatte.

Lucas wäre fasziniert gewesen vom Versuch, einem Menschen frisches Blut zu geben. Davon war Christopher überzeugt. Wie seine Tagebücher bewiesen, hatte er sich mit jeder nur denkbaren chirurgischen Technik beschäftigt und sie in seinen Aufzeichnungen vermerkt; nur Bluttransfusionen erwähnte er nicht. Wahrscheinlich hatte er nie davon gehört, abgeschnitten wie er war von der medizinischen Literatur, die in Europa veröffentlicht wurde.

Aber Christopher hatte davon gehört. Auch wenn die Journale seines Großvaters den Anfang seiner Ausbildung bildeten – abgeschlossen hatte er sie mit den Büchern, die Nicholas von seinen Seereisen mitbrachte. Schon als Junge hatte Christopher abends, lange nachdem alle anderen zu Bett gegangen waren, am Küchentisch gesessen und in den

Büchern seines Vaters gelesen, bis die Kerze zu einem flackernden Stumpf herabbrannte. Und nichts hatte ihn mehr beeindruckt als die Beschreibung einer Bluttransfusion.

Das war der eigentliche Grund, warum er dieses undankbare Amt als Chirurg im Hospiz angenommen hatte. Viel wichtiger als das Gehalt war die Möglichkeit, Patienten zu haben, an denen er neue Praktiken ausprobieren konnte.

Zum Nutzen der Menschheit, sagte Christopher sich. Für den Fortschritt der Wissenschaft.

Vier Mal bereits hatte er eine Bluttransfusion vorgenommen, jedes Mal ohne Erfolg. Trotzdem war er an diesem Morgen mit dem Vorsatz ins Hospiz gekommen, es noch einmal zu versuchen. Er hatte die Schweinsblase mitgebracht, die Glaspipette mit der hohlen Eisennadel, die Bandagen und Skalpelle. Und das Blut.

Der Alte war im Delirium gewesen, das Fieber, wenn überhaupt möglich, noch höher als am Tag zuvor. Christopher machte sich sofort an die Arbeit. In den ersten zwanzig Minuten ging alles gut, dann ging der Atem des Mannes immer mühsamer. Und lauter. Mittlerweile keuchte er bei jedem Atemzug. Christopher betastete die Schweinsblase, den Blick besorgt auf seinen Patienten gerichtet. Dessen Gesicht hatte sich erschreckend verfärbt, die Augen standen offen und starrten zur Decke, ohne etwas wahrzunehmen. »Krepier bloß nicht, verdammt noch eins. Nach allem, was ich für dich getan hab, trau dich ja nicht zu sterben!«

Hinter ihm ging die Tür auf.

Christopher erstarrte. Außer ihm, dem halben Dutzend Sergeanten, die tagsüber Polizeidienste verrichteten, und den vier Ausrufern, die nachts unterwegs waren, kam so gut wie niemand hierher. Deswegen war es auch ungefährlich, im Hospiz neue Methoden zu probieren, die die meisten Leute – und insbesondere die New Yorker Ärzte – entsetzen würden. »Wer ist da?«

»Ich bin's, Jeremy. Dacht ich's mir doch, dass ich dich hier finden würde.«

»Zur Hölle mit dir, Jeremy. Du hast mir einen teuflischen Schreck eingejagt. Ich habe hier zu tun. Was willst du denn?« Christopher drehte sich beim Sprechen nicht um; er war voll und ganz mit der Schweinsblase beschäftigt. Mittlerweile floss das Blut in Strömen heraus und lief so schnell das Röhrchen hinab, dass es zwischen der Nadel und der Haut des Alten hervorsickerte.

Das Problem war offenbar das Bronzeventil, das er sich vom Schmied hatte machen lassen. Es hatte an jedem Ende einen Schnabel und dazwischen eine Art Scharnier, das aus Blei gefertigt war und mit einer Schraube verstellt werden konnte, so dass es den Blutstrom zwischen Schweinsblase und Glasröhrchen regulierte. Aber das System erwies sich als völlig nutzlos. Christopher drehte die Schraube so weit wie möglich zu, aber das Blut strömte ungehindert weiter. Der alte Mann rang nach Luft. Seine Haut, zuvor ein teigiges Weiß, war gespenstisch blau angelaufen. »Verfluchte Verdammnis! Jetzt stirb bloß nicht, du blöder alter Racker. Trau dich ja nicht zu sterben!«

»Tut mir Leid, Chris.« Jeremy war zu Christopher getreten und schaute ihm über die Schulter zu. »Der sieht aus, als hätte er keine Lust mehr, sich noch länger von dir behandeln zu lassen. Der ist am Abhimmeln. Und er stinkt wie ein Schwein.«

»Es fließt zu schnell. Wenn ich's schaffen würde, dass das Blut langsamer fließt, dann ...«

»Guter Gott, du gibst wirklich nie auf. Was ist es dieses Mal? Wieder Kalbsblut?«

»Nein.« Das Ventil ließ sich nicht schließen; die Schraube hatte sich verkantet. »Blöder Schmied. Kann nicht mal so was Einfaches wie …«

»Eichhörnchen und Taube? Das war doch die Mischung bei der vorletzten Leiche, oder?«

»Nein, die davor. Das ist weder noch. Hund.«

»Hund!«

»Ja.«

»Wessen Hund?«

»Ist doch egal.« Christopher ließ von der Schraube ab und kniff die Blase zusammen, um den Blutfluss auf diese Art zu verlangsamen. Der Mann im Bett gab ein lautes Röcheln von sich.

»Ja, es ist wirklich egal«, stimmte Jeremy zu. »Dein Patient weilt nicht mehr unter uns, Mr. Turner. Dieses chirurgische Zauberstückchen war nicht der großartige Erfolg, den du dir erhofft hast.«

Christophers Blick wanderte von der Schweinsblase zum Mann auf der verschmuddelten Bettstatt. Jeremy hatte Recht – er war tot. Eindeutig. Christopher zuckte die Achseln. »Der arme Kerl. Aber er wäre sowieso nicht durchgekommen. Obwohl ich weiß Gott mein Bestes getan habe.« Er machte sich daran, den Apparat auseinanderzubauen, und gab besonders Acht auf das Ventil. Es war noch brauchbar, auch wenn der Schmied einige Veränderungen vornehmen musste. »Was führt dich überhaupt hierher? Warum suchst du nach mir?«

»Um dich in den Nag's Head zu schleifen. Das neue Jahr ist zwei Tage alt, Zeit, dass wir auf sein Wohl trinken.«

»Ich habe überhaupt keine Lust, in den Nag's Head zu gehen, und nur wenig Lust, auf das Wohl des neuen Jahres zu trinken. Vergiss nicht, ich bin Chirurg. Ich verdiene mein täglich Brot mit der Krankheit.«

»Eher schon verdienst du dir damit den Kerker – oder zumindest einen Ausflug in den Schandkäfig. Ich würde wirklich gerne wissen, was die Stadtväter zu deinen Experimenten in ihrem Hospiz sagen. Oder die Kirche. Wirklich, Chris. Wenn sie davon Wind bekommen, wirst du von jeder Kanzel in New York herab verdammt. Dann wirst du berühmt.«

»Wohl eher berüchtigt. Aber hör mal, Jeremy, ich weiß, dass du nichts von meinen Experimenten hältst, aber du würdest doch nie …«

»Sei nicht albern. Natürlich würde ich nie etwas sagen. Ich möchte einfach, dass du dir mal ein bisschen Abwechslung gönnst und deine Nase in was anderes steckst als in deine seltsamen Ideen, Leute mit Blut abzufüllen, anstatt es ihnen abzunehmen. Jetzt komm mit, Chris. Wenn du erst mal da bist, wird's dir gefallen. Das weißt du selbst.«

Christopher schüttelte den Kopf. »Nein. Nicht heute.« Er drückte seinem toten Patienten die Augen zu. »Der arme Tropf hat Pech gehabt. Ich glaube, ihm war gar nicht klar, dass ich wirklich mein Bestes für ihn getan habe. Verdammt noch eins, Jeremy, das sollte funktionieren! Es funktioniert auch. Das steht in den Büchern. Schon vor beinahe einem Dreivierteljahrhundert haben sie in Frankreich mit Erfolg Bluttransfusionen gemacht.«

»Aber jetzt nicht mehr, stimmt's? Weder in Paris noch sonstwo.«

»Ich weiß es nicht. Vielleicht …«

»Vielleicht gar nichts, Chris. Es war ein Reinfall. Ein Fehlschlag. Das hast du selbst gesagt.«

»Nicht ganz. Natürlich hat es hin und wieder ein Unglück gegeben und ein paar Leute sind gestorben. Wie bei mir. Das passiert unweigerlich, wenn man eine neue Technik …«

»Sie ist nicht neu, das hast du gerade selbst gesagt. Die Technik ist gescheitert, Christopher. Wie viele andere auch. Gewagt und nicht gewonnen. Jetzt komm, Alter, verschwinden wir aus diesem Beinhaus. Lass uns ein bisschen Spaß haben.«

»Jetzt wart mal.« Christopher beugte sich über den Toten, hob seinen einen Arm an und begann, die Vene in der Ellbeuge zu massieren.

»Er ist tot, Chris. Mausetot.«

»Ich weiß.«

»Also warum ...«

»Ich hatte gerade eine Idee, Jeremy. Wenn ein Mensch gerade gestorben ist, bevor die Leichenstarre einsetzt – da ist das Blut in seinen Adern doch noch flüssig, oder nicht?«

»Wahrscheinlich schon. Was denn sonst?«

»Genau. Das heißt also, man könnte es herausnehmen, wie aus den Tieren, die ich bis jetzt immer benützt habe.«

»Herr des Himmels, das kann nicht dein Ernst sein, Christopher. Du willst doch nicht wirklich menschliches Blut, das Blut eines leibhaftigen Menschen, in jemand anders füllen?«

»Das ist aber mein Ernst. Und das hat auch schon jemand mal gemacht. Ich glaube, Papst Innozenz in Rom. Irgendwann vierzehnhundertneunzig oder so. Sie haben das Blut von vier kleinen Jungen in ...«

»Natürlich! Rom ist sich für keine schwarze Kunst zu schade. Wir sind Protestanten. Wir sind über solche Sachen erhaben.«

»Ich glaube, Denis hat an der Sorbonne auch Menschenblut verwendet. Als er drei Patienten erfolgreich eine Bluttransfusion gab – mit Menschenblut. Warum nicht? Sag mir einen Grund, warum das nicht klappen sollte, Jeremy.«

»Weil es unnatürlich ist. Das wäre wie ... wie Menschenfresserei. Genau wie die Wilden, die das Herz ihrer Feinde essen. Wie stellst du dir das überhaupt vor, Chris? Das Blut eines Quäkers oder vielleicht eines Anabaptisten in die Adern eines anglikanischen Bischofs? Guter Gott, Mann, siehst du denn nicht, wie widernatürlich das ist? Wie viel Ärger du damit stiften würdest?«

»Jetzt beruhige dich. Es war nur ein Gedanke. Es ist schon schwer genug, an Tierblut ranzukommen. Keine Ahnung, woher ich die menschliche Variante kriegen sollte. Und jetzt komm, gehen wir, bevor deine johlenden Freunde den Nag's Head leer gesoffen haben.«

Christopher erhob sich. Sein Kopf stieß beinahe an die Decke. Mit seinen knapp sechs Fuß war er bei weitem der größte Mann in New York. Diese Tatsache sowie seine glatten, rabenschwarzen Haare hatten ihm den Spitznamen »schwarzer Riese« eingetragen. Auf der Straße drohten Mütter ihren unartigen Kindern mit ihm. Aber als er jetzt nach dem Dreispitz griff, der an einem Nagel an der Wand hing, ihn sich auf den Kopf setzte und einen Arm um seinen Freund schlang, sah Christopher Turner aus wie jeder andere junge Mann, der zu einem Abend in der Taverne aufbricht. Er lächelte sogar. »Hör, ich hab eine Idee. Wir könnten doch über die Pearl Street gehen.«

»Ich könnte schon, aber du nicht. Die Rote Bess würde dich sehen. Das tut sie immer.«

»Ja, wahrscheinlich hast du Recht. Eigentlich meinte ich auch, dass du dort vorbeischauen könntest und den Kopf in die Apotheke stecken. Nur kurz, Jeremy. Bevor wir in die Schänke gehen.«

»Der Nag's Head ist mehr als eine Schänke, mein Lieber. Er ist ein Palast irdischer Freuden. Und die Pearl Street liegt nicht auf dem Weg dorthin.«

»Ich weiß. Aber die Rote Bess weiß ja nicht, woher wir kommen. Außerdem hat sie keinen Grund, dir gegenüber misstrauisch zu sein.«

»Stimmt nicht. Natürlich ist sie misstrauisch. Schließlich bin ich mit dir befreundet.«

»Aber sie kann doch nicht …«

Jeremy lachte. »Du bist viel zu ernst, Chris. Du weißt nie, wann man dich zum Besten hält. Hast du schon früher nicht gewusst und wirst es auch nie wissen. Natürlich schau ich beim Apothekerladen rein. Ich marschiere zur Vordertür hinein, frage nach Mistress Tamsyn und sage ihr, ihr Cousin Christopher möchte sich zu einem Stelldichein mit ihr verabreden. Gleich heute Abend? Natürlich nach Einbruch der Dunkelheit. Nachdem ihre Mutter …«

Christopher packte seinen Freund am Arm und zog ihn zur Treppe. Das fiel ihm nicht schwer. Jeremy Clinton war klein, blond und zart, beinahe zerbrechlich gebaut. Er war der jüngste Sohn seines Vaters, der gemeinsam mit seinem Bruder eine Antwaltskanzlei betrieb. Dort machte Jeremy auch seine Ausbildung. Allerdings konnte man sich von ihm nur schwer vorstellen, dass er vor einem Geschworenengericht einen Fall vertrat. Niemand würde ihn ernst nehmen. Und ganz bestimmt nicht in diesem Augenblick, Arm in Arm mit Christopher. Die beiden wirkten wie eine Karikatur in einem der Londoner Magazine, die manchmal ihren Weg in die Kolonie fanden.

Sie waren beinahe zur Tür hinaus, als Christopher einfiel, dass er die schwarze Flagge nicht gehisst hatte. Ohne dieses Signal konnten die Nachtwärter nicht wissen, dass sie eine Leiche abholen und draußen in Potters Field auf dem Gemeindeland begraben mussten. Er ging die Flagge holen, rollte sie auf und steckte sie in die Vorrichtung am Fenster. Eine Windbö ließ sie flattern, ein knatterndes, vertrautes Zeichen des Todes. »So, das können sie nicht übersehen. Vielleicht lassen sie die Leiche zur Abwechslung mal nicht hier verrotten.«

## II

Die Rote Bess. So hieß sie in der ganzen Stadt. Sie war siebenundvierzig, das ältere der zwei Kinder, die Jacob Van der Vries mit Sally Turner gezeugt hatte. Bess hatte Jacobs rote Haare geerbt, aber Sallys Verstand und ihr Durchsetzungsvermögen. Eine Frau, die sich vor nichts und niemandem fürchtete. Schon gar nicht vor einer zahnlosen alten Sklavin, die in einem Kämmerchen ganz oben unter dem Dach im Haus an der Pearl Street lebte und nichts tat, als dazusitzen, zu träumen und auf den Tod zu warten.

Hetje war fünfundsechzig, vielleicht auch älter – ihr Geburtsjahr kannte sie nicht so genau –, und Bess hatte nur eine einzige Angst: dass die Sklavin sterben könnte, bevor sie ihr die Wahrheit sagte. Deswegen stapfte Bess ein oder zwei Mal am Tag zu Hetjes Zimmer hinauf, zog die Tür hinter sich ins Schloss und drohte der alten Frau mit allem erdenklichen Unglück, nicht nur in der diesseitigen, sondern auch in der jenseitigen Welt.

»Du hast einen Eid geschworen und ihn gebrochen, also kommst du in die Hölle. Und da wirst du bis in alle Ewigkeit schmoren, Hetje. Immer und ewig. Und in der Hölle ist es heißer, als du es dir vorstellen kannst.«

»Hetje hat nie keinen Eid nicht geschworen.«

»Doch, das hast du. Egal, ob du's weißt oder nicht. Du hast geschworen. Der Gouverneur hat's gesagt, das steht in einem Gesetz.« Bess hatte der Sklavin den Absatz so oft zitiert, dass sie ihn auswendig hersagen konnte. »›Keine Frau darf die Aufgaben einer Hebamme verrichten, ehe sie den Eid abgelegt hat.‹ Das steht im Gesetz geschrieben, Hetje. Das heißt, du hast geschworen und den Eid gebrochen und deswegen kommst du in die Hölle.«

»Hetje ist keine Hebamme nicht. Hetje ist eine gute Sklavin, die wo …«

»Das stimmt nicht! Du bist eine Sklavin, die lügt, Hetje. Du hast doch mich zur Welt gebracht, oder vielleicht nicht? Und meinen Bruder Willem. Du hast meine drei toten Söhne, der Herr erbarme sich ihrer, zur Welt gebracht und meine Tochter Tamsyn. Das stimmt doch, oder?«

»Ja, aber nur, weil die Herrin …«

»Siehst du, du verdammst dich selbst. Du bist eine Hebamme, weil du uns alle in die Welt gebracht hast. Und das eine, das du weggebracht hast. Und im Eid der Hebammen heißt es, sie darf ›nicht zulassen, dass eine Frau das Kind einer anderen Frau als ihr eigenes ausgibt, noch darf sie in geheimem Einverständnis die Geburt eines Kindes oder die Geburt eines Bastards verschweigen‹. Also wartet auf dich die ewige Verdammnis, Hetje. Du kommst in die Hölle. Für immer und ewig bis zum Jüngsten Tag.«

»Hetje hat nie keinen Eid nicht geschworen. Hat nur gemacht, was die Herrin …«

»Meine Mutter hat ihr Leben lang um das Kind getrauert. Um den Sohn, den sie nie kannte. Bis an ihr Lebensende. Und du hast ihr nie gesagt, was mit ihm passiert ist.«

»Hab ich schon. Ich hab es Mevrouw Sally gesagt und ich sag's Ihnen. Hetje hat genau getan, was die Herrin gesagt hat. Hat das Kind zum Sklavenlager gebracht. Musste sein, das war kein weißes Kind nicht. Der Herr wollte nicht …«

»Aber im Lager gab's kein Kind im richtigen Alter. Mama war dort und hat sich umgehört. Sie hat versucht, einen kleinen Jungen zu kaufen, der zur selben Zeit geboren war wie ihr Kind. Aber da war kein solcher Junge, Hetje, weil …«

»Weil die ihn vorher an jemand anders verkauft haben. Wie oft muss ich Ihnen das noch sagen, Miss Bess? Der

Kleine war fünf, wo Ihre Mama nach ihm gesucht hat. Da sind ganz viele schon verkauft.«

Das stimmte in der Tat. Ebenso wie es stimmte, dass Mama erst fünf Jahre nach der Geburt ihres ersten Kindes nach ihm zu suchen begann. Als Bess vier und Willem drei waren. Kurz nachdem Jacob Van der Vries am alten Galgen unten am Wasser hängend gefunden wurde, über und über mit Pech bestrichen. Wie die Vogelscheuche, die früher dort gebaumelt hatte.

Von eigener Hand gestorben, sagten die Leute. Der Arzt war auf einen Stapel Holzkisten gestiegen, hatte sich die Schlinge um den Hals gelegt und die Kisten weggestoßen. Es hieß, der Teufel sei in ihn gefahren und habe ihn dazu getrieben. Dann musste es wohl auch der Teufel gewesen sein, der das schwarze Pech über seine Leiche gekippt hatte. Das sagten die Leute, und niemand behauptete das Gegenteil.

Nachdem Sally die Leiche hatte abnehmen lassen, hatte sie Jacob in Potters Field ganz im Norden der Stadt begraben müssen, in der Nähe des Friedhofs für Schwarze und Juden, weil die Kirchen sagten, Jacob Van der Vries sei ein Selbstmörder, der nicht in geweihter Erde ruhen dürfe. Was Sally nicht allzu sehr bekümmerte. Nicht nach allem, was sie erlebt hatte.

Und als das alles getan war, hatte Sally mit ihrer Suche nach einem kleinen Sklavenjungen begonnen.

Sie sagte, sie suche ein Kind, das im Herbst 1664 geboren war, gleich nach der Ankunft der Engländer. Aber sie fand ihn nie. Lange Zeit strich sie immer wieder durchs Sklavenlager und ging zu jeder Sklavenauktion, die in der Stadt abgehalten wurde. Später, als der kleine Junge zu einem Mann herangewachsen sein musste, gewöhnte sie sich an, Sklaven auf der Straße anzuhalten und ihnen tief in die Augen zu blicken; aber jedes Mal schüttelte sie nur den

Kopf und ging dann weiter. »Wenn ich denjenigen finde, nach dem ich suche, werde ich ihn erkennen«, sagte sie immer. Aber sie fand ihn nie.

Bess wusste nicht, was das Ganze sollte, bis sie eines Nachts ihr erstes eigenes Kind zur Welt brachte. Da vertraute Sally ihr ihren geheimen Kummer an. Nachdem Hetje geholfen hatte, Bess' Erstgeborenen zu entbinden, und Sally ihrer Tochter das Kind in die Arme legte, schickte sie Hetje aus dem Raum und erzählte Bess die Geschichte von der Vergewaltigung und den Grund, warum sie keine andere Wahl gehabt hatte, als ihren Sohn im Sklavenlager verstecken zu lassen; und sie erklärte, warum sie die Suche nach ihm nie einstellen würde.

Während sie das alles erzählte, lag ihre Hand auf dem Kopf ihres frisch geborenen Enkels, und sie sah ihrer Tochter direkt in die Augen. »Nie«, flüsterte sie. »Solange ich atme, werde ich nie aufhören, um ihn zu trauern und nach ihm zu suchen.« Später, 1697, als Sally sechzig war und auf dem Totenbett lag, ergriff sie Bess' Hand und nahm ihr das Versprechen ab, die Suche fortzusetzen. »Such deinen Halbbruder. Sag ihm, dass es mir Leid tut. Schwör, dass du das tun wirst.«

Bess schwor.

Hetje wusste etwas, davon war Bess überzeugt. Sally hatte ihre Sklavin hingebungsvoll geliebt und nie gezweifelt, dass Hetje die Wahrheit sagte. Bess war weniger davon überzeugt. Sie besaß selbst vier Sklaven, die ihr Mann ihr bei seinem Tod hinterlassen hatte. Sie lebten in einer Scheune hinter dem Haus. Nur Hetje durfte unter dem Familiendach wohnen. Bess fütterte die alte Frau und kleidete sie und kümmerte sich um sie, wie Sally es sich gewünscht hätte. Aber ein oder zwei Mal jeden Tag verlangte sie, die Wahrheit zu hören. Es war ein Willenskampf zwischen Herrin und Sklavin, und jede Waffe war erlaubt. »Du hast einen Eid geschworen, Hetje. Und du hast ihn gebrochen. Also kommst du in die Hölle, wenn du nicht …«

»Hab nie keinen Eid nicht geschworen. Ich bin keine Hebamme nicht. Hab nur gemacht, was Herrin Sally gesagt hat.«

Die Glocke an der Ladentür läutete. Selbst hier, ganz oben im Haus, hörte Bess das Schellen. Wo immer sie auch war, sie hörte es und eilte dann in den Laden, um zu sehen, wer gekommen war und was er kaufen wollte. Auch wenn ein Sklave in der Apotheke stand, zu der der alte Destillierraum umgebaut worden war; auch wenn sie ihre Tochter Tamsyn zur Aufsicht zurückgelassen hatte.

Sie hatte schon die Tür von Hetjes Zimmer geöffnet, die Röcke und Unterröcke zusammengerafft, um die Treppe hinabzulaufen, aber als die Rote Bess musste sie das letzte Wort haben. »Du hast einen Eid geschworen, Hetje, und wenn du nicht sagst, was du getan hast, wirst du auf immer und ewig in der Hölle schmoren.«

Moses Smythe starb an den Pocken und ließ Bess mit neunundzwanzig Jahren und in guter Hoffnung zurück. Ihre drei Söhne wurden ebenfalls von der Epidemie dahingerafft. Bald nachdem das Mädchen geboren war, verkaufte Bess den kleinen Bauernhof ihres Mannes in Yonkers und zog mit ihrer Tochter ins Haus ihrer Mutter zurück. Zwei Jahre später war aus dem Destillierraum, in dem Sally ihr Stärkungstonikum verkaufte – ein Penny pro Maß, direkt aus dem Fass auf der Holztheke abgefüllt –, eine richtige Apotheke geworden, die erste in New York. Achtzehn Jahre danach war sie noch immer die einzige.

Sally gefiel vor allem das Herstellen der Heilmittel. Bess hingegen, auch wenn sie viel von der Kunst ihrer Mutter gelernt hatte, war in erster Linie eine Geschäftsfrau, die sich nicht mit einem Penny zufrieden gab, wenn sie einen

Shilling bekommen konnte. Die Rote Bess. Etwa zu der Zeit bekam sie ihren Spitznamen. Es sei sinnlos, ihr zu widersprechen, sagten die Leute, sie setze immer ihren Willen durch.

Das Stärkungstonikum wurde nach wie vor verkauft, und es wurde nach wie vor nach Sallys Rezeptur hergestellt und mit etwas Laudanum versetzt, das anfangs aus ihren geheimen Vorräten stammte. Der einzige Unterschied war, dass die Kunden nicht mehr ihr eigenes Gefäß mitbringen und es, unabhängig von der Größe, um einen Penny füllen lassen konnten. Bess hatte sich von einem Töpfer kleine Tonkrüge anfertigen lassen, die jeweils etwa eine Viertelpinte fassten – so viel, wie ein Mann mit einem Schluck trinken konnte. Sie füllte die Krüge aus dem Fass ab und verkaufte sie um einen Penny das Stück. Die Leute bekamen ihr Tonikum also um denselben Preis wie früher, nur etwas weniger. Und kehrten häufiger mit einem Penny in der Hand zurück.

Tamsyn reichte gerade einem Kunden einen Krug Tonikum, als Bess die Tür öffnete, die vom Wohnhaus in den Laden führte. »He, Sie«, rief sie. »Das kostet einen Penny. Wir geben keinen Kredit und lassen uns auch nicht auf Tauschgeschäfte ein.«

»Das weiß er doch, Mama. Jeremy hat schon bezahlt.«

»Ach, Sie sind's? Das wundert mich nicht, dass Sie sich schwächlich fühlen, mit all der Trinkerei und Herumtreiberei. Sie sollten zwei kaufen – die können Sie bestimmt brauchen.«

»Im Augenblick reicht mir einer, Mistress. Und wenn ich mehr brauche, habe ich einen guten Grund, wieder herzukommen und Miss Tamsyn einen schönen Tag zu wünschen.«

Bess' Augen verengten sich. »Wahrscheinlicher ist, dass Sie mich oder einen meiner Neger antreffen. Miss Tamsyn hat anderes zu tun. Und den anderen brauchen Sie gleich gar nicht mitzubringen, Jeremy Clinton. Das habe ich Ihnen schon vor Monaten gesagt, und ich hab meine Meinung nicht geändert. Hier ist kein Turner willkommen, allemal nicht Christopher Turner. Und wenn er …«

»Mama, du regst dich völlig umsonst auf. Cousin Chris ist nicht hier. Er kommt nie in den Laden.«

»Nein, er schickt stattdessen diesen jungen Mann. Ich weiß genau, was ihr beide im Schilde führt und …«

Jeremy wandte sich zu ihr und schlug den Mantel auf. »Schauen Sie mich doch an, Mistress Bess. Wenn Sie wollen, können Sie meine Taschen durchsuchen. Ich schwöre, dass Chris Turner nirgendwo hier versteckt ist.«

Tamsyn hielt die Hand vor den Mund, um ihr Lächeln zu verbergen. Sie hatte kein rotes Haar, sondern schwarzes wie ihr Vater. Unter ihrer Haube ragten ein paar Locken hervor. Sie war auch ebenso groß und schlank wie Moses. Und wenn sie versuchte, ihr Lachen zu unterdrücken, sah Tamsyn so sehr wie Bess' verstorbener Mann aus, dass ihre Mutter den Blick abwenden musste. Sonst könnten die jungen Leute sehen, dass sie eine alte Närrin war, die noch immer um ihren Mann trauerte. »Wenn Sie sonst nichts brauchen, dann machen Sie sich auf den Weg.« Ihre Stimme klang rau, aber das waren die Kunden von ihr gewohnt.

»Das tue ich auch, Mistress Bess, genau das. Ich gehe. Sehen Sie, ich bin schon fort.« Jeremy schloss die Tür hinter sich, die Glocke läutete. Dann herrschte Stille.

Bess drehte sich zu ihrer Tochter. »Mehr hat er nicht gekauft? Nur das Tonikum?«

»Ja, Mama. Sonst nichts.«

»Waren außer ihm in der letzten Stunde keine anderen Kunden hier?«

»Doch, Mama, zwei. Einer hat Kamillentinktur gekauft gegen die Gicht, der andere vier Krüge Tonikum.«

Bess zog die Schublade heraus und beäugte die Einnahmen. Sechs Pennies. Zwei davon waren richtige englische Münzen, die anderen vier aus Holz. Aber die waren hier alle dasselbe wert. Wie es hieß, lag Königin Anne New York wirklich am Herzen, doch auch sie hatte sich in den zwölf Jahren, die sie auf dem Thron saß, nicht bereit gezeigt, der Kolonie das Münzrecht einzuräumen, ebenso wenig wie William und Mary vor ihr. Aber egal – ob nun Holz oder Kupfer, beides war Geld, und das allein zählte. Trotzdem runzelte Bess die Stirn, als sie das Häufchen in der Schublade betrachtete. »Das heißt, dass ich die Glocke nicht gehört habe. Wenn es stimmt, was du sagst, Tamsyn, habe ich die Glocke zwei Mal überhört.«

»Das macht doch nichts, Mama. Ich war ja hier.«

»In der Tat.« Bess starrte noch immer auf das Geld. Rechnete im Kopf nach. »Aber wenn du Kamillentinktur um zwei Pennies und vier Krüge Tonikum verkauft hast … nein, fünf mit Jeremys, dann fehlt ein Penny.«

Tamsyn ließ Jeremy Clintons Münze auf das Häufchen fallen. Es war Kupfergeld, das mit einem gedämpften Klingeln auf den anderen Münzen landete. »Alles da, Mama.«

Bess nickte. »Ja, jetzt stimmt die Kasse.«

Tamsyn faltete die Hände, setzte ein demütiges Gesicht auf und ließ sich mit keiner Miene anmerken, dass in ihrem Ärmel ein Briefchen steckte.

Oben in ihrem Zimmer unter dem Dachgiebel stand Hetje am Fenster. Die Zähne waren ihr ausgefallen, sie hörte nicht mehr so gut wie früher – woran ihrer Ansicht nach Miss Bess' Geschrei schuld war –, aber ihre Augen waren noch genauso scharf wie eh und je. Sie beobachtete Jeremy Clinton seit dem Moment, als er den Laden verlassen hatte und den Pfad entlang zum Tor hinausgegangen war.

Und ihr Blick folgte ihm noch immer. Er überquerte die Straße und bog in die Coenties Alley ein, ging an den Judenhäusern vorbei und auf die Backsteinmühle gegenüber der Stone Street zu. Draußen wehte ein eisiger Winterwind. Eine Bö ließ die breiten Schaufeln am hohen Mühlenturm erzittern; sicher waren sie festgestellt, denn sie drehten sich nicht. Master Jeremy zog die Schultern hoch und drückte sich den Hut fest auf den Kopf. Gleich würde er um die Ecke biegen und aus ihrer Sichtweite verschwunden sein.

Aber sie brauchte sich nicht zu sorgen. Noch in der Jews Lane stieß der andere zu ihm. Hetje kniff die Augen zusammen, um besser zu sehen; aber Christopher Turner konnte man nicht verkennen. Der schwarze Riese, so wurde er genannt. Das zeigte nur wieder mal, wie wenig die Weißen wussten. Wenn er schwarz wär, zumindest wenn sein Vater schwarz gewesen wär, hätte vieles ganz anders kommen können. Zumindest würde Miss Bess sie nicht die ganze Zeit anplärren und ihr sagen, dass sie in die Hölle kommen würde, weil sie einen Eid gebrochen habe, den sie nie nicht geschworen hatte.

Wenn Mistress Sallys Erstgeborener, Nicholas Turner, wie er später genannt wurde, mit schwarzer – oder auch nur mit brauner – Haut zur Welt gekommen wäre, hätte Hetje ihn zum Sklavenlager bringen können, wie sie es vorgehabt hatte, und vielleicht hätte Mistress Sally ihn dann zurückkaufen können. Das hätte ihnen allen viele Tränen erspart.

Aber so war's nicht gekommen. Und Hetje wusste nicht, was sie anderes hätte tun können. Es war nicht ihre Schuld, dass das Kind der Herrin zwar schwarze Haare gehabt hatte, aber eine weiße Haut. Und sie konnte auch nichts dafür, dass Mistress Sally es nach fast sechs Jahren mit dem Herrn unter einem Dach nicht mehr ertragen konnte.

»Hilf mir, Hetje. Du bist die Einzige. Du musst mir helfen.«

Hetje war eine gute Sklavin gewesen. Sie hatte für Mistress Sally fast alles gemacht, was sie verlangte, bis an ihr Lebensende. Aber bei manchen Sachen, da hatte Hetje einen Strich gezogen. Die Schnur um den Hals des Herrn legen, als er schlief, und es an einem Stopfei immer fester zu zwirbeln, bis seine Augen – die offen waren und sie anstarrten – ihm fast aus dem Schädel platzten, da hatte Hetje nur zugeguckt. Geholfen hatte sie bloß, ihn in einen Rupfensack zu stopfen, den man für Getreide verwendet, und bis nachts zu warten und den schweren Sack von der Pearl Street zum Galgen unten am Fort zu schleppen. Und dann die Kisten aufzustapeln und den Herrn hinaufzuhieven, ihm die alte Schlinge um den Kopf zu legen und ihn dort aufzuhängen. Das hatte Hetje mit der Herrin zusammen getan. Hatte sie tun müssen – allein hätte Mistress Sally das nie nicht geschafft –, aber mit dem Pechauskippen, damit wollte Hetje nichts zu tun haben. Das hatte Mistress Sally ganz allein gemacht. Und später, als die Herrin in ganz New York nach dem Jungen gesucht hat, den sie von Hetje hat wegbringen lassen, das hatte die Herrin auch allein gemacht.

Hetje hatte ganz oft über all diese Dinge nachgedacht. Und beschlossen, dass es sinnlos war, sie weiterzuerzählen. Kein Wort über das, was Mistress Sally getan hatte, und auch nicht über das, was Hetje getan hatte. Sie hatten beide nur getan, was sie tun mussten. So war das Leben eben gewesen. Wenn sie das Kind nicht Mistress Marit und Master Lucas gegeben hätte, wär es gestorben. Der Herr hätte es einfach umgebracht. Und der große, dunkelhaarige junge Mann, der jetzt gerade den kleinen Blonden an der Ecke von Stone Street und Jews Lane begrüßte, Christopher Turner, wie man ihn nannte, wär nie geboren worden. Also sollte Mistress Bess schreien und plärren, so viel sie wollte. Die alte Hetje würde nie was anderes sagen, als wo sie die ganze Zeit schon sagte.

## III

Der geheime Ort wurde regelmäßig besucht. Allein oder zu zweit gingen sie dorthin. Viele Wochen lang nach der Zaubernacht draußen beim Beekman-Sumpf schlich der eine oder andere von ihnen lautlos durch die Nacht zum erwählten Ort, kniete nieder und sprach die *obeah*-Worte, die Peter der Doktor ihnen als Schutz gegeben hatte. Dann begann er zu graben.

Es war Peters Vorschlag gewesen, das Feld hinter dem Obstgarten der Crookes zu benutzen. Der Hof lag weit draußen am Stadtrand, einer der letzten, der noch am gepflasterten Teil des Broad Way lag, und so weit von der Straße zurückgesetzt, dass niemand einen sehen konnte. Und niemand sehen konnte, wenn in dem Feld gestohlene Messer und Keulen vergraben wurden. Im Erdreich waren sie sicher aufbewahrt. Die Familie stellte keine Gefahr dar; zwischen Haus und Feld standen eine Scheune und der Obstgarten.

Außerdem hatte Peter der Doktor, um absolut sicher zu gehen, das *obeah* an den erwählten Ort gebracht. Mit diesem starken Zauber bewirkte er, dass sich im Boden immer gut graben ließ und dass niemand, der im Haus wohnte, nach draußen zum Lokus ging, während jemand dort etwas verscharrte. Das *obeah* war der Grund, warum kein einziger der sechs Crooke-Sklaven je die frisch umgewühlte Erde bemerkte oder seinem Herrn etwas Verdächtiges meldete.

Das *obeah* bewahrte ihr Geheimnis. Beinahe sechs Wochen waren vergangen, und sie waren nicht verraten worden und hatten auch einander nicht verraten. So stark war der Zauber von Peter dem Doktor. Er machte sie unbesiegbar. Die Verschworenen dachten an die Freiheit, in der sie bald leben würden, und frohlockten.

Später behauptete Bess immer, die Glocke über der Ladentür habe an jenem Februartag anders geläutet. Sie schwor, der Ton sei lauter und klarer gewesen. Tamsyn hielt das für Unsinn, aber das gab sie nie zu. Wer mit der Roten Bess unter einem Dach lebte, wusste, wann es geraten war, etwas für sich zu behalten.

»Guten Nachmittag, die Damen! Ich kann Ihnen gar nicht sagen, wie froh ich bin, Sie hier anzutreffen. Ich bin wirklich überglücklich.«

Bess füllte gerade das Fass mit einem großen Krug voll frisch zubereitetem Stärkungstonikum und hatte sich dazu auf die Holztheke gestellt. Tamsyn hielt ihr die Füße fest, damit Bess nicht stürzte. Als das Mädchen den gut aussehenden jungen Mann sah, der seine Freude über die Begegnung so unverhohlen zum Ausdruck brachte, ließ sie die Beine ihrer Mutter los, um ihre Röcke hochzuraffen und einen Knicks zu machen. »Guten Tag, mein Herr. Haben Sie einen Wunsch?«

»Um der Wahrheit Ehre zu tun, zweifle ich nicht, dass ich über kurz oder lang den Wunsch haben werde, jedes Heilmittel in Ihrem Laden zu kaufen.« Der junge Mann zog den Hut und verbeugte sich vor Tamsyn. Ohne den Dreispitz sah er noch attraktiver aus. Er trug keine Perücke, und sein Haar, das im Nacken von einem schwarzen Ripsband zusammengehalten wurde, hatte einen warmen goldbraunen Ton, ganz ähnlich wie seine Augen. Er sprach mit einem leichten Akzent, der seine schottische Herkunft verriet – und Schotten leisteten sich selten den Luxus einer Perücke. »Sie sind Miss Tamsyn, nicht wahr? Und dies muss die Dame sein, die in der ganzen Stadt Mistress Bess genannt wird.«

»Rote Bess, so werde ich genannt. Und Sie können noch nicht lange hier sein, denn sonst hätten Sie das schon gehört.«

»Mistress Bess«, wiederholte der Mann mit Nachdruck. »Und wenn Sie mit Ihrer Arbeit fertig sind, darf ich Ihnen vielleicht beim Herabsteigen behilflich sein?« Ohne eine Antwort abzuwarten, packte er Bess mit beiden Händen um die Taille und schwang sie, trotz ihrer beträchtlichen Fülle, auf den Boden hinab.

»In Anbetracht der Vorliebe, die ich fürs Essen habe, war das überaus beeindruckend, junger Mann.«

»Keineswegs, Mistress, ich bin derjenige, der beeindruckt ist. In Edinburgh wurde mir gesagt, es sei töricht von einem studierten Arzt, nach New York zu gehen. Sie sagten, es gäbe keine richtige Apotheke, jede Hausfrau halte sich für eine Kräuterfrau, und als Folge dessen müsse man nicht nur die Verantwortung tragen, die geeigneten Rezepturen zu verordnen, sondern sie auch noch selbst herstellen. Doch gleich nach meiner Ankunft hörte ich von Ihrem Laden, und hier sehe ich eine wahrhaft beeindruckende Ansammlung.« Er deutete mit dem Hut auf die Reihen hoher Glasgefäße mit den sorgsam beschrifteten Etiketten, die jedes nur denkbare Heilmittel verhießen.

Bess nickte. »Tja, Edinburgh, das überrascht mich nicht. Sie haben zwar nur die Andeutung eines Akzents, aber hören kann man ihn doch. Und Sie sind studierter Arzt? In Ihren jungen Jahren? Fangen Ärzte in Schottland heutzutage denn schon in der Wiege mit der Ausbildung an?«

»Mama.« Tamsyns Wangen flammten leuchtend rot. »Was wird unser Besucher denken, wenn …«

»Aber nicht doch, Miss Tamsyn, Sie brauchen sich nicht zu echauffieren. Ich fühle mich in keiner Weise gekränkt, die Frage Ihrer Mutter ist durchaus berechtigt.« Der junge Mann wandte sich an Bess. »Ich weiß, Mistress, hier in den Kolonien sind jahrelange Lehrlingszeiten nach wie vor die Regel. Doch zu Hause sind die Methoden fortschrittlicher. Ich habe drei Jahre mit intensivem Studium an der Universität von Edinburgh verbracht. Bei Professoren, die in jeder Art der Medizin bewandert sind. Ich bin auch nicht nur einfacher Arzt. Ich habe die Ehre, den Titel Doktor der Medizin zu tragen.« Eine zweite Verbeugung, diese weitaus tiefer als die erste und für beide Frauen bestimmt. »Zachary Craddock, Doktor der Medizin, meine Damen. Und ich bin, wie bereits gesagt, sehr glücklich, Ihre Bekanntschaft zu machen.«

Stunden später spürte Bess noch immer die Hände um ihre Taille. Guter Gott, wie lange war das her.

In fünf Jahren hatte Moses Smythe ihr vier Kinder gemacht. Als sie Tamsyn bekam, dachte sie, ihr Bauch würde zerreißen, so wund und strapaziert war er von den vielen Kindern. Aber die Kinder zu machen ... Ach, das war wundervoll gewesen; sie wusste, hätte Moses weitergelebt, hätte sie immer weiter seine Kinder zur Welt gebracht, bis sie tot umfiel. Wie zahlreiche Frauen vor ihr. Abgesehen von einigen, die klüger waren – und mutiger.

Nux-Vomica-Tinktur. Versetzt mit einem Absud von Tamus communis und einigen Gran zerpulvertem Aconitum napellus. Allesamt tödlich giftig, aber wenn sie in genau der richtigen Zusammensetzung vor Ende des zweiten Monats ohne Blutfluss eingenommen wurden, setzten schreckliche Krämpfe ein, die die Frau vor Schmerzen brüllen ließen und vielfach stark genug waren, um die Leibesfrucht vorzeitig auszutreiben.

Nux vomica war der getrocknete Samen der Brechnuss und kam aus dem Osten. Man musste sie bei den Gewürzhändlern erstehen. Doch die beiden anderen Kräuter, Schmeerwurz und Eisenhut, wuchsen in den Beeten, die Sally angelegt hatte, nachdem sie den Obstgarten gerodet und mit den Kräutern ihres Gewerbes beflanzt hatte. Schmeerwurz und Eisenhut gehörten zu den Pflanzen, die im Herbst geerntet, getrocknet, abgefüllt, etikettiert und auf die Regale im Destillierraum gestellt werden mussten. Dort war meist auch eine kleine Menge Nux vomica vorrätig. Was die Rezeptur betraf, so stammte sie ebenfalls von Sally. »Manchmal wirkt es und manchmal nicht, wie ich nur allzu gut weiß«, hatte der knappe Kommentar zu dieser Lektion gelautet. »Aber du solltest trotzdem wissen, wie man es herstellt. Aber gib Acht, Bess. Bei dieser Rezeptur musst du besonders vorsichtig sein.«

Sie war damals ein Mädchen von zwölf Jahren gewesen und hatte ernsthaft genickt. »Ganz bestimmt, Mama. Ich weiß, dass die Pflanzen alle giftig sind.«

»Wenn du das nicht wüsstest, hätte ich dir wirklich gar nichts beigebracht. Aber du sollst dich nicht vor den Kräutern in Acht nehmen. Hör auf mich, Kind. Alle Männer haben große Angst vor Frauen, die es verstehen, die Frucht ihres Samens auszutreiben. Denn das bedeutet, dass wir nicht ganz in ihrer Macht sind. Und vergiss nie, Bess, Männer, die Angst haben, können über die Maßen bösartig sein.«

Wie Recht Sally hatte. Auch der Eid der Hebammen, den Bess ständig Hetje zitierte, enthielt diese Warnung. »Keine Hebamme darf ein Mittel verabreichen, das einen Abgang herbeiführt ...« Aber einige taten es dennoch. Und gelegentlich wirkte das Mittel offenbar tatsächlich.

Man denke nur etwa an die Frau ihres Bruders Willem. Susannah hatte Willem in den vierzehn Jahren, seit sie Mann und Frau waren, ganze fünf Kinder geschenkt. Und nur drei von ihnen hatten überlebt. Susannah mit ihren

Spitzen und Rüschen hatte keine Kinderschar produziert, die sie leer gesaugt hatte, so dass ihr die Brüste auf den Bauch hingen. Mit einunddreißig hatte die verfluchte Frau noch immer feste Titten wie ein junges Ding und keine hängenden Fleischlappen wie Bess. Obwohl das natürlich auch daran liegen konnte, dass Willem eine ausgetrocknete Feige war, was seine Männlichkeit anging.

Ihr Bruder war ein magerer, pickeliger Junge gewesen, der nicht aussah, als wüsste er das Ding zwischen seinen Beinen richtig zu gebrauchen. Wahrscheinlich hatte er es nie gelernt. Warum sonst – wo sie einen Mann neben sich liegen hatte und alles besaß, was diese Stadt an weltlichen Gütern zu bieten hatte – sah Susannah immer aus, als bräuchte sie ein kräftiges Purgiermittel?

Aber diese Schotte, der war schon etwas anderes. Zachary Craddock war das völlige Gegenteil von Willem.

Das wusste Bess allein schon vom Griff seiner Hände um ihre Taille, als er sie von der Theke hob. Gut. Sie wünschte ihrer Tamsyn keine ausgetrocknete Feige. Nicht, wenn sie an die heiße Lust dachte, als sie mit dem Vater des Mädels im Bett gelegen hatte. Aber ein lebenskräftiger junger Mann, ein Doktor der Medizin, der jedes Heilmittel benötigen würde, das in der einzigen Apotheke in New York City hergestellt werden konnte ... Und hatte sie nicht gehört, dass es in Philadelphia einige dieser Doktoren der Medizin gab und dass sie zehn Shilling pro Visite verlangten, wo ein gewöhnlicher Arzt nur fünf erhielt ...?

Eine vorteilhafte Partie. Und nicht nur, weil sie dann endlich aufhören könnte, sich über den verfluchten Christopher Turner und seine Vorliebe für das Mädel Sorgen zu machen, wenn Tamsyn erst einmal verheiratet war.

»Kein Verkehr mit irgendjemandem, der unter Lucas Turners Dach lebt«, hatte Sally in den letzten Minuten ihres Lebens geflüstert und die Hand ihrer Tochter fest umklammert. »Nie und nimmer, Bess. Um sie zu kriegen, hat Lucas mich verkauft. Das habe ich ihm nie verziehen. Und Marit auch nicht. Und Ankel Janssens Kind ebenso wenig. Und du darfst das auch nie verzeihen.« Das war der zweite Auftrag gewesen, nachdem Bess geschworen hatte, weiter nach ihrem Halbbruder zu suchen.

Ihr erstes Versprechen musste sie noch erfüllen, doch hier bot sich vielleicht endlich die Möglichkeit, das zweite einzulösen.

Peter der Doktor bestimmte den Tag. Dem *obeah* zufolge fiel der günstigste Zeitpunkt in die frühen Stunden des ersten Apriltages. Das war ein Donnerstag. Peter erklärte, die beste Zeit sei direkt nach Monduntergang, etwa um zwei Uhr morgens.

Kinsowa der Ibo arbeitete den Plan aus. Sie würden auf dieselbe Art angreifen, wie sein Volk immer Krieg gegen seine Feinde führte: ein Ablenkungsmanöver starten, das den Gegner aus seiner Befestigung hervorlockte, und ihn dann töten.

Damit ihnen der Erfolg auch absolut sicher war, gab Peter der Doktor ihnen ein Zauberpulver, mit dem sie sich am ganzen Körper einreiben sollten, bevor sie nachts das Haus ihrer Herren verließen. Und er versprach, aus seiner Hütte das Feuer mitzubringen, rotglühende Kohlen in einem zugedeckten Zinneimer.

Sieben der ursprünglichen Verschwörer waren weiterverkauft oder in andere Städte oder gar Kolonien geschickt worden. Einer war an einer Krankheit zu Grunde gegangen. Neunundzwanzig hielten Wort. Sie versammelten sich in dem Feld hinter dem Haus der Crookes. Zum ersten Mal seit jener Nacht, als sie gemeinsam von ihrem Blut getrunken hatten, waren sie wieder alle vereint. In der Dunkelheit und der Stille der Nacht gruben sie ihre Fleischmesser aus, die Beile und Keulen, die sie im Erdreich versteckt hatten. Dreien – den beiden Indianern und einem Afrikaner – war es sogar gelungen, ihren Herren die Muskete zu stehlen. Als alle mit ihren Waffen bereit waren, stellten sie sich im Kreis um Kinsowa auf.

Quaco trat vor. Er war der Ashanti, dessen Frau der Henne den Kopf abgebissen hatte. Bald würde ihr Kind zur Welt kommen, aber sie stand trotzdem mit den anderen auf dem Feld, neben ihrem Mann, der sie nicht ansah, aber an seinen ungeborenen Sohn dachte. Den Sohn, der in Freiheit leben würde.

Quaco nahm das Feuer von Peter dem Doktor entgegen. Er hatte ein Dutzend Lappen in Teer getränkt, die er nun an die schnellsten Läufer verteilte. Amba, Quacos Frau, bat, die Erste sein zu dürfen. Sie sagte, es sei ihr Recht, weil sie der Henne den Kopf abgebissen habe. Quaco stimmte ihrem Argument zu, meinte aber, in ihrem Zustand wäre das nicht klug. Die Läufer, erklärte er, müssten wie der Wind über die Erde fegen. Eine Kraft, die gespürt, aber nicht gesehen wurde.

Jetzt kauerte er sich nieder und deckte das Feuer auf, das Peter der Doktor mitgebracht hatte. Quacos schwarzes Gesicht glänzte im Schein der glühenden Kohlen. »Kommt«, flüsterte er und schaute sich im Kreis um. »Kommt. Erhebt euch.«

Lange Sekunden regte sich niemand. Alles, was sie bislang getan hatten, hätte ihnen nur die Peitsche eingetragen. Jetzt ging es um viel mehr.

»Kommt«, wiederholte Quaco. In seiner Heimat war er der Sohn eines Königs gewesen, geboren zum Herrschen. Hier besaß er nichts als seine Überzeugungskraft, um sie zu bewegen, den letzten Schritt zu gehen, nachdem sie so viel aufs Spiel gesetzt hatten. »Kommt, holt euch eure Freiheit!«

Einige weitere Sekunden verstrichen. Amba trat einen Schritt vor, um sich wieder für die Aufgabe zur Verfügung zu stellen. Beschämt vom Mut einer Frau, drängte der erste Läufer sie beiseite und ging zur Kohlenpfanne. Dann beugte er sich vor und hielt seinen pechgetränkten Lumpen in die Glut. Eine Flamme züngelte empor, der Lappen loderte auf. Der Mann hielt die Fackel hoch über den Kopf und rannte zu dem Schuppen, den sie ausgewählt hatten. Er lief wie der Wind. Seine brennende Fackel war wie eine Sternschnuppe, die über den Himmel fiel. Sekunden später hatte er sie in den Holzschober geworfen. Als er sich umdrehte, um zu den anderen zurückzukehren, rannte schon der zweite Läufer herbei. Und nach diesem der dritte. Sechs insgesamt.

Es dauerte nicht lange. Als der Dritte die Scheune erreichte, stand sie bereits in Flammen. Quaco, der Sohn eines Ashanti-Königs, hatte seinen Teil getan. Jetzt war wieder Kinsowa, Kriegshäuptling der Ibo, ihr Anführer. Er gab den anderen ein Zeichen. Sie schlossen sich enger zusammen, krochen lautlos über das Feld in den Obstgarten, eine schwarze Wolke der Rache im Schutz der Bäume und der dunklen, mondlosen Nacht.

»Feuer!«, schrie eine Stimme. Sie kam aus der Richtung des Crooke-Hauses. »Feuer! Läutet die Glocke!«

Sekunden später erscholl die große Glocke am Wegesrand. Zur selben Zeit lief die Familie aus dem Haus, auf den Obstgarten zu. Und die Crooke-Sklaven folgten. Durch den Alarmruf aus dem Schlaf gerissen, waren sie gekommen, um beim Löschen zu helfen.

»Kinsowa, hör mir gut zu«, flüsterte Peter der Doktor eindringlich. »Keine Schwarzen. Wir töten nicht die Unseren.« Er packte den anderen am Arm. »Verstehst du mich, Afrikaner? Wir töten nicht die Unseren. Das ist schlechter Zauber.«

Bevor sie Kinsowa in Guinea ins Sklavenfort steckten, hatte er noch nie ein weißes Gesicht gesehen. Er wurde von Schwarzen gefangen, von Schwarzen verkauft. Das überraschte ihn nicht. Die Schwarzen, die ihn fassten, gehörten zu dem Volk, das schon seit alters mit seinem Volk verfeindet war. Doch in dem Jahr, seit er ins Sklavenfort verschleppt worden war, seit er in das Schiff gepfercht und an die Stelle gekettet worden war, wo er nie sitzen oder liegen konnte, wo er im Stehen essen, schlafen und sich erleichtern musste, und das alles in stickiger Finsternis; seit der Zeit, als er vom Schiff geladen und auf den Block gestellt und verkauft worden war – in den zwölf Monaten hatte Kinsowa den Feind kennen gelernt, der schlimmer war als alle übrigen Feinde. Deswegen war er bereit gewesen, das Blut der Fanti und Ashanti und all der anderen zu trinken, die nicht zu seinem Volk gehörten. Weil er gelernt hatte, dass der wahre, der schrecklichste Feind der Weiße war.

»Keine Schwarze«, flüsterte er mit den wenigen Worten Englisch, die er gelernt hatte, seitdem er an diesen entsetzlichen Ort gekommen war. »Keine Schwarze töten.«

»Gut«, sagte Peter der Doktor leise. »Gut. Sag's weiter.«

Die Herbeieilenden, die das Feuer bekämpfen wollten, hatten sich mittlerweile im Obstgarten versammelt. Sie schrien aufgeregt durcheinander beim Versuch, eine Kette zu bilden, um Wassereimer vom Brunnen zur brennenden Scheune weiterzureichen. Da waren natürlich die Crookes, aber auch andere, die Leute, die in den benachbarten Häusern wohnten und die Flammen gesehen hatten, noch bevor die Glocke schrillte. Auch sie standen jetzt im Obstgarten, alle mit Eimern ausgestattet, um den Brand zu löschen. Es verstand sich von selbst, dass in diesem Notfall, wo jedes Paar Hände gebraucht wurde, auch alle Sklaven mithelfen würden.

Insgesamt gehörten zu den Feuerlöschern gut zwanzig

Weiße – darunter fünf Frauen und drei Kinder – und elf Schwarze. Und im Verborgenen warteten die achtundzwanzig Verschworenen mit ihren Waffen.

Kinsowa trat vor und reckte die Faust gen Himmel. Dort stand kein Mond, aber der Schein des lodernden Schuppens tanzte auf der Schneide des Fleischermessers, das er umklammerte. »Ha-nuuu«, rief Kinsowa in einem einzigen, atemlosen Schrei, der aus seinem tiefsten Inneren aufstieg. »Ha-fawaaa.« Genau diesen Kriegsschrei hatte sein Volk seit Menschengedenken gerufen, und selbst jene, die die Bedeutung nicht kannten, verstanden die Bedrohung, die in den Worten lag.

»Zum Teufel noch eins!« Der Weiße, der Kinsowa am nächsten stand, betrachtete ihn, als tauche da ein Gespenst aus der schwarzen Nacht auf. »He, du, Junge! Wem gehörst du? Was tust du …«

Bevor er seinen Satz beenden konnte, schnitt Kinsowa ihm die Kehle durch. Der Mann fiel zu Boden.

Aber das genügte nicht.

Rund um Kinsowa war ein Orgie des Mordens ausgebrochen. Er roch das heiße Blut, das vergossen wurde, den Gestank der Gedärme, die sich durch die Angst entleerten. Und es genügte noch immer nicht.

Er trieb sein Messer in das Herz des Mannes, dessen Kehle er durchtrennt hatte. Für die schreckliche Zeit im Sklavenfort. Er hackte dem Toten den Bauch auf. Für das unbeschreibliche Grauen auf dem Guinea-Schiff. Er schnitt ihm die Genitalien ab. Dafür, dass er auf den Block getrieben und mit einer Leine um den Hals verkauft worden war wie ein Ochse, der an den Pflug gespannt wird.

Eine Frau, die am oberen Ende des Obstgartens stand, in der Nähe des Hauses und des Brunnens, erkannte als Erste der wenigen, die nicht mitten im Kampfgewühl standen, was passierte. Sie hörte, wie der Klang der Schreie sich veränderte, sie bemerkte den Geruch von Angst und Blut, der vom Wind herübergetragen wurde und den Rauch überlagerte. Die Frau packte einen kleinen Jungen, der neben ihr stand. Einfach nur dastand, erstarrt vor Entsetzen. Auch ihm wurde allmählich klar, dass es sich hier nicht um ein gewöhnliches Feuer handelte. Das war das Armageddon, das sie alle verschlingen würde – genau, wie die Geistlichen es prophezeit hatten.

»Lauf in die Stadt«, schrie die Frau. »Du, Joe Crooke! Tu, was ich sag. Lauf in die Stadt. Lauf so schnell du kannst! Sag, sie sollen die Soldaten herschicken. Sag ihnen, die Sklaven bringen ihre Herren um. Lauf!«

Ein oder zwei Sekunden zögerte der Junge noch, gebannt von dem Grauen, das sich vor ihm abspielte. Eine Gewehrsalve krachte, als ein Afrikaner seine gestohlene Muskete abfeuerte. »Lauf!«, gellte die Frau, packte den Jungen an der Schulter und schüttelte ihn, bis ihm die Zähne klapperten. »Hörst du mich, Joe Crooke? Wenn du nicht läufst, ist vor Morgengrauen jeder Christenmensch in New York tot. Lauf!«

Schließlich machte der Junge kehrt und rannte.

Die Erde das Obstgartens war blutgetränkt. Acht Männer waren bereits tot, sieben weitere verbluteten langsam. Als einer von ihnen ächzte, bereitete Amba ihm das Ende. Sie ging neben ihm in die Knie, packte ihre Keule mit beiden Händen und ließ sie auf seinen Kopf krachen. Sie hörte seinen Schädel zerplatzen. Mit einem Freudenschrei griff sie in die klaffende Wunde und riss das Gehirn heraus.

Die Sklaven, die keinen Eid geschworen hatten, sahen zu. Die elf Schwarzen, die sich nicht am Aufstand beteiligten, die von ihren Herren hergebracht worden waren, um das Feuer zu löschen, wichen zurück, standen zwischen den Bäumen und beobachteten, wie die Menschen, die angeblich ihre Besitzer waren, ermordet wurden. Sie wussten nicht, was sie tun sollten. Sie besaßen keine Waffen. Sie wussten nichts von einem geplanten Aufstand. Schlimmer noch, sie waren schon so lange Sklaven, dass sie die Bedeutung von Freiheit nicht kannten.

Nur einer begriff. Als er sah, wie die Frau mit dem dicken Bauch, eine Frau, die bald ein Kind bekommen würde, einen Mann erschlug, lief er zu ihr, entwand ihr die Keule und fiel über den nächstbesten Weißen her. Wie sich herausstellte, war es der heranwachsende Sohn seines Herrn. Ein Junge, den er seit seiner Geburt kannte. Der Sklave, der erst in diesem Moment zum Rebellen geworden war, drosch mit der Waffe auf Kopf, Schultern, Brust des Jungen ein, und der Junge fiel vor seinen Füßen zu Boden. Triumphierend schrie der Sklave das Gefühl heraus, das gerade erst in ihm geweckt war, und wandte sich dem nächsten Weißen zu, um ihn zu töten.

Genau in dem Augenblick kehrten die Männer, die eilig nach ihren Musketen gelaufen waren, in den Obstgarten zurück. »Feuert in die Menge«, brüllte einer, wohl ein Offizier der Miliz, aber die bewaffneten Weißen hatten sowieso nichts anderes im Sinn gehabt. Das Gemetzel folgte keinerlei Ordnung, es gab keine Befehlshaber. Nur sieben Musketen in den Händen sieben Weißer, die sie zu bedienen verstanden. Und achtundzwanzig Versklavte, die mit Keulen und Äxten und Messern bewaffnet waren und dazu zwei Musketen, für die es keine Munition mehr gab, und eine Muskete in den Händen eines Mannes, der noch nie eine solche Waffe abgefeuert hatte.

Peter der Doktor hatte ein Beil. Er hatte es gut zu nutzen gewusst. Die Schneide triefte vor Blut, Knochensplitter klebten an ihr. Doch der Plan war gewesen, alle Weißen im Handumdrehen zu töten und keinen entkommen zu lassen, der die Stadt alarmieren konnte. Als Peter die Männer mit den Feuerwaffen auf den Obstgarten zukommen sah, wusste er, dass ihr Plan gescheitert war. »Lauft!«, schrie er. »Lauft! In die Wälder!«

Amba konnte nicht laufen, zumindest nicht allzu weit, und Quaco wollte sie nicht allein lassen. Die beiden Indianer weigerten sich, ihre Vorfahren zu beschämen und die Flucht zu ergreifen. Die meisten anderen waren nicht schnell genug. Neun folgten Peter dem Doktor nach Norden in die Wälder. Vier weitere – darunter der Sklave, der den Sohn seines Herrn getötet hatte – liefen auf die Stadt zu, um sich dort zu verstecken. Die Restlichen, einschließlich der Sklaven, die zum Feuerlöschen in den Obstgarten gekommen waren, die untätig dabeigestanden hatten, als der Aufstand begann, und nicht wussten, was tun, wurden gefangen genommen.

All das passierte, bevor die Schritte eines Trupps Rotröcke auf der Straße zu hören waren. Die Stiefel donnerten im Eilschritt auf dem Pflaster.

»Zu den Waffen! Zu den Waffen!«

Christopher hatte bis spät in die Nacht in seinen Büchern gelesen. Als der Nachtwächter an seinem Fenster vorbeilief und den Alarm ausgab, riss er sich mühsam aus dem Schlaf. Draußen war es noch dunkel. »Zu den Waffen! Zu den Waffen!«

Die Indianer vielleicht. Oder die verdammten Niederländer wollten noch mal ihr Glück versuchen. Vielleicht auch die Franzosen. Gott allein wusste, worin dieses Mal die Gefahr bestand, und es war auch relativ gleichgültig. Er würde es bald genug erfahren. Er schwang seine langen Beine über die Bettkante und zog die Kniehose über die Wäsche, in der er schlief. Dann die Stiefel, schließlich Hemd und Mantel. Alles ohne Kerzenlicht, in weniger als vierzig Sekunden.

Vor dem Fenster erschollen weiter die Rufe der Nachtwächter, die die ganze Stadt alarmierten, sowie die gedämpften Schreie der Männer von New York City, die vors Haus liefen, bereit, Heim und Herd, Frau und Kinder gegen jeden Feind zu verteidigen, der dieses Mal einen Angriff unternahm.

So war es seit Gründung der Stadt gewesen. Keine Regierung, die Tausende von Meilen entfernt war, konnte genügend Truppen schicken, um die Kolonialisten der Neuen Welt und ihre Siedlungen zu schützen. Jede Kolonialverwaltung verpflichtete alle tauglichen Männer per Gesetz zum Besitz einer Muskete und zur Teilnahme bei der Verteidigung. Ausgenommen waren lediglich Geistliche und Magistraten.

Christopher war keines von beiden. Seine Waffe stand im Schrank neben der Haustür. Er griff sie sich, suchte nach dem Pulverhorn und schlang es sich über die Schulter.

»Sie gehen in diesen Aufruhr da raus, Mister Christopher? Haben Sie 'ne Ahnung, was da los ist?«

»Nicht die mindeste, Selma. Aber keine Angst, wer immer hier Unfrieden stiften will, wird bald wieder verschwinden.« Zuversichtlich zeigte er ihr seine Muskete. Die alte Schwarze hatte sich um ihn gekümmert, seit er elf war und sein Vater sie eigens zu diesem Zweck gekauft hatte. »Die feuere ich ein paar Mal ab, und bei Sonnenaufgang bin ich wieder da, um deinen Kuchen zu essen.«

Doch sobald Christopher auf der Straße stand und die Geschichten hörte, die seine Freunde und Nachbarn im Flüsterton weitererzählten, wusste er, dass es dieses Mal nicht so einfach sein würde. Dieses Mal saß der Feind in der Stadt selbst.

Guter Gott, ein Sklavenaufstand. Kaltes Grauen packte ihn. Er besaß nur die alte Selma, die natürlich nichts damit zu tun hatte, die sicher nicht einmal etwas von einem

Aufstand wusste, aber andere … In nahezu jedem Haushalt lebten drei oder vier Schwarze. In vielen sogar mehr. Sie waren für ein normales, geordnetes Leben ebenso notwendig wie Stühle, Tische und Bettzeug.

Die anderen Männer dachten das Gleiche. Sie standen da, die Musketen bereit, und warteten auf Befehle, sich da oder dorthin zu begeben und etwas zu tun. An der Art, wie sie sich umdrehten und zu ihrer eigenen Haustür schauten, konnte man erkennen, dass sie sich überlegten, ob es nicht klüger wäre, ins Haus zurückzugehen und ihre Familien vor den Schwarzen zu beschützen, die sie als Diener gekauft hatten.

Ein Mann setzte den Gedanken in die Tat um, doch bevor sein Beispiel Schule machen konnte, bog ein Rotrock in den Hall Place ein und rief beim Laufen: »He, ihr da! Kommt mit! Ich brauche ein Dutzend Musketen, um die Soldaten abzulösen, die an den Fährhellingen stehen.«

Die Männer überschütteten ihn mit Fragen. Welche Sklaven? Wo? Wie viele? Was hatten sie getan?

»Ich weiß nicht recht viel mehr als ihr. Nur dass draußen am Stadtrand ein Berg Leichen liegt. Zerhackt und zerstückelt. Ein grausiger Anblick. Jetzt kommt. Der Gouverneur braucht alle Soldaten, um die Wälder zu durchsuchen, also müsst ihr die Wachposten ablösen.«

Der Rotrock winkte die Männer vorwärts, und die meisten folgten ihm. Christopher blieb zurück. Er schaute den anderen kurz nach, dann machte er kehrt und lief in die entgegengesetzte Richtung. Zur Pearl Street. Tamsyn und die Rote Bess lebten allein, ohne Mann im Haus, der sie beschützen konnte. Und Bess besaß mindestens vier oder fünf Sklaven. Vielleicht auch mehr.

»Was suchst du hier? Du bist heute nicht mehr willkommen als sonst.« Bess selbst hatte auf sein wildes Hämmern hin die Tür des Apothekerladens geöffnet. Die Haube saß ihr schief auf dem Kopf, sie trug eine Art Umhang und offensichtlich kein Korsett. Ihr üppiger Körper wogte und jede Unze bebte vor Zorn.

»Ich bin gekommen, weil wir Verwandte sind«, erwiderte Christopher, drängte sich an ihr vorbei und stieß die Tür hinter sich zu. »Ich bin dir und Tamsyn gegenüber verpflichtet.«

»Ich kann mich und meine Tochter selbst verteidigen.« Den Anschein hatte es in der Tat. Die Rote Bess hielt eine Muskete, die genauso gefährlich aussah wie Christophers. Sie hielt die Waffe direkt auf ihn gerichtet. »Ich wäre dir dankbar, wenn du gehen würdest.«

»Erst, wenn ich mich vergewissert habe, dass bei euch alles in Ordnung ist. Es ist ein Sklavenaufstand. Sie haben schon weiß Gott wie viele umgebracht.«

»Ich weiß, was es ist. Meine Sklaven haben nichts damit zu tun. Sie bekommen alle gut zu essen, haben ein anständiges Dach über dem Kopf, werden gerecht behandelt. Sie haben keinen Grund, sich irgendwelchen Rebellen anzuschließen.«

Eine alte Schwarze hatte sich in die Tür zwischen Laden und Wohnhaus gestellt. Sie stand nur schweigend da und hörte ihrer Herrin zu, aber sie schien Christopher mit großer Aufmerksamkeit zu betrachten. So kam es ihm zumindest vor.

Christopher erwiderte ihren Blick. Bess bemerkte, in welche Richtung er schaute, und drehte sich um. »Ach, du bist's? Dann sag's ihm, Hetje. Du lebst schon länger in der Familie als alle anderen zusammen. Sag ihm, dass hier keine Aufständischen sind. Dann verschwindet er vielleicht endlich mitsamt seinem Turner-Gestank.«

Hetje schaute nur unverwandt auf Christopher. Dann begann sie zu nicken, sagte aber kein Wort.

»Jetzt tu, was ich dir sag!«, schrie Bess. »Sag's ihm! Ich lass mir deine Frechheit nicht ewig bieten, Hetje. Bald reißt mir die Geduld, wenn du …«

»Der Tom, der wo sich ums Feuer kümmert und den Wagen fährt«, sagte Hetje. »Der ist weg.«

»Tom? Aber der …« Bess wurde leichenblass, weiß wie ihre Haube. »Du musst dich täuschen. Mein Mann hat Tom gekauft, als er noch ein Kind war«, flüsterte sie. »Er ist seit über zwanzig Jahren bei uns.«

»Aber jetzt nicht mehr.« Hetje wandte sich zum Gehen.

»Warte«, befahl Christopher. Hetje blieb stehen. Das war es, was die aufsässige alte Sklavin brauchte: einen Mann, der ihr sagte, was sie zu tun hatte. Es gab schon sehr lange keinen Mann mehr im Haus, der alles im Griff hatte. »Wo ist Miss Tamsyn? Hast du sie …«

»Ich bin hier, Christopher. Es ist alles in Ordnung.«

Im Gegensatz zu ihrer Mutter war Tamsyn adrett gekleidet. Das Mieder ihres gelben Kattunkleids war sorgfältig geschnürt, unter ihren ausladenden Röcken musste eine ganze Zahl steifer Unterröcke stecken, ihr dunkles Haar war sorgsam unter die Haube gekämmt. »Es ist nett von dir, dass du uns beschützen willst, Christopher, aber Mama und ich sind bestimmt nicht in Gefahr vor irgendwelchen aufständischen Sklaven.«

»Tom ist weg.« Bess' Worte waren nicht mehr als ein Flüstern. Ihr Blick ging ins Leere. Sie sah weder zu ihrer Tochter noch zu Christopher. »Hetje hat's mir gerade gesagt. Tom ist weg. Er gehört zu den Aufständischen. Unser Tom ist ein Mörder geworden.«

Tamsyn stockte der Atem. Hetje nickte nur immer weiter und starrte dabei auf Christopher.

Sie studierte ihn auf eine sehr auffällige Art. Christopher musste sich zwingen, den Blick von ihr zu wenden. Als er das tat, fiel ihm wieder ein, warum er überhaupt gekommen war. »Wenn einer von euren Sklaven zu den Aufständischen gehört, braucht ihr unbedingt einen Mann bei euch. Ich bleibe, bis …«

Die Tür ging auf. Die Glocke läutete, als sei es helllichter Tag und ein gewöhnlicher Kunde sei gekommen, um ein alltägliches Heilmittel zu kaufen. Christopher wirbelte herum, die Muskete im Anschlag.

Es war ein Weißer, der sich von Christophers Waffe offensichtlich nicht im Mindesten bedroht fühlte. Er trug selbst eine, senkte sie aber sofort, als er die beiden Frauen sah. »Mistress Bess, Miss Tamsyn. Ich danke Gott, dass Sie beide unbeschadet sind.«

Kurz dachte Christopher, dass Willem den Fremden zur Apotheke geschickt hatte. In einem Notfall lag die Verantwortung für seine verwitwete Schwester und seine verwaiste Nichte natürlich bei ihm. Aber Chris war der leichte schottische Akzent des anderen nicht entgangen, und auch nicht, dass er gar nichts von einem Bediensteten an sich hatte. »Darf ich fragen, wer Sie sind, Sir?«

»Zachary Craddock. Und Sie?«

»Das ist Christopher Turner, Zack.« Tamsyn trat einen Schritt vor und stellte sich zwischen die beiden Männer. »Chris ist mein Cousin. Er ist gekommen, um uns zu beschützen.«

Craddock nickte auf eine Art, die sich gerade noch als höflich deuten ließ. »Ah ja, Turner, der Chirurg. Ich habe von Ihnen gehört.«

»Zachary ist Doktor der Medizin, Chris. Er hat an der Universität in Edinburgh studiert.«

»In der Tat. Ich bin beeindruckt. Ich habe nicht …«

»Tom ist weg.« Das war wieder Bess. Es wollte ihr nicht in den Kopf, dass sie jahrelang einen Mörder bei sich beherbergt hatte, und sie bemerkte gar nicht, dass die beiden jungen Männer, die in ihrer Apotheke standen, sich in diesem Augenblick als Widersacher erkannten und sich gegenseitig den Krieg erklärten. »Tom, der bei uns war, seit er acht ist. Ein Aufständischer. Ich kann es gar nicht fassen …«

»Das ist sehr beunruhigend, Mistress Bess. Umso glücklicher bin ich, dass ich gekommen bin, um Sie wegzubringen.«

»Uns wohin wegzubringen, Zachary?« Trotz des Ernsts der Lage lag in Tamsyns Ton eine gewisse Begeisterung. Zum einen aus Vergnügen über die Rivalität der zwei Männer, zu wissen, dass sie von beiden umworben wurde. Und zum anderen, weil sie in ihrem ganzen behüteten Leben noch nie irgendwohin gebracht worden war. »Was meinen Sie damit?«

»Zur King's Arms Tavern, Miss Tamsyn, aufs Land, noch weiter im Norden als die Trinity Church. Dort kann eine ganze Reihe von Frauen und Kindern Unterschlupf finden, bis die Verbrecher gefasst werden und der Aufstand niedergeschlagen ist.« Craddock wandte sich an Bess. »Da Sie nicht über den Schutz eines männlichen Haushaltsmitglieds verfügen, Mistress Bess, halte ich es für geraten, Sie beide sofort in Sicherheit zu bringen.«

Bess achtete gar nicht auf ihn. »Tom«, flüsterte sie. »Tom, der seit seinem achten Lebensjahr bei uns war. Der immer gerecht behandelt wurde. Ich kann es nicht fassen.«

»Vielleicht hilft es Ihnen, wenn ich Ihnen sage, dass angeblich Hexerei im Spiel war«, warf Craddock leise ein. »Zauber von den Inseln. Die Kerle haben Ihrem Sklaven Hühnerblut zu trinken gegeben. Also ist es kein Wunder, dass er …«

»Heiliger Heiland.« Christopher flüsterte die Worte nur, aber in seiner Stimme lag solches Entsetzen, dass alle aufhorchten. »Der Hühnertanz, von dem der Alte gebrabbelt hat. Draußen am Beekman-Sumpf.«

Craddock drehte sich zu ihm. »Wollen Sie damit sagen, dass Sie etwas von dieser Sache wissen, Turner?«

»In der Tat. Obwohl mir das erst jetzt, in diesem Augenblick, klar wird. Vor einiger Zeit, am Neujahrstag war's, habe ich einen Patienten behandelt. Einen Landstreicher im Hospiz. Durch das Fieber und das vergiftete Blut war er im Delirium, deswegen habe ich nicht darauf geachtet. Aber er hat stundenlang was davon gebrabbelt, er hätte den Hühnertanz gesehen, draußen beim Beekman-Sumpf, und wie ein paar Leute Blut tranken.«

»Wo ist er jetzt? Sie müssen diesen Landstreicher zu Gouverneur Hunter bringen. Vielleicht ist er im Besitz wertvoller Informationen, die …«

»Ich fürchte, ich kann Ihnen nicht dienen. Mittlerweile besteht er bloß noch aus Knochen, die in der Erde verrotten. Er ist wenige Tage später gestorben.«

»Ah ja«, sagte Craddock ruhig. »Das hätte ich mir denken können. Schließlich sind Sie Chirurg. Sie haben an dem Alten rumgeschnitten, oder nicht?«

»Sein Arm war am Abfaulen. Ich habe ihn abgenommen. Nur schade, dass er nicht früher zu mir gekommen ist. Sonst wäre er jetzt vielleicht noch am Leben, um seine Informationen, wie Sie es nennen, zur Niederschlagung des Aufstands beizusteuern.«

»Oder Sie hätten die Bedeutung dessen, was er sagte, erkennen können, bevor Sie geschnitten haben.«

Vor Wut erbleichte Christopher, aber es gelang ihm, höflich zu bleiben. »Leider war das nicht der Fall, Sir. Möglicherweise haben Sie in der feinen Stadt Edinburgh Zeit, auf jedes Gebrabbel zu achten, das jemand im Fieberwahn von sich gibt. Wir hier in den Kolonien müssen unsere Aufmerksamkeit darauf verwenden, die Leute gesund zu machen.«

»Bis sie als Knochen im Boden verrotten, wie Sie selbst gesagt haben.« Craddock wandte sich wieder den Frauen zu. »Vielleicht können Sie Ihrer Mutter beim Ankleiden helfen, Miss Tamsyn. Bevor die besten Plätze in der King's Arms Tavern belegt sind.«

»Ja, natürlich. Komm, Mama. Das ist eine großartige Idee von Zachary. Wir können von Glück reden, dass wir ihn haben.«

Tamsyn nahm Bess am Arm. Die ältere Frau ließ sich widerspruchslos zur Tür führen. »Ausgerechnet Tom«, murmelte sie. »Nach all den Jahren ... Nie ausgepeitscht, kein einziges Mal. Das weißt du genau, Tamsyn. Du weißt, dass kein Sklave in diesem Haus je ausgepeitscht wird.«

»Das weiß ich, Mama. Das weiß jeder. Jetzt komm.« Tamsyn stand mit ihrer Mutter schon an der Tür, die vom Laden ins Wohnhaus führte, als sie sich zu Christopher umdrehte. »Vielen Dank, dass du gekommen bist, Cousin Chris. Es war nett von dir, dich um uns zu sorgen. Aber wie du siehst, sind wir in besten Händen.«

Aufgabe der Wachposten, die die Anlegestellen der Fähren von Long Island bemannten, war, Sklaven an der Flucht auf dem Wasserweg zu hindern. Keiner wäre dumm genug, das zu versuchen. Doch jetzt kamen die meisten Passagiere sowieso aus der anderen Richtung. Wenige Stunden nach Sonnenaufgang war die Garnison durch reguläre Milizen aus den Ortschaften White Stone und Jamaica verstärkt worden. Zur Mittagszeit konnte der Gouverneur an die vereinten Truppen den Befehl erteilen, ganz Manhattan zu durchkämmen.

Eine lange Reihe Männer – Rotröcke und einfacher gekleidete Milizen – zog stiefeltrampelnd im Gleichschritt zur Stadt hinaus, über die Felder und Wiesen, durch die Obstgärten, über den Minetta Brook und das Sumpfland, umrundete den Collect Pond, der zu tief war, um ihn zu durchwaten, zog weiter über den Bach Old Kill, den Abfluss des

Wasserreservoirs in den East River, Potters Hill hinauf und auf der anderen Seite wieder hinunter, am Powder House vorbei zum ebenen Gemeindeland, und schließlich in den Wald. Ein anstrengender, weiter Marsch, der am ersten Tag gar nichts erbrachte.

Die Bewaffneten der Stadt, die jedes Haus durchstöberten, hatten mehr Glück. In einem Keller in der Stone Street entdeckten sie den Sklaven, der den Sohn seines Herrn ermordet hatte. Er hieß Robin, und einer der Überlebenden des Blutbads identifizierte ihn und berichtete, was er getan hatte.

Ganz in der Nähe, im Lagerhaus hinter der Mühle in der Jews Lane, wurden zwei weitere Aufständische gefunden. Beide waren Afrikaner, beide hatten ein Messer bei sich. Als sie die Weißen näher kommen hörten, schnitten sie sich die Kehle durch.

Insgesamt acht der Aufständischen begingen Selbstmord, um sich der Gefangennahme zu entziehen: die beiden Männer in der Mühle sowie sechs weitere aus der Gruppe, die von den Soldaten schließlich im Wald aufgespürt wurde. Da harrten sie schon beinahe zwei Wochen in ihrem Unterschlupf aus und waren halb von Sinnen vor Hunger. Alle, die sich nicht das Leben nahmen, schienen beinahe froh, sich ergeben zu können.

Kinsowa, Quaco und Amba gehörten zu denen, die am ersten Tag lebend gefangen wurden. Schließlich fassten die Soldaten auch Peter den Doktor und Tom, den Jungen der Roten Bess. Und noch viele andere. Bis zum 15. April wurden siebzig Schwarze verhaftet. Es war zwar allgemein bekannt, dass gar nicht so viele Schwarze in Crookes Obstgarten gewesen waren, aber die Weißen glaubten, dass nahezu jeder Sklave in New York von dem Plan gewusst hatte, »jeden Christenmenschen, ob Mann, Frau oder Kind, meuchlings zu ermorden«, wie sie sagten.

Etwas derart Schreckenerregendes war in der Stadt noch nie vorgefallen. In den Kaffeehäusern, den Tavernen und Schänken sprachen die Männer freimütig darüber, was passiert wäre, wenn die Verräter bessere Strategen gewesen wären. Die Frauen unterhielten sich über Gartenzäune und Marktstände hinweg im Flüsterton über dasselbe. »Was, wenn sie den Angriff nicht so weit draußen begonnen hätten? Was, wenn sie stattdessen in die Stadt gekommen wären? Hätten unsere eigenen Sklaven sich erhoben und uns im Schlaf ermordet ...?«

New York war die Kolonie mit den meisten Sklaven nördlich der Chesapeake Bay. Fast zweitausend der insgesamt gut fünftausend Einwohner waren Sklaven. Drei Tage blutiger Rache waren das Mindeste, was als Katharsis für das Grauen und Entsetzen dieses Aufstands angemessen erschien.

New York war zu bedeutend geworden, um vom Hinterzimmer einer Taverne aus regiert zu werden. An der Wall Street wurde eine neue City Hall errichtet, auf halber Strecke zwischen dem East River und der Trinity Church. Die City Hall war noch nicht fertig, doch das Grundstück vor dem Eingang war bereits eingeebnet, Pranger, Zwangsstock und Schandkäfig waren ebenfalls bereits vorhanden. Daneben wurde der Galgen errichtet.

An einem Montag Mitte April wurden vierzehn Aufständische – die beiden Indianer, einige der in New York geborenen Schwarzen und eine Hand voll »erfahrener Sklaven« von den Inseln – zum Hinrichtungsplatz geführt und gehängt. Die riesige Menge von Zuschauern jubelte jedes Mal, wenn die Luke sich öffnete, jedes Mal, wenn die Schlinge sich zusammenzog, aber am Ende ging sie murrend von dannen. Ihr Hass und ihre Angst waren zu groß, um durch so einen leichten Tod beschwichtigt zu werden.

Dienstag war besser. Drei Schwarze wurden gerädert: Robin, der in New York zur Welt gekommen und innerhalb einer Minute zum Rebell und Mörder geworden war, sowie zwei der afrikanischen Fanti. Nachdem Robin und einer der anderen zwei Stunden lang halbzollweise gestreckt worden waren und fast unablässig geschrien hatten, wurden sie übers Rad gebrochen und starben. Dem Dritten, Clause, wurde keine solche Gnade zuteil. Sie streckten ihn so weit, dass er gerade noch am Leben blieb. Dann trat ein niederländischer Matrose vor, der in Rotterdam eine besondere Technik gelernt hatte, stellte sich mit erhobener Keule über Clauses gemarterten Körper und brach ihm Knochen um Knochen; dazwischen legte er immer wieder Pausen ein, um in einer Schänke seinen Durst zu stillen. Dann fuhr er mit frischer Kraft fort. Mittlerweile führten die Soldaten Kinsowa hinaus.

Der Ibo war wiederholt ausgepeitscht worden und blutete noch aus vielen Wunden, aber in den letzten Tagen der Gefangenschaft war er gut ernährt worden. Das hatte nichts mit Barmherzigkeit zu tun. Sie stellten Kinsowa unter den Galgen, legten ihm aber nicht die Schlinge um den Hals. Stattdessen legten sie ihm Ketten um Arme und Beine, zogen ihn daran empor und banden ihn mit ausgestreckten Gliedmaßen am Balken fest. Als respektvolle Abwandlung der Kreuzigung.

Kinsowas Urteil lautete, am Galgen zu hängen, bis er verhungerte. Bei einem kräftigen, gut genährten Mann würde das Tage dauern. Clause starb um zwei Uhr in der Frühe. Zu der Zeit hatten die meisten Zuschauer den Platz bereits verlassen, und der Arm des Matrosen war ermüdet. Schließlich schlug er dem Schwarzen den Schädel ein.

Der Mittwoch versprach, der befriedigendste Tag von allen zu werden, deshalb fanden sich die Schaulustigen schon früh ein.

Die drei Pfähle und ein Großteil der Holzscheite hatten stundenlang im Wasser geweicht. Das gewährleistete, dass das Feuer sich nur sehr langsam ausbreiten und die untere Körperhälfte der Männer in Flammen stehen würde, bevor ihr Oberkörper zu verkohlen begann. So lautete das Urteil: bei lebendigem Leibe auf einem langsamen Scheiterhaufen verbrannt zu werden. Die Leute, die sich mit derlei Dingen auskannten, schätzten, dass die Schreie sich etwa acht bis neun Stunden hinziehen würden.

Genau das brauchte die Menge.

Für die Zwecke von Gouverneur Robert Hunter – allgemeine Erbauung der Weißen und abschreckendes Exempel für die Schwarzen – stand der Wind genau richtig: eine steife Meeresbrise, die von Ost nach West wehte. Die Einwohner würden das brennende Fleisch in der ganzen Stadt riechen. Also auch die wenigen, die das Schauspiel nicht mit eigenen Augen verfolgten.

Als 1699 der alte Palisadenzaun entfernt wurde, hatte man geplant, die Wall Street in einen breiten Boulevard zu verwandeln. Doch wie sich herausstellte, hatte der damalige Gouverneur den Paradegrund im Norden aufgekauft, in Baugrundstücke unterteilt und mit immensem Gewinn verkauft. Als Folge davon blieb die Wall Street, was sie immer gewesen war – ein sechsunddreißig Fuß breiter Fahrweg. An dem Tag drängten sich die Menschen dort dicht an dicht. Wer etwas mehr Glück hatte, stand oberhalb des Gewühls, beugte sich zum Fenster hinaus oder klammerte sich an eines der steilen Dächer der vornehmen Wohnhäuser, die die Straße mittlerweile säumten.

Der Mann, der sich Will Devrey nannte – Willem Van der Vries klang zu niederländisch und erinnerte zu sehr an eine unerfreuliche Familiengeschichte –, besaß eines davon. Seines war ein quadratisches Haus aus dunkelroten Ziegeln mit hohen, eleganten Fenstern, vier Kaminen und einem steilen Schieferdach, auf dem eine leuchtend weiße Zierbalustrade thronte.

Das Geld für den Bau des Hauses hatte Devrey auf dieselbe Art verdient wie die meisten anderen Besitzer der prachtvollen Häuser an der Wall Street – mit den Guinea-Schiffen. Will besaß sieben davon. Vorwiegend befuhren sie die mittlere Passage, die einträglichste Strecke des Dreieck-Handels. Einige Devrey-Schiffe transportierten Getreide und Fleisch aus den englischen Kolonien zu den Westindischen Inseln und von dort Rum und andere Waren nach Afrika. Die meisten waren einzig zu dem Zweck gebaut, Sklaven aus den Forts entlang der Küste von Guinea zu verschiffen. Der Handel hatte Will zu einem sehr reichen Mann gemacht. Er war sich bewusst, dass er nach diesem Aufstand um einiges ärmer werden könnte.

Schon jetzt wurde davon gesprochen, den direkten Import afrikanischer Sklaven zu verbieten, denn gemeinhin wurden diese als Anstifter des Aufstands angesehen. Will wollte sich vehement gegen dieses überstürzte Vorgehen aussprechen. Im Grunde sollte er, ein wohlhabender Mann, Mitglied des Gouverneursrats, jetzt dort unten auf dem Vorplatz der City Hall mit Gouverneur Hunter und den anderen Würdenträgern sitzen. Es wäre eine herausragende Gelegenheit, seine Meinung kundzutun. Stattdessen war er gezwungen, hier oben bei seiner Frau und den plappernden Damen zu sitzen, die Susannah zu diesem Ereignis eingeladen hatte. Denn natürlich würde seine verfluchte Schwester sich wieder zum Gespött machen.

»Sie kommt! Die Rote Bess kommt!«

Der Schrei ertönte zuerst von jenen, die an der Kreuzung von Broad Way und Wall Street standen, wo sich die Menschen in Zehnerreihen auf dem eingezäunten Grasstück hinter der Trinity Church drängten. Der Platz vor der Kirche war größer, doch an jenem Tag uninteressant für die Zuschauer. Die kleine, aus braunem Sandstein und rotem Ziegel errichtete Trinity Church, die die Seelen der englischen Elite retten sollte, ging nach Westen und bot einen Blick zum offenen Gelände zwischen dem Broad Way und dem Hudson River. Erst vor kurzem hatte Königin Anne der Kirche einen Gutteil dieses ländlichen Grundstücks zugesprochen, doch heute fand alles, was Unterhaltungswert verhieß, in der entgegengesetzten Himmelsrichtung statt.

»Die Rote Bess kommt!«

Sie trug einen schwarzen Schal und ein schwarzes Kleid, und ihr rotes Haar war fast völlig unter einer schwarzen Strohhaube verborgen. Langsam schritt sie den Broad Way entlang, ohne jemanden zu grüßen, ohne links oder rechts zu blicken. Sie war nicht in Eile, ohne sie würde man nicht beginnen.

Gouverneur Robert Hunter war sich der Bedeutung von Ritualen wohl bewusst. Die Rote Bess hatte die Rolle ihrer Mutter übernommen. Wie früher Sally, so musste auch Bess da sein, wenn es um Sklaven ging.

Es hatte Zeiten gegeben, als Sally sich leibhaftig zwischen Peitsche und auszupeitschendem Sklaven gestellt hatte. Zumindest lange genug, um dem Schwarzen in die Augen zu blicken, den Kopf zu schütteln und sich dann abzuwenden. Gelegentlich war Bess ebenso mutig, aber während der Hinrichtungen durch den Strang hatte sie nichts unternommen. Und auch nichts, als die drei gerädert wurden. Sie war auch nicht zu dem Ibo gegangen, der in Ketten am Balken hing. Alle hofften auf mehr Ergötzliches bei den Verbrennungen.

Die Menge teilte sich, um ihr Platz zu machen. Bess bog um die Ecke und ging unbehelligt die Wall Street entlang.

Als sie auf halbem Weg stehen blieb und sich zur Hinrichtungsstätte drehte, stand sie mit dem Rücken zum Haus ihres Bruders. Sie drehte sich um, hob den Kopf zu Wills und Susannahs Fenstern, um sich dann wieder dem Gouverneur zuzuwenden.

Eigens für ihn war vor dem Eingang zum halb fertigen Rathaus ein erhöhtes Podest mit einem Baldachin errichtet worden; dazu gab es ein Kissen, auf das er sich stützen konnte. Hunter war erschienen, wie er jeden Sonntag auch zur Kirche ging – in Begleitung der Herren seines Rats, hinter denen eine halbe Kompanie rot gekleideter Musketiere folgte sowie ein Trommler, der einen Marsch spielte. Der Bürgermeister, der Sheriff und die Ratsherren hatten ihn bereits erwartet. Jetzt standen sie neben ihm. Aber wie Bess gewusst hatte, wartete Hunter auf sie.

Sie schaute zu ihm hinauf. Er schaute zu ihr hinab. Der Gouverneur nickte nicht eigentlich, aber ihre Blicke begegneten sich. Dann hob er die Hand.

Ein Kontingent Rotröcke brach aus der Formation aus und trabte in das Gebäude. Außer dem Richtplatz hatten die Stadtväter einen weiteren Teil der City Hall eilig fertig stellen lassen. Die Schuldnerzellen im Dachboden mochten noch nicht ausgebaut sein, doch die Kerker unterhalb des Rathauses existierten bereits. Von dort erschienen wenige Sekunden später die Soldaten mit den letzten Verurteilten, Quaco, Peter dem Doktor und Bess' Jungen, Tom.

Alle drei waren an Händen und Füßen gefesselt. Als sie auf die Pfähle zuschritten, konnte man das Rasseln und Klappern ihrer Ketten beinahe über das Lärmen der Menge hinweg hören. Die Männer wurden an die Pfosten gebunden.

Alles war bereit. Das Gejohle der Zuschauer verstummte. Die Menge war wie ein einziges, riesiges Lebewesen, das erwartungsvoll die Luft anhielt.

Dieses Mal enttäuschte Bess sie nicht. Sie drängte sich durch den Kreis der Wachen und trat auf die Schwarzen zu. Ein kollektives Seufzen ging durch die Menge. Genau darauf hatten sie gewartet, genau das hätte die verrückte Mistress Sally auch getan.

Ein Milizionär, ein Junge von Long Island, der die Sitten der Stadt nicht kannte, stellte sich Bess in den Weg und legte die Muskete an.

»Nicht schießen!« Ein Rotrock stieß den Befehl aus, blickte dann zum Gouverneur. Hunter nickte. Der Soldat wandte sich an den Jungen, dessen Waffe auf Bess' Herz gerichtet war. »Lass sie vorbei.«

Der Junge gab Bess den Weg frei. Sie ging zu dem Schwarzen, der an den mittleren Pfahl gebunden war, und sah ihn mehrere Sekunden lang nur an. Schließlich sprach sie. »Warum, Tom? Sag mir nur das. Warum?«

Sein Gesicht war von den brutalen Schlägen beinahe bis zur Unkenntlichkeit entstellt. Er hatte keine Zähne mehr, die Lippen waren geschwollen und aufgerissen, so dass er nur mit Mühe sprechen konnte. »Um frei zu sein.«

Schultern und Brust waren von Peitschenstriemen überzogen. Bess berührte eine davon. »Ich habe nie … Du bist unter meinem Dach nie geschlagen worden. Nie missbraucht worden. War das nicht genug?«

»Freiheit«, flüsterte Tom. »Freiheit.«

Mittlerweile hatte die Menge begonnen, ihren Namen zu skandieren, sie anzustacheln. Auch das gehörte zum Ritual.

»Gib ihm den bösen Blick, Rote Bess.«

»Red mit ihm, wie die verrückte Mistress Sally es getan hat. Erzähl ihm das Geheimnmis.«

»Komm schon, Rote Bess, sag ihm, was deine Mutter ihnen gesagt hat. Was immer das war. Aber laut genug, damit wir's auch hören.«

Die üblichen Bemerkungen, begleitet von Gejohle und

Pfiffen – so war es immer. Aber dieses Mal war anders als all die Male zuvor. Nie war der Hass so greifbar gewesen. Manche in der Menge wollten sich nicht an die alten, ungeschriebenen Regeln halten.

»Verschwinde, Bess. Damit er kriegt, was er verdient.«

»Der verdammte Nigger hätt bloß zugeschaut, wie wir in unseren Betten umgebracht werden. Verschwinde, verdammt, damit er endlich brennen kann.«

Bess beachtete sie nicht. »Ich kann nicht glauben, dass du ein Mörder bist«, flüsterte sie. »Nicht du, Tom.«

»Hab niemanden nicht umgebracht.« Die Worte waren ein leises Flüstern, das nur Bess verstehen konnte. »Gewollt hab ich schon, aber ich konnt nicht.«

Bess lächelte. »Das denke ich mir. Hier, schluck das.« Ihre Hand bewegte sich so rasch, dass niemand die Geste vorhersehen oder sie verhindern konnte. In weniger als einer Sekunde hatte sie ihm das Kügelchen aus Kiefernharz mit den zerstoßenen Samen von Nux vomica in den Mund gesteckt. »Strychnin«, murmelte sie. »Nicht leicht, aber leichter.« Die beiden blickten sich in die Augen. Bess sah die Dankbarkeit in seinen. Und wichtiger noch, sie sah ihn schlucken.

»Was hat sie gemacht?«

»Die hat ihm was gegeben. Bestimmt irgend 'nen Zaubertrank aus ihrer Apotheke.«

»Die Rote Bess hat dem Schwein einen Trank gegeben. Der verschwindet jetzt gleich. Was hat sie gemacht?«

Ohne auf die Zurufe zu achten, ging Bess zu ihrem Platz zurück. Die Leute um sie drängten näher, schubsten sie. Jemand griff nach ihrer Haube.

Der Gouverneur hob die Hand. Die Milizen trugen die Scheite herbei, schichteten sie am Fuß der Pfähle auf.

Quaco begann zu singen.

Amba, seine Frau, war in einiger Entfernung an einen vierten Pfosten gebunden. Nicht, um verbrannt zu werden, sondern um zuzusehen. Gegen den Wunsch nahezu aller hatte Hunter darauf bestanden, ihr Leben zu schonen, weil sie hochschwanger war. Ihre Stimme fiel in Quacos Gesang ein.

Peter der Doktor kannte den Gesang zwar nicht, aber er spürte ihn in seinem Innersten. Er setzte im Bass mit ein.

Und hoch oben am Galgen, im Wissen, wie viel länger er dort hängen musste und wie viel schlimmer es noch werden würde, stimmte Kinsowa den Todesgesang der Ibo an.

Das genügte an Ablenkung. Die Menge richtete ihre Aufmerksamkeit von Bess auf das Spektakel, dessentwegen sie gekommen war.

Einer der Rotröcke goss etwas Pech auf einige Scheite in jedem Haufen, gerade genug, damit sie Feuer fingen. Ein Zweiter brachte die Fackel.

Bess hatte nur Augen für Tom. Sie hielt die Luft an. Die ersten Flammen züngelten an seinen Schienbeinen empor, als sie sah, wie er sich verkrampfte. Wenige Minuten später wusste sie, dass er tot war. Die anderen schienen es nicht zu bemerken. Vielleicht, weil etwa zu der Zeit Peter der Doktor zu singen aufhörte und zu brüllen begann. Quacos Gesang ging noch etwa eine halbe Stunde weiter. Dann begann auch er zu schreien, bis die Schreie in Geheul übergingen.

Fünf Stunden später hörte Kinsowa zu singen auf. Die Hitze der Flammen und der schreckliche Durst ließen seine Stimme versagen. Nur Amba sang die langsam verbrennenden Männer in den Tod. Es dauerte beinahe zehn Stunden, bis zuerst Quaco und dann Peter der Doktor starben, und in all der Zeit verstummte sie kein einziges Mal. Erst, als die Männer kamen, um sie loszubinden und fortzuführen.

Die meisten Schaulustigen waren schon längst gegangen, doch Bess harrte aus bis zum Ende. Als sie schließlich allein zurückblieb mit einigen Rotröcken, die die Sklaven beim Reinigen des Platzes beaufsichtigten, ging sie zum ranghöchsten Soldaten. »Sagen Sie dem Gouverneur, dass die Rote Bess die Frau kaufen will. Sagen Sie ihm, dass er kein Vermögen für sie bekommt, in dem Zustand, in dem sie ist, und vor allem nicht in Anbetracht der Tatsache, was sie ist; aber sagen Sie ihm, ich zahle jeden Preis, den er verlangt.«

Der Soldat erklärte, er würde den Wunsch ausrichten. Bess ging nach Hause, durch den Dunst fettig-schwarzen Rauchs, der über der Stadt hing und die Luft mit dem Gestank verbrannten Fleischs erfüllte.

# Kapitel 5

## I

Der Winter 1713/14 war der strengste seit langem. Zwischen der Stadt und dem Ackerland der Kolonie weiter im Norden war es zu Auseinandersetzungen gekommen, so dass die New Yorker Mühlen mit weitaus weniger Getreide als nötig beliefert wurden. Mehl war so knapp, dass die Bäcker einen Shilling für einen Laib Brot verlangten.

Die hohen Preise belasteten die Rücklagen der Kirchen ebenso wie die Armenkasse, die die Stadt eingerichtet hatte, um Bedürftige zu unterstützen. Jetzt mussten selbst diejenigen von ihnen hungern, die unverschuldet in Armut geraten waren.

Die Lage wurde noch verschärft durch die schlimmste Kälte seit Menschengedenken, und es gab so viel Schnee, dass die Austernbänke zwischen Manhattan und Long Island nicht mehr zugänglich waren. Normalerweise stellten die Austern eine kostenlose Nahrungsquelle für die Mittellosen dar. Jetzt mussten sie Not leiden.

Es schneite auch an jenem Freitagabend im Februar, als Bess spät das Haus verließ. Sie hatte sich in einen alten Umhang von Sally gewickelt und sich die Kapuze über den Kopf gezogen, doch die Kälte drang selbst durch den dicken grauen Wollstoff hindurch. Es kümmerte sie nicht.

Das Wetter war nichts im Vergleich zu der Eiseskälte, die sie im Inneren verspürte.

Zum ersten Mal, seit Bess sich erinnern konnte, lungerten Arme in aller Öffentlichkeit auf der Straße herum. Allein auf dem kurzen Weg von der Pearl Street zum Hall Place zählte sie sieben Gestalten, die in Türeingängen kauerten oder an Lampenpfosten lehnten. Einige waren noch genügend bei Sinnen, um ihr mit hungrigen Blicken nachzusehen. Die meisten waren so elend, dass ihnen alles gleichgültig schien. Mindestens zwei waren, wie Bess meinte, bereits tot. Doch sie war zu besorgt, um sich darum Gedanken zu machen, war zu sehr mit ihrem eigenen Schmerz beschäftigt, um mit der Not anderer mitzufühlen, und als gestandene Frau hatte sie keine Angst.

Dennoch vermied sie bewusst die Dunkelheit der White-Hall-Werft, wo sie sicherlich weitere Herumtreiber angetroffen hätte. Stattdessen ging sie die Dock Street hinauf, wo noch einige altmodische Holzhäuser der neuen Vorliebe für Backstein trotzten, und bog schließlich in den Hall Place ein. Auch wenn sie in New York geboren und aufgewachsen war, hatte sie ihres Wissens noch nie einen Fuß in diese kurze, schmale Straße gesetzt. Sally hatte mit ihren Kindern stets einen Umweg gemacht, um den Hall Place zu vermeiden, und Bess hatte diese Gewohnheit beibehalten. Bis sie den rot-weiß gestreiften Pfosten neben der Tür sah – gerade noch erkennbar im treibenden Schneegestöber –, war sie nicht sicher, bei welchem Haus sie anklopfen musste.

Der Pfosten war zwar als Kennzeichen nützlich, aber doch ein Anachronismus. Lucas Turner hatte ihn dort aufgepflanzt, als er die Witwe von Ankel Jannssen heiratete und in dessen Haus zog. So war der Pfahl immer dort stehen geblieben, auch wenn Lucas' Enkel im Grunde kein Bader war. Christopher hatte als Chirurg viel zu großes Ansehen, als dass er sich mit Rasieren, Entlausen oder Zähneziehen abgegeben hätte.

In der Stadt ging das Gerücht, dass Christopher weniger als andere Männer schlief. Offenbar stimmte das, denn obwohl es fast Mitternacht war, konnte Bess hinter den Fensterläden im Erdgeschoss den Schein brennender Kerzen ausmachen. Aber wenn es notwendig gewesen wäre, hätte sie ihn auch aus dem Schlaf der Gerechten gerissen.

Sie atmete tief durch. Eigentlich war sie nicht besonders fromm. Nachdem Jacob Van der Vries ein Begräbnis verwehrt worden war, hatte Sally mit den Kindern keine Kirche mehr betreten. Bess hatte mit der Geistlichkeit ihren Frieden geschlossen, als sie Moses heiratete. Jetzt saß sie an Fest- und Feiertagen auf ihrer Bank in der Trinity Church und sang mit fester Stimme anglikanische Kirchenlieder. Den Rest des Jahres kümmerte sie sich um ihre Geschäfte und überließ es dem guten Herrgott, sich um die seinen zu kümmern. Doch bevor sie den bronzenen Türklopfer betätigte, sprach sie im Flüsterton ein Stoßgebet. Das hatte sie in letzter Zeit häufiger getan. »Bitte. Um Jesu Christi, Deines geliebten Sohnes willen. Amen.«

Christopher selbst öffnete die Tür. In der Hand hielt er eine Kerze, die er vor dem Wind schützen musste, so dass ihr Schein die Dunkelheit kaum erhellte. »Ja? Kann ich Ihnen helfen?«

»Ich bin's – Bess, deine Tante. Darf ich reinkommen?«

»Bess …« Christopher erschrak über das Läuten der Glocke zur Mitternacht vom quadratischen Turm der Trinity Church hoch über der Stadt. Als wäre es weniger überraschend, wenn die Rote Bess ihn zur helllichten Mittagszeit aufgesucht hätte. »Ja. Na ja, vielleicht … Ich meine … Ist etwas nicht in Ordnung?«

»Natürlich ist etwas nicht in Ordnung. Wäre ich sonst gekommen?«

»Nein, natürlich nicht. Entschuldigung. Du hast mich überrascht. Komm rein, gib mir deinen Mantel.«

Bevor sie ihm den Umhang reichte, schüttelte sie die Schneeflocken aus, dann trat sie die Stiefel am Kratzeisen neben der Haustür ab. Christopher bemerkte, dass ihre Hände von der Kälte rot und aufgerissen waren; sie hatte keinen Muff. Und sie war beinahe dünn geworden. »Tamsyn«, sagte er, während er den Umhang an die Hakenleiste hängte. »Geht es ihr gut?«

»Sehr gut. Obwohl sie seit der Geburt erschöpft ist. Kinder zu haben ist anstrengend, wie du sicher bald selbst feststellen wirst. Wie geht es Jane?«

»Meiner Frau geht es gut. Das Kind kommt erst in knapp zwei Monaten.«

»Ich weiß.«

Er lächelte. »Ich hätte mir denken können, dass du das weißt. Komm, gehen wir in die Wärme. Du siehst halb erfroren aus.«

»Ich friere auch. Draußen ist es bitterkalt. Ich habe sieben arme Seelen gesehen, die von Glück reden können, wenn sie den morgigen Tag erleben.«

»Angeblich soll es ja bald ein Armenhaus geben, damit sie ein Dach über den Kopf bekommen und man ihnen bessere Sitten beibringen kann.«

»Ich weiß. Zachary Craddock, mein Schwiegersohn, gehört zum Komitee, das sich mit der Sache befasst.«

Christopher öffnete die Tür zum Wohnzimmer, doch Bess blieb stehen. »Das sind sie also, oder?« Sie deutete mit dem Kopf auf die beiden Bilder an der Wand. »Lucas und Marit?«

Er hob die Kerze höher, damit sie die Porträts besser erkennen konnte. »Ja, das sind sie.«

»Er hat meine Mutter verkauft, um sie zu kaufen. Wusstest du das?«

»Ich habe eine Version der Geschichte gehört.«

Bess seufzte. »Wahrscheinlich sind es alles nur ›Versionen der Geschichte‹. Die Familienähnlichkeit ist nicht zu übersehen, auch wenn es an Zuneigung fehlt. Willem sieht ihm sehr ähnlich. Du hingegen ...« Sie schaute kurz von den Bildern zu Christopher und dann wieder zu den Porträts. »Du siehst ihr überhaupt nicht ähnlich. Dabei war sie deine leibliche Großmutter. Und wenn ich nicht wüsste, dass es unmöglich ist, würde ich sagen, dass du Lucas' Augen hast.«

»Manchmal hatte ich das Gefühl, du hättest vergessen, dass ich nur durch Adoption ein Turner bin«, sagte Christopher leise.

»Das war mir immer bewusst. Aber das war nicht der Grund, warum ich dich Tamsyn nicht heiraten lassen wollte.«

»Aus welchem Grund dann?«

Bess schaute zur Treppe. »Ich vermute, deine Frau schläft dort oben.«

»Ja.«

»Sie ist eine gute Frau. Ich kannte Jane Bradford schon als Kind. Freu dich über dein Glück, Christopher, und trauere nicht dem nach, was nie hat sollen sein. Und jetzt – wo ist die Wärme, die du mir versprochen hast?«

»Hier.« Er stieß die Tür weit auf und leuchtete ihr mit der Kerze den Weg.

Im Wesentlichen sah der Raum aus, wie er schon früher ausgesehen hatte – ein Tisch, einige Stühle, auf dem Boden ein türkischer Teppich, den Nicholas von einer seiner ersten Seereisen mitgebracht hatte –, aber dennoch war es nicht derselbe Raum, in dem Christopher jahrelang allein mit der alten Selma gelebt hatte. Jane hatte in dem Zimmer für die Behaglichkeit gesorgt, die seit dem Tod seiner Mutter gefehlt hatte. Das Messing glänzte, auf dem Tisch lag ein frisch geplättetes Tuch, sogar eine Vase mit einigen Weidenkätzchen stand dort; sie waren vor einigen Tagen gepflückt worden und würden in der Wärme bald aufblühen. Man sah dem Raum an, dass hier eine Hausfrau herrschte, die die Sklaven zur Arbeit anhielt.

»Sehr nett«, sagte Bess, nachdem sie alles gemustert hatte.

»Jetzt schon«, meinte Christopher. »Jane hat das Haus mit Leben erfüllt. Selma war immer willig, aber ich wusste nie, was ich ihr auftragen sollte; außerdem ist sie alt. Meine Schwiegermutter hat uns zur Hochzeit zwei junge Haussklaven geschenkt. Das merkt man.«

»Das stimmt – das merkt man immer. Darf ich mich setzen?«

»Guter Gott, natürlich. Verzeihung. Ich kann es immer noch nicht ganz glauben, dass du wirklich hier bist. Möchtest du etwas zu trinken? Etwas Heißes vielleicht? Ich könnte jemanden wecken …«

»Nein, lass sie schlafen. Dann leisten sie morgen bessere Arbeit. Außerdem, wenn ich nur etwas Heißes zu trinken wollte, wäre ich kaum hergekommen.«

»Das ist wahr.« Bess hatte sich auf den Sessel neben dem Feuer gesetzt. Christopher stellte die Kerze auf den Tisch, der neben ihr stand, und nahm ihr gegenüber Platz. Sie trug keine Haube, und er sah, dass ihr Haar noch immer leuchtend rot und nur mit wenigen grauen Strähnen durchsetzt war, aber ihr Gesicht war blass, die Haut straff über die Knochen gespannt, so dass ihre Züge schärfer wirkten, als er sie in Erinnerung hatte. »Also gut, worum geht's?«

»Die Leute sagen, dass du trotz deiner jungen Jahre der beste Chirurg in New York bist.« Sie lehnte sich zurück und musterte ihn, als hätte sie ihn noch nie zuvor gesehen. »Stimmt das?«

»Ich gebe mir alle Mühe, das Beste für meine Patienten zu tun.«

Er hätte wissen müssen, dass es etwas mit Krankheit zu tun hatte. Er hatte gehofft, es könnte irgendwie mit Tamsyn in Zusammenhang stehen, obwohl er nicht wusste, was er sich davon versprach, jetzt, da sie beide verheiratet waren. Trotzdem – das hatte er sich gewünscht. Ein Kontakt zu ihr ... wie dumm von ihm. Sein Geschick mit dem Messer – das hätte er sich wirklich gleich denken können. »Du bist sehr blass«, sagte er freimütig. »Ich dachte, das käme von der Kälte, aber jetzt sitzt du schon ein paar Minuten am Feuer und deine Wangen sind immer noch bleich. Welche Symptome hast du noch?«

»Dieser Tage ist die Bess gar nicht mehr so rot«, sagte sie mit einem kleinen Lachen. »Was kein Wunder ist. Ich bin so oft zur Ader gelassen worden, dass ich eigentlich blutleer sein müsste.«

Christopher beugte sich vor. »Wann war das letzte Mal?«

»Am Sonntag, vor fünf Tagen.«

»In der Kälte wird das Blut sehr dünn. Ich dachte, jeder wüsste, dass es unklug ist, bei solchem Wetter einen Aderlass zu machen. Selbst Doktoren der Medizin aus Edinburgh.«

»Das weiß auch jeder, einschließlich Zachary Craddock. Aber in manchen Fällen, wenn die Not groß ist ...« Ohne Vorwarnung begann Bess, ihr Mieder aufzuschnüren. »Am besten siehst du's dir selbst an.«

Christophers Verblüffung währte nur eine Sekunde, dann verstand er, was sie vorhatte. Er lehnte sich zurück und wendete den Blick ab.

Bess entging seine Rücksicht nicht. »Jetzt«, flüsterte sie wenig später. »Jetzt kannst du schauen.«

Sie trug kein Korsett und hatte nicht nur ihr Mieder, sondern auch das Leibchen geöffnet. Die Brüste, die sie entblößte, waren riesig und hingen schwer herab. Offenbar empfand sie keine Scham, ihre Brüste herzuzeigen; peinlich war ihr nur ihr Aussehen. »Du wirst es nicht glauben, aber früher einmal hatte ich einen Busen, den ein Mann sehr reizvoll finden konnte. Aber das war, bevor ich vier Kinder nährte. Und bevor das passierte.« Mit der linken Hand hob sie die rechte Brust etwas an und schob sie zur Seite. Dadurch wurde ein Klumpen sichtbar, der die Größe eines schiefen Eis hatte und direkt aus der Haut zu wachsen schien.

Christopher beugte sich vor und streckte die Hand aus. »Darf ich?«

»Sonst wäre ich nicht gekommen.«

Die Geschwulst war hart und fest. Das konnte ein gutes Zeichen sein, aber sie war auch sehr glatt, was gar nichts Gutes verhieß. Christopher hatte gelernt, seine Gefühlsregungen zu verbergen. Sein Gesicht verriet nichts. *Verkapselte Tumore erhalten ihren Namen von der Kapsel, die sie umschließt. Wenn die Materie, aus der sie bestehen, geronnener Milch ähnelt, handelt es sich um eine* Atheroma; *ähnelt sie Honig,* Meliceris; *wenn es aus einer fettigen Substanz besteht,* Steatoma, *die sich im Gegensatz zu den vorher genannten sehr fest anfühlt. Talgige Tumore lassen sich auch daran erkennen, dass sie pockennarbig und voller Vertiefungen sind. Sie bereiten dem Patienten keinerlei Unbehagen und lassen sich leicht herausschneiden, selbst aus der Brust.*

»Also«, fragte Bess. »Was meinst du?«

»Noch nichts.« Christopher stand auf und tastete die Wucherung mit den Fingerspitzen beider Hände ab. Bess zuckte zusammen. *Der* Scirrhus *zeichnet sich durch eine fehlende Entzündung der Haut aus, durch Glätte und Beweglichkeit tief in der Brust und zumeist auch durch stechenden Schmerz. Wenn der Tumor zu einem Krebs wird, welcher die böseste Form von* Scirrhus *darstellt, wird er unregelmäßig und bläulich, die Gefäße werden varikös und der Tumor geschwürig.* »Wie lange hast du das schon?«

»Zum ersten Mal habe ich's bemerkt, als Tamsyn zwei Monate schwanger war. Jetzt ist die Kleine einen Monat alt.«

»Heb bitte den Arm.« Er befühlte das zarte Fleisch in der Achsel mit sanftem Druck. Er spürte mindestens drei Knoten, möglicherweise auch mehr. »Ich vermute, Craddock hat dich behandelt?«

Bess nickte. »Als keins meiner Heilmittel etwas ausrichtete, bin ich zu ihm gegangen. Ich glaube, da hatte ich das Ding schon gut drei Monate.«

»Und es ist die ganze Zeit größer geworden?«

»Ja. Besonders in den letzten Wochen.«

»Was hat dein Schwiegersohn dir verordnet?«

»Häufige Aderlässe, wie schon gesagt. Und starkes Purgieren. Eine Weile hat er den Klumpen jeden zweiten Tag geschröpft, bis überall Blasen waren. Als das nichts nützte, hat er vier Mal mit der Lanzette geschnitten. Er sagte, Doktoren der Medizin in Edinburgh bräuchten dafür keinen Bader, sie seien selbst ausgebildet im ›kunstgerechten Gebrauch des Messers‹, wie er es nennt. Aber das ist jetzt egal. Das Ding platzt nicht auf, nur ein bisschen Flüssigkeit und Blut kommen heraus und trocknen sofort.«

»Klare oder trübe Flüssigkeit?«

»Klare. Aber sehr wenig. Ein oder zwei Tropfen, mehr nicht. Das Gift lässt sich nicht herausziehen, obwohl Zachary mir sofort Umschläge mit Senf und Flachs verschrieben hat und ich sie immer noch mache. Ich hatte Umschläge schon gemacht, bevor ich zu ihm gegangen bin. Heißer Dung. Es gibt kein besseres Zugmittel.«

»Weiß Craddock, dass du bei mir bist?«

Bess schüttelte den Kopf.

»Das habe ich mir gedacht.«

»Ich bin eine selbstständige Frau, Christopher Turner. Seit ich vier bin, habe ich keinen Vater, und seit zwanzig Jahren auch keinen Ehemann mehr. Zachary Craddock ist mit meiner Tochter verheiratet, nicht mit mir.«

»Ja, natürlich.« Er begann, ihr das Leibchen zuzuziehen. »Die Untersuchung ist beendet. Du kannst deine Kleidung wieder richten, Tante Bess.«

»Die Frage ist«, sagte sie brüsk, »ob du meine Gesundheit wieder richten kannst.«

*Manche Chirurgen sind vom Misserfolg dieser Operation so entmutigt, dass sie sie in allen Fällen ablehnen und ihren Patienten lieber zum sicheren Tod als zu einem Versuch raten.* »Für einen Eingriff ist es schon sehr spät. Die Wahrscheinlichkeit eines Erfolgs wird durch die Dauer ...«

»Ich will keine schönen Worte hören, sondern Tatsachen, Christopher. Kannst du das Ding aus mir herausschneiden oder kannst du es nicht?«

Er atmete tief durch. Sein Blick wanderte von ihr fort zu den Flammen. »Einen solchen Tumor kann ich nicht entfernen. Er liegt zu tief. Es wäre eine grausame Lüge, etwas anderes zu behaupten.«

»Und wenn er weiter wächst, kostet er mich das Leben, oder?«

Sein Mund war so trocken, dass er nicht sprechen konnte. Er nickte.

»Eher früher als später?«

Wieder nickte er.

Bess schnürte ihr Mieder zu. Dann stand sie auf. »Also gut. Danke, dass du mir deine Meinung gesagt hast. Ich gehe davon aus ...« Sie zögerte. »Ich vermute, deine Weigerung zu operieren ist nicht auf Groll zurückzuführen.«

»Das stimmt, Bess, denn ich grolle dir nicht.« Nicht nur Bess, auch Tamsyn hatte Craddock den Vorzug gegeben.

In der Hinsicht hatte Christopher sich nie etwas vorgemacht. »Außerdem habe ich nie jemandem meine Hilfe verweigert, wenn ich glaubte, ihm helfen zu können.«

Sie nickte. »Das sagen alle … Verzeih, du hast solche Worte nicht verdient.«

Gemeinsam gingen sie zur Tür. Christopher nahm den alten Umhang von der Wand und legte ihn ihr um die Schultern. »Ich begleite dich, ja?«

»Nein, danke. In diesem Augenblick ist mir meine eigene Gesellschaft die liebste.« Bess zog die Kapuze hoch. Christopher öffnete die Tür.

Es schneite nicht mehr, der Wind hatte sich gelegt. Doch die Kälte war noch schneidender als zuvor. Bei jedem Atemzug stach die Luft in der Nase und im Hals. Christopher sah ihr zu, wie sie in die Nacht hinaustrat. Die Rote Bess. Es gab keine zweite Frau wie sie, würde es vielleicht nie wieder geben. Und sie waren verwandt, wenn auch nur durch Adoption. »Tante Bess. Warte.«

Als sie sich zu ihm umdrehte, sah er auf ihrem Gesicht einen Ausdruck, den er mittlerweile nur zu gut kannte und manchmal auch fürchtete. Den Ausdruck tiefer, beinahe blinder Hoffnung, mit der so viele Patienten ihm begegneten, wenn sie glaubten, er könnte sie heilen. »Ja?«

»Es gibt eine Chance. Eine sehr, sehr kleine.« *Der Erfolg dieser Operation ist ausgesprochen fragwürdig wegen der großen Neigung der Konstitution, der Wunde oder eines anderen Körperteils, einen neuen Krebs zu bilden. Manche raten von diesem Eingriff ab aus Angst, ihr Ruf könnte wegen der geringen Erfolgsaussichten leiden. Doch die Beispiele, in denen Leben und Gesundheit durch den Eingriff wieder hergestellt wurden, sind zahlreich genug, um ihn empfehlen zu können.* »So gut wie keine Chance. Ich würde lügen, wenn ich etwas anderes behauptete.«

»Meine Enkelin Sofie Craddock ist einen Monat alt«,

sagte Bess leise. »Als ich sie gestern im Arm hielt, schien sie zu lächeln. Bestimmt war das nur eine kleine Kolik, aber bald wird sie richtig lächeln. Ich bin jetzt neunundvierzig. Nicht jung, ich weiß, aber mit etwas Glück stehen mir noch einige Jahre bevor. Da ist jede Chance gut genug.«

»Vielleicht sagst du das nicht mehr, wenn du meinen Vorschlag gehört hast.«

Bess wartete.

»Ich kann die ganze Brust abschneiden«, sagte Christopher.

## II

Kein Verkehr mit den Turners. Das waren nahezu die letzten Worte gewesen, die Sally zu ihr gesagt hatte. Und jetzt richtete sie für einen dieser Turners ihr Bett her. »Ich hatte keine andere Wahl, Mama«, flüsterte Bess, als sie die bestickte Decke, Teil ihrer Aussteuer, ein letztes Mal glatt strich. »Ich will nicht sterben, wenn es irgend geht. So einfach ist das.«

Hinter ihrem Rücken hörte Bess ein Geräusch. Sie hatte Cuffy, ihre jüngste Haussklavin, nach zusätzlichem Bettzeug und sauberen Lappen geschickt. »Gut«, sagte sie, ohne sich umzudrehen. »Leg sie vor den Kamin, neben den alten Eimer. Dann sind sie schön trocken und warm, wenn Mr. Turner sie braucht. Und dann solltest du noch … Ach, du bist's. Ich hatte Cuffy erwartet.«

Amba sprach noch immer wenig Englisch, aber mittlerweile verstand sie den Großteil dessen, was man zu ihr sagte. Sie legte den Stapel Tücher und Decken neben die Feuerstelle und wartete auf den nächsten Auftrag. Sie wirkte eifrig, aber etwas befangen. Nach der Geburt ihrer Tochter hatte sie Toms Aufgaben übernommen, kutschierte den

Wagen, war für das Feuer zuständig und verrichtete schwerere Gartenarbeiten. Solche Aufgaben lagen ihr mehr, als sich um die Leinenwäsche zu kümmern.

Bess dachte immer, dass Amba den Körperbau eines Mannes hatte mit den Muskeln, die sich deutlich unter ihrer glatten, ebenholzfarbenen Haut abzeichneten. Oder den eines unbekannten, wunderschönen afrikanischen Tiers. Amba hatte sich schnell in die häuslichen Pflichten einweisen lassen – leichter, als Bess geglaubt hätte –, aber sie hatte noch immer etwas Ungezähmtes, Fremdartiges an sich. Das schlichte karierte Kleid, das sie auf Bess' Geheiß hin wie alle Sklavinnen des Hauses trug, sah nach wie vor sonderbar an ihr aus. Die Fassade New Yorker Anstands konnte das Wilde nicht allzu gut verdecken. Wann immer Bess das Mädchen ansah, dachte sie daran, wie sie zehn Stunden lang den Todesgesang der Ashanti gesungen hatte, während vor ihren Augen langsam ihr Mann verbrannte.

»Danke, Amba. Kümmert Cuffy sich um das heiße Wasser?«

Die Schwarze nickte. »Viel Wasser«, sagte sie. »Viel heiß. Amba macht großes Feuer.«

»Das glaube ich gern. Das war's dann. Du kannst gehen. Im Schuppen wartet Arbeit auf dich. Ich möchte, dass du die Hacken schärfst, bevor ... Ach, aber ... Das ist doch ...«. Die junge Frau war vor Bess in die Knie gesunken und küsste ihr die Hand. »Steh auf, Amba. Das ist völlig überflüssig. Du sollst meine Anordnungen ausführen und mich nicht wie eine Prinzessin verehren. Macht ihr das bei ...«

»Mistress Rote Bess nicht sterben«, sagte die junge Frau heftig. »Amba macht starken Zauber und Mistress leben.«

Während sie sprach, drückte sie Bess etwas in die Hand. Offenbar ein Klumpen Hühnerfedern, der von Dung oder etwas Ähnlichem zusammengehalten wurde. »Danke,

Amba. Ich weiß es zu schätzen. Wirklich. Und jetzt steh auf, es ist Zeit, dass du deine Tochter stillst. Ich glaube, ich höre sie schon schreien.«

Die kleine Phoebe war schon über zwei Jahre alt, verlangte aber noch immer nach der Mutterbrust. Sie war knapp eine Woche nach dem Tod ihres Vaters zur Welt gekommen, als Amba erst wenige Tage in Bess' Haus lebte. Während der Geburt war Bess nicht von ihrer Seite gewichen, hatte ihr das schweißnasse Gesicht getrocknet, ihr Tee aus Mutterkraut und Bilsen zu trinken gegeben, um die Schmerzen ein wenig zu lindern. Sie hatte den Aufguss selbst zubereitet, und sie hatte das Mädchen auch selbst entbunden.

Die Geburt war sehr blutig gewesen. Amba war nicht gebaut wie die Frauen, ob schwarz oder weiß, die hier in der Kolonie geboren wurden, einschließlich Ambas neugeborener Tochter. Das verstand Bess nicht ganz und konnte, weil sie und Amba keine gemeinsame Sprache sprachen, auch nicht mit ihr darüber reden. Aber die Schmerzen der Wehen und die Freude über das Neugeborene – um sich darüber zu verständigen, brauchten Frauen keine Worte. Erst nachdem das Kind entbunden, die Nabelschnur getrennt und die Kleine gewickelt war, hatte Bess Mutter und Tochter der Fürsorge der anderen Schwarzen überlassen.

Das tat Bess für alle Sklaven, die unter ihrem Dach lebten, aber Amba sah nur, dass ihre neue Herrin die erste Weiße war, deren Hände trösteten und nicht straften. »Mistress Rote Bess nicht sterben«, wiederholte sie, sprang auf und lief davon.

»Hoffentlich«, flüsterte Bess ihr nach. »Ich persönlich fände es jammerschade, mit nur einem Busen beerdigt zu werden, wenn ich mit zweien vor meinen Schöpfer hätte treten können.«

Der Klumpen Hühnerfedern und was immer als Bindemittel diente wurde in ihrer Hand langsam klebrig und verströmte einen unangenehmen Geruch. Bess hatte sehr wenig Vertrauen zu Magie, auch wenn man ihr lange vorgeworfen hatte, sie würde Hexerei betreiben. Sie wollte den Fetisch gerade in die Flammen werfen, als sie es sich anders überlegte. Sie ging zum Bett und steckte den Glücksbringer unter ihr Kissen. In dieser Situation war jeder Beistand willkommen und jedes Hilfsmittel, so ausgefallen es auch sein mochte, war einen Versuch wert.

»Wir brauchen noch jemanden, der uns helfen kann. Die Alte allein schafft das nicht«, sagte Christopher schroff, ohne Hetje dabei anzusehen. »Sag mir, wen ich noch rufen kann. Jemanden, der jünger und kräftiger ist.«

Die Rote Bess lag auf dem Rücken, die Haare auf dem weißen Leinenkissen ausgebreitet, die Augen halb geschlossen. »Hetje schafft das«, murmelte sie schläfrig. »Ich kann nicht …« Die Worte erstarben. Ein kleines Lächeln umspielte ihre Lippen.

Christopher selbst hatte ihr aufgetragen, wenige Minuten vor seiner Ankunft so viel Laudanum wie möglich einzunehmen, ohne dass sie daran sterben würde, und danach noch zwei Schluck Rum zu trinken. Aber bestimmt hatte er ihr auch gesagt, dass er zwei jungen Sklaven brauchen würde, die ihm zur Hand gingen. »Tante Bess, hör mir zu, ich habe doch …«

»Ich habe sie zur Welt gebracht«, unterbrach Hetje. »Und ihren Bruder und ihre Kinder. Hetje ist eine gute Sklavin. Tut, was der Herr will.«

Sie sah ihm direkt ins Gesicht. Mit demselben intensiven Blick, der Christopher schon in der Nacht des Sklavenaufstands aufgefallen war. Etwas an dieser alten Schwarzen ließ seine Haut kribbeln, aber das war nicht der Grund, warum ihre Anwesenheit ihm Unbehagen bereitete. »Du kannst bleiben, wenn die Herrin es dir erlaubt hat. Aber ich brauche zwei junge Helfer mit kräftigen Armen und kräftigem Rücken.«

»Und kräftigem Magen«, ergänzte Hetje freimütig. »Da kommt niemand nicht. Die haben alle Angst. Die sagen, Sie sind ein Folterer.«

»Es ist mir gleichgültig, was sie sagen.« Er bemühte sich nicht, seine Ungeduld zu zügeln. Aufsässige Schwarze, die nicht ohne Widerworte gehorchten, stellten in Christophers Augen eine Last dar und keine Hilfe. Es war besser, sie zu verpachten oder, wenn sie keine besonderen Fähigkeiten hatten, sie gleich weiterzuverkaufen. Er warf einen Blick auf Bess. Sie döste. Das tun zu können, bevor man unters Messer kam, war ein Segen – und seiner Erfahrung nach ein Zustand der Entspannung, der sich auch mit viel Alkohol nicht erreichen ließ. Selten hatte er die positive Wirkung von Laudanum so deutlich gesehen wie bei Bess; aber das bedeutete auch, dass sie ihm jetzt keine Hilfe war.

Er hatte versprochen, sie nicht anzubinden. »Das ist das Einzige, was ich nicht ertragen könnte«, hatte sie ihm gestanden. »Wie ein Maulesel festgebunden zu werden.«

»Das käme für mich auch nicht in Frage«, hatte er erwidert. »Das gehört sich nicht.« Bei seinen Patienten im Hospiz war es durchaus in Ordnung, sie ans Bett zu fesseln, aber nicht bei einer Frau, einer Dame, die er in ihrem eigenen Heim behandelte. Aber wie sollte er das Problem jetzt lösen?

»Die Herrin hat Anweisung gegeben, dass ihr alle genau tut, was ich euch sage«, log Christopher mit einem Blick auf Hetje. »Jetzt hol eure zwei kräftigsten jungen Haussklaven. Und wenn du nicht in zehn Sekunden wieder da bist, lass ich dich wegen groben Ungehorsams auspeitschen.«

Hetje schaute zu ihm. Sie schien von seinem herrischen

Auftreten nicht im Mindesten beeindruckt und auch nicht verängstigt durch seine Drohung. Doch nach einigen Sekunden brummte sie zustimmend und verließ den Raum. Keine Minute später war sie wieder da. Mit zwei jüngeren Frauen.

Die eine blieb neben der Tür stehen, die Hand vor den Mund geschlagen, die dunklen Augen vor Angst weit aufgerissen. Die andere ging direkt zum Bett und schaute auf ihre Herrin. »Sie gut.« Ihr Gestammel richtete sich mehr an Hetje als an Christopher. »Amba macht starke Medizin.«

»Amba«, murmelte Christopher. »Ach, natürlich, ich dachte mir doch, dass ich dich kenne. Vom Tag der Verbrenn ... Guter Gott, hat Bess dich gekauft?«

»Amba macht starke Medizin. Mistress Bess nicht sterben.«

»Hoffentlich nicht«, sagte Christopher. Er drehte sich zu dem anderen Mädchen um, das noch in der Nähe der Tür kauerte. »Du – wie heißt du?«

»Cuffy, Herr.«

»Also gut, Cuffy, komm her. Lass dich anschauen.«

Das Mädchen trat näher. Sie war vielleicht vierzehn. Und kräftig gebaut. »Doch, das sollte gehen, Cuffy. Stell dich da unten ans Bettende und halt die Beine deiner Herrin fest. Ich will nicht, dass sie um sich stößt und sich dreht und windet, verstanden? Das könnte sehr gefährlich für sie sein. Sie muss absolut still bleiben. Jetzt komm, Cuffy, sag was. Hast du mich verstanden oder nicht?«

Das Mädchen nickte und stellte sich so hin, dass sie Bess' Knöchel gut umfassen konnte. »Gut. Und du«, Christopher wandte sich an Amba, »du musst sie oben festhalten. Sie darf Kopf und Schultern nicht bewegen. Ist das klar?«

Mit einem Satz sprang Amba aufs Bett. Christopher trat

auf sie zu, aber Hetje war schneller. Sie packte Amba mit beiden Händen am Arm und zerrte an ihr. »Runter vom Bett, Mädel! Das tut man nicht. Ich sag dir, wie du's tun musst. Du darfst nicht …«

Bess seufzte und schlug die Augen auf. »Ach, Amba«, murmelte sie und versank wieder in Schlaf. Mittlerweile hatte die junge Frau sich aus Hetjes Griff befreit, schob den Rock ihres karierten Kleids hoch und hockte sich rittlings über Bess' Kopf. Christopher sah die geschmeidigen schwarzen Schenkel, die straffen Muskeln unter der Haut. Sekunden später hatte Amba sich Bess' Kopf in den Schoß gelegt und beugte sich vor, presste die Schultern ihrer Herrin mit den Schenkeln auf das Bett und flocht ihre jungen schwarzen Arme um Bess. »So?«

»Du musst ›Herr‹ sagen«, tadelte Hetje. »Wie oft muss ich dir das noch sagen? Und du darfst nicht …«

Christopher hob beschwichtigend die Hand. »Ja, so ist es gut«, sagte er zu Amba und fuhr dann an Hetje gerichtet fort: »Das ist in Ordnung. Soll sie's ruhig so machen. Sie hält ihre Herrin gut fest, und ich glaube nicht, dass sie etwas dagegen hat.«

Bess schlief, immer noch mit einem Lächeln auf den Lippen.

»Hetje ist gute Sklavin«, murrte Hetje. »Weiß mehr als …«

»Es ist in Ordnung«, unterbrach Christopher sie wieder. »Und jetzt rührt ihr euch nicht mehr von der Stelle. Ihr beide«, sagte er mit Blick auf Cuffy und Amba, »vergesst nicht, ihr müsst dafür sorgen, dass eure Herrin absolut still hält. Hetje, du bleibst, wo du bist, und reichst mir alles, was ich dir sage. Und zwar sofort, verstehst du? Ohne Widerworte, ohne Fragen zu stellen. Und alle drei zusammen, vergesst nicht – was immer ihr seht, oder hört –, zweifelt keinen Augenblick daran, dass ich das Beste für eure Herrin will. Und genau das tue, was sie wollte. So, jetzt fangen wir an.«

Christopher zog einen Stuhl zur rechten Bettkante, setzte sich und schlug die Decke auf. Auf seine Anweisung hin hatte Bess sich bis zur Taille entkleidet, bevor sie sich ins Bett legte. Ihre massigen Brüste hingen schlaff zu beiden Seiten herab. Christopher hob die rechte an und tastete den Tumor ab. Seit Bess zum Hall Place gekommen war und ihm die Wucherung gezeigt hatte, waren nur drei Tage vergangen, doch die Geschwulst kam ihm noch größer vor. Aber immer noch glatt und steinhart. Selbst in ihrem träumenden Halbschlaf stöhnte Bess unbehaglich auf, als er den Tumor befühlte.

Er fuhr mit den Fingern in die Achselhöhle. Dieses Mal zählte er vier feste Klümpchen, Knoten, wie Lucas sie genannt hatte. *Wird der* Scirrus *von Knoten in der Achsel begleitet, kann eine Amputation nicht erfolgreich sein, wenn nicht die Knoten ebenfalls entfernt werden, denn nichts deutet darauf hin, dass sie sich durch die Abnahme der Brust zurückbilden.*

Christopher schwitzte. Er musste innehalten, um sich die Stirn mit einem der Tücher abzuwischen, die griffbereit neben dem Bett lagen. »Hast du ihnen erzählt, was du vorhast?«, hatte er Bess am Tag nach ihrem ersten Besuch gefragt, als sie kam, um ihm ihre Entscheidung mitzuteilen. »Wissen Tamsyn und ihr Mann Bescheid?«

»Nein.«

»Bess, ich glaube nicht …«

»Es steht dir nicht zu, mir zu sagen, wie ich mein Leben führen soll, Christopher Turner.« Sie hatte ihn auf ihre eigentümliche Art sehr direkt angesehen. »Du sollst mir nur helfen, dass ich es weiterleben kann. Zachary Craddock und meine Tochter erfahren noch früh genug, was ich getan habe. Entweder kommen sie zu meinem Begräbnis, oder sie trinken auf meine Genesung.«

»Tante Bess, ich muss dir noch einmal sagen, ich kann nichts garantieren.«

»Das verlange ich auch nicht. Nur, dass du dein Bestes tust.«

*Die Möglichkeit, diese Knoten zu entfernen, ohne die großen Gefäße zu verletzen, wird von Chirurgen angezweifelt; doch ich habe es getan, wenn sie nicht nach hinten und sehr tief liegen.*

Die bisherige Untersuchung hatte ihm die Gewissheit gegeben, dass die Knoten aufrecht standen und nicht rückwärts lagen, aber wie tief, würde er erst herausfinden, wenn er die ersten Schnitte gemacht hatte. Christopher öffnete seine Instrumententasche.

*Beim Entfernen eines* Scirrhus, *der klein ist, weitet ein länglicher Schnitt genügend für den Eingriff, ist er jedoch groß, muss zuerst ein ovales Stück Haut entfernt werden, die Größe abhängig von der des Tumors.*

Bevor er am Morgen das Haus verließ, hatte er jedes Skalpell geschärft. Jane hatte ihm bei diesem Ritual zugesehen. »Du wirkst aufgeregter als sonst«, hatte sie gesagt. »Liebster, du darfst vor diesem Eingriff keine Angst haben, du bist dem eigentlichen Tun gut gewachsen.«

»Danke für dein Vertrauen. Obwohl ich glaube, selbst wenn ich dir sagte, dass ich einem Mann den Kopf abschneiden und ihn einer Katze aufsetzen wollte, würdest du noch meinen, dass ich dem eigentlichen Tun gut gewachsen bin.«

»In der Tat, weil es stimmt. Obwohl ich mir nicht vorstellen kann, warum jemand eine solche Umwandlung vornehmen wollte. Katzen sind im Großen und Ganzen viel umgänglicher als Männer. Mit einigen Ausnahmen natürlich.« Sie war zu ihm getreten und hatte ihm auffordernd die Wange hingehalten, die er dann auch geküsst hatte; er hatte ihr den runden Bauch getätschelt, die Messer wieder in ihre Etuis gesteckt und war zur Pearl Street gegangen. Und jetzt war die Zeit gekommen, um zu sehen, ob er, wie seine Frau in ihrer Vergötterung meinte, dem eigentlichen Tun wirklich gewachsen war.

Er nahm das lange, gebogene Skalpell zur Hand. Um sicherzugehen, dass keine Späne vom Feilen mehr daran hingen, wischte er es an seiner Kniehose ab, dann beugte er sich vor. *Nimmt man die gesamte Brust ab, so kann man die Haut gut erhalten, indem man die Inzision viel kleiner macht als die Basis der Brust, die sorgsam vom Pektoralmuskel gelöst werden muss.*

Beim ersten Schnitt stöhnte Bess, zwar keinesfalls so laut, als wäre sie nur mit Rum betäubt, aber eindeutig vor Schmerzen. Christopher hörte Cuffy ebenfalls ächzen. »Du da«, sagte er, ohne den Kopf zu heben oder sich umzudrehen. »Cuffy. Trau dich ja nicht, dich zu bewegen, sonst lass ich dich hängen und vierteilen und was immer mir sonst noch einfällt.« Er schaute zu Amba. Sie sah nicht ihn an, sondern Bess. Und sie brauchte auch nicht von ihm getadelt zu werden. Das Mädchen hatte seine Haltung nicht verändert.

Der flache Schnitt in der Haut blutete. »Ein Tuch«, murmelte Christopher. Hetje reichte es ihm. Er tupfte den roten Fleck auf Bess' weißer Haut ab und reichte das Tuch zurück. »Hast du gesehen, was ich gerade gemacht habe? Kannst du das auch, Hetje? Komm ein bisschen näher zu mir und tupf das Blut weg. Auch wenn's sehr viel ist. Tupf es einfach weg. Ich muss sehen, was ich mache. Verstehst du?«

»Hetje ist gute Sklavin. Tut, was der Herr sagt.«

»Gut. Sehr gut. Dann tu's.« Über die Schulter schaute sie ihm zu, wie er das zweite Skalpell nahm. Dieses war breiter, eher dreieckig. Mit der linken Hand zog Christopher den bereits gemachten Schnitt auseinander, führte das Messer zwischen Pektoralmuskel und Fettgewebe der Brust ein und trennte die beiden.

Bess schrie wieder. Lauter. Und länger. Und sie versuchte, sich zu winden und dem Messer zu entkommen. Christopher hörte Cuffy hinter seinem Rücken schluchzen, aber sie blieb an ihrem Platz stehen. Amba hatte sich keinen Zoll vom Fleck gerührt. Bess schrie immer weiter, wollte den Rücken durchdrücken, aber die junge Schwarze hielt unbeirrt ihren Oberkörper fest.

Christopher arbeitete sich nach links vor, vom Tumor weg. *Es ist zwingend erforderlich, nicht den Tumor selbst zu verletzen, denn dem Patienten kann großer Schaden entstehen, wenn das Bösartige in der Geschwulst sich im Körper ausbreitet. Doch ein guter Chirurg kann diesen Rat leicht befolgen, denn da all diese* Scirrhae *vergrößerte Drüsen sind, sind sie von einer Membran umgeben, die sie deutlich von den umliegenden Teilen unterscheiden und sich leicht trennen lassen.*

Die linke Seite der Brust war nicht mehr mit dem Rippenbogen verbunden. Christopher führte das Messer mit leichtem Druck zwischen Haut und Muskel ein und löste die obere Hälfte der Brust von der Haut.

Jetzt waren die Schreie sehr viel lauter. Bess hatte mittlerweile die Augen geöffnet. Sie starrte ihn an und schrie so gellend, als müsste ganz New York sie hören. Und das Blut rann in Strömen aus der Wunde. »Hetje! Tu, was ich dir gesagt habe! Tupf es weg!«

Die alte Frau griff über seine Hand hinweg und begann, den Blutfluss mit dem Tuch aufzusaugen. Christopher wartete, bis sie den Großteil entfernt hatte; so hatte er ein paar Sekunden Zeit, eine Entscheidung zu fällen.

Es war noch immer möglich, dass er den Schnitt vernähen und die Operation für gescheitert erklären musste. *In Fällen, in denen der Tumor dem darunter liegenden Muskel und dieser Muskel den Rippen anhaftet, ist die Operation nicht durchführbar.*

Er war sich so gut wie sicher, dass das bei Bess nicht der Fall war. Bei ihrem zweiten Besuch, als sie ihm sagte, er solle ihr die Brust abnehmen, hatte er sie erneut untersucht und dabei besonders darauf geachtet, wie beweglich die Wucherung war. Er hatte den Eindruck gehabt, dass sie völlig losgelöst war von dem darunter liegenden Gewebe. Doch wenn er sich täuschte, wenn der Tumor mit dem Brustkorb verwachsen war, dann hatte er ihr das Leben nicht gerettet, sondern verkürzt. Und schlimmer noch, er hatte ihr ohne jeden Grund diese Qual zugefügt.

Mittlerweile schrie sie unablässig, schien ihre ganze Kraft in diesen einen, immerwährenden Schrei der Pein zu legen. Den stießen Patienten immer aus, wenn die Operation dem Ende zuging, wenn Mut und Ausdauer ihnen versagten. Doch diese Operation hatte gerade erst begonnen.

Allerdings hatten Bess' Schreie einen etwas anderen Klang. Fast war es, als sei es eine unwillkürliche Reaktion aus den Tiefen der menschlichen Seele. Bess hatte die Augen geöffnet und schaute ihn an, aber nicht anklagend. Ihr Blick schien von träumerischer Gleichgültigkeit erfüllt. Christopher war ein Fachmann, was Schreie bei Operationen betraf. Solche wie von Bess hatte er nie zuvor gehört.

Vielleicht lag das an der Laudanum-Menge, die Bess eingenommen hatte. Im Gegensatz zu seinen anderen Patienten stand ihr ein nahezu unbegrenzter Vorrat zur Verfügung. Vielleicht hatte sie genügend getrunken, um diese beinahe befremdliche Loslösung zwischen sich selbst und dem Schmerz zu bewirken.

Cuffy allerdings konnte ihrer Herrin nicht in die Augen sehen, sondern hörte nur ihre gellenden Schreie. Das

Mädchen schluchzte fast so laut wie Bess. Selbst Hetje, die neben Christopher stand, wimmerte. Nur Amba gab keinen Laut von sich.

Christopher schaute zu dem afrikanischen Mädchen. Als würde sie seinen Blick spüren, wanderten ihre Augen von Bess' Gesicht zu seinem. Sie lächelte, als … Nein, das war absurd. Eine schwarze Wilde, was wusste die schon von … Aber das Lächeln war eindeutig aufmunternd. Plötzlich öffnete sie den Mund und stieß eine Art johlenden Ruf aus, unterbrochen von Zungenklicken. Und die ganze Zeit sah sie ihm direkt in die Augen. Das Geräusch, das sie machte, war zwar fremdartig, aber nicht erschreckend. Ganz anders als die Litanei, die sie stundenlang gesungen hatte, als Quaco und Peter der Doktor und Tom verbrannt wurden. In dem exotischen Geheul schwangen Freude und Hoffnung mit.

Ob nun schwarze Wilde oder nicht, sie half ihm, eine Entscheidung zu treffen. Er und Bess hatten sich beide verpflichtet. Sie hatten beschlossen, die Sache durchzuführen. Bess war nicht in der Lage, ihre Meinung zu ändern. Er hatte keine Ausrede, es zu tun.

Mit einem tiefen Schitt nach unten trennte Christopher zwei Drittel von Bess' rechter Brust vom Brustkorb. Der Rest wurde nur noch von dem Teil der Brust gehalten, in dem der Tumor lag. Und dank der Technik, die er aus den Tagebüchern seines Großvaters gelernt hatte, war ein relativ großer Hautlappen erhalten, mit dem er die Wunde bedecken konnte, wenn er fertig war. Was noch lange nicht der Fall sein würde.

Bess schrie immer weiter, Cuffy schluchzte, Amba trillerte. Hetje war stumm. Christopher ignorierte sie alle und konzentrierte sich auf seine Arbeit. »Die Nadel mit dem Faden aus meiner Tasche.« Er musste den Satz zweimal rufen, damit Hetje ihn über das Geschrei hinweg verstand, aber schließlich drückte sie ihm etwas in die Hand. Christopher nahm den Blick nicht von seiner Patientin. Er fühlte, dass die alte Frau ihm das Richtige gegeben hatte.

Er hatte die Ligatur vorbereitet, als er Lucas' Anweisungen im Kopf noch einmal durchgegangen war. *Dem Bluten der großen Arterien muss Einhalt geboten werden, indem die Nadel zwei Mal durch das Fleisch geführt wird, fast zur Gänze um jedes Gefäß gewickelt und darauf festgebunden wird, so dass sie zwangsläufig durch die Ligatur eingeschlossen sind. Um die Öffnungen des Gefäßes zu finden, muss die Wunde mit einem in warmes Wasser getauchten Schwamm gesäubert werden.*

Hetje benutzte noch immer das erste Tuch, das mittlerweile blutdurchtränkt war. »Nimm einen frischen Lappen«, herrschte Christopher sie an. »Und tauch ihn vorher in das Wasser, im Eimer beim Kamin.« Als könnte er Lucas' Meisterlichkeit auf sich herabbeschwören, indem er dessen Anweisungen bis in die letzte Einzelheit befolgte.

Amba trillerte unablässig weiter, Bess schlug stärker als zuvor um sich. Und ihre Schreie klangen irgendwie anders, wirklicher. Die Wirkung von Rum und Laudanum ließ allmählich nach. Und das Schlimmste stand noch bevor. »Halt sie fest«, sagte Christopher zu Amba. »Und hör verdammt noch mal auf zu johlen, Mädel. Ihr könnt meine Befehle nicht hören und ich meine Gedanken nicht.«

Das von Zungenklicken begleitete Trillern brach ab. Jetzt brauchte er nur noch Cuffys Schluchzen und Bess' gellende Schreie zu ertragen. Daran war er gewohnt. Der einzige Rat, den er von Nicholas und nicht von Lucas bekommen hatte, lautete, dass ein Chirurg sich die Ohren vor den Schreien seiner Patienten verstopfen musste, so herzzerreißend sie auch waren.

Jetzt kam das Wesentliche – jetzt würde sich zeigen, ob

er dem eigentlichen Tun gewachsen war, wie Jane es sagte. Alles war vorbereitet. Jetzt war der Moment gekommen, das Krebsgeschwür zu entfernen, das Bess das Leben raubte. Christopher wählte sein längstes und schmalstes Skalpell. *Es ist zwingend erforderlich, nicht den Tumor selbst zu verletzen* ... Er hob den blutigen Klumpen formlosen Gewebes an, das nach Bess' Worten einmal »ein Busen, den ein Mann sehr reizvoll finden konnte« gewesen war. Die Geschwulst hob sich mit.

Gott sei gedankt. Seine Diagnose war korrekt gewesen. Der Tumor war nicht mit dem darunter liegenden Muskel und damit den Rippen verwachsen.

Mit einem sicheren, raschen Schnitt löste Christopher auch diesen Teil der Brust vom Körper. Dann kamen die Knoten in der Achsel an die Reihe. *Die Möglichkeit, diese Knoten zu entfernen ... wird von Chirurgen angezweifelt ... habe es getan, wenn sie nicht nach hinten und sehr tief liegen.* Er glaubte nicht, dass sie das taten, zurück und tief, aber Gott stehe ihm bei, er konnte sich irren. Das würde er bald genug herausfinden.

Er nahm die kleinste Schneide, um gut um die verhärteten Knoten herum schneiden zu können. Den ersten Schnitt setzte er nicht tiefer als einen halben Zoll an. Der Knoten ließ sich an der Spitze des Skalpells herausheben. Und auch der zweite. Der dritte und vierte waren miteinander verbunden. Sie ließen sich mit einem einzigen Schnitt entfernen.

Christopher seufzte vor Erleichterung. Er war fertig. Die ganze blutige Masse lag neben Bess auf dem Bett. Sie und ihre Brust waren getrennt. Der Krebs war nicht mehr in ihr.

In den letzten Sekunden war es, als wäre er mit seinen Instrumenten verbunden, als würde er nur durch sie spüren, hören, denken und riechen. Jetzt war er wieder mit seiner Patientin und ihren drei Sklavinnen in diesem Zimmer. Er hörte das unglaubliche Gellen von Bess' Schmerzensschreien – jetzt, da er nicht mehr schnitt, war es zu einem wimmernden Kreischen herabgesunken –, Hetjes keuchenden Atem und Cuffys entsetztes Schluchzen.

Nur Chris und Amba schwiegen. Er hob die Augen. Dieses Mal hatte die Afrikanerin den Blick bereits auf ihn gerichtet. »Dem Himmel sei Dank«, sagte Chris. Amba lächelte. Er lächelte ebenfalls. »Hetje, gib mir einen leeren Eimer.« Er drehte den Kopf nicht in ihre Richtung. »Ich glaube, es steht einer dort am Kamin.« Amba nickte ihm zu, als wollte sie sagen, er habe ihre Billigung verdient. Dann, in bewusster Missachtung seines Befehls, öffnete sie den Mund und stieß ein letztes trillerndes Zungenklicken aus. Dann, noch ehe er sie zur Ordnung rufen konnte, verstummte sie. Aber sie lächelte noch immer. Er senkte den Blick.

Hetje reichte ihm den alten Blecheimer. Mit einer Hand beförderte Christopher die formlose Masse aus Fettgewebe, Haut, Muskel und Krebswucherung hinein. Der große Klumpen der bösen Geschwulst war in der Masse leicht auszumachen. So, wie er im Eimer lag, sah es aus, als sei er direkt neben der Brustwarze gewuchert, die vier Kinder genährt hatte.

Christopher verschwendete keine Zeit, den Tumor näher zu untersuchen. Das eigentliche Tun war getan, wie Jane gesagt hätte. »Hol mir etwas Wein«, befahl er Hetje. »Schnell.«

Er wusch die Wunde selbst, denn er traute der alten Sklavin nicht zu, gründlich genug zu sein. Als die Wunde so sauber wie möglich war, bestäubte er sie mit Styptikum und begann zu nähen. Schließlich verband er sie mit Stoffstreifen, die er in Wein getränkt hatte. Erst dann erlaubte er Cuffy und Amba, die Haltung aufzugeben, die sie über eine Stunde lang eingenommen hatten.

Auch Chris gab dem überwältigenden Bedürfnis nach, sich zu bewegen, streckte die Beine, hob sogar die Arme hoch über den Kopf und schob die Hände mit verschränkten Fingern nach oben, gen Himmel. In diesem Moment hatte er das Gefühl, ihn berühren zu können.

Die beiden jungen Sklavinnen standen neben der Tür und warteten auf Anweisungen. »Ihr könnt gehen«, sagte Chris. »Aber zuerst will ich euch sagen, dass ihr euch beide sehr gut bewährt habt. Es besteht eine ausgezeichnete Chance, dass eure Herrin wieder gesund wird. Ich werde ihr sagen, dass ...«

»Herr! Kommen Sie!«

Hetjes Stimme. Christopher kehrte ans Bett zurück. Am Ende der Operation war Bess kaum bei Bewusstsein gewesen, und er erwartete, dass sie jetzt im erschöpften Schlaf liegen würde. Stattdessen saß sie, auf Hetjes Arm gestützt, halb aufrecht im Bett. »Sie atmet kaum nicht mehr, Herr. Ich hab sie aufgesetzt, damit's besser wird, aber viel helfen tut's nicht.«

*Bitter, wie es für den Chirurgen ist, der sein Bestmögliches getan hat, er muss wissen, dass auf eine erfolgreiche Operation oft eine Art* Cyanosis *einsetzt, als hätte der Körper zu viel durchlitten, zu viele der guten Lebenssäfte verloren. Die Haut verfärbt sich blau, der Atem geht mit großer Mühe, obwohl es kein erkennbares Hindernis gibt. Dieser Zustand führt unweigerlich zum Tode und leider, außer man operiert nur die Jungen und solche bei bester Gesundheit, kenne ich kein Mittel, ihn zu verhindern.*

Heiliger Heiland. Nach all dem. Dass sie jetzt sterben sollte, nach allem, was sie beide durchgemacht hatten ... Verflucht, das würde er nicht zulassen! Nicht kampflos. Lucas hatte vielleicht kein Mittel gekannt, um eine Cyanosis *in Folge von Verlust von Lebenssäften* zu verhindern, aber er kannte eins, verdammt.

Die Pipette und die Hohlnadel lagen immer unten in seiner Tasche. Und eine Schweinsblase hatte er ebenfalls dabei. Selbst ein Messingventil, die neueste der vielen Versionen, die er von seinem Schmied ständig verbessern ließ. Was er nicht hatte, war Blut.

Ganz hinten im Garten hatte Bess einen Hühnerstall. Soweit er sich erinnerte, gab es dort auch ein Schwein. Er trat ans Bett und legte ihr die Hand aufs Herz. Es schlug sehr schnell und mit dem eigenartigen, beinahe hohlen Pochen, das er mittlerweile nur allzu gut kannte. Es ging um Sekunden, nicht um Minuten. Es war gar nicht daran zu denken, noch ein Tier zu schlachten und auszubluten.

Obwohl er Amba und Cuffy hinausgeschickt hatte, waren sie bei Hetjes Ruf beide stehen geblieben. Sie starrten ihn an, warteten, dass er etwas tat. Ebenso wie Hetje. Drei schwarze Frauen, die ihre Herrin offenbar alle liebten. Allen war aufgetragen, seinen Befehlen ohne Zögern zu gehorchen. Christopher schaute von einer zur nächsten.

Nein, das war undenkbar.

Unmöglich, es auch nur zu erwägen.

Das wäre noch schlimmer als Jeremy Clintons Vorwurf, er wolle das Blut eines Quäkers in den Körper eines anglikanischen Bischofs geben. Schlimmer noch als die Anklage seines Freundes, er würde Kannibalismus betreiben. Negerblut in einer Weißen. Es war widernatürlich, lag außerhalb des Bereichs dessen, was man versuchen durfte.

Es gab nur eine Möglichkeit. Christopher riss sich die Jacke herunter und krempelte den Ärmel seines Hemdes hoch.

»Was soll das heißen, sie ruht und darf nicht gestört werden? Meine Mutter ruht nie. Und es ist noch nie im Leben vorgekommen, dass sie mich nicht sehen will.« Tamsyn drängte sich an der Sklavin vorbei, die in der Haustür stand, dicht gefolgt von einer jungen Schwarzen. Tamsyn drehte sich zu ihr. »Hier, nimm die Kleine«, sagte sie und drückte ihr Sofie in den Arm. »Wart hier auf mich.«

Vor Bess' Zimmer hing ein seltsamer Geruch in der Luft. Tamsyn nahm ihn schon auf den ersten Stufen der Treppe wahr. Ein dunkler, erdiger Geruch, weniger unangenehm als vielmehr fremdartig. Und die Tür zum Schlafzimmer war geschlossen. »Mama, bist du da drin? Fehlt dir etwas?«

Tamsyn wusste, dass Zachary ihre Mutter wegen irgendetwas behandelte. Aber sie wusste nicht, was es war. »Nichts, das dich zu bekümmern braucht«, hatte er mehrmals gesagt.

»Ich bin alt, die üblichen Zipperlein«, hatte Bess auf die Fragen ihrer Tochter immer wieder geantwortet. »Wozu hat man einen Doktor der Medizin aus Edinburgh zum Schwiegersohn, wenn man ihn nie konsultiert?«

Tamsyn schaute auf die geschlossene Tür. Dann klopfte sie. »Mama, du musst mir aufmachen! Ich mache mir wirklich Sorgen, dass dir etwas fehlt.«

Als keine Antwort kam, drehte sie am Türknauf.

Seit knapp fünf Minuten lief die Transfusion, und die Veränderung, die sie bewirkte, war außerordentlich. Bess' Wangen waren rosig, ihr Atem ging mühelos. Sie hatte die Augen geschlossen, doch man sah auf einen Blick, dass sie nicht bewusstlos war, sondern schlief. Chris fühlte sich ein wenig schwindelig. Er schob es auf seinen Überschwang. Am liebsten hatte er ein Freudengeheul angestimmt. Jetzt wusste er, wie es ging. Jetzt konnte er Patienten neues Blut geben und es ihnen nicht nur ab...

»O mein Gott ... Was geht hier vor sich?« Tamsyn stand in der offenen Tür. Sie wollte den Raum betreten, konnte aber nicht. Sie war wie gelähmt angesichts der makabren Szene. »Christopher, in Gottes Namen ... Was für ein Teufelswerk machst du da?«

»Mach die Tür zu, Tamsyn. Deine Mutter braucht Wärme. Dann komm her, und ich erklär's dir. Wie du vielleicht siehst, kann ich im Augenblick nicht aufstehen und dich begrüßen.«

Er saß neben Bess' Bett, genau wie während der langen Stunde, in der er sie operiert hatte, aber jetzt hielt er seinen entblößten Arm über ihrem. Und zwischen dem abgemagerten Arm der Patientin, die monatelang krank gewesen war, und dem muskulösen Arm des jungen Chirurgen verlief eine Glaspipette, durch die Blut aus seiner offenen Vene in ihre tropfte.

Zögernd trat Tamsyn ein Stück vor. Sie schaute zu Hetje, die auf der anderen Seite des Bettes stand, weiter zu Cuffy und Amba, die vom Kamin aus alles verfolgten. »Was ist hier vorgefallen?«, flüsterte sie. Die Sklavinnen erwiderten ihren Blick, ohne ein Wort zu sagen. »Bitte, Christopher. Du musst mir sagen, was du da tust.«

»Ich gebe deiner Mutter Blut von mir. Um die große Menge zu ersetzen, die sie verloren hat, als ich ihr die Brust abschnitt.«

Tamsyn schlug die Hand vor den Mund, ihr stockte der Atem. Christopher achtete nicht darauf. »So, ich glaube, das ist erst einmal genug. Hetje, gib mir aus meiner Tasche eine Ligatur. Ohne Nadel. Und etwas von dem Zupflinnen, mit dem ich die Wunde verbunden habe.« An Tamsyn gerichtet fuhr er fort: »Hetje ist mir bei der Operation zur Hand gegangen. Deine Mutter hatte darauf bestanden. Und ich muss sagen, es war eine kluge Entscheidung. Hetje hat sehr gute Arbeit geleistet.«

Mittlerweile hatte die alte Frau gefunden, was er verlangte. Zuerst löste Christopher die Vorrichtung von seinem eigenen Arm. Um den Schnitt in seiner Vene würde er sich später kümmern; vorläufig machte er mit der Ligatur nur einen Druckverband oberhalb des Ellbogens. Ihm war schwindelig vom Blutverlust, erkannte er jetzt, nicht nur von der Freude über seinen Erfolg. Es wäre dumm, unnötig noch mehr Blut zu verlieren.

Tamsyn sah ihn nur schweigend an. Als sie schließlich ihre Stimme wieder fand, war es war ein bloßes schmerzverzerrtes Flüstern. »Wie konntest du das nur tun?«

»Es war leichter, als ich geglaubt hatte, wenn du es genau wissen willst.« Beim Reden zog er die Nadel aus Bess' Vene, dann drückte er einen schmalen Streifen von weichem, mit Styptikum bestäubtem Linnen auf die kleine Wunde, durch die er die Nadel eingeführt hatte. »Ich weiß schon seit längerem, dass Bluttransfusionen möglich sind. Aber erst heute ist es mir gelungen zu beweisen, dass das Geheimnis darin liegt, Menschenblut zu verwenden.«

»Nein«, stieß Tamsyn hervor. »Nein.«

Zum ersten Mal, seit sie das Zimmer betreten hatte, richtete Christopher den Blick auf sie. Er war bereit, sich zu verteidigen, doch Tamsyn schien unfähig zuzuhören. Sie schwankte. Aber im Augenblick brauchte Bess seine Fürsorge mehr. »Amba«, sagte er ruhig. »Fang Mistress Tamsyn auf. Ich glaube, sie fällt gleich in Ohnmacht.«

Seine Worte hatten eine belebende Wirkung. Tamsyn schüttelte den Arm der Schwarzen ab. »Nein, ich falle nicht in Ohnmacht.« Ihre Stimme hatte sich verändert. Wut und Zorn gaben ihr neue Kraft. »Wie kannst du es wagen, meine Mutter derart widerwärtig zu missbrauchen. Was gibt dir das Recht ...«

»Bess selbst hat mir das Recht gegeben. Guter Gott, Tamsyn, glaubst du wirklich, ich bin hergekommen, habe sie bewusstlos geschlagen und sie gegen ihren Willen operiert? Du hast einen Verstand, Frau. Benutze ihn.«

»Was immer du an Groll gegen sie gehegt hast meinetwegen, ich kann nicht glauben …«

»Ich glaube, du überschätzt dich ein wenig, Mädchen.« Christopher nahm den Eimer mit der Brust, die er Bess abgeschnitten hatte, und trat mit zwei großen Schritten zu Tamsyn. »Hier, schau dir das an, wenn dir dabei nicht übel wird. Das ist das Ding, das im Körper deiner Mutter gewuchert ist und das sie vorzeitig ins Grab gebracht hätte. Ich habe es abgeschnitten und ihr das Leben gerettet.«

Er hielt ihr den Eimer unter die Nase. Widerwillig sah Tamsyn hinein. Die Masse war nur an der Brustwarze, die daraus aufragte, als weibliche Brust zu erkennen. Daneben lag ein widerwärtiger Klumpen, der eindeutig nicht Teil eines gesunden Frauenkörpers war. Tamsyn würgte. Wieder schlug sie die Hand vor den Mund und schwankte. Und dieses Mal wäre sie wohl wirklich in Ohnmacht gefallen, wenn nicht Amba geschrien hätte.

Die junge Schwarze verstand nicht genügend Englisch, als dass sie der Unterhaltung hätte folgen können. Außerdem kannte sie die Geschichte nicht, die Christopher und Tamsyn verband. Während deren Wortwechsel hatte sie ihre Aufmerksamkeit ausschließlich auf ihre Herrin gerichtet. Als sie plötzlich gellend aufschrie und ans Bett rannte, sank Christopher das Herz. Noch bevor er zu Bess eilte, wusste er, was passiert war. Amba stand mit den Dingen, die Leben und Tod betrafen, mehr in Kontakt als er. Sie würde sich nicht irren. Ihr Schrei konnte nur den Tod bedeuten.

Im Gegensatz zu allen anderen Leichen, die er gesehen hatte, war Bess nicht weiß und fahl. Ihr Gesicht war beinahe so rot wie ihre Haare, was durch das blendende Weiß des Kissens noch hervorgehoben wurde. Die Rote Bess, in der Tat. Die tote Rote Bess. Christopher fühlte nach ihrem Herzschlag, doch es war eine hilflose Geste. Er wusste, was er feststellen würde. »Herr im Himmel!« Die Worte stürzten unwillentlich aus ihm hervor. »Wie ist das passiert?«

»Wie hätte etwas anderes passieren können?« Tamsyn bebte vor Zorn, ihre Stimme zitterte vor der Wucht ihrer Gefühle. »Sag mir das, du Schlächter! Wie könnte irgendein Menschenwesen die Qualen überleben, die du meiner Mutter zugemutet hast? Ich schwöre, dass ich dich an den Galgen bringe, Christopher Turner. In alle Ewigkeit will ich verdammt sein, wenn ich das nicht tue.«

Christopher saß am Feuer. Er schaute nicht in das Buch, das auf seinem Schoß lag, sondern starrte in die glühenden Scheite. Vier Tage waren seit Bess' Tod vergangen, und er fühlte sich noch immer ausgelaugt, grübelte noch immer, welchen Fehler er gemacht hatte, warum er gescheitert war, wo doch der Erfolg so greifbar schien. Es waren sinnlose Fragen, das wusste er, aber sie gingen ihm trotzdem ständig durch den Kopf.

Die Tür wurde geöffnet. »Mister Craddock ist gekommen, Christopher.« Janes Stimme war so sanft und gefasst wie immer.

In den vielen Jahren, die er sie kannte – und sie waren miteinander aufgewachsen –, hatte Jane nie anders geklungen. Selbst wenn er ihr beischlief. Hinterher seufzte sie leise und wünschte ihm eine gute Nacht mit der gleichen Stimme, mit der sie ihn jetzt fragte, ob sie ihm und Zachary Craddock ein Glas Glühwein bringen solle.

»Ich glaube nicht, dass der Doktor gekommen ist, um auf mein Wohl zu trinken«, antwortete Chris. »Kommen Sie herein, Craddock. Jane, bitte lass uns allein.«

Jane knickste höflich, ein wenig behindert durch ihren großen Bauch, dann zog sie sich zurück. Der Schotte blieb mit dem Rücken zur geschlossenen Tür stehen und starrte Christopher an.

»Ich schlage vor, dass Sie näher treten und sich am Feuer aufwärmen«, sagte Christopher. »Es ist ein bitterkalter Abend, nicht wahr?«

»Nicht bitterer als der Schmerz, den meine Frau und ich über den Verlust ihrer Mutter empfinden, Turner. Aber ich glaube nicht, dass Sie sich das vorstellen können.«

»Warum sollte ich mir das nicht vorstellen können? Wie die meisten Menschen habe auch ich Verluste erlitten, Sir. Und trotz der Schwierigkeiten zwischen uns gab es viele Eigenschaften, die ich an der Roten Bess sehr bewunderte.«

»Darf ich Sie fragen, warum Sie dann derartige Abscheulichkeiten an ihr begangen haben?«

»Ich persönlich würde andere Worte wählen, Sir. Aber ich habe getan, was ich tat, weil Bess sonst bald gestorben wäre. Weil ich ihre einzige Hoffnung war. Und es tut mir von Herzen Leid, dass diese Hoffnung sich nicht erfüllte.« Am Fenster stand ein kleiner Tisch mit einer Glaskaraffe halb voll Weinbrand. Christopher ging darauf zu. »Ich habe meiner Frau gesagt, dass Sie nicht gekommen sind, um auf mein Wohl zu trinken. Aber vielleicht möchten Sie ein Gläschen gegen die Kälte.«

Craddock winkte ab. »Mistress Bess war bei mir in Behandlung. Sie war meine Patientin. Ich allein war in der Lage zu entscheiden, ob sie tatsächlich bald gestorben wäre.«

»Mein Gott, Sir, hat man Ihnen an der erlauchten Medizinschule in Edinburgh wirklich nichts beigebracht? Haben Sie je einen so festen und großen *Scrirrhus* gesehen, der auf ein den Menschen bekanntes Heilkraut anspricht? Haben Sie je ein derart großes Ding angestochen, das nur einen Tropfen klarer Flüssigkeit absondert, und nicht erkannt, dass es kein übliches Geschwür war, sondern …«

»Ich weiß genau, welche Geschwulst es war, an der meine Schwiegermutter litt. Ich zweifle Ihre Diagnose nicht an, Chirurg. Was mich erbost, ist Ihr verbohrter Glaube, dass Ihr geliebtes Skalpell alle Krankheiten heilen kann. Als hätte ich in den Kirchen dieser Stadt nicht genügend Leichen gesehen, die mit den Spuren Ihres Messers am Leib beerdigt wurden. Deswegen weiß ich, wie töricht dieser Glaube ist.«

Obwohl sein Besucher abgelehnt hatte, schenkte Christopher sich selbst ein Glas Weinbrand ein. Dann wandte er sich zu Craddock und hob auffordernd den kleinen Zinnbecher. »Sind Sie sicher, dass Sie nicht doch einen möchten?«

»Den will ich verdammt noch mal nicht. Sie sind ein Barbar und ein blutrünstiger Heide obendrein. Gott bewahre, dass ich je mit einem Mann trinke, der seinen Patienten nach vollbrachter Schlachterei noch mit seinem eigenen Blut abfüllt. Sie sind ein Ketzer, Turner. Sie betreiben schwarze Magie. Für Sie ist selbst der Scheiterhaufen noch zu gut.«

»Als Erstes möchte ich Sie bitten, die Stimme ein wenig zu senken. Wie Sie sicher gesehen haben, ist meine Frau guter Hoffnung. Sie darf sich nicht aufregen. Zweitens habe ich ebenso wie Sie die christliche Taufe empfangen, was immer das im Einzelnen bedeuten mag. Drittens ist mir klar, dass Tamsyn nicht verstehen konnte, was sie da sah, aber ich versichere Ihnen, eine Bluttransfusion hat überhaupt nichts mit Magie zu tun. Sie wurde von angesehenen Gelehrten in Paris und auch in Rom durchgeführt. Und schließlich, was die von Ihnen erwähnten Leichen betrifft, so gibt es mehr New Yorker, die die Spuren meiner Messer am lebenden Körper tragen, als solche, die damit zu Grabe getragen wurden. Leider kann ich Ihnen nicht mit genauen Zahlen dienen. Haben Sie nun alles gesagt, was zu sagen Sie gekommen sind, Sir?«

Dieses Mal sprach Craddock mit ruhiger Stimme. »Sie sind ganz schön kaltblütig, das muss man Ihnen lassen.«

»Ich würde denken, dass mein Blut wärmer ist als das Ihre. Sie haben weder Ihren Umhang abgelegt noch einen Weinbrand getrunken oder sich ans Feuer gesetzt.« Christopher kippte die letzten Tropfen seines Bechers hinunter und stellte ihn auf dem Kaminsims ab. »Da Ihnen an meiner Gastfreundschaft offenbar nichts liegt – sind wir nun fertig?«

»Nicht ganz. Ich bin gekommen, um Ihnen zu sagen, dass ich Mordanklage erheben wollte.«

Christopher wirbelte zu ihm herum. »Sie haben wohl den Verstand verloren! Anders kann ich mir das nicht erklären. Die Magistraten würden sich weigern, Ihren Fall anzuhören. Wenn ein Chirurg des Mordes angeklagt würde, sobald sein Patient stirbt, könnte es keine ärztliche Behandlung mehr geben.«

»Wenn Ihr Feldschere dann weniger schnell die Messer wetzen würdet, wäre es ein Akt christlicher Nächstenliebe, euch vom Gerichtshof verurteilen zu lassen …« Craddock hielt inne, schürzte die Lippen. »Aber in diesem Fall liegt es nicht in meiner Macht, das zu tun. Ich sagte, ich wollte Mordanklage erheben. Das ist die Wahrheit. Aber ich habe festgestellt, dass es mir nicht möglich ist.«

Trotz seiner spöttischen Gelassenheit empfand Christopher doch eine gewisse Erleichterung. So verrückt der Gedanke auch sein mochte – wenn ein solcher Fall tatsächlich vor Gericht käme und vor Geschworenen, ganz normalen Bürgern, verhandelt würde, wäre der Ausgang keineswegs vorhersagbar. »Ich verstehe. Aber dann ist es wohl sinnlos, weiter darüber zu reden. Obwohl ich zugeben muss, dass Sie mich neugierig gemacht haben. Wenn nicht die Angst, sich der Lächerlichkeit preiszugeben, Sie davon abhält – warum können Sie dann die unsinnige Anklage nicht erheben?«

»Weil der letzte Satz im Testament meiner Schwiegermutter nachdrücklich erklärt, dass es ihr eigener Wille war, sich Ihrer unmenschlichen Behandlung zu unterziehen. Und dass man Sie in keinster Weise für die Folgen zur Rechenschaft ziehen darf.«

»Die gute Bess«, sagte Chris leise. »Nach allem, was zwischen uns gewesen war. Das war sehr rücksichtsvoll von ihr.«

»Viel rücksichtsvoller, als Sie verdienen angesichts der Verstümmelungen, die Sie ihr zugefügt haben.«

»Ich sage es ein letztes Mal, Craddock. Dann ist das Thema abgeschlossen. Im Fall eines *Scirrhus*-Tumors, der so groß und tiefliegend ist wie bei Bess, ist die Entfernung des Körperteils, in dem er liegt, die einzige Chance des Patienten. Und Sie werden es noch erleben – bald wird Bluttransfusion Hunderten von Menschen das Leben retten.«

»Das ist blanker Unsinn, ein unverschämter Angriff auf den menschlichen Anstand. Aber ich bin nicht gekommen, um mit Ihnen darüber zu diskutieren.«

»Nun gut. Und wenn ich Sie recht verstanden habe, sind Sie auch nicht gekommen, um mir zu sagen, dass Sie mich wegen Mordes vor Gericht stellen. Also sind wir dann vielleicht tatsächlich fertig.«

»Noch nicht ganz.« Craddock hatte seinen Hut im Flur gelassen. Das Einzige, was er beim Betreten des Wohnzimmers abgelegt hatte, waren die Handschuhe. Die streifte er sich nun über. »Bevor ich gehe, möchte ich Ihnen zwei Informationen zukommen lassen.«

»Ich höre.«

»Erstens: Sie sind Ihres Amtes als verantwortlicher Chirurg des Armenhospizes am Broad Way enthoben. Es ist mir gelungen, den Gouverneur zu überzeugen, dass es skandalös wäre, zuzulassen, dass ein erwiesenermaßen unfähiger, um nicht zu sagen brutaler Verrückter weiterhin diese Aufgabe übernimmt. Ich wäre Ihnen dankbar, Sir, wenn Sie mir die Schlüssel zu dem Gebäude aushändigen.«

Christopher ging zu dem großen, quadratischen Tisch, der mitten im Raum stand, und zog eine Schublade heraus. Daraus holte er einen Schlüsselbund und legte ihn in Craddocks ausgestreckte Hand. »Schade. Die alten Trottel werden mir fehlen. Gelegentlich konnte ich den einen oder anderen von ihnen halbwegs wieder auf die Beine bringen. Vielleicht werde ich mal mit Hunter drüber reden, nachdem Sie bei ihm vorstellig waren.«

»Offen gesagt, wenn Sie sich keine Demütigung einhandeln wollen, würde ich es Ihnen nicht empfehlen.« Craddock schloss die behandschuhten Finger um den Schlüsselring. »Bei den Mächtigen dieser Stadt waren Sie in letzter Zeit vielfach im Gespräch. Wie Sie vielleicht wissen, gehöre ich dem Komitee an, das sich mit dem geplanten Armenhaus befasst. Wir sind zu einer Entscheidung gekommen. Wir werden eine solche Einrichtung gründen und unter demselben Dach gleichzeitig auch ein weitaus größeres Hospital für die Bedürftigen errichten. Meine Kollegen und ich haben jedoch eine Resolution erlassen des Inhalts, dass Ihnen verboten ist, diese Einrichtung je zu betreten, ganz zu schweigen davon, die Patienten zu behandeln.«

## III

Auf Entscheidung des englischen Parlaments hin gab es in Amerika keine einzige Münzanstalt, auch wenn die Kolonialisten großen Wohlstand schufen. In der Provinz New York wurde das Geld vor allem mit den Ladungen der einmastigen Schaluppen und der zweimastigen Brigantinen verdient, die im Hafen ständig ein und aus fuhren.

Tausende von Meilen weiter südlich, auf den Westindischen Inseln, hatten die englischen und niederländischen Siedler das Land mit der einträglichsten Feldfrucht bepflanzt, die der Welt bislang bekannt war – das, wovon Europa nie genug bekommen konnte: Zucker. Auf den karibischen Inseln wurde ausschließlich Zuckerrohr angebaut. Deswegen musste nahezu alles, was die dortige Bevölkerung an Nahrung benötigte – Getreide, Gemüse, Fleisch –, importiert werden, und zwar aus den englischen Kolonien. Und da Anbau und Ernte des Zuckerrohrs in der Hitze der Tropen eine derart höllische Arbeit war, dass kein Weißer sie verrichten konnte, mussten die Inseln ständig mit neuen Sklaven aus Afrika versorgt werden. Dieses Geschäft wurde allgemein der »Dreieckhandel« genannt – von New York zu den karibischen Inseln, weiter nach Guinea und zurück – und hatte Männer wie Will Devrey und John Burnett zu ungemeinem Reichtum verholfen.

Das Recht, hinter dem einstigen East Gate der Wall Street einen neuen Hafen anzulegen, war 1708 Burnett und Devrey zuerkannt worden. Damit der Landstreifen um dreißig Fuß verbreitert werden konnte, sollten Schiffe versenkt werden, die als Fundament für Schotter und Kies dienten. Das bedeutete, dass das Vorankommen des Projekts von den Schiffen abhing, die die beiden Geschäftsleute für schrottreif erklärten. Etwas, das nicht eben häufig der Fall war. Schließlich brauchten sie beinahe zwei Jahre, um den Hafen zu bauen.

Beide Männer ließen ihre Schiffe bis zum letzten Moment ihrer Seetauglichkeit auslaufen. Außerdem hatten Burnett und Devrey häufig Meinungsverschiedenheiten. Als der Hafen 1710 endlich fertig war, fragten sie sich, warum sie so dumm gewesen waren, die Verzögerungen des jeweils anderen hinzunehmen.

Der neue Hafen – er wurde Burnett's Key genannt, nachdem Burnett das entscheidende Münzenspiel eines Abends in der Blue Dog Tavern für sich entscheiden konnte – bot sechs Schiffen Platz, drei Ankerplätze für jeden der beiden Partner. Was das neu gewonnene Land vor dem Hafen betraf, so vermieteten sie es um sechzig Pfund pro Jahr an die Getreidehändler. Noch einträglicher wurde das Gelände, als ein weiterer Handelszweig sich dort niederließ: Ab 1711 hielt ein Konsortium von Eigentümern der Guinea-Schiffe auf Burnett's Key einen Sklavenmarkt ab. Nun konnte Will Devrey die dreihundert Fuß von seinem eleganten Wohnsitz in der Wall Street zu dem mittlerweile vergrößerten Platz an der Kreuzung von Wall Street und Pearl Street gehen und auf seine Schiffe blicken, die im Hafen vor Anker lagen – und zusehen, wie ihre Fracht versteigert wurde.

Am zehnten Märztag des Jahres 1714 musste Devrey sich jedoch mit einer anderen Angelegenheit befassen – der letzten noch ausstehenden Veräußerung vom Besitz seiner Schwester. Bess hatte am Tag vor ihrem Tod ein Testament geschrieben, allerdings ohne sich dabei von einem Anwalt beraten zu lassen, und wie sich herausstellte, waren nicht alle Vorkehrungen rechtens. Der mittlerweile stadtbekannte letzte Absatz, in dem sie Christopher Turner von jeder Schuld an ihrem möglichen Tod freisprach, war wochenlang in aller Munde, aber niemand sah eine Möglichkeit, diese Erklärung zu umgehen. Die übrigen Verfügungen entsprachen, bis auf eine Ausnahme, mehr oder minder den Erwartungen.

»Meiner geliebten Tochter Tamsyn hinterlasse ich mein Haus, alles Mobiliar und alle persönlichen Gegenstände sowie den gesamten Inhalt des Destillierraums und der Apotheke. Ich mache sie noch einmal auf ihre Verpflichtung aufmerksam, die Fähigkeiten, die sie von mir und mittelbar von ihrer Großmutter Sally Turner Van der Vries erworben hat, an ihre Tochter Sofie Craddock weiterzugeben.

Zwei Dinge jedoch hinterlasse ich meiner geliebten Tamsyn nicht. Ich überantworte ihr nicht die Verpflichtung, weiterhin eine Suche zu betreiben und eine Fehde fortzuführen, und ich vermache ihr nicht meine Sklaven. Da ich zu der Überzeugung gekommen bin, dass die Gefahr eines Aufstands und seiner schrecklichen Folgen nicht von dieser Kolonie weichen wird, bis wir dieser Praxis ein Ende setzen, entlasse ich sie mit diesem meinem letzten Willen und Testament alle in die Freiheit.«

Diese letzte Verfügung war jene Ausnahme. Sie ließ sich nicht durchführen.

Als Frau, so dachte ihr Bruder Will, hatte sie – selbst sie, die Rote Bess – die Feinheiten der kolonialen Gesetzgebung natürlich nicht gekannt. Aber er saß in Hunters Stadtrat, er kannte den genauen Wortlaut der Paragraphen, die vor zwei Jahren beschlossen worden waren. Immerhin war er maßgeblich an der Debatte beteiligt gewesen, die ihrer Verabschiedung vorausgegangen war.

Der Aufstand von 1712, so hatten er und einige andere dem Gouverneur erklärt, war weniger auf die Sklaven zurückzuführen als vielmehr auf die freigelassenen Schwarzen. Sie hatten die Schwierigkeiten verursacht – Wilde, die sich auf den Straßen herumtrieben, unten am Wasser herumlungerten und sich zu Cliquen wie die Smith Fly Boys und die Free Masons gruppierten, die Land besaßen und auf ihren Grundstücken wohnten, ohne dass anständige Christenmenschen sie im Auge behalten konnten.

Schwarze waren einfach nicht fähig, Verantwortung für sich selbst zu übernehmen. Jeder Sklavenhalter in der Kolonie wusste, dass sie dumm und faul waren. Jene, die

Schwarzen die Freiheit gewährten, hingen wider alle Vernunft und Erfahrung dem sentimentalen Glauben an, Wilde könnten den Weißen ebenbürtig sein.

Dank dieser Argumente verbot das Gesetz, das Hunter schließlich unterzeichnete, nicht den direkten Import von Sklaven aus Afrika – wie es in Massachusetts geschehen war – und besteuerte den Handel auch nicht so hoch, dass er unrentabel geworden wäre – wie in Pennsylvania der Fall. Das neue New Yorker Gesetz untersagte es freigelassenen Sklaven, Grundbesitz zu haben, gleichgültig, wie weit er von den bewohnten Stadtvierteln entfernt sein mochte. Die alten Negerbehausungen in den Sumpfgebieten wurden aufgelöst. Überdies musste jeder, der einen Sklaven freisetzen wollte, diesem sein Leben lang jährlich zwanzig Pfund auszahlen, um sicherzustellen, dass besagter Sklave nicht der Wohlfahrt anheimfiel. Andernfalls war die Freisetzung rechtlich ungültig.

Und genau das war der Fall bei Bess' Testament. Was ihre Sklaven betraf, war ihre Verfügung rechtlich ungültig.

Die alte Hetje würde bald sterben, aber die anderen … Bess' Vermögen belief sich nicht auf die Hunderte, ja Tausende von Pfund, die es kosten würde, um ihre übrigen Sklaven bis an ihr Lebensende mit zwanzig Pfund pro Jahr auszustatten. Will sah sich nicht verpflichtet, diese gewaltigen Unkosten zu übernehmen, und er sah auch keinen Grund, die Sklaven seiner Schwester zu sich zu holen. Er besaß bereits fünf eigene. Auch Tamsyn und Zachary hatten Sklaven und waren als junges Paar nicht in der Lage, die Haltungskosten von Bess' Schwarzen zu tragen. Tamsyn bestand darauf, Hetje bei sich aufzunehmen, und um des häuslichen Friedens willen stimmte Craddock zu. Die anderen sollten verkauft werden.

Es waren insgesamt fünf: die drei noch lebenden Schwarzen, die Bess von ihrem Mann geerbt hatte, sowie die Afrikanerin, die sie nach den Hinrichtungen gekauft hatte. Und dazu das Kind, das diese Frau in die Welt gesetzt hatte.

Verfluchte Bess. Will hatte ihr schon damals gesagt, dass sie eine absolute Dummheit begangen hatte. Und jetzt musste er sich damit herumschlagen, nicht nur eine eindeutig gebärfähige Schlampe zu verhökern – für die meisten Käufer galt das als Nachteil –, sondern außerdem ein knapp dreijähriges Kind, das noch mindestens zwei Jahre durchgefüttert und beherbergt werden musste, bevor es zu irgendeiner einträglichen Arbeit fähig war.

Je mehr Will darüber nachdachte, dass Bess nie auf ihn gehört hatte, desto wütender wurde er. Und wenn er wütend war, kam er unweigerlich ins Schwitzen. Als er schließlich am Sklavenmarkt eintraf, war er schweißnass.

»Morgen, Mister Devrey.« Der Schwarze, der sich um das Barackenlager und die Waschhütten kümmerte, gehörte Burnett, der ihn für diese Arbeit verpachtete und dafür dem Konsortium einen Shilling pro Woche in Rechnung stellte. Jebbo kannte nicht nur alle Schiffseigentümer, er hatte auch eine recht gute Ahnung von ihren Finanzgeschäften. »Ich hab gehört, Sie haben heute was Besonderes hier vor.«

»In der Tat, Jebbo. Eine Familiensache. Die Sklaven meiner verstorbenen Schwester werden verkauft. Ich glaube, sie wurden gestern Abend hergebracht.«

»Das stimmt, Mister Devrey. Und ich hab mich drum gekümmert, dass sie gut untergebracht sind und sich anständig aufgeführt haben. Und dass sie heut Morgen gleich gewaschen wurden. Die werden Ihnen 'n nettes Sümmchen einbringen. Das versprech ich Ihnen.«

»Sklaven! Schwarze Sklaven! Erstklassige Sklaven! Verkauf heute! Sklaven zu verkaufen!« Der Ruf des Auktionators hallte die Wall Street hinauf. »Sklaven zu verkaufen! Kommen Sie, meine Herren! Erfahrene Sklaven! Und eine Ladung erstklassiger Fanti, frisch eingetroffen. Machen Sie Ihr Angebot …«

Die Männer, die das Merchant's Coffee House verließen, um zur Auktion zu gehen, waren nicht in Eile. Auch wenn sie vielfach nicht aus New York selbst, sondern aus den nördlichen Kolonien stammten, waren die meisten schon einmal hier gewesen und kannten den Ablauf. Zuerst kamen Sklaven zur Pacht auf den Block. Die wohlhabenden Männer aus dem Norden der Kolonie New York, aus Rhode Island, Connecticut und Massachusetts hatten keinen Bedarf an Pacht-Sklaven. Für die interessierten sich ausschließlich die Einheimischen.

»Das ist Tom, ein fähiger Küfer. Gehört der Witwe Drummond, die seit dem Tod ihres Mannes keine Arbeit für ihn hat. Preis: drei Pfund pro Jahr. Ah, da seh ich eine Hand. Zuschlag, Sir.« Der Hammer landete krachend auf dem Tisch vor dem Auktionator.

»Und hier ist Belle, ein fesches Ding und eine gute Köchin. Die hundertprozentig erwiesenermaßen keine Kinder bekommt.« Die Bemerkung wurde von einem Augenzwinkern begleitet und erntete ein paar Lacher. »Nur für vier Monate zu verpachten, solange ihr Herr seine Familie in Providence Town besucht. Wenn er wiederkommt, wird's bald Winter und kalt, dann braucht er sie wieder.« Johlendes Gelächter. »Vier Shilling für volle hundertundzwanzig Tage kostet Belle. Ein Schnäppchen, meine Herren. Habe ich nicht … Gut, Sir, ich hab Sie gesehen. Zuschlag.«

Die Stimme des Auktionators dröhnte weiter, unterbrochen vom Schlag seines Hammers. Währenddessen wurden unablässig Tauschgeschäfte abgeschlossen – Männer einigten sich untereinander über die Verpachtung von Sklaven, die die Arbeit eines Schuhmachers, Bäckers, Zimmermanns, Gerbers, Schmieds und Kaminkehrers verrichten konnten. Jedes nur denkbare Gewerbe war vertreten. Auf dem Sklavenmarkt war ein schwungvoller Nebenhandel in Gang: Arbeitssklaven, die von ihren Besitzern in verschiedensten Fähigkeiten ausgebildet worden waren, aber jetzt als überflüssig galten und verpachtet wurden.

»Ich sehe keine Chirurgen«, murmelte Christopher zu Jeremy. »Zumindest von der Seite brauche ich also keine Konkurrenz zu fürchten.«

»Hmm, das ist ein interessanter Gedanke. Ob man einen Schwarzen zum Chirurgen ausbilden könnte? Was meinst du, Chris? Sollen wir wetten? Du versuchst …«

»Sei still, es geht gleich los.«

»Wie bitte? Sie haben doch schon längst … Ach so. Das Häuflein, das sie jetzt rausführen. Die interessieren dich?«

»Ja.«

Jeremy schnitt eine Grimasse. »Guter Gott, warum das? Da ist doch kein einziger dabei, der aussieht, als … He! Die Frau da ganz hinten, die mit dem Kind. Ist das nicht die, die …«

»Genau. Sie heißt Amba.«

»Woher weißt du, wie sie …«

»Die Rote Bess hat sie gekauft. Am Tag nachdem die anderen verbrannt wurden. Sie war bei der Operation mit dabei.«

Jeremy schauderte. »Red bloß nicht davon. Allein schon der Gedanke! Der Alten einfach die Titte wegzuschneiden, da läuft's mir kalt den Rücken runter.«

»Dir läuft es zu leicht kalt über den Rücken, Jeremy. Und jetzt halt bitte kurz den Mund.«

Die Auktion der Pacht-Sklaven war zu Ende, der Auktionator ging zum nächsten Teil über. »Hier haben wir eine interessante Sache, meine Herren. Etwas, das Sie nicht oft zu sehen bekommen. Eine Gruppe erfahrener Sklaven, die erstklassig aufeinander eingespielt sind, ausgebildet von einer Dame, die höchste Perfektion verlangte, wie jeder in New York weiß. Wer macht ein Gebot für sie alle zusammen? Kommen Sie, meine Herren, eine seltene Gelegenheit. Fünf Sklaven, die …«

»He!« Eine Stimme aus den hinteren Reihen. »Wenn wir 'ne ganze Ladung kaufen wollen, gehen wir zu den Sklavenhändlern der Königin. Verkauf sie einzeln und fertig.«

Die Menge lachte, aber einige murmelten beifällig. »Recht hat er. Einzeln. Deswegen sind wir doch hier, oder nicht?«

In der Tat, deswegen waren die Männer hier. Will Devrey und seine Kollegen verkauften ihre Schwarzen einzeln, nicht frachtweise wie die English Royal African Company. Wer mit den Sklavenhändlern der Krone Geschäfte trieb, zahlte für die Gesamtfracht eines Schiffsrumpfes und bekam alle Schwarzen, die ausgeladen wurden, ob tot oder lebendig. Eine durchaus sinnvolle Praxis für die Plantagenbesitzer im Süden, die vorwiegend Reis anbauten, sowie für die Zuckerbarone in der Karibik. Sie brauchten große Mengen Schwarzer für die Arbeit auf den Feldern. Die Herrschaften aus dem Norden, die den New Yorker Sklavenmarkt oben an der Wall Street besuchten, wollten Haushaltshilfen und Landarbeiter. Diese Neuengländer waren allesamt sparsame Nachkömmlinge der puritanischen Pioniere und keine New Yorker, denen das Geld locker in der Tasche saß. Aufrechte, tugendhafte Männer, die ihren Wohlstand mit derselben Strenge und Rechtschaffenheit verwalteten, die die Prinzipien ihrer Kirche prägten. Sie wollten keine Katze im Sack kaufen, sie wollten sehen, wofür sie ihr Geld hinlegten. Nur deswegen kamen sie zum Markt an der Wall Street.

Ohne die Sklaven wäre die gesamte Wirtschaft der Stadt

eingebrochen. Mindestens tausend wurden pro Jahr allein in der Kolonie New York benötigt, und ein erstklassiger Schwarzer erzielte dieselbe Summe, wie ein Handwerker sie in seinem ganzen Leben verdiente. Der Sklavenhandel war ein Unternehmen, das jährlich Hunderttausende von Pfund einbrachte, und die Gewinne der Importeure gingen weiter an die Versicherungsagenten, Anwälte, Sekretäre und Schreiber, die die Dokumente bearbeiteten. Männer jeder Klasse und jeden Gewerbes besserten ihr Einkommen nebenbei mit dem An- und Verkauf von Schwarzen auf. Die Männer, die fast ausschließlich dieser Tätigkeit nachgingen – Männer wie Devrey und die anderen Schiffseigentümer –, häuften durch die Mittelpassage unerhörte Reichtümer an. Und wie es sich für New Yorker gehörte, horteten sie ihr Vermögen nicht, sondern gaben es aus. Was sich wiederum zum Vorteil der Händler und Handwerker auswirkte.

Niemand wusste das besser als der Auktionator. Seine Aufgabe bestand darin, den Verkauf glatt abzuwickeln. Mittlerweile war der Vormittag bereits fortgeschritten, und wenn er schließlich diese kleine Sklavengruppe der Roten Bess – Waren zweiter Hand oder erfahrene Waren, je nach Standpunkt – versteigert hatte, musste er noch zwei Baracken voll kürzlich eingetroffener Afrikaner an den Mann bringen. Der Auktionator fügte sich dem Wunsch der Menge. Bess' Sklaven würden einzeln verkauft werden.

Cuffy ging als Erste weg. Kein Wunder, sie war jung und kräftig, hatte viele Jahre Arbeit in sich. Ein Mann aus Connecticut bezahlte vierhundert Pfund für sie. Als Geschenk für seine frisch verheiratete Tochter, wie jemand ihn sagen hörte.

Sie führten Cuffy vom Block.

Als nächstes wurde Bess' Köchin verkauft. Dann ihr Gärtner. Die Frau würde nach Boston kommen, er nach

New Haven. Sie brachten weniger Geld ein. Niemand fragte nach der Beziehung, in der die beiden zueinander standen, und der Auktionator teilte nicht mit, dass sie ein Ehepaar waren und überdies Cuffys Eltern. Wenn es um Sklaven ging, zählten Familienbindungen nicht.

»Weiter, meine Herren.« Der Hammer knallte auf den Tisch. »Und jetzt – aufgepasst. Schauen Sie zumindest an, was Ihnen entgeht.«

Amba stand auf dem Block. Sie trug das adrette Kleid, in das Bess sie gesteckt hatte. Phoebe im Arm haltend, starrte sie vor sich hin. Als wäre sie gar nicht da, dachte Chris. Als würde dies alles gar nicht passieren.

»Erstklassige Ware, meine Herren! Erstklassig!« Die Stimme des Auktionators überschlug sich förmlich vor Begeisterung. »Ein Mädel mit der Kraft eines Mannes. In der steckt noch jahrelange Arbeit. Kommen Sie, meine Herren, Ihre Gebote!«

»Das ist doch die, die beim Aufstand dabei war«, rief eine Stimme von hinten. »Schäm dich, Will Devrey, dass du die zusammen mit anständigen Sklaven auf den Block stellst. Die hätte mit den anderen von der Mörderbande sterben sollen.«

Will stand ganz hinten in der Menge, ohne sich im Mindesten an den Vorgängen zu beteiligen. Er wollte sich nur der Sklaven entledigt wissen. Ob sie ihm die größtmögliche Summe einbrachten, war nicht von Bedeutung, zumindest nicht für ihn. Craddock war Tamsyns rechtmäßiger Ehemann, deswegen würde sowieso er das Geld bekommen. Aber es war unmöglich, diese Beleidigung zu missachten. Hier wurde Will der Vorwurf gemacht, er würde den guten Ruf des Markts schädigen, was für sie alle eine Gefahr darstellte und ein Vergehen war, das die anderen Sklavenhändler ihm womöglich nicht verzeihen würden.

»Das Mädel ist zwei Jahre lang von meiner Schwester eingewiesen worden«, rief Will. »Ich kann Ihnen versichern, dass sie gut eingearbeitet und …«

»Erstklassige Ware, meine Herren. Absolut erstklassig.« Der Auktionator, der die Aufregung beschwichtigen, die Auktion wieder in die ruhigen Bahnen lenken wollte, die er zu kontrollieren verstand. Qualität und Preis. »Also, was bieten Sie? Siebenhundert Pfund? Sechshundert?«

Christopher stand ganz hinten in der Menge und konnte die Köpfe aller Kauflustigen sehen. Er versuchte zu erkennen, wer als Erster nicken könnte. Amba musste von jemandem gekauft werden, der sie einigermaßen anständig behandelte. Das hatte er für sich beschlossen. Sie hatte etwas an sich, etwas, das er während der Operation bemerkt hatte, als sie Bess' Kopf und Schultern in ihren kräftigen schwarzen Armen gehalten und jede seiner Bewegungen aufmerksam verfolgt hatte. Amba war keine durchschnittliche Schwarze, sie war etwas Besonderes. Deswegen war er heute auch hier: um zu sehen, ob ihr Käufer – wer immer das sein mochte – das anerkennen würde.

Der Auktionator verlangte noch immer nach Geboten. »Fünfhundert, meine Herren, ein Spottpreis. Jetzt kommen Sie, ich will eine Summe hören. Was bieten Sie?«

»Zweihundert«, meldete sich eine Stimme.

Christopher reckte sich, um zu sehen, wer das rief, und entdeckte die erhobene Hand weiter vorne in der Menge. Er stieß Jeremy in die Rippen. »Wer ist das?«

»Der kommt aus Massachusetts und hat ein großes Anwesen auf Cape Ann, Fischerboote.«

»Ein anständiger Kerl?«

»Das vermute ich doch. Ich hab nie was Gegenteiliges gehört. Aber warum …«

»Sei still. Das will ich hören.«

Der Auktionator hielt den Hammer noch in der Luft.

»Ein höheres Gebot als zweihundert, meine Herren? Nein? Tja nun, Sir, wie's aussieht, bekommen Sie den Zuschlag.«

»Zweihundert, und ich nehm sie«, rief der Mann aus Neuengland, »aber ohne das Kind. Dass das klar ist.«

Christopher holte tief Luft. Guter Gott, das würden sie doch nicht zulassen, oder? Es war unmenschlich, die Mutter von ihrem Kind zu trennen. Sicher hatte der Auktionator die Anweisung erhalten, beide zusammen zu verkaufen.

Der tat sein Bestes. »Die Kleine ist drei, Sir. Noch ein oder zwei Jahre, dann kann sie auch schon arbeiten. Und danach können Sie sich auf jahrelange beste Arbeitskraft freuen. Ich bin bevollmächtigt, zweihundertfünfzig für beide zu nehmen. Ein Schnäppchen, Sir. Was meinen Sie?«

Der potenzielle Käufer schüttelte den Kopf und ließ den Arm sinken.

Diese Situation hatte der Auktionator unter allen Umständen vermeiden wollen. Das Züchten von Sklaven warf wenig Gewinn ab. Kinder mussten zu lange ernährt und beherbergt werden, bevor sie Nutzen abwarfen. Die meisten Käufer zahlten Höchstpreise für Schwarze, die erwiesenermaßen unfruchtbar waren. Einige allerdings beschäftigten sich ein wenig mit der Zucht, wie sie es nannten – die Fortpflanzung ausgewählter Sklaven zu betreiben und die Nachkommen großzuziehen, bis diese alt genug zum Verkauf waren. Diese Männer stiegen aber immer erst ganz am Ende einer Transaktion ein. Sie lebten nach dem erprobten Motto, billig einzukaufen und teuer zu verkaufen, und machten ein Gebot erst, wenn alle anderen Möglichkeiten ausgeschöpft waren.

Jeder Auktionator in New York kannte die Züchter und ortete sie in der Menge, noch bevor die Versteigerung begann. An diesem Tag war nur einer von ihnen erschienen, er stand allein, ein wenig abseits. Der Auktionator sah direkt zu ihm. Und wartete. Der Mann ließ ein paar Sekunden verstreichen. Dann hob er langsam, mit einer Miene größter Gleichgültigkeit, die Hand. »Also gut, dann tue ich euch einen Gefallen. Ich nehme das kleine Mädchen für fünf Pfund. Keinen Penny mehr. Sie haben Glück, überhaupt so viel zu kriegen.«

Der Auktionator grinste. »Vielen Dank, Sir, Sie haben all unsere Probleme gelöst. Gut, meine Herrschaften. Zuschlag.« Der Hammer fiel auf den Tisch.

»Guter Gott.« Christopher packte Jeremy am Arm. »Schau sie dir an. Sie weiß überhaupt nicht, was vor sich geht.«

Während des ganzen Feilschens hatte Amba sich nicht vom Fleck gerührt, und auch jetzt stand sie reglos da, genau dort, wo man sie hingestellt hatte, und starrte unbeteiligt vor sich hin.

Jebbo trat auf sie zu und streckte die Hände nach Phoebe aus. Das kleine Mädchen verbarg das Gesicht am Hals ihrer Mutter. Amba drückte sie fester an sich. Jebbo packte ein Ärmchen und zog. Vor Schmerz schrie Phoebe auf und brüllte dann gellend. Jebbo versuchte es ein zweites Mal. Dieses Mal entwand Amba sich ihm, zischte und trat ihm heftig gegen die Beine.

»Hab ich's doch gesagt! 'ne Hexe ist das.« Die Stimme des Zwischenrufers von zuvor. »Die verdammte Schlampe hätt man zu Asche verbrennen sollen.«

Jebbo trat hastig zurück, außer Reichweite von Ambas Lederstiefeln, und knallte laut mit seiner Peitsche.

»Zieh ihr eins über, Jebbo«, rief jemand. »Genau das braucht sie. Komm, lass uns ihr schwarzes Blut sehen.«

Jebbo hob die Peitsche.

»Moment! Moment!« Christopher drängte sich nach vorne und schrie mit aller Kraft. »Lasst mich durch! Ich mache ein besseres Angebot!«

Die Menschenmenge wogte und wallte, wollte sich um

Christopher schließen. Jeremy griff vergeblich nach seinem Ärmel. »Chris, bist du verrückt geworden? Was machst du denn? Die Leute reden sowieso schon genug über …«

Ohne auf seinen Freund zu achten, schob Christopher sich nach vorne. »Fünfhundert für beide«, rief er. »Fünfhundert Pfund für die Frau und das Kind!«

Der Auktionator schüttelte den Kopf. »Geht nicht, Sir. Zu spät. Der Hammer ist schon gefallen. Das sind die Regeln.«

»Genau«, rief jemand aus dem Gewühl. »Und hier sind 'n paar Leute, wo richtige Geschäfte machen wollen. Zum Teufel noch eins, Mann, machen Sie weiter.«

Jebbo war es gelungen, Phoebe ihrer Mutter zu entreißen. Zwei seiner Helfer hatten Amba gepackt, ihr die Arme auf den Rücken gedreht und hielten sie jetzt hoch über dem Versteigerungsblock. So sehr sie auch mit den Beinen um sich trat – das nützte ihr ebenso wenig wie die Flüche, die sie ausstieß.

Christopher war jetzt nah genug bei ihr, um ihr ins Gesicht sehen zu können. »Amba«, rief er. »Hier! Schau mich an.«

Als sie ihren Namen hörte, drehte sie den Kopf. Ihre Blicke begegneten sich. »Halt still«, befahl Christopher ihr. »Halt still. Das schadet dir nur.«

Nur einen Moment sah sie ihm in die Augen, dann schaute sie fort, zu ihrem Kind. Für eine kurze Sekunde verriet ihre Miene das ganze Ausmaß ihrer Qual.

Christopher drehte sich um und sah nach hinten in die Menge, richtete sich hoch auf, damit er über die Köpfe der Umstehenden hinwegblicken konnte. »Will Devrey! Ich weiß, dass du da hinten bist. Ich hab dich gesehen. Dir gehört der Markt doch, oder nicht? Und du bist verantwortlich für den Besitz deiner Schwester und für deine Anverwandten. Ich biete über das Doppelte der beiden anderen Käufer. Was sagst du dazu?«

Will fuhr sich übers Gesicht, aber der Schweiß rann ihm immer weiter über die Wangen. Ganz in seiner Nähe waren die Baracken, in denen die Sklaven untergebracht waren. Er gab dem Mann, der eine Gruppe zusammengeketteter Fanti herausbringen wollte, ein Zeichen. »Auf den Block mit ihnen«, rief er. »Sofort!«

Die Fanti schlurften durch das Gewühl, getrieben von den knallenden Peitschen der Aufseher. Ihre Ketten rasselten bei jedem Schritt.

Christopher ließ sich nicht beirren. »Was sagst du zu meinem Angebot, Will? Fünfhundert Pfund für das Mädel und ihr Kind. Das ist mehr als das Doppelte, das dir geboten wurde. Du kannst den beiden eine Prämie zahlen und verdienst immer noch mehr. Das ist doch ein gerechter Vorschlag, oder?«

Einige der Zuschauer murmelten beifällig. Der Mann aus Massachusetts, Ambas Käufer, rief, er würde sich mit fünfundzwanzig Pfund Ausfallprämie zufrieden geben angesicht dessen, was er gesehen hatte, und würde froh sein, die Frau nicht nehmen zu müssen. Der Viehzüchter hob die Hand. »Mit fünfundzwanzig bin ich auch einverstanden. Wenn ich die bekomme, hat's den Zuschlag nie gegeben.«

»Also gut«, sagte Will. »Ihr bekommt euer Geld. Jebbo, gib Mr. Turner die Schlampe und das Kind. Und dann lasst uns endlich weitermachen, verdammt.«

»Das finden wir auch!« Eine Stimme aus der Menge, die das allgemeine Gefühl zum Ausdruck brachte. »Jetzt wollen wir mal richtige Sklaven sehen.«

Die Fanti hatten den Block erreicht und begannen, die Stufen hinaufzusteigen. Jebbo und seine Helfer stießen sie herum, bis sie in der richtigen Position standen.

»Erstklassige Ware!«, rief der Auktionator und deutete auf das neue Angebot, das den wartenden Käufern zur

Schau gestellt wurde. »Alles erstklassige Ware! Meine Herren, Ihre Gebote!«

Mit dem Kauf hatte er sich beinahe an den Bettelstab gebracht. All seine Ersparnisse waren aufgebraucht, und jetzt war er … Was? Christopher wusste es selbst nicht genau.

Seit drei Wochen gehörten Amba und Phoebe zu seinem Haushalt, aber jetzt war er zum ersten Mal wirklich mit der Afrikanerin allein, ohne dass Jane das Zusammentreffen herbeigeführt hatte und dann in der Nähe blieb, um zu hören, wie Christopher mit der Situation umging. Er und Amba waren zwar in der Küche im hinteren Teil des kleinen Hauses, doch Jane war nicht in der Nähe. Sie lag oben im Schlafzimmer. Christopher konnte ihre lauten Schreie nur allzu deutlich hören.

Seit neunzehn Stunden lag seine Frau in den Wehen. Tess Babcock war bei ihr. Nach Aussage Janes und ihrer Mutter war Tess die beste Hebamme in ganz New York, und Christopher hatte keinen Grund, ihnen nicht zu glauben. Doch die Schreie machten ihn verrückt. Nur durch seine Schuld litt dieses liebe, sanfte Wesen solche Qualen, und er war völlig hilflos. Ganz zu schweigen davon, dass er unterdessen in der Küche saß und einer schwarzen Wilden zusah, die Wasser zum Kochen brachte, und beobachtete, wie ihre Brüste sich unter dem Kattunkleid hoben und senkten. Das war … heiliger Heiland, dafür gab es keine Worte.

»Ist das Wasser schon heiß?« Das junge Mädchen stieß die Frage hervor, noch während sie in die Küche gestürmt kam, außer Atem, weil sie die Treppe hinabgelaufen war. Aber dann sah sie Christopher am Küchentisch sitzen. »Ach, Herr. Ich wusste nicht …« Das Mädchen war von Janes Mutter angelernt worden. Sie machte rasch einen Knicks.

»Schon gut.« Die beiden Sklavinnen, die seine Schwiegermutter ihnen zur Hochzeit geschenkt hatte, hießen Shirley und Chassey – Schwestern, die sich so ähnlich sahen, dass Chris sie nicht auseinander halten konnte. »Du bist Shirley, nicht?«

»Ja, Herr. Ich bin Shirley. Chassey ist oben bei Selma und Hebamme Babcock. Und der Herrin natürlich.«

»Ich weiß. Shirley, wie geht es deiner Herrin?«

Das Mädchen wich seinem Blick aus. »So gut wie's ihr gehen kann, Herr.«

»Guter Gott, was soll das heißen? Wird denn bald …«

»Wasser«, sagte Amba und drückte Shirley einen dampfenden Krug in die Hände. »Geh jetzt.«

Shirley nahm den Krug und wandte sich zum Gehen.

»Warte«, rief Christopher. »Wozu braucht Hebamme Babcock so viel Wasser? Blutet deine Herrin? Wenn sie viel Blut verliert, muss mir das ge…«

»Geh!«, sagte Amba und scheuchte das Mädchen hinaus. »Geh jetzt.«

Shirley lief aus dem Raum.

Amba sah ihr nach.

»Wie kannst du es wagen?« Christopher sprach leise, wirklich ärgerlich war sein Tonfall nicht. »Du hast mich unterbrochen, als ich zu einer anderen Sklavin sprach, und du hast es gewagt, sie wegzuschicken. Das ist grober Ungehorsam, Amba. Dafür verdienst du die Peitsche.«

Lächelnd wandte sie sich zu ihm. »Mistress Jane gibt Ihnen Sohn. Groß und stark, kämpft viel. Deswegen Geburt dauert lange.«

Sie wusste, dass er nie wirklich zornig mit ihr war. Gleichgültig, was er sagte.

Christopher gab seine gespielte Entrüstung auf. »Also gut. Wenn du meinst.« Zur Abwechslung starrte er ihr nicht auf die Brüste, sondern auf den Kopf. Ihr Schädel hatte eine schöne Form. Erst jetzt wurde ihm bewusst, dass er noch nie die tatsächliche Kontur eines Frauenkopfes gesehen hatte. Bei Amba zeichnete sie sich deutlich ab, denn zwei Tage nachdem Christopher sie und die kleine Phoebe vom Sklavenmarkt nach Hause brachte, hatte sie sich die Haare geschoren.

»Sämtliche Locken hat sie abgeschnitten, Christopher.« Die erste der bitteren Klagen, die Jane über die neue Sklavin vorbrachte. »Angeblich mit dem Küchenmesser. Ich kann zwar nicht glauben, dass Selma jemandem wie Amba ein Messer gegeben hat, aber so ist es. Jetzt sieht Amba einfach barbarisch aus, wie eine halb gezähmte Wilde. Und was anderes ist sie ja auch nicht. Du musst sie zur Ordnung rufen. Und mit Selma über sie reden.«

Chris gestand Jane nie, dass ihm Ambas sehr kurze lockige Haare eigentlich gut gefielen. Er fand eine andere Ausrede. »Sie sagt, in Afrika wäre das die Mode unter den Frauen ihres Clans«, erklärte er. »Und es schadet doch nicht, oder, meine Liebe? Amba verrichtet ihre Arbeit mit oder ohne Haare sehr gut, oder nicht?«

Das mochte stimmen, aber durch den geschorenen Kopf unterschied Amba sich noch mehr von den anderen Schwarzen, machte sie Jane noch nervöser. Auf unerklärliche Art störte ihre Anwesenheit im Haus, ebenso wie die ihres Kindes, doch auf Christopher hatte Amba eine beruhigende Wirkung. Deswegen war er auch Trost suchend in die Küche gegangen, als er Janes Schreie nicht mehr ertragen konnte.

»In deiner Gegenwart geht es mir besser«, sagte er zu ihr. »Es gibt zwar keinen Grund dafür, aber so ist es eben. Mach mir einen heißen Rum, Amba. Und bring ihn dann ins Wohnzimmer. Selma, Shirley und Chassey gehen Hebamme Babcock zur Hand, da brauchen sie dich nicht auch noch.«

»Zieh dich aus, ganz. Ich will dich nackt sehen.« Guter Gott, was war nur in ihn gefahren? »Du musst tun, was ich dir sage, Amba. Ich bin der Herr, du bist die Sklavin.« Christopher griff hinter sich und drehte den Schlüssel der Wohnzimmertür.

»Amba nicht Sklavin. Amba Königin.«

»Wirklich? Du warst in deinem Land, bei deinem Volk, eine Königin?« Diese Vorstellung fuhr ihm direkt in den Schritt. Genau wie alles andere, was dieses exotische Wesen tat. Sie machte, dass er wirr im Kopf und sein Schwanz steif wurde.

»Amba Frau von Sohn von König. Amba Königin.«

»Ja, so geht das wohl. Aber hier bist du eine Sklavin. Es tut mir Leid, aber das bist du. Und jetzt tu ...« Er brach ab, denn er brauchte gar nicht weiterzureden. Ob Amba sich nun für eine Sklavin hielt oder nicht, sie zog das Kleid aus.

Dann folgte das Leibchen. Sie ließ es von den Schultern gleiten, warf es auf den Boden und hielt inne, lächelte ihn an. Dann stieg sie aus den Unterröcken. Darunter war sie nackt. Und als sie den Berg Kleider wegstieß, spielten die Muskeln unter ihrer festen, schwarzen Haut wie bei einer Dschungelkatze. »Du bist prachtvoll«, flüsterte Christopher. »Wie ... wie eine Königin. Doch, das glaube ich.«

Amba stand reglos da.

Er hörte Janes Stimme. Direkt über sich. Sie quälte sich, sein Kind zur Welt zu bringen. »Neeeiiin ... Helft mir doch ... ich kann nicht mehr! Nein ...«

Amba war fast ebenso groß wie er und unglaublich geschmeidig. Wie der Leopard, den er einmal auf einem Bild gesehen hatte. Sie hatte nichts von weiblicher Weichheit an sich. Ihre Brüste waren vollkommen, als wären sie aus Marmor gemeißelt. Er streckte die Hand aus, um sie zu streicheln. Zart. Nur mit den Fingerspitzen. Das Fleisch war weicher, als er geglaubt hatte, aber ihre Brustwarzen wurden hart, sobald er sie berührte. »Du begehrst mich«, flüsterte er. »Das stimmt doch, oder?«

Sie gab keine Antwort, aber er wusste, dass es stimmte, und dieses Wissen erregte ihn noch mehr. Christopher umfasste Ambas geschorenen Kopf mit beiden Händen. Es war, als könnte er durch seine Handflächen ihre Gedanken fühlen. In gewisser Weise war die Verletzlichkeit ihres fast kahlen Schädels das Aufregendste an ihr. »Mir gefällt dein Haar in dieser verrückten Mode«, murmelte er. »Ich weiß nicht, warum, aber es gefällt mir.«

»Amba schneidet Haare für Master Christopher«, sagte sie leise. »Weil sie ist Königin.«

»Das war also der Grund. Nur Adelige dürfen sich die Haare abschneiden. Ich verstehe. Und tun Könige und Königinnen in deinem Volk auch das, Amba?« Er beugte sich vor und küsste sie.

Über ihren Köpfen stieß Jane einen langen, gellenden Schmerzensschrei aus. »Pressen Sie, Kind!«, hörte man die Hebamme rufen. »Pressen Sie!«

Christopher ging in die Knie. Sein Gesicht war nur wenige Zoll von den schwarzen Locken ihrer Scham entfernt. Er fuhr mit den Händen über ihre Taille hinab, zu den Hüften, dem Gesäß, den Schenkeln. Sie blieb reglos stehen und ließ ihn gewähren. Christopher legte den Kopf in den Nacken und sah zu ihr auf. Sie lächelte. »Leg dich hin«, wisperte er. »Neben das Feuer. Ja, so ist's gut. Es gefällt mir, dich so anzusehen. Meine wunderschöne schwarze Dschungelkatze.«

Es gab Dinge, die hatte er ein oder zwei Mal mit den Huren von der Princes Street gemacht, Dinge, die er nie mit Jane tun oder von ihr erwarten würde. Aber mit Amba … Immer noch kniend, fuhr er mit den Fingern durch das üppige Gestrüpp ihrer Schamhaare, dann spreizte er ihr mit beiden Händen die Beine.

Sie hatte keine Vagina.

Die Schamlippen, die großen ebenso wie die kleinen, waren entfernt worden, offenbar mit einem einzigen Messerschnitt. Und anschließend war, der Narbe nach zu urteilen, alles fest zusammengenäht worden. Nur eine winzige Öffnung für die natürlichen Bedürfnisse war zurückgeblieben. Gott weiß, wie grausam es gewesen war, als die Naht bei der Geburt gerissen war. Jetzt war sie zu einem breiten, knotigen Fleischwulst verheilt, der vom Mons pubis beinahe bis zum Rektum reichte.

Christopher starrte voller Entsetzen auf die grausame, hässliche Verstümmelung. Erst viele Sekunden später konnte er die Frau wieder ansehen, ohne dass seine Miene seine Gefühle verriet.

Doch für sie barg die grausame Beschneidung offenbar nichts Entsetzliches. Auf jeden Fall empfand sie keine Scham. Amba lächelte ihn an, ein breites Lächeln tiefster Genugtuung. Ihre großen, dunklen Augen und die weißen Zähne schimmerten im Schein des Feuers. »Amba Königin«, sagte sie leise. »Master sieht Beweis. Amba Königin.«

Von draußen wurde an die Tür geklopft. »Master, kommen Sie. Hebamme Babcock sagt, jetzt ist Zeit, dass Sie kommen. Das Kind ist da, Herr! Das Kind ist da!«

Shirley oder Chassey. Er wusste nicht, welche der beiden. »Kommen Sie, Herr! Das Kind ist da.«

Hastig erhob Christopher sich, fuhr sich mit den Fingern durch die Haare, schluckte und bemühte sich, mit normaler Stimme zu sprechen. »Ich komme gleich. Sag deiner Herrin, dass ich sofort bei ihr bin.«

»Schnell, Master! Mistress hat einen Sohn für Sie. Hebamme Babcock sagt, Sie …«

»Ja, ich habe dich verstanden. Ich komme gleich.«

»Und, wie klappt's?«, fragte Jeremy.

Chris hob seinen Krug und nahm einen kräftigen Schluck Bier, bevor er antwortete. »Es ist natürlich sehr schön, aber das häusliche Leben verändert sich für einen Mann doch sehr.«

Einen Augenblick starrte Jeremy ihn verständnislos an, dann grinste er. »Ach, ich verstehe. Du meinst die Geburt von Luke. Ich meinte eigentlich den Erwerb der kostpieligen schwarzen Taube und ihres Kükens.«

»Ach, das.«

»Ja, das.«

»Ehrlich gesagt, es klappt nicht, um mit deinen Worten zu sprechen. Ich überlege mir, ob ich sie verkaufen soll.«

»Herr des Himmels, Chris, du hast ein Vermögen für sie bezahlt. Nicht dass ich verstehen könnte, warum.«

»Ich auch nicht, um ganz ehrlich zu sein. Es kam mir nur zu grausam vor, sie und ihr Kind zu trennen. Aber sie macht Jane nervös. Jane sagt, allein Ambas Anblick lässt ihr die Milch gerinnen. Ich werde etwas unternehmen müssen. Wenn ich jemanden finden kann, der sie haben will und sie das Kind behalten lässt.«

»Das wirst du nicht, Chris. Und selbst wenn, würdest du nie dein Geld zurückbekommen.«

»Ich weiß. Das erwarte ich auch nicht. Nicht dass ich es nicht brauchen könnte.«

Jeremy sah beiseite. Sie saßen in dem Büro, in dem sein Vater und sein Onkel den Großteil ihrer Anwaltsgeschäfte tätigten, ein großer, behaglicher Raum im vorderen Teil des Clinton-Hauses an der Ecke des Broad Way und der Little Queen Street. »Muss ich dem entnehmen, dass der Kauf des Anwesens am Hanover Square also … Na, du weißt schon …«

»Bist du um Worte verlegen, Jeremy? Du? Lass mich dir aushelfen. Ich muss darauf verzichten, meinen Lebensstandard zu verbessern. Die fünfhundert Pfund, die ich für Amba bezahlt habe, haben mich an den Rand des Ruins gebracht.«

Jeremy nahm ein Dokument von dem kleinen Schreibtisch, den sein Vater und sein Onkel ihm zugewiesen hatten, rollte es fest zusammen und steckte es in ein Fach. »Schade. Ich hatte mich schon darauf gefreut, einen richtigen Hauskauf zu betreuen. Und das große Haus wäre genau das Richtige für dich gewesen. Habe ich dir übrigens schon gesagt – ich bin jetzt absolut sicher, dass Kidd in genau dem Haus eine Zeit lang gelebt hat. Der Freibeuter, den sie 1701 hingerichtet haben. So um 1681, 1682 war das, glaube ich. Etwa zu der Zeit.«

»Schade. Jane wird noch mehr enttäuscht sein. Sie hatte schon geplant, den Garten von den Sklaven umgraben zu lassen, um seine Schätze zu finden.«

Christopher war ebenfalls enttäuscht. Er hatte sein Herz an das Haus am Hanover Square gehängt. Er hatte sogar bereits eine Zeichnung angefertigt, mit der er zum Schmied gehen wollte, um sich ein Türschild machen zu lassen. »Christopher Turner, Chirurg« sollte darauf stehen. Sonst nichts. Nur diese wenigen, wunderbaren Worte, die besagten, dass Lucas Turners Enkelsohn mit Frau und Kind – aus dem in nicht allzu ferner Zukunft wohl mehrere werden würden – am eleganten Hanover Square lebte, in einem Backsteinhaus mit vier Stockwerken und zwölf Zimmern, mit Blick auf das üppige Grün eines kleinen Parks in der Mitte des Platzes, in Nachbarschaft der wohlhabendsten Bürger von New York City. In einem Haus, das – sollte jemand es bemerken – um einiges besser war als das Heim von Zachary Craddock, Doktor der Medizin, auch wenn dieser mittlerweile in das geräumige alte Haus seiner Schwiegermutter in der Pearl Street gezogen war.

Jeremy entging die Enttäuschung seines Freundes nicht. »Chris, bist du wirklich sicher? Ich meine, in solchen Fällen lässt sich doch immer etwas machen. Du weißt, ich habe kein Geld, das nicht mein Vater verwaltet, aber vielleicht könnte dein Onkel Will … eine Art Darlehen.«

»Kommt nicht in Frage. Zum einen bezweifle ich, dass er sich darauf einlassen würde. Die Familie befindet sich, zumindest theoretisch, noch immer im Fehdezustand, trotz allem, was die gute Bess testamentarisch verfügt hat. Zum anderen hat mich nicht nur die Summe, die ich für Amba bezahlt habe, bettelarm gemacht. In diesem Monat sind keine zehn Patienten zu mir gekommen. Und im Monat davor auch nicht viel mehr.«

»Ja, also …«

»Also was? Verdammt, Jeremy, sind wirklich alle Leute in New York zu dumm, um zu begreifen, dass es das Beste war, was ich für die Rote Bess tun konnte, als ich ihr die Brust abschnitt? Glaubt wirklich irgendjemand ernsthaft, ich hätte die Frau umgebracht, weil sie mir die kalte Schulter gezeigt hat, als ich damals um ihre Tochter warb? Wird eine unglaubliche Geschichte wahrer, wenn sie mit einem schottischen Akzent erzählt wird?«

»Die Fragen sind nicht unberechtigt.«

»Gut. Dann sag mir die Antwort.«

Jeremy stand auf, um das Fenster zu öffnen. Die Luft des lauen Juniabends war erfüllt vom süßen Duft des Geißblatts, das auf der anderen Straßenseite an der King's Arm Tavern hochrankte. Musik eines Hackbretts und einer Flöte wurde von der Brise herübergetragen. Die Leute in der Stadt sagten, Jeremy Clintons Vorliebe für Wein und Gesang sei die Folge davon, dass er mit Blick auf die vornehmste Taverne der Stadt aufgewachsen war. Doch als sein Vater das Haus vor einem Vierteljahrhundert gebaut hatte, war die Little Queen Street eine ländliche Idylle gewesen. Damals hatten die Leute gesagt, der Anwalt habe den Verstand verloren, mit seiner jungen Familie so weit außerhalb des Stadtwalls zu ziehen.

Einige Jahre später – Jeremy war gerade fünf geworden – hatte dann auf der gegenüberliegenden Seite der Landgasthof eröffnet. Und nun war, vor wenigen Wochen erst, der Broad Way von der Maiden Lane bis zum Common eingeebnet worden. Dieses Gemeindeland hatte früher einmal so weitab von der Stadt gelegen, dass man hier das Pulverhaus errichtet und einen Friedhof für Juden und Schwarze angelegt hatte.

Mit dem Einebnen war es offiziell geworden: Die Stadt New York dehnte sich jetzt vom Fort eine ganze Meile nach Norden aus. Vor der Haustür der Clintons lag kein Trampelpad auf der Anhöhe eines steilen Hügels mehr, sondern eine breite, ebene Pflastersteinstraße, die zu beiden Seiten mit Schatten spendenden Bäumen bepflanzt war. Im Augenblick war die Straße leer, doch dem Lärm nach zu urteilen herrschte in der Taverne Hochbetrieb. Jeremy wandte sich zu seinem Freund. »Hättest du Lust, auf einen Punsch rüberzugehen? Wenn wir vorsichtig sind, kommen wir auf die andere Seite, ohne von der Kutsche des alten Beekman überfahren zu werden. Weißt du eigentlich, dass die Straße überhaupt nur seinetwegen gepflastert worden ist? Nur, damit der dicke alte Beekman seine vornehme importierte Kutsche vom Fort zu seinem Hof fahren kann, ohne …«

»Was ich möchte, Jeremy, ist, dass du mir sagst, was dir im Kopf umgeht.«

»Das habe ich dir gerade gesagt. Ein Krug Punsch und ein oder zwei Lieder. Vielleicht sogar der Anblick von …«

»Vom dicken alten Beekman, der in seiner Kutsche über die Pflastersteine saust. Ich weiß, Jeremy, das sagtest du bereits. Aber das ist es nicht, was in deinem Kopf vorgeht.

Komm, dazu kenne ich dich zu gut. Das Thema mit Bess' Brust ist noch nicht erledigt, stimmt's?«

»Ich würde die Sache gerne auf sich beruhen lassen; aber die anderen Leute wollen das nicht.« Jeremy ging zu seinem Schreibtisch zurück. »Schau, die Leute machen dir ja nicht zum Vorwurf, dass du Bess auf dem Gewissen hast, weil du ihr den Busen abgeschnitten hast.«

»Ich hab sie nicht …«

Jeremy hob abwehrend die Hand. »Schon gut, ich weiß. Und du hast als Chirurg einen solchen Ruf, dass fast alle bereit wären, dir zu glauben. Aber das andere …« Achselzuckend brach er ab. »Du weißt doch, wie die Leute sind.«

»Du willst mir damit wohl sagen, dass die Krämerseelen von New York City sich nicht mit dem Gedanken der Bluttransfusion abfinden können.«

»Genau. Verdammt, Chris, ich hatte dich gewarnt. Ich weiß gar nicht mehr, wie oft ich dir gesagt habe, dass es eine Schnapsidee ist und du die Finger davon lassen sollst.«

»Es hat ihr beinahe das Leben gerettet, Jeremy. Jetzt schau mich nicht so an. Das ist die Wahrheit. Mein Blut hat einen Teil der Riesenmenge ersetzt, die sie verloren hatte, und sie war wieder bei Bewusstsein. Ich hab's mit eigenen Augen gesehen.«

»Du solltest dich mal reden hören! Chris, du bist der größte Dickkopf in ganz Amerika, das schwöre ich dir. Die Frau ist tot. Sie ist vor den Augen ihrer eigenen Tochter gestorben, die genau gesehen hat, was du … Verabscheuenswürdiges getan hast.«

Bislang hatte Christopher sich kaum bewegt. Von seinem Stuhl aus, das Bier in der Hand, die langen Beine vor der Feuerstelle ausgestreckt, hatte er zugesehen, wie sein Freund zwischen Schreibtisch und Fenster hin und her schritt. Jetzt erhob er sich und ging bedächtig durch den Raum, um seinen leeren Krug auf das Tablett abzustellen.

Dadurch gewann er einige Sekunden, um nachzudenken. »Verabscheuenswürdig«, sagte er schließlich. »Glaubst du das wirklich, Jeremy? Dass ich verabscheuenswürdig bin wegen dem, was ich getan habe?«

»Nein, natürlich nicht. Ich meine ... Ich weiß, dass du es nicht so siehst.« Nur ein kurzes Zögern, aber es genügte.

»Ich verstehe. Also gut, dann sag mir als mein Anwalt, was ich tun soll.«

»Das kann ich nicht.«

»Warum denn nicht, verdammt noch mal? Ich sag dir was, ich gebe mir selbst einen Rat. Ich schlage vor, dass ich eine Aussage mache und sie an jeder Straßenecke ausrufen lasse. Ich, Christopher Turner, habe nichts getan, das gegen den Eid der Chirurgen verstößt, keinem Menschen Schaden oder Gewalt zuzufügen. Das sollte genügen. Was sagt mein Anwalt dazu?«

»Dass deine Aussage dir nichts nützen wird. Eine reine Zeitverschwendung, Chris. Und rausgeworfenes Geld obendrein, weil du die Schreiber und Ausrufer bezahlen müsstest. Tamsyn und ihr Mann sind zu zweit. Du stehst allein da.«

»Und die Tatsache, dass ich hier geboren wurde, dass jeder, der mich kennt, auch meinen Vater und meinen Großvater kannte ... Willst du mir sagen, das alles zählt nichts gegen die Vorwürfe eines Doktors der Medizin aus Edinburgh?«

»Es zählt auch nicht. Nicht, wenn ...«

Wieder ein Zögern. Und dieses Mal zu lang, um ignoriert zu werden. »Wenn was? Heiliger Herr im Himmel, Jeremy. Du hast noch etwas gehört. Jetzt sag's schon.«

»Craddock sagt, es geht nicht nur um das, was du seiner Schwiegermutter angetan hast, sondern auch um das, was du der ganzen Stadt angetan hast und vor allem den Crookes und ihren Nachbarn.«

»Den Crookes? Jeremy, welcher Unsinn ist das jetzt? Was soll ich denn den Crookes und ihren Nachbarn und ganz New York angetan haben?«

»Der Aufstand vor zwei Jahren. Craddock sagt, du hättest vorher davon gewusst und niemanden gewarnt. Er sagt, du hättest das selbst zugegeben. Er sagt, er und Tamsyn und ihre alte Sklavin Hetje hätten dich das sagen hören.«

Lange Sekunden blieb Christopher reglos stehen. »Der Alte«, flüsterte er schließlich. »Der, dem ich den Arm abgenommen habe. Der ständig was davon faselte, er hätte den Hühnertanz gesehen.«

»Genau. Chris, ich sage das nicht gern, aber ich weiß selbst nicht, was ich davon halten soll. Ich war bei dir an dem Tag, als der alte Schwachkopf gestorben ist. Du hast nicht einmal mit einem Wort angedeutet, was er dir gesagt hatte. Nicht einmal mir gegenüber. Du hast nur ständig an die Bluttransfusion gedacht und kein Wort erzählt von dem, was der Mann dir gesagt hat.«

»Zum Teufel noch eins, Jeremy, weil er mir überhaupt nichts Richtiges erzählt hat. Er war im Fieberdelirium und hat vor sich hin gebrabbelt. Wie kannst du auch nur denken, ich ...«

Jeremy hatte ihn direkt angesehen. Jetzt schaute er beiseite, als könnte er den Anblick seines ältesten Freundes nicht mehr ertragen.

»Nun gut«, sagte Christopher leise. »Jetzt weiß ich zumindest, was du denkst. Und ich stehe in deiner Schuld. Wenigstens ist mir jetzt der ganze Umfang des Problems klar. Wenn ich meiner Familie noch etwas zu essen auf den Tisch stellen will, muss ich wohl die Stange meines Großvaters polieren und wieder das Entlausen lernen.«

## Drittes Buch

# *Der Pfad der hohen Hügel*

*August 1731 bis Februar 1737*

*Der Stamm der Canarsie, der im Winter auf der langen Insel Metoaca lebte und im Sommer auf Manhattan, der Insel der hohen Hügel, wusste, dass die Menschen die Wahrheit mit unterschiedlichen Augen betrachten. Um eine Wahrheit herauszufinden, vollzogen sie eine Prüfung. Wenn diese bestanden wurde, dann wussten alle, dass dies als Wahrheit erwiesen war und nicht mehr angezweifelt werden musste.*

*Wenn ein Sprechender das Feuer halten konnte, ohne verbrannt zu werden, so sagte er die Wahrheit.*

*Wenn ein Sprechender in ein umgedrehtes Kanu gebunden und das Kanu über den Fluss der aufgehenden Sonne von Manhattan nach Metoaca gezogen wurde, und wenn der Sprechende am Ende der Fahrt noch lebte, so sagte er die Wahrheit.*

*Wenn ein Sprechender von der steilen Klippe am Ende des Pfads der hohen Hügel springen konnte, dort, wo der vom Himmelsfeuer geteilte Baum stand, und wenn er wie ein Vogel fliegen konnte und nicht wie ein Stein hinabfiel und an den Felsen zerschmettert wurde, so sagte er die Wahrheit.*

*Im Fall einer umstrittenen Wahrheit galten diejenigen, die bei der Prüfung ums Leben kamen, als Lügner. Wenn jemand sich der Prüfung nicht unterwerfen wollte, galt auch er als überführter Lügner. Ein solcher Mensch wurde gezwungen, die Orte des Stammes zu verlassen und wie ein Tier im Wald zu leben, ohne Freunde, ohne Verwandte. Er war dem Clan ein Fremder geworden.*

# Kapitel 6

## I

August 1731. Rauch hing über der Stadt. Er drang in die Nase, kratzte im Hals und ließ die Augen tränen. Es gab kein Entkommen.

An jeder Straßenecke brannten Feuer. Jede Stunde marschierten Patrouillen der Rotröcke im Eilschritt durch die Gassen und Straßen von New York und lieferten neues Holz an. Die Flammen loderten und die Funken flogen. Die verzweifelte Bevölkerung und ihre nicht minder verzweifelte Regierung versuchten, die Pocken aus der Luft zu brennen, denn ein anderes Mittel kannten sie nicht.

Die Stadtväter von New York waren der Situation kaum gewachsen. Der letzte königliche Gouverneur war im Monat zuvor unerwartet gestorben, sein Nachfolger war noch nicht eingetroffen. Die Herrschaft über die Kolonie lag in der Zwischenzeit bei Rip Van Dam, dem ältesten Mitglied im Rat Seiner Majestät für die Provinz New York. Van Dam hatte sich mit dem Handel in der Karibik ein Vermögen verdient. Er war schlau und gerissen, doch die Pocken überforderten selbst ihn.

Die Seuche hatte sich in alle Stadtteile ausgebreitet, vom Fort an der Südspitze der Insel – Fort George II., wie es jetzt hieß, nach dem gegenwärtigen König – bis zu den neu gebauten Straßen wie der Franklin Street und der Cherry Street eine Meile weiter nördlich. Der Beekman-Sumpf war trockengelegt worden, um Platz für neue Straßen zu schaffen. Einige behaupteten, damit hätten die Pocken überhaupt erst begonnen. Sie seien aus der Tiefe aufgestiegen, als der Sumpf ausgehoben wurde. Doch selbst wenn das stimmte, war es unmöglich, den Sumpf wieder herzustellen.

Die Feuer sollten dem Schutz New Yorks dienen, doch sie verlangten einen hohen Preis. In einer einzigen August-Woche gingen sieben Häuser in Flammen auf, fünf Menschen wurden bei lebendigem Leibe verbrannt. In derselben Woche verlautbarte die erste Zeitung der Stadt, *The New York Gazette*, die Zahl der Pocken-Toten. Zweiundzwanzig Mitglieder der Church of England, elf Niederländisch-Reformierte, sechs Presbyterianer, fünf Quäker und zwei Neger. Knapp fünfzig Opfer in sieben Tagen. Ein neuer Rekord. Die Feuer brannten weiter.

»Das ist die Geißel Gottes«, donnerten die Prediger von der Kanzel herab. »Wenn die Menschen sich auf einen gesitteteren Lebenswandel besinnen, wird diese Plage ebenso vorübergehen wie die letzte.«

Eines Sonntagmorgens verließ Van Dam die Kirche, wo er eine besonders aufrüttelnde Predigt gehört hatte, und erklärte den folgenen Mittwoch zum Tag der Demut und der öffentlichen Buße. Und zum Tag, um teuflischen Praktiken abzuschwören – Heilmittel, die wenig mehr als Hexenkunst seien.

»Es ist allen Doktoren, Ärzten, Chirurgen und Wundärzten sowie allen Individuen innerhalb dieser Provinz streng verboten und untersagt, an einem Menschen in der Stadt und in der Grafschaft von New York eine Impfung gegen die Pocken vorzunehmen – Variolation, wie die abscheuliche Praxis genannt wird. Jede Missachtung wird vom Gesetz mit äußerster Härte verfolgt werden.«

Daran dachte Christopher Turner, als er sich auf dem

Weg zum Haus einer niederländischen Familie an der Stone Street befand. In seiner Tasche steckten die Instrumente für eine Variolation. Hohlköpfe, alle miteinander. Der Gedanke an ihre Engstirnigkeit bereitete ihm ebenso große Übelkeit wie der Rauch und die Augusthitze und die körnige Asche, die ihm in den Augen brannte, sodass er kaum etwas sehen konnte.

Er konnte es sich weiß Gott nicht leisten, das Gesetz zu missachten. Undenkbar, das Bußgeld aufzubringen. Neun Menschen lebten zusammendrängt in dem kleinen Haus am Hall Place, und alle waren auf ihn angewiesen. Und dabei wurde er seit der Sache mit der Roten Bess immer noch gemieden.

Fast zwanzig Jahre war das nun her, aber die Leute behandelten ihn nach wie vor wie einen Aussätzigen. Um die Familie zu ernähren und zu kleiden, um ihnen überhaupt ein Dach über dem Kopf bieten zu können, gab er gelegentlich Privatunterricht in Chirurgie. Vorwiegend an Idioten, die mit einem Skalpell in der Hand eher zum Mörder als zum Chirurgen würden. Außerdem bekam er ein paar Pennies für die medizinischen Artikel, die er für die *Gazette* schrieb. Natürlich nicht unter seinem eigenen Namen. Das verbitterte ihn am meisten, aber er brauchte das Geld. Er musste Gott danken, dass es gelegentlich Patienten gab, die mehr Mut besaßen als andere. Lebendig fühlte Christopher sich nur, wenn er operierte. Und jetzt setzte er noch diese kümmerliche Existenz aufs Spiel.

Alle paar Minuten fasste er an seine Jackentasche. Dazwischen hustete er und wischte sich die Augen. Natürlich war alles genau da, wo er es hingesteckt hatte. Lanzetten, Phiolen, Klingen … Wohin sollten sie verschwunden sein? Verrückt war er, einfach dumm. Fast so schlimm wie Van Dam und die anderen Politiker.

Wie jede andere Straße und Gasse in der Stadt war das

Kopfsteinpflaster der Stone Street mit Ziegelstaub und gebranntem Kalk verschmiert. Noch so eine von ihren idiotischen Heilmitteln. Jede Wette würde er eingehen, dass das auf Zachary Craddock zurückging. Van Dam hörte auf Craddock. Wahrscheinlich hatte er auch ... Nein, er musste gerecht sein. Die verfluchte Regierung tat genau das, was sie seit Menschengedenken getan hatte. Lange bevor Craddock eine Rolle spielte. Jedes Mal wenn eine Seuche ausbrach, ob nun die Pocken oder Gelbfieber oder etwas anderes, jedes Mal war es dasselbe. Gebete, Buße und Feuer. Ziegelstaub und gebrannter Kalk auf dem Pflaster. Und Schröpfen, Aderlässe und Purgieren für die Erkrankten. Aber die Pocken waren weiß Gott das Schlimmste. Und die Dummköpfe wollten nicht den Versuch mit der Variolation wagen, obwohl sie das Einzige war, was helfen konnte. Und Schuld daran war vor allem der verdammte Craddock.

Der Schotte stand mit seiner Meinung nicht allein da. Der heftigste Einspruch gegen die Variolation kam von den studierten Medizinern mit ihren gelehrten Theorien. Allein beim Gedanken daran knirschte Christopher mit den Zähnen. Heiliger Heiland, wenn er Van Dam nur dazu bringen könnte, die einfache, unmittelbare Wirkung dieser Impfung zu sehen ...

Das Haus, das er suchte, stand am anderen Ende der Stone Street, praktisch gegenüber der einstigen Jews Lane. Jetzt hieß sie Mill Street, auch wenn dort vor zwei Jahren die jüdische Synagoge errichtet worden war. Vermutlich glaubten die guten Niederländisch-Reformierten, die in dem kleinen gelben Backsteinhaus lebten, dass die Katastrophe deswegen über sie gekommen war. Wahrscheinlich glaubten sie, die Juden hätten sie verflucht.

Doch sobald Christopher im Hausflur stand, tat er den Gedanken ab. Menschen, die so lebten, glaubten gar nichts mehr.

Der Gestank war unerträglich. Kot, Krankheit, Tod. Nur mit größter Mühe unterdrückte er seinen Brechreiz. Die buckelige Alte, die ihn durch den winzigen Flur in das kleine Wohnzimmer führte, schien nichts zu bemerken.

Sie ging am Stock. Die Kleider hingen ihr nachlässig um die zum Skelett abgemagerte Gestalt. Die Holzböden im Haus waren mit dem Staub bedeckt, der von den Straßen hereingetragen wurde, und die Röcke der alten Frau streiften so lange schon durch den Dreck, dass sie einen dunkel orange-roten Saum bekommen hatten.

»Kann nichts tun«, brummte sie, als sie ihm vom Wohnzimmer in eine Art hinteren Flur vorausging. »Kann nichts mehr für meinen Enkel tun. Für meine Tochter und ihren Mann auch nicht.« Sie deutete beiläufig auf einen mit Rupfen bedeckten Haufen am Boden neben der rückwärtigen Tür.

Hier war der Gestank noch schlimmer. Christopher würgte und hoffte, dass sie es nicht bemerkte. Allmählich gewöhnten seine Augen sich ans Dämmerlicht. Gütiger Gott, zwei Leichen lagen einfach am Boden, mit Rupfen bedeckt. Er streckte die Hand aus, berührte die Frau am Arm. »Mevrouw …«

Sie wandte sich zu ihm. Die alte niederländische Anrede ließ in ihren Augen etwas aufblitzen, das aus der Vergangenheit stammte – einer Vergangenheit, die gerade fünf oder sechs Wochen her war, aber zu einer ganz anderen Zeit zu gehören schien. Zu der Zeit, ehe die Pocken gekommen waren. Das Funkeln erlosch sehr rasch. »Kann nichts tun«, wiederholte sie. »Hab getan, was ich konnte. Kann nichts mehr tun.«

Er wollte etwas sagen, brach aber ab, als die Frau das Gesicht hob – zum ersten Mal, dass sie ihn richtig ansah – und ihr glanzloses, dreckstarrendes weißes Haar zurückschob. Ihre linke Wange war zu einem abstoßenden, vernarbten Krater entstellt, der sich bis zu ihrem Ohr hinzog.

Sie ließ den Anblick auf ihn wirken, dann zog sie die Haare wieder über die Wange. »Nur deswegen lebe ich noch, oder?«

Er schluckte, konnte aber nicht antworten. Er hatte das Gefühl, wenn er den Mund öffnete, würde er am Gestank ersticken.

Die Frau lebte schon so lange in diesem Pesthauch, dass sie ihn gar nicht wahrzunehmen schien. »Ich hab dich schon gekannt, als du ein kleiner Junge warst, Christopher Turner. Hab deinen Papa gekannt. Und deine Mama, ruhen sie in Frieden. Ihr Turners seid gescheite Leute. Also – dann sag mir doch, ist das der Grund, warum ich noch lebe und die anderen nicht? Weil ich sie schon hatte? Anno 1702, beim letzten Mal« – sie deutete mit dem Kopf auf die Leichen unter dem Rupfen –, »bevor sie geboren waren?«

Er nahm allen Mut zusammen. Sagte sich, es wäre, als würde er das Skalpell in die Hand nehmen und zu schneiden anfangen. Es musste sein. »Ja, das ist der Grund, Mevrouw. Aber Sie sollten nicht hier wohnen bleiben. Mit den …« Er deutete auf die verwesenden Leichen. »Es muss doch Leute geben, zu denen Sie gehen können.«

Sie schüttelte den Kopf. »Hier bin ich geboren. Hier sterbe ich. Bald, so Gott will.«

»Mevrouw, Ihre Kirche. Die kann jemanden schicken, der Ihre Toten abholt und begräbt. Bitte, lassen Sie mich sie informieren.«

Sie zuckte mit den eingesunkenen Schultern. »Tu, was du nicht lassen kannst. Aber …« Sie trat ein Stück zurück, warf ihm einen listigen Blick zu. »Ich kriege, was du mir versprochen hast, ja? Du wirst dich wegen ihnen nicht weigern?« Wieder deutete sie mit dem Kopf auf die Toten.

»Nein, Mevrouw, ich werde mich nicht weigern. Das Kind, Ihr Enkel – er lebt noch?«

»Beim letzten Mal, als ich zu ihm reinschaute, hat er noch gelebt.« Sie machte einen Schritt auf eine Tür zu, öffnete sie. »Da ist er. Schau selbst nach.«

Christopher trat durch die schmale Tür. Wegen des abschüssigen Geländes lag der Raum etwas unterhalb der Erde, so dass Christopher ein paar Stufen hinabgehen musste. Das Licht, das hier herrschte, war um keinen Deut besser als im hinteren Flur, und die Luft war noch Ekel erregender. Es gab nur ein winziges Fenster hoch oben in der Wand, das fest verschlossen war. Angesichts des vielen Rauchs, der Asche und Glut, die durch die Stone Street wirbelten, wollte er es nicht öffnen.

Der Junge lag in einem typisch niederländischen Bett, das in die Mauer eingelassen war. Dadurch war die Luft hier noch abgestandener als im übrigen Zimmer. Christopher wappnete sich für den Gestank des verwesenden Fleischs und trat näher an den Kranken. »Ich werde dich untersuchen, mein Sohn«, murmelte er. »Vielleicht kann ich dir …«

Er brach ab. Angesichts dieses Elends wollte die Lüge ihm nicht über die Lippen kommen. Hier kam jede Hilfe zu spät. Der Junge – Christopher schätzte ihn auf neun oder zehn Jahre – nahm nichts mehr wahr, reagierte nicht mehr. Er lebte, aber nur gerade eben noch. Der Tod würde nicht mehr lange auf sich warten lassen. Noch ein paar Stunden vielleicht, es würde ein Segen für ihn sein.

Christopher beugte sich weiter vor. Der beißende Geruch von Erbrochenem, dazu der Gestank des verwesenden Fleischs, auf dem Betttuch einige rostfarbene Flecke. Das war kein Ziegelstaub, das war Blut – die innere Blutung, die häufig die letzten Stadien der Krankheit begleitete. Vorsichtig zog er die Bettdecke zurück.

»Du hast keine Angst vor den Pocken, wie?« Die Stimme der Alten kam aus dem Schatten der Tür. Christopher wurde bewusst, dass sie sich innerlich bereits von ihrem Enkel verabschiedet hatte. Dieses stinkende Ding auf dem Bett hatte nicht die geringste Ähnlichkeit mit dem Kind, das sie einmal geliebt hatte. »Du hattest sie schon, ja?«, drang die Frau in ihn. »1702?«

»Ja«, erwiderte er knapp.

»Aber dein Gesicht ist nicht gezeichnet. Wie kommt das, Christopher Turner?«

Er spürte die Berechnung, den Wunsch, einen Vorteil für sich herauszuschlagen. Das war einer der letzten menschlichen Wesenszüge, der ausgelöscht wurde. »Ich habe Glück gehabt, Mevrouw. Wenn ich jetzt weitermachen kann mit dem, weshalb ich …«

»Ja, natürlich. Einen Schilling, hast du gesagt.« Sie streckte eine knochige Hand aus.

Christopher holte die Münze aus der Tasche und gab sie ihr. Die alte Frau ballte die Hand darum zur Faust.

»Wie bekommen Sie denn etwas zu essen? Die Bauern weigern sich doch, in die Stadt zu kommen; um neun in der Früh sind die Märkte leer gekauft. Gehen Sie so früh los und stellen sich in den Schlangen an?«

Sie lachte, ein heiseres Krächzen, ein bloßes Echo dessen, was früher einmal Heiterkeit gewesen sein musste. »Ich doch nicht. Pompey geht. Bringt mir Sachen mit.«

»Pompey ist Ihr Sklave?«

»Nicht der meine. Ich hab keine Sklaven. Hab sie vor Jahren verkauft, für die Mitgift meiner Tochter. Rausgeschmissenes Geld, sage ich heute.« Sie deutete mit dem Kopf zum hinteren Flur, wo die Leichen lagen. »Pompey, das ist der Junge meiner Nachbarn. Die sind alle aufs Land, nach Greenwich, um vor den Blattern zu fliehen. Pompey musste hier bleiben, um sich um alles zu kümmern. Der kriegt sie auch nicht. Keiner von den Schwarzen, jedenfalls die meisten. Hast du das gewusst, schlauer Christopher Turner?«

»Das wusste ich, Mevrouw.«

»Warum? Weißt du das auch?«

»Ich bin mir nicht sicher. Womöglich eine angeborene Immunität. Ein Geschenk Gottes, um ihre schwarze Haut wettzumachen. Mevrouw, ich muss jetzt …« Er deutete auf den Jungen.

»Ja, ja, natürlich. Mach voran und dann lass mich wieder in Ruhe.«

Christopher wandte sich wieder dem Kranken zu, schlug die Decken ganz zurück. Ein überwältigender Gestank stieg auf. Das Kind war nackt, sein ganzer Körper über und über mit Blattern bedeckt, jede Hautstelle war befallen. Er hatte die schwarzen Pocken, die tödlichste Form der Krankheit. Das musste er bedenken.

Aus einer seiner Taschen holte Christopher eine Lanzette und ein kleines Glasfläschchen. Die Krankheit war bei dem Jungen schon so weit fortgeschritten, dass die meisten Pusteln, die Variolen, verschorft und abgefallen waren. Dadurch entstand auch der entsetzliche Geruch. Wenn die Pocken abfielen, ging die Haut mit ab. Der Körper des Kindes war eine einzige schwärende Wunde. Wenn von diesem verwesenden Körper sonst nichts geblieben war, nützte es ihm gar nichts. Doch … da auf der linken Hüfte waren einige neue Pocken.

Er stach jede einzeln mit der Spitze der Lanzette auf und drückte sie mit Daumen und Zeigefinger der linken Hand zusammen, um den gelben Eiter herauszupressen. Jeden Tropfen nahm er mit der Breitseite der Lanzette auf und gab ihn in das Glasfläschchen.

Nach ein oder zwei Minuten hatte er genug, dann warf er einen letzten Blick auf den sterbenden Jungen. Der hatte sich nicht bewegt. Sein Kopf sah fast schon wie ein knöcherner Schädel aus, die Haut war straff über die Knochen gespannt, die eingefallenen Augen starrten weit aufgerissen zur Decke.

Langsam, mit unendlicher Mühe drehte sich das ausgemergelte Gesicht zu ihm. Die Augen schauten ihn an. Der Mund des Jungen öffnete sich, als wollte er etwas sagen. Christopher beugte sich vor, hörte nichts als ein röchelndes Keuchen. Der Junge hatte vielleicht noch ein paar Minuten zu leben, keine Stunden mehr. Christopher richtete sich auf und wandte sich zur Tür.

Die alte Frau begleitete ihn zum Wohnzimmer, dann ließ sie ihn selbst den Weg zur Haustür finden. Dafür dankte er dem Herrn – er konnte das Haus gar nicht schnell genug verlassen. Als er die Tür hinter sich zufallen ließ und auf die Straße trat, musste er den Drang unterdrücken, die rauchverpestete Luft tief einzuatmen.

Er hieß Solomon DaSilva, und obwohl er in Brasilien geboren war, sprach er perfektes Englisch mit einem leichten irischen Akzent – er hatte als kleiner Junge eine aus Tipperary stammende Gouvernante gehabt. Doch in den zehn Jahren, die er mittlerweile in New York lebte, hatte ihn niemals jemand für einen Iren gehalten. Er war klein und stämmig – nicht beleibt, aber mit reichlich Fleisch und Muskeln auf seinem untersetzten Körper ausgestattet –, und sehr dunkel. Überdies trug er immer einen Gehrock aus schwarzem Satin und eine weiße Satin-Kniehose mit diamantenen Schnallen und dazu einen Spazierstock aus Ebenholz, auf dem oben ein goldener Pferdekopf mit Augen aus Rubinen saß.

Für diesen Gehstock hatte das Mädchen Jennet Turner eine große Vorliebe. Unter all den reizvollen Dingen, die sie betrachten konnte, wenn sie mit Solomon zusammen war, gefiel ihr das goldene Pferd am besten. »Hier«, sagte er. »Wenn du willst, kannst du ihn halten.« Er wusste, wie viel Freude ihr das machte.

»Ja, gern, danke.« Sie nahm den Stock in eine elegante, langfingerige Hand. »Aber ich bin kein Kind mehr, Solomon. Mit Pferdchen kannst du mich nicht mehr amüsieren.«

»Das Pferdchen, wie du es nennst, wurde in Paris für den König Ludwig gemacht, den sie jetzt den Heiligen nennen.«

»Dann ist er sowieso viel zu alt für mich.« Mit einem kurzen, aufreizenden Lächeln reichte sie ihm den Stock zurück. »Ich mag alles, was jung und frisch ist.«

DaSilva nahm den Gehstock, schlug die Beine übereinander und lehnte sich in die mit Samt bezogenen Polster der Kutsche zurück, die er erst vor kurzem hatte importieren lassen. »Wenn das stimmt, warum gibst du dich dann mit mir ab?«

»Du weißt, warum.«

»Das schon, aber sag's mir noch mal. Ich hör's gerne.«

»Weil ich möchte, dass du mir Geld gibst.«

Er brach in schallendes Gelächter aus. Diese Aufrichtigkeit war neben ihrer bemerkenswerten Schönheit der Grund, warum er dieses außergewöhnliche Kind immer wieder sehen wollte. Für ihn war sie immer noch ein Kind, obwohl sie im vergangenen Winter sechzehn geworden war. In der Welt, in der DaSilva lebte, sagten wenige Menschen genau das, was sie meinten, am allerwenigsten die Frauen. Ihm erschien die Direktheit dieses Mädchens, das er seit gut vier Jahren kannte, so erfrischend wie klares Quellwasser. »Aber ich gebe dir doch Geld. Und was bekomme ich dafür?«

»Du gibst mir nicht genug. Und du bekommst dafür die Gewissheit, dass du dir im Himmel Kredit anhäufst, weil du hienieden den Armen hilfst.«

»Ach ja, die Botschaft christlicher Nächstenliebe.«

Sie strich mit ihren schlanken Fingern durch die Seidenfransen, die die Fenster der Kutsche umrandeten. Heute waren sie fest verschlossen, wegen des Rauchs und der übel riechenden Winde aus den Sümpfen. Alle behaupteten, dass die Pocken daher stammten. Sollten sie ruhig. Solomons dunkle, grobe Haut trug etliche Pockennarben, die zeigten, dass er die Krankheit bereits gehabt hatte. Und Jennet wusste, dass sie immun war. »Ist Nächstenliebe für die Juden nicht wichtig?«, fragte sie.

»Wahrscheinlich schon. Ich bin schon so lange in keiner Synagoge mehr gewesen, dass ich das nicht genau sagen kann.«

»Dann hast du also keine Angst vor der Hölle?«

Er zuckte die Achseln. »Ich rechne damit, dass ich meinen Frieden machen kann, bevor ich sterbe. Aber ich glaube nicht, dass das so bald sein wird.«

Jetzt brach sie in Lachen aus, ein tiefes, kehliges Lachen. Auch das gefiel ihm. Sie kicherte nie, sie zwitscherte nie. Ihre Freude war ebenso direkt wie ihre Wortwahl. Und guter Gott, sie war einfach schön. Aber ihre Launen schlugen schneller um als das Wetter. Plötzlich war sie ernsthaft, sah ihn mit einer Dringlichkeit an, die ihn beeindruckte. »Sag mir noch mal, was du letzte Woche gesagt hast.«

»Welche meiner Weisheiten soll ich wiederholen?«

»Spiel nicht mit mir, Solomon. Du weißt genau, was ich meine.«

»Ja, vermutlich schon. Dass ein Mädchen nicht Chirurg werden kann.« Er seufzte. »Es ist unmöglich, Jennet. Das weißt du so gut wie ich.«

»Ich weiß nichts dergleichen.« Sie sah beiseite, starrte zum Fenster hinaus, als hätte er ihr nichts mehr zu sagen, was von Belang wäre.

DaSilva stubste sie mit dem Kopf des Pferdestocks unter

das trotzig vorgereckte Kinn. »Das geht einfach nicht, meine Liebe. Das musst du dir aus dem Kopf schlagen. In manchen Dingen kann man durchaus gegen die Konvention verstoßen, Jennet, aber das würde sich die Gesellschaft einfach nicht bieten lassen.«

»Aber warum denn nicht?« Ein Flüstern, heiser vor Schmerz und Enttäuschung.

»Wenn ich wüsste, warum die Leute engstirnig und bigott sind, würde ich es dir sagen«, antwortete er leise. »Aber ich weiß es wirklich nicht.« Dann, sehr sacht: »Jennet, tu mir einen Gefallen.« Sie drehte sich zu ihm, wartete. »Nimm deine Haube ab, damit ich deine Haare sehen kann.«

Um den Gefallen hatte er sie schon sehr oft gebeten. Sie erfüllte ihm den Wunsch rasch, ohne weiter darüber nachzudenken. Ihr langes, glattes schwarzes Haar war zu einem Zopf geflochten, der ihr über die linke Brust hing wie schwere Seide, ein Schmuck auf dem Mieder ihres einfachen Kattunkleides.

DaSilva streckte die Hand aus, zog sie wieder zurück. Er hatte Jennets Unschuld noch nie ausgenutzt. Manchmal fragte er sich, ob sie ahnte, wie viel Kraft ihn das kostete. Höchstwahrscheinlich nicht. »Warum kaufst du dir mit dem Geld, das ich dir gebe, nie ein hübsches neues Kleid?«

»Zum einen gibt es Besseres, wofür ich es ausgeben kann. Und zum anderen, wie sollte ich meinen Eltern ein hübsches neues Kleid erklären?«

»Das weiß ich nicht. Aber es scheint sie offenbar nicht zu kümmern, wohin du gehst und was du machst.« Das erste Mal war er ihr begegnet, als ein Verkäufer auf dem Fly Market behauptete, sie habe ihm für den gehäuteten Hasen nur zwei Kupfermünzen gegeben und keinen Shilling, wie sie sagte. Solomon hatte keine Ahnung gehabt, wer die Wahrheit sprach, aber er hatte darauf bestanden, dass der Mann ihr das Wechselgeld auf einen Shilling herausgab – der Verkäufer war ein Pächter DaSilvas –, und hatte sie in seiner Kutsche nach Hause gefahren. Als er tadelnd fragte, warum sie allein zum Markt geschickt würde, erklärte sie, sie sei die älteste Tochter von sechs Kindern, ihre Familie habe nur wenige Sklaven, und ihre Mutter erwarte wieder ein Kind. Da musste sie natürlich mithelfen.

Seitdem traf DaSilva sie mindestens einmal die Woche. Immer auf diese Art – in der Abgeschiedenheit seiner Kutsche, vor seiner Haustür, weil sie sich weigerte, das Haus selbst zu betreten.

»Deine Eltern«, fuhr er fort, »haben sie dich nie nach mir gefragt?« In der Stadt hielt sich hartnäckig das Gerücht, dass Christopher Turner ein Schuft war. DaSilva war sich nicht sicher, aber nur ein Narr würde das finanzielle Potenzial einer Tochter übersehen, die so schön war wie Jennet. Und niemand hatte je behauptet, dass Christopher Turner ein Narr war.

»Weshalb sollten sie? Sie wissen doch gar nicht, dass ich mich mit dir treffe.« Während sie sprach, wandte sie den Blick nicht von ihm ab. Bemerkenswerte Augen. Das Blau so dunkel, dass es ins Violett hinüberspielte. »Ich will sie mit solchen Lappalien nicht behelligen.«

»Das sind unsere Treffen also für dich? Lappalien?«

Jennet zuckte die Achseln. »Natürlich. Das sind sie doch, oder nicht?«

»Wenn du das sagst.« Er konnte sich nicht entscheiden, ob er sie ohrfeigen oder küssen wollte. Vielleicht beides. Überwältigend war einfach der Wunsch, sie zu berühren. Aber nicht so überwältigend, dass er ihn in die Tat umsetzte. Geduld, schärfte er sich ein. Geduld. »Manche Leute würden dich als ungehorsam bezeichnen, weil du Geheimnisse vor deinen Eltern hast.«

»Es ist mir egal, was manche Leute sagen würden.«

Sie sah ihm noch immer direkt ins Gesicht. DaSilva konnte es nicht ertragen. Er wendete den Blick zum Fenster, dann lächelte er. »Schau mal, meine Liebe.« Das zu sagen, bereitete ihm eine klammheimliche Genugtuung. So konnte er ihr das Gefühl vergelten, das sie in ihm weckte – ohne sich zu überlegen, was seine Zurückhaltung ihn kostete. »Das ist doch dein Vater, oder nicht? Der da auf uns zukommt.«

Herr des Himmels, ihm war, als würde er durchs Beinhaus gehen. Vor dem verfluchten Rauch waren alle in ihre Häuser geflohen. Nur ein paar schwarz gekleidete Trauernde hasteten vorbei, zum oder vom Friedhof. Die armen Schweine. Die einzige Ausnahme war diese glänzend schwarze Kutsche mit den zwei weißen Pferden, die vor einem der herrschaftlichen dreigeschossigen Backsteinhäuser stand.

Schwer, sich vorzustellen, dass die Nassau Street vor gar nicht langer Zeit noch ein Pfad gewesen war, der sich durch den Wald zum Hof des alten Kip geschlängelt hatte. Jetzt war sie begradigt und gepflastert worden bis hinauf zum Stadtrand, wo sie in die King's High Road nach Boston mündete. Rechts und links standen prachtvolle Häuser. Er konnte sich noch an die Zeit erinnern, als dieses Wegstück Pie Woman's Alley geheißen hatte.

Das herrschaftliche Haus, auf das Christopher zuging, war ein ganzes Stück von der Straße zurückgesetzt, davor lag ein Obstgarten. Das Laub der Bäume war mit Ruß verschmiert, aber die Zweige hingen voller Früchte. Eine Birne baumelte direkt über dem Kopf des Kutschers, eines Schwarzen mit einem hohen schwarzen Hut und einer weißen Livrée mit Goldknöpfen.

Der Kutscher achtete gar nicht auf die Birne, sondern starrte von seinem Hochsitz vor sich hin. Was bedeutete, dass in der Kutsche jemand saß und er auf den Befehl wartete loszufahren. Wahrscheinlich zu den Docks. Damit wer immer es war, der genügend Geld hatte, um das Haus und den Obstgarten, die Kutsche und die herrlichen Pferde zu besitzen, New York verlassen konnte.

Na, ihn ging das ja nichts an. Christopher schritt weiter aus. Er hatte fast die Höhe der Kutsche erreicht, als er eine Frauenhand den Vorhang vors Fenster ziehen sah und eine Männerstimme einen Befehl rufen hörte. Der Schwarze ließ die Peitsche knallen, und die Schimmel trabten die Straße entlang. Ihre Hufe wirbelten kleine rote Staubwölkchen auf.

Die Leute waren weiß Gott spät dran. Wer es sich leisten konnte, aus der Stadt zu fliehen, hatte es meist längst schon getan. Zu Anfang, als die ersten Pockenfälle in der Stadt bekannt wurden, waren die Fähren völlig überfüllt gewesen, so dass Privatboote in die Bresche sprangen. Die einmastigen Slups und zweimastigen Briggs, die sonst Güter in die Karibik transportierten, wurden mit Familien voll gestopft. Einige schipperten ihre menschliche Fracht über die Meerenge nach Brooklyn oder etwas weiter die Küste der langen Insel hinauf nach Jamaica und Flushing. Andere nahmen Kurs nach Westen um die Spitze von Manhattan und segelten den Hudson River nach Norden zum Dorf Greenwich oder sogar noch weiter zum noch abgelegeneren Dorf Harlem. New York City hatte beinahe achttausend Einwohner, und sie alle wollten – zumindest im Augenblick – lieber woanders sein.

Wie die Leute in der vornehmen schwarzen Kutsche. Christopher sah ihr nach, wie sie um die Ecke bog und verschwand, dann ging er weiter.

Er sah nichts als Rauch, bis er die Kreuzung des Broad Way und der Little Queen Street erreichte. Da wurde ihm der Weg von einem kreuzlahmen schwarzen Klepper versperrt, der einen schwarzen Wagen mit einem schwarzen Sarg zog. Christopher lüftete den Hut und senkte den Kopf. Hinter dem kümmerlichen Leichenzug folgte eine schluchzende Frau, die ebenfalls schwarz gekleidet war. Zu beiden Seiten wurde sie von zwei Männern gestützt, die sie daran hinderten zusammenzubrechen. Gütiger Gott, so viel Trauer. Es kam ihm vor, als würden die Straßen von New York den Widerhall dieser Trauer nie mehr vergessen. Jetzt war der Trauerzug außer Sicht. Er überquerte die Straße und betätigte den Messingklopfer an der Haustür Jeremy Clintons.

Das Alter war nicht freundlich gewesen zu Jeremy. Er und Christopher waren jetzt beide einundvierzig, aber Jeremy sah älter aus. Der Großteil seiner blonden Haare war ihm ausgefallen, seine ehemals schlanke, zarte Gestalt war äußerst füllig geworden, und das Schlimmste war, er hatte seine Lebenslust verloren. Jeremy war ein Jammerlappen geworden. »Komm rein! Du hast aber lang gebraucht. Ich warte schon auf dich.«

»Ich musste unterwegs bei der niederländischen Kirche vorbeischauen.« Christopher säuberte seine Stiefelsohlen am Kratzeisen neben der Tür vom Ziegelstaub. »Die alte niederländische Witwe an der Stone Street, von der ich dir erzählt hab … Sie lebt allein, in der Gesellschaft von Leichen.«

»Leichen? Aber du hast doch gesagt, du bräuchtest einen lebenden Spender, dass die …«

»Das mit den Leichen war nur so ein Bild, Jeremy. Da war auch ein Kind … das lebte noch genügend für unseren Zweck.« Seine Stiefel waren so sauber, wie es zu dieser Zeit möglich war. Christopher trat ins Haus und hängte seinen Dreispitz an einen der Haken im Flur. »Um Himmels willen, jetzt mach schon die Tür zu. Sonst ersticken wir noch an dem Rauch.«

»Ich persönlich danke dem Himmel für den Rauch.

Ohne den würde ich glauben, dass wir einfach hier rumsitzen und tatenlos aufs Jüngste Gericht warten.«

»Die vermaledeiten Feuer nützen überhaupt nichts. Es gibt nicht den mindesten Hinweis darauf, dass sie …« Er brach ab. Es war sinnlos. Wissenschaftliche Erörterungen hatten Jeremy noch nie interessiert. »Sag – warum bist du überhaupt hier geblieben? Du könntest doch mit der ganzen Familie aufs Land ziehen, raus aus der Stadt, bis die Pocken sich ausgetobt haben.«

»Ein achtköpfiger Haushalt – fünf, wenn ich die Sklaven hier lasse –, das wäre ziemlich teuer.«

Jeremys Vater und sein Onkel waren beide gestorben, und Jeremy war kein guter Anwalt. Er hatte tatsächlich wenig Geld. Dennoch war Christopher überzeugt, dass er sich den Umzug hätte leisten können, wenn er es wirklich gewollt hätte. »Es ist nicht das Geld, stimmt's, alter Freund? Es ist Marjorie.«

Jeremy zuckte die Achseln. »Manchmal ist sie schwierig. Vor allem, wenn sie nicht in ihrer vertrauten Umgebung ist. Aber heute ist sie ruhig. Ich hab deinen Rat befolgt und bei Tamsyn im Laden eine große Menge Mohnsirup gekauft. Übrigens, die Schwarze, die mich bediente, war deine Phoebe.«

»Ja, Ambas Tochter. Ich habe sie vor zwei Jahren an Tamsyn verpachtet.« Das war ein Theater gewesen. Seine Älteste, Jennet, war der kleinen schwarzen Phoebe immer näher gestanden als ihren eigenen Schwestern. Sie hatte tagelang geweint, als Christopher Ambas Tochter fortgeschickt hatte. Aber er hatte sich nicht umstimmen lassen, das konnte er sich nicht leisten. »Das haben wir vereinbart, sobald die alte Hetje gestorben war und Tamsyn wieder Platz für eine Sklavin hatte.«

»Das wusste ich gar nicht. Auf jeden Fall hat sie die Arbeit nicht schlecht gemacht. Hat mir das Richtige rausgesucht und das richtige Wechselgeld gegeben. Nicht, dass man auf einen Shilling viel rausbekommt, wenn man eine Flasche Mohnsirup kauft. Aber er beruhigt Marjorie. Wenn keiner im Haus ist, bittet und bettelt sie um mehr.«

Das überraschte Christopher nicht. Die Wirkung von Mohnsirup war zwar nicht so stark wie die von Laudanum, doch ihm war schon vor langer Zeit aufgefallen, dass beide eine Gier danach hervorriefen. Aber das machte nichts – Marjorie brauchte den Sirup. Jeremys Frau war verrückt. Im zehnten Ehejahr hatte sie den Verstand verloren, als ihr neuntes Kind tot zur Welt kam. Alles war recht, was ihre Schreikrämpfe verhinderte. »Schön, dass der Mohnsirup noch seine Wirkung tut. Vielleicht sollten wir mit Marjorie anfangen. Bevor sie … Solange sie ruhig ist.«

Das Schlafzimmer der Clintons war geräumig, aber seit der letzten, schrecklichen Geburt schlief Marjorie allein dort. Christopher hatte die Geschichte schon vor vielen Jahren gehört. »Und jetzt geh ich noch zur geweihten Erde«, hatte Jeremy ihm am Ende eines bierseligen Abends in der Taverne anvertraut. Der Trinity Church gehörte das Land zwischen der Kirche und dem Hudson, und dort gingen die meisten der Huren ihrem Gewerbe nach. Deswegen hießen die Freudenhäuser im Volksmund »geweihte Erde«. »Willst du nicht mitkommen und mit mir beten, Chris? Um der alten Zeiten willen.«

»Nein, danke. Aber grüß alle von mir, die sich noch an mich erinnern.« Seit der Hochzeit hatte er Jane nie betrogen. Das eine Mal mit Amba wäre es fast so weit gekommen, aber es war nichts passiert. Also zählte es nicht. »Es wundert mich, dass du Geld dafür ausgeben willst, Jeremy. Marjorie sieht doch immer noch sehr anziehend aus.«

Da erfuhr er von dem immerwährenden Schreien und dem Toben und von dem einem Mal, als Jeremy nach der schrecklichen Geburt zu seiner Frau ins Bett steigen wollte und Marjorie ihn mit einer Schere angefallen hatte. Seitdem empfand Christopher unweigerlich Mitleid, wenn er seinen alten Freund sah. Das war wohl auch der Grund, warum er heute diese Gefahr auf sich nahm. Aus Mitleid. Und aus Zuneigung zu den drei noch lebenden Clinton-Kindern. Außerdem weil er wusste, dass keiner von ihnen, auch Jeremy nicht, je die Pocken gehabt hatte.

Marjorie saß in einem Sessel neben dem Fenster, verloren in ihren Träumen. Christopher trat zu ihr, doch sie sah durch ihn hindurch. Er war Trauzeuge bei ihrer Hochzeit gewesen und Pate zweier ihrer Kinder, aber ebenso gut hätte er ein Fremder sein können. »Es freut mich, dass du so gut aussiehst, Marjorie. Offenbar macht die Hitze dir nicht zu schaffen.«

Die Sklavin, die nie von Marjories Seite wich, strich ihrer Herrin eine hellbraune Haarsträhne unter die Haube. »Mistress Marjorie ist heiß oder kalt egal. Solang sie kriegt, was sie will, ist sie friedlich und still.«

»Na, dann bringen wir die Sache, wegen der ich gekommen bin, rasch hinter uns. Und stören hoffentlich nicht ihren Frieden.« Christopher nahm eine Lanzette und eine kleine Zinnschale aus einer Tasche sowie die Phiole mit dem Eiter der Pocken, den er dem sterbenden Jungen abgenommen hatte, aus der anderen.

»Das ist es also?« Jeremy starrte auf das Glasfläschchen; er sprach im Flüsterton. Als könnten die Pocken herausspringen und ihn überfallen, sobald sie seine Stimme hörten.

»Das ist es.«

An einer Wand stand ein hohes Mahagoni-Schreibpult, das genau die richtige Höhe für Christophers Zwecke hatte. Er ging darauf zu, blieb aber stehen, um sich den Schweiß vom Gesicht zu wischen. Die Hitze war einfach unerträglich. »Guter Gott, kannst du nicht ein Fenster aufmachen? Hier kommt man gleich um. Da ist ja der Rauch noch besser.«

»Die Pocken«, murrte Jeremy. »Ich will nicht …«

»Gütiger Heiland, Jeremy. Wie oft muss ich dir das noch sagen? Die Pocken sind keine Vögel, verdammt noch mal. Sie fliegen nicht durch die Luft. Deswegen sind diese Feuer und der Staub auf der Straße der reine Unsinn. Mach das Fenster auf, Jeremy, ich kann's nicht mehr ertragen.«

Das Fenster wurde geöffnet. Christopher brummte einen Dank und machte sich an die Arbeit. Jeremy verfolgte jede seiner Bewegungen. Auch über sein Gesicht lief Schweiß, wenn auch nicht nur wegen der Hitze. Angstschweiß. »Chris, hör mal …« Er deutete mit dem Kopf auf die Phiole mit dem Pockenserum. »Wenn die Krankheit nicht durch die Luft fliegt, wieso kriegen so viele Leute sie dann?«

»Das weiß ich nicht genau. Ich glaube, weil wir Dinge berühren, die mit … Gott steh uns bei, die damit in Berührung gekommen sind.«

Jeremy schüttelte den Kopf. »Das kann's nicht sein, nicht nur. Wenn dem so wäre, dann wären wir hier im Haus außer Gefahr. Wir haben nur unsere eigenen Sachen, und keiner von uns hat die Pocken.«

Christopher seufzte. »Ich weiß. Ich kann es nicht genau erklären. Aber ich kann dir eine neue Idee erzählen. Du hast von Mather oben in Boston gehört?«

»Cotton Mather? Der Geistliche? Hat der nicht mit dieser ganzen Kampagne für Variolation angefangen?«

»Genau der. Das ist jetzt zehn Jahre her. Auf jeden Fall, Mather behauptet, er hätte in einem dieser ganz neuen Mikroskope die Variola gesehen. Sagt, er hätte kleine Tierchen gesehen. Winzige Würmer. Wie er sagt, kriechen die in uns herum, ohne dass wir sie sehen können, und so würde die Krankheit verbreitet.«

»Guter Gott, blanker Unsinn.«

Christopher machte eine nichts sagende Geste. »Wahrscheinlich. Aber das« – er deutete zum Fenster und zum Rauch, der ins Schlafzimmer wogte – »ist schlimmer als blanker Unsinn. Es ist nie nachgewiesen worden, dass das Feuer irgendetwas nützt, und wir wissen weiß Gott, welchen Schaden es anrichtet.«

»Vielleicht. Aber das, was du da machst, diese Variolation, die richtet auch Schaden an.«

»Aber nur in gewissen, engen Grenzen. Ein kleiner Anfall der Krankheit, damit man immun gegen sie wird und ...« Christopher brach mitten im Satz ab. »Vergiss nicht, Jeremy, ich habe dir gesagt, dass es keine Garantie gibt. Und du hast mich selbst darum gebeten, oder? Ich will nicht ...«

»Ich weiß. Ich will es wirklich. Ich will für meine Familie und mich denselben Schutz, wie du ihn hast. Ich vertraue dir, Christopher. Und ich weiß, wie gefährlich es für dich ist, uns zu variolieren, nach dem, was der Stadtrat beschlossen hat. Ich bin dir sehr dankbar. Jetzt hör nicht mehr auf mein Zetern und mach voran.«

Christopher nahm die Zinnschale und eine Lanzette in die Hand. Eingedenk Mathers angeblicher Entdeckung war es nicht dieselbe, mit der er die Pocken des Jungen aufgestochen hatte. Vermutlich existierten die kleinen Würmer nur im Kopf des Geistlichen, aber diese zusätzliche Sicherheitsmaßnahme konnte nichts schaden. Chris hatte keinerlei Absicht, Jeremys Frau unbeabsichtigt die doppelte Dosis Serum zu geben.

Als Mather und einige wenige Gleichgesinnte die Variolation erstmals durchgeführt hatten, waren sechzig bis siebzig von hundert Geimpften gestorben. Deswegen war sie als barbarisch verschrien worden. Nach Christophers Dafürhalten lag das vor allem an der Dosis. Er war überzeugt, dass die Leute nur gestorben waren, weil man ihnen zu viel von der Krankheit gegeben hatte.

Er hatte bislang Glück gehabt. Niemand, den er geimpft hatte, war daran gestorben. Aber welche Menge des Serums genügte, ohne tödlich zu sein, konnte er nur schätzen. Christopher zog dabei die Gesundheit und die Konstitution des Betreffenen und die Potenz des Serums in Betracht. Auf etwas anderes konnte er seine Schätzungen nicht stützen. Aber das war nicht gut genug. Bei Tumoren, Geschwulsten und ähnlichem war es einfacher – die konnte er untersuchen, abtasten. Die Variolation hingegen war ein Sprung ins Ungewisse, eine Sache des Glaubens. Und für gewöhnlich hielt sich Christopher Turner nicht unbedingt für einen gläubigen Menschen.

Ihm zitterten die Hände. Er warf einen kurzen Blick auf Jeremy. Von dem konnte er keine Hilfe erwarten. Jeremy betrachtete Marjorie mit einer Mischung aus Mitleid, Wut und … abgrundtiefer Angst. So kam es Christopher zumindest vor. Wie alle Verrückten spiegelte Marjorie die Dämonen wider, die insgeheim auch in ihrem Mann lauerten. In allen Menschen. Deswegen waren die Verrückten so gefürchtet – sie ließen die anderen den schmalen Grat zwischen Normalität und Wahnsinn erkennen. Es war alles nur eine Frage des Grades.

Dieser Gedanke beruhigte ihn. Christopher ging mit seinen Geräten zu Marjorie, setzte sich neben sie und nahm ihre Hand. »Jetzt, meine Liebe, stech ich dich ein bisschen in den Finger.« Er war fertig, bevor er den Satz zu Ende gesprochen hatte. Die Patientin blinzelte nicht einmal. Christopher drückte einige Blutstropfen aus ihrer Fingerkuppe in die Zinnschale und kehrte damit zum Schreibpult zurück. Vorsichtig, mit der gleichen Konzentration, die er früher bei seinen Operationen angewendet hatte, nahm er einen Tropfen des Eiters auf die Spitze seiner Lanzette und gab ihn ins Blut.

Es dauerte nur wenige Sekunden, alles gründlich zu vermischen, dann ging er wieder zu Marjorie. Sie schaute ihn noch immer nicht an. »Krempel ihr den Ärmel hoch«, trug er der Sklavin auf. »Und jetzt halt ihren Arm still.«

Einen Moment schaute Christopher auf Marjories milchweiße Haut. Keine Verunstaltung, Marjorie Clinton hatte keine Pocken. Vielleicht würde sie sie nie bekommen, schließlich würden viele sie nicht bekommen. Aber er würde sie ihr jetzt geben. Er wusste, es war richtig, das zu tun, es war menschenfreundlich, medizinisch vernünftig. Was immer der dumme Zachary Craddock und seine studierten Freunde sagten oder taten, wie viel Einfluss sie auch auf die Notabeln von New York haben mochten.

Mit dem Skalpell machte er ein paar Ritze in Marjories Ellbeuge. Etwas Blut sickerte hervor und hinterließ auf ihrem dünnen, weißen Arm eine hellrote Spur.

Jeremy trat näher und beugte sich vor. Christopher wandte sich nicht zu ihm. »Du bist dir sicher?«, fragte er. »Noch kann ich aufhören.«

»Ich bin mir sicher.«

Christopher stippte eine neue Lanzette in die Zinnschale, die die Mischung aus Blut und Eiter enthielt. Mit der Spitze nahm er einen Tropfen auf und schüttelte einen Teil davon ab, so dass nur noch eine stecknadelkopfgroße Menge des Serums zurückblieb. Vielleicht zu wenig. Doch, genau die richtige Menge. Der Junge hatte die schwarzen Pocken gehabt. Eine absolut tödliche Form der Krankheit.

Dennoch zögerte er.

Ein oder zwei weitere Sekunden verstrichen. Er fühlte,

wie Jeremys Augen sich in seinen Rücken bohrten. Selbst die Sklavin wirkte verwundert. Christopher drückte den winzigen Tropfen infizierten Bluts in die Ritze in Marjories Arm. »Fertig«, sagte er leise.

Jeremy atmete laut aus. »Jetzt bin ich an der Reihe«, sagte er. »Dann die Kinder. Und zum Schluss die Sklaven. Aber dazu gehen wir in mein Zimmer.«

Christopher richtete sich auf, sammelte seine Sachen ein. »Deine Herrin könnte sich in den nächsten Tagen etwas schwach fühlen«, sagte er zu der Schwarzen. »Sie könnte etwas Fieber bekommen, vielleicht sogar ein paar Pocken. Aber keine Sorge, es ist nicht schlimm.«

»Ich weiß, Herr. Ich weiß genau, was passieren wird.«

»Wirklich? Woher weißt du das?«

Sie war eine alte Ibo, die als achtzehnjähriges Mädchen auf einem der Guinea-Schiffe nach Amerika gekommen war. Zur Antwort hob sie die Röcke und zeigte ihm ihr Bein. Auf der glatten, dunklen Haut ihres Oberschenkels war eine kleine Narbe zu sehen. Ganz ähnlich den Narben, die Christopher, Jane und ihre Kinder auf dem Oberarm hatten. Er wusste genau, was das bedeutete. »Du bist geimpft worden?«

»Als kleines Kind«, sagte die Frau. »Als jemand in einem Nachbardorf die Pocken hatte. Das wird schon immer so gemacht, Herr. Solang man zurückdenken kann, wird das bei uns so gemacht.«

»In Afrika. Unter dem schwarzen Samen Kains. Verdamm mich. Ich hoffe nur, dass Craddock und seine Leute nicht davon erfahren. Dann haben sie noch einen Grund mehr, die Praxis als heidnisches Teufelswerk zu verdammen.«

## II

Frühherbstliche Nebelfetzen trieben durch die Rauchschwaden. Der dunstige Schleier verwandelte die ganze Stadt. Die verwaisten Straßen glichen einer grauen Ödnis, die dem Kopf eines Verrückten entsprungen war. Ein Schreckensbild der Hölle – Verlassenheit, Düsternis, Elend.

Ein einziger Mensch nur ging durch diese verlorene Stadt. Er war groß und bewegte sich mit der natürlichen Anmut eines jungen Mannes, der im Wissen um seinen Platz in der Gesellschaft erzogen war. Als er die Ecke von Dock Street und Hall Place erreichte, blieb er stehen und verbarg sich im Schatten eines Hauses. Einige Minuten vergingen. In einer Viertelmeile Entfernung läutete die Uhr am Rathaus in der Wall Street zwei Mal. Der tiefe, volltönende Klang wurde vom Nebel ein wenig gedämpft, war aber noch klar zu hören. Wenige Sekunden später ging die Tür zum Haus neben dem Baderpfosten auf, und Jennet Turner trat heraus.

Seit einer Woche verfolgte er sie, und es passierte immer dasselbe. Nachdem Jennet die Tür hinter sich geschlossen hatte, blieb sie kurz auf der Schwelle stehen, um sich die Kapuze des alten, grauen Duffelumhangs tief in die Stirn zu ziehen, so dass ihr Gesicht verborgen war. Dann machte sie sich auf den Weg. In einer Hand trug sie einen großen Weidenkorb, mit der anderen hielt sie den Umhang fest um sich und raffte die Röcke so hoch wie möglich über die staubbedeckten Straßen. Sie hatte keine Ahnung, dass jemand ihr folgte, da war der junge Mann sich sicher.

Beim ersten Mal war er ihr dicht auf den Fersen geblieben aus Angst, er könnte sie im Rauch und Nebel aus dem Blick verlieren. Mittlerweile wusste er, wohin sie ging, und konnte mehr Abstand halten. Seine Stiefel hallten dumpf auf dem Pflasterstein wider. Ein oder zwei Mal glaubte er, das Getrappel von Pferdehufen zu hören.

Jennet ging den Broad Way bis zur Trinity Church hinauf, dann hielt sie inne. Die breite Straße war auf der ganzen Länge von Bäumen gesäumt. Der junge Mann verbarg sich hinter einem dicken Eichenstamm. Er sah, wie Jennet auf der anderen Straßenseite das Gatter zum Kirchhof öffnete und sich zwischen den Gräbern entfernte. Sekunden später war sie vom grauen Nebel verschluckt.

Er sah die Straße hinauf und hinab – als der Nebel einmal nicht so dicht gewesen war wie jetzt, hatte er gesehen, wie ein Passant von einem Pferdewagen überfahren wurde, der wie aus dem Nichts aufgetaucht war –, dann lief er über die Straße, deren Pflastersteine mit roten Staub rutschig verschmiert waren. Ein Holzzaun umgab den Friedhof. Der junge Mann stützte sich auf der obersten Planke ab und beugte sich vor, um mehr zu sehen.

Jennet stand mit den anderen zusammen. Alle sechs waren sie da, alle wie Jennet in Umhang und Kapuze gehüllt. An dem Tag versammelten sie sich an einem frischen Grab. Zu den Füßen jeder Frau stand ein Korb. Sie fassten sich an den Händen. Ihre Köpfe waren gesenkt, und sie schienen zu beten, obwohl nichts zu hören war. Dann warf eine nach der anderen die Kapuze zurück, griff nach ihrem Korb und ging.

Der junge Mann trat ein paar Schritte in den Nebel und den Schutz der Bäume zurück, war jedoch nahe genug, um die Gesichter der Frauen zu sehen, die durch das Gatter auf die Straße traten. Eine hatte keine Nase, die andere nur ein Auge. Bei dreien war die Haut so wulstig vernarbt, dass sie nicht mehr menschlich wirkte. Alle trugen ihre Entstellung wie ein Ehrenmal. Er hatte von solchen Schwesternschaften gehört. Pestweiber, Überlebende. Damals, im dreizehnten Jahrhundert, zur Zeit des Schwarzen Tods in Europa. Bündnisse von Frauen, die durchs Feuer gegangen waren und es überlebt hatten. In Spanien waren sie eine Weile per Gesetz die Einzigen, die die Toten begraben durften.

Jennet verließ den Friedhof als Letzte. Auch sie hatte die Kapuze zurückgeworfen. Aber bei ihr war keine Spur der Pocken zu sehen. So hatte er diese nachmittäglichen Ausflüge anfangs gedeutet – dass Jennet während seiner Abwesenheit die Blattern bekommen hatte und nicht mehr wunderschön war, sondern hässlich und entstellt. Aber das stimmte nicht. Trotz ihrer Verbindung mit den Pestweibern war Jennet noch immer so schön, wie er sie in Erinnerung hatte. Und kaum etwas war ihm während der drei Jahre, in denen er in Edinburgh Medizin studierte, in besserer Erinnerung gewesen.

Der junge Mann war Caleb Devrey, Will Devreys jüngster Sohn. Und seine ganze Zeit in Schottland hindurch hatte er an nichts als an Jennet denken können, auch wenn er bei ihrer letzten Begegnung ein junger Mann von zwanzig Jahren gewesen war und sie ein Kind von dreizehn.

Damals hatte Caleb nichts Geheimnisvolles an ihr entdecken können. Aber jetzt warf jeder Tag, den er ihr folgte, neue Fragen auf. Zum einen – trotz der Tatsache, dass Jennet keinerlei sichtbare Spuren einer früheren Pockenerkrankung trug, ging sie ohne jede Angst durch die verseuchten Straßen. Vielleicht wusste sie, dass sie von Natur aus immun war. Das gab es. Zumindest war Caleb überzeugt, dass das bei ihm der Fall war. Während seines Studiums hatten in Edinburgh zwei Mal die Pocken gewütet und nie war er erkrankt. Deswegen war es allerdings nicht weniger schlimm, mitten während einer weiteren Epidemie nach New York zurückzukehren. Er hatte ein leeres Haus vorgefunden, seine Eltern, sein Bruder und seine Schwester waren mitsamt ihren Familien aus der Stadt geflohen und zu einer Verwandten seiner Mutter nach Long Island gezogen.

Deshalb hatte er Zeit, Jennet zu folgen.

Die leider Gottes mit ihm verwandt war, wenn auch nur durch Adoption, wie er sich zum wiederholten Male einredete. Also brauchte er sich der Dinge, die er sich mit ihr vorstellte, nicht zu schämen.

Jetzt konnte Caleb die Frauen, die den Friedhof verlassen hatten, nicht mehr sehen, aber er wusste, dass sie den Kranken Essen, Medikamente und Trost brachten. Er bewunderte ihre Nächstenliebe. Auch Jennets. Doch was ihn beschäftigte – weswegen er ihr heimlich immer wieder folgte –, war die Frage, was Jennet nach diesen Gängen tat. Denn wenn sie ihre Runde beendete, ging sie offenbar zu einem weiteren Treffen. Das machte ihn so neugierig, dass er sie eine Woche nach seiner Heimkehr noch immer nicht besucht hatte, obwohl er drei Jahre lang ungeduldig auf das Wiedersehen gewartet hatte.

Es war offensichtlich, dass Jennet in ihrem Korb Esswaren hatte und vielleicht auch Salben für die Kranken. Vermutlich auch ein Potpourri, um den Pestgestank ein wenig zu vertreiben. In jedem Haus, das sie betrat, blieb sie etwa zehn Minuten. Aber dann, wenn sie ihre Besuche in der Stadt erledigt hatte, ging sie nicht zu einem abschließenden Ritual mit den anderen Frauen zum Kirchhof. Aber sie kehrte auch nicht ins Haus ihres Vaters am Hall Place zurück. Sie ging nach Norden.

Und jedes Mal wenn er ihr gefolgt war, hatte sie das Gleiche getan wie jetzt auch. Sie beendete ihren Rundgang der Nächstenliebe durch die Stadt, dann zog sie sich wieder die Kapuze über den Kopf, schloss den Umhang fest um sich und eilte über die gepflasterten Straßen zu den Wegen aus gestampfter Erde, wo nur wenige Häuser standen, die aus Holz und nicht aus Backstein gebaut waren, und wo sich als einziges Gewerbe Gerbereien niedergelassen hatten. Wegen des üblen Geruchs bei der Lederherstellung waren sie gezwungen worden, an den äußersten Stadtrand zu ziehen, zu den neu entstandenen Siedlungen rund um den einstigen Beekman-Sumpf.

So weit außerhalb der Stadt gab es nur noch ein anderes Unternehmen, nämlich die Werft Dolly's Shipyard. Sie lag ein gutes Stück westlich der Gerbereien und hatte sich auf dem Gelände ausgebreitet, das an einen kürzlich gebauten Hafen am East River angrenzte. Normalerweise herrschte hier emsige Geschäftigkeit, doch dieser Tage lag die Werft verlassen da. Alle, die nicht an den Pocken erkrankt waren, schlossen sich in ihren Häusern ein aus Angst, sie könnten sie bekommen. Die bereits Erkrankten waren zu schwach, um zu arbeiten. Den einzigen Hinweis, dass Dolly's nicht völlig verlassen war, bildete die kleine Schar von Menschen, die auf das Mädchen im grauen Umhang wartete.

Es waren fast ausschließlich Frauen, arme Weiber, die in den alten Baracken hausten, die die freigesetzten Sklaven rund um die Sümpfe gebaut hatten, bevor ihnen nach dem Aufstand von 1712 Grundbesitz verboten wurde. Heute war die Schar der Wartenden noch größer als sonst, auch mehr Kinder waren dabei. Insgesamt ein gutes Dutzend. Und sie alle umringten Jennet, sobald sie in Sicht kam.

Was wollten sie von ihr? Was konnte ein junges Mädchen für solche Menschen tun? Caleb hatte seinen Vater oft genug sagen hören, dass Christopher Turner arm wie eine Kirchenmaus war, also konnte Jennet ihnen kaum Geld geben. Und nachdem sie die Häuser in der Stadt besucht hatte, konnte sie unmöglich noch genügend Esswaren bei sich haben für die Schar Weiber und ihrer Blagen, die in der Werft auf sie wartete.

All die Jahre in Edinburgh … Endlose Nächte, in denen er wach gelegen und an Jennet gedacht hatte. Er hatte sich vorgestellt, wie sie heranwuchs, wie sie größer und ihre

Brüste üppiger wurden. Er hatte sich gefragt, ob ihre Taille noch immer so schmal war. Vielleicht war sie in die Breite gegangen, hässlich geworden … Nein, das war unwahrscheinlich. Und ihr Haar. Das konnte sich unmöglich verändern. Jennets wunderschönes Haar würde immer noch ebenholzschwarz glänzen. Und ihre Augen würden ebenso groß und ebenso dunkelblau geblieben sein.

In der vergangenen Woche hatten seine Träume sich verwandelt. Anstatt sich zu freuen, dass Jennet noch immer das schönste Wesen war, das er je gesehen hatte, und dass sie, Gott sei's gelobt, noch nicht verheiratet war, hatte er wach gelegen und darüber gerätselt, was sie wohl in Dolly's Shipyard im Schilde führte.

Der Ablauf war immer derselbe: Sofort nach ihrer Ankunft öffnete Jennet die Tür zu einer alten Scheune. Die Rotznasen und ihre ausgemergelten Mütter drängten sich hinein. Jennet folgte ihnen als Letzte und zog die Tür hinter sich zu. Bald darauf gingen die Frauen und Kinder wieder, immer nur in kleinen Grüppchen, blickten sich noch verstohlener um als vorher und schlichen davon, als hätten sie Angst, entdeckt zu werden.

Was machte Jennet dort nur, in drei Teufels Namen?

Caleb hatte einen Entschluss gefasst. Heute würde er die Antwort erfahren.

Vierzehn Leute hatten sich in die Hütte gezwängt. Er wartete, bis elf von ihnen wieder gegangen waren, dann schritt er kühn auf die Tür zu und riss sie auf.

In dem Schuppen gab es kein Fenster, doch es brannten einige Kerzen. Er konnte Jennet deutlich ausmachen. Sie saß auf einem Hocker, eines der zwei noch anwesenden Kinder stand zwischen ihren geöffneten Knien. In einer Hand hielt sie den bloßen Arm des Jungen. In der anderen eine Lanzette.

»Nun denn, Caleb.«

»Nun denn, Jennet.«

Am darauf folgenden Vormittag standen sie auf der Holzbrücke über dem alten Kanalbecken am Fuß der Broad Street und blickten zum Binnenhafen hinüber, der ebenso verlassen dalag wie alle anderen Stadtviertel. Wie Jennet sagte, sie könnten ebenso gut auf dem Mond sein. Caleb meinte, wenn sie wirklich dort wären, wäre das, was Jennet tat, vielleicht nicht ganz so abscheulich.

»Wirklich abstoßend. Ganz abgesehen davon, dass es ungesetzlich ist und überhaupt nichts nützt.« Er starrte weiterhin ins Wasser, weil er wusste, wenn er sie ansah, würde er nicht mit der nötigen Strenge sprechen können. Es war zu ihrem Besten. »Es ist völlig widernatürlich.«

»Wie kannst du behaupten, dass die Variolation widernatürlich ist? Sie ...«

»Das meinte ich nicht.«

»Sondern?«

»Ich meinte, dass es ekelerregend ist, eine junge Frau mit einer Lanzette in der Hand zu sehen. Das geht wider die Natur.«

»Wider die Natur!« Sie hielt beide Hände vor sich, spreizte die langen, schlanken Finger, so dass jeder einzelne von der Sonne beschienen wurde, deren Strahlen hier, wo eine leichte Seebrise die Rauchschwaden etwas verwehte, durchdringen konnten. »Bitte halte mich nicht für unbescheiden, Caleb. Ich sage nur die Wahrheit. Ich kann mit diesen Händen alles tun. Ich kann mit ihnen zaubern. Das ist eine Gabe Gottes, die doch sicherlich eingesetzt werden muss.«

Ihre Leidenschaft rührte ihn nicht. »Du bist eine Frau. Es ist abstoßend und widernatürlich, dich eine Lanzette halten zu sehen.«

Sie ließ die Arme sinken. »Das ist zweifellos eine Meinung, die von vielen Leuten geteilt wird.«

»Von allen anständigen Leuten. Jennet, du musst mir versprechen, damit aufzuhören. Schwör, dass du damit aufhörst. Wenn nicht, dann ... dann bleibt mir nichts anderes übrig, als deinem Vater davon zu erzählen.«

»Mein Vater würde keine Einwände erheben.«

»Das glaubst du doch selbst nicht.«

»Natürlich.«

»Du hast ihm also gesagt, was du tust?«

Sie sah beiseite und schwieg.

»Hab ich's doch gewusst, dass du's ihm nicht gesagt hast. Dein Vater ist ein hochintelligenter Mann, auch wenn ...« Er brach ab.

»Mein Vater hat die Dinge, die sie ihm vorwerfen, nie getan. Und er ist überzeugt vom Nutzen der Variolation.«

Caleb hatte seinen Hut abgenommen und unter den Arm gesteckt. Wenn er den Kopf schüttelte, funkelte im Sonnenlicht sein rotes Haar, das Vermächtnis seiner Tante Bess und seines Großvaters Jacob Van der Vries. Es gefiel Jennet, dass er keine Perücke trug. Und dass er einen Kopf größer war als sie. Sein Starrsinn gefiel ihr weniger.

»Ich bin sicher, dein Vater würde es nicht gutheißen, dass eine junge Frau eine Variolation vornimmt, auch wenn er von deren Nutzen überzeugt ist«, beharrte er. »Aber das kann ich mir nicht vorstellen. Ich weigere mich zu glauben, dass dein Vater etwas so Gefährliches und Heidnisches billigt.«

Jennets grün-weiß gestreiftes Kleid hatte lange Ärmel, die am Handgelenk von einem grünen Seidenband zusammengehalten wurden. Sie streckte den linken Arm aus und öffnete mit der rechten Hand die Schleife. Dann rollte sie bedächtig den Ärmel auf.

Ungläubig starrte Caleb auf das, was sie ihm enthüllte. Ihr Handgelenk war zart wie ein Blütenstängel. Die Haut ihres Arms war weiß wie ihr Gesicht. Und ohne jeden Makel, nicht eine einzige Sommersprosse. Galt das auch für ihren restlichen Körper? Waren ihre Schenkel ebenso weiß und fest, ihr Bauch, ihre Brüste ... Er schluckte schwer. »Was machst du denn? Ich glaube nicht, dass es sich gehört, wenn du ...«

»Sei still, Caleb. Es ist mir egal, was sich gehört. Ich hätte gedacht, das wäre dir mittlerweile klar. Mir sind nur zwei Dinge wichtig. Das Erste ist, dir das zu zeigen.«

Sie hatten den Ärmel bis zur Schulter hochgerollt. Die Schulter schwang mit einer leichten Rundung nach unten und war perfekt. Er konnte sich Jennet gut in einem der Ballkleider vorstellen, wie die Damen der Gesellschaft in Edinburgh sie trugen. Vielleicht blauer Satin, die gleiche Farbe wie ihre Augen, die Schultern bloß, ihre Brüste hervorquellend ... »Was ist das?«

Sie deutete mit einem Finger der Linken auf den oberen Teil ihres rechten Arms, um ihn auf eine Narbe aufmerksam zu machen, etwa zwei Zoll breit und einen Zoll lang. »Das ist die Narbe von der Variolation, die mein Vater an mir vorgenommen hat.«

Er starrte weiter auf ihre weiße Haut. Und auf die runzelige, unübersehbare Narbe. »Willst du mir sagen, dass er dich auf die Idee gebracht hat? Dein Vater?«

»Nein. Auf die Idee bin ich bekommen, weil ich den Gedankenaustausch zwischen Mr. Mather und Doktor Douglas gelesen habe. Meiner Meinung nach klang das, was der Geistliche sagte, viel vernünftiger als der Arzt.« Beim Sprechen rollte sie den Ärmel hinunter, ebenso bedachtsam, wie sie ihn aufgekrempelt hatte. »Aber wie man es richtig macht, das habe ich von meinem Vater gelernt, als ich ihm zuschaute. Er ist in solchen Dingen äußerst geschickt, wie du sicher weißt.«

»Das glaube ich dir nicht.« Calebs Stimme war ein

bloßes Flüstern. Verdammt noch eins, sie raubte ihm den Atem und den Verstand dazu. Wenn er in ihrer Nähe war, fiel es ihm schwer, normale Sachen auf normale Art und Weise zu sagen.

»Was glaubst du nicht? Doch nicht, dass ich gegen die Pocken geimpft bin? Das musst du glauben, schließlich habe ich dir gerade die Narbe gezeigt. Und was die Tatsache betrifft, dass die Variolation mich vor den Blattern schützt – du hast ja selbst gesagt, dass du mir seit einer Woche folgst; dann musst du auch wissen, dass ich durch die ganze Stadt gehe ohne Angst, krank zu werden. Daraus folgt, dass die Variolation wirksam ist, und du musst …«

»Nein! Das folgt überhaupt nicht daraus. Manche Menschen sind von Natur aus immun. Wie ich. Wir haben immer schon gewusst …«

»Caleb.« Sie hielt ihm den Arm hin und lächelte süß. Es erschien ihm unmöglich, dass dieselben roten Lippen gerade etwas derart Empörendes gesagt hatten. »Kannst du den Ärmel für mich zubinden? Mit einer Hand Schleifen zu machen fällt mir schwer. Meine jüngeren Schwestern können das gut und meine Mutter auch. Aber ich nicht.«

»Ja, natürlich.« Leichter gesagt als getan. Als er das Schleifenband berührte, das eng um ihr schmales Gelenk lag, kam es ihm vor, als wären seine Finger dick angeschwollen. Und ihn packte Entsetzen, er könnte seinen Hut verlieren und müsste sich zum Narren machen, indem er ihm die Broad Street hinauf nachjagte. »Schau mal, liebe Jennet, ich kann ja verstehen, dass du gerne an etwas so Magisches wie Variolation glauben möch…«

»Du meinst, im Gegensatz zu den Heilmitteln, die die Ärzte und Doktoren und Apotheker vorschlagen«, sagte sie. »Das zweimal tägliche Purgieren, die ständigen Aderlässe, die Brühe aus Portulak und Zuckersirup, um die Körpersäfte zu versüßen, gefolgt von einem starken Brechmittel, womöglich Nux vomica, um die schlechten Säfte auszuleiten.«

»Wir tun, was wir können.« Er hatte die Schleife gebunden. Jetzt hatte er keinen Grund mehr, ihre Hand zu halten, also ließ Caleb sie los. »Ich gebe zu, Wunder bewirkt das alles nicht, aber die Pocken sind eine außerordentlich virulente Seuche. Deswegen ist es ja so schlimm, sie absichtlich zu verbreiten, selbst unter den armen Seelen, die du ...«

»Keine Einzige der armen Seelen – um deinen Ausdruck zu verwenden – ist erkrankt, nachdem ich sie varioliert hatte. Und ich auch nicht, ebenso wenig wie mein Vater und meine Mutter, meine beiden Brüder und meine drei Schwestern. Wir leben allesamt in dieser verseuchten Stadt, atmen die stickige Luft, die die dumme Regierung uns bereitet, anstatt uns wirkliche Hilfsmittel zu geben, und keiner von uns ist krank geworden. Wie erklärst du dir das, Caleb Devrey? Was haben sie dir in Edinburgh beigebracht, das überzeugender ist als die Beweise, die dir deine eigenen Augen und Ohren und deine Nase liefern?«

Ihm fiel nichts anderes zu tun ein, als sich den Hut wieder auf den Kopf zu setzen. Aber Jennet schaute ihm noch immer direkt ins Gesicht. Starrte ihn an, verlangte eine Antwort. »Ich kann es nicht erklären«, sagte er schließlich. »Ich gebe zu, ich weiß nichts, das deine Beweisführung widerlegt.«

Jennet seufzte. »Das freut mich. Du kannst dir nicht vorstellen, wie sehr mich das freut, Caleb Devrey.«

Fast erschreckte ihn die Heftigkeit, mit der sie sprach. »Wieso?«

»Weil mir das sagt, dass du ein kluger Mann ist. Nur ein Dummkopf besteht darauf, weiterhin zu glauben, was er immer schon geglaubt hat, obwohl ihm Beweise fürs Gegenteil vor Augen geführt werden.«

»Und das freut dich? Dass ich kein Dummkopf bin?«

»Ja. Caleb, weißt du noch, ich hatte gesagt, es gäbe nur zwei Dinge, die mich interessieren? Das Erste war, dir zu sagen, dass ich und meine ganze Familie varioliert ist. Was das Zweite ist, hast du mich noch nicht gefragt.«

Solange sie nur immer weiterredete, war es ihm gleichgültig, was sie sagte. Solange sie redete, musste sie neben ihm hier stehen bleiben, im Sonnenlicht auf der Brücke, mit Blick auf den verlassenen, stillen Hafen, während ihr ein paar pechschwarze Haarsträhnen, die aus ihrer weißen Haube hervorlugten, vors Gesicht wehten und ihre blauen Augen ihn unverwandt ansahen. »Habe ich das nicht? Also gut, Jennet, dann frage ich jetzt. Was interessiert dich noch?«

»Dass ich trotz der Tatsache, dass ich eine Frau bin, Ärztin werden will. Und außerdem ein Hospiz für die Armen eröffnen will. Und jetzt, wo du mit einem Abschluss in Medizin aus Edinburgh zurückgekommen bist, lieber Anverwandter, ist mir der Gedanke gekommen, dass der einfachste Weg dahin ist, dich zu heiraten. Und genau das werde ich tun.«

## III

»Offenbar steht der Entschluss der jungen Leute schon fest.« Es bereitete Will Devrey sichtlich Unbehagen, seinen Neffen Christopher empfangen zu müssen. Aber er würde seine Pflicht tun. »Und jetzt, wo die Pocken vorüber sind, können wir das Aufgebot wohl gleich bestellen.«

Susannah Devrey hatte gleichgültig auf den Heiratswunsch ihres Sohnes reagiert, war aber entsetzt ob des Vorschlags, Christopher Turner solle ins Haus der Devreys eingeladen werden, um Calebs Verlobung mit Jennet zu besprechen.

Bede, der ältere der beiden Devrey-Söhne, der auch das Unternehmen seines Vaters übernehmen würde, war immer der Liebling seiner Mutter gewesen. Sie hatte sich bemüht, auch Caleb mehr zu lieben, aber als er den Wunsch geäußert hatte, in Edinburgh Medizin zu studieren, hatte sie sich innerlich endgültig von ihm gelöst. Susannah konnte nicht begreifen, wie jemand sich freiwillig dazu bereit erklären konnte, den ganzen Tag von Siechen umgeben zu sein. Calebs Berufswahl hatte seiner Mutter klar gemacht, dass er und sie sich nie verstehen würden. Also sollte er heiraten, wen er wollte, selbst die Tochter des schwarzen Schafs der Familie; sie würde sich darüber nicht grämen. Aber es war für Susannah unvorstellbar, dass Christopher Turner in ihren Salon in der Wall Street zum Tee eingeladen werden sollte.

Als Kompromiss empfing Will seinen Verwandten in seinem Büro im Erdgeschoss. Die Landkarten, auf denen die Reiserouten seiner elf Schiffe dargestellt waren, hingen an den Wänden. Auf dem Schreibtisch, an dem die beiden Männer sich gegenübersaßen, stand ein Krug Weinbrand. Will schenkte zwei Gläser ein. »Da die Kinder Verwandte zweiten Grades sind, ist es wohl nicht nötig, dass wir …«

»Blutsverwandt sind sie auf jeden Fall nicht.« Christopher nahm sein Glas, stand vom Stuhl auf und betrachtete eine der Landkarten. So hatte er wenigstens einen guten Grund, Will den Rücken zuzukehren. Dieser herablassende Mistkerl – reich wie Krösus noch dazu. »Lucas Turner hat meinen Vater adoptiert, vergiss das nicht. Nicholas war Ankel Jannssens Sohn.«

»Ja, genau. Seltsam, oder, dass Ankel Jannssen so urplötzlich verschwand? Ich frage mich immer, ob …«

»Nach allem, was ich gehört habe, war mein Urahn ein Trunkenbold, der sich kaum aufrecht halten konnte wegen dem vielen Schnaps, den er sich jeden Tag hinter die Binde gekippt hat.« Abartig, dass er bereit war, sich selbst zu demütigen, nur um vor Will Devrey die verkommenen Verhältnisse auszubreiten, in die dessen Sohn einheiraten wollte. »Wahrscheinlich ist Ankel Jannssen in den Wald gewandert und von einem Wilden umgebracht worden, oder er ist im Sumpf ertrunken.«

»Ja, vermutlich. Und wie du sagst, da keine Blutsverwandtschaft besteht, können wir uns aus diesen Gründen nicht den Wünschen unserer Kinder widersetzen.«

»Aber vielleicht aus anderen, Onkel Will?«

»Nein, natürlich nicht. Ich meinte nur …«

»Ja, ich weiß.« Einer der Gründe, weshalb er nicht heftiger gegen Jennets Wunsch protestiert hatte, Will Devreys Sohn zu heiraten, war die Vorstellung gewesen, wie der Schuft sich winden würde. Das gestand Christopher aber nur sich selbst ein. »Ich will ganz offen sein. Ich kann Jennet keine große Mitgift geben. Dank deines Schwiegerneffen habe ich in den letzten zwanzig Jahren wenig Möglichkeiten gehabt, Geld zu verdienen.«

»Das ist mir bewusst. Zachary Craddock meint es gut, aber gelegentlich übertreibt er ein wenig. Was die Mitgift deiner Tochter betrifft, so könnten wir angesichts der Umstände vielleicht …«

»Ja?«

»Diese Formalität missachten. Komm, noch einen Weinbrand?«

»Nein, danke. Aber lass dich von mir nicht abhalten.«

»Das tue ich auch nicht.« Will schenkte sich wohl sein viertes Glas ein. Schweißperlen standen ihm auf der Stirn. Bemüht wechselte er das Thema. »Auf der Karte, die du dir gerade anschaust, siehst du die Route meines neuesten

Schiffs. Das elfte. Auf ihrer Jungfernfahrt. Sie heißt *Susannah*. Nach meiner Frau, natürlich.«

»Natürlich. Du erwartest bestimmt viel Profit von ihr.« Susannah war stadtbekannt dafür, dass sie Geld schneller ausgab, als selbst Will Devrey es verdiente.

Will fasste die Antwort nicht als Beleidigung auf. Er hatte Susannah wegen ihrer Verschwendungssucht nie zur Rede gestellt, weil es ihm gefiel, als Mann zu gelten, der sich eine solche Frau leisten konnte. »Sehr viel Profit. Schau, da«, er stellte sich neben Christopher und klopfte mit einem feisten Finger auf die Karte. »Das ist der erste Teil der Reise. Von New York zu den Westindischen Inseln, beladen mit Holz, Fleisch und Fisch, Butter und Zwieback.«

»Der erste Teil der Reise – das heißt, die *Susannah* kommt nicht direkt zurück? Ich dachte, die Schiffe kamen von Westindien immer mit Rum hierher zurück.«

»Aber nicht dieses. Es fährt weiter nach Newcastle, wo es das Zuckerrohr löscht und als Ballast Kohlen lädt. Dann segelt es nach London, um Delikatessen vom Mutterland für uns arme Kolonialisten aufzunehmen.« Will gestattete sich ein ironisches Grinsen. »Für die *Susannah* nur das Beste. Sie wird erlesene Möbel und Stoffe zurückbringen, feinste Seiden und Spitzen. Alles, was gut und teuer ist. Sie macht ihrem Namen alle Ehre, findest du nicht?«

»Offenbar. Aber warum keine Fahrt nach Afrika, um Schwarze zu laden? Ich dachte, das wäre der beste Zweig deines Unternehmens.«

»Das war früher so. Heute weniger. Nein, die *Susannah* ist kein Guinea-Schiff für die Mittelpassage. Im Augenblick hat's wenig Sinn, noch mehr Schiffe dafür zu bauen. Van Dam und der Rat wollen den Anteil der Schwarzen in der Provinz senken. Sie sagen, es wäre weniger gefährlich, weißes Personal rüberzubringen. Dienstverpflichtete. Wenn du mich fragst, geht es nicht darum, wie viele Sklaven wir haben, sondern wie gut wir sie disziplinieren. Aber«, er klopfte wieder auf die Landkarte, »wir sind die gehorsamen Untertanen Seiner Majestät. Und jetzt« – er kehrte an seinen Schreibtisch zurück und bediente sich noch einmal vom Weinbrand –, »um zum Wesentlichen zurückzukommen. Sagen wir, Hochzeit in drei Wochen?« Er hatte keine Ahnung, warum Caleb die Tochter eines Verarmten heiraten wollte, aber so war es nun einmal. Im Grunde war es nur zum Besten. Susannah wollte den Jungen aus dem Haus haben. Sie war Caleb nie so nah gewesen wie Bede. Und was ihn, Will, betraf, war ihm alles recht, was dem häuslichen Frieden diente. »Was sagst du dazu, Christopher? In drei Wochen.«

Christopher studierte den Kalender, der an der Wand hing. »Das ist dann ... der zehnte Januar. Ein paar Wochen vor Jennets siebzehntem Geburtstag. Ich sehe nichts, was dagegen spricht.«

Auf Wills Gesicht erschien wieder das schmallippige Lächeln, das nie seine Augen zu erreichen schien. »Der zehnte Januar im Jahre des Herrn 1732 als Hochzeitsdatum für Miss Jennet Turner mit Mr. ... Aber nein, wie ich höre, ist es jetzt Mode, Doktor zu sagen. Mit Doktor Caleb Devrey. Die beiden werden sich freuen. Auf jeden Fall Caleb. Ich vermute, länger als drei Wochen würde er nicht warten wollen.«

»Ich muss dir etwas erzählen.« Jennet hielt den Spazierstock, streichelte liebevoll den goldenen Pferdekopf. »Ich werde heiraten.«

*Viado!* Er hatte das Gefühl, als hätte sie ihm einen Schlag in den Magen versetzt. *Filho de puta!* DaSilva ballte die Fäuste, bis die Knöchel weiß wurden. Aber was konnte er erwarten? Sie war eine junge Frau. Ihr Vater war zwar bettelarm, aber sie war eine Schönheit. Natürlich würde sie heiraten. Das war der Lauf der Welt. Aber *viado!* Nicht so bald. »Findet dein Vater nicht, dass du noch zu jung bist?«

»Anfangs schon. Aber Caleb und ich haben nicht lockergelassen. Wir haben ihm gesagt, wenn er nicht einwilligt, laufen wir davon.«

»Ah ja.« Sie schaute zum Fenster hinaus, wich seinem Blick aus. »Du bist ein willensstarkes Kind, Jennet Turner. Wenn ich dein Vater wäre, würde ich dich übers Knie legen und dir das Hinterteil versohlen.«

»Das bin ich aber nicht.«

»Was bist du nicht?«

»Deine Tochter. Und mein Vater hat uns nie geschlagen, keinen von uns. Er hält nichts von Prügeln.«

»Ich habe von Versohlen gesprochen. Das ist etwas völlig anderes.«

Sie zuckte mit den Schultern. »Vielleicht. Aber es ist ja auch egal, was du meinst. Calebs Vater und meiner haben zugestimmt. Am kommenden Sonntag werden wir zum ersten Mal kirchlich aufgeboten. Die Hochzeit ist am zehnten Januar im neuen Jahr.«

»Und wer ist dieser Caleb?« Der erste Schock war überwunden, inzwischen konnte er wieder etwas leichter atmen. Seine Stimme klang auch in seinen eigenen Ohren nicht mehr so gepresst. Sie hatte natürlich nichts davon bemerkt. Was immer sie von ihm hielt – und DaSilva wusste nie so recht, was genau sie von ihm dachte –, es würde ihr nie in den Sinn kommen, dass ihre Heirat ihn zutiefst traf. »Ist er denn überhaupt in der Lage, eine Frau zu ernähren?«

»Ach, das.« Sie machte eine Geste, als wären solche Dinge völlig nebensächlich. »Er ist Caleb Devrey, sein Vater ist Will Devrey. Der hat reichlich Geld.«

*Filho de puta!* »Will Devrey. Ah so. Da hast du Recht,

der hat in der Tat reichlich Geld.« Etwas anderes fiel ihm ein, ein weiterer Strohhalm. »Aber du und Devreys Sohn ... seid ihr nicht verwandt?«

»Verwandte zweiten Grades. Und auch nur durch Adoption. Es gibt keine Einwände. Und wie gesagt, unsere Väter haben zugestimmt, und am kommenden Sonntag werden wir aufgeboten. Alles steht schon fest.«

Sie wandte sich zu ihm. »Aber das Schönste habe ich dir noch gar nicht erzählt. Caleb ist Doktor der Medizin, er ist gerade vom Studium an der Universität in Edinburgh zurückgekommen. Nach der Heirat werden wir unser Leben der medizinischen Betreuung der Armen widmen.«

»Ein interessanter Plan.« DaSilva nahm ihr den Spazierstock aus der Hand. »Und dein zukünftiger Gemahl ist damit einverstanden?«

»Natürlich. Caleb ist immer einverstanden mit dem, was ich will.« DaSilva schnaubte und Jennet errötete. »Na ja, nach einer Weile. Manchmal muss ich ihn ein bisschen überreden.«

»Ich glaube, du wirst unglücklich sein ...«

»Wie hässlich, das zu sagen! Warum solltest du mir wünschen, unglücklich zu sein, Solomon?«

»Das tue ich nicht. Du hast mich nicht ausreden lassen. Ich wollte sagen, ich glaube, dass du unglücklich sein wirst mit einem Mann, der immer mit allem einverstanden ist.«

Jennet schüttelte den Kopf. »Nein, da täuschst du dich. Caleb ist genau der Richtige für mich. Wir werden unendlich glücklich sein. Am zehnten Januar beginnt mein Leben. Und was ist mit dir, Solomon? Bekomme ich von dir ein schönes Geschenk zur Hochzeit?«

Er hielt den eleganten antiken Spazierstock hoch. »Vielleicht schenke ich dir den.«

In den Tagen, als Marit und Ankel Jannssen im Haus am Hall Place lebten, war im vorderen Raum die Fleischhauerei gewesen. Nach Lucas' Hochzeit mit Marit hatte er hier seinen Baderladen eingerichtet. Als der junge Christopher Turner zum berühmtesten Chirurgen von New York aufstieg, suchte er seine Patienten mit seinen Instrumenten bei ihnen zu Hause auf und wurde als Retter und Erlöser begrüßt. Damals war das Vorderzimmer des kleinen Hauses zum Salon geworden, und Jane hatte davon geträumt, eine vornehme Dame zu sein und hier die Gesellschaft von New York zu empfangen. Seitdem Christopher in Ungnade gefallen war, nutzte er den Raum wieder zum Arbeiten. Hier schrieb er, hier lehrte er, hier behandelte er die wenigen Patienten, die ihn noch aufsuchten.

An diesem Dezemberabend hatte er alle Kerzen auf den kleinen Tisch neben dem Feuer gestellt. In der Mitte dieses Lichtkreises saß eine Frau mit eingesunkenen Schultern, den blonden Kopf gesenkt. Sie hieß Martha Kincaid. Sie hatte ihren Kopf im Schal verhüllt gehabt, bis Christopher sie gezwungen hatte, ihn abzunehmen. Jetzt hielt sie den Schal auf dem Schoß umklammert, die Enden lagen auf dem Boden, aber sie war zu beschämt und zu elend, um darauf zu achten.

Hezekiah Jackson stand hinter der Patientin, die er hierher gebracht hatte. Er war bei weitem der klügste der drei Studenten, die an Christophers privatem Einführungskurs in die Chirurgie teilnahmen. Christopher stand neben ihr. Beide Männer starrten gebannt auf das Gesicht der Frau.

Auf ihrer Wange prangte eine Geschwulst von der Größe zweier Apfelsinen, zahllose unregelmäßige Erhebungen, die auf- und übereinander wucherten. Die Beule, die vom Ohrläppchen bis zum Mundwinkel reichte, war voller Dellen und sah aus, als wäre sie mit schwarzen Furunkeln übersät. Das Ding war so abstoßend, dass Martha Kincaid außer in der Dunkelheit nie auf die Straße ging und auch dann nur mit dem schwarzen Schal um Kopf und Gesicht geschlungen.

»Der Tumor wächst bis zum Kehlkopf hinab und hinten bis zum Rachen«, sagte Hezekiah Jackson. »Also kann er nicht entfernt werden, oder?«

Christopher gab keine Antwort, sondern tastete nur immer weiter sacht den Klumpen ab.

»Laut den drei Ärzten, die sie aufgesucht hat«, fuhr Hezekiah fort, »ist es ein Osteosarkom, und das lässt sich nicht behandeln.«

Die Frau zuckte zusammen. Nicht wegen seiner federleichten Berührung, da war Christopher sicher. »Mr. Jackson, Ihre Patientin hat eine Geschwulst im Gesicht. Meiner Erfahrung nach ist sie deswegen nicht taub. Das sollte man nicht vergessen.«

»Ja, ich weiß, aber …«

»Seien Sie still, Mr. Jackson. Zumindest, bis ich die Untersuchung abgeschlossen habe.«

Christopher beugte sich noch näher vor, tastete weiter. Sein Gesicht lag jetzt nicht mehr im Schatten, sondern im Lichtkreis der brennenden Kerzen. Die Frau sah ihm in die Augen. Ihre waren braun, und ihre Haut war, von der Geschwulst einmal abgesehen, hell. Mitte zwanzig, schätzte er. Gesund bis auf das abstoßende Ding in ihrem Gesicht. Und vermutlich sogar recht ansehnlich. Er brach den Blickkontakt ab und untersuchte weiter den Tumor, fuhr immer wieder mit den Fingern darüber und setzte seinen Tastsinn ein, um die Geheimnisse der Geschwulst zu erfahren. Und die ganze Zeit über spürte er ihren Blick auf sich ruhen.

Als Christopher fertig war, richtete er sich nicht sofort auf. »Sie sind verheiratet?«

»Ja. Mit Tom Kincaid, dem Müller. Auf'm Papier zumindest bin ich mit ihm verheiratet.«

»Verzeihung, ich wollte nicht …«

»Na, wenn Leute verheiratet sagen, denken sie sich meist was andres. Tom Kincaid will mich nicht in seinem Bett haben, seit fünf Jahren nicht. Seit dieses Ding da wächst.«

Ihre Unverblümtheit überraschte Christopher. Er lehnte sich zurück, saß wieder im Schatten. »Ja, nun, manchmal …«

»Manchmal ist 'ne Frau so hässlich, dass man's 'nem Mann nicht verdenken kann, wenn's ihm dem Magen umdreht«, beendete sie den Satz für ihn.

Auf diese Äußerung war ein stockender Atemzug zu hören. Er kam nicht von Martha Kincaid. Sie klang so gleichmütig, als würde sie übers Wetter sprechen oder über die Eier, die ihre Hennen am Vormittag gelegt hatten.

Christopher warf einen Blick zur Tür. Möglicherweise war Jane nach unten gekommen, um zu sehen, was ihn so lange aufhielt. Im Raum war es dunkel. Nichts schien sich verändert zu haben. Er trat einen Schritt zur Tür. Martha Kincaids Stimme ließ ihn innehalten. »Dieses Osteosarkom oder wie das Ding heißt – das bringt mich doch um, oder?«

Er vergaß Jane, richtete seine Aufmerksamkeit wieder ganz auf die Patientin. »Ich will Sie nicht anlügen. Ein Osteosarkom ist meist tödlich.« Wieder sah er, wie sie zusammenzuckte. Eine andere Reaktion auf Schmerz schien die Frau nicht zu kennen. »Aber dafür muss man erst eines haben. Was bei Ihnen, meiner Ansicht nach, nicht der Fall ist.«

Diese Bemerkung wurde von einem lauten Einspruch quittiert, der allerdings eindeutig von Hezekiah Jackson stammte. »Aber drei Ärzte haben gesagt …«

»Es gibt in New York zahlreiche Esel, Mr. Jackson. Und Sie können an jedem beliebigen Tag mindestens ebenso viele Dummköpfe antreffen. Gütiger Gott, Mann, fühlen Sie doch nur mal.« Er legte die Hand seines Studenten auf

Martha Kincaids Wange. »Nein, drücken Sie nicht so fest. So können Sie unmöglich spüren, was das Ding Ihnen zu sagen hat. Vorsichtig, nur mit den Fingern.«

Ein oder zwei Sekunden vergingen. »Das bewegt sich ja … Wirklich, es hat sich bewegt«, sagte der Student dann.

»Genau. Und ein Osteosarkom bewegt sich nicht. Er ist ein Krebs, der auf dem Knochen wächst. Dies hingegen ist eine Zyste, die zwischen Muskel und Haut sitzt.« Christopher schaute von Jackson zu der Frau. »Ich kann Ihnen helfen, gnädige Frau. Möchten Sie das?«

Er erwartete, dass sie begeistert zustimmen würde. Stattdessen zögerte sie. »Müssen Sie schneiden?«

»Ja, ein Schnitt wäre nötig.«

Darauf erwiderte Martha Kincaid nichts.

In eben diesem Stuhl hatte die Rote Bess gesessen, als er ihr sagte, er könne die Operation nicht vornehmen, weil der Tumor zu weit fortgeschritten war und es sich eindeutig um Krebs handelte. Sie hatte ihn angefleht, ihr zu helfen, und schließlich hatte er ihren Wunsch erfüllt. Als Ergebnis davon hatte diese Frau nun Angst, sich von ihm operieren zu lassen, obwohl er sie problemlos von ihrem Leben als Ausgestoßene erlösen konnte. »Ich habe sehr viel mehr Menschen geholfen, als je unter meinem Messer gestorben sind«, sagte Christopher leise.

Heiliger Heiland. So weit war er gesunken, dass er um die Möglichkeit bettelte, Skalpell und Lanzette benützen zu dürfen. Weil es ihn in den Fingern juckte zu operieren, weil er dazu berufen war. »Eines Tages werden Sie unweigerlich sterben, Mistress Kincaid«, fügte er hinzu. »Wie wir alle. Aber nicht wegen dieses Dings in Ihrem Gesicht. Sie können mit der Geschwulst ebenso gut weiterleben wie ohne. Die Wahl liegt bei Ihnen.«

Sie fasste sich an den Tumor. »Sie sagen, das Ding bewegt sich.«

»Ja.«

»Davon spür ich aber nix.«

»Sie sind eine Frau. Frauen wurden von der Natur nicht mit der Gabe ausgestattet, eine solche Untersuchung durchzuführen.«

Sie nickte. »Aber drei Wundärzte«, flüsterte sie, »und alle drei haben gesagt ...«

»Und was haben diese drei für Sie getan? Schröpfen? Aderlässe? Purgieren?« Wieder nickte sie. Der entstellende Klumpen wanderte mit ihren Kopfbewegungen auf und ab, wie ein schwarzer Käfer, der sich an ihrer Wange festgesetzt hatte. »Und hat irgendetwas davon die Geschwulst beeinflusst?«

Der Käfer bewegte sich von rechts nach links.

Christopher griff hinter sich, wo auf dem Tisch seine Instrumente bereit lagen. Ohne hinzusehen, tastete er nach dem schildpattgerahmten Spiegel und drückte ihn der Frau in die Hand. »Schauen Sie sich an. Schauen Sie nur. Sie sind doch hergekommen, weil Sie möchten, dass jemand Ihnen hilft. Genau das kann ich tun. Jetzt schauen Sie sich an.«

Sie hob den Spiegel, einen Moment nur, dann ließ sie ihn wieder sinken.

»Jetzt bleiben Sie bitte still sitzen«, sagte Christopher. »Keine Sorge, ich schneide nicht. Das tue ich erst, wenn Sie Ihre Einwilligung gegeben haben. Jackson, treten Sie näher. Schauen Sie mir zu. Deswegen sind Sie doch hier, oder nicht? Um etwas zu lernen. Also, dann lernen Sie das.«

Er legte seine langen Finger zu beiden Seiten des größten schwarzen, furunkelartigen Pickels auf dem Tumor, genau in der Mitte zwischen Ohrläppchen und Nasenspitze. Der Kopf des vermeintlichen Furunkels hatte eine kaum sichtbare Vertiefung, die in einer Art Hautdelle lag. Christopher vermutete, dass die Geschwulst in einigen Pockennarben zu wuchern begonnen hatte, als Martha Kincaid, wahrscheinlich noch in ihrer Kindheit, einen Anflug der Krankheit gehabt hatte.

»Was wir hier sehen, Mr. Jackson, ist eine gutartige Talgzyste. Das ist chronisch, ein Beutel unter der Haut, der sich ständig füllt. Und sehen Sie, da, wo meine Fingerspitze ist ... der schwarze Punkt ist, wie alle anderen, eine Öffnung. Wenn ich also die Zyste ausdrücke ...« Er drückte die Finger fest zusammen. Zuerst schoss ein dunkler Punkt hervor, darauf folgte eine sich windende weiße Fadenmasse.

»Würmer ...«, flüsterte Hezekiah gebannt. »Da sind Maden unter ihrer Haut.«

Martha Kincaid schrie leise auf. »Keine Sorge, gnädige Frau«, beruhigte Christopher sie. »In Ihrem Körper ist nichts, das er nicht von selbst hervorbringt.« Und an Jackson gewandt sagte er: »Das sind keine Maden, Sie Idiot. Das ist eine Art Fettgewebe. Ihre Patientin hat eine Hauterkrankung.« Beim Reden drückte er immer weiter, bis etwa sechs Zoll der fadenartigen, körnig-weißen Masse erschienen waren. »Die Kapsel, die sich gebildet hat, füllt sich mit den Fettzellen und Schuppen der abgestorbenen Epidermis. Wir können zwar nach Herzenslust drücken und den Klumpen womöglich sogar vollständig leeren, was wie eine Heilung aussieht, aber wenn die Kapsel nicht entfernt wird, wird sie sich rasch wieder füllen.«

Christopher griff erneut hinter sich, dieses Mal nach einer flachen Zinnschale und einem kleinen Spatel. Damit beförderte er die talgartige Masse in die Schale. »Schauen Sie sich das an, gnädige Frau. Und dann schauen Sie wieder in den Spiegel und betrachten Sie sich genau. Ist der untere Teil des Klumpens etwas kleiner geworden?«

Nach einem sehr kurzen Blick auf die Schale sah sie sich etwas eingehender im Spiegel an. »Er ist wirklich kleiner geworden«, urteilte sie schließlich. »Sie können sich gar nicht vorstellen, wie oft ich nachts ins Bett gegangen bin und gebetet hab, dass es am nächsten Morgen so wär. Nur ’n kleines bisschen kleiner. Und jetzt …« Sie brach ab und musterte ihn; es war offensichtlich, dass sie zu entscheiden versuchte, ob sie Christopher trotz seines schlechten Rufs vertrauen sollte.

»Wenn Sie wollen«, sagte er, »können Sie heute Abend ohne jede Entstellung nach Hause gehen. Nur ein kleiner Zupflinnen-Verband. Ich glaube, es wird gar nicht nötig sein, die Wunde zu nähen. Nur verätzen und etwas Silbernitrat. Sie haben gehört, was ich Mr. Jackson gesagt habe. Sie haben unter der Haut eine Kapsel, die sich mit einer festen, fettartigen Substanz gefüllt hat.« Christopher deutete auf den Inhalt der Zinnschale, die er dann auf den Tisch stellte. »Die haben Sie hier selbst gesehen. Es ist ein ganz natürlicher Vorgang, wenn der Körper solche Substanzen produziert. Solange die Kapsel da ist, wird sie sich immer wieder füllen. Wenn ich andererseits einen kleinen Schnitt mache und das Ganze mit einer Sonde entferne – die Kapsel mitsamt dem Inhalt –, dann, gnädige Frau, dann brauchen Sie sich nicht mehr hinter dem Schal zu verstecken.«

Das war’s. Mehr konnte er nicht sagen. Er schwieg und wartete auf ihre Antwort. Von der Tür drang wieder ein Geräusch herüber. Seufzend blickte Christopher auf. Das alte Haus war schrecklich, überall knarzte und knackte es. Kein Wunder bei den vielen Menschen, die unter dem einen Dach lebten. Verflucht, warum konnte die Frau sich nicht endlich entscheiden?

Es juckte ihn in den Händen, nach seinen Waffen zu greifen und zum Angriff überzugehen. So kam ihm eine Operation immer vor. Die Skalpelle und Lanzetten waren sein Rüstzeug. Wenn er sie nicht benützen konnte, war er wie ein Ritter ohne Gegner. Überflüssig.

»Wird's sehr weh tun?«, fragte die Frau.

Er hatte die Hände auf dem Schoß zusammengeballt, die Zähne zusammengebissen. Christopher zwang sich, etwas gelassener zu werden. Die Frau würde einwilligen oder auch nicht; er konnte nichts tun, um sie dazu zu zwingen. »Ein bisschen schon. Allerdings nicht so viel, glaube ich, wie es schmerzt, mit dem schwarzen, hässlichen Ding zu leben, das Ihr Gesicht entstellt.«

Sie wandte den Kopf und schaute zu Jackson, dann wieder auf Christopher. »Er hat gesagt, es kostet drei Shilling. Für die Beratung.«

»Das stimmt.«

»Und für die Operation? Ich meine, wenn ich's machen lass.«

Christopher überlegte rasch. So dringend er Geld brauchen konnte, das Operieren fehlte ihm mehr. »Das kostet nichts zusätzlich, gnädige Frau. Die Operation ist in den drei Shilling inbegriffen.«

»Also gut. Dann schneiden Sie.«

Er unterdrückte einen Freudenschrei. »Das ist eine weise Entscheidung, gnädige Frau. Sie werden sie nicht bereuen.« Christopher griff nach dem Skalpell. »Mr. Jackson, treten Sie näher. Halten Sie ihr den Kopf fest.«

An der Tür, das Gesicht dicht an den winzigen Spalt gedrückt, durch den sie seit einer Stunde spähte, stand Jennet und merkte, wie ihr die Hände zu zittern begannen. Sie sah, wie ihr Vater den ersten Schnitt machte – im unteren Teil der Wange, eine sichelförmige Öffnung von etwa einem Zoll Länge –, und musste die Finger verschränken, damit sie nicht zuckten. Bald. Nur noch zwei Wochen. Dann würde sie mit Caleb verheiratet sein. Und dann würde sie ihm zeigen, was sie alles konnte, und ihn überzeugen, dass sie es auch tun durfte. Er musste es ihr einfach erlauben.

»Kommen Sie, ich bringe Sie nach Hause«, sagte Jackson.

Martha Kincaid hatte sich den schwarzen Schal um den Kopf drapiert, um den kleinen Verband zu verdecken. Und den fehlenden Klumpen. »Sparen Sie sich die Mühe, ich bin dran gewöhnt, allein unterwegs zu sein.«

Es war schon spät. Die Straßen waren leer, und zweifellos machten die vier Nachtwächter bereits ihre Runden. »Die Sperrstunde …«, murmelte Jackson. »Sie werden …«

»Die Nachtwächter haben Besseres zu tun, als sich um Leute wie mich zu kümmern, Mr. Jackson. Lassen Sie nur. In den letzten vier Jahren …«

Nach Hause bringen, hatte er gesagt und damit Tom Kincaids Mühle an der Cortlandt Street gemeint. Das wär vertane Liebesmühe gewesen. Sie hatte es den beiden ja schon gesagt, es war lange her, dass sie mit ihrem Mann unter einem Dach lebte, von einem gemeinsamen Bett ganz zu schweigen. Tom Kincaid war's egal, wo sie hinging oder mit wem, solange sie ihm einmal die Woche einen Beutel voll Münzen brachte. Sonst würde er sie als entlaufene Ehefrau melden und ihr einen Ausflug in den Schandkäfig einhandeln. Neununddreißig Hiebe auf den nackten Rücken. Und jeder, der Lust hatte, durfte zuschauen. Zur Abschreckung anderer Schandtäter, wie die Prediger sagten. Von wegen, eher schon, weil die Leute gerne Blut fließen sahen. Und zwei nackte Titten obendrein.

Zögernd fasste sie sich an die Wange. Herrgott im Himmel, es fühlte sich noch immer flach an. Nur ein bisschen Zupflinnen, wie Mr. Turner versprochen hatte. »Jetzt machen Sie sich mal keine Sorgen, Mr. Jackson. Ich find mich im Dunkeln gut allein zurecht.«

»Wenn Sie wirklich meinen …« Er hatte nichts dagegen, sie nicht begleiten zu müssen. Die Sperrstunde bezog sich nur auf das Herumtreiben auf den Straßen, nicht auf das

Trinken in den Tavernen. Jackson konnte es kaum erwarten, ins Horse and Wagon an der William Street zu gehen und jedem, der Ohren hatte, die maßgebliche Rolle zu schildern, die er bei dieser so erfolgreichen Operation gespielt hatte. Er lüftete seinen Dreispitz, dann wandte er Martha Kincaid den Rücken zu und eilte die vom Mond erleuchtete Straße hinauf.

Martha hörte den Ruf des Nachtwächters. »Die elfte Stunde und alles steht zum Besten an diesem trockenen, kalten Abend.« Seine Stimme kam näher. Sie wusste, dass sie nicht hier stehen bleiben durfte. Aber sie konnte sich nicht vom Fleck rühren. Jetzt, wo sie endlich allein war, hatte sie das Gefühl, als wären ihre Beine Wackelpudding geworden. Nur einmal noch, um sich zu vergewissern, fasste sie sich an die Wange.

Es war wirklich weg.

Das war kein Zaubertrick. In den letzten fünf Jahren hatte sie den vermaledeiten Klumpen jeden Tag und jede Nacht gespürt. Immer war er da gewesen. Und jetzt war er verschwunden.

Eine Wolkenbank schob sich vor den Mond. Der Hall Place lag in Dunkelheit da. In Christopher Turners Haus hinter ihr war es noch dunkler, die letzte Kerze war gelöscht worden. Und alle lagen kuschelig im Bett. Sogar die Person, wer immer es gewesen war, die im Flur gestanden und zugeschaut hatte. Männer waren einfach dumm. Die waren so von sich eingenommen und von dem, was sie gerade machten, dass sie blind und taub für alles andere waren. Natürlich hatte jemand spioniert, was da in Christopher Turners Zimmer vor sich ging. Vielleicht, weil er …

Sie spürte etwas an ihrem Bein hochkrabbeln. Ein Schrei stieg in ihr auf, den sie aber sofort unterdrückte. Eine Zunge fuhr die Innenseite ihres Oberschenkels hinauf. Sie wusste, was das war. »He du«, flüsterte sie, hob ihre Röcke und stieß den übergroßen, kahlen Kopf fort. »Was machst du hier? Hör auf damit!«

»Ich dachte, du magst das.« Der Mann, der ihr die Haut geleckt und ihre Scham beschnuppert hatte, war ein Zwerg. Er kroch unter ihren Röcken hervor und wischte sich den Mund an der Krempe seines zerbeulten Dreispitzes ab, dann drückte er ihn sich wieder auf den Kopf. Schließlich richtete er sich auf; er reichte ihr gerade bis zur Taille. »Du sagst doch immer, dass du das magst.«

»Aber nicht jetzt, du Trottel. Der Nachtwächter kommt gleich vorbei. Du bist wohl verrückt geworden.«

»Der findet mich nie. Niemand findet Jan Brinker, wenn er sich versteckt. Das ist das Gute dran, wenn man nur drei Fuß hoch ist.«

Das Gute dran. Das hatte sie schon hundert Mal gehört. Es war gelogen. Es gab nichts Gutes dran, ein Monstrum zu sein. Jan Brinker hasste es, ein missgestalteter niederländischer Zwerg zu sein. Die Kinder jagten ihm nach und bewarfen ihn mit den abscheulichsten Sachen, die ihnen in die Hände kamen. Frauen gingen auf die andere Straßenseite hinüber, nur damit sie nicht an Jan Brinker vorbei mussten. Der hatte, so glaubten sie, den bösen Blick und konnte sie verfluchen. Heiliger Strohsack, was sollte daran gut sein? Jeder, der anders war, hasste es, anders zu sein. Ganz egal, was er auch sagte. Sie hatte es ja auch gehasst, dieses ekelhafte Ding im Gesicht zu haben.

Sie zog den Schal tiefer ins Gesicht. Sie war froh über die Dunkelheit; der Zwerg sollte die Veränderung an ihr noch nicht sehen. Sie hatte Angst. Vor was, das wusste sie nicht. Nicht vor dem Nachtwächter, auch wenn sie das behauptete. »Wir müssen jetzt gehen. Der Nachtwächter ist ganz in der Nähe.«

»Du willst wohl nicht, dass jemand weiß, wo du gewesen bist, wie?«, fragte Brinker. »Allemal, wo jeder genau weiß, was für einer der ist.«

»Es ist mir egal, was jeder ... Ach, das warst wohl du, was? Da draußen im Flur, der wo uns heimlich zugeschaut hat.«

»Da drin? Nie im Leben! In das Haus von dem Mörder setzt Jan Brinker nie und nimmer keinen Fuß! Keine zehn Pferde würden mich ...« Ein Fenster wurde lautstark geschlossen. »Du hast wohl Recht«, flüsterte der Zwerg. »Wir sollten gehen. Wir stören den Frieden.«

Als er das sagte, lief es ihm kalt den Rücken hinunter. Wer den Frieden störte, wurde mit einem Tag am Pranger bestraft. Was immer es für normale Leute bedeutete, mit Kopf und Händen im Eichenrahmen gefangen vor der City Hall stehen zu müssen – für Jan Brinker war es hundert Mal schlimmer.

Ein einziges Mal war er bislang am Pranger gestanden. Wegen Herumtreibens und Bettelns auf dem Platz, der nach einem alten Niederländer Vly geheißen hatte, bis die Englischen anfingen, ihn Fly Market zu nennen. Drüben bei der Pearl Street war das gewesen. Dabei hatte er sich gar nicht herumgetrieben, wie sie es nannten. Er hatte nur versucht, ein bisschen Geld zu kriegen, weil er Hunger hatte.

Das hatte er ihnen auch gesagt, aber sie hatten ihn trotzdem zur City Hall an der Wall Street geschleppt und an den Pranger gestellt. Einen Stuhl hatten sie ihm gegeben, damit er den Kopf durch die Öffnung stecken konnte. Aber nicht mal 'ne Stunde später hatte so ein blödes kicherndes Gör ihm den weggestoßen. Da hatte er dann gehangen, stundenlang, das ganze Gewicht am Hals und an den Handgelenken. Und als der Gefängniswärter ihn schließlich befreite, hatte der sich fast totgelacht, weil's so komisch aussah. Aber Jan Brinker hatte nicht gelacht. Beide Schultern waren ihm ausgerenkt, der Hals fast zugeschwollen. Mindestens 'nen Monat lang war er krank gewesen und hätt's fast nicht überlebt. Und er wär auch wirklich gestorben, wenn Martha Kincaid ihn nicht gepflegt hätte. »Komm«, sagte er. »Du hast Recht. Lass uns gehen.«

Die Nacht war eine vertraute Freundin. Die beiden verschwanden in der Dunkelheit, eilten durch die stillen Straßen zu dem einzigen Ort, an dem sie sich in Sicherheit fühlten.

Von dem großen steinernen Kamin abgesehen wirkte das Haus, das zwischen den Bäumen der dichten Wälder jenseits des nördlichen Stadtrands versteckt lag – rund eineinviertel Meilen vom Hafen und vom Fort George entfernt –, wie eine heruntergekommene Scheune. Innen jedoch war es behaglich mit Holztischen und -bänken eingerichtet, und es roch nach Hefebier und süßem Rum. In der Luft hing der Rauch der Pfeifen und Kerzen und des lodernden Feuers, das gegen die Kälte der Winternacht brannte.

Mindestens fünfzig Leute saßen in der Spelunke zusammen. Männer und Frauen, Schwarze und Weiße. Als wären sie alle gleich. Das war in einer Stadt wie New York zwar ungewöhnlich, aber beileibe nicht das Auffälligste an dieser Schar.

»Wo seid ihr gewesen?«, rief ein Schwarzer, sobald Martha und der Zwerg hereinkamen. »Wir wollen 'n Lied hören. Los, gib jemand dem Zwerg seine Fiedel.«

Bereitwillige Hände hoben den kleinen Jan Brinker in die Luft und reichten ihn über die Köpfe der lärmenden Menge hinweg nach vorne. Martha blieb an der Tür stehen und beobachtete das Treiben. Da waren sie, die Menschen, die ihr in den letzten Jahren zur Familie geworden waren. Die Missgestalteten, die Bastarde, die Ausgestoßenen. Einige, die die Pocken überlebt hatten und wünschten, sie wären daran gestorben. Es war besser, tot zu sein, als weiterzuleben, wenn einem zwei Drittel des Gesichts und alle Finger abgefallen waren. Ein paar Buckelige. Mengenweise Blinde und Verkrüppelte. Mindestens fünf entlaufene Schwarze, auf deren Kopf ein Preis ausgesetzt war. Und dann solche, die einfach nicht in die Gesellschaft passten.

An der Wand in der hintersten Ecke lehnten Zwillingsschwestern, die an der Hüfte zusammengewachsen waren. Vierzehn waren sie jetzt. Und wohlhabend im Vergleich zu den anderen. Unglaublich, was einige Männer hinlegten, um mal was anderes vögeln zu können. Wie die Frau, die mit Stummelarmen auf die Welt gekommen war. Ihre Hände waren dort, wo die Ellbogen sein sollten, etwa auf der Höhe ihres Busens. Oder die, deren ganzes Gesicht mit einem runzeligen roten Hexenmal bedeckt war. Schließlich konnte man kaum zur geweihten Erde gehen und die normalen Bordelle aufsuchen, wenn man nicht auf zwei eigenen Beinen zum Bett der Hure kam. Zwei Männer ohne Beine hockten in einer Ecke und hämmerten mit ihren Zinnkrügen auf den Tisch, um das Ihre zum Tumult beizutragen. Ein anderer, dem oben aus dem Kopf ein Horn ragte, eine wurzelartige Wucherung, drängte sich durch die Menge und schwang eine Geige durch die Luft. »Hier isse! Leute, lasst mich durch! Der Zwerg braucht seine Fiedel.«

Sie alle kamen zu Martha Kincaids Bordell und nannten es das beste Hurenhaus von New York. Egal, wie man aussah, Martha nahm jeden auf. Und fand jemanden, der sich zu einem ins Bett legte, solange man zahlen konnte. Wenn man außerdem zufällig etwas zu besprechen hatte, das nicht alle Ohren hören sollten – bei Martha stellte niemand unangenehme Fragen, nicht, so lange man ein paar Münzen in die Gemeinschaftskasse steckte.

So hatte sie sich das Leben ursprünglich nicht vorgestellt. Sie war als Martha Jenson zur Welt gekommen und hatte mit sechzehn Jahren Tom Kincaid geheiratet, dem sie den Haushalt führte, bei der Arbeit in der Mühle zur Hand ging und in vier Jahren fünf Kinder gebar, darunter zwei kräftige Söhne, die noch am Leben waren. Nichts, worüber er sich beschweren konnte. Bis das Ding in ihrem Gesicht zu wachsen anfing. Da hatte er sie aus seinem Bett geworfen. Eines Nachts, ein Jahr oder so später, wollte sie noch einmal hineinsteigen – wollte vor allem menschliche Nähe und Wärme spüren –, aber er hatte sie schreiend aus dem Haus gejagt. Sie war heulend durch die Straßen gerannt, bis sie am Waldrand diesen verlassenen Schober gefunden hatte, hinter den Feldern entlang der King's High Road nach Boston.

Das Haus wurde ihre Zuflucht, und sie kehrte oft zurück, um es eigenhändig instand zu setzen. Anfangs arbeitete sie allein daran, bis ihr nach einer Weile Jan Brinker und dann auch die anderen halfen. Jetzt war Martha Kincaid das, was das Schicksal aus ihr gemacht hatte: die Inhaberin des besten Hurenhauses von New York.

Aber nun hatte Christopher Turner auf einen Schlag alles, alles verändert.

Martha fasste sich an die Wange, tastete mit zwei Fingern unter ihren Schal. Die Wange war etwas geschwollen, fühlte sich wund an und heiß. Er hatte ihr gesagt, dass das passieren würde. Eine Folge der Operation, hatte Mr. Turner gesagt. Aber da war kein schwarzer Klumpen. Sie brauchte nicht eigens in den Spiegel zu schauen, das wusste sie auch so.

Jan Brinker stand auf einer behelfsmäßigen Bühne, die aus unbenutzten Holzkisten von der Werft gebaut war. Der Zwerg hatte die Fiedel unters Kinn gesteckt – sie war beinahe so groß wie er, doch das schien ihn nie zu stören –, und fiedelte wie wild. Die Menge sang und johlte. »Tanz für uns, Martha«, rief einer.

»Ja, Martha, komm, tanz!«

»Nein, heute nicht. Heut Abend ist mir nicht nach Tanzen.«

Das wollten die Gäste nicht hinnehmen. Martha wurde auf die Bühne gedrängt und konnte sich nicht wehren, weil sie mit beiden Händen den Schal festhalten musste. Sie durften es nicht sehen. Heute noch nicht. Martha wusste nicht, was die anderen sagen würden, jetzt, wo sie keine von ihnen mehr war. Sie war noch nicht dazu bereit.

Ein Mann fasste sie um die Taille. Sie wusste sofort, wer das war. Der schwarze Bento, ein Sklave, der von einer Zuckerplantage in der Karibik entflohen war. Er wurde gesucht, und wenn sie ihn fanden, würden sie ihn aufknüpfen, weil er mit bloßen Händen einen Aufseher erdrosselt hatte. Die kräftigsten Hände, die sie je gespürt hatte. Und weiß Gott, in den letzten Wintern hatte sie sich oft genug gefreut, sie zu spüren, in den dunklen, einsamen Nächten. Aber nicht heute. Nicht, als er sie neben Jan auf die Bühne schwang und der Zwerg einen ausgelassenen Jig anstimmte.

»So ist's recht, Martha! Komm schon, zeig uns deine Beine!«

Alle zusammen riefen sie. Lächelten. Ihnen war das schwarze Ding in ihrem Gesicht egal. War ihnen immer egal gewesen. Alle zusammen waren sie Missgeburten. Das war das Geheimnis dieser Spelunke, deswegen fühlten sie sich hier zu Hause.

Martha wirbelte herum, blieb mit dem Gesicht zur Wand stehen. Dann ließ sie den Schal los, hob den Rock und die Unterröcke bis zu den Knien und begann zu tanzen. Ihre Holzpantinen hämmerten auf die Bretter der Bühne, ein wilder Rhythmus, der zum Gefiedel der Geige und zu ihrem

Herzschlag passte. Sie bewegte sich so schnell, dass die Streifen ihrer Strickstrümpfe zu einem Farbenblitz verschwammen. Der schwarze Schal rutschte ihr vom Kopf über den Rücken und fiel zu Boden. Martha tanzte immer weiter.

Schließlich drehte sie sich um.

Bento bemerkte es als Erster. »Heiliger Heiland, Mädel«, flüsterte er. »Nie hab ich nich ... Heiliger Heiland.«

Einer nach dem anderen sahen sie es, und diejenigen, die Augen besaßen, flüsterten es den Blinden zu und jenen, die zu weit hinten saßen, um etwas zu sehen. »Das Ding in ihrem Gesicht ist weg.«

Das lärmende Klatschen und Johlen verebbte, nur Flüstern war noch zu hören.

»Kein schwarzer Klumpatsch.«

»Jetzt schaut sie aus wie jeder andere.«

»Ganz normal.«

»Wie die anderen.«

»Nicht wie wir.«

Martha hörte auf zu tanzen. Die Menge verstummte. Die Geigenmusik war das Letzte, das noch erklang. Schließlich ließ auch Jan Brinker die Fiedel sinken und stellte sich auf die Zehenspitzen, um mehr zu sehen. »Jesu Christo. Das glaub ich nicht. Nie und nimmer ...«

Martha bückte sich und griff nach ihrem Schal. Sie wollte ihn sich wieder umlegen, aber Bento sprang auf die Bühne und riss ihn fort. »Trau dich ja nicht, Weib. So was darfst du nicht verstecken, dieses Wunder. Das ist 'ne Heimsuchung Christi. Das musst du der ganzen Welt sagen.«

Deswegen war er fortgelaufen. Christliche Missionare waren auf die Inseln gekommen und hatten die Sklaven getauft, darunter auch Bento. Laut Gesetz gab die Taufe einem Sklaven nicht das Anrecht auf Freiheit, aber Bento erinnerte sich an das höhere Gesetz, von dem die Missionare gesprochen hatten. *Nicht Sklave noch Freier, nur Gleiche vor Jesus Christus.* So stand's im Heiligen Buch, und deswegen musste es stimmen. Also nahm Bento sich die Freiheit. Dass er den Aufseher getötet hatte, war reines Pech gewesen, Selbstverteidigung, aber das wollte keiner glauben. Nur Gott wusste es. Jesus beschützte ihn. Bento hatte sich zu Martha Kincaids Hurenhaus durchgeschlagen. Nur damit er dieses Wunder miterleben konnte. »Das musst du der ganzen Welt sagen, was Jesus für dich getan hat, Weib. Da gibt's nichts dran zu deuteln.«

»Dein Jesus hat nix damit zu tun.« Die Worte waren ihr einfach so herausgeplatzt, sie konnte sie nicht zurückhalten. »Dein Jesus hat nie nix für mich getan. Wo ist er gewesen, als mein Mann mich auf die Straße gejagt hat?« Sie deutete auf die zusammengewachsenen Zwillinge, die sich nach vorne gedrängt hatten, um Marthas Gesicht ohne den schwarzen Käfer besser sehen zu können. »Wo ist er gewesen, als die beiden hier aneinander geklebt auf die Welt gekommen sind? Wo ist er gewesen, als deine Mutter in ein Guinea-Schiff gesteckt und an einen Plantagenbesitzer verkauft worden ist, damit sie sich mit seinem Zuckerrohr zu Tode schuftet? Das sag mir mal, Bento. Was hat dein Jesus für irgendjemand hier getan?«

Bento hatte beide Hände auf die Ohren gelegt und begann zu wanken, so bekümmert war er. »Halt den Mund, Weib. Halt den Mund und sink auf die Knie und fleh um Vergebung. Sonst weiß ich nicht, was hier noch passiert.«

»Hier passiert gar nichts«, rief Martha. »Es war nicht dein Jesus, wo mein Gesicht gerichtet hat. Und auch nicht dein Gott oder sonst ein Gott. Das war Christopher Turner, der Chirurg. Der wo am Hall Place wohnt. Der hat das gemacht.«

Bei ihren Worten verschlug es allen die Sprache, fast

ebenso wie bei ihrem Anblick ohne den Klumpen. Wenn ein ganz normaler Mann, der keine Meile von hier entfernt lebte, Martha Kincaid von ihrer Entstellung geheilt hatte – was konnte der dann für sie tun?

An einem Sonntag im Januar wurde die bevorstehende Hochzeit von Jennet Turner und Caleb Devrey zum zweiten Mal aufgeboten. Sobald Will Devrey die Trinity Church verließ, war er von Gratulanten umringt. Susannah stand neben ihm, Caleb einige Schritte dahinter. Die Devreys waren zu sehr von den vielen Menschen mit Beschlag belegt, die sie zur bevorstehenden Hochzeit ihres Sohnes beglückwünschen wollten, um die Frau zu bemerken, die neben der Tür stand und sich den Hals verrenkte, um etwas zu sehen.

Auch Christopher bemerkte sie zunächst nicht. Er war abgelenkt, denn er beobachtete die bessere Gesellschaft New Yorks, die zu Speichelleckern eines ihrer wohlhabendsten Mitglieder wurde. Guter Gott, man würde es nicht glauben, wenn man es nicht mit eigenen Augen sähe. Alle katzbuckelten sie vor Will und taten, als wäre die Hochzeit seines Sohns mit der Tochter des Mannes, den alle den Schlächter vom Hall Place nannten, nicht die beste Klatschgeschichte seit Jahren. Er und Jane hingegen waren Luft.

Das würde Jane sicher verletzen. Ein kurzer Seitenblick auf seine Frau sagte ihm, dass die Missachtung sie in der Tat traf. Sie hätten nie herkommen sollen, aber Jane hatte darauf bestanden. Verdammte Frauen. Immer wollten sie »den Anstand wahren«.

Nach alter Tradition war das zweite Aufgebot ein wichtiger gesellschaftlicher Anlass, zumindest für die Besucher der Trinity Church. Aber ein Blick genügte, um zu wissen, was man von ihnen zu halten hatte. Nichts wie Stroh unter der Schädeldecke, wo eigentlich ein Hirn war. Sicher, früher einmal hatte er auch davon geträumt, ein vornehmes Haus am Hanover Square zu besitzen und zu den besseren Kreisen zu gehören. Mittlerweile wusste er, was es damit auf sich hatte. Die New Yorker Gesellschaft hatte Stroh im Kopf und Geldkassetten, wo das Herz sein sollte. Wenn man sie aufschnitt, würden sie wahrscheinlich Pfund, Shilling und Pennies bluten. Manchmal war er regelrecht froh, dass er nie …

»Mr. Turner, Mr. Turner … ich bin's, Martha Kincaid. Ich wollt Sie …«

»Hören Sie auf, an meinem Ärmel zu ziehen. Ich kann Sie sehr gut sehen.«

»Bitte, Mr. Turner, Sie müssen mir 'ne Antwort geben. Die Leute, wo ich Ihnen von erzählt hab … nicht, dass ich sie selbst kenne, das nicht … nicht persönlich. Aber wenn Sie sich die mal anschauen könnten und sagen, ob …«

»Es tut mir Leid, Mistress.« Er bemühte sich um einen freundlichen Ton, auch wenn er ihre Hand wegschob. »Ich hab's Ihnen schon mehrfach gesagt. Bei den Fällen, von denen Sie erzählen, kann ich nichts tun. Und jetzt lassen Sie mich und meine Familie bitte vorbei. Sonst muss ich leider die Polizei rufen.«

Martha tauchte in der Menge unter. Der Chirurg, seine Frau und ihre Tochter gingen an ihr vorbei. Unvermittelt schaute das Mädchen über die Schulter und richtete ihre dunkelblauen Augen auf Martha.

Das Mädel war 'ne Schönheit. Trotz des Gedränges und über die immer größer werdende Entfernung hinweg konnte Martha das sehen. Kein Wunder, dass sie einen der begehrtesten Junggesellen der Stadt heiratete. Trotz allem, was die Leute über ihren Vater sagten.

»Das waren doch Sie, oder vielleicht nicht?«

Jennet schaute auf die Frau, die sich ihr in den Weg gestellt hatte. »Ich weiß nicht, wovon Sie reden. Bitte lassen Sie mich vorbei. Ich muss die Sachen nach Hause bringen.«

In einer Woche würde sie mit Caleb verheiratet sein und Sklaven haben, die für sie zum Markt gingen, während sie und ihr Mann sich um die Bedürftigen kümmerten. Aber jetzt war sie noch ein lediges Mädchen, das unter dem Dach ihres Vaters lebte, und sie musste mit den Zutaten für das Mittagessen nach Hause eilen, sonst würde sie die scharfe Zunge ihrer Mutter zu spüren bekommen. Und Ambas auch. Amba tat immer so, als wäre Jennet ihr eigenes Kind, Phoebes Schwester, die man jederzeit ausschelten konnte. »Lassen Sie mich vorbei. Sie haben kein Recht, mich ...«

»Das waren aber Sie, die wo neulich nachts im Flur stand. Sie haben Ihrem Vater nachspioniert. Ich weiß doch, dass Sie das waren.«

Jennets Herz begann zu hämmern. »Sie sind die Frau, die die Geschwulst hatte. Martha Nochwas.«

»Martha Kincaid. Und ich weiß, dass Sie zugeguckt haben. Sie haben da draußen im Flur gestanden und alles mit angesehen. Das hab ich mir letzten Sonntag nach dem Gottesdienst gedacht. Weil Sie mich so angeschaut haben.«

»Ich habe Ihnen schon gesagt, ich habe keine Ahnung, wovon Sie sprechen. Jetzt lassen Sie mich vorbei.«

»Das wissen Sie ganz genau. Woher sollten Sie sonst wissen, wie ich heiße?«

»Ich hab geraten.«

»Haben Sie nicht. Sie haben alles gesehen, jedes Wort haben Sie gehört. Und das war bestimmt nicht das erste Mal. Ich hab mich umgehört. Bei den Leuten, die oben bei den Gerbereien leben. Die sagen auch, dass Sie das machen.«

»Dass ich was mache?« Jennets Stimme war ein bloßes

Flüstern. Ihr Herz klopfte bis zum Zerspringen vor Angst. Und vor Aufregung. »Wovon reden Sie?«

»Die sagen, dass Sie mit dem Messer genauso gut heilen können wie Ihr Herr Papa.«

Jennet rückte die Päckchen in ihrem Korb zurecht. »Eine Frau darf nicht mit Lanzette und Skalpell umgehen. Das ist verboten.«

»Männer machen die Gesetze. Deswegen ist den Frauen viel verboten. Aber das heißt nicht, dass wir immer tun müssen, was die Gesetze sagen.«

Die zusammengewachsenen Zwillinge waren die Letzten. Vor Erschöpfung und Übelkeit war Jennet dem Zusammenbruch nahe. In den vergangenen zwei Stunden hatte sie mehr Missbildungen gesehen als in ihrem ganzen bisherigen Leben. Selbst in ihren schlimmsten Albträumen hätte sie sich derartige Ausgeburten nicht vorstellen können. Und dann, als sie schon glaubte, es nicht mehr ertragen zu können, kam das Allerschlimmste. Zwei Köpfe auf einem offenbar vierbeinigen Körper.

Die vier Beine gingen im Gleichschritt, wie eine Reihe gut gedrillter Rotröcke. Sie marschierten in den Raum, den Martha Kincaid für die Untersuchungen bereitgestellt hatte, und blieben schweigend vor dem Mädchen stehen, das sich bislang geweigert hatte, irgendeinem von ihnen zu helfen.

Die zusammengewachsenen Zwillinge wussten sofort, dass sie keine Ausnahme darstellen würden. Das sagte ihnen ein Blick auf die Miene der jungen Frau – und auf ihre Tränen.

»Es tut mir Leid.« Jennet trocknete sich die Augen mit einem feuchten Taschentuch und schüttelte den Kopf. »Ich wünsche, ich könnte euch helfen. Aber das kann ich nicht. Dafür weiß ich nicht genug und kann ich nicht genug.«

»Und Ihr Papa?«, fragte die Linke. »Kann der was tun?«

»Das weiß ich nicht. Ich glaube nicht. So etwas habe ich noch nie ... Ich meine, er hat nie über solche Sachen gesprochen. Und in den Medizinbüchern habe ich auch nichts darüber gelesen.« Nicht einmal in Lucas Turners Aufzeichnungen, den Tagebüchern, in denen sie seit ihrem neunten Lebensjahr heimlich las.

»Wir sind aber nicht die Einzigen, die wo so geboren sind.« Jetzt sprach der Zwilling auf der rechten Seite. »Ein Mann, der wo manchmal hier ... Ein gelehrter Mann, der wo manchmal herkommt. Der sagt, das gibt's öfter, nur dass die meisten bald sterben.«

»Aber wir leben noch«, fuhr der rechte Zwilling fort. »Weil wir gesund und kräftig sind. Wir sind zäh, Miss. Zäh wie ein Mann. Wir können die Schmerzen ertragen, wenn Sie uns auseinander schneiden.«

Jennet schüttelte den Kopf. »Es tut mir wirklich sehr Leid. Wenn ich die mindeste Ahnung hätte, wie ich euch helfen könnte, würde ich's tun, das schwöre ich euch. Aber ich ...«

»Wir würden's auch niemandem erzählen«, sagte der rechte Kopf.

»Nie nicht«, stimmte der Linke zu. »Da können Sie sich drauf verlassen. Egal, was passiert.«

»Wir würden nie nicht sagen, wer ...«

»Nein«, unterbrach Jennet. Ihre Stimme war jetzt fester. »Ich habe keine Angst, das ist nicht der Grund. Das müsst ihr mir glauben. Ich kann euch nicht helfen. Es geht nicht darum, dass ich's nicht tun will – ich kann es nicht.«

Die Zwillinge schauten sich an. Wortlos begann die eine, den Bund des weiten Rockes zu lösen, der sie beide umhüllte.

»Bitte«, wandte Jennet ein. »Tut das nicht. Es nützt nichts.«

Die Zwillinge achteten nicht auf sie. Der Rock fiel zu Boden. Zwei Paar Hände hoben die Unterröcke an, so dass füllige Beine in gestreiften Strümpfen sichtbar wurden. Über den Strümpfen waren die beiden nackt. Jennet konnte ihre Scham sehen und die Stelle, durch die die beiden für immer miteinander verbunden waren. Diese Stelle war etwa neun Zoll lang und begann direkt unterhalb der Taille der beiden Mädchen. Sie bestand aus festem Fleisch und Haut und sah eher wie ein Oberarm aus, der irgendwie an der falschen Körperstelle angewachsen war. Gebannt trat Jennet näher.

Die Mädchen warteten schweigend.

Jennet streckte die Hand aus, zögerte kurz, dann berührte sie die Stelle. Alle große Chirurgen sagten das Gleiche: Lucas Turner, ihr Vater, die Verfasser der Bücher, die ihr Großvater aus London mitgebracht hatte, als er Schiffsarzt gewesen war – sie alle sagten, dass der Tastsinn das wichtigste Instrument ist. *Bevor er zum Skalpell greift oder gar zur Säge, verlässt ein kluger Chirurg sich auf seine Fingerspitzen.* Langsam, mit absoluter Konzentration, erforschte sie mit den Fingern die Verbindung zwischen den beiden jungen Frauen.

Die Haut war an dieser Stelle dick und rau, schwielig wie die Hände eines Arbeiters. Das darunter liegende Fleisch war fest, aber doch auch nachgiebig, was Jane vermuten ließ, dass es mit Knorpel und nicht mit Knochen verstärkt war. Und die Stelle war warm. Das war der ausschlaggebende Faktor, der eindeutige Beweis, dass eine Trennung nicht möglich war: Durch diese Stelle floss Blut.

Jennet schüttelte den Kopf. Zum zwanzigsten Mal an diesem Nachmittag. »Es tut mir Leid. Es ist unmöglich. Ich jedenfalls kann euch nicht helfen. Aber ich glaube auch nicht, dass jemand anders es könnte. Unter der Haut dort sind Venen und Arterien. Das heißt, dass das Blut durch eure beiden Körper fließt, als wärt ihr einer. Wenn man euch auseinander schneiden würde, würdet ihr verbluten.«

»Aber wieso geht es bei Armen und Beinen?«, fragte der linke Zwilling. »Chirurgen wie Ihr Vater schneiden doch ständig Arme und Beine ab. Und die Leute verbluten nicht. Sie werden zusammengenäht.«

»Da wird durch einen Knochen gesägt; das ist etwas anderes.«

»Wieso?«

»Das ist normal«, sagte Jennet. Sie wusste nicht, wie sie erklären sollte, was sie beim jahrelangen heimlichen Beobachten ihres Vaters und aus den vielen Büchern gelernt hatte. »Es wird ständig gemacht. Da weiß man genau, was man machen muss, welche Arterien abgebunden werden müssen, bevor endgültig gesägt wird. Aber bei euch beiden kann niemand wissen ... Mehr kann ich euch nicht sagen. Ihr müsst mir einfach glauben. Ich kann es nicht. Ich habe keine Ahnung, was passieren würde, wenn ich es versuchte.«

»Sie meinen, bei Missgeburten weiß man einfach nie. Sie können uns nicht helfen, weil Gott uns verflucht hat.«

»Nein, bitte, das habe ich nicht gesagt. Ich würde nie ...«

Der rechte Zwilling seufzte. »Schon in Ordnung, Miss. 's ist nicht Ihre Schuld. Die Hoffnung war zu schön, um wahr zu sein. Aber manchmal ist Hoffnung das Einzige, was einem noch bleibt.«

»Nicht mal Meg und Peg?«, fragte Martha Kincaid. »Nicht mal die können Sie trennen? Ich hätt gedacht, das wär ganz einfach.«

»Nein«, antwortete Jennet. »Es ist nicht einfach, sondern ganz im Gegenteil sehr schwierig, um nicht zu sagen unmöglich. Ich kann keinem der Leute helfen, die Sie zu mir geschickt haben. Am allerwenigsten Meg und Peg.«

»Schade. Die Frauen von den Gerbereien haben gesagt, Sie wären nett. Dass Sie gern helfen.«

»Ich würde auch gerne helfen.« Guter Gott, nur ein Herz aus Stein würde nicht helfen wollen, so, wie die armen Seelen sie angeschaut hatten. Voller Hoffnung. Und dann, als sie nichts tun konnte … »Ich würde alles tun, um zu helfen. Das müssen Sie mir glauben. Aber Ihre Freunde, diese Menschen – das übersteigt meine Fähigkeiten. Ich glaube nicht, dass irgendjemand ihnen helfen kann.«

»Dann sagen Sie mir eins.« Martha Kincaid klang resigniert. Sie wusste, dass diese junge Frau ihr keine Antwort geben konnte. »Wozu sind sie auf die Welt gekommen? Dieser gerechte und gütige Gott, von dem die Prediger uns die Ohren voll reden – wie kommt es, dass er solche Sachen zulässt? Macht es ihm Spaß, Menschen leiden zu sehen?«

# Kapitel 7

## I

Christopher schaute Amba nie mehr an. Zwanzig Jahre waren seit jenem Tag vergangen und in der ganzen Zeit hatte er ihr kein einziges Mal wirklich ins Gesicht gesehen. Auch jetzt wollte er es nicht, doch das war schwierig. Sie war in das Zimmer gekommen, in dem er arbeitete, hatte die Tür geschlossen und sich davor aufgebaut, und jetzt wartete sie, dass er ihre Anwesenheit zur Kenntnis nahm.

»Ja, Amba, was ist?«, fragte er, ohne den Kopf zu heben. Er schrieb weiter an seinem Artikel, einer Abhandlung über das Aderlassen bei Gicht. »Ich habe dich nicht rufen lassen.«

»Amba weiß, dass der Herr nicht geschickt hat. Amba ist da, um mit Herr zu reden.«

»Ich bin gerade sehr beschäftigt. Wenn es etwas zu besprechen gibt, dann geh zur Herrin.« Er tauchte den Kiel ins Tintenfass, schrieb einige Wörter auf das Papier. Amba stand noch immer da, störte ihn noch immer beim Denken. Der Artikel war für den *Boston Weekly News-Letter* – sein erster Auftrag von ihnen. Er konnte es sich nicht leisten, eine schlechte Arbeit abzuliefern. »Jetzt geh, Amba. Ich habe keine Zeit, gleichgültig, worüber du reden willst.« Immer noch hatte er sie nicht angesehen.

Aber sie verschwand nicht, sondern ging zum Kamin. Es war eine bitterkalte Nacht, und ein Kohlenfeuer brannte – dank der vielen Schiffe, die in Newcastle Kohle als Ballast luden, war sie mittlerweile billiger als Holz, trotz der dichten Wälder, von denen New York umgeben war. Gerade so als wollte sie ihn an etwas erinnern, stellte sich Amba jetzt davor.

»Es ist aber wichtig, Herr. Ich muss mit Ihnen reden, nicht mit Mistress Jane. Sie müssen zuhören.«

Er hob den Kopf. Genau dort hatte sie gelegen, nachdem er ihr gesagt hatte, sie solle sich ausziehen. Ihr nackter schwarzer Leib ausgestreckt auf dem Teppich vor dem Feuer. Und er hatte beinahe ... Herr im Himmel, es war unmöglich zu vergessen, wie das gewesen war. Und wie sie ausgesehen hatte – wie ein wildes, ungezähmtes Raubtier. Aber er erinnerte sich auch an seine Abscheu, als er ihre verstümmelte Scham gesehen hatte. Und wie stolz sie darauf gewesen war, als wären derartige barbarische Metzeleien eine Auszeichnung. Eine schwarze Wilde, mehr nicht. So sehr ihre exotische Fremdheit ihn früher einmal erregt haben mochte.

Ihr Haar war nach wie vor kurz geschoren. Das war sein einziger Dank für den Dienst, den er nie in Anspruch genommen hatte: Er gestattete Jane nicht, der Schwarzen zu verbieten, dass sie die Haare ganz kurz trug. Sie tat es immer noch, aber jetzt war sie nicht mehr schön. Zwanzig Jahre später sah Amba aus wie jede andere alte, abgearbeitete Sklavin. »Also«, sagte er, »wenn es etwas mit Phoebe zu tun hat, kann ich wirklich nichts machen. Ich habe sie an Mistress Tamsyn verpachtet. Wenn es um sie geht, musst du ...«

»Das hat nix mit meinem Mädel zu tun. Amba muss mit Ihnen über Ihr's reden. Über Miss Jennet.«

»Über Jennet? Was hast du denn mit ihr zu tun?«

»Mit der hab ich sehr viel zu tun. Ich kümmere mich um sie, seit sie auf der Welt ist.«

Erstaunlich, dass sie es wagte, in diesem Ton mit ihm zu reden. Und ihn so anzuschauen. Ihren Stolz hatte sie bewahrt, trotz allem, was ihr im Leben widerfahren war. »Du glaubst immer noch, dass du eine Königin bist, nicht wahr?«, fragte er, mehr überrascht als zornig. »Du glaubst immer noch, dass du nicht mehr lange Sklavin sein wirst, oder?«

Ihr Blick ruhte unverwandt auf seinem Gesicht. »Herr weiß, Amba ist Königin. Der Herr hat's gesehen.«

»Ja, das stimmt wohl.« Er steckte den Kiel in den Halter und schloss das Tintenfass. Dann drehte er sich wieder zu ihr. »Also gut, Amba. Sag, was du zu sagen hast. Ich höre.«

»Sie dürfen Miss Jennet nicht Master Caleb heiraten lassen. Sonst passiert was Schlimmes.«

»Ah ja, und kannst du mir auch sagen, wie du zu diesem erstaunlichen Schluss gekommen bist?«

»Die sind ein Clan. Das ist verboten. In Ambas Dorf. In dieser Stadt. Überall. Alle wissen, dass es verboten ist. Das ist böser Zauber. Da passiert Schlimmes.«

»Möglicherweise.« Er wandte sich wieder seinem Artikel zu, griff nach dem Federkiel. »Aber in diesem Fall trifft das nicht zu. Miss Jennet und Caleb Devrey sind Verwandte zweiten Grades und damit genügend entfernt verwandt, um nicht gegen die Kirche oder das Gesetz zu verstoßen. Außerdem sind sie nicht blutsverwandt. Mein Vater war …«

Du meine Güte, was verschwendete er seine Zeit damit, einer Sklavin all das zu erklären? Christopher brach ab und warf einen Blick über die Schulter. Sie stand immer noch vor dem Feuer. Als würde sie keinen Zoll nachgeben. Aber das war lachhaft. Sie war eine schwarze Sklavin, und sie war sein Eigentum. Sie musste tun, was er ihr befahl. »Ich glaube nicht, dass du auch nur ein Wort von dem verstehst, was ich sage, Amba, aber das ist egal. Geh wieder in die Küche. Da wartet sicher Arbeit auf dich.«

»Amba versteht. Aber Amba weiß etwas.«

Er seufzte. Es lohnte sich nicht, ihr erklären zu wollen, dass aus ihr eine Sklavin geworden war. Es hatte damals keinen Sinn gehabt, und so war es auch jetzt noch. »Ah ja. Ich bin sicher, dass du etwas weißt, Amba. Bestimmt kennst du dich mit den Gebräuchen deines Volks und deines Landes sehr gut aus, aber glaube mir, ich weiß, wie es hier in diesem Land zugeht. Und jetzt geh ...«

»Amba weiß etwas über Master Nicholas.«

In diesem Augenblick hatte Christopher gerade nicht zu ihr gesehen. Er hatte den Kiel wieder in die Hand genommen, um schriftlich zu erörtern, warum der Lanzette bei Gicht Blutegeln der Vorzug zu geben war. »Master Nicholas«, sagte er, ohne den Kopf zu wenden. »Damit meinst du wohl meinen Vater?«

»Ja. Amba weiß etwas über Master Nicholas, Ihr Vater. Er ist nicht das Kind von der Dame auf dem Bild da über der Haustür. Die mit den weißen Haaren. Master Nicholas ist hergebracht worden. Vor die Tür gelegt. Die alte Hetje hat Amba das erzählt, bevor sie tot war.«

Seine Finger begannen zu zittern. Es war absurd, aber sie zitterten. Sklaven klatschten und tratschten gern, das wusste jeder. Und sie kannten praktisch alle Familiengeheimnisse ihrer Herrschaften. Das war nicht weiter verwunderlich, lebten sie doch alle in einem Haushalt zusammen. Aber Amba war bei Nicholas Turners Geburt noch nicht in New York gewesen. Zum Teufel, sie war noch nicht einmal auf der Welt gewesen. Hetje andererseits ... Christopher hatte sie nur wenige Male gesehen, aber er hatte nie vergessen, wie prüfend die alte Schwarze ihn immer angesehen hatte. »Und was genau hat Hetje dir gesagt?«

»Sie sagt, es ist Geheimnis. Sie sagt, sie gibt mir Geheimnis, weil ...«

Sie unterbrach sich, zögerte. Das war ungewöhnlich. Bei Amba hatte er nie den Eindruck, als habe sie Angst davor, etwas zu sagen. Das war eines der Dinge, die Jane an ihr missfielen – dass die Frau nach zwanzig Jahren als Sklavin noch immer vorlaut war. »Ja, red weiter, Amba. Hetje hat dir das Geheimnis gesagt, weil ...«

»Weil sie sagt, ein Sklave hat keinen Schutz sonst nicht. Die alte Hetje, sie sagt, ein Geheimnis gibt einem Sklaven Macht.«

»Mehr Macht, als eure Herrschaften haben. Ja, ich kann mir vorstellen, dass das manchmal der Fall ist.« Jetzt zitterte er nicht mehr. Plötzlich war er sehr ruhig, sehr gefasst.

Christopher erhob sich von seinem Stuhl, lehnte sich an den Schreibtisch, verschränkte die Arme und schaute die Frau, die er einst, wenn auch nur kurz, so heftig begehrt hatte, endlich direkt an. »Also gut, dann sag mir, was Hetje dir von meinem Vater erzählt hat.«

Sie zögerte immer noch. »Komm, Amba. Jetzt musst du's mir sagen. Du hast gestanden, dass du ein Geheimnis kennst, das mich und meine Familie betrifft. Wenn du es mir nicht aus freien Stücken erzählst, lasse ich es aus dir herauspeitschen. Denk nicht, dass ich davor zurückschrecken würde wegen dem, was beinahe zwischen uns passiert ist.«

»Das weiß Amba«, sagte sie leise. »Amba kennt den Herrn ganz genau. Und es ist egal, wie sehr Sie Amba peitschen, wie viele Schläge, fünfzig, hundert ... Wenn ich nicht reden will, rede ich nicht.«

An einen Pfahl gebunden, um zusehen zu müssen, wie ihr Mann langsam verbrannt wurde, mit seinem Kind im

Bauch. Und die ganze Zeit hatte sie gesungen. »Ja, das weiß ich auch. Also wissen wir beide etwas. Aber du bist doch hergekommen, um mir etwas zu sagen. Also dann sag's mir.«

»Ich sag's nicht wegen Sie. Und nicht wegen mir. Ich sag's wegen Miss Jennet. Weil sie fast mein Kind ist.«

»Das ist mir klar.«

Er wartete. Sie betrachteten einander. Schließlich begann sie zu reden. »Master Nicholas, er ist Mistress Sallys Junge. Master Lucas, wo gedacht hat, er nimmt ein Kind von einem anderen Clan. Aber das stimmt nicht. Nicholas ist der Sohn von der Schwester von Master Lucas.«

Zuerst empfand er ein überwältigendes Glücksgefühl. Er war leiblich mit dem Mann verwandt, den er verehrte, und nicht mit dem Trunkenbold Ankel Jannssen! Er war wirklich ein Turner, mit Haut und Haar. Lucas war sein ... was? So rasch konnte er es nicht nachrechnen. Aber auf die genaue Verwandtschaftsbeziehung kam es gar nicht an. Er war tatsächlich mit Lucas verwandt; etwas anderes zählte nicht. Dann, wenige Sekunden später, verwarf er die ganze Geschichte.

Sie war eine Heidin, eine Analphabetin, eine schwarze Wilde. Um Himmels willen, wie konnte man ihr in einer solchen Sache Glauben schenken? »Danke, dass du es mir gesagt hast, Amba, aber ich glaube kein Wort. Ich bin sicher, die alte Hetje hat die ganze Geschichte nur erfunden.«

Amba schüttelte den Kopf. »Die alte Hetje hat nie nix erfunden. Sie war die, die wo den Balg auf die Türschwelle gelegt hat. Mistress Sally hat ihn bekommen, aber er ist nicht von ihrem Mann gewesen. Ein Indianer war's, wo ihn gemacht hat. Deswegen hat sie das Kind loswerden müssen. Ihr Mann hätt es sonst umgebracht. Mistress Sally hat immer geglaubt, Hetje hätt das Kind ins Sklavenlager gebracht, aber das hat sie nicht. Ging nicht, weil Master Nicholas hat keine schwarze Haut nicht gehabt. Also hat die alte Hetje das Kind hier vor die Tür gelegt. Und der Herr und die Dame auf den Bildern, die haben getan, als wär's ihr Sohn, und haben überall erzählt, die Dame hätt ihn gekriegt. Bevor sie gestorben ist, hat die alte Hetje mir das gesagt. Damit es mein Geheimnis ist. Damit ich Macht kriege. Aber ich kann kein Geheimnis nicht behalten, wo Miss Jennet böse Geister bringt. Nicht meine kleine Jennet.«

»Das glaube ich nicht, Papa! Ich will es einfach nicht glauben.«

Christopher seufzte. »Liebe Jennet, als ich es das erste Mal hörte, ging es mir genauso. Aber nachdem ich mit Tamsyn gesprochen habe ...« Er zuckte die Achseln. »Sie hat mir alles berichtet, was sie wusste und was die Rote Bess ihr im Lauf der Jahre erzählt hatte, und zusammen mit dem, was Amba sagte und was sie von Hetje wusste, ergab die Geschichte plötzlich Sinn.«

Christopher blickte zu Caleb, der reglos neben dem Kamin stand, das Gesicht so starr und ausdruckslos wie seine Körperhaltung. »Mir ist bewusst, dass das für euch beide ein schwerer Schlag ist. Fünf Tage vor eurer Hochzeit! Ein schwerer Schlag und ein großes Unglück. Aber ihr müsst daran denken, wie viel schlimmer es hätte kommen können. Dein Vater, Caleb, ist mein leiblicher Onkel. Du und ich, wir sind leibliche Cousins, du und Jennet seid Blutsverwandte. Es ist gesetzlich verboten, dass ihr heiratet. Eure Kinder wären ...«

»Aber sie hasst dich, Papa!«, schrie Jennet. Bislang hatte sie an seinem Schreibtisch gesessen, doch jetzt sprang sie auf und schleuderte ihm die Worte wie Geschosse ins Gesicht. »Tamsyn hasst dich. Sie würde alles sagen, nur um dich unglücklich zu machen. Jeder weiß doch, dass sie dir die Schuld dafür gibt, dass ...«

»Dass ich ihre Mutter umgebracht habe. Das weiß ich auch. Aber Tamsyn hat nichts gegen dich, und gegen Caleb auch nicht. Bei einer Sache, die euch so großen Kummer bereitet, würde sie nie lügen. Außerdem war sie froh, dass das Rätsel endlich gelöst ist. Das hat sie eigens betont. Sogar mir gegenüber. Wir sind uns früher einmal sehr nahe gestanden. Jetzt sind ein paar Dinge, die vor langer Zeit passiert sind, viel besser zu verstehen.«

»Besser für wen, Papa? Für dich? Für Tamsyn? Und was ist mit mir? Was ist mit Caleb? Müssen wir wegen deiner Vergangenheit unsere Zukunft opfern? Nie im Leben! Wir laufen davon und heiraten trotzdem. Du wirst keinen von uns je wieder sehen.« Jennet ging zu ihrem Verlobten, legte ihm die Hände auf die Brust und schaute zu ihm hoch. »Sag's ihm, Caleb. Sag ihm, dass wir heiraten, was immer er und dein Vater ...«

»Eine Wilde.« Caleb wich einen Schritt zurück, entzog sich ihrer Berührung. Auch wenn er nur flüsterte – sein Entsetzen war nicht zu überhören. »Du bist eine rote Wilde, Jennet. Deswegen sind deine Haare ... Auf die Idee bin ich nicht gekommen. Eine verruchte rote Wilde ...«

## II

»Heirate doch mich stattdessen«, sagte DaSilva.

»Dich?«

»Ja. Warum nicht?«

»Ich weiß nicht. Ich bin einfach nie ...« Ihre Augen waren gerötet vom vielen Weinen. Und ausnahmsweise schien sie verwirrt. »Ich dachte immer ... Ich meine, ich bin davon ausgegangen ...«

»Von was?«

»Dass du verheiratet bist.« Jennet wandte sich ab und schaute auf das rote Backsteinhaus. Es war um die Mittagszeit in den ersten Tagen des Januar; die Obstbäume hatten alle ihr Laub verloren. Die Sonne schien auf die frisch gestrichenen weißen Säulen rechts und links der Haustür und auf die glänzend weiße Dachbalustrade, die vier hohe Schornsteine umgab. »Ich hätte nie gedacht, dass du ganz allein in dem großen Haus lebst.«

»Dann hast du dich getäuscht, genauso ist es nämlich. Ich lebe ganz allein, abgesehen von meinen Bediensteten. Heirate mich, Jennet. Und sei die Herrin eines der vornehmsten Häuser in New York.«

Sie schüttelte den Kopf und fuhr sich dabei erneut mit ihrem Taschentuch über die Augen. Das Tuch war winzig und tränennass. Solomon zog ein großes weißes Leinenquadrat aus seiner Tasche. »Hier, nimm das. Und vergiss, was ich gesagt habe von der Herrin eines großen Hauses. Ich hätte wissen müssen, dass dich das gar nicht reizt. Stell dir stattdessen vor, was du als meine Frau alles für die Armen tun könntest.«

Ihre Tränen versiegten, sie überlegte kurz, dann schüttelte sie wieder den Kopf. »Darüber brauche ich gar nicht erst nachzudenken. Mein Vater würde nie einwilligen, dass ich einen …« Errötend brach sie ab.

»Das braucht dir nicht peinlich zu sein. Ich versichere dir, es beleidigt mich nicht, Jude genannt zu werden. Und da du … na ja, zu einem Achtel eine rote Wilde bist – ich glaube, das stimmt –, haben wir einander vielleicht verdient.«

»Das wird Papa nicht so sehen.«

Solomon griff nach ihrer Hand. Das hatte er noch nie getan. Die wenigen Berührungen, die es früher gegeben hatte, waren immer rein zufällig gewesen. Jedes Mal hatte seine Haut hinterher gebrannt. Aber jetzt, bei diesem absichtlichen Kontakt, gestattete er sich nicht, irgendetwas zu empfinden. Noch nicht.

»Schau mich an, Jennet. Gut. Und jetzt hör mir zu. Mir ist es sehr ernst damit. Ich möchte dich heiraten. Ich biete dir ein Leben, das viel interessanter und aufregender ist als alles, was du dir erträumt hast. Und ich weiß, dass du mehr Träume hast als die meisten jungen Frauen in deinem Alter. Wenn du einwilligst – und ich sage du, nicht dein Vater –, dann ist seine Meinung gleichgültig. Es gibt in dieser Kolonie andere Möglichkeiten zu heiraten; man braucht sich nicht aufbieten zu lassen und man benötigt auch keine Einwilligung eines Geistlichen. Was die verlangte Zustimmung der Eltern betrifft, so lässt sich das umgehen, wenn man weiß, an wen man sich wenden muss.«

Sie antwortete nicht sofort. DaSilva schwieg, wartete. Eine Minute verging. Zwei.

»Was ich da oben bei den Gerbereien tue ... Solomon, du sagtest, ich dürfte den Armen helfen. Mehr als jetzt. Stimmt das wirklich?«

»Ja, wirklich«, sagte er mit einem ernsten Nicken.

Einige weitere Sekunden vergingen, dann nickte sie.

DaSilva hatte die Luft angehalten, erst jetzt atmete er aus. »Soll das ja heißen? Dann sag's. Ich will hören, wie du es sagst.«

»Ja.« Sie hielt den Kopf gesenkt, und das einzelne Wort war beinahe unhörbar leise.

»Bist du dir sicher? Du musst dir sicher sein, Jennet, denn ich gebe dir mein Wort, wenn du erst einmal mir gehörst, lass ich dich nie wieder gehen.«

Mit etwas Geld könnte sie sich eine Lanzette und ein Skalpell kaufen, die nur ihr gehörten. Sie könnte einen Jungen als Boten schicken, der die Instrumente für sie kaufte.

Er könnte sagen, sie wären für Christopher Turner. Das würde sie Solomon natürlich nie erzählen. Er würde ihr erklären, wie intolerant die Gesellschaft sei, und …

»Jennet, ich habe dich gefragt, ob du dir sicher bist. Ich warte auf eine Antwort.«

Sie hob den Kopf, wandte ihr Gesicht zu ihm. Die blauen Augen blickten direkt in die seinen. »Ich bin mir sicher, Solomon.«

»Sehr gut.« Seine Stimme war absolut ruhig, verriet nicht eine Spur seiner Erregung. Das Letzte, was er wollte, war, sie zu verschrecken. Nicht jetzt, da er so nah vorm Ziel stand, da eine kühne, verwegene Tat ihm das, was er sich mehr als alles auf der Welt wünschte, in greifbarste Nähe gerückt hatte. Er öffnete die Tür der Kutsche und steckte den Kopf hinaus. »Clemence, steig ab. Ich brauche dich.«

Sofort sprang der schwarze Kutscher von seinem Sitz herab, stand beinahe in Habachtstellung vor seinem Herrn und wartete auf Anweisungen. »Danke, Clemence. Ich muss kurz ins Haus. Ich möchte, dass du genau hier neben der Kutsche stehen bleibst. Ich möchte sichergehen, dass Miss Jennet nichts zustößt.«

»Ich bewege mich nicht von der Stelle, Herr.« DaSilva hatte Clemence schon vor Jahren in Brasilien gekauft. Im Lauf der Jahre war zwischen den beiden Männern ein großes Einvernehmen entstanden. Der Schwarze wusste genau, was er zu tun hatte. Er war ein großer, kräftiger Mann, unter seinen Augen würde dieses zierliche Mädchen keine Gelegenheit haben zu entkommen.

DaSilva ging ins Haus. Fünf Minuten verstrichen. Als er zurückkehrte, hielt er zwei Kuverts in der Hand, die er durch die Luft wedelte, damit die Tinte trocknete. »Ich bin erleichtert, dass ihr beide noch da seid. Sehr gut, Clemence. Sitz wieder auf. Schnell. Fahr uns zum Hall Place.«

DaSilva hätte sich nicht zu sorgen brauchen, Jennet könnte Reißaus nehmen. Sie hatte sich in den fünf Minuten nicht von der Stelle gerührt. Sie hatte einfach dagesessen und sich gesagt, dass sie träumte, dass sie jeden Augenblick aufwachen und feststellen würde, dass sie nicht in Wirklichkeit Solomon DaSilvas Antrag angenommen hatte. Wie konnte sie ihn heiraten? Er war ein alter Mann und sie ein junges Mädchen. Außerdem hatte sie immer gewusst, dass sie jemanden heiraten würde, der sie anbetete, den sie zu ihrer Sicht der Dinge überreden konnte. Solomon war der außergewöhnlichste Mann, den sie je kennen gelernt hatte, aber er war ihr nie, auch nur einen Moment lang, als ein Mensch erschienen, dem sie ihren Willen aufzwingen konnte. Und ganz bestimmt hatte sie ihn nicht als möglichen Ehemann gesehen.

»Zum Hall Place«, sagte sie, als hätte die vertrauten Adresse sie in die Wirklichkeit zurückgerissen. »Aber ich habe dir doch gesagt, mein Vater wird nie …«

»Sei still, mein Herz. Du hast zugestimmt.« Während er das sagte, stieg er bereits in die Kutsche und setzte sich neben sie. Dann zog er den Verschlag zu, und Clemence trieb die Schimmel an. »Von jetzt an liegt alles in meiner Hand. Mach dir keine Gedanken mehr darüber.«

Clemence lieferte den ersten Brief am Hall Place ab. Jennet beobachtete, wie Amba den Umschlag entgegennahm, sah sie einen kurzen Blick zu der prachtvollen Kutsche vor der Gartenpforte werfen, doch ob sie Jennet darin sitzen sah, war ihrer Miene nicht zu entnehmen. Die Tür wurde geschlossen und Clemence kehrte zurück. Sie fuhren weiter.

Zehn Minuten lang kamen sie durch die engen, gewundenen Straßen nur langsam voran, behindert von den Karren, Pferdewagen und Fußgängern des hektischen New

Yorker Treibens zur Mittagszeit. In knapp vier Monaten hatten die Pocken beinahe zehn Prozent der Bevölkerung hinweggerafft, sechshundertneunzig Weiße und zweiundsiebzig Schwarze, aber das Gedränge war noch ebenso groß wie zuvor. Zudem sah man den Menschen das Leid und das Grauen der Epidemie nicht an. Vor allem anderen zeichneten sich die New Yorker durch ihre Unverwüstlichkeit aus. Überall wimmelte es vor Leuten, in fast jeder Straße wurde ein Markt abgehalten, und die Käufer standen Schlange, um ihre Lebensmittel zum billigst möglichen Preis zu erstehen und dann rasch zum Essen nach Hause zu eilen.

Ein eigenes Skalpell, dachte Jennet. Eine eigene Lanzette. Möglicherweise auch zwei. Vielleicht sogar eine Sonde, für sehr tief sitzende Fisteln. Ich brauche nie mehr heimlich Papas Instrumente zu borgen und sie in meinen Unterröcken versteckt aus dem Haus zu schmuggeln. Wenn ich sehr vorsichtig bin, kann ich vielleicht sogar …

Solomon griff nach ihrer Hand. Jennet fuhr zusammen, erstarrte, zog die Hand aber nicht zurück.

»Sag mir, woran du denkst«, bat er.

Sie schüttelte den Kopf. »Nichts Wichtiges.« Jetzt hatten sie das ärgste Gewühl hinter sich gelassen und fast schon den Stadtrand erreicht, befanden sich im Norden der Trinity Church an der Kreuzung der John Street und des Broad Way. Die Pferde kamen schneller voran, ihre Hufe klapperten munter auf den Pflastersteinen. »Wohin fahren wir, Solomon?«

»Zum Haus eines Herrn, den ich kenne. Er hat die Möglichkeit, uns zu helfen.«

»Und glaubst du, dass er es tun wird?«

Vielleicht träumte sie wirklich. Das konnte doch nicht tatsächlich passieren. Wie war es nur möglich, dass sie mit Solomon DaSilva durch die Stadt fuhr? Sie waren nie irgendwohin gefahren, hatten immer nur in seiner Kutsche vor dem Haus in der Nassau Street gesessen und geredet. Dann hatte er ihr ein paar Kupfermünzen zugesteckt, manchmal sogar einen Shilling, und mit dem Geld hatte sie Essen für die Armen gekauft, die bei den Gerbereien lebten. So war es vier Jahre lang gewesen. Wieso war jetzt alles plötzlich ganz anders? »Und was wird dieser Herr tun, um uns zu helfen?«

»Er wird uns trauen. Völlig legal, auch ohne die Einwilligung deines Vaters. Und ja, ich bin mir sicher, dass er es tun wird. Auf meine Freunde kann ich mich immer verlassen, mein Herz. Das musst du dir merken.«

Zu einer Antwort hatte sie keine Gelegenheit mehr. Die Kutsche fuhr vor ein großes, aus Holz gebautes Haus vor, dessen gesamte Vorderfront entlang eine Veranda verlief. Clemence band die Zügel fest und sprang vom Kutschbock. Solomon reichte ihm durchs Fenster den zweiten Umschlag, den der Schwarze zur Haustür brachte. »Jetzt warten wir«, sagte Solomon zu Jennet. »Aber nicht lange.« Lächelnd fuhr er ihr mit einem Finger über die Wange. »In einigen Minuten, liebste Jennet, bist du nach dem Gesetz die Meine. Und bald darauf wirst du mir wirklich ganz gehören.«

Was dieser letzte Satz bedeutete, verstand Jennet überhaupt nicht, das wurde Solomon mit einem Blick auf sie bewusst. Was allerdings die Verbindlichkeit einer legalen Trauung betraf, so war Jennet eine sehr intelligente junge Frau und würde sich über deren Bedeutung völlig im Klaren sein.

Ich brauche nichts mehr zu sagen, dachte Solomon. Sie hat eingewilligt. Ich habe mich ihr nicht aufgezwungen. Ich habe sie gefragt, und sie hat ja gesagt. Es ist ihr eigener Entschluss. *Viado!* Aber warum schaut sie mich an wie ein verschrecktes Kaninchen, das in eine Falle geraten ist und das nicht weiß, wie es sich aus der schrecklichen Lage befreien soll? »Jennet.« Er wusste nicht, dass er das sagen würde, bis ihm die Worte über die Lippen kamen. »Hör mir gut zu. Wenn du willst, hast du immer noch Zeit, deine Meinung zu ändern.«

Ihre Meinung ändern. Jennet überdachte den Vorschlag.

Sie konnte ihre Meinung ändern. Das hatte er gerade selbst gesagt. Doch, das werde ich tun. Ich will nicht Solomons Frau sein. Er ist ein alter Mann. Na ja, fast ein alter Mann. Außerdem ist der Gedanke absurd. Aber bestimmt hat Amba den Brief schon Papa gegeben.

Sie hatte Solomon nicht gefragt, was in dem Brief stand. Sie konnte es sich vorstellen. »Ich heirate Ihre Tochter«, oder etwas in dem Sinne. Wenn sie jetzt nach Hause zurückkehrte, würden alle glauben, ein zweiter Mann habe sie abgewiesen. Und wer würde sie überhaupt noch wollen, jetzt, wo jeder wusste, dass sie zu einem Achtel Indianerin war? Und dann war da noch etwas: Solomon hatte sehr viel Geld.

Wenn sie ihn heiratete, und wenn sie das Haushaltsgeld sorgsam verwaltete – es würde bestimmt mehr sein, als ihre arme Mama bekam –, würden vielleicht ein paar Pennies übrig bleiben. Damit könnte sie den Leuten oben bei den Gerbereien das Leben erleichtern. Und nach einer Weile könnte sie genügend zusammengespart haben, um sich eine Lanzette, ein Skalpell und eine Sonde zu kaufen.

Jennets Hände begannen zu zittern. Das taten sie nie, wenn sie die Instrumente tatsächlich hielt. Sie verschränkte sie im Schoß.

Was das andere betraf – guter Hoffnung zu werden und Kinder zu gebären, zum Beispiel … Sie hatte die vielen medizinischen Bücher nicht umsonst gelesen. Abgesehen davon hatte sie in der räumlichen Enge am Hall Place aus der Ecke, in der ihre Eltern schliefen, manchmal gedämpfte

Geräusche und Bewegungen gehört. Sie hatte eine ziemlich genaue Ahnung davon, wie Kinder gemacht wurden. Etwas, das ein Mann mit der Scham einer Frau tat. Da würde sie einfach die Augen zumachen und es über sich ergehen lassen, wie ihr Mutter es sicher tat. Sie würde es ertragen, wie alle anderen Frauen auch.

Sie schaute noch einige Sekunden länger auf ihre Hände, die gefaltet in ihrem Schoß lagen. Schließlich hob sie den Kopf. »Ich habe es mir überlegt, Solomon.«

»Gründlich?«

»Ja, das versichere ich dir. Sehr gründlich.«

»Und?«

»Ich will meine Meinung nicht ändern.«

»Als rechtmäßig eingesetzter Friedensrichter und nach Recht und Ordnung im Vollbesitz der Macht, die die rechtmäßigen Stellvertreter unseres edlen Herrschers, Seiner Majestät George II., mir übertragen haben, erkläre ich euch hiermit zu Mann und Frau.«

Jennet war sich nicht sicher, ob der Mann wirklich die Wahrheit sagte. Zumindest, was das Rechtmäßige seiner Tat betraf.

Wenige Minuten, nachdem die Kutsche vor dem Haus angehalten und Clemence Solomons Brief zugestellt hatte, war der Mann auf die Straße gelaufen und hatte Solomon und Jennet ins Haus geführt. Ganz offenbar war er vom Mittagstisch aufgestanden, um die Zeremonie durchzuführen, denn um den Hals hing ihm noch die Serviette. Seine füllige, kleine Frau stand in der Tür, nah genug, um als Zeugin zu dienen, doch es war unverkennbar, dass das Ganze sie langweilte. Bestimmt dachte sie an das Essen, das in der Küche kalt wurde. Und es waren keine großartigen Worte gesprochen worden davon, dass Gott etwas verband, was der Mensch nicht trennen durfte. Nur jede

Menge Juristisches und Erwähnungen des Königs von England. Als ob Seine Majestät auch nur einen Funken Interesse daran hatte, was Jennet Turner hier in der Kolonie New York trieb. Aber nein, jetzt war sie ja nicht mehr Jennet Turner.

»Meine herzlichsten Glückwünsche, Mistress DaSilva«, sagte der Friedensrichter. Und damit meinte er sie.

Automatisch machte Jennet einen Knicks. Solomon nahm sie am Arm und ging mit ihr zur Haustür, dann ließ er sie kurz dort warten, um noch einige Worte mit dem Mann und dessen Frau zu wechseln. Wenig später saßen sie wieder in der Kutsche.

Und damit hatte es sich nun. Einfach so. Sie war verheiratet. Ein absurder Gedanke, sie konnte unmöglich verheiratet sein. Ausgerechnet mit Solomon. Es war einfach zu befremdlich, um wahr zu sein.

»Nach Hause, Clemence.«

»Aber ich kann nicht nach Hause, Solomon. Mein Vater und meine Mutter werden ...«

Er lachte auf. »Dein Zuhause ist nicht der Hall Place, mein Herz. Nicht mehr. Jetzt wohnst du in der Nassau Street.«

Als sie jedoch vor der Pforte vorfuhren, ging Solomon mit ihr nicht sofort ins Haus. Clemence band die Pferde an, stieg ab und wollte den Verschlag öffnen. Solomon winkte ab. »Lass uns allein. Ich rufe nach dir, wenn ich dich brauche.« Dann schloss er den Vorhang vor dem Fenster an seiner Seite der Kutsche, beugte sich über Jennet und zog den Vorhang auf ihrer Seite hinunter. »Und jetzt«, sagte er leise, »zeige ich dir, was du wirklich bist, mein Herz. In deinem tiefsten Inneren. Hier in meiner Kutsche, wo es mir zum ersten Mal bewusst wurde.«

Caleb hatte sie einige Male geküsst, aber erst nachdem sie beschlossen hatten, sich zu verloben. Aber das waren keusche Küsse gewesen, ihre Lippen hatten sich nur gestreift. Solomon begann auf dieselbe Art. Er nahm ihr Gesicht zwischen seine Hände und legte seinen Mund auf ihren. Aber dann zwängte er ihre Lippen auseinander und drang mit der Zunge in ihren Mund.

Sie fand es abstoßend. Er schmeckte nach Tabak und Alkohol. Aber sie tat, was sie sich gelobt hatte: Sie schloss die Augen und ließ alles über sich ergehen. Es würde nicht lange dauern, dachte sie. Es war unmöglich, dass er das Ganze hier in der Kutsche tun wollte. Sie wusste zwar nicht genau, was dazu gehörte – die Medizinbücher waren nicht allzu explizit gewesen –, aber sie war ziemlich sicher, dass man sich zumindest teilweise entkleiden musste. Dazu würden sie ins Haus gehen müssen, und deswegen würde diese Sache hier in der Kutsche nicht allzu lange dauern.

Dieser Gedanke ging ihr gerade durch den Kopf, als sie seine Hand auf ihrer Brust spürte. Erschreckt schnappte Jennet nach Luft. Damit saugte sie seine Zunge noch tiefer in ihren Mund. Und jetzt schnürte er ihr das Mieder auf. Ihr Korsett war allerdings von hinten zugebunden, das würde er nicht öffnen können. Doch darüber wölbten sich ihre vollen Brüste. Kaum hatte Solomon ihr Kleid vorne geöffnet, wanderte sein Mund von ihren Lippen zur zarten Haut ihrer Brüste. Mit der Zunge fuhr er die Spalte zwischen ihnen hinab.

Jennet hielt die Augen noch immer geschlossen, aber diesen Teil ließ sie nicht bloß über sich ergehen. Eigentlich war es ganz schön. Sie spürte, dass ihre Brustwarzen anschwollen, wie manchmal, wenn sie badete und sich überall einseifte. Überall. Selbst dort, wo Solomon jetzt … Oh. O mein Gott. Dort hatte sie noch nie jemand berührt. Auch sie selbst nicht. Nicht wirklich. Nicht so, wie er sie jetzt berührte.

Solomons Hand steckte unter ihrem Rock, zwischen ihren Beinen, und er tat einfach unbegreifliche Sachen. Ließ sie Dinge fühlen, die sie noch nie empfunden hatte. Doch, manchmal schon. Morgens im Halbschlaf, in dem Bett, das sie mit ihren drei Schwestern teilte. Wenn sie noch träumte. Manchmal durchfuhr sie ein Schaudern, und sie spürte ein Brennen, ein heftiges Pochen zwischen den Schenkeln. Doch dann wachte sie immer auf, und es war vorbei. Das hier hörte nicht auf.

Sie stöhnte und rutschte auf dem Sitz ein wenig tiefer. Solomon hielt sie mit einem Arm umfangen. Mit der anderen Hand streichelte er sie unter dem Rock immer weiter. »Das bist du, Jennet«, flüsterte er. »Du bist eine Frau, die Gefühle hat. Eine richtige Frau. Wie eine Portugiesin oder eine Brasilianerin. Keine von diesen vertrockneten englischen Hausfrauen. Das habe ich immer gewusst, dass du so bist. Jetzt weiß ich, warum. Das ist das Wilde in dir. Das muss es sein. Ich wünschte, du könntest dich jetzt sehen, wie ich dich sehe. Mit geöffneten Lippen, wie du stöhnst und keuchst. Und dein Busen hebt und senkt sich. Und wie ist es, wenn ich das mache?«

Er hatte eine andere Stelle gefunden, die er jetzt streichelte und die noch empfindsamer war. Zu empfindsam. Es war unerträglich. »Hör auf«, stöhnte sie. »Bitte, hör auf …«

»Ich höre nicht auf. Du gehörst mir. Ich kann mit dir tun, wozu ich Lust habe, also musst du es ertragen. Ich kann dich genau hier anfassen, immer weiter reiben, bis … Ja, genau. Das will ich von dir spüren. Lass mich spüren, wie du überall zitterst. Ja! Genau so!«

Ein Pochen und Pulsieren, das nicht enden wollte; Gefühle explodierten in ihr. Und sie zitterte und schluchzte und stieß leise Schreie aus. Und hinterher, als es vorüber war, glaubte sie, vor Scham sterben zu müssen.

Solomon sagte nichts, damit dieses Gefühl verging. Er sagte nur: »Schnür dein Mieder zu. Und setz dir wieder die Haube auf. Wir gehen jetzt ins Haus.« Dabei wischte er sich die Finger an demselben Taschentuch ab, das er ihr vor wenigen Stunden gegeben hatte, um sich die Tränen zu trocknen.

Sie nahm alles wie durch einen Nebelschleier wahr, die polierten Holzböden bedeckt mit fest gewebtem Kanvastuch, das in leuchtenden Rot- und Blautönen bemalt war, die Kerzenleuchter, die nicht aus Zinn bestanden, sondern aus gehämmertem Silber, und mit zahllosen Kerzen bestückt waren, die vergoldeten Stühle mit Seidenkissen und Goldschnüren ... Es war ein Palast, aber sie kam sich vor wie eine Dienstmagd, nicht wie eine Königin.

»Den Rest kannst du dir später ansehen«, sagte Solomon, nachdem er sie durch einen Teil des Erdgeschosses geführt hatte. »Jetzt geh mit Flossie auf dein Zimmer.«

Die Frau war eine Weiße, keine Schwarze, und sie sprach mit einem unverkennbar irischen Akzent. Normalerweise hätte Jennet sie neugierig gefragt, woher sie stammte und wie sie dazu kam, in diesem Haus in New York zu arbeiten. Aber jetzt konnte sie keinen einzigen zusammenhängenden Gedanken fassen. Sie empfand nur Scham und Angst und eine heillose Verwirrung.

»Ja, und jetzt müssen Sie sich ausziehen, Kind«, sagte die Frau, sobald sie Jennet in das Schlafgemach geführt hatte – das größte, das sie bislang je gesehen hatte. »Kommen Sie, lassen Sie sich helfen.«

»Aber warum denn? Es ist doch noch nicht Abend. Warum sollte ich mich ausziehen?«

Zur Antwort lachte Flossie nur. »Tun Sie einfach, was

ich Ihnen sag. Und, wichtiger noch, tun Sie, was er Ihnen sagt. Den Rest finden Sie bald genug selbst heraus.«

Dabei hatte sie bereits mehr herausgefunden, als ihr lieb war – was es bedeutete, dass sie zu einem Achtel Indianersquaw war. Falls sie je den Wahrheitsgehalt der Geschichte ihres Großvaters Nicholas angezweifelt hatte – was gerade in Solomons Kutsche passiert war, hatte sie überzeugt. Und es musste auch Solomon überzeugt haben. Vielleicht hatte er die Geschichte vorher nicht geglaubt. Vielleicht hatte er sie nur deswegen heiraten wollen. Was würde er jetzt tun, wo er wusste, dass es wirklich stimmte?

»Sie sind ja ’ne richtige Schönheit«, sagte Flossie und trat einen Schritt zurück, um ihre entkleidete Gestalt zu bewundern. »Kein Wunder, dass er ganz verrückt ist nach Ihnen. Und schlau müssen Sie auch sein, Mädel. Es hat schon viele gegeben, die Solomon DaSilva heiraten wollten, auch wenn er ’n Hebräer ist und hässlich obendrein. Aber er hat sie immer nur ins Bett geführt, nie zum Altar. Bis jetzt. Ich kann’s kaum fassen, dass ich wirklich seine Braut für ihn herrichte.«

Beim Sprechen hatte Flossie einen großen, weichen Baumwollpuff in die Hand genommen, mit dem sie jetzt duftenden Puder auf Jennets nacktem Körper verteilte und ihn in jede Pore rieb. »Eines Tages, wenn Sie sich gefasst haben und nicht mehr wie ein verschrecktes Karnickel dreinschauen, dem ’ne Meute Hunde auf den Fersen ist, erzählen Sie mir vielleicht, wie Sie das angestellt haben. Und dazu wird es kommen, davon bin ich überzeugt. Wir werden gute Freundinnen werden, Mädel. Das spür ich in den Knochen.«

Jennet nahm den Redeschwall kaum wahr. Sie war zu benommen, als dass ihr die Fürsorge der Frau peinlich gewesen wäre, zu durcheinander, um zu fragen, wofür sie hergerichtet würde. Er hatte es doch schon gemacht, oder nicht? Was immer es war, was Männer mit Frauen nach der Hochzeit machten – das hatte Solomon doch schon getan. Draußen in der Kutsche. Auf der Straße.

Und sie hatte sich wie ein Flittchen aufgeführt. Nicht zurückhaltend und scheu, wie es in den Medizinbüchern ihres Vaters hieß über Frauen und ihre Reaktionen auf den so genannten ehelichen Beischlaf. Sicher brauchte Solomon nicht eigens an den dort beschriebenen »... Unterschied zwischen demütigen, gottesfürchtigen Weibspersonen und denen einer vulgäreren Wesensart, die ihren Bräutigam vielleicht schon vor der Hochzeit erkannt haben« erinnert zu werden. Sie war eine von denen, die vulgärer waren. Das hatte Solomon gemeint, als er sagte, das habe er schon immer von ihr gewusst, und er würde ihr zeigen, was sie war. Rotes Blut floss in ihren Adern, sie verhielt sich wie ein Flittchen. Das hatte sie hinlänglich bewiesen.

»Und jetzt, Mädel, ab unter die Decke.« Flossie hatte die Decken des hohen Himmelbetts zurückgeschlagen. »Kommen Sie schon. Geduld ist seine Stärke nicht. Lassen Sie ihn nicht warten, Mädel. Nicht mal am Hochzeitstag. Wenn einem das Leben lieb ist, sollte man Solomon DaSilva nicht reizen. Wie Sie sicher bald feststellen werden.«

Jennet stolperte zum Bett, zu verängstigt, um zu widersprechen. »Das versteh ich nicht«, wisperte sie. »Ich bin nicht müde. Und wir haben noch nicht gegessen. Vielleicht sollte ich in die Küche gehen und Solomon etwas zu essen ...«

Flossie brach in schallendes Gelächter aus. »Im Augenblick steht ihm der Sinn nicht nach Essen, Mädel. Jetzt schlüpfen Sie unter die Decke. Da gehören Sie hin. Ins Ehebett, nackt wie am Tag Ihrer Geburt, die Decke bis unters Kinn hochgezogen. Ich verschwinde jetzt. Und Sie, Sie bleiben schön hier. Lang werden Sie nicht auf ihn warten müssen.«

Flossie hatte die Vorhänge offen gelassen. Solomon zog sie zu. »Ich glaube, das Tageslicht heben wir uns für ein späteres Vergnügen auf, mein Herz. Wenn du etwas mehr Erfahrung hast.« Trotz der geschlossenen Vorhänge war es im Raum nicht wirklich dunkel – an den Seiten drang Sonnenlicht herein, so dass Dämmerlicht herrschte –, aber für seine Zwecke war es dunkel genug.

Auf seinen Körper war DaSilva nicht stolz. Nicht, wenn er den seidenen Morgenrock auszog, den er jetzt noch trug. Er war neununddreißig, über doppelt so alt wie Jennet, klein und gedrungen, so dass er sich manchmal wie ein Affe vorkam – das genaue Gegenteil des groß gewachsenen, schlanken jungen Rotkopfs, den sie zu heiraten gehofft hatte. Und vielleicht würden die schwarzen Haare, die einen Großteil seines Körpers bedeckten, sie abstoßen. Aber zumindest brauchte er sich nicht zu schämen für das, womit er sie entjungfern würde. Seine Erektion war gigantisch, und als er die Decken aufschlug und sah, was ihn im Bett erwartete, wurde sie noch größer.

»Du bist wunderschön«, sagte er leise. »Weißt du das, Jennet?«

Sie schüttelte den Kopf. Sie starrte ihm nur ins Gesicht, als hätte sie Angst, auf etwas anderes zu blicken. Er beugte sich über sie und fasste sie ans Kinn. »Es stimmt aber. Du bist wunderschön. Du kannst dich auf mein Wort verlassen. Also – weißt du, was ich jetzt mit dir machen werde?«

Sie hatte das Gefühl, etwas sagen zu müssen. Das Einzige, was ihr einfallen wollte, war die Bestrafung, von der er gesprochen hatte, als er sie willensstark genannt hatte. »Mich schlagen?«

Er lachte. »Nein. Nicht jetzt. Vielleicht später einmal, wenn du bereit bist, in exquisiteren Vergnügungen unterwiesen zu werden. Aber nicht jetzt. Jetzt werde ich mir

Freude bereiten, und nur mir. Und du tust genau, was ich dir sage. Gleich werde ich dich besitzen, Jennet. Und danach gehörst du mir, bist du ganz die Meine. Viel mehr als nach den Worten des Friedensrichters, das schwöre ich dir. So sehr die Meine, dass dein Vater keine Einwände mehr erheben wird, dass ich dich entführt habe.«

»Aber … da draußen«, flüsterte sie, »was du in der Kutsche gemacht hast. Ich dachte …«

»Du dachtest, das wär's? Das wäre es, was zwischen Männern und Frauen passiert? Aber nicht doch, mein Herz. Die meisten Frauen empfinden nie, was du dort draußen in meiner Kutsche empfunden hast. Ihre Ehemänner sind nicht geschickt genug, um solche Gefühle hervorzurufen, und außerdem können sie sie gar nicht empfinden. Aber du bist nicht wie andere Frauen. Ich verspreche dir, du wirst dasselbe wieder empfinden. Nicht unbedingt jetzt. Beim ersten Mal wäre das zu viel erwartet. Und jetzt, genug geredet. Ich will, dass du mich nur ansiehst. Lass die Augen offen, genau so. Und spreiz die Beine.«

Er stieg aufs Bett und kniete sich über sie, hob mit beiden Händen ihre Hüften an und war mit einem kräftigen Stoß in ihr, aber nicht ganz. Vor Schmerz ächzte sie leise auf, schaute ihn aber unverwandt an, wie er es ihr gesagt hatte. Und er schaute sie an. »Jetzt«, sagte er leise. Ein weiterer Stoß, noch tiefer und heftiger, dann war der Widerstand überwunden. Ihr Körper gab dem seinen nach.

Sie gehörte ihm. Er zog sich fast vollständig aus ihr hinaus, drang dann wieder in sie ein. Langsam, mit äußerster Konzentration. Zögerte so lange wie möglich jeden Moment des unermesslichen Vergnügens hinaus, den eine Frau – jede Frau – nur ein einziges Mal geben konnte.

Und die ganze Zeit schaute er sie an. DaSilva sah, wie Jennets Augen sich vor Schreck und Schmerz weiteten. Er triumphierte. Und im Wissen, dass er der Erste war, dass sie wirklich und in jeder Hinsicht eine Jungfrau war, dass er sie nach seinen Wünschen formen würde, zu seinem Vergnügen, und dass sie eines Tages, wenn er in sie stieß wie jetzt, vor Lust schreien würde. Aber jetzt, in diesem Moment, war er ergriffen von den beiden Tränen, die sich in den Winkeln ihrer dunkelblauen Augen bildeten und ihr langsam über die Wangen rannen.

Als sie sich auf die Lippen biss, um nicht aufzuschreien, kam seine Lust der Glückseligkeit nahe, oder vielleicht auch dem Wahnsinn. Er konnte die beiden nicht mehr unterscheiden, er konnte sich nicht länger zurückhalten. DaSilva pumpte wild und heftig, schrie triumphierend auf, und sie gehörte ihm.

## III

Es war beinahe fünf Uhr, als Christopher aus der Nassau Street heimkehrte. Noch immer benommen vom Schock, stolperte er in die Küche, wo Jane ihn erwartete. Sie saß am Küchentisch und tupfte sich die rotgeweinten Augen ab. Sobald er den Raum betrat, schaute sie erwartungsvoll auf. »Wo ist sie? Hast du sie nach Hause gebracht?«

»Nein. Das ging nicht mehr. Es war schon zu spät. Er hat sie schon ... Ich meine, sie ist nicht mehr ...« Er brach ab. Er war bleich vor Zorn, er zitterte. Es gelang ihm nicht, die Worte auszusprechen gegenüber dieser schmalen, bleichen, verstörten Frau, die zu ihm aufsah. Sie hatte ihm zehn Kinder geschenkt, von denen sechs noch am Leben waren, aber solche Gespräche fielen ihnen beiden schwer.

»Jetzt schon?«, fragte sie verlegen. »Aber es ist doch noch nicht dunkel. Ich meine ...«

»Ich weiß, was du meinst. Aber offenbar ist es, zumindest für Hebräer, nicht nötig, bis zur Dunkelheit zu warten.«

Jane drückte sich wieder das Taschentuch auf die Augen. »Meine arme Kleine, mein armes Kind.«

»Sie mag ja vieles sein«, sagte Christopher, als er sich aus dem Bottich in der Küchenecke einen Krug Bier holte, »aber arm ist sie bestimmt nicht. Nicht, wenn sie wirklich die Frau von Solomon DaSilva ist.«

Und das war Jennet nun wirklich.

Und wie ihr Vater bei seinem kurzen Besuch in dem prachtvollen Haus an der Nassau Street gesehen hatte, hatte sie keinen Armen geheiratet.

»Ich habe mit Flossie vereinbart, dass sie mit dir zur Schneiderin geht, meine Liebe. Darf ich dir ans Herz legen, gut auf ihren Rat zu hören? Flossie ist in diesen Dingen sehr bewandert.«

Überaus bewandert für eine Dienerin. Das wusste Jennet, auch wenn sie zu Hause nur eine einzige schwarze Sklavin gehabt hatten. Auch Dienstverpflichtete hatte es am Hall Place nie gegeben, weil Christopher sich die Kosten für solches Personal nicht leisten konnte. Auswanderungswillige Europäer bekamen freie Überfahrt in die Kolonien, wenn sie dem Kapitän im Gegenzug dafür zehn oder mehr Jahre lang ihre Arbeitskraft verkauften – weshalb sie gleich nach der Ankunft meistbietendend versteigert wurden. Da Flossie keine schwarze Sklavin war, musste sie eine Dienstverpflichtete sein. Aber vielleicht auch nicht – Jennet kannte solche Leute nur von ihren Verwandten, den Craddocks und den Devreys.

Die Irin bezeichnete sich als Solomons Haushälterin – ein Ausdruck, den Jennet noch nie gehört hatte – und ging wie eine Dame gekleidet durch die Stadt; ihre Röcke auf dem Drahtkorb waren so ausladend, dass sie oft nur quer durch eine Tür treten konnte, ihre Ärmel waren mit vier oder fünf Spitzenvolants besetzt, ihr Mieder mit Satinbändern geschnürt. Jeder sprach sie als Mistress O'Toole an, und die Ladenbesitzer lächelten, sobald sie ein Geschäft betrat, hofierten sie und stellten sich beinahe auf den Kopf, wie Jennet bemerkte, um sie zufrieden zu stellen.

Und es war skandalös, wie viel Geld sie ausgab.

Bei der Damenschneiderin fiel Jennet beinahe in Ohnmacht, als sie die Kosten für die Kleider hörte, die für sie geordert wurden. »Das macht einhundertsechsundneunzig Pfund und sieben Pence, Mistress O'Toole.«

»Gut. Mein Herr wird die Rechnung noch heute begleichen.«

»Nein.« Der Einwand kam von Jennet. »So viel können wir nicht ausgeben. Das ist schändlich.«

Flossie nahm sie am Arm, zog sie zur Tür und sagte lachend etwas von der jungen Braut, die die Geldbörse ihres Gemahls schonen wolle. Aber als sie sich neben Jennet in die Kutsche setzte und Clemence die beiden zur Putzmacherin fuhr, lachte sie nicht mehr. »Hören Sie mir gut zu, Kind, denn das sage ich Ihnen ein Mal und dann nie mehr. Lassen Sie nie wieder eine Bemerkung fallen, als könnte der Ehefrau von Solomon DaSilva etwas zu teuer sein.«

»Aber das ist doch sündhaft viel Geld, Flossie. Ich bräuchte nur die Hälfte der Kleider und wäre immer noch so gut angezogen wie du, und mit dem Rest des Geldes könnte man den Armen helfen.«

»Zum einen, Jennet Turner DaSilva, erzählen Sie mir nichts von den Armen. Nicht mir, die ich als Kind in den Straßen von Dublin geschlafen und Brotkrusten aus dem Abwasser gefischt habe, um nicht zu verhungern. Während Sie in einem netten Häuschen gelebt haben mit einer schwarzen Hilfe, die Ihnen den Hintern abgeputzt hat, und jeden Tag etwas zu essen in den Bauch.«

»Ja, aber …«

»Still, Mädel. Ich bin noch nicht fertig. Zum Zweiten, Ihr Mann ist womöglich der schlaueste Mann von ganz New York und auf jeden Fall der gütigste, wie ich bis an mein Lebensende sagen werde. Aber trotz allem ist er ein Jude, ein Jesusmörder. Es gibt zwar viele, die in der Taverne mit ihm anstoßen, aber es gibt in dieser Stadt keinen Christen, der auf sich hält, der ihn zu sich nach Hause zu Frau und Kindern einladen würde. Und deswegen werden Sie prachtvoll aussehen, Kind, von morgens bis abends und alle Tage. Und Sie werden nie dasselbe Kleid zwei Mal tragen, wenn jemand, der es schon einmal gesehen hat, es noch mal sehen könnte. So stolz ist er auf Sie, und ich werde zusehen, dass er allen Grund hat, stolz zu bleiben.«

Auch die Rechnung bei der Putzmacherin belief sich auf über hundert Pfund. Eine zehnköpfige Familie könnte sich von dem, was Flossie für Korsetts und Leibchen, Hauben und Umhänge, Kapuzen und Muffs ausgab, vier Jahre lang ernähren. Das war mehr Kleidung, als Jennet je zu tragen können glaubte.

Aber sie hatte ihre Lektion gelernt und erhob keinen Einspruch. Bis sie abends mit ihrem Mann allein war.

In den sechs Tagen seit ihrer Hochzeit war es beträchtlich kälter geworden, der Winter hatte wirklich Einzug gehalten. Und zum ersten Mal, seit Jennet zurückdenken konnte, war ihr trotz der Kälte draußen behaglich warm.

Solomons Haus war nicht nur prachtvoll, sondern auch solide gebaut – kein altes niederländisches Holzhaus wie das, in dem Jennet aufgewachsen war. Hier gab es keine Ritzen und Löcher, durch die der eisige Wind pfiff, und in jedem Raum brannte Tag und Nacht ein loderndes Feuer.

Es war schon spät, fast Schlafenszeit, aber in der Feuerstelle in ihrem Schlafzimmer prasselte noch ein großes Holz- und Kohlenfeuer; in diesem Haus war es nicht wie sonst überall üblich, das Feuer zur Nacht herunterbrennen zu lassen.

Jennet saß neben dem Kamin. Sie trug einen von Solomons seidenen Morgenröcken, da ihre Kleider noch nicht angeliefert waren, und bürstete sich das schwarze Haar. Ihr Mann lehnte am Kaminsims, trank von seinem Weinbrand und schaute ihr zu. Er lächelte. Sie beschloss, einen Versuch zu wagen.

»Solomon, ich habe mir gedacht … Ich will dich nicht reizen, aber du sagtest, als deine Frau dürfte ich den Armen helfen.«

»Ja, das habe ich. Und das darfst du auch.« Als sie die Bürste senkte, um etwas zu erwidern, hob er abwehrend die Hand. »Nein, hör nicht auf. Es gefällt mir, dir zuzusehen.«

Jennet nahm das Bürsten wieder auf. »Bei der Schneiderin und auch bei der Putzmacherin hat Flossie heute Unsummen ausgegeben. Ich weiß gar nicht, wie …«

»Liebste Jennet, du darfst dir nie darüber Gedanken machen, wie viel du ausgibst. Das ist ausschließlich meine Angelegenheit. Außerdem habe ich dir gesagt, dass du Flossie absolut vertrauen kannst. Sie wird darauf achten, dass du nicht betrogen wirst.«

»Ich habe keinen Grund zu vermuten, dass die Geschäftsleute uns betrogen haben. Aber wenn ich etwas für die …«

»Ah ja, die Habenichtse und armen Schlucker oben bei den Gerbereien. Ich habe deine Sorgen und Nöte nicht vergessen, mein Herz. Hier, damit kannst du deinen Bittstellern helfen.« Solomon holte eine Hand voll Münzen aus der Tasche, trat zur Frisierkommode und stapelte sie langsam vor Jennet auf. Es waren keine Pennies, auch keine Shilling – es waren Gold-Sovereigns.

Jennet blieb der Mund vor Erstaunen offen stehen. Laut sagte sie nichts, zählte nur im Kopf die wachsende Summe mit. Sieben ... acht ... neun ... Solomon hielt inne, schaute sie an, lächelte, legte dann eine letzte Münze auf den Stapel.

Zehn Pfund. Wahrscheinlich noch viel mehr, denn Goldmünzen besaßen einen höheren Wert. Auf jeden Fall genug, um alle Leute in den Gerbereien monatelang zu verköstigen. Und es würde noch reichlich übrig bleiben, um gewisse andere Einkäufe zu tätigen.

Solomon nahm ihr die Bürste aus der Hand. »Nun, willst du nichts dazu sagen?«

Sie hob den Kopf zu ihm, ihr Gesicht glühte. »Ich versuche ...«

Unvermittelt legte er ihr einen Finger auf die Lippen und beugte sich über sie. »Wenn ich's recht bedenke, schweig lieber. Ich will gar nicht, dass du etwas sagst. Ich will dich küssen.«

Wenige Sekunden später hatte er sie auf die Arme genommen, zum Bett getragen und sie darauf gelegt. Dann öffnete er die Schärpe ihres Morgenrocks und betrachtete lange ihren nackten Leib. Und dann tat er wieder all die unglaublichen Dinge, von denen er offenbar nie genug bekommen konnte. Obwohl er sie in den sechs Tagen ihrer Ehe schon so oft getan hatte, dass Jennet gar nicht mehr mitzählen konnte.

Mittlerweile wurde sie nicht mehr wund und aufgerieben. Denn sobald er sie berührte oder ihr auch nur den Arm streichelte, passierte etwas Erstaunliches. Ihr Herzschlag beschleunigte sich, und sie hatte das Gefühl, als könnte sie das Blut in ihren Adern pulsieren spüren. Und jedes Mal wurde der Teil von ihr, an den auch nur zu denken sie bis zu dem Nachmittag in seiner Kutsche nicht für anständig gehalten hatte, zum Mittelpunkt ihres Seins. Wie auch jetzt wieder.

Sie wurde feucht und heiß zwischen den Beinen, ihre Haut begann zu prickeln. Und sie wollte, dass er genau das tat, was er tat. Alles. Mit den Händen, mit dem Mund. Und mit dem Schwanz. Ein Wort, das sie nicht einmal zu denken gewagt hatte, bis Solomon ihr beibrachte, es laut auszusprechen. Was er selbst ständig tat. »Schau nur, wie mein Schwanz sich aufrichtet, um dich zu begrüßen. Komm, sei nicht scheu, schau ihn dir an. Sieht anders aus als bei deinen Brüdern, oder?«

»Vielleicht.« Ein kleines, schüchternes Flüstern, aber sie konnte die Augen nicht abwenden. »Ich habe nur einmal Pauls gesehen, aber da war er noch sehr klein. Und mein Bruder Luke ist älter als ich.«

»Aber ich war schon mit acht Tagen anders. Das nennt man Beschneidung.« Er führte ihre Hand zur Spitze seines Glieds. »Die Vorhaut wird weggeschnitten. Durch die Beschneidung bin ich als Jude erkennbar. Das große Geheimnis ist, dass ich deswegen auch empfindsamer bin. Für zarte Berührungen. Selbst für eine so zarte wie diese.« Er schob ihre Finger sacht über den Kopf seines Penis hin und her.

Und sie zog die Hand nicht zurück. Sie lächelte.

All das in weniger als einer Woche.

Er hatte sich eindeutig nicht in ihr getäuscht.

Die Beule am Knie hatte die Größe einer großen Walnuss. Bei einem Erwachsenen hätte sie vielleicht gar nicht so riesig gewirkt, aber bei einem Dreijährigen sah sie geradezu gewaltig aus.

»Wie lange hat er das schon?« Jennet schaute nicht auf, während sie die Schwellung abtastete. Sacht, wie sie es bei ihrem Vater gesehen hatte, aber mit den sparsamen Bewegungen, wie nur sie es konnte. Die Beule fühlte sich heiß an und sehr fest, die Haut spannte. »Sagen Sie mir, seit wann er das hat.«

»Weiß nicht. Ich hab's erst heute Morgen gesehen.«

»Heute Morgen! Aber ein so großes Geschwür ... das ist nicht über Nacht entstanden. Das ist unmöglich.«

»Das hab ich auch nicht gesagt. Nur, dass ich's vorher nicht gesehen hab.«

Jennet biss sich auf die Lippen und unterdrückte jedes Wort des Tadels. Sie hatte schon vor langer Zeit festgestellt, dass es in den Gerbereien verschiedene Arten von Müttern gab. Manche opferten sich auf, andere nicht. Genauso wie es in der Stadt solche und solche Mütter gab. Was die Gerberei-Frauen von den anderen unterschied, war, dass sie so gut wie alle ohne Mann lebten. Sie waren Witwen oder Frauen, die von einem Mann geschwängert worden waren, der sie nicht heiraten wollte oder konnte. Das oder eine andere Zwangslage hatte sie in die Armut getrieben und dann gezwungen, zum Beekman-Sumpf hinauszuziehen. Und schließlich hatten die Frauen, um sich und ihre Kinder durchzubringen, angefangen, zu stehlen und sich auf den Straßen zu prostituieren.

»Und was jetzt?«, fragte die Mutter des Jungen. »Ada Carruthers hat gesagt, Sie können mir sagen, ob er stirbt oder nicht.«

»Ada Carruthers hat Sie also zu mir geschickt?«

Das war nichts Ungewöhnliches. Zwei oder drei Mal die Woche suchte Jennet den Schuppen hinten in Dolly's Shipyard auf – dank eines freundlichen Wachpostens wurde ihr der Zutritt nie verwehrt –, und meist gehörte auch Ada Carruthers zu denen, die auf sie warteten. Ada hatte fünf Kinder, und irgendwie fehlte einem von ihnen immer irgendetwas. Und wenn nicht einem ihrer Kinder, dann dem einer Nachbarin, die Ada dann wieder zu Mistress Jennet schickte.

So auch dieses Mal. »Ada hat mir gesagt, Sie würden's mir sagen, Mistress. Wird der Kleine sterben oder nicht?«

Jennet beendete die Untersuchung des Knies. Der Junge war in ihren Armen eingeschlafen. Sein kleines, schmales Gesicht war heiß und gerötet. »Er braucht an dem Geschwür nicht zu sterben«, sagte sie leise, während sie ihm die Hand auf die Stirn legte. »Aber er verbrennt fast. Haben Sie ihm Wasser aus dem Sumpf zu trinken gegeben?«

Die Frau sah beiseite. »Ich geb ihnen, was ich halt grade hab. Bier, wenn ich's mir leisten kann, sonst Wasser.«

»Wie viele Kinder haben Sie denn?«

»Fünf. Der hier ist der Kleinste.«

»Und deswegen ist es Ihnen wichtig, dass er nicht stirbt? Weil er der Kleinste ist?«

Dieses Mal wich die Frau Jennets Blick nicht aus. »Wichtig ist es, weil, wenn er stirbt, dann verteil ich sein Essen jetzt schon auf die anderen. Es wär doch Unsinn, es zu verschwenden.«

Jennet presste den kleinen Körper an sich, als könnte sie ihn körperlich vor der pragmatischen Grausamkeit seiner Mutter beschützen. »Wenn ich das Geschwür behandele, wird er nicht sterben«, antwortete sie. »Und wenn er danach richtig gepflegt wird.«

»Ich tu, was ich kann«, erklärte die Frau mürrisch. »Das hab ich immer schon. Was ich kann. Und wie wollen Sie das Ding da behandeln?«

Jennet griff nach dem leinenen Beutel, der neben ihr auf der Erde lag. »Wir werden es gemeinsam behandeln. Sie halten Ihren Jungen ruhig, ich werde das Geschwür aufstechen.«

Zu guter Letzt hatte sie sich entschieden, die Instrumente selbst zu kaufen. Niemand, den sie an ihrer Statt zum Eisenwarenhändler schicken konnte, würde die richtigen Skalpelle, Lanzetten und Sonden für sie wählen. Außerdem müsste sie dann jemand in ihr Geheimnis einweihen. Da war es schon besser, selbst zu einem Händler in einer ruhigen Straße zu gehen, oberhalb vom Lions Slip auf dem Golden Hill, so unauffällig wie möglich gekleidet in den alten, grauen Umhang mit der Kapuze tief ins Gesicht gezogen. So sah sie eher wie Jennet Turner als Jennet DaSilva aus. Aber sie hoffte, der alte Verkäufer würde sich überhaupt nicht an sie erinnern.

»Das sind die Sachen für die Bader«, hatte er gesagt, als sie die Auslage in dem Holzkasten hinten im Laden betrachtete. »Messer fürs Gemüseputzen sind neben der Tür.«

»Nein, ich brauche genau solche Sachen.« Rasch hatte sie auf zwei Skalpelle unterschiedlicher Größe gedeutet, eine Lanzette und eine Sonde sowie eine Nadel, um Wunden zu nähen. »Das ist alles für meinen Onkel.«

»Der ist wohl Bader.«

»Genau.«

»Hab ich noch nie erlebt, dass jemand sich solche Sachen von 'nem Mädel kaufen lässt.« Aber noch während er brummelte, holte der alte Mann die Dinge, auf die sie deutete, aus dem Schaukasten und wickelte sie in etwas Zeitungspapier. »Das macht dann vier Shilling.«

Jennet hatte die Münzen aus ihrer Tasche geholt und auf die Theke gelegt und war mit ihren Päckchen hinausgeeilt.

Sobald sie mit den Instrumenten zu Hause ankam, hatte sie sich in ihr Zimmer zurückgezogen und alles in den Leinenbeutel gesteckt, den sie eigens dafür genäht hatte. Dann hatte sie den Beutel in einer Schublade unter der ganzen Seidenwäsche verborgen, die Flossie mit ihr gekauft hatte. Jeden Morgen, nachdem die Haushälterin sie in ihr Korsett geschnürt und ihr beim Ankleiden geholfen hatte, ging Jennet zum Frühstück nach unten, dann schlich sie wieder nach oben, hob ihre Unterröcke und band sich den Beutel mit den langen Baumwollbändern, die sie zu dem Zweck angenäht hatte, um die Taille.

Und dort blieb er den ganzen Tag, geschützt durch den Drahtkorb, der ihre Röcke bauschte. Und wartete auf einen Moment wie diesen, wo sie die Instrumente herausholen und in die Hand nehmen konnte, um das zu tun, wozu sie ihrer Ansicht nach geboren war.

»Da ist sie.« Bede Devrey breitete die Arme, als würde er eine Königin ihren Höflingen präsentieren. »Ist sie nicht prächtig?«

Caleb schaute zu dem Schiff, das auf den Stapelblöcken lag und darauf wartete, fertig ausgestattet zu werden, bevor es schließlich vom Stapel laufen konnte. »Es sieht schon recht beeindruckend aus.«

»Nicht ›es‹, du Dummkopf, ein Schiff ist nie ein Es. Ein Schiff ist eine Sie, eine wunderschöne Frau. Diese hier wird mal die *Nancy Mariah*.«

Das war der Name von Bedes Frau, Calebs Schwägerin. »Demnächst werden alle Frauen in dieser Familie Schiffe nach sich benannt haben. Du wirst noch ein paar Töchter mehr bekommen müssen, damit dir die Namen nicht ausgehen.«

»Dann musst du uns eben aushelfen. Caleb, hör, ich weiß, wie enttäuscht du warst, als die Sache mit Jennet nicht geklappt hat, aber Papa möchte, dass ich dir sage …«

»Dass es für mich Zeit ist zu heiraten. Ich weiß. Ich hatte mir schon gedacht, dass du nur deswegen mit mir zu Dolly's gehen und mir dein blödes Schiff zeigen wolltest. Damit du deinem jüngeren Bruder ins Gewissen reden kannst.«

»So ungefähr«, gestand Bede.

Caleb drehte sich von den Stapelblöcken fort und schaute zu der ausgedehnten Schiffswerft, die sich dahinter erstreckte. Es war drei Uhr nachmittags, die Stunde, in der alle Arbeiter zum Essen nach Hause gingen. Die Werft lag nahezu verwaist da. Genau wie bei seinem letzten Besuch hier. Für ihn war Dolly's einfach ein gespenstischer Ort. Da kümmerte es ihn wenig, dass das dreimastige Handelsschiff, dem Bedes ganzer Stolz galt, weit über fünftausend Pfund kostete. »Du willst mir also sagen, dass ich heiraten soll«, sagte er leise, mehr zu sich selbst als zu seinem Bruder. »Dass es das Richtige wäre und höchste Zeit. Aber einen schlechteren Ort hättest du dir kaum aussuchen können, um das Thema anzuschneiden.«

»Guter Gott, Caleb, warum denn das? Ich weiß, dass du dich für das Unternehmen nicht interessierst, aber was soll das denn heißen?«

»Das hat nichts mit Devrey Shipping zu tun. Sondern mit dem Schuppen da hinten, ganz am Ende der Werft.« Caleb deutete auf die baufällige Scheune am Zaun. »Die hat einen bitteren Beigeschmack für mich. Und wenn ich dir sagen würde, was meines Erachtens dort vor sich ging, würdest du es mir wahrscheinlich nicht glauben.«

Das Skalpell lag ihr in der Hand, als wäre es eigens für sie gemacht. Als ihre Mutter ihr vor vielen Jahren zum ersten Mal eine Nähnadel in die Hand gedrückt hatte, hatte Jennet dasselbe Gefühl gehabt. Niemand brauchte ihr zu sagen, wie sie die Nadel halten oder führen musste. Sie wusste es einfach. Und nicht nur das – sie wusste auch, was man damit tun konnte.

Sie brauchte eine Stickarbeit nur anzusehen, um zu wissen, wie die Stiche ausgeführt wurden, wie sie neben-, auf- oder untereinander lagen. Nichts an den Feinheiten einer

Näharbeit war für sie ein Geheimnis. Woher sie das wusste, war ihr nicht klar – sie wusste es einfach. Und wenn sie eine Stickerei kopieren wollte, die sie irgendwo gesehen hatte, gelang ihr das mit verblüffender Präzision.

Jane war stolz darauf, mit der kunstvollen Handarbeit ihrer Tochter angeben zu können. Im Haus am Hall Place prangten überall Kissen, die Jennet mit Petit point bestickt, Vorhänge, die sie mit erlesenster Crewelstickerei verziert, Tischläufer, die sie mit handgeklöppelter Spitze besetzt hatte. Doch niemand würde sie wegen ihrer Fertigkeiten mit dem Skalpell loben, auch wenn diese Tätigkeit weitaus wichtiger war. Vielmehr würde sie, wenn man sie ertappte, vor der City Hall an den Pranger gestellt. Oder sie würde gar an den Tauchstuhl gebunden und in den Brunnen hinuntergelassen, bis sie kurz vor dem Ertrinken war. Vielleicht würde man sie sogar in den Kerker sperren.

Weil sie eine Frau war. Und das bedeutete, dass sie zwar nach Belieben Tuch nähen konnte, aber nie und nimmer menschliches Fleisch. Auch wenn ihr das Skalpell ebenso wie die Nadel als Verlängerung ihrer Hand vorkam, auch wenn sie beides mit derselben angeborenen Geschicklichkeit benutzte.

In den Medizinbüchern ihres Vaters hatte sie viele Abbildungen von Geschwüren gesehen und genaue Beschreibungen gelesen, wie man sie öffnete. Die klarsten Schilderungen hatte sie allerdings in Lucas Turners handschriftlichen Aufzeichungen gefunden. *Wenn das Geschwür völlig über der Haut erhaben ist und offenkundig keinen Pfropfen hat, der sich tief in die zweite Hautschicht eingegraben hat, womöglich sogar in den darunterliegenden Knochen, dann wird eine eingehende Untersuchung einen weißlichen Punkt an der höchsten Erhebung des Geschwürs ergeben. Eben dort muss das kleine dreieckige*

*Skalpell angesetzt werden, immer eingedenk der Möglichkeit, dass der giftige Ausfluss auf Grund dieses Eingriffes hervorspritzen kann. Ein X-förmiger Schnitt ermöglicht, die Wunde gänzlich von dem Gift zu befreien.*

Den weißlichen Punkt hatte sie gleich zu Beginn der Untersuchung bemerkt. Jennet hielt einen Lappen über die Stelle, die sie aufschneiden wollte, und setzte das Messer an. »Sie müssen ihn ganz still halten. Ich möchte nur die äußere Haut aufschneiden.«

Jetzt saß die Mutter mit ihrem Sohn im Schoß auf dem Hocker, Jennet kniete vor ihnen. »Jetzt fangen wir an. Vergessen Sie nicht, er wird zusammenfahren, aber Sie müssen ihn fest halten.«

Sie senkte die Hand und machte rasch den ersten Schnitt.

Das Kind brüllte auf, als würde sie ihm die Kehle durchschneiden.

»Ich versteh dich nicht, Caleb. Du bist einer der begehrtesten Junggesellen in New York, wenn nicht der begehrteste überhaupt, aber du …«

»Sei still.«

»Nein, ich bin nicht still. Es ist verrückt, wie du dich verhältst. Es gibt noch andere Frauen, die genauso schön sind wie …«

»Jetzt halt den Mund! Nur einen Moment.«

Bede verstummte. Sein Bruder stand wie angewurzelt da und starrte auf den Zaun, der die Werft umgab, als hätte er zwischen den Stapeln gesägter Planken, dem zertretenen Sägemehl und den mit Pech gefüllten Fässern den Heiligen Gral erblickt.

Doch das Geräusch, das Caleb zu hören geglaubt hatte, wiederholte sich nicht.

»Magst du mir nicht wenigstens sagen, wonach du Ausschau hältst?«, fragte Bede eine Minute später.

»Ich halte nicht Ausschau, ich höre. Ich dachte, ich hätte einen Schrei gehört.«

»Einen Schrei – Herr des Himmels, Caleb, du bist zu lang in den Highlands gewesen und hast am Torffeuer zu viele Spukgeschichten gehört.«

»Edinburgh liegt nicht in den Highlands. Und Torf wird in Irland verbrannt, nicht in Schottland.«

»Wie auch immer – am helllichten Tag schreit niemand in Dolly's Shipyard. Komm, gehen wir in die Stadt zurück. Hier stehen meine Chancen wohl nicht sehr gut, dir Vernunft einreden zu wollen.«

»Ich höre dir zu«, widersprach Caleb. »Und ich höre alles sehr klar und deutlich.«

»Gut. Dann wirst du vielleicht dementsprechend handeln. Es bringt nichts, sich abzukapseln und die Wunden zu lecken, Bruderherz. Nimm die Sache in die Hand, tu was. Das ist die Art eines Mannes, mit einer Schlappe umzugehen.«

Der Eiter spritzte nicht heraus, er sickerte nur hervor, selbst dann, als Jennet das Geschwür auszudrücken versuchte. Aber es ließ sich gar nicht richtig zusammendrücken – offenbar steckte in der Mitte des Abszesses etwas Hartes, das Widerstand leistete.

Aus Lucas' Aufzeichnungen wusste sie, dass Geschwüre manchmal einen Pfropf hatten. Mehr als einmal hatte sie gehört, wie ihr Vater einem Studenten das erklärte. Er nannte es einen Gewebegang, der den eigentlichen Entzündungsherd umgab. Aber was sie da spürte, fühlte sich nicht wie Gewebe an, sondern war hart und kantig. »Da ist etwas drin«, sagte sie zu der Mutter des Jungen. »Ein Fremdkörper.«

»Ein Fremdkörper? Mit Ausländern hab ich nix zu schaffen, Mistress. Nicht, wenn's nicht sein muss. Für meine Kleinen tu ich alles, was ich kann, das hab ich ja schon gesagt, und nach hier draußen kommt mir keiner, ob 'n Fremder oder 'n New Yorker. Ich treff sie in der Stadt …«

»Schon gut, beruhigen Sie sich.« Jennet konzentrierte sich immer noch auf die Wunde, suchte so sacht wie möglich nach dem Fremdkörper. Dabei achtete sie auf das Weinen des Jungen fast ebenso wie auf die Proteste seiner Mutter. »Das meinte ich nicht mit fremd. Ein Aschestückchen vielleicht oder ein Steinchen.«

»In dem sein Knie? Wie soll er denn einen Stein ins Knie kriegen? Das war zwar 'ne schlimme Zeit, als er bei mir im Bauch war, aber Steine hab ich nie nicht gefressen.«

»Das weiß ich. Es hat auch nichts mit Ihnen zu tun. Vielleicht ist der Stein hineingeraten, als er stürzte und sich das Knie aufschlug. Machen Sie sich keine Sorgen. Ich kann ihn leicht rausholen.« Sie bückte sich, um das Skalpell vom Boden aufzunehmen. »Jetzt halt schön still, kleiner Mann. Noch zwei oder drei Schnitte, dann sind wir fertig. Jetzt zeig mir mal, wie tapfer du bist. Weißt du was – wenn du darauf beißt, brauchst du nicht zu schreien.«

Mit der freien Hand griff Jennet nach dem goldenen Armband, das in ihrem Korb lag. Flossie hatte es ihr angelegt, bevor sie die Nassau Street verließ, aber auf dem Weg zur Werft hatte sie es abgenommen. Jetzt steckte sie es dem Jungen in den Mund.

## IV

Im Sommer 1732 kam Jane Turner endgültig zu dem Schluss, dass die Hochzeit ihrer ältesten Tochter mit dem reichen Juden durchaus ihr Gutes hatte. In den sechs Monaten seit dem außerordentlichen Ereignis war das Leben weiß Gott etwas leichter geworden.

Zum einen steckte Jennet ihrer Mutter oft ein paar Münzen zu, um das Haushaltsgeld zu strecken. Zum zweiten hatte Janes ältester Sohn Luke – sein Taufname war Lucas, aber er wurde immer nur bei seinem Spitznamen gerufen – dank der Großzügigkeit Solomons nach Edinburgh gehen und dort sein Medizinstudium beginnen können. Und zum Dritten grassierte im ersten Sommer nach Jennets Hochzeit, im August, das Gelbfieber. Es hieß so, weil sich die Opfer nach dem Tod gelb verfärbten. Die wenigen, die die Krankheit überlebten, wurden schwachsinnig, zitterten und plapperten wie im Wahn. Das Gelbfieber war eine schreckliche Seuche, und Solomon DaSilva ermöglichte es den Turners, ihr zu entkommen.

Er bestand darauf, dass Jennets Familie nach Greenwich zog. Und dass Jennet sie begleitete.

»Und was ist mit dir? Ich will nicht, dass du in New York bleibst und das Fieber bekommst, Solomon. Ich wäre sehr unglücklich, wenn dir etwas zustoßen würde.«

»Das wärst du wirklich, nicht wahr?« Er streichelte ihr die Wange, blickte in ihre erstaunlichen Augen. »Ich glaube, du hast mich ein wenig zu lieben gelernt, mein Herz.«

»Ich liebe dich sehr, Solomon.« Mittlerweile scheute sie sich nicht mehr, ihm das zu sagen. »Und ich möchte, dass du mit uns nach Greenwich kommst, damit du …«

»Psst. Ich kann die Stadt im Augenblick nicht verlassen. Das erlauben meine Geschäfte nicht.«

Ihn danach zu fragen, dazu fehlte ihr nach wie vor der Mut. Jennet hatte keine Ahnung, worum es bei Solomons Geschäften überhaupt ging. Er besaß sehr viel Land, darunter Anteile an einigen der vielen Märkte in der Stadt, aber der Großteil seiner Grundstücke lag nördlich des Common, weit draußen am Collect Pond.

Flossie sagte, eines Tages würde das Land ein Vermögen wert sein. Vermutlich hatte sie Recht. Aber zurzeit war es eine von Gestrüpp überwucherte Wildnis, die zu kaufen oder zu pachten niemand das mindeste Interesse zeigte. Woher kam also sein ungeheurer Reichtum? »Er kauft und verkauft Sachen«, antwortete Flossie auf Jennets beharrliches Nachfragen hin. »Waren und Dienstleistungen. Kauft sie billig und verkauft sie teuer.«

»Und was sind das für Sachen?«

»Alles Mögliche. Wenn Sie mehr wissen wollen, müssen Sie ihn schon selbst fragen.«

Doch so kühn sie ihm gegenüber sonst auch war – wozu er sie auch immer ermunterte –, war Jennet doch nicht kühn genug, ihren Mann zu fragen, was er billig ein- und teuer verkaufte. »Deine Geschäfte interessieren mich nicht die Bohne«, sagte sie stattdessen. »Nicht, wenn du dich deswegen dem Gelbfieber aussetzt.«

»Ich war ihm schon ausgesetzt, und zwar als Junge in Brasilien. Also bin ich immun. Das erzählst du mir doch immer, wenn's um solche Dinge geht, oder?«

»Ja, offenbar ist es so. Niemand weiß, warum.«

»Wer will es auch schon wissen? Es ist eine Tatsache, punktum. Ich bin immun, und du und deine Familie, ihr fahrt nach Greenwich und seid außer Gefahr.«

Jennet war noch nie auf einem Boot gewesen. Dieses war schrecklich überfüllt. Die New Yorker flüchteten in Scharen vor dem Gelbfieber, wie auch damals vor den Pocken. »Woher kommen solche Seuchen, Papa? Wie befallen diese Krankheiten uns?«

»Ich weiß es nicht.« Christopher und seine Tochter hatten einen Platz auf dem Deck direkt neben dem Schott gefunden. Sie beobachteten die Wellen, die gegen die Holzplanken des Schiffsrumpfs spülten, spürten die kühle Brise im Gesicht und sahen die dicht bewaldeten Hügel der Westküste Manhattans an sich vorbeiziehen. »Einige sagen, sie seien die Folge der ungesunden Luft, die aus den vielen Sümpfen aufsteigt, mit denen wir hier auf der Insel geschlagen sind. Aber das glaube ich eigentlich nicht. In den anderen Kolonien gibt es diese Seuchen ja auch. Eine andere Theorie besagt, dass sie spontan entstehen, dass es irgendwie in der menschlichen Natur liegt, diese Dinge alle paar Jahre hervorzubringen.«

»Glaubst du das eher?«

»Früher ja, aber jetzt bin ich mir nicht mehr so sicher. Wenn die Krankheit Teil unseres Körpers wäre, würde ein Ortswechsel uns ja nichts nützen. Aber wir wissen, dass niemand krank wird, der während einer solchen Seuche aufs Land hinauszieht.« Christopher schlug seinen Mantel auf und zog ein kleines gebundenes Buch hervor. »Was hier drin steht, spricht auch dafür. Das hat mir ein junger Kerl aus Philadelphia geschickt, ein gewisser Ben Franklin. Anscheinend hat er einige meiner Artikel in der Zeitung gelesen.«

»Ich dachte, sie wären nie mit deinem eigenen Namen gezeichnet.«

»Das sind sie auch nicht. Er hat mich trotzdem gefunden. Offenbar ein umtriebiger junger Mann.«

Jennet deutete mit dem Kopf auf das Buch. »Ist Mr. Franklin auch der Autor?«

»Ja. Und der Drucker. Wenn es Anklang findet, will er ein solches Buch jedes Jahr veröffentlichen. Ein amüsanter Titel.«

Er hielt das Buch hoch, und Jennet las die Worte laut vor. »*Poor Richard's Almanack*. Und sagt dieser Mr. Franklin in seinem Almanach etwas über das Gelbfieber?«

»Nur allgemein, wo er generelle Ratschläge für die Gesundheit gibt. Dass frische Luft und Bewegung Krankheiten verhindern können und dass Vorbeugung besser ist, als hinterher schröpfen, zur Ader lassen und purgieren zu müssen.«

Jennet schnitt eine Grimasse. »Mehr tun Ärzte doch nie, oder? Schröpfen, purgieren und derlei mehr. Sie bringen einen fast um, um die Krankheit zu heilen. Ich habe Luke gesagt, dass er wohl den Verstand verloren hat, nach Edinburgh zu gehen und einer von denen werden zu wollen. Ich habe ihm gesagt, er soll hierbleiben und von dir Chirurgie lernen.«

Christopher seufzte. Wer mit Luke reden wollte, stieß auf taube Ohren. Vor allem Jennet. Die Klugheit seiner jüngeren Schwester hatte dem Jungen nie gefallen. Ebenso wenig wie die beschränkten Verhältnisse, in denen er aufgewachsen war. Von all seinen Kindern hatte Luke, Christophers Ältester, am meisten unter der Armut gelitten. »Die Ärzte, die aus Edinburgh kommen, werden angeblich im ›kunstgerechten Gebrauch des Messers‹ unterwiesen. Zumindest sagte Zachary Craddock das. Vor vielen Jahren, noch bevor du geboren wurdest.«

»Ich hasse Zachary Craddock. Er ist schuld, dass du ...«

Christopher streichelte ihr die Hand. »Reg dich nicht darüber auf, Nettie.«

Jennet lächelte. So hatte er sie als kleines Mädchen immer genannt. Wenn er jetzt den alten Kosenamen verwendete, dann hatte er ihr wirklich verziehen, dass sie ohne seine Einwilligung geheiratet hatte. »Ich will mich aber darüber aufregen. Das war sehr ungerecht, Papa.«

Er zuckte mit den Schultern. »Ungerechtigkeit ist der Lauf der Welt. Außerdem hat es nichts mit dir zu tun, das ist alles lange vor deiner Geburt passiert. Und was Luke betrifft ... Dein Bruder liebt alles, was sich mit Geld kaufen lässt. Er hatte schon Recht, nach Edinburgh zu gehen, als dein Gatte ihm freundlicherweise die Möglichkeit dazu bot. Kein Chirurg wird je so viel verdienen wie ein Arzt. Und Luke ist gut aussehend und charmant. Er wird sich mit den vornehmen Damen gut verstehen, die ihn zu sich rufen, damit er ihre Winde und derlei behandelt.« Er lachte leise. »Ich habe ganz vergessen, du bist ja jetzt auch eine. Meine kleine Jennet – eine Dame der Gesellschaft.«

»Das bin ich aber nicht. Vergiss nicht, mein Mann ist Jude, Papa. Die Gesellschaft will nichts mit ihm zu tun haben.«

»Ich habe mich schon öfter gefragt, ob dich das nicht stört.«

Sie schüttelte den Kopf. »Nicht die Bohne. Warum auch? Ich wollte nie eine von diesen untätigen, hohlköpfigen Frauen sein. Das weißt du genau.«

Das wusste Christopher in der Tat. Aber er bezweifelte, dass Jennet auch nur ansatzweise ahnte, womit ihr Mann sein beträchtliches Vermögen verdiente oder aus welchem Grund er, von seiner Religion einmal abgesehen, von der Gesellschaft gemieden wurde. Andererseits – vielleicht wusste sie es ja doch. Manchmal überraschte Jennet sogar ihn. »Kind, ich wollte dich etwas fragen. Bald nach deiner Heirat habe ich zufällig Caleb getroffen … Schmerzt es dich, wenn ich von ihm rede?«

»Nicht die Bohne.«

Er bemerkte ihren klaren, direkten Blick, der ihm versicherte, dass sie die Wahrheit sprach. Außergewöhnlich. Ein Mann, doppelt so alt wie sie, ein Jude, und in sechs Monaten hatte er sie ihre jugendliche Schwärmerei für ihren gut aussehenden Cousin vergessen lassen. Nun ja, ihm war schon lange klar geworden, wie wenig ein Mann die Frauen verstehen konnte. »Gut, dann kann ich dir ja sagen, was er sagte.«

»Caleb?«

»Ja. Im Black Horse drüben an der William Street. Natürlich war es in der Taverne sehr laut, also bin ich mir nicht ganz sicher. Und vielleicht hatte er auch ein Glas über den Durst getrunken. Aber ich glaube, er sprach davon, dass er dich gesehen hat mit ... Ich weiß, das klingt absurd, wenn nicht gar beleidigend, aber Caleb hat davon geredet, dass er dich gesehen hat ...«

»Ja, Papa?«

Christopher schluckte schwer. Gütiger Gott, er war sich nicht sicher, ob er das Thema wirklich ansprechen wollte. Aber jetzt blieb ihm nichts anderes übrig. Er hatte den Satz angefangen, also musste er ihn auch beenden. »Er sagte, er hätte dich mit einer Lanzette in der Hand gesehen.«

Der Wald entlang der Küste lichtete sich. Das hügelige Ackerland des kleinen Dorfs Greenwich, die sanften Abhänge, der glitzernde Forellenbach Minetta Water kamen in Sicht. Die Mannschaft war mit den Segeln zu Gange. Ächzend drehte das Boot bei und hielt aufs Ufer zu. »Wir sind gleich da, Papa. Wir sollten zu Mama und den anderen gehen.«

Abwehrend streckte er die Hand aus. »Deine Mutter kann noch einen Augenblick warten. Jennet, ich mache mir Sorgen. Ich hatte erwartet, du würdest widersprechen und sagen, Caleb rede Unsinn, aber ... willst du nichts dazu sagen?«

Sie trug das goldene Armband, das sie dem kleinen Jungen zwischen die Zähne gesteckt hatte, als sie ihm das Knie aufschnitt. Auf dem weichen Metall waren noch die Abdrücke seiner Zähne zu sehen. Aber der Junge war eine Woche nach der Operation gestorben. Die Wunde hatte zu eitern begonnen, und das Fieber war schwindelerregend gestiegen. Sie hatte Phoebe um Wundpuder aus Tamsyns Apotheke gebeten, aber es hatte nichts genützt. Wenn sie richtigen Unterricht von ihrem Vater bekommen hätte, anstatt nur heimlich seinen Vorträgen vor anderen Studenten zu lauschen, hätte sie das Kind vielleicht retten können.

»Und was, wenn Caleb nicht gelogen hat, Papa? Wenn ich wirklich eine Lanzette benützt haben sollte, ein Skalpell gar, und zwar zu einem guten Zweck, um meinen Mitmenschen zu helfen – wäre das wirklich so schrecklich, so entsetzlich und grauenvoll?«

»Guter Gott ... Du bist eine Frau, Jennet. Du weißt, ich bin in diesen Dingen nicht altmodisch. Ich selbst habe dir das Lesen beigebracht. Aber das ... das ist einfach unnatürlich, Jennet. Es ist ein Affront gegen alle menschlichen Sitten und Gebräuche.«

»Aber weshalb denn? Ich verstehe nicht, warum die Tatsache, dass ich eine Frau bin, es mir verbieten sollte, Chirurg zu sein.« Jetzt waren schon die vom Wind bewegten Blätter der Tabakpflanzen von Greenwich zu sehen. Und das geräumige weiße Herrenhaus oben auf dem Hügel, das als erstes Anwesen hier gebaut worden war und nach wie vor das Dorf überragte. Das ländliche, friedliche Greenwich bot einen hübschen Anblick, doch Jennet konnte vor Tränen kaum etwas erkennen. Sie zitterte so sehr, dass sie sich an der Bootswand festhalten musste. »Ich habe Wochen und Monate darüber nachgedacht, Papa, Jahre sogar. Und ich verstehe es immer noch nicht.«

Christopher bemerkte, dass die Knöchel an den Händen seiner Tochter weiß waren vor Anspannung. Die Heftigkeit ihrer Reaktion erschütterte ihn mehr als das indirekte Eingeständnis, sie habe tatsächlich – irgendwo, irgendwie – einen Eingriff vorgenommen. »Es ist ... Jennet, ich bin sprachlos. Weiß dein Mann von dieser ... dieser Verirrung?«

Sie schüttelte den Kopf und hielt den Blick unverwandt auf die Küste gerichtet. »Wir legen gleich an. Mama wird sich ängstigen, wenn wir nicht zu ihr gehen.«

»Jennet, hör mir gut zu. Mittlerweile steht es mir nicht

mehr zu, dir zu sagen, was du zu tun und zu lassen hast. Du bist verheiratet, die Verantwortung für dich liegt bei deinem Mann. Aber über einige Dinge musst du dir im Klaren sein. Du bist in einer besonderen Lage. Zum einen ist dein Mann … ein Jude, wie schon gesagt. Und es gibt einige andere Dinge, über die ich nicht sprechen kann, aber die ebenfalls gegen ihn verwendet werden könnten.«

»Sehr gut. Wenn du über diese anderen Dinge nicht sprechen kannst, gibt es nichts mehr zu sagen. Lass uns zu Mama und den anderen gehen.«

Christopher legte ihr eine Hand auf den Arm. »Eins noch, Jennet. Caleb Devrey ist nicht mehr dein Freund. Er fühlt sich hintergangen, weil du dich mit ihm verlobt hast, obwohl du kein Recht dazu hattest – auch wenn du über die ganze Sache ebenso wenig Bescheid wusstest wie er.«

»Caleb soll von mir denken, was er mag. Ich habe dir schon gesagt, es kümmert mich nicht die Bohne.«

»Du erzählst mir heute viel von Dingen, die dich nicht die Bohne kümmern. Einschließlich der Sanftmut, die eigentlich allen Frauen angeboren ist, dir aber offenbar fehlt. Aber dein Mann ist dir doch sicher wichtig, oder nicht?«

»Natürlich. Ich würde nie etwas tun, das Solomon schaden könnte. Wie kannst du so etwas nur behaupten?«

»Das behaupte ich ja gar nicht. Ich versuche nur, dir klar zu machen, dass Caleb dein Feind geworden ist, und damit auch der Feind deines Mannes. Und wenn du ihm, was du praktisch gestanden hast, tatsächlich eine solche Waffe an die Hand gegeben hast, nämlich, dass du die Instrumente eines Chirurgen benutzt, dann musst du Acht geben. Um Solomons willen, wenn nicht um deinetwillen, musst du große Acht geben.«

DaSilva trieb sein Pferd in die seichte, aber rasche Strömung des Flusses und beugte sich vor, flüsterte beruhigend auf das Tier ein und leitete es durch das felsige Flussbett die steile Uferböschung hinauf. Vor vier Stunden hatte er Manhattan hinter sich gelassen und die drei Pence Wegezoll für die King's Bridge entrichtet, um die gefährliche Tide am Spuyten Duyvill Creek zu vermeiden. Dahinter hatte sofort die dünn besiedelte Grafschaft West Chester begonnen. Bald darauf hatte er die viel befahrene Straße verlassen, die zu den kleinen Dörfern und ordentlichen Gehöften dieser Gegend führte – sie gehörten alle Pächtern der fünfunddreißigtausend Hektar großen Plantage von Van Cortlandt –, und war tief in die Wälder geritten.

Normalerweise unternahm er diese Reise zusammen mit Clemence. Doch diesmal hatte er, da das Gelbfieber fast alle Einwohner aus der Stadt vertrieben hatte und sie Dieben und Plünderern auf Gedeih und Verderb ausgeliefert war, seinen Diener bei Flossie und Tilda in der Nassau Street zurückgelassen. Jennet war Gott sei Dank außer Gefahr in Greenwich. Das ersparte ihm, ihr sagen zu müssen, dass er wegen seiner Geschäfte einige Tage unterwegs sein würde. Nicht dass sie eine Erklärung verlangt hätte. Noch nicht. Aber bald würde sie das tun. Jeden Tag wurde aus dem Kind, das er geheiratet hatte, mehr und mehr eine willensstarke Frau. Bei dem Gedanken lachte DaSilva zufrieden.

Im Wald war es sehr still. Zumindest kam es DaSilva so vor. Der Mann hingegen, mit dem er eine Verabredung hatte, hörte ein Blatt in einer Viertelmeile Entfernung vom Baum fallen. Dieser nahm die Geräusche des herantrabenden Pferdes wahr und trat auf den Weg.

Seine fettglänzende Lederhose verschmolz fast mit den Bäumen. DaSilva sah den Mann erst in allerletzter Sekunde. »Brr! *Santo Deus!* Halt, Mädchen! Brr, sag ich …« DaSilva zog fest an den Zügeln. Die Stute bäumte sich auf, wirbelte herum und gehorchte schließlich dem Zug des Zaumzeugs. »*Viado!* Du bist ein verdammter Trottel, Patrick Shea.«

Der Angesprochene lachte auf. »Das hat mir meine alte Mutter auch gesagt, als ich blöd genug war, mich zum Heer von König George zu melden. Komm, steig ab. Wir gehen zu Fuß weiter.«

DaSilva schwang sich aus dem Sattel. Wie immer trug er eine weiße Satin-Kniehose und die schwarze Satinjacke, doch an seinem Sattel hing ein Gewehr. Auch das war schwarz, der Schaft aus poliertem Eichenholz, mit glänzenden Messingbeschlägen und einem fast fünf Fuß langen Rohr.

An Sheas Gürtel waren ein Messer und ein Tomahawk befestigt, um die Schulter hatte er eine Muskete hängen. Es war die übliche Brown Bess, Kaliber fünfundsiebzig, mit glattem Lauf. Wahrscheinlich hatte er sie mitgenommen, als er beschloss, sich vom fünfunddreißigsten Fußregiment Seiner Majestät zu verabschieden. Als er DaSilvas Waffe bemerkte, leuchteten seine Augen begehrlich auf. »Komm«, wiederholte er. »Die andern warten.«

DaSilva band das Gewehr ab, schlang es sich um die Schulter und sah sich dann nach einem Platz um, an dem er seine Stute verbergen konnte. Es waren zwar zahlreiche Verträge unterschrieben worden, und die meisten Eingeborenen waren schon vor langer Zeit nach Norden gezogen, doch in dieser Gegend streunten nach wie vor viele Indianer herum, allein oder in kleinen Gruppen. Ein Pferd wie das seine würde im Handumdrehen verschwinden, wenn er es nicht gut versteckte. In dem Moment trat ein weiterer Mann zwischen den Büschen hervor. »Das ist Laktu«, sagte Shea. »Der passt auf deinen Gaul auf.«

DaSilva musterte den Wilden. Nackt bis auf die Mokassins an den Füßen und einem Tuch um die Lenden, kaum groß genug, um seinen Schwanz zu bedecken. Vorne war der Schädel des Indianers von einem Ohr zum anderen kahl geschoren, in seine rechte Wange waren ein roter Halbmond und drei blaue Dreiecke tätowiert. Seine Ohrläppchen hingen vom Gewicht der verzierten Muscheln und des Silberschmucks fast bis zum Kinn hinab. Ein Mohawk. Das beruhigte DaSilva ein wenig, Mohawk hatte er erwartet. So weit, so gut. Aber mittlerweile trieb er bereits seit zwei Jahren Geschäfte mit Shea und wusste, dass dem Iren nicht zu trauen war.

Und dem Mohawk auch nicht. Dieser hatte einen Tomahawk und ein gewaltiges Messer ins Lendentuch gesteckt, über eine Schulter hing eine Muskete, über der anderen ein Pulverhorn. Der *bastardo* war das reinste Waffenlager. Aber auch er starrte entzückt auf das Langgewehr. DaSilva reichte ihm die Zügel seiner Stute. »Danke, Laktu. Ich glaube nicht, dass sie dir Ärger machen wird.«

Der Mohawk gab keine Antwort. Shea brummte etwas in seiner Sprache. Der Mohawk erwiderte einige Worte, dann nickten beide. Shea bahnte sich durch das Dickicht einen Weg ins Unterholz. DaSilva folgte ihm.

Sie waren zu siebt. Der Ire, er selbst und fünf Mohawk, die alle mehr oder minder wie Laktu aussahen. Wie dieser waren sie nicht nur mit einer Muskete, sondern auch mit Messern und Tomahawks bewaffnet.

Das Treffen fand auf einer großen Lichtung an einem Bach statt, etwa zehn Minuten vom Pfad entfernt. DaSilva hatte den Eindruck, dass er und Shea auf geradem Weg hierher gekommen waren und er mühelos zurückfinden könnte, aber er wusste, dass er sich täuschte. Auf sich selbst gestellt, würde er nie und nimmer zu seinem Pferd finden, sondern tagelang in den Wäldern herumirren. Aber dazu würde es nicht kommen. Entweder würden sie ihn zum

Pfad zurückführen und ihm sein Pferd wieder geben, oder seine skalpierte Leiche würde hier, irgendwo im tiefsten West Chester, verrotten und verfaulen. Alles hing von seinem Gewehr ab.

DaSilva hob es in die Luft, so dass sich die Mittagssonne in den glänzenden Messingbeschlägen und dem zweiundfünfzig Zoll langen Rohr spiegelte. »Hier sehen Sie es, meine Herren. Das Mittel, um euren Feind zu besiegen.«

Er wartete, doch Shea übersetzte seine Worte nicht. »Jetzt komm schon, Jude«, sagte er stattdessen zu DaSilva. »Das hast du ihnen doch alles schon erzählt. Hör auf zu labern. Zeig's ihnen.«

»Also gut. Sag ihnen, sie sollen ihren besten Schützen auswählen, den allerbesten.«

Dieses Mal sagte Shea einige Worte zu dem Mohawk, hinter dessen Ohr eine lange Feder steckte; offenbar eine Art Häuptling. Die Männer hörten zu, dann gaben sie offenbar einen Befehl. Einer der Krieger trat vor. Dem Äußeren nach zu urteilen, war er etwa fünfzehn Jahre alt.

»Ausgezeichnet«, meinte DaSilva. »Und jetzt sag diesem edlen jungen Mann, er soll seine Brown Bess laden.«

Shea brummte etwas. Der Junge nahm seine Büchse von der Schulter, legte den Verschluss mit geschickten Fingern in Vorderraststellung und kippte etwas Pulver in den Mechanismus. Dann kam Pulver ins Rohr, es folgte eine Bleikugel, und alles wurde mit dem eisernen Ladestock verdämmt, der zum Schluss in die Halterung parallel zum Rohr gesteckt wurde.

DaSilva hatte mitgezählt. Zehn Sekunden, und die Muskete war geladen und schussbereit. Beachtlich. Beim Drill mussten die Rotröcke lange üben, bis sie vier Mal in der Minute laden, feuern und nachladen konnten. Offenbar übertrafen die Mohawk diese Leistung noch. Aber das nützte ihnen nichts. Zum einen würde der Lauf, wenn man die Muskete sechs Mal pro Minute abfeuerte, durch die große Hitze explodieren und einen in die Luft jagen. Aber noch wichtiger war, dass die Brown Bess zwar zur britischen Art des Kämpfens passte, aber nicht zu der der Wilden, so sehr sie die Waffen auch liebten.

»Sag ihm, er soll auf das rote Tuch schießen, das wir in den Baum dort drüben gehängt haben.«

Der Baum stand in etwa dreihundert Fuß Entfernung auf dem jenseitigen Bachufer. DaSilva hatte den roten Wimpel eigens zu dem Zweck mitgebracht. Zuvor hatte auf seine Anweisung hin ein Krieger den Fluss überquert, den Baum bestiegen und das Tuch in einiger Höhe an einen Ast gebunden. Jetzt hing es schlaff, aber gut sichtbar in der Mittagshitze. »Mach schon«, drängte DaSilva. »Sag ihm, er soll den Wimpel wegschießen.«

Shea sprach, fast ohne die Lippen zu bewegen und ohne DaSilva anzublicken. »Da macht er sich ja total zum Narren. Das ist doch unmöglich.«

»Das weiß ich. Mit der Brown Bess ist es unmöglich«, erwiderte DaSilva ruhig. »Aber sag's ihm trotzdem. Und jetzt mach, Irländer, sonst vergeuden wir hier beide einen schönen Sommertag. Und werden zum Dank für unsere Mühe vielleicht noch skalpiert.«

»Aber wir haben ihnen die Musketen doch verkauft«, flüsterte Shea. »Bist du verrückt geworden?«

»Überhaupt nicht. Aber wenn du jetzt nicht bald was sagst, stehen wir beide gleich ohne Skalp da.« Die Mohawk verstanden möglicherweise kein Englisch, aber dass die beiden Weißen stritten, konnte ihnen nicht entgehen. Ihren Mienen war zu entnehmen, dass ihnen das gar nicht gefiel. »Mach zu«, herrschte DaSilva den Iren an. Schweiß rann ihm über den Rücken. »Sag dem Krieger, er soll auf den Wimpel schießen.«

Shea zögerte noch eine Sekunde, dann übersetzte er den

Befehl. Der Junge schaute von den beiden Weißen zu seinen Gefährten. Der Indianer mit der Feder hinter dem Ohr nickte. In der Stille war das Klicken, mit dem das Flintenschloss ganz geöffnet wurde, deutlich zu hören. Dann folgte eine krachende Salve.

Einige lange Sekunden hing beißender Rauch in der Luft. Als er sich verzog, sah man das rote Tuch schlaff und unbeschädigt im Baum hängen.

Die Mohawk sprachen leise untereinander. »Was sagen sie?«, fragte DaSilva, während er das Langgewehr lud.

»Was glaubst du denn, was sie sagen, Mann? Dass das Ziel viel zu weit weg ist. Und dass du das absichtlich gemacht hast, damit sie schlecht dastehen.«

»Für einen Tomahawk ist die Entfernung auch zu groß, oder nicht?«

Die Antwort auf diese Frage kannte Shea selbst. »'türlich, viel zu groß.«

»Also gut, dann sag ihnen …«, DaSilva verdämmte das Pulver und die Bleikugel mit dem eleganten Messing-Ladestock, »sag ihnen, dass ich das Ziel bewusst so weit weg aufgehängt habe, um ihnen die Überlegenheit dieser Waffe zu demonstrieren. Sag ihnen, wenn die Mohawk Gewehre wie dieses besitzen, sind sie die besten Schützen Amerikas.«

Shea übersetzte die Botschaft, doch offenbar überzeugte sie die Indianer nicht.

DaSilvas Waffe war schussbereit. Er kniete nieder, legte sie an die Schulter, bekam das Tuch in die Kimme – die Zielgenauigkeit der Brown Bess war so schlecht, dass sie gar nicht über eine Kimme verfügte – und wartete, bis Shea geendet hatte. Dann feuerte er.

Durch die Länge des Rohrs war das Donnern noch lauter als bei der Muskete. Und im Gegensatz zur Muskete hatte das Gewehr einen kräftigen Rückstoß. Aber die Krieger bemerkten gar nicht, dass DaSilva rücklings auf den Hintern fiel. Sie deuteten durch den sich lichtenden Rauch zu der Stelle, wo vorher der Ast mit dem roten Wimpel gewesen war.

»Heiliger Strohsack«, wisperte der Ire. »Klar hab ich von diesen Teufelsdingern schon gehört, aber noch keins in Aktion gesehen. Zum Teufel noch eins.«

»Genau.« DaSilva stand auf, klopfte Erde von seiner grasverschmierten weißen Hose und glättete seine schwarze Jacke. »Mit diesem Gewehr schicken die Mohawk ihre Feinde allesamt zum Teufel. Das ist sicher. Sag ihnen, sie können einhundert Stück bekommen. In drei Monaten.«

»Sag noch mal den Preis«, erwiderte Shea.

»Derselbe, den ich dir schon genannt hab. Siebzehnhundert Pfund das Stück. Gold oder Silber. Kein Papiergeld. Die Hälfte zahlst du mir jetzt, die andere Hälfte bei der Übergabe.«

»Drei Monate, sagst du?«

»Mit etwas Glück. Es könnten aber auch sechs sein.«

»Warum denn so lang, verdammt?«

DaSilva seufzte. Das hatten sie bereits besprochen, mehrfach sogar. »Weil es ein schwieriges und heikles Unterfangen ist, diese Dinger zu bekommen, Shea, darum. Die Pläne für den Bau dieser Langgewehre werden im Tower von London aufbewahrt; die von der Brown Bess übrigens auch. Und es gibt sehr viel weniger von ihnen. Hundert Stück könnten wir gar nicht stehlen. Das sind so viele, dass sie hier in der Kolonie zusammengebaut werden müssen.«

»Und wer baut sie zusammen?«

»Tja, Shea, das werde ich dir wohl kaum verraten, oder? Warum hörst du jetzt nicht endlich auf, unsere Zeit zu vergeuden, und schließt dein Geschäft mit diesen Rothäuten ab – wie viele Biberfelle sie dir dafür geben, welcher Liefertermin in deinem vollen Kalender noch Platz hat –, und dann können wir diese höllischen Wälder mitsamt unseren Skalps verlassen.« Die Augustsonne stand direkt über ihnen, der Schweiß lief ihm in Strömen übers Gesicht. Solomon fuhr sich über die Stirn.

Die Stimmung des Iren hob sich; er kicherte. »DaSilva, du bist ein komischer Kauz. Könntest du dir nicht mal angewöhnen, deine Stadtkluft zu Hause zu lassen, wenn du in Gottes freie Natur kommst?«

»Eines Tages womöglich«, stimmte DaSilva zu. »Aber jetzt warten unsere Gastgeber auf uns.«

Shea wandte sich den Mohawk zu und begann mit den Verhandlungen.

Gestützt auf sein Gewehr, blieb DaSilva daneben stehen. Er dankte dem Mann, der schlau genug gewesen war, das lange Rohr mit einer Nut zu versehen, so dass man mit der Waffe genau zielen konnte. Das würde Chaos verursachen, einen tödlichen Feuerhagel. Die Rotröcke mit ihren langen Reihen Fußsoldaten, die wiederholt Musketensalven über die Köpfe ihrer Kameraden hinweg feuerten, waren in einer offenen Feldschlacht unbesiegbar – aber hier in den Wäldern der Kolonien so gut wie tot. Wenn die Wilden Waffen von dieser Präzision besaßen, konnten sie kämpfen, wie es ihrer Art entsprach: Sich hinter den Bäumen verbergen und die Offiziere einzeln abschießen. Eine neue Ära zog herauf – ob nun mit oder ohne DaSilva. Und da er unter großem finanziellem Aufwand Kopien der Londoner Baupläne erhalten und in Connecticut und Rhode Island Handwerker gefunden hatte, die diese Gewehre nachbauen konnten, wäre es ausgesprochen dumm von ihm, das nicht in bare Münze umzusetzen.

## V

»Ich möchte, dass du heute Abend diesen Schmuck trägst.« Es war ein Februartag im Jahr 1733. Vor knapp einer Woche hatte Solomon Jennet zu ihrem achtzehnten Geburtstag eine zweireihige Perlenkette geschenkt. Die legte er ihr jetzt um den Hals und schloss die große Diamantschließe, die an der Seite lag, wo jeder sie sehen konnte. Die Steine waren auf die neue Art geschliffen, mit sechsundfünfzig Facetten und nicht bloß sechzehn, wie es bis vor wenigen Jahren Mode gewesen war. »Du siehst hinreißend aus.«

Jennet trug ein tiefblaues Satinkleid. »Genau die Farbe von Madames Augen«, hatte die Schneiderin gesagt, als sie ihr den Stoff vom Ballen um die Schultern drapiert hatte. Diese Anprobe hatte nur eine Andeutung davon gegeben, welches Gewand der Frau – sie war eine französische Hugenottin, die als beste Nähmeisterin New Yorks galt – vorschwebte. Angesichts dieser außergewöhnlich schönen jungen Frau, die mit einem Mann schier grenzenloser finanzieller Mittel verheiratet war, hatte sie sich selbst übertroffen.

Das Mieder des Kleides wurde im Rücken auf die erfindungsreiche neue Methode zusammengehalten, die die Art des Verschlusses gar nicht sehen ließ. Vorne war es tief ausgeschnitten und hatte einen zwickelförmigen Spitzeneinsatz, der den Ansatz der Brüste gerade verhüllte und an Jennets schmaler Taille in einer Spitze endete. Wenn sie stand, bauschte sich der Rock weit um sie; er lag auf einem ausladenden, steifen Drahtgestell, das an ihrem eng geschnürten Satinkorsett unter dem Gewand befestigt war.

»Hinreißend«, wiederholte Solomon. »Ich hätte Lust, dich auf der Stelle zu nehmen.«

Jennet errötete nicht mehr, wenn er so etwas sagte. Stattdessen machte sie einen Knicks und setzte eine demütige, gleichzeitig aber auch kokette Miene auf. »Ich bin deine ergebene Dienerin, Gemahl. Du darfst über mich verfügen.«

»Oh, das werde ich auch noch«, versprach er. »Aber erst später.« Er legte ihr eine dunkelblaue, mit Silberfäden bestickte Samtstola um die Schultern. »Los, wir dürfen nicht zu spät kommen.«

»Und du willst mir immer noch nicht sagen, wohin wir gehen?«

»Noch nicht. Du musst mir vertrauen.«

»Das tue ich, Solomon.« Das klang sehr viel ernsthafter als der bisherige neckende Schlagabtausch. »Ich vertraue dir voll und ganz.«

DaSilva fasste ihr unters Kinn und zog ihr Gesicht zu sich, um es sanft zu küssen. »Das weiß ich. Und das erfüllt mich mit großer Freude, liebste Jennet. In Kürze wirst du vielleicht wissen, wie groß diese Freude wirklich ist.«

Die Kutsche fuhr über die von Laternen erleuchteten Straßen des Stadtzentrums hinaus. Es war noch nicht einmal sechs Uhr abends, aber die Winternacht war bereits hereingebrochen, als Clemence die beiden Schimmel aus dem belebten New York hinaustrieb nach Westen zu den leicht hügeligen, unbesiedelten Wiesen, die sich zwischen dem Broad Way und dem Ufer des Hudson River hinzogen. Einige Tage zuvor hatte es geschneit, und der Weg war lediglich so weit geräumt, dass zwei Kutschen einander passieren konnten – ein gerader, glänzender Pfad zwischen jungfräulich weißen Feldern, die im Licht der Mondsichel gebadet dalagen.

»Es sieht zauberhaft aus.« Jennet drückte ihr Gesicht ans Fenster und verschränkte die Hände in ihrem Biberfellmuff. »Ich kann mir nicht vorstellen, wer den Weg geräumt haben sollte, aber ich bin ihm sehr dankbar.«

»Dann musst du mir dankbar sein. Ich habe den Pfad geräumt. Oder vielmehr, ich habe ihn räumen lassen.«

»Du?«

»Natürlich.«

»Hast du das für mich getan? Nur damit wir diese wunderschöne Ausfahrt machen können?«

Solomon lachte leise auf. »Nein, das kann ich nicht behaupten. Ich habe es aus demselben Grund gemacht, aus dem ich vieles tue, mein Herz. Wegen des Gewinns.«

»Das verstehe ich nicht. Welchen Gewinn kann es bringen, den Weg zu einem Ort zu räumen, den die Leute nur im Sommer aufsuchen?« Am Ufer des Hudson River gab es zahlreiche Stellen zum Fischen, und bei warmem Wetter hatte hier ein halbes Dutzend Tavernen geöffnet. Doch im Winter war der Ort, soweit Jennet wusste, verlassen.

»Ich glaube, ich beantworte jetzt erst einmal keine Fragen mehr. Fass dich in Geduld, mein Herz. Bald wird dir alles klar werden.«

Zehn Minuten später brachte Clemence die Pferde zum Stehen. Durchs Fenster sah Jennet fünf elegante Kutschen – allerdings keine so prachtvoll wie Solomons –, die in der Nähe auf einem Feld standen, jenseits eines dreigeschossigen Hauses, das eine weiße Holzvertäfelung und schwarze Fensterläden hatte. Entlang einer Seite verlief eine überdachte, von weißen Säulen getragene Terrasse. Eine Anzahl Laternen warfen von den Dachgauben einen goldenen Schimmer auf die gesamte Vorderfront. Alle Fensterläden standen offen. Die flackernden Kerzen im Inneren verhießen Wärme und Behaglichkeit; Jennet sah Gestalten in den Räumen umhergehen. »Solomon, wo sind wir?«

Er zog ihre Hand aus dem Muff und nahm sie in seine. »Jennet, vorhin sagtest du, dass du mir vertraust. War es dir damit wirklich ernst?«

»Ja, es war mein voller Ernst. Du musst mir glauben, Solomon.«

»Das tue ich auch. Jetzt werden wir beide sehen, ob wir unseren Ansprüchen genügen.« Mit dem vom goldenen Pferdekopf gekrönten Spazierstock schlug er leicht gegen das Fenster, und Clemence, der draußen stand und auf genau dieses Zeichen gewartet hatte, riss den Verschlag auf.

Solomon sprang hinab. Dann stellte Clemence den Schemel, mit dessen Hilfe Jennet ohne zu springen – was mit dem weiten Rock gar nicht möglich war – aussteigen konnte, und die beiden Männer halfen ihr hinab. Solomon reichte ihr den Arm. Doch er führte sie nicht den Pfad zur schwarzglänzenden Vordertür hinauf, über der ein fächerförmiges Oberlicht brannte, sondern die Veranda entlang zu einem rückwärtigen Eingang, den er mit einem Schlüssel öffnete. Schließlich stiegen sie eine Treppe zu einer weiteren Tür hinauf, die aber nicht versperrt war.

Offenbar war der kleine Raum eigens für sie vorbereitet worden: Zwei vergoldete Sessel mit roten Samtkissen standen dort, ein Tisch mit einer Kerze, eine Karaffe voll Weinbrand sowie eine mit Wein, zwei Kelche und eine Schale mit Süßigkeiten. Die Sessel waren gegenüber einem roten Seidenvorhang aufgestellt.

»Solomon, ich platze vor Neugier. Du musst mir sagen …«

»Psst.« Er legte den Finger auf die Lippen, beugte sich zu ihr und flüsterte ihr ins Ohr. »Wenn du mich liebst und mir vertraust, Jennet, musst du absolut still sein, gleichgültig, was du siehst. Kein Wort. Versprichst du mir das? Sag nichts, nicke nur.«

Sie nickte.

Solomon schenkte sich vom Weinbrand ein und bot ihr vom Wein an, dann machte er mit einem Kerzenlöscher die Kerze aus. Jetzt lag der Raum völlig im Dunkeln, aber Jennet spürte, wie ihr Mann sich vorbeugte und den Samtvorhang aufzog.

Das Zimmer, in das sie blickte, wurde vom Licht zahlreicher Kerzen erhellt. Es war durch schwere gusseiserne Stäbe von dem Raum getrennt, in dem sie und Solomon saßen, und davor hing ein dünner Gazevorhang, der die Sicht jedoch kaum behinderte – Jennet konnte die beiden Frauen, die sich in dem Raum aufhielten, deutlich sehen. Die eine war schwarz. Die andere war weiß. Und beide waren nackt.

Jennet schlug die Hand vor den Mund, um ihren erstaunten Aufschrei zu unterdrücken. Sie fühlte Solomons Blick auf sich ruhen. Sie hatte ihm ihr Wort gegeben, und das würde sie halten. Was immer passieren mochte, sie würde an Solomon glauben und an seine Liebe zu ihr. Aber kurz, während sie sich wappnete für das, was sie erwarten mochte, schloss sie die Augen.

Als sie sie wieder öffnete, lagen die beiden Frauen auf dem Bett. Zusammen mit einem Mann, den sie allerdings kaum sehen konnte, weil die beiden Frauen ihn fast verdeckten. Die Schwarze schien auf seinem Gesicht zu sitzen, die andere hockte rittlings auf seinen Hüften, und ... guter Gott, er ... die waren ja dabei ... Sie konnte nicht glauben, was sie da sah.

Sie spürte Solomons Arm um ihre Schultern. »Warte.« Er hauchte das Wort so leise, dass sie es beinahe nicht hörte, auch wenn er seine Lippen dicht an ihr Ohr presste. »Vertrau mir.« Sie wusste, er wünschte sich, dass sie zuschaute, aber das konnte sie nicht. Die drei gaben jetzt Geräusche von sich. Leises Stöhnen und Ächzen von einer Art, die ihr vertraut vorkam. Genau die Geräusche, die sie und Solomon machten, wenn sie ... Jennet brannte das Gesicht. Ihr war, als würde ihr ein Spiegel vorgehalten vor ihre eigene Wollust im Schlafzimmer, und der Anblick beschämte sie zutiefst. Sie verbarg das Gesicht an Solomons Brust. Was dort jenseits des Vorhangs vor sich ging, erschien ihr wie ein Vorwurf, dem sie sich entziehen wollte.

Er zwang sie nicht zuzuschauen. Er hielt sie nur weiter umfasst, streichelte mit einem Finger ihren Nacken, und beobachtete das dargebotene *Tableau vivant* dort vor ihm auf dem Bett.

Es bot nur mittelmäßigen Unterhaltungswert. In diesem Haus passierten Dinge, die zu sehen er Jennet nie bitten würde. Der Mann dort wollte einfach mit zwei Frauen gleichzeitig ins Bett gehen. Ihre Hautfarbe war ihm relativ egal, aber es war bekannt, dass er eine Vorliebe für die Schwarze mit den schweren Brüsten hatte. Solomon selbst hatte der Leiterin des Bordells aufgetragen, dafür zu sorgen, dass dieser bestimmte Gast an diesem bestimmten Abend die Negerin bekam.

Wie schon Flossie – in dem Haus in Rio, in dem Solomon seine Laufbahn als Zuhälter begonnen hatte –, wusste auch diese Frau, dass es in ihrem eigenen Interesse war, die Wünsche ihres Arbeitgebers zu erfüllen.

Die Geräusche aus dem anderen Raum wurden lauter und heftiger. Die Frauen spielten das natürlich nur vor. In solchen Dingen war Solomon ein Fachmann, er wusste bis zum letzten schaudernden Stöhnen, wie eine Frau klang, wenn sie wirkliche Leidenschaft empfand. Jennet, zum Beispiel ... wenn sie das kleine Miauen ganz tief im Hals von sich gab ... Er würde mit den Frauen reden müssen. Sie mussten sich mehr Mühe geben.

Der Mann stieß einen triumphierenden Schrei aus, der gar nichts Gespieltes an sich hatte. Die beiden Huren hatten ihn erledigt. Solomon spürte, wie Jennet zitterte. Er drückte sie fester an sich. Ihr Gesicht lag noch immer an seiner Brust. Er roch die Süße, die von ihrer warmen Haut aufstieg. Das Ungarische Wasser, das er für sie aus Paris bestellt hatte, aber auch ihr ureigenster Duft. Den nur Jennet hatte. Er strich mit den Lippen über ihr Haar. An diesem Abend war es eigens für den Anlass kunstvoll hochgesteckt und mit einer diamantenen Aigrette festgesteckt. Später würde es ihr offen um die Schultern hängen, ein schwarzer Vorhang, und er würde sie auf sich heben und ihr mit den Fingern durchs Haar fahren, während seine Lippen ihre Brüste liebkosten.

Die beiden Frauen waren aufgestanden, nur der Mann lag noch auf dem Bett. Die Schwarze ging zu einem hohen Waschständer und befeuchtete ein Tuch, mit dem sie zu ihrem Kunden zurückging, um ihn von Kopf bis Fuß zu waschen. Er lag mit geschlossenen Augen da, war im Moment offenbar befriedigt, und genoss die Aufmerksamkeit, die ihm geschenkt wurde. Nachdem die Hure ihn auch rundum abgetrocknet hatte, stand er auf.

Solomon flüsterte seiner jungen Frau direkt ins Ohr. »Jetzt musst du hinschauen. Nur einen Augenblick. Aber sofort.«

Sie hatte versprochen, ihm zu vertrauen. Jennet hob den Kopf und schaute zum Eisengitter. Solomon war sich sicher, dass sie erschreckt Luft holen würde, und legte ihr die Hand schützend vor den Mund.

Zachary Craddock war nicht mehr schlank und muskulös. Er hatte einen Bauch bekommen, weiße Speckfalten lagen um seine Taille. Und sein Haar war sehr dünn geworden. Jennet hatte ihn nie anders gekannt, aber jetzt sah sie den Ehemann ihrer Cousine Tamsyn zum ersten Mal nackt, wie er geistesabwesend die vollen Brüste der schwarzen Frau streichelte, während die Weiße vor ihm kniete und dem schlaffen Glied, das ihm zwischen den Beinen herabhing, mit dem Mund zu einer zweiten Erektion verhelfen wollte.

»Nun? Ich glaube, es wird Zeit, dass du etwas sagst, Jennet. Sonst muss ich daraus schließen, dass du entweder enttäuscht bist oder entsetzt oder beides.«

»Ich bin weder das eine noch das andere. Das habe ich dir schon gesagt.«

»Ja, aber ich bin mir nicht sicher, ob ich dir das wirklich glauben soll.«

»Ich lüge dich nie an, Solomon. Du kannst es mir wirklich glauben.«

Sie saßen wieder in der Kutsche, auf dem Heimweg in die Nassau Street. Sie sah nicht zu ihm hin, hatte das Gesicht zum Fenster gedreht. Er fuhr ihr mit dem goldenen Pferdekopf sacht über die Wange. »Ich glaube es dir auch. Aber trotzdem, wenn du mir nicht sagst, was in deinem Kopf vorgeht, mache ich mir Sorgen, dass du von mir enttäuscht bist.«

Sie zog eine Hand aus dem Muff und umfasste das andere Ende des Spazierstocks. »Wenn du's wirklich wissen willst, ich habe mir gerade gedacht, dass du mir das Haus nicht gezeigt hast, damit ich die wirkliche Quelle deines Wohlstands erfahre. Du hattest etwas anderes im Sinn, Solomon. Und ich überlege, was das sein könnte.«

»Jennet, du bist klug«, sagte er leise. »Aber dieses Mal hast du nur zum Teil Recht. Ich habe dir das Bordell aus zwei Gründen gezeigt. Es ist übrigens nicht das Einzige, ich besitze noch drei weitere. Die New Yorker sind schier unersättlich, was solche Vergnügungen betrifft. Nein, sag nichts. Das tut jetzt nichts zur Sache. Wichtig ist, dass ich dir wirklich zeigen wollte, wie wir unseren Lebensunterhalt verdienen. Denn wenn nicht von mir, hättest du es früher oder später von jemand anders erfahren. Und das wollte ich vermeiden.«

»Das kann ich verstehen.«

»Das dachte ich mir. Mein zweiter Grund sollte dir nicht

minder verständlich sein. Es war doch Zachary Craddock, der die Laufbahn deines Vaters zerstört und ihn zu einem Leben in Armut verdammt hat, oder nicht?«

»Doch.«

»Eben. Und jetzt, liebstes Kind, weißt du, dass du Zachary Craddock in der Hand hast. Er ist dir auf Gedeih und Verderb ausgeliefert. So hoch du ihm die Trauben auch hängen willst – ihm bleibt nichts übrig, als danach zu springen. Nenn es ein zweites, etwas verspätetes Geburtstagsgeschenk.«

Das Mondlicht strömte durch den geöffneten Vorhang ins Schlafzimmer, wo Jennet auf dem Bett lag, die tiefschwarzen Haare über das Kissen ausgebreitet, wie er es sich vorgestellt hatte. Sie sah sehr ernst aus. »Solomon«, sagte sie, »ich möchte dich zwei Dinge fragen.«

Er stützte sich auf einen Ellbogen und beugte sich über sie. »Dann frag.«

»Warum werde ich nicht schwanger?«

Er zögerte einen Moment. »Darf ich wissen, warum du mich das ausgerechnet an diesem Abend fragst?«

»Weil es offenbar eine Nacht der Enthüllungen ist. Und ich denke schon seit einiger Zeit darüber nach.«

»Also gut. Du bekommst kein Kind, weil ich es nicht möchte. Ich bin noch nicht bereit zu sehen, wie dein Bauch dick wird und deine Hüften in die Breite gehen, und auch nicht bereit, deine Brüste mit einem plärrenden Balg zu teilen. Eines Tages vielleicht. Aber noch nicht jetzt.«

»Und wie verhinderst du das? Mit der Seidenhülle, die du immer anlegst?«

»Ja. Und indem ich mich im richtigen Moment aus deiner köstlichen, herrlichen Möse zurückziehe.« Er liebkoste ihren Hals, als er das sagte, fuhr ihr mit der Zunge über die Rückseite des Ohres. Er hatte sich schon öfter gefragt, ob sie das Kondom wohl bemerkte; aber er war sich sicher, dass sie in ihrer völligen Unerfahrenheit nicht die unterschiedlichen Möglichkeiten kannte, eine Schwangerschaft zu verhindern. »Bist du enttäuscht? Hättest du gerne ein Kind?«

»Nein. Ich habe meine jüngeren Geschwister mehr oder weniger allein aufgezogen. Es eilt mir nicht damit, die Erfahrung zu wiederholen.«

Er lachte. »Wie schön, dass wir da einer Meinung sind. Aber du wolltest mir zwei Fragen stellen – was ist die zweite?«

»Die schwarze Frau, die auf Zacharys Gesicht saß – was hat sie mit ihm gemacht?«

Jetzt lachte er dröhnend. »Ich mache noch ein richtig verderbtes Mädchen aus dir. Aber wenn du schon fragst – sie hat nichts mit ihm gemacht. Er hat etwas mit ihr gemacht. Komm« – er fasste sie mit beiden Händen um die Taille und hob sie auf sich –, »setz dich auf mein Gesicht, wie du es genannt hast, und ich zeig's dir.«

## VI

Im Frühling des Jahres 1734 wurden die New Yorker zum dritten Mal in weniger als zwei Jahren von einer Seuche heimgesucht. So als wollte der Allmächtige sie einer schrecklichen Prüfung unterziehen. Später würde die Krankheit Diphtherie heißen; die damaligen Mediziner nannten sie *Angina suffocativa*, Normalsterbliche kannten sie als Rachenbräune. Aber über alle brachte sie großes Elend, vor allem über die Kinder. Und Caleb Devrey.

Die Epidemie begann, wenige Monate nachdem Will Devrey die Geduld mit seinem jüngeren Sohn verloren hatte. Seit Calebs Rückkehr aus Edinburgh zwei Jahre zuvor – und dem aufgelösten Verlöbnis mit seiner Cousine –

hatte er nichts getan, als zu Hause herumzusitzen. Wenn er sich doch einmal aufraffte auszugehen, besuchte er die Taverne oder die Huren. Da Will aber viel Geld in Calebs Ausbildung investiert hatte, kam es für ihn nicht in Frage, dass aus seinem Sohn ein Nichtsnutz wurde.

»Wenn du nicht bereit bist zu heiraten, Caleb, will ich dir keine Frau aufzwingen. Aber du musst endlich anfangen zu arbeiten.«

»Das möchte ich ja auch, Vater. Aber es ist nicht einfach, in New York Patienten zu finden. Es gibt zu viele ...«

»Zu viele andere Ärzte, ob mit oder ohne richtige Ausbildung«, schloss Will. »Und sie alle geben Anzeigen in der *Gazette* auf oder in Zengers neuem Blatt ... Wie heißt es gleich?«

»*Weekly Journal.*«

»Ja, genau. Wo haufenweise Doktoren ankündigen, dass sie dieses und jenes und das andere heilen können. Du musst dich von der Masse abheben, Caleb. Sonst bringst du es nie zu etwas.«

»Du hast sicher Recht, Papa. Aber wie soll ich mich denn ›von der Masse abheben‹, wie du so schön sagst?«

»Das ist ganz einfach. Ich habe mit Cadwallader Colden vereinbart, dass du mit ihm die Praxis teilst.«

»Mit wem? Ein außergewöhnlicher Name.«

»Ja, dafür kann ich nichts. So heißt er eben. Du warst zu lange weg, sonst hättest du schon von ihm gehört. Dieser Cadwallader Colden ist ein aufsteigender Stern in der Politik. Er ist Generalinspekteur von New York. Das bedeutet viel Macht, Junge, denn er kann bestimmen, wer wo etwas bauen darf.«

»Aber ich bin Doktor der Medizin. Ich verstehe nichts von ...«

»Er auch nicht.«

»Wer?«

»Ich hab's dir gerade gesagt. Cadwallader Colden. Er hat in Edinburgh Medizin studiert, genau wie du. Aber er hat Frau und Kinder, die er ernähren muss, und er ist schlau. Der Gouverneur hat ihm einen wichtigen Posten gegeben. Wenn er also trotzdem mit der Medizin weitermachen will, braucht er einen Assistenten. Ich habe ihm dich vorgeschlagen, und er hat eingewilligt.«

Caleb Devrey besaß kein eigenes Vermögen, hatte keine Frau und keine Zukunftsaussichten. So stand es außer Frage, dass er sich den Wünschen seines Vaters beugen musste. Doch weder Vater noch Sohn hätten je ahnen können, dass Caleb wenige Monate nach seinem Arbeitsbeginn bei Cadwallader Colden einer der schlimmsten und tödlichsten Epidemien ausgesetzt sein würde, die die Stadt je erlebt hatte.

An einem einzigen Vormittag im Mai sah Caleb vier seiner kleinen Patienten sterben.

Jeder ausgemergelte Kinderkörper durchlitt den gleichen qualvollen Kampf, keuchte, hechelte und röchelte, um Luft zu bekommen. Und kurz bevor das Ende kam, lief jeder blau an. Jedes Kind bäumte sich auf und krallte mit gekrümmten Fingerchen nach der Bettdecke, während es langsam erstickte. In zwei Fällen sprangen durch den großen Druck die Augen aus den Höhlen. Und endlich, langsam, unter unvorstellbaren Qualen, endete das junge Leben.

Cadwallader Coldens Vorstellung von den Aufgaben eines Seniorpartners bestand darin, dass der Juniorpartner – Caleb Devrey – sich um alles Medizinische kümmerte, während er selbst seinen anderen Geschäften nachging. Krankenbesuche lagen in Calebs Verantwortung. Eigentlich sollte er an dem Vormittag, an dem die vier Kinder starben, vor der Mittagsstunde noch zwei weitere Visiten machen. Stattdessen wankte er verschwitzt und erschöpft in das kleine Büro, das sein Vater ihm und Colden zur Verfügung gestellt hatte.

Es war ein sehr kleiner Raum im Erdgeschoss des Devrey-Hauses an der Wall Street, neben dem Kontor, in dem Devrey Shipping untergebracht war. Im Arbeitszimmer der beiden Ärzte stand wenig mehr als zwei Schreibtische. In einem davon wurde für Notfälle eine Flasche Rum aufbewahrt.

Caleb ließ die Tür hinter sich ins Schloss fallen. Er war froh, weder seinem Vater noch seinem Bruder in die Arme gelaufen zu sein. Zitternd, mit geschlossenen Augen, lehnte er sich an die Wand und wartete, bis er genügend bei Kräften war, um sich einen Schluck Rum einzuschenken.

»Guter Gott, Mann, was ist denn? Fehlt Ihnen etwas?«

Caleb öffnete die Augen und zwang sich, Haltung anzunehmen. »Doktor Colden. Ich hatte nicht damit gerechnet, Sie hier anzutreffen. Nein, ich bin nicht krank, Sir. Zumindest glaube ich das nicht.« Er fasste sich an den Hals und machte zur Probe einen tiefen Atemzug. Nein, alles in Ordnung.

»Erwachsene werden von der *Angina* nur selten befallen«, erklärte Colden gelassen. »Zumindest sind in der Literatur nur wenige Fälle bekannt.«

Der Mann redete ständig von der Literatur. Er verstand sich wohl eher als wissenschaftlicher Forscher, was seiner Ansicht nach bedeutete, dass er es umgehen konnte, hilflos dabeizustehen, während kleine Kinder erstickten. »Ich habe keine Angst, sie zu bekommen.« Caleb ging zu seinem Schreibtisch und stellte seine Tasche obenauf. »Aber zuzuschauen und nichts tun zu können, während diese grausame Krankheit Kinder wahllos dahinrafft – das ist unerträglich.«

»Ja, das kann ich mir denken.«

»Sie denken richtig.«

Bislang hatte Colden gesessen, aber jetzt erhob er sich. Das machte allerdings kaum einen Unterschied. Er war ein klein gewachsener, rundlicher Mann mit kurzen O-Beinen, die zu dürr wirkten, um seinen Körper zu tragen, und die Nase war viel zu groß für sein Gesicht. Er trug eine kurzhaarige, stark gepuderte Perücke, die bessere Zeiten gesehen hatte; auf den Schultern seines schwarzen Ripsmantels, den er offen über einer schwarzen Weste und einem weißen Leinenschal trug, lag ständig eine weiße Puderschicht. »Wie viele waren's denn heute Vormittag?«

»Vier. Zwei davon im selben Haus. Die letzten beiden noch lebenden Söhne einer Frau, die schon ihren Ältesten an die Rachenbräune verloren hat.«

»Guter Gott. Ich vermute, Sie haben geschröpft?«

»Natürlich.« Caleb öffnete seine Tasche, holte den Schröpfkopf heraus und ließ ihn auf den Tisch fallen. »Ich hab das verdammte Ding so oft angelegt, dass der Hals von einem Ohr zum anderen eine einzige Blase war. Offen gestanden, Doktor Colden, meiner Ansicht nach hat das weder mir noch meinen Patienten irgendetwas genützt.«

»Das muss es aber. Die Literatur ist da sehr ...«

»Ja, ich weiß. Die Literatur ist da sehr eindeutig. Bei Krankheiten im Rachen eine große Blase, die den ganzen Kehlkopf bedeckt. Ich versichere Ihnen, ich habe das Schröpfen nicht vernachlässigt.«

*Was haben sie dir in Edinburgh beigebracht, das überzeugender ist als der Beweis, den dir deine eigenen Augen liefern ...* Jennets Worte. Damals, als sie beim Hafen standen und redeten und sie ihm sagte, dass sie ihn heiraten würde, weil er kein Dummkopf war.

»Und Sie haben zur Ader gelassen?«, fragte der ältere Mann.

»Ja, Doktor Colden. Ich habe zur Ader gelassen. Alle

meine Patienten. Jeden zweiten Tag morgens und abends. *Ad deliquium* von der Halsschlagader, wie die Literatur es empfiehlt. Und ich habe die empfohlenen acht Gran Kalomel am Tag verabreicht. Zwei Mal täglich habe ich jedes Kind mit einer Mischung von Brechweinstein und Antimonsalz purgiert. Und sie haben geschissen und gekotzt, bis ihre Gedärme völlig leer waren. Aber was die Heilung von *Angina suffocativa* betrifft, hat nichts davon genützt.«

»Trotzdem ist das die Behandlung, die von allen Geistesgrößen in der Medizin empfohlen wird.« Colden begann, die Papiere auf seinem Schreibtisch einzusammeln. »Und es kann auf jeden Fall nicht schaden. Sie brauchen sich nicht weiter zu beunruhigen.«

Die Dokumente, mit denen Colden sich so angelegentlich befasste, waren in Will Devreys Handschrift abgefasst. Zweifellos Einzelheiten über Grundbesitztransaktionen, die er beschleunigt wissen wollte. »Dr. Colden, darf ich Sie etwas fragen ... Ist Ihnen ein Kind an dieser Halserkrankung gestorben?«

Colden hielt inne, schaute auf. »Eins meiner Kinder?« Caleb nickte. Sein Seniorpartner machte sich wieder an den Papieren zu schaffen. »Nein. Diese Prüfung hat Gott mir erspart. Und da meine Familie ein Stück außerhalb der Stadt lebt, fürchte ich bei dieser Seuche nicht um sie.«

»Da haben Sie großes Glück. Meine Schwester ist rechtzeitig aufs Land gezogen, nach White Plains, um ihre Kinder in Sicherheit zu bringen. Aber mein Bruder Bede und seine Frau haben schon ihre jüngste Tochter verloren und fürchten jetzt um das andere Mädchen und die Zwillingssöhne.«

Colden sah wieder von seinen Unterlagen auf. »Ja, das hat Ihr Vater mir erzählt. Das ist eine schwere Prüfung. Mein Beileid zum Tod Ihrer Nichte, Doktor Devrey.«

»Danke. Darf ich Sie noch etwas fragen?«

»Natürlich.«

»Könnten Sie sich vorstellen, dass es möglicherweise … vielleicht … ich meine, mit großem Geschick, mit größtem Geschick, und größter Vorsicht …«

»Ja? Woran denken Sie, Doktor Devrey? Scheuen Sie sich nicht. Fortschritte in der Wissenschaft gehen stets auf Beobachtung und Experimente zurück. Wenn Ihnen eine Medizin aufgefallen ist, die …«

»Nein, nichts in der Art. Ich wünschte, das wäre der Fall. Nein, woran ich dachte, war … Wäre es eventuell möglich, chirurgisch einzugreifen, Doktor Colden?«

»Chirurgisch? Sie meinen, mit dem Messer?«

»Mit dem Skalpell, ja.«

»Gütiger Gott, was für eine Vorstellung. Nein, das ist absolut undenkbar. Ich gebe Ihnen mein Wort, Doktor Devrey, wenn Sie Ihren kleinen Patienten die Kehle aufschneiden, sterben sie eher früher als später.«

Caleb hielt seine großen Hände vor sich und betrachtete sie. »Ich meinte auch nicht, dass ich das machen sollte. Ich kann ja kaum eine Lanzette zum Aderlassen ansetzen. Meine Hände zittern zu stark. Ich kann gar nichts dagegen tun.«

»Das macht nichts. Sie können jederzeit einen Bader kommen lassen, wenn Sie einen brauchen. Oder Blutegel ansetzen.«

»Ja. Das kann ich, und das tue ich auch.« Er starrte immer noch auf seine Hände. »Aber was ist mit anderen Leuten? Chirurgen? Die, die mit dem Messer umgehen können.«

»Schlachter können mit dem Messer umgehen.« Colden hatte die Papiere zu seiner Zufriedenheit geordnet und legte sie in eine lederne Tasche. »Ich glaube nicht, dass irgendeine Mutter es Ihnen danken würde, wenn Sie mit einem Schlachter zu ihrem todkranken Kind kommen.« Die Tasche wurde geschlossen, der Schlüssel umgedreht.

»Da haben Sie sicher Recht. Aber mir geht noch etwas durch den Kopf.«

Cadwallader Colden war auf dem Weg zur Tür. Er blieb stehen. »Ja? Was liegt Ihnen noch auf der Seele, Doktor Devrey? Wenn ich Sie darauf aufmerksam machen darf, es ist beinahe Mittagszeit. Ich gehe also davon aus, dass Sie kein wichtiges Thema anschneiden möchten.«

»Kein sehr wichtiges, Doktor Colden. Nur das: Glauben Sie, dass eine Frau je Arzt sein könnte? Oder vielleicht Chirurg?«

»Eine Frau als ... Sie belieben zu scherzen, nicht wahr?«

»Offen gestanden, Doktor Colden, ich bin mir nicht sicher. Aber wahrscheinlich haben Sie Recht.«

In den ersten beiden Jahren ihrer Ehe mit Solomon hatte Jennet Martha Kincaid nur ein Mal gesehen. Sie waren auf der Straße aneinander vorbeigegangen, und beide waren stehen geblieben und hatten sich angeschaut. Nur lange genug, damit Jennet sehen konnte, dass die Geschwulst in Marthas Gesicht nicht wiedergekehrt war, und zu bemerken, wie die andere Frau ihr vornehmes Kleid, ihren Umhang und ihren Muff beäugte.

Trotzdem, seit ihrem Besuch in der Spelunke im Wald war kein Tag vergangen, an dem diese Erinnerung sie nicht verfolgte. Der Mann, dem ein Horn aus dem Schädel wuchs, die Frau, deren Hände am Ellbogen angewachsen waren, die zweiköpfigen Zwillinge ... Die Erinnerung daran bestärkte sie nur noch mehr in ihrem Entschluss, für diejenigen, deren Elend sie lindern konnte, alles zu tun, was in ihrer Macht stand.

Mit ihrer Wohltätigkeit und ihren chirurgischen Fähigkeiten hatte sie das Leben der allerärmsten Frauen und Kinder ein wenig gelindert, aber diese Halskrankheit überforderte sie. An einem Mittwoch, gut drei Wochen nach Beginn der Epidemie, kam sie von den Gerbereien nach Hause; ihre Augen waren rotgeweint. »Solomon, so darf das einfach nicht weitergehen.«

Er las gerade die *Gazette*. Dort wurde von einem Dorf auf der langen Insel berichtet, in dem noch ganze zwei Kinder am Leben waren, alle anderen hatte die Rachenbräune hinweggerafft. »Mein liebes Herz, wenn es in meiner Macht oder der Macht irgendjemandes anderen hier in der Provinz stünde, dem ein Ende zu bereiten, wäre die Halserkrankung schon vorüber. Ich vermute, du hast einen besonders schlimmen Tag bei deinen Bedürftigen erlebt.«

»Grauenhaft. Ada Carruthers … Von der habe ich dir schon einmal erzählt, oder nicht?«

»Ich glaube doch. Die keinen Mann hat, aber dafür sieben Kinder.«

»Fünf. Aber jetzt hat sie nur noch zwei. Drei sind diese Woche erstickt. Und keine der Frauen in den Gerbereien hat einen Mann. Und gerade du solltest verstehen, wie es um sie steht, Solomon. Also schau mich nicht so an.«

Sie saßen in seinem Arbeitszimmer im ersten Stock. Tilda, das schwarze Hausmädchen – Solomon erlaubte nicht, dass irgendjemand in seinem Dienst Sklave genannt wurde, und obwohl er sie alle gekauft hatte, bezahlte er ihnen einen Lohn –, hatte das Tablett mit dem Teeservice gebracht. Während Jennet sprach, schenkte sie den duftenden Tee in zwei große Porzellantassen und gab mit einer Silberzange zwei Stück braunen Zucker in die Tasse ihres Mannes. Bevor sie sie ihm reichte, goss sie noch etwas Milch hinein. »Danke«, sagte Solomon. »Ich schaue dich an, wie es mir beliebt. Ich bin dein Mann; das ist mein Recht.«

»Mein Herr und Meister«, erwiderte sie. Zum ersten

Mal, seit sie nach Hause gekommen war, gelang ihr ein Lächeln.

»Und Zuchtmeister. Vergiss das mit der Zucht nicht.«

»Nie. Das mit der Zucht ist das Schönste.«

Er trank einen Schluck und lächelte sie über den Rand der Tasse hinweg an. »Jennet, Liebste, die alten Weiber, die dir so am Herzen liegen – du darfst sie nicht auf eine Stufe stellen mit den Frauen, die für mich arbeiten. Das sind professionelle Prostituierte. Die Weiber, die in den Hütten rund um den Sumpf leben, die zum Betteln in die Stadt kommen und in jeder Türöffnung Unzucht treiben, das sind Dirnen. Das ist nicht dasselbe. Dirnen, die trinken und oft auch stehlen, die Krankheiten verbreiten und sich wie die Karnickel vermehren. Klugerweise würde man sie wegsperren, damit sie keine Gefahr für anständige Leute mehr darstellen.«

»Das ist gar nicht nett von dir, das zu sagen! Wenn du das wirklich denkst, warum hilfst du ihnen dann so viel?«

»Das tue ich nicht, du bist diejenige.«

»Aber nur durch deine Großzügigkeit.«

»Aber großzügig bin ich nur deinetwegen. Denn wie du wohl weißt, ich bete dich an. Helfen tust du ihnen. Obwohl ich nie begreifen konnte, weshalb eigentlich.«

»Ich weiß es selbst nicht genau«, räumte sie ein. »Aber seit ich ein Kind war, seit ich wusste, dass für einige Leute das Leben noch viel härter ist als für mich und meine Familie, auch in den schlimmsten Zeiten ... Vor allem, nachdem ...« Sie brach ab. Sie hatte Solomon nie von Martha Kincaids Spelunke erzählt oder von den Leuten, die dort lebten. Ganz zu schweigen davon, dass sie einmal dort gewesen war.

»Ja?«

»Nichts.« Jennet trank von ihrem Tee, ohne ihn anzusehen. Aber Solomon betrachtete sie. Mit einem Gesichtsausdruck, der ihr sagte, dass er weit mehr wusste, als sie ihm je erzählt hatte. »Es ist, als würde das Elend mich rufen«, flüsterte sie. »Dann fange ich innerlich an zu zittern. Und wenn das passiert, dann denke ich, ich sterbe, wenn ich nichts unternehme. Also tue ich es.«

»Und was ist das?« Er stellte die Tasse ab. »Was genau tust du?«

»Das weißt du doch. Ich bringe den Frauen oben bei den Gerbereien Lebensmittel. Und Tinkturen und Salben, die ich von Phoebe in der Apotheke hole. Außerdem gebe ich ihnen etwas Geld, damit sie sich Bier kaufen können und nicht das schreckliche Sumpfwasser trinken müssen oder die salzige Lache, die aus den Brunnen kommt.«

»Und meistens kaufen sie sich damit Rum oder Genever.«

Sie zuckte die Achseln. »Manchmal wohl schon.«

»Du weißt, dass es so ist, und zwar ziemlich oft. Jennet, du hast meine Frage nicht beantwortet. Was tust du noch?«

Ihre Hand zitterte, als sie die Tasse absetzte. »Du hast etwas gehört, Solomon. Du solltest mir sagen, was.«

»In meinem Gewerbe höre ich vieles. Nicht alles entspricht auch der Wahrheit. Aber wenn eine Geschichte in Kaffeehäusern und Tavernen, in Ramschläden und Bordellen allzu oft wiederholt wird … dann wird sie allmählich zur Wahrheit, Jennet. Das weißt du.«

»Du denkst an meinen Vater. Ja, ich weiß.«

»Also, wie ist es mit der folgenden Geschichte? Die besagt, dass du dich als Chirurg betätigt hast, eine Lanzette und ein Skalpell benützt hast?« Seine Stimme wurde sanft. »Auf dem langen Weg zwischen absolut wahr und frei erfunden – wo steht die Geschichte da, mein geliebtes Herz?«

Jennet schürzte die Lippen, drehte einen Moment an ihren Ringen, dann hob sie den Kopf und schaute ihn an. »Absolut wahr, Solomon.«

»Ja, Jennet, das dachte ich mir.«

Ihre Augen wurden groß. »Das hast du dir gedacht?«

»Natürlich. Du bist klug genug, um so etwas zu lernen, und du bist in einem Haus groß geworden, wo du es leicht lernen konntest. Gott weiß, dass du mit deinen Zauberhänden alles tun kannst. Und ich kenne dich – ich weiß, dass ein Teil von dir nicht zögert, genau das zu tun, was du tun willst, und sich erst später die Folgen überlegt.«

»Aber ich bin eine Frau.«

»Dass das die absolute Wahrheit ist, weiß ich nun selbst.«

Sie war nicht in der Stimmung, auf sein Flirten einzugehen. »Jeder sagt, dass es widernatürlich ist.« Sie sah ihn unter gesenkten Wimpern an, wartete, versuchte, seine Reaktion abzuschätzen. »Alle sagen, ich dürfte nicht ...«

»Normalerweise kümmert es mich wenig, was alle sagen.« Ihr Herz machte vor Freude einen Satz. Dann fuhr er fort: »Doch in diesem Fall liegt die Sache anders.«

Ein kurzer, scharfer Stich der Enttäuschung fuhr ihr durch die Brust. »Einen Augenblick dachte ich, du würdest meinen Wunsch verstehen. Mich unterstützen.«

»Ich kann den Gedanken, dass du in einem Kerker Seiner Majestät sitzt, nicht unterstützen. Du handelst gesetzwidrig, Jennet. Du kannst vor Gericht gestellt werden und die volle Härte des Gesetzes zu spüren bekommen, wie man so sagt.« Er klopfte mit einer Fingerspitze auf die Zeitung. »So schlimm es um diese Kinder auch steht, du kannst nicht ...«

Sie knüllte die leinerne Serviette auf ihrem Schoß zusammen und warf sie auf den Tisch. »Darum brauchst du dir keine Sorgen zu machen, Solomon. Ich habe nicht die mindeste Ahnung, was ich bei dieser Erstickungskrankheit chirurgisch machen könnte. Wenn ich es wüsste, würde ich's tun, was immer das Gesetz sagt. Aber ich weiß nichts.

Und was die Gesetzeswidrigkeit betrifft ... guter Gott, wie nennst du das, was du machst?«

»Schlau«, antwortete er. »Ich nenne es schlau. Und einträglich. Und notwendig. Und ich versichere dir, ich halte mich absolut an das Gesetz – an das eigentliche Gesetz, das unser alltägliches Leben und Überleben regelt.«

»Ich verstehe nicht, was du damit meinst.«

»Das ist mir klar. Deswegen führen wir dieses Gespräch ja auch. Jennet, der Grund, warum ich und meine Etablissements nicht gesetzlich belangt werden, ist, weil wir unsere Geschäfte richtig führen. Und weil wir die Leute, deren Arbeit es ist, uns das Leben schwer zu machen, so gut und so diskret bezahlen, dass sie keinerlei Veranlassung sehen, uns Schwierigkeiten zu machen, aber jeden Grund, uns in Ruhe zu lassen.«

Ihr Mund öffnete sich, formte einen perfekten kleinen Kreis, wie immer, wenn sie überrascht war, und jedes Mal wollte er sie dann küssen. »Ach so. Ich verstehe. Ich hätte nie gedacht ...«

»Nein. Mir ist klar, dass du nie darüber nachgedacht hast. Deswegen sage ich es dir ja auch. Und hast du mittlerweile über Zachary Craddock nachgedacht?«

»Zachary ... Was hat er damit zu tun?«

»Sehr, sehr viel. Ich habe ihn dir auf einem Silbertablett präsentiert, Jennet, aber du hast das Geschenk noch nicht eingesetzt.«

»Du meinst seine Vorliebe für Huren? Aber ich weiß nicht, wie ich das benützen soll. Ich habe schon öfter darüber nachgedacht, aber was soll ich tun? Selbst wenn ich ihn dazu bringen könnte, ein paar nette Worte zu sagen – ich glaube nicht, dass es irgendwie nützen würde, wenn Zachary sich jetzt, nach all den Jahren, bei Papa entschuldigt. Das würde doch nur den ganzen Staub wieder ...«

»Du redest wie ein kleines Mädchen. Natürlich würde es nichts nützen, wenn Craddock eine öffentliche Erklärung über deinen Vater abgäbe. Bei Rache geht es um etwas ganz anderes, Jennet – es geht darum, viel mehr zu bekommen, als man früher einmal bezahlen musste.«

Sie schüttelte den Kopf. »Solomon, ich kann dir nicht folgen. Ich weiß, dass du das von mir erwartest, aber mir ist überhaupt nicht klar, was du von mir willst.«

»Also gut, dann drücke ich mich etwas deutlicher aus. Wenn du mir dein Wort gibst, dass du nie wieder ein chirurgisches Instrument anfasst.«

Sie erwiderte nichts.

»Dein Wort, Jennet. Ich schlage dir ein Tauschgeschäft vor. Hilfe für deine Frauen und ihre Gören sowie Rache für deinen Vater. Im Gegenzug gibst du die Chirurgie auf.« Sie schwieg noch immer, sah ihn nicht einmal an. »Komm, mein Herz. Hast du je erlebt, dass ich ein Versprechen nicht gehalten habe?« Sie schüttelte den Kopf. »Also«, fuhr er fort. »Können wir uns einigen?«

Jennet biss sich auf die Lippe, faltete die Hände und starrte sie an. Zauberhände hatte er sie genannt. Etwas ganz Ähnliches hatte sie Caleb Devrey gesagt, als sie zum ersten Mal nach seiner Rückkehr aus Edinburgh miteinander redeten. *Ich kann mit diesen Händen alles tun, Caleb. Ich kann mit ihnen zaubern. Das ist eine Gabe Gottes, die doch sicherlich eingesetzt werden muss.* Und Caleb hatte den Kopf geschüttelt und entsetzt das Gesicht verzogen, und jetzt verbreitete er hässliche Geschichten über sie. Sie mussten von ihm stammen. Die Frauen würden sie nie verraten. Genau davor hatte ihr Vater sie gewarnt. Caleb Devrey war ihr Feind geworden. Und er konnte Solomon mehr schaden als ihr.

Sie stand auf, ging durchs Zimmer auf und ab, ballte dabei immer wieder hastig ihre Hände zu Fäusten.

Ihr ganzes Leben lang, seit sie mit acht Jahren zufällig miterlebt hatte, wie ihr Vater einen Tumor aus dem Arm eines Mannes entfernte, seitdem war sie fasziniert von dem Mut, den es verlangte, in einen menschlichen Körper zu schneiden. Und wenn man damit ein Leben retten konnte ... Selbst jetzt raubte ihr diese Vorstellung noch den Atem. Vor allem jetzt. Mit wachsender Übung war sie immer besser geworden. Wenn sie jetzt schnitt, kam es ihr nicht mehr vor, als wären ihre Hände ein Geschenk Gottes. Es kam ihr vor, als wäre sie selbst Gott. Sie konnte das Böse heraustrennen und das Gute zurücklassen. Zumindest manchmal.

»Ich warte auf deine Entscheidung, Jennet.«

Solomon redete leise, ohne sie zu drängen, ohne sie beeinflussen zu wollen. Wie damals, als er an ihrem Hochzeitstag in der Kutsche mit ihr sprach. Und sie hatte damals weiß Gott die richtige Entscheidung getroffen. Sie hatte aus den völlig falschen Gründen genau die richtige Wahl getroffen. »Ich liebe dich, Solomon.«

»Das weiß ich. Ich bin mir nur nicht sicher, ob du mich genügend liebst, um diese gefährliche, aber für dich offenbar unverzichtbare Vorliebe aufzugeben.«

»Ich tue wirklich Gutes, weißt du. Ich kann nicht alle retten, aber manche doch.«

»Das glaube ich gern.«

Sie seufzte. »Aber ich will anderen nicht auf Kosten meines Mannes helfen.« Sie brach ab, holte tief Luft. »Also gut, Solomon. Ich werde nie wieder eine Lanzette oder ein Skalpell anfassen.«

»Versprichst du mir das, mein Herz? Keine Ausflüge mehr ins Chirurgengewerbe?«

»Nein.«

»Schwörst du?«

»Ja, Solomon, ich schwöre.«

Er stieß einen tiefen Seufzer aus, als sei ihm eine große

Last von der Seele gewichen. »Gott sei Dank. Und jetzt zu meinem Teil unseres Abkommens. Deine Erniedrigten und Beleidigten draußen bei den Gerbereien und all die anderen Wohltätigkeitsfälle, mit denen du dich erschöpfst – wären sie in einer eigenen Einrichtung nicht viel besser aufgehoben? So etwas in der Art wie St. Bartholomew's in London?«

»Ein Hospital?«

»Genau. Aber keine von diesen elenden Einrichtungen, die in dieser Kolonie als Hospital ausgegeben werden. Sondern eines, wo die Armen richtig behandelt werden könnten.«

»Ach, Solomon, das ist eine großartige Idee! Könntest du …«

»Nein, ich könnte nicht. Das muss eine öffentliche Einrichtung sein, keine private Wohltätigkeit. Sie muss von der Stadtbehörde bewilligt und mit der Unterschrift des Gouverneurs abgesegnet sein. Und genau diese Stadtbehörde muss deinen Vater zum leitenden Chirurgen ernennen.«

Jennet schlug die Hände vors Gesicht. Ihre Haut brannte. Solomons Idee war wie ein Märchenbild, das in der Ferne vor ihr auftauchte. Aber wie alle Märchenbilder war es ein Trugbild. »Das werden sie nie tun. Der Vorschlag ist ein oder zwei Mal gemacht worden, aber der Rat war nie bereit, tatsächlich ein Hospital zu bauen. Warum sollten sie jetzt ihre Meinung ändern? Und mein Vater ist immer noch in Verruf … Ich kann mir nicht vorstellen, was sie davon überzeugen würde, ihm die Stelle zu geben.«

»Zweierlei«, erklärte Solomon. »Zum einen geht es in der Stadt seit einigen Monaten wirtschaftlich bergab. Pennsylvania produziert mehr Weizen als wir hier in New York. Der Weizen ist zwar nicht so gut, aber das ist den Besitzern der Zuckerrohrplantagen völlig egal. Also essen die Sklaven in der Karibik billigeres Brot und die Arbeiter hier in New York gar keins. Im Augenblick werden hier ganze zwei Schiffe gebaut, Jennet. Vor eineinhalb Jahren waren es noch zwei Dutzend. Die Politiker haben versprochen, den Handwerkern zu helfen. Das können sie nur, indem sie einen Bau beginnen, der aus öffentlichen Geldern bezahlt wird.«

»Aber warum ausgerechnet ein Hospital, das sie eigentlich gar nicht wollen? Wie sollten wir sie denn dazu überreden?«

»Nicht wir. Du. Du wirst sie überreden.« Als er ihre ungläubige Miene sah, lachte er leise. »Sagen wir es anders, liebstes Herz. Du wirst deine Macht benützen, damit sie tun, was du willst.«

Jennet kehrte zu ihrem Sessel zurück, setzte sich auf ihren Platz Solomon gegenüber und glättete ihre weiten Röcke, so dass die Seide und der Taft laut raschelten. Er hatte den Verstand verloren. Solomon, ihr großartiger, wunderbarer und sonst so kluger Mann, hatte den Verstand verloren. »Ich habe keine Macht über den Stadtrat, Solomon.«

Der Anblick ihrer Brüste, die von ihrem eng geschnürten Mieder hochgepresst wurden, brachte sein Blut in Wallung. Später. Erst musste er diese Sache zu Ende bringen. Ein Mann, ein Wort, immer. »Doch, das hast du«, widersprach er. »Ich habe sie dir gegeben.«

Jennet starrte ihn an. Ihr wunderschönes Gesicht war ein Bild der Verwirrung. In den Winkeln ihrer unglaublich blauen Augen bildeten sich zwei Tränen.

»Liebes Kind, hör mir gut zu. Du hältst dich für klug, und das bist du auch.« Er nahm ihre Hände und führte sie nacheinander an die Lippen. Der Duft ihrer Haut berauschte ihn. »Aber um sich in der Männerwelt durchzusetzen, muss man nicht nur intelligent, sondern auch rücksichtslos sein. Zachary Craddock ist sechs Mal in den Stadtrat gewählt worden. Das ist der Grund für sein Ansehen in der Gesellschaft. Und eine Quelle großen Stolzes für ihn, für Tamsyn und ihre Kinder.«

Das eigentliche Tun, um den Lieblingsausdruck ihrer Mutter zu verwenden, dauerte beinahe vierzehn Monate. Und was Jennet bekam, war nicht genau, was sie gewollt hatte. Aber beinahe.

Das Glück, pflegte Solomon zu sagen, nimmt viele Umwege. Und das war auch bei Jennet – und damit Christopher – der Fall. Die letzte Volkszählung in New York hatte eine Bevölkerung von beinahe neuntausend Menschen ergeben, die in vierzehnhundert Häusern lebten. Die alten Zeiten waren endgültig vorbei. In einer Stadt dieser Größe war es nicht mehr möglich, die Bedürftigen aus den Spendenkästen für die Armen, die in den Kirchen standen, und einer kleinen Zuwendung von der Stadt zu unterstützen.

Für die Öffentlichkeit gehörten Verbrechen und Krankheit zusammen. Beides nahm in New York zu, auch wenn die vier Nachtwächter durch ein Dutzend Polizisten ersetzt worden waren, die nachts in den Straßen patrouillierten. Sie waren angewiesen, leise aufzutreten, häufig stehen zu bleiben und zu lauschen. Und sie waren mit Schlagstöcken aus Eichenholz ausgestattet, die eine metallene Spitze besaßen. Dennoch waren Krankheit und Not nicht sofort aus dem Straßenbild verschwunden.

Dann war da noch die Sache mit dem Wahlversprechen. Der Stadtrat hatte gelobt, allen Handwerkern, deren Löhne abgesackt waren, seitdem das billige Mehl aus Pennsylvania die gesamte Wirtschaft der Provinz New York unterhöhlte, Arbeit zu verschaffen.

Diese Fakten erleichterten es Zachary Craddock, die Aufgabe zu erfüllen, vor die Jennet Turner DaSilva ihn gestellt hatte. Nachdem sie ihm seine intimsten und geheimsten Vorlieben so ausführlich geschildert hatte, dass er überzeugt war, eine Hexe vor sich zu haben.

Craddock wusste, dass er keine Chance hatte, den Stadtrat zu überzeugen, Gelder für ein eigenes Hospital zur Verfügung zu stellen. Doch in Zusammenhang mit einem Armenhaus wäre es möglicherweise denkbar – könnte der Vorschlag sogar begrüßt werden. Immerhin war ein solcher Beschluss bereits 1700 gefasst worden. In der Zwischenzeit waren allerdings dreißig Jahre vergangen, so dass man beschloss, eine neue Abstimmung durchzuführen.

Als der Antrag einstimmig angenommen wurde, brach Craddock, der ihn eingebracht hatte, in kalten Schweiß aus und gelangte gerade noch zur Tür – immer wieder lächelnd und seinen Ratskollegen die Hand schüttelnd –, bevor er sich auf der Straße übergab.

Im November 1734 wurde ein Komitee ernannt, das nach einem geeigneten Haus suchen sollte. Im Dezember empfahl dieser Ausschuss die Errichtung eines neuen Gebäudes. »Wir empfehlen, hierfür einen Teil des brachliegenden Gemeindelandes der Stadt zu verwenden.« Der Mann, der diese Empfehlung verlas, besaß ein Grundstück in der Nähe des Gemeindelandes. Jedes Bauprojekt ganz im Norden der Stadt würde den Wert seines Besitzes steigern.

Zachary Craddock stimmte dem Vorschlag als Erster zu. Heftig genug, damit dieser bewusste Ratskollege später, wenn Craddock schwierigere Vorschläge durchzusetzen versuchte – etwa die Ernennung eines diskreditierten Chirurgen –, sich seiner erinnern würde. »Ein Neubau auf dem Gemeindeland ist die beste Lösung. Ich stimme dafür, meine Herren. Und ich finde« – er schlug mit der flachen Hand auf den Tisch –, »ich finde, wir haben lange genug debattiert. Der Antrag wird eingebracht, Herr Vorsitzender.«

Der Besitzer des Nachbargrundstücks sprang auf. »Unterstützt«, rief er und setzte sich wieder.

Der vorsitzende Ratsherr hatte an jenem Tag besonders üppig zu Mittag gegessen. Ehe er sprach, stieß er leise auf. »Der Antrag ist eingebracht und unterstützt worden. Hat jemand noch etwas dazu zu sagen?«

»Machen Sie voran«, murmelte jemand. »Stimmen Sie ab.«

Der Vorsitzende griff nach dem Hammer. »Zur Abstimmung. Ja-Stimmen, bitte!« Beifälliges Gemurmel wurde laut. »Nein-Stimmen, bitte!« Eine einzige. Sie stammte von einem alten Nörgler, der unweigerlich jeden Antrag ablehnte. Der Hammer fiel. »Der Antrag ist angenommen. Und jetzt – ein Name für die Einrichtung. Zachary, meines Wissens haben Sie das Ganze in Gang gesetzt. Haben Sie einen Vorschlag?«

»Da ich Mediziner bin ... vielleicht ›Hospital für die Armen und Bedürftigen?‹«

Das wurde rasch abgelehnt. Da könnten die Leute noch denken, sie könnten die öffentliche Wohlfahrt auch ohne Not in Anspruch nehmen. »Öffentliches Arbeitshaus«, schlug ein anderer vor.

»Und Besserungsanstalt, damit sie wissen, dass es mit ihrem Lotterleben ein Ende hat.«

»Genau. Und dazu noch ›der Stadt New York.‹ Damit die Lumpen wissen, wes Brot sie essen.«

Der Vorschlag wurde angenommen. Die Institution würde ›Öffentliches Arbeitshaus und Besserungsanstalt der Stadt New York‹ heißen.

Craddock sprang auf. »Aber ich dachte, wir hätten beschlossen, ein Hospital zu bauen!«

»Das haben wir auch, Doktor Craddock. Das haben wir uns vorgenommen, und das werden wir tun. Aber wir werden alle Krankheiten unserer Schützlinge behandeln, nicht nur die körperlichen.« Dieser Satz wurde von einem weiteren, lauteren Aufstoßen begleitet. »Wir werden sie Mores lehren, damit sie sich bessern. Das muss schon vom Namen her klar sein. Da fackeln wir nicht lange. Und jetzt setzen Sie sich, Sir.«

Sie stellten achtzig Pfund aus öffentlichen Geldern bereit und bewilligten den Handwerkern außerdem fünfzig Gallonen Rum. Und da das Baugewerbe als durstig bekannt war, wurde eine angemessene Nachlieferung genehmigt. Auch die Kosten der Balken und des Dachaufbaus wurden übernommen.

Anfang 1736 war das Gebäude bezugsfertig.

Es stand für sich allein am Nordrand des flachen, tristen Grundstücks östlich des Broad Way und nördlich der Nassau Street, genau an der Biegung, an der die Postreiter zum letzten Galopp ihres mühsamen Ritts von Boston ansetzten und zum Haus des Postamtvorstehers in der Dock Street stürmten. Einhundertundzehn Jahre, nachdem Peter Minuit mit dem Stamm der Canarsie handelseinig geworden war und die gesamte dreizehn Meilen lange Insel Manhattan gekauft hatte, erstreckte sich die Stadt New York von der Südspitze fast eineinviertel Meilen nach Norden – und eben dort stand das Arbeitshaus mit der Besserungsanstalt.

Das Armenhaus, wie die Bevölkerung es bald nannte, hatte zwei Geschosse sowie einen im Souterrain liegenden Keller; über den Giebeln ragte rechts und links ein Kamin auf. Eine Hälfte des Kellers war für Zwangsarbeit vorgesehen. Außerdem lagen dort unten die Räume zum Weben, Wollekratzen und Spinnen sowie eine Vorratskammer. Daneben hatte ein Käfig Platz, in dem Aufsässige ruhiggestellt werden konnten. Oder bestraft. Das Gesetz enthielt eine Klausel, nach der die Bürger New Yorks ihre Sklaven oder Bediensteten zum Auspeitschen ins Armenhaus schicken konnten; der Auspeitscher erhielt dafür einen Lohn von einem Shilling sechs Pence.

Im Erdgeschoss befanden sich der Speisesaal und die Schlafsäle. Darüber lag die Wohnung des Aufsehers und seiner Familie. Völlig getrennt davon, in einem eigenen Raum von etwa fünfundzwanzig Fuß Länge und dreiundzwanzig Fuß Breite, mit Blick auf den Broad Way, war das Hospital mit seinen sechs Betten untergebracht.

Diese in New York erstmals gegründete Einrichtung – auf dem Gelände, das später einmal City Hall Park heißen würde – wurde zur berühmtesten und in gewisser Weise berüchtigtsten Institution ihrer Art in Amerika. Es war das erste richtige Krankenhaus in den englischen Kolonien und würde sich später brüsten, das älteste zu sein; es würde zwei Mal umsiedeln und schließlich – nach seinem endgültigen Standort am East River – Bellevue genannt werden. Aber das Armenhaus-Hospital, das an jenem Tag in New York seine Pforten öffnete, war einzigartig und auf seine Weise revolutionär.

»Ausschließlich für Kranke reserviert«, versicherte Craddock der jungen Frau, die zwar noch keine einundzwanzig war, aber ihm bereits vor Augen geführt hatte, was es bedeutete, am Abgrund seines ganzen bisherigen Lebens zu stehen. »Ohne jeden Strafvollzug. Der Aufseher des Armenhauses hat jenseits der Schwelle zum Hospital keinerlei Machtbefugnis. Das steht klar und deutlich in den Statuten.«

»Und wer hat dort die Machtbefugnis, Zachary?«

»Du kennst die Antwort. Ich hab's dir schon mehrmals gesagt.«

»Ja, aber ich möchte es noch einmal hören. Von dir.«

»Dein Vater. Das steht schwarz auf weiß in der Erklärung des Stadtrats. Christopher Turner, Chirurg dieser Stadt …«

»Angesehener Chirurg. So sollte es doch heißen, nicht wahr?«

»Ja, ja. Genau das steht dort. Angesehener Chirurg dieser Stadt. Absolute und alleinige Gewalt bei allen Fragen bezüglichen der medizinischen und chirurgischen Behandlung. Das ist unwiderruflich.«

»Das freut mich zu hören.«

»Kann ich davon ausgehen, dass unsere gemeinsamen Geschäfte damit abgeschlossen sind?«

»Aber natürlich, Zachary. Sie sind abgeschlossen. Vorläufig.«

Später, in Solomons Armen, stellte sie die Frage, die sie so lange schon beschäftigte, aber bislang bewusst nicht gestellt hatte – bis sie völlig unbelastet war und nichts sie von ihrer Aufgabe ablenken würde. »Solomon, warum hast du das gemacht?«

»Das habe ich dir schon gesagt. Weil du es wolltest.«

»Entschuldige, aber das glaube ich dir nicht.«

Er stützte sich auf einen Ellbogen, beugte sich über sie und betrachtete ihr wunderschönes Gesicht, das von der Kerze auf ihrer Frisierkommode beleuchtet wurde. Diese zündeten sie mittlerweile immer an, bevor sie sich liebten, damit sie sich in die Augen sehen konnten. »Also gut. Zum einen habe ich es gemacht wegen des Versprechens, das ich dir im Gegenzug dafür abgenommen habe.«

»Dass ich nie wieder ein Skalpell oder eine Lanzette in die Hand nehme.«

»Genau. Die Vorstellung, dich in einem Kerker unter der City Hall zu wissen ... Das könnte ich nicht ertragen, mein Herz. Ich würde sterben.«

»Das würdest du nicht.« Zwischen jedem Wort gab sie ihm einen kleinen Kuss. »Du würdest über die Mauern klettern und mich retten.«

»Im übertragenen Sinn sicherlich. Aber da Mauern zu

überklettern – oder sie zu untergraben, je nachdem – nicht unbedingt meine Art ist, wäre eine solche Rettungsaktion außerordentlich teuer. Stattdessen entschied ich mich für das, was Soldaten einen Präventivschlag nennen. Als Folge davon bekommen deine Schäfchen eine medizinische Versorgung, und ich bekomme eine Frau, die keine Verbrechen begeht.«

»Sofern du nicht das dazu zählst. Oder das.« Beim Sprechen berührte sie ihn, streichelte bestimmte Stellen auf eine Art, die er unwiderstehlich fand. Aber sie hielt inne, bevor sie beide zu sehr von ihrem Gespräch abgelenkt wurden. »Solomon, du hast ›zum einen‹ gesagt. Also gibt es einen zweiten Grund. Den möchte ich auch noch hören.«

Er legte sich auf den Rücken und verschränkte die Arme hinter dem Kopf. »Gut. Aber ich glaube nicht, dass du ihn gerne hören wirst. Ich bin Jude, Jennet. Und ich bin kein Narr. Die Geschichte ist eine sehr gute Lehrmeisterin. Es könnte eine Zeit kommen – und zwar jederzeit, ohne die geringste Vorwarnung –, wo ich fliehen muss, um meine Haut zu retten.«

»Aber warum? Und wohin? Wir leben hier in New York, Solomon. Eine tolerantere Stadt gibt es nicht in den Kolonien. Das weiß jeder. Zum größten Teil kümmert sich niemand die Bohne darum, zu welcher Kirche jemand gehört. Natürlich, die Katholiken werden verachtet, das stimmt, aber im Grunde zählt in New York doch nur das Geld. Wer Geld hat, hat auch gesellschaftliches Ansehen. Das habe ich Papa Dutzende von Malen sagen hören, und er hat Recht.«

»Ja, in gewisser Hinsicht hat er wirklich Recht. Für die Quäker, die Anabaptisten, die Sabbatarier und die anderen gilt das in der Tat. Selbst der Hass auf die Katholiken hat eher politische als religiöse Gründe. Er gilt dem Papst und dem Papismus. Aber Katholiken und Protestanten ... die sind alle Christen, Jennet. Bei den Juden ist es etwas anderes.«

»Aber warum? Mittlerweile leben hier fast zweihundert Hebräer. Das habe ich gerade neulich Bilah Levy auf dem Markt in der Broad Street sagen hören.«

»Das stimmt.« Er lachte. »Haben die ehrwürdigen jüdischen Matronen dich in ihren Kreis aufgenommen? Schlürfst du Tee mit den Damen Levy, Franks und Simpson?«

»Nicht ganz. Ich stand nur zufällig neben ihr und habe gehört ... ich habe nicht gelauscht, Solomon, das darfst du nicht denken.«

»Warum solltest du ihren Gesprächen nicht zuhören, wenn sie dich interessieren? Außerdem, das sind alle Tudescos. Ihre Vorfahren kamen aus Ländern, in denen Deutsch gesprochen wird. Aber du, mein Herz, du bist mit mir verheiratet. Das verleiht dir in ihrer grotesken Hackordnung einen höheren Stand.« Er drehte sich auf die Seite, um sie an sich zu ziehen. »Ein Hurenmeister mag ich sein, aber ich gehöre zum vornehmeren Teil der jüdischen Gesellschaft, mein Herz. Ich spreche nämlich Portugiesisch!« Bei diesen Worten brach er in triumphierendes Gelächter aus.

»Was hat das denn damit zu tun?« Jennet hämmerte mit ihren kleinen Fäusten auf seine Brust. »Du machst dich über mich lustig, Solomon. Du lachst mich aus.«

»Ich lache dich an, nicht aus. Dieser Streit zwischen den Portugiesisch sprechenden Juden, die als Erste hier waren – sie heißen übrigens Sephardim, und die Tudesco nennt man Aschkenasim und verachtet sie, weil sie Deutsch sprechen –, dieser Streit überrascht mich. Wenn ich nicht lachen würde, müsste ich weinen. Sie bekriegen sich gegenseitig. Als hätten die Juden nicht schon Feinde genug.«

»Aber genau das verstehe ich nicht, Solomon. Ihr habt

jetzt eure eigene Kirche, die Synagoge an der Mill Street. Ich sehe keinen Grund, warum ihr euch bedroht und als Außenseiter fühlen solltet.«

Es war, als wäre durchs Fenster ein eisiger Windstoß hereingeweht. Jennet spürte die Kälte. Solomon lachte nicht mehr. Und als er sie wegschob, war er zwar nicht grob, aber auch nicht eben sanft.

Er erhob sich und ging zum Kamin. Dort stocherte er heftig in den Kohlen, bevor er zu dem kleinen Tisch in der Ecke marschierte und sich einen Schluck nussbraunen Madeira aus dem Silberkrug einschenkte, der immer für ihn dort bereit stand.

»Solomon«, sagte Jennet. Sie sprach sehr leise, denn sie hatte gelernt, seine Stimmungen zu deuten und auf sie einzugehen. »Habe ich etwas gesagt, was dich beleidigt hat? Das wollte ich nicht.«

»Das weiß ich. Ich bin beleidigt, aber das ist nicht deine Schuld. Das muss ich dir wohl erklären ...« Er unterbrach sich, leerte das Glas und kehrte zum Bett zurück. Dann setzte er sich neben sie und nahm ihre Hand. »Jennet, hör mir zu. Juden sind anders, weil uns vorgeworfen wird, dass wir das schlimmstmögliche Verbrechen begangen haben. Unsere Feinde sagen, wir hätten Jesus Christus umgebracht. Dafür gibt's kein Vergeben und kein Vergessen.«

Bei seinen Worten überlief sie ein kalter Schauer, und ihre Nackenhaut prickelte vor böser Vorahnung. Aber sie äußerte ihre Ängste nicht, ließ sich ihre Befürchtungen nicht anmerken. »Wie kann etwas, das vor so langer Zeit passiert ist, heute noch ...«

»Schweig still, mein Herz. Du hast eine Frage gestellt, jetzt hör dir auch die Antwort an. Wenn ich fliehen muss – und du musst meinem Urteil vertrauen, dass das im Bereich des Möglichen liegt –, werden die Geier sofort zustoßen und versuchen, mir meinen ganzen Besitz zu nehmen. Wenn das passiert, kannst nur du uns davor bewahren, alles zu verlieren. Diese Sache mit Craddock und deinem Vater und dem Armenhaus-Hospital – das war die erste Lektion, wie man so etwas macht.«

# Viertes Buch

## *Der Zitternde Klippenpfad*

*August 1737 bis Dezember 1737*

*Der Teil Manhattans, der auf der Seite des Flusses der untergehenden Sonne lag, war kalt, und dort blies immerfort der Wind. Das Volk der Canarsie, das die warmen Monate auf der Insel der hohen Hügel verbrachte und dann seine kunstvoll geschnitzten Wampum mit den anderen Stämmen des Waldes tauschte, errichtete seine Dörfer nicht auf der Seite des Flusses der untergehenden Sonne. Doch zuweilen suchten sie die hohen Klippen auf, von denen man über das weite Wasser zum Land der Berge blicken konnte.*

*Die Fische aus dem Fluss der untergehenden Sonne waren groß und schmeckten süß, und in manchen Monden konnten geschickte Krieger, die mit einem Kanu in das rasch fließende, eisige Wasser fuhren, die großen Tiere mit der silbernen Haut und dem rosigen Fleisch fangen. Und auch die roten Steine der Medizinfrauen kamen von einem verborgenen Ort zwischen den Hügeln der untergehenden Sonne.*

*Die Medizinfrauen kannten einen geheimen Pfad zum Ort der roten Steine. Sie nannten den Weg, den sie nahmen, den Zitternden Klippenpfad, und während sie ihn entlanggingen, sangen sie ein klagendes Lied, mit dem sie die Götter an alles erinnerten, was sie den Canarsie ge-*

*nommen hatten – die jungen Krieger, die im Kampf gefallen waren, und die jungen Frauen, die beim Gebären gestorben waren. So konnten die Götter die Canarsie nicht vergessen. Und sie würden den Medizinfrauen gestatten zu finden, was sie brauchten, damit ihr Volk stark und frei blieb.*

# Kapitel 8

## I

Alle sechs Betten des Hospitals waren belegt. Um das neunjährige Mädchen aufzunehmen, das gerade eingeliefert worden war, hatten sie in einer Ecke des Raums ein zusätzliches Bett aufstellen müssen. Nun war es fast unmöglich, den schmalen Gang der Station zu passieren. Aber das Mädchen würde sowieso nicht lange dort liegen.

Mittlerweile keuchte die Kleine nicht mehr mit offenem Mund; sie rang leise um Luft, ein unablässiges, krächzendes Röcheln. Ihre Haut glühte nicht mehr fieberrot, sondern hatte sich leicht blau verfärbt, insbesondere um den Mund. Sie war bei Bewusstsein. Die dunklen Augen, die sie auf den jungen Arzt richtete, waren angsterfüllt. Sie erstickte langsam und qualvoll, denn immer weniger Luft gelangte durch die sich verschließende Luftröhre.

Jane Turners Erstgeborener war ebenso groß wie sein Vater. Luke musste sich tief zu der kleinen Patientin hinabbücken. Seine Hand schwebte über ihrer Kehle. Die Klinge des Skalpells glitzerte in der Morgensonne, die durch die zwölf Glasfenster fiel. Er zögerte. Diesen Schnitt hatte er noch nie gemacht, aber eine bessere Gelegenheit dazu würde er nicht bekommen.

Es war reiner Zufall, dass das Mädchen eingeliefert wurde, während er hier Dienst tat. Einen Vormittag die

Woche betreute er das Hospital, damit Christopher zu Hause an seinen Aufzeichnungen arbeiten konnte. Eine großartige Gelegenheit. Das einzige Problem war der zahnlose Trunkenbold, den der Aufseher ihm als Assistenten geschickt hatte. Der grauhaarige Trottel legte sich einfach nicht richtig ins Zeug. Das Mädchen warf sich herum und entwand sich damit immer wieder dem Griff des Mannes. »Ich hab dir gesagt, du sollst sie festhalten, verdammt noch mal! Wenn du sie nicht richtig stillhältst, kann ich gar nichts machen.«

»Ich tu mein Bestes, Sir. Ich hab Ihnen doch gesagt, dass ich nix tauge für die Leute, wo den Totentanz aufführen. Hab keine Kraft mehr.« Bloß deswegen war er überhaupt im Armenhaus – weil er keine Kraft gehabt hatte, vor den Polizisten, diesen verfluchten Wegelagerern, davonzulaufen. Dieser Tage schnüffelten sie überall herum. Trieben die Leute unter den Brücken und aus den Torwegen heraus.

»Hör, Alter, wenn du nicht gleich tust, was ich dir sage, schick ich dich nach unten in den Schandkäfig. Jetzt streng dich mal richtig an.«

Drohungen nützten wenig. Die hatte er alle schon mal gehört. Wer zwei Mal erwischt wurde, wenn er Schutz vor dem Regen oder Schnee suchte, kam schnurstracks ins Armenhaus. Zwangsarbeit, wenn man kräftig genug dafür aussah, sonst Böden wischen und Koteimer leeren. Oder hier im Hospital die Hintern putzen von Leuten, die zu weit hinüber waren, um's noch selbst zu tun. Zur Hölle mit ihren fauligen Seelen.

Lukes Skalpell schwebte um Haaresbreite über dem Hals des Mädchens. Sie war noch blauer als zuvor, kämpfte noch mühsamer bei jedem flachen Atemzug. Aber sie bewegte sich nicht mehr – ihr fehlte die Kraft. Ihre Augen flehten um Hilfe. Er legte die Spitze des Skalpells auf ihre Haut.

Die Frau, die in der Tür stand, schrie leise auf. Sie hatte

einen großen Buckel am Rücken und stand schief da; offenbar litt sie an einer Krankheit, die sie verkrüppelte. Sie stöhnte ein paar Mal, dann schlurfte sie etwas näher. Luke drehte sich nicht zu ihr um. »Ich hab Ihnen gesagt, Sie dürfen nicht reinkommen.«

»Das tu ich auch nicht, Sir, ich schwör's. Aber bitte, Sir, bitte schneiden Sie meiner Tillie nicht den Hals durch. 's ist nicht ihre Schuld, dass sie sich rumgetrieben hat oder wie Sie das nennen. Ich war's, ich konnt einfach nicht …«

Luke sah lange genug zu ihr, um zu schreien: »Ich versuche, ihr zu helfen, zum Teufel! Aber wenn Sie nicht …« Er brach ab. Die gequälten Krämpfe des Mädchens wurden auf einmal wieder heftiger. Sie warf sich herum, schlug mit geballten Fäusten auf das Bett. Jetzt oder nie. »Halt sie ruhig«, befahl er dem alten Mann. »Wenn sie sich rührt, kriegst du zwanzig Schläge, das schwör ich dir.«

Der Alte legte sich beinahe der Länge nach auf das Kind, drückte ihren Körper mit seinem geringen Gewicht auf das Bett und presste ihre beiden Hände auf die Bettdecke. Einen Moment hielt das Mädchen still, verwandte alle Kraft darauf, Luft in die Lunge zu pumpen.

Das Ende war sehr nah.

Luke beugte sich wieder über sie. Er legte die Schneide des Skalpells auf ihre Kehle. Das Kind öffnete ein wenig den Mund. Als wollte sie schreien. Ihre Augen waren geöffnet, starrten ihn an, flehten um Hilfe. Er setzte die Schneide im Winkel zu der leichten Kuhle zwischen Kehle und Schlüsselbein. So hatte der erste Lucas Turner es beschrieben. Nach der Tracheotomie, mit der er Judith Bayard, Stuyvesants Frau, das Leben gerettet hatte.

*Das Skalpell ein wenig nach unten geneigt, führt man es hinter das oberste Ende des Brustbeins ein und öffnet die Luftröhre um eine Breite, die nicht größer ist als ein kleiner Finger, und zwar an der genauen Stelle, wo die Luft-*

*röhre den Kehlkopf verlässt und zu den Bronchien hinabführt. Mit äußerster Vorsicht, um keine der großen Arterien zu verletzen, die ebenfalls hier liegen.*

Heiliger Himmel, fast siebzig Jahre war das alt. Und der erste Lucas Turner hatte nicht in Edinburgh studiert. Komm, jetzt trau dich. Sie ist sowieso fast schon tot. Schau nur, wie still sie geworden ist. Und ihre Augen werden trüb.

Luke zog die Haut mit der linken Hand straff, holte tief Luft, schnitt mit der Rechten. Im selben Moment, in dem er die Haut durchtrennte, bäumte das Kind sich im Bett auf und warf den Alten von sich. Und riss Lukes Skalpell mit sich, drei Zoll weit über ihre Kehle.

Zuerst schoss ein Schwall Blut aus dem Schnitt, der von der Mitte des Halses bis zum linken Ohrläppchen reichte, spritzte dem Alten ins Gesicht und auf Lukes Brust. Dann strömte es im Takt des Pulsschlags heraus, floss über Lukes Hände auf die Bettlaken, die sich in kürzester Zeit rot färbten.

Die Mutter des Mädchens begann, leise und verängstigt zu weinen. Die Leute, die Luke sonst behandelte – die Wohlhabenden, die ihn im Büro seines Hauses in der Ann Street aufsuchten oder in deren Haus er ging – schrien, wenn jemand starb. Die Verkrüppelte miaute wie eine verwundete Katze. »Sie ist tot, stimmt's? Mein Kind ist tot, und Sie haben sie auf dem Gewissen.«

Luke legte eine blutige Hand auf die Brust des Mädchens. Er spürte keinen Herzschlag. Mein Gott, er war so benommen, dass er kaum eine Antwort hervorbringen konnte. »Ja, sie ist tot. Die Halskrankheit hat sie umgebracht. Ich hab alles versucht, aber …« Er zuckte mit den Schultern. Und dachte nicht mehr an das Zittern seiner Hand, als er das Skalpell angesetzt hatte.

»Sie war fast schon tot«, berichtete Luke seinem Vater. »Ich habe versucht, die Technik von Ur-Urgroßvater Lucas anzuwenden, aber es war zu spät.« Eigentlich war Lucas ja sein Ur-Urgroßonkel, doch die ganze Familie Turner hielt an der Version fest, dass sie nur durch Adoption mit ihm verwandt waren. Die Devreys hatten nichts dagegen einzuwenden. Sonst würde zu viel Aufmerksamkeit auf den Wilden gelenkt, der Sally Turner Van der Vries entehrt hatte.

Christopher war nicht unbedingt der Meinung, dass einem Mädchen – auch wenn es im Sterben lag – durch einen Kehlenschnitt vorzeitig ein Ende bereitet werden musste, doch er nickte nur. In Gedanken war er bereits bei der Aufgabe, die ihm nun bevorstand. Eine Sektion. Die Leiche lag auf dem Tisch in dem kleinen Raum, der eigens für diesen Zweck bestimmt war. Dass seine Ernennung zum leitenden Chirurgen des Hospitals auch die Möglichkeit mit sich brachte, die im Armenhaus Gestorbenen zu sezieren, war ein großartiger und einmaliger Glücksfall – keine Verwandten konnten Einspruch erheben, und auch die Kirchen zeigten sich zurückhaltend, da es nur um die Ärmsten der Armen ging. Es war eine kostbare Möglichkeit, sein Wissen zu vertiefen. Dennoch bedrückte ihn manchmal die Art und Weise, wie die Leichen auf diesen Tisch zu liegen kamen. »Nach allem, was du sagst, wäre das Mädchen wohl gestorben, ob du nun geschnitten hättest oder nicht. Aber wenn du …«

»Aber es war richtig, es zu versuchen, Papa. Ich hatte keine Zeit mehr, dich holen zu lassen. Und die Tracheotomie hätte sie retten können.«

»Möglicherweise.« Christopher betrachtete die Wunde eingehender. Sie war von geronnenem Blut verkrustet. »Aber wenn ich mich recht erinnere, steht in Lucas' Tagebüchern etwas von einem Schnitt von einem Viertel Zoll Länge. Der ist ein ganzes Stück länger.«

»Das ist aus Versehen passiert. Sie hat sich aufgebäumt, und mir ist die Hand ausgerutscht.«

»Waren die Seile nicht fest genug gezogen?«

»Ich habe sie nicht festgebunden. Ein Mann hat sie festgehalten. Den hat der Aufseher mir geschickt. Er sollte ...«

Christopher drehte den Kopf und sah über die Schulter seinem Sohn ins Gesicht. »Wenn du in meinem Hospital Chirurgie betreiben willst, musst du deine Patienten richtig für den Eingriff vorbereiten.« Er sprach leise, Augen und Miene waren ausdruckslos. »Und deine Hände dürfen nie ausrutschen, Luke.«

»Das meinte ich ja auch nicht. Ich bin nicht richtig ausgerutscht. Ehrlich gesagt war meine Hand sogar erstaunlich ruhig. Und ich bin kein Chirurg. Ich bin ein Arzt.«

»Ach ja, wie konnte ich das vergessen. Doktor Luke Turner, der in Edinburgh Medizin studierte. Wo sie einen im kunstgerechten Gebrauch des Messer unterweisen. So wurde mir jedenfalls gesagt. Das stimmt doch, oder nicht?«

»Ein bisschen haben wir schon gelernt. Aber nicht viel«, räumte Luke ein. »Bei weitem nicht alles, worüber Ur-Urgroßvater Lucas geschrieben hat. Oder was du tust.«

»Nein.« Christopher schaute noch immer auf die drei Zoll lange Wunde in der Kehle des Mädchens. »Solche Einzelheiten bringen sie euch offenbar nicht bei. Und was ist mit Sektionen, Luke? Hast du viele gesehen?«

»Keine.« Luke schluckte schwer; er konnte den Blick nicht vom Skalpell in der Hand seines Vaters wenden. Als Junge hatte es ihn nie gereizt, heimlich zuzusehen, wenn Christopher im vorderen Raum am Hall Place operierte. Ganz im Gegensatz zu seiner Schwester Jennet, die immer durch den Türspalt lugte, sobald Christopher nach dem Skalpell griff. Seit Luke sich erinnern konnte, hatte er Arzt werden wollen, nie Chirurg. Erst in letzter Zeit war ihm der Gedanke gekommen, dass er irgendwie etwas Geringeres war als sie – als Papa und Lucas und selbst als Jennet, wenn die Gerüchte stimmten –, weil er keine Wunder mit dem Skalpell vollbrachte. Mit Kalomel und Schröpfen ließen sich nur wenige Wunder bewirken. Zumindest kam es ihm jetzt so vor, seit er seine eigene Praxis hatte. »Gelegentlich wurden an der Universität Sektionen vorgenommen«, fuhr er fort. »Aber es war nicht einfach, Leichen zu bekommen. Und es war nicht Pflicht, daran teilzunehmen.«

»Nein. Und du bist auch jetzt nicht verpflichtet, an dieser teilzunehmen«, sagte Christopher sanft. »Aber ich fände es sehr sinnvoll, wenn du es tätest. Du könntest etwas lernen. Etwas über den kunstgerechten Gebrauch des Messers.«

Luke zwang sich, seinem Vater aufmerksam zuzusehen.

Das Skalpell schien wie eine natürliche Verlängerung von Christophers Hand. Es bewegte sich sicher und zielstrebig. Kein Zittern. Christopher durchtrennte die Haut und das darunter liegende Fettgewebe mit einem raschen Schnitt vom Kinn bis zur Mitte der Brust. Dann vier kürzere Schnitte quer dazu, die es ihm ermöglichten, das Gewebe wie eine Schicht Packpapier wegzuschälen. »Gut. Jetzt können wir sehen, was vor uns liegt. Siehst du den Zustand der Luftröhre, Luke – sie ist etwas entzündet, oder nicht? Röter, als sie sein sollte.«

»Wenn du meinst.«

»Das meine ich. Eindeutig entzündet. Und diese weißen Flecke ...« Christopher fuhr mit der Spitze seiner Sonde leicht über das offen gelegte Organ. »Ziemlich viele sogar, oder nicht? Aber sie sehen nicht aus wie die eitrigen Veränderungen bei einer normalem Halsentzündung. Komm näher, Junge. Schau gut hin.«

Luke beugte sich über das Mädchen, das mit geöffneter Kehle auf dem Tisch lag. Jetzt spritzte kein Blut heraus wie zuvor, als der alte Saufbold nicht getan hatte, was er hätte tun sollen. »Ja, das sehe ich. Das Gewebe ist röter als normal. Mit weißen Flecken.«

»Harte weiße Flecken«, spezifizierte Christopher.

»Ja. Verhärtungen.«

»Genau. Jetzt öffne ich die Speiseröhre. Vorsichtig, um das Gewebe nicht zu verletzen.« Wieder bewegte er das Skalpell feinfühlig, schnitt nur genau so weit wie nötig – die leichte Hand eines Künstlers, der die innere Auskleidung des Organs freilegte. »Ah.« Christopher hauchte das Wort beinahe. »Was haben wir denn da? Das ist sehr interessant, findest du nicht auch?«

»Ich … ich weiß nicht. Was ist denn das?«

»Das weiße Zeug, das die Speiseröhre auskleidet und tiefer in den Brustkorb hinabgeht bis …« – Christophers Skalpell wanderte nach unten, teilte nur die äußerste Gewebeschicht –, »… bis zur Luftröhre und darüber hinaus. Offenbar bis nach unten, wo die Luftröhre sich teilt und in die beiden Lungenflügel führt. Nimm eine Sonde, Luke. Auf dem Tisch neben dir. Jetzt hol das Weiße heraus. Aber ganz vorsichtig. Es soll nicht zerreißen.«

Lukes Hände zitterten. Er sah es, also konnte es auch seinem Vater nicht entgehen. Und weil sie zitterten, gelang es ihm nicht, das Zeug zu packen, die Masse, die er aus der Kehle des Kindes holen sollte. Es sah aus wie ein Stück Schweinenetz, in das beim Fleischer Pastetchen gewickelt wurden. Weißlich-grau und uneben. »Ist das eine Art Pocken?«

»Nein, überhaupt nicht. Ja, jetzt hast du's beinahe. Führ die Sonde ein Stück nach rechts, und zieh vorsichtig an.«

Letztlich war es Christopher selbst, der die Masse entfernen musste, während Luke das Gewebe der Speiseröhre mit zwei weiteren Sonden auseinander hielt.

»Da. Jetzt haben wir's.« Christopher hielt das Stück fester Membran gegen das Licht. Es war später Nachmittag, das Licht war schlecht, aber die Form der Masse ließ sich deutlich erkennen. »Das ist ein perfekter Abdruck der inneren Luft- und Speiseröhre.«

»Und das hast du noch nie gesehen?«

»Nie. Das ist nicht die normale Schleimhaut, mit der uns der Schöpfer ausgestattet hat, Junge. Das ist das Ding, an dem sie ersticken.«

»An dem wer erstickt?«

»Die Kinder, die an Atemnot sterben, *Angina suffocativa*. Das ist eine Art Blase, eine Pseudomembran, die in der Luftröhre entsteht und alle Luft abschneidet.«

»Aber wie kommt sie dahin?«

»Luke, wenn ich die Antwort darauf wüsste, wäre ich der allmächtige Gott. Aber ich bin nur ein armseliger Chirurg und nicht einmal ein vornehmer studierter Doktor wie du.«

Der jüngere Mann besaß den Anstand zu erröten.

Der Kellerraum unter dem exquisiten Bordell drüben am Hudson River hatte kein Fenster und war nur fünf Fuß hoch, so dass ein normal gewachsener Mann hier nicht aufrecht stehen konnte und sich tief bücken musste, um durch die niedrige Tür zu treten. Für den Zwerg Jan Brinker, der vom Scheitel bis zur Sohle keine sechsunddreißig Zoll maß, war das kein Problem. Er ging über die Schwelle, dann blieb er stehen und blinzelte.

In dem dunklen Verschlag brannte eine einzige Kerze, in einer kleinen Kohlenpfanne glühten einige Kohlestücke. Grau-blauer Rauch hing in der Luft. Die Schwaden stammten von der Pfeife, die Solomon DaSilva zwischen den Zähnen hielt. Brinker zog einen Zipfel seines schäbigen Mantels vor Mund und Nase. »Jesu Cristo«, brummte er. »Hier ist es ja schlimmer als in der Hölle.«

Er hatte nicht beabsichtigt, dass seine Worte gehört wurden, doch DaSilva blickte auf. »Woher weißt du das, Jan? Bist du schon einmal dort gewesen? Ich habe gehört, dass du ein kleiner Teufel sein sollst, aber ich dachte, das wäre Weiberklatsch.«

DaSilva saß hinter einem unbehauenen Holztisch, deren Platte über und über mit Geld bedeckt war. Es stellte den Gewinn seiner verschiedenen Geschäfte dar, und den zählte er nun gerade und ordnete ihn in Häufchen an. Zumeist Münzen, aber auch Noten.

Drei Jahre zuvor, 1734, hatte der Stadtrat Papiergeld im Wert von zwölftausend Pfund Sterling ausgegeben. Ohne Gold- oder Silberdeckung, die ihren Wert abgestützt hätte, führte die Geldflut zu hohen Zinsen, was wiederum die Inflation ankurbelte. Das beschleunigte noch den wirtschaftlichen Niedergang, der durch das billige Mehl aus Pennsylvania begonnen hatte. Papiergeld war ein Fluch. DaSilva ließ sich damit bezahlen, weil er es musste, aber wie jedem anderen Geschäftsmann in Amerika war auch ihm harte Währung lieber, gleichgültig welcher Herkunft.

Die Münzen vor ihm stammten aus praktisch jedem Reich unter der Sonne. Ein Großteil war Gold, poliert von den vielen Händen, die gierig danach gegriffen hatten. Selbst im rauchigen Dämmerlicht des Raums schimmerte und funkelte es.

Jan Brinker presste noch immer den Zipfel seines Mantels vor den Mund, doch sein Blick war starr auf den Tisch gerichtet. In seinen dunklen Augen lag Verlangen. So zwergenhaft er auch sein mochte, es waren die Augen eines Mannes, die so begehrlich funkelten.

DaSilva fuhr mit seiner Arbeit fort, stapelte die als Achter-Stücke bekannten schweren spanischen Münzen aufeinander, die jeweils eine Unze Silber enthielten und denselben Wert hatten wie die weitaus leichteren niederländischen Gold-*daalder.* »Setz dich, Jan Brinker. Ich bin gleich fertig.«

Es gab keinen Stuhl, auf den er sich hätte setzen können. Vielleicht meinte der Jude, er solle auf dem Boden Platz nehmen. Nie im Leben. Er war doch kein Tier.

Brinker schaute sich im trüben Licht der einen Kerze und der Kohlenglut um. In einer Ecke stand ein auf den Kopf gestellter dreibeiniger Schemel. Den zerrte der Zwerg hervor und drehte ihn um. Als er sich schließlich auf den Sitz gehievt hatte, reichten seine Füße nicht auf den Boden hinab.

DaSilva zählte immer weiter seinen Reichtum. Brinker starrte unverwandt auf die wachsenden Stapel. Ein oder zwei Mal leckte er sich die Lippen. So viel Geld ... Schließlich räusperte er sich. »Ich hab gehört, dass Sie mich sehen wollen, Mijnheer DaSilva. Das stimmt doch, oder?«

»Natürlich stimmt das. Wie hättest du sonst hierher gefunden, Jan Brinker?« Als DaSilva Jennet das prachtvolle Haus an der Westseite von Manhattan gezeigt hatte, hatte er ihr gesagt, es sei das beste Freudenhaus in New York. Das wusste jedermann hier. Aber nur verdammt wenige fanden den Weg in den Keller hinab, in dem Solomon DaSilva sein Geld zählte. »Jetzt sag schon – hättest du hierher gefunden, wenn ich nicht nach dir geschickt hätte, Niederländer?«

»Wahrscheinlich nicht«, antwortete der Zwerg.

DaSilva schwieg. Die Sekunden verstrichen. Das einzige Geräusch war das Klicken der Münzen. Außer den *daalders* und den Achter-Stücken gab es englische Kronen und Guineen, dänische Dukaten, einige portugiesische *cruzados* und spanische Dublonen und niederländische Gulden. Sie alle waren ins Land gebracht worden von den Matrosen, die in den Hafen von New York einliefen. Und ein gut Teil davon fand seinen Weg in Solomon DaSilvas kleinen Kellerraum.

Brinker begann zu zittern. Das Klicken der Münzen versetzte ihn zunehmend in Angst und Schrecken. Jesu Christo, was hatte dieser Jude mit ihm vor?

Weitere Sekunden vergingen. Brinker unternahm einen erneuten Versuch. »Das ist 'ne Menge Geld, das Sie da haben, Mijnheer DaSilva. 'ne richtige Menge. Mehr Geld gibt's in New York nicht noch mal. Ich würd meinen …« Seine Vermutung konnte Brinker nicht mehr äußern. Er begann zu husten. Sein kleiner Körper krümmte sich, er keuchte und röchelte und schien gar nicht aufhören zu können.

»Stört dich der Rauch?« DaSilvas Ton war freundlich, aber er hörte nicht auf, an seiner Pfeife zu ziehen. »Kein Holländer hat was gegen Rauch. Da wärst du der Erste.«

»Irgendwie vertrag ich keinen Tabak nicht. Der macht, dass mir die Augen tränen«, keuchte Brinker und zog wieder den Mantel vors Gesicht. »Tut mir Leid, dass ich so laut bin, Mijnheer DaSilva«, sagte er durch den Stoff hindurch.

»Rauchen ist also ein weiteres Vergnügen, das dir versagt ist, kleiner Jan Brinker? Schade.«

Angeblich war der Zwerg etwa zwanzig Jahre alt, doch sein Kopf war völlig kahl. Mehr noch – ihm fehlte jegliche Körperbehaarung. Sein Schweiß stank nicht wie der eines Erwachsenen. Und seine Eier waren winzig wie Kieselsteinchen, sein Schwanz wurde nie größer als der Finger eines ausgewachsenen Mannes. Das wusste DaSilva alles, weil Jan Brinker der Liebling der Frauen war, die in seinen Bordellen arbeiteten.

Die Huren verhätschelten den Zwerg, steckten ihm feinste Leckerbissen zu und liebkosten ihn, als wäre er eine Puppe, reichten ihn von Hand zu Hand weiter, damit jede von ihnen sich die üppige Brust von ihm lecken lassen konnte. Brinker schien das zu gefallen. Und sich zwischen ihre Beine zu kuscheln und ihre Möse zu lecken, das gefiel ihm auch. Den Frauen offenbar ebenfalls. Das musste der Grund sein, warum sie ihn so verwöhnten.

DaSilva war es völlig egal, was seine Angestellten außerhalb der Arbeitszeit taten. Er versuchte nie, Jan Brinker den Zutritt zu den Hurenhäusern zu verbieten. Er hatte immer gewusst, dass er den Zwerg irgendwann einmal brauchen würde. Jetzt war die Zeit gekommen.

Er nahm eine Hand voll goldener Sovereigns mit dem Stempel des herrschenden britischen Monarchen, Seiner Hoheit Majestät George II., stützte sich auf die Ellbogen und ließ die Münzen klingelnd von einer Hand in die andere fallen. Aus seiner Pfeife stieg wieder eine Rauchschwade auf. »Insgesamt ... sagen wir mal, vierhundert Pfund«, meinte er durch die Zähne, zwischen denen noch immer die Pfeife steckte. »Ganz sicher bin ich mir nicht. Ich zähle nicht alles auf Heller und Pfennig.«

»Jesu Christo«, flüsterte Brinker. Von solchem Reichtum hatte er nicht einmal geträumt. In seinem ganzen Leben nicht. Wenn man so viel Geld hatte, müsste man nie wieder frieren. Nie mehr Hunger haben oder ...

»Es hat schon bessere Wochen gegeben«, fuhr DaSilva fort. »Aber wie wir wissen, sind die Zeiten nicht so gut.«

»Jesu Christo.« Wochen, in denen er mehr Geld als vierhundert Pfund machte. Unfassbar. Er wusste, dass der Jude reich war, aber so reich ... Brinker ließ den Mantelzipfel fallen, seine kleinen Hände bewegten sich unwillkürlich. Als könnte er sie nicht daran hindern, nach dem Geld zu greifen.

»Nur zu«, sagte DaSilva. »Ich hätte dich nicht herkommen lassen, wenn du nicht einen Teil davon haben solltest.

Nimm, so viel du magst.« Er sprach, als würde er Brinker einen Krug Bier anbieten.

Der Niederländer zögerte, wusste nicht, ob er seinen Ohren wirklich trauen konnte.

»Keine falsche Bescheidenheit, Jan.« Leise, beschwörend. »Bitte. Ich möchte, dass du etwas von diesem Geld bekommst. Nimm's dir.«

Einige Sekunden vergingen. Brinker streckte eine Hand aus und zog vorsichtig einen hölzernen Penny zu sich.

DaSilva nahm die Pfeife aus dem Mund und lachte. »Ist das alles? Eine Hure liegt mit gespreizten Beinen vor dir, präsentiert dir ihre Möse, und du gibst ihr einen Kuss aufs Ohr? Bist du nicht mehr Manns, Jan Brinker? Komm schon, nimm dir eine Hand voll. Es gehört mir, und ich biete dir davon an. Du brauchst keine Angst zu haben.«

Der Penny war in Brinkers Manteltasche verschwunden. Jetzt streckte er wieder die Hand aus, zögerte. DaSilva nickte. Brinker griff sich drei neuenglische Bronze-Shillinge, jede mit einer römischen Zwölf geprägt, die den Wert der Münze anzeigte. »Nur zu«, sagte DaSilva leise. »Etwas mehr darf's sein.«

Dieses Mal ein paar niederländische Gulden. Einer nach dem anderem wurden sie vom Tisch entfernt und in den verschiedenen Taschen von Brinkers Kleidung verwahrt. Er besaß jetzt mehr Geld als je zuvor in seinem Leben. »Gut«, murmelte sein Wohltäter. »Sehr gut. Du darfst noch mehr nehmen, Jan Brinker. Nimm nur.«

Der Niederländer zögerte noch ein oder zwei Sekunden, dann fuhr ein Zucken durch seinen Körper, er hüpfte vom Schemel, stellte sich nah an den Tisch und fegte mit beiden Händen Münzen und Noten zu sich.

DaSilva sprang auf. Blitzartig packte er Brinker an den schmächtigen Handgelenken und riss den Zwerg hoch, so dass seine Beine in der Luft baumelten.

»Es tut mir Leid!«, schrie Brinker. »Es tut mir Leid, Mijnheer. Sie haben gesagt ... Ich hab nicht gewusst ... Ich hab gedacht ...« Er trat wild um sich, aber das nützte ihm nichts. Der Tisch stand zwischen den beiden Männern und schützte DaSilvas Schienbeine vor Brinkers Stiefeln. Der Zwerg war hilflos.

DaSilva packte eine Feuerzange und nahm damit ein glühendes Kohlenstück auf, als wollte er seine Pfeife anzünden. Doch stattdessen presste er die Glut auf die Handfläche des Zwergs. Brinker brüllte. Zuerst vor Empörung, dann vor Schmerz.

»Sei still«, grollte DaSilva. Er hielt die Kohle noch immer auf die Hand des Zwergs gedrückt. »Und hör mir gut zu. Habgier ist ein Charakterfehler, mein kleiner Freund. Zu viel zu wollen, mehr zu nehmen, als einem zusteht – das ist immer ein Fehler. Vergiss das nie.«

»Sie haben gesagt – Jesu Christo, Mijnheer DaSilva, ich bin ein Weißer, und Sie verbrennen mich bei lebendigem Leib!«

»Ich sagte dir, du könntest dich bedienen. Dir etwas von dem Geld nehmen. Etwas, Jan Brinker. Eine angemessene, eine maßvolle Menge.«

Es roch in dem kleinen Raum, als würde ein Fleischspieß über dem Feuer gegrillt. Die Schreie des Holländers sanken zu einem gequälten Wimmern herab. DaSilva verminderte den Druck der Zange. Einen Moment lag die Kohle nicht direkt auf der Haut. Doch gleich darauf drückte DaSilva erneut zu. Auf dieselbe Stelle. Brinker brüllte einmal auf, dann ächzte er nur noch kläglich. »Alles mit Maß«, wiederholte DaSilva. »Halt dich dran, und dann geht's dir besser als je zuvor in deinem Leben. Aber wenn du mich betrügst oder belügst, bist du ein toter Mann.«

»Bitte, Mijnheer ... meine Hand. Bitte ...« Tränen strömten dem Zwerg über die Wangen.

DaSilva schaute noch einen Moment auf sein Opfer, dann entfernte er die Zange und löste den Griff um Brinkers Arme. Der Zwerg fiel zu Boden. Mühsam rappelte er sich auf, schüttelte seine verbrannte Hand hin und her. »Jesu Christo. Das gibt 'ne schlimme Wunde. 'ne ganz schlimme.«

Solomon schob ihm eine Münze zu. »Da, steck das noch zu deiner Sammlung. Das ist eine der neuen Penny-Münzen, die sie oben in der Kolonie Connecticut machen. *Ich bin aus gutem Kupfer*, steht darauf. Sollte reichen, damit du dir in Tamsyns Apotheke eine Salbe kaufen kannst. Jetzt nimm schon. Ich sagte dir, ich hab nur was gegen Habgier. Und gegen Treulosigkeit.«

Der Zwerg steckte die verbrannte rechte Hand unter den Mantel und drückte die pochende Stelle gegen seine Brust. Dann nahm er mit der unverletzten Linken die glänzende Kupfermünze auf und wischte sich, ohne sie wegzustecken, das tränen- und rotzverschmierte Gesicht am Ärmel ab. »Sagen Sie mir jetzt, was das alles soll, Mijnheer DaSilva? Was ich für das viele Geld tun soll?«

»Natürlich.« Durch das Handgemenge war die Ordnung der Münzen durcheinander geraten. DaSilva begann, sie wieder herzustellen. »Setz dich noch einen Augenblick hin, dann erklär ich's dir.«

Am Augusthimmel zog schon die Nacht herauf, als jemand an der Tür hämmerte. Es war spät, weit nach neun Uhr. Phoebe war sicher gewesen, dass an diesem Tag niemand mehr kommen würde. Sie staubte gerade die großen Heilkräuter-Behältnisse ab, die Gefäße aus Zinn, Glas und Blech, und schloss fest die Deckel. Der Behälter in ihrer Hand enthielt schwarze Samen und trug ein Etikett, auf dem *Foeniculum dulce* stand.

Sie stellte ihn an seinen Platz und ging zur Tür, öffnete sie aber nicht. Phoebe war groß und sehr schlank, ähnlich wie Amba in ihrer Jugend. Sie musste sich etwas bücken, um durch den Spalt zu sprechen, der zwischen der starken, aus einer einzigen Eichenbohle gezimmerten Tür und der Backsteinmauer klaffte. »Der Laden hat zu. Kommen Sie morgen wieder.«

»Geht nicht«, erwiderte eine gedämpfte, hohe Stimme. »Ich brauch jetzt Hilfe. Morgen ist's zu spät. Ich bin's, Jan Brinker. Bitte, Phoebe, mach auf.«

Sie kannte den Zwerg. Jeder in New York kannte ihn. Während ihrer Kindheit am Hall Place hatte ihre Mutter dem kleinen Kerl Essen zugesteckt, wann immer er an die Hintertür klopfte. »Er ist *haptoa*,« erklärte Amba ihrer Tochter; das war das Wort, das bei ihrem Volk große Heiligkeit bedeutete. »Leute wie er werden nicht groß, weil der Geist in ihnen ist. Sie bleiben wie Kinder, weil sie das *obeah* haben.«

Phoebe war als schwarze Sklavin im Haushalt eines weißen Herren aufgewachsen. Trotzdem kannte sie das *obeah* und hatte auf dieselbe Weise davon erfahren wie ihre Mutter: von den Schwarzen, die ursprünglich aus Westindien stammten. Schon als Kind wusste Phoebe genau, dass sich das *obeah* nie gegen einen wenden durfte. Sonst würde man langsam im Feuer sterben, nach zehn Stunden grauenvollster Qual – wie ihr Vater, von dem ihre Mama ihr oft erzählte.

Sie riss die Tür auf. »Was wollen Sie hier um diese Zeit, Mr. Jan Brinker? Wieso können Sie nicht bis morgen warten und tagsüber kommen, wie normale Leute auch?«

»Schau.« Der Zwerg streckte ihr seine verbrannte Hand entgegen.

Es war schon zu dunkel, um etwas zu erkennen. Phoebe musste sich bücken, um die runde rote Stelle mitten in der Handfläche des Zwergs zu sehen. »Das ist ja eine böse Verbrennung. Wie kommen Sie denn zu der, Jan Brinker?«

»Das ist egal. Ich hab sie einfach gekriegt. Kannst du mir was dafür geben?«

Phoebe schaute auf. Im Dämmerlicht sah sie, dass die Pearl Street bis hinauf zur Kreuzung mit der Coenties Alley menschenleer war. Und dem gedämpften Läuten der Glocke nach zu urteilen, war der Nachtwächter auf seiner Runde noch einige Straßen entfernt. »Kommen Sie rein.« Sie zog Brinker in den Laden, schloss und verriegelte die Tür. »Warten Sie hier. Ich hol Ihnen was für Ihre Hand.«

Sie wusste genau, was sie brauchte. Aber zuerst lauschte Phoebe an der Tür, die den Laden vom Wohnhaus trennte. Sie hörte nichts Verdächtiges, nur die Geräusche eines Mannes, einer Frau und ihrer drei Kinder, die sich aufs Zubettgehen vorbereiteten. Gut. Mistress Tamsyn würde es nicht gefallen, dass sie den Zwerg nach der Sperrstunde noch in den Laden kommen ließ; und noch weniger würde ihr gefallen, dass sie ihn umsonst behandelte. Aber das musste sie tun. Jan Brinker hatte nie Geld. Aber Mistress Tamsyn war eine Weiße. Die verstanden das mit dem *obeah* nicht. Und der Herr, Doktor Zachary, verstand überhaupt nichts. Außer, wie man die Peitsche schwang.

Brinker schaute Phoebe zu, blieb aber mit dem Rücken zur Tür stehen und sah sich in dem kleinen Laden um.

Es hatte sich wenig verändert in den achtundsechzig Jahren, seit Sally Turner Van Der Vries ihn eröffnet hatte. Alle Krüge, Gläser und Flaschen trugen noch die Etiketten, die Sally beschriftet hatte. Die Holztheke war dieselbe, die sie, einen Tag nachdem man Jacob Van Der Vries' pechbeschmierte Leiche am Galgen unten beim Fort hängen fand, aufgestellt hatte.

Damals wie auch jetzt lebte mindestens ein Sklave unter diesem Dach. Diese Tradition hatte gleich nach Van Der Vries' Ankunft aus den Niederlanden begonnen, als er Hetje vom alten Sklavenlager oben im Wald gekauft hatte. Die Sitte war unter der Roten Bess beibehalten worden. Ihr Versuch, diesem Brauch mit ihrem Testament ein Ende zu setzen, war gescheitert. Als Tamsyn und Zachary Craddock in das Haus in der Pearl Street zogen und den Laden mitsamt allem Inhalt übernahmen, brachten sie vier Sklaven mit. Hinter dieser Theke hatten immer Schwarze bedient. Aber Turners Phoebe – so wurde sie immer noch genannt, obwohl Christopher sie schon seit langem an Tamsyn verpachtete – war die erste, die sich in der Heilkräuterkunde auskannte. Deswegen hatte Tamsyn sie auch haben wollen.

Niemand hatte bewusst etwas unternommen, um Ambas Tochter zu einer Apothekerin auszubilden. Es war von selbst passiert. Als wäre eine Verbindung zwischen ihr und der Roten Bess entstanden an dem Tag, an dem Bess im Speicherraum oben in eben diesem Haus Ambas Kind in die Welt half. Phoebe war zwei gewesen, als Bess starb, ihre Sklaven versteigert wurden und Christopher Turner Amba und ihre Tochter kaufte und sie in sein Haus am Hall Place brachte. Aber Phoebe war oft im Apothekerladen gewesen. Damals wollte Jane Turner ihre Mutter so viel wie möglich aus dem Haus haben und schickte sie häufig auf Botengänge, oft auch in die Pearl Street, um ein Heilmittel zu kaufen, das Jane nicht selbst zubereiten konnte. »Nimm dein Kind mit«, sagte sie immer. Sie wollte beide los sein.

Die kleine Phoebe war gerne in dem Laden. Es machte ihr Spaß, die unterschiedlichen Gefäße auf den Regalen zu betrachten. Sobald eines geöffnet wurde, bat sie, daran riechen zu dürfen. Im Lauf der Zeit wusste das Mädchen, welcher Duft und welcher Zweck zu welchen Zeichen auf den Etiketten gehörten, und erkannte den Namen, wenn er laut ausgesprochen wurde. Sie konnte die Worte nicht richtig lesen – es war per Gesetz untersagt, Schwarzen das Lesen beizubringen –, aber es war so gut wie Lesen.

Noch bevor sie neun wurde, kannte sie die Namen aller Kräuter, die auf den Regalen standen, und wusste, wie die dazugehörigen Etiketten aussahen. Von dort war es nur ein kleiner Schritt, die Pflanzen selbst zu erkennen. Wann immer möglich, begleitete das kleine Mädchen die Sklaven bei ihrer Arbeit in Tamsyns Garten auf Schritt und Tritt.

»Das hat was mit dir gemacht, dass du in dem Haus da geboren bist«, sagte Amba immer. »Nachdem sie dich aus mir rausgeholt hat, hat die Mistress Rote Bess nicht gewollt, dass ich dir einen Namen gebe wie bei uns zu Hause. Ich wollte dich Quashee nennen, weil das Sonntag heißt und du am Sonntag geboren bist. Aber Mistress Rote Bess hat gesagt, in dem Haus wird kein Kind nicht nach dem Tag genannt, an dem es geboren ist.«

»Und welcher Tag bedeutet Amba, Mama?«

»Wie oft muss ich dir noch sagen, dass ich anders bin, Kind? Amba ist mein Hochzeitsname. Königin.« Amba lächelte beim Gedanken daran, dass alle Weißen, die sich zu ihren Herren aufspielten, sie tagein, tagaus als Königin ansprachen. Dann erinnerte sie sich daran, was sie ihrer Tochter eigentlich sagen wollte, und fuhr fort:

»Die Mistress Rote Bess sagt, du heißt Phoebe. Und weil sie dir deinen Namen gegeben hat, hat sie ihren Geist in dich gesteckt. Jetzt kennst du die Magie der Weißen besser als sie selber. Lass das, was du weißt, nie nicht los, Kind. Das ist dein Schutz. Das hat die alte Hetje mir gesagt. Das ist das Einzige, wo dich in der Welt der Weißen schützt.«

Bei Phoebe bestand keine Gefahr, dass sie ihr Wissen vergessen würde. Die Heilkräuterkunde lag ihr im Blut, gehörte zu ihr wie die Gedanken in ihrem tiefsten Inneren. Ebenso wie die Vorsicht, auch die lag ihr im Blut.

Fast eine volle Minute blieb sie neben der Tür zum

Wohnhaus stehen. Als sie schließlich sicher war, dass niemand etwas gehört hatte und kommen würde, um nachzuschauen, ging sie zu den Regalen und holte das Glas mit der Aufschrift *Ascrum*; darunter stand der volkstümliche Name Johanniskraut.

Phoebe gab einige der getrockneten und zerstoßenen Blätter in einen kleinen, ausgehöhlten Stein, dann öffnete sie ein anderes Gefäß und tat eine Spur des Krautes hinzu, das Sally *Gallitricum* nannte, aber bei den Hausfrauen unter dem Namen Salbei bekannt war. Sie benetzte die Mischung mit etwas Honig und einigen Tropfen Eiweiß, das mit Genever verrührt war. Dann verrieb sie die Masse mit ihrem steinernen Mörser zu einer glatten Paste und hielt alle paar Sekunden inne, um festzustellen, ob das Heilmittel die richtige Konsistenz hatte. »Kommen Sie her, Jan Brinker. Legen Sie Ihre Hand auf die Theke, neben die Kerze hier.«

Misstrauisch beäugte er die Flamme. »Du willst mich aber nicht verbrennen, Phoebe, oder? So wie er.«

»Wie wer?«

»Egal.« Das viele Geld. Jesu Christo, was kümmerte ihn seine Hand, wo er so viel Geld hatte? Martha Kincaid würde Augen machen, wenn er es ihr zeigte. Aber nicht alles. Nie im Leben. Das würde keiner nicht erfahren, wie viel er wirklich hatte. Aber wenn er Martha eine Goldmünze oder zwei zeigte, würde sie ihn …

»Natürlich verbrenn ich Sie nicht, Jan Brinker. Jetzt geben Sie schon Ihre Hand her.«

Der Zwerg stellte sich auf Zehenspitzen und legte die Hand mit der Innenseite nach oben auf die Theke. Phoebe senkte ihren dunklen Kopf. Die Wunde hatte zu nässen begonnen. Im Kerzenlicht war die klare Flüssigkeit in den Runzeln des rot verbrannten Fleischs deutlich zu sehen. »Die Haut ist alle weg«, sagte Phoebe. »Da wird Ihnen 'ne

Narbe bleiben, Ihr Leben lang. Da kann ich nix gegen tun.«

»Das hab ich mir schon gedacht. Aber wenn meine Hand schwarz wird, werd ich dann krank und sterb? Ich hab mal ’ne alte Frau gekannt, wo sich bei ’nem Brand unten am Hafen schlimm die Hand verkohlt hat. Nach ’ner Weile tat’s, als würd’s besser werden. Aber dann ist ihr die Hand schwarz geworden, der ganze Arm ist ihr angeschwollen, und dann war sie tot.«

»Das ist, weil Gift in die Wunde gekommen ist und ihr Blut krank gemacht hat.« Phoebe holte einen kleinen metallenen Spatel aus einer Schublade unter der Theke und verteilte damit die zubereitete Paste auf die Verbrennung. Bei der ersten Berührung zuckte Brinker zusammen, aber dann hielt er still. »Ihr Blut wird nicht krank«, versprach Phoebe. »Nicht, wenn Sie tun, was ich Ihnen sag.«

Sie verband die Wunde mit einem Stück Zupflinnen. »Das muss schön trocken bleiben. Und jeden Tag müssen Sie den Verband abnehmen und ein bisschen mehr von der Salbe draufgeben. Hier, nehmen Sie den Rest mit.« Sie tat die verbliebene Paste auf ein kleines Quadrat geöltes Tuch, das für solche Zwecke auf der Theke bereitlag, und band es mit einem Faden zusammen. »Da, nehmen Sie das mit, Jan Brinker. Und tun Sie genau, was ich Ihnen gesagt hab. Dann passiert Ihnen nix.«

»Kann ich wiederkommen, wenn das Zeug wieder raufgeschmiert werden muss? Morgen? Damit du das machst. Ich komm ganz früh. Vor der Sperrstunde. Versprochen.«

Phoebe wischte den Spatel ab und legte ihn beiseite. Sie sah den Zwerg nicht an. »Nein, das geht nicht.«

»Warum nicht?«

»Weil ich’s sage. Und jetzt geben Sie mir kein böses *obeah*, Jan Brinker. Ich hab Ihnen geholfen, wo ich konnte. Und ich will nicht mal ’nen Holz-Penny dafür. Auch wenn der

Doktor Zachary mich die Peitsche spüren lässt, wenn er hört, dass ich Heilmittel umsonst verschenke. Also bringen Sie kein Unglück auf mich, bloß weil ich gesagt hab, Sie können nicht wiederkommen.«

Phoebe ging zur Ladentür und machte sie auf. Dann wartete sie, dass Brinker ging.

»Ich kann dir was für deine Mühe geben«, sagte der Zwerg.

»Jetzt gehen Sie schon. Ich weiß doch, Sie haben nie kein Geld nicht.«

»An Geld hab ich auch nicht gedacht.« Er lächelte, weil er an Solomon DaSilvas Münzen in seinen Taschen dachte, darunter das Kupfer aus Connecticut, das er eigens für eine Brandsalbe bekommen hatte. Brinker trat nah an Phoebe heran und bedeutete ihr, sich zu bücken. »Komm, das brauchst bloß du zu hören.«

Phoebe beugte sich vor. Brinker reckte sich, um ihr den Mund ans Ohr zu legen. Wenige Sekunden später richtete sie sich entsetzt auf. »Sie haben ein dreckiges Mundwerk in Ihrem Wasserkopf, Jan Brinker. Raus jetzt! Auf der Stelle.«

Brinker lachte leise. »Pass bloß auf. Wenn 'n schwarzes Ding einen Weißen anbrüllt – auch wenn er 'ne Missgeburt ist –, und ihm sagt, was er zu tun hat, kommt sie schnurstracks in den Schandkäfig.«

»Gehen Sie. Sie haben gekriegt, was Sie haben wollten. Jetzt gehen Sie.«

»Ich geh ja schon. Aber überleg's dir, was ich dir gesagt hab, Phoebe. Eines Tages tu ich's bestimmt. Bei Hühnchen mag ich das dunkle Fleisch immer am liebsten. Und wenn ich's tu, wird's dir bestimmt gefallen, und du wirst nicht mehr aufhören mögen.«

Phoebe schloss die Tür hinter dem Zwerg und lehnte sich schwer atmend dagegen. Sie hatte alles getan, um nicht das böse *obeah* auf sich zu ziehen, und jetzt war es doch passiert. Aber dagegen ließ sich nichts machen. Und sie hatte noch viel vor sich; Brinker hatte sie bei der Arbeit gestört.

Sie kehrte zu den Gefäßen mit den Heilmitteln zurück. Im Haus war es jetzt völlig still, doch Phoebe blieb wachsam. Sie zog jedes Behältnis heraus und tat, als würde sie es abstauben, entfernte dabei rasch den Deckel und füllte eine kleine Menge des Inhalts in eine der Blechdosen, die sie eigens dafür bereitgestellt hatte. Jede gefüllte Dose wanderte sofort in den Korb, der unter der Theke stand. Um Mitternacht war der Korb zum Bersten gefüllt.

Wie schon die Rote Bess, so ließen auch die Craddocks ihre Sklaven im Schuppen hinten im Garten schlafen. Nur Phoebe nicht. Seit zwei Monaten bestand ihr Bett aus einem Stück Sackleinen, das sie auf dem Boden der Apotheke ausbreitete – seit der Sklave Jethro, den Doktor Zachary im Jahr zuvor gekauft hatte, gefragt hatte, ob er und Phoebe heiraten dürften. Jethro hatte dafür Prügel bekommen. Er wurde an einem Donnerstagnachmittag ins Armenhaus geschickt, als der öffentliche Auspeitscher dort seinen Dienst versah. Fünfzehn Hiebe auf den bloßen Rücken. Phoebe hatte Glück. Doktor Zachary versetzte ihr nur ein paar schallende Ohrfeigen. Und befahl ihr, ab sofort im Laden auf dem Boden schlafen.

Phoebe wusste, warum ihr Auspeitschen erspart wurde. Sie war zu wertvoll. Sie verstand es, Heilmittel zuzubereiten. Wissen war in der Welt der Weißen der beste Schutz. Wie ihre Mama schon immer sagte.

Sie breitete die Leinwand auf dem Boden aus, dann legte sie sich angekleidet nieder und wartete, ohne die Augen zu schließen. Nach einer ganzen Weile hörte sie den Nachtwärter die Pearl Street herunterkommen und rufen: »Die zweite Stunde und alles ist ruhig in dieser warmen, stillen Nacht.« Sobald seine Schritte verhallten, erhob sie sich, legte sich den Schal um, griff nach ihrem Korb und ging lautlos zur Tür hinaus.

Jethro erwartete sie an der hinteren Gartenmauer. Phoebe trat zu ihm. Er legte ihr eine Hand auf die Schulter und sah ihr in die braunen Augen, die im Mondlicht glänzten. »Bist du bereit?«

Sie war bereit – für all die Dinge, auf die sie gefasst sein musste. Auf den weiten, beschwerlichen Weg nach Norden. Auf die Suchanzeigen, die Zachary Craddock in die Zeitung setzen würde. Selbst wer nicht lesen konnte, wusste, was sie besagten. *Sklaven entlaufen. Hohe Belohnung.* Gefasst darauf, dass alle nach ihnen suchen würden. Gefasst auf das, was passieren würde, wenn sie gefunden wurden.

Phoebe nickte. »Ich bin bereit.«

»Dann komm«, sagte Jethro. »Wir müssen los.«

Er ging auf die Straße zu und wartete, dass sie ihm folgte. Doch Phoebe zögerte. Der überwältigende Duft der Kräuter hing in der feuchten, warmen Nachtluft.

Sally Turner Van der Vries hatte damit begonnen, jeden Quadratzoll Erde rund um das Haus an der Pearl Street mit den Kräutern und Stauden ihres Gewerbes zu bepflanzen. Die Rote Bess hatte diese Tradition fortgesetzt. Bei Tamsyn mussten im Sommer immer zwei Sklaven im Garten arbeiten, und die Pflanzen wuchsen und gediehen. »Bardane«, flüsterte Phoebe. »Davon hab ich nichts mitgenommen.«

Jethro drehte sich zu ihr. »Dann hol was. Aber mach schnell.«

Keine drei Fuß von ihr entfernt wuchs eine hohe Staude. Mit einem großen Schritt war sie dort, bückte sich und brach ein Dutzend derbe grüne Blätter von der wuchernden Pflanze ab, die sie in ihren Korb steckte.

»Gut. Jetzt komm.«

»Aber da drüben ist noch das Bilsenkraut. Ich könnte …«

»Nein. Wir müssen jetzt gehen. Der Nachtwächter kommt bald wieder vorbei.« Jethro steuerte wieder auf die Straße zu. Diesmal folgte Phoebe ihm.

## II

»Unglaublich!« Cadwallader Colden schleuderte seine Ledertasche auf den Schreibtisch im Büro in der Wall Street und ließ sich in seinen Sessel fallen. »Ich habe die Stadt noch nie so voll gesehen. Ich war fast eine Stunde unterwegs, um mich vom Broad Way bis hierher durchzukämpfen. Und jeder Hanswurst auf der Straße schreit sich die Seele aus dem Leib. In den nächsten Tagen werden Sie einiges zu tun haben, Doktor Devrey. Die halbe Stadt wird so heiser sein, dass alle wie Esel klingen.«

Caleb stand am Fenster, auch wenn es viel von seinem anfänglichen Reiz verloren hatte, den Aufruhr draußen zu beobachten. Er ließ die Spitzengardine fallen und trat zurück. »Und genau wie Esel sehen sie auch aus. Alle halten stur an ihrer Position fest und wollen keinen Zoll weichen.«

»Das klingt ja, als interessiert es Sie überhaupt nicht, wer den Sitz in der Versammlung gewinnt.« Colden hatte die Ledertasche geöffnet, ordnete seine Papiere, rollte sie zusammen und wickelte ein kurzes schwarzes Band herum, das er in seiner Schreibtischschublade aufbewahrte.

»Nicht sonderlich«, gestand Caleb. »Meines Erachtens ist es ziemlich gleichgültig, wer in der Versammlung sitzt. Der Gouverneur tut, was er will, gleichgültig, was die Herren sagen.«

»Nun, der Abgesandte der Königs …«

Caleb betrachtete den älteren Mann und fragte sich,

was wohl unter dessen gepuderter Perücke vorgehen mochte, die ständig kalkigweißen Staub auf seine Schultern rieseln ließ. Ganz geschäftig steckte Colden die zusammengerollten Dokumente in einzelne Fächer. Morgen oder nächste Woche, wann immer er wieder im Büro erschien, würde er sie herausnehmen und durch andere Papiere ersetzen. Keines davon hatte irgendetwas mit Medizin zu tun. Calebs so genannter Partner besuchte keinen einzigen Patienten. Der Schuft steckte zwar die Hälfte der Einnahmen aus der Praxis ein, verbrachte seine ganze Zeit aber damit, Generalinspekteur der Provinz New York zu sein. Und an seiner politischen Zukunft zu arbeiten. »Sagen Sie, Doktor Colden, vom königlichen Vorrecht einmal abgesehen – interessiert der Ausgang dieser Wahl Sie wirklich?«

Colden zuckte die Achseln. »Natürlich habe ich gewählt. Damit habe ich vorgestern den ganzen Nachmittag zugebracht.« Bei dieser Erinnerung verzog er das Gesicht. An den meisten Wahlen – ob nun für den Stadtrat oder die Versammlung – beteiligten sich dreißig, höchstens fünfzig Männer. Dieses Mal hatten sage und schreibe zweihundert auf der Freshwater Meadow gestanden und gedrängelt, um sich hinter ihren Kandidaten zu stellen. »Kein Wunder, dass sie nicht richtig zählen konnten. Es war wie im Tollhaus. Alle haben geschrien und gebrüllt.«

»Sie sind wohl nicht ganz glücklich mit der Idee, dass einfache Männer ihre Abgeordneten wählen dürfen, oder?«

»Darum geht es nicht«, wiegelte Colden ab. »Es ist nur, seit dem verdammten Prozess glaubt jeder, er könnte sagen, was ihm gerade in den Sinn kommt, ohne Verantwortung zu übernehmen.«

»Ah ja, Zenger. Wir können ja die ganze Schuld auf ihn schieben, oder nicht?«

»Was erwarten Sie denn? Wenn eine Jury nicht begreift, dass es strafbar ist, Verleumdungen über den König und den Gouverneur zu drucken, dann …«

»Die Jury sagte, Zenger habe die Wahrheit geschrieben.«

Colden starrte ihn an. »Guter Gott, Devrey, was hat das denn damit zu tun?«

Caleb deutete mit einer Kopfbewegung auf den Tumult draußen. »Offenbar alles. Ihrer Ansicht nach ist das doch der Grund, warum die Leute sich jetzt so aufführen. Weil sie glauben, sie könnten sagen, was ihnen in den Sinn kommt, ohne zur Verantwortung gezogen zu werden. Das ist nicht ganz Ihre Art, nicht wahr, Doktor Colden?«

»Hören Sie, ich war, wie gesagt, auf dem Feld. Und als das Ergebnis nicht schlüssig war, bin ich zum Rathaus gegangen und habe mit meinem Namen in der Wahlliste unterzeichnet. Wie Sie wissen, bin ich nicht glücklich über das Ergebnis. Aber Gerechtigkeit muss sein. Der Kandidat von De Lancey hat gewonnen, und wir Morrisiten haben verloren. So ist es nun einmal.«

»Mit nur vierzehn Stimmen.« Caleb sprach mit sanfter Stimme. Als wäre es kaum der Erwähnung wert. Als wüsste er nicht, wie inbrünstig Cadwallader Colden diesen James De Lancey hasste. Beide Männer saßen im Stadtrat. De Lancey war der größte Widersacher von Coldens politischen Ambitionen. »Ich kann es den Morrisiten nicht verdenken, dass sie eine Nachzählung verlangen«, sagte Caleb. »Wo es nur um vierzehn Stimmen geht.«

Gute Güte, er wusste, wie unklug es war, Colden zu reizen, aber er konnte nicht anders. Die Hälfte der Einnahmen. Jeden Monat, den Gott gab. Für jemanden, der nichts tat, als der Praxis seinen Namen zu geben.

»Es hat ja eine Nachzählung gegeben.« Colden verstaute gerade weitere Papiere in seiner Aktentasche. »Jetzt geht es darum, ob jeder Mann, der unterzeichnet hat, auch ein rechtmäßiger Wähler ist. Wobei jede Seite Zweifel natürlich nur auf der Liste der anderen Seite hat.«

»Sie machen sich also keine großen Hoffnungen? Die Morrisiten werden die Wahl nicht doch noch gewinnen?«

»Das kann ich nicht sagen. Auf jeden Fall geht es ja nicht nur um diesen einzelnen Sitz. Aber dieser verdammte Cosby und seine Habsucht ... Sechs Jahre Zwist und Hader. Jetzt ist er tot, und wir dürfen das Durcheinander, das er hinterlassen hat, wieder in Ordnung bringen.«

Habsucht war gar nicht stark genug, um die Geldgier des früheren königlichen Gouverneurs William Cosby zu beschreiben. Seine erste Tat nach seiner Ankunft aus London bestand darin, Rip Van Dam wegen der Hälfte des Gehalts zu verklagen, das Van Dam in seinem Jahr als stellvertretender Gouverneur erhalten hatte. Cosby sagte, das Geld gehöre ihm, weil er bereits vor sechs Monaten in das Amt berufen worden war. Es gab in New York zwei Zeitungen. Die *Gazette* erschien seit zwölf Jahren und war das offizielle Sprachrohr der Regierung. Sie vertrat Cosbys Linie. Das *Weekly Journal* war drei Jahre zuvor von dem Drucker John Zenger gegründet worden und veröffentlichte Artikel von Leuten, die für Van Dam Partei ergriffen. Da die Verfasser unter Pseudonym schrieben, ließ Gouverneur Cosby den Drucker wegen Verleumdung des Stellvertreters des Königs und damit des Königs selbst verhaften.

Nach einem Jahr im Kerker unter der City Hall kam Zenger schließlich vor Gericht. Er wurde freigesprochen, da die Jury sich dem völlig neuen Argument des redegewandten Anwalts aus Philadelphia anschloss – wenn der Artikel der Wahrheit entsprach, konnte er nicht verleumderisch sein. Daraufhin ließ der Oberste Richter Morris den Fall gegen Cosby fallen. Prompt feuerte der Gouverneur den Richter und ersetzte ihn durch James De Lancey.

Doch der Zwist verebbte nicht, sondern löste noch

größere Differenzen aus. Nach einer Weile war die ganze Stadt in zwei Parteien gespalten. Vor einigen Monaten nun war Cosby gestorben. George Clark, einer der wohlhabendsten Männer in New York, übte gegenwärtig das Amt des Gouverneurs aus. Aber der politische Zwiespalt, den William Cosbys Habsucht aufgedeckt hatte, bestimmte nach wie vor das politische Bild New Yorks.

De Lanceys Partei vertrat die Stimme der Oberschicht, der allmächtigen Kaufleute. Sie sprach sich für eine Besteuerung der Grundstücke aus, nicht der ein- und ausgeführten Waren. Grundbesitzer zu sein bedeutete in New York allerdings zumeist, einen kleinen, unabhängigen Bauernhof zu haben. Morris vertrat die Ansicht, es sei absurd, diesen Leuten den Großteil der Steuerlast aufzubürden. Endlich hatten die Bauern, Arbeiter und Handwerker jemanden gefunden, der sich für sie einsetzte. Das waren die Menschen, die überhaupt nicht begreifen konnten, weshalb Cosby Anspruch auf das Gehalt für Van Dams Arbeit haben sollte.

Calebs Meinung nach traten die Morrisiten für etwas ein, was überhaupt nicht mit Cadwallader Coldens Geschäftsinstinkten vereinbar war. Trotzdem hatte der gottverdammte Narr sich ihnen angeschlossen – weil James De Lanceys Macht beschnitten werden musste, wenn Colden eine politische Zukunft haben sollte. »Sagen Sie, Doktor Colden, wenn De Lanceys Kandidat auch nach dieser Sache zum Sieger erklärt wird – ist das dann das Ende Ihrer Morrisiten?«

»Keineswegs. Das ist nur eine Schlacht, mein Junge, nicht der ganze Krieg.«

»Mein Vater ist da anderer Meinung. Er behauptet, Morris möchte die Welt auf den Kopf stellen und begreife nicht, dass ein Engländer derselbe ist, ob er nun in London lebt oder hier in Amerika.«

Insgeheim fühlte Colden sich getroffen. »In der Tat. Da muss ich Ihrem Vater Recht geben. Aber niemand darf denken, dass wir Morrisiten Seiner Majestät um einen Deut weniger ergeben sind wegen unserer unterschiedlichen Ansicht in dieser Sache. Wie gesagt, Doktor Devrey, es geht hier nicht um Philosophie. Und noch viel weniger um Ergebenheit und Treue. Es geht um die Weigerung eines Mannes, Gerechtigkeit walten zu lassen.«

Der Feind meines Feindes ist mein Freund. Der verfluchte Dreckskerl. Sobald er den Mund aufmachte, klang er wie ein bramabarsierender Dummkopf. Und wieso galt das, was bei Rip Van Dam gerecht war, nicht auch für ihn, Caleb Devrey? Wieso sollte er es hinnehmen, dass er die ganze Arbeit machte und nur die Hälfte der Einnahmen bekam?

Undenkbar, solche Überlegungen auszusprechen. Er konnte es sich nicht leisten, gegen seinen Vater aufzubegehren. In jeder Taverne, in jedem Kaffeehaus New Yorks hatte er Schuldscheine unterschrieben. So lange er nur die Hälfte der Einnahmen aus seiner Arbeit bekam, würde er sich nie aus dieser Zwangslage befreien. Will Devrey seinerseits übersah die politischen Unterschiede zwischen sich und Cadwallader Colden und profitierte reichlich von der Verbindung seines Sohnes mit dem Generalinspekteur der Provinz. Sein Vater und Colden – die lebten beide auf seine Kosten. An dem Gedanken erstickte er beinahe, vor allem, da ihm keine Wahl blieb, als seinen Zorn stillschweigend zu schlucken.

Caleb trat ans Fenster, damit Colden seine finstere Miene nicht bemerkte. Eine Gruppe von Berittenen, die Seidenbanner mit dem Abbild von De Lanceys Kandidaten trugen, bahnte sich einen Weg durch die Menge in der Wall Street. Eine Truppe Musiker, Trompeter und Fiedler schritt den Reitern voraus. Die Prozession wollte zur City Hall, um dort ihren Sieg zu feiern, doch die aufgebrachten Morrisiten wichen nicht zurück, um sie passieren zu lassen. Caleb öffnete einen Fensterflügel. Der Lärm war ohrenbetäubend.

»Um Himmels willen, Junge! Machen Sie das Fenster zu! Da wird man ja taub.«

»Das sind Ihre Leute da unten, die den ganzen Tumult veranstalten«, rief Caleb über das Getöse hinweg.

»Machen Sie das Fenster zu, verdammt noch mal. Es ist mir egal, wessen Leute das sind.«

Natürlich. Cadwallader Colden ging es überhaupt nicht um Morris und seine Partei. Nur um seine eigene Zukunft. Caleb schloss das Fenster.

»Das ist besser. Und jetzt, Doktor Devrey, bin ich an der Reihe, eine Frage zu stellen. Interessiert Sie das Ergebnis dieser Auseinandersetzung nicht? Haben Sie keine ... wie soll ich sagen ... Ressentiments wegen Cosbys Vorgehensweise?«

Das Schwein. Colden wusste haargenau, dass Caleb sich wünschte, der verstorbene Gouverneur würde im ewigen Höllenfeuer schmoren. Vor seinem Tod hatte William Cosby die lebenslange Ernennung Christopher Turners zum leitenden Chirurgen des Hospitals im Armenhaus bestätigt. Beim bloßen Gedanken daran stieg Caleb die Galle hoch. In diesem Augenblick war es ihm unmöglich, seinen bitteren Hass zu verbergen.

»Keine Sorge, Doktor Devrey.« Jetzt, da Colden ihm einen Stich versetzt hatte, klang er wieder aufgeräumt. »Was immer auch passieren mag, wenn es unter diesem Himmel Gerechtigkeit gibt, werden die Morrisiten am Ende den Sieg davontragen.«

»Das verlangen die da unten also«, sagte Caleb sanftmütig. »Gerechtigkeit unter diesem Himmel.«

»Männer müssen ihr Schicksal selbst in die Hand nehmen, Doktor Devrey. Und nicht auf göttliche Hilfe warten.«

»Den Gedanken greife ich auf, Sir.« Caleb nahm seinen Dreispitz. »Ich werde nach draußen gehen und mich in den Tumult stürzen.«

Colden machte sich wieder mit seinen Papieren zu schaffen. »Auf Seiten der Morrisiten, nehme ich an.«

»Um ehrlich zu sein, gewisse Tendenzen dieser Leute sprechen mich durchaus an.« Einmal wenigstens wollte er den Gedanken äußern. »Es erscheint mir nicht ganz richtig, wenn ein Mann das halbe Einkommen eines anderen einstreicht.«

»Da bin ich ganz Ihrer Meinung.« Colden blickte drein, als hätte er die Anspielung tatsächlich nicht verstanden. Er schloss seine Aktentasche und bürstete sich den weißen Puder von seinen Schultern. »Ich bewundere Ihren Gerechtigkeitssinn, Doktor Devrey. Ich persönlich war immer der Ansicht, dass die Trinkgefährten eines Mannes seine politische Einstellung nicht beeinflussen dürfen.«

Diese Spitze verschlug Caleb die Sprache, doch er fasste sich rasch wieder. »Wenn Sie damit auf meine Freundschaft mit Oliver De Lancey anspielen, so kann ich Ihnen versichern, dass er sich für diese Dinge überhaupt nicht interessiert. Oliver sieht seinen Bruder James nur selten.«

Der ältere Mann machte eine beschwichtigende Geste. »Ich wollte Sie nicht beleidigen, Junge. Wie gesagt, Trinken ist eine Sache, Politik eine ganz andere.«

»Oliver ist so alt wie ich, fünf Jahre jünger als James. Und ich wiederhole, er hat keinerlei Interesse an der Politik.«

Colden bedachte Caleb mit einem schmallippigen Lächeln. »Natürlich. Das weiß ich. Und abgesehen davon habe ich volles Vertrauen zu Ihnen, Doktor Devrey. Schließlich sind wir Geschäftspartner.«

Vor dem Büro in der Wall Street herrschte Tumult. Es gab auf der schmalen Straße so gut wie kein Durchkommen; Pferde, Menschen, offene Wagen und Karren, sogar einige geschlossene Kutschen bildeten ein einziges lärmendes Gewimmel. Nachdem die Zählung der Anwesenden auf der Freshwater Meadow kein eindeutiges Ergebnis erbracht hatte, hatten beide Parteien alle nur denkbaren Transportmittel aufgetrieben, um die wahlberechtigten Männer in die Stadt zu bringen – selbst aus ganz abgelegenen Dörfern wie Yonkers oben in West Chester oder Harlem im hohen Norden von Manhattan. Viele waren zu krank oder zu gebrechlich, um zu Fuß zu gehen oder zu reiten; doch solange sie irgendwie in die City Hall gelangten und sich namentlich in die Wählerliste eintrugen, war ihre Stimme gültig.

In dem Gedränge von Leibern, Rädern und Hufen war es ein Vorteil, nur drei Fuß hoch zu sein. Jan Brinker wand sich zwischen den Beinen von Menschen und Tieren hindurch. Drei oder vier Mal bahnte er sich seinen Weg, indem er unter einem Pferdebauch hindurchschlüpfte. Schließlich gelangte er zum Haus der Devreys.

Richtig sehen konnte er das imposante Backsteinhaus nicht, doch sobald eine kleine Lücke in der Menschenmauer ihm einen Blick auf die bronzenen Ananasfrüchte erlaubte, die die Zaunpfähle um das Anwesen krönten, wusste er, wo er war. Diese Ananas hatte er in den letzten Wochen oft gesehen. Das war der Auftrag, den Solomon DaSilva ihm gegeben hatte. *Behalt Caleb Devrey im Auge. Ich will wissen, wo er hingeht, wen er trifft und was er tut. Sogar, worüber er spricht.* Bislang war das keine schwierige Aufgabe gewesen. Aber heute war es beinahe unmöglich.

Die Leiber pressten gegen ihn, schlossen ihn völlig ein. Er bekam keine Luft mehr. Seinen Hut hatte er schon lang verloren. Jetzt drohte die Menge allein durch ihr Wogen, ihm die Kleider abzureißen. Nach oben oder zur Seite kam Brinker nicht durch, also ging er nach unten. Auf Händen und Knien kroch er zwischen den Beinen voran. Jetzt kam er wieder vorwärts, aber er bekam fast keine Luft, und die wenige, die er bekam, stank bestialisch.

Keuchend und würgend, immer wieder in dampfende Haufen von Pferdeäpfeln tretend, kämpfte er sich Zoll um Zoll vorwärts. Schweiß strömte an ihm herab, sein Herz hämmerte. Es kam ihm vor, als würde seine Brust durch ein immenses Gewicht gegen sein Rückgrat gepresst. Er versuchte, sich aufzurichten. Unmöglich. Das Gedränge wurde noch dichter. Wenn er nicht bald hier herauskam, würde er zertrampelt werden. Sein schlimmster Albtraum würde wahr: Die vielen großen Menschen würden ihn zertreten wie ein Insekt.

Brinkers Ziel war der schwarze Eisenzaun vor dem Devrey-Haus. Eines nur hielt ihn aufrecht: die Schmerzen in seiner Hand. Drei Wochen war das jetzt her. Die Brandwunde war so gut wie verheilt. Aber die Erinnerung wütete wie ein Feuer in ihm. Das verdammte Schwein. Der verdammte Jesusmörder, das Judenschwein. Nie würde er vergessen, was …

»Jesusmörder!«, brüllte die Menge. »Verbrecher!«

Brinker hielt inne. Ein fürchterliches Zittern begann in seinen Beinen und wanderte durch seinen ganzen Körper in seinen großen Kopf hinauf. Wie war es möglich, dass die Menge seine Gedanken las? Wie konnten sie seine Verwünschungen aussprechen?

»Die Juden haben Unseren Herrn Jesus Christus getötet! Für die ist der Galgen noch zu gut!«

Der Zwerg begann zu schluchzen. Er war dabei, den Verstand zu verlieren. Wenn jemand das herausfand, würden sie ihn in einen Käfig sperren und ihn bei Brot und Wasser schmachten lassen. Und daran war nur Solomon DaSilva schuld. Jede verdammte Scheußlichkeit, die ihm in den letzten Wochen passiert war, war die Schuld von …

»Moment«, schrie eine Männerstimme. »Lasst mich weiterreden. Ich will noch mehr sagen.«

Die Menge verstummte. Und wundersamerweise blieb sie still stehen. Vielleicht würde es ihm jetzt gelingen, sich zwischen den Beinen hervorzuzwängen.

Zollweise kroch er über den Dreck, der die Pflastersteine bedeckte. Endlich erspähte er das Zaungitter, streckte die Hände danach aus. Verfluchtes Schwein. Jesusmörder. Judensau. Wenn er zerquetscht würde, wäre es … Da! Endlich.

Mit aller Kraft zog Brinker sich am Gitter hoch, stieß mit dem Kopf alle beiseite, die ihm im Weg standen. Die Leute schienen es gar nicht zu merken, achteten nur auf den Mann, der jetzt zu ihnen sprach. Brinkers einziger Gedanke war, den Zaun nicht loszulassen. Schließlich gelang es ihm, unter Einsatz von Händen und Füßen auf den massigen Eckpfeiler zu klettern. Sein Kopf war auf gleicher Höhe mit der bronzenen Ananas. Jesu Christo! Er bekam Luft! Und er konnte über die Menge hinwegschauen und auch den Mann sehen, der vor der City Hall stand.

»Ich sage euch, De Lanceys Leute lügen! Die sitzen hier drinnen und schwören, dass ihr Mann mit vierzehn Stimmen Vorsprung gewonnen hat. Aber das ist gelogen! Wer hat ihn denn gewählt? Die Juden, bei Gott, und das geht gegen das Gesetz. Wenn die gottverdammten Hebräer nicht für das Parlament in England wählen dürfen, warum sollten sie das dann für die Versammlung hier in New York dürfen? Wo führt das denn noch hin? Dass sogar Frauen wählen dürfen? Die Juden haben De Lanceys Mann gewählt. Das ist nicht richtig, und in jeder anständigen Gesellschaft wäre das per Gesetz verboten!«

Ein anerkennendes Gemurmel ging durch die Menge; ohne lange zu überlegen, stimmten die Männer zu. Die Angst vor den Juden, den Hass auf die Juden hatten sie mit der Muttermilch eingesogen, und dieses Vorurteil war noch bestärkt worden durch die Predigten, die von jeder christlichen Kanzel im Land gehalten wurden. Das Gemurmel schwoll zu einem gewaltigen Brüllen an. »Keine Juden-Wähler!« »Niemals!« »Nicht in New York!«

»Was ist denn in euch gefahren?«, rief einer der wenigen Anhänger De Lanceys, die in der Menge standen. »Seid ihr verrückt geworden? Hier wählen die Hebräer doch schon seit Jahren! Was soll denn jetzt plötzlich anders geworden sein?«

Der erste Redner wartete die Antwort der Menge gar nicht ab. »Nimm Vernunft an, Mann! Wo bleibt da die Verhältnismäßigkeit? Bei einem so knappen Wahlausgang ... Kann ein anständiger Christenmensch wirklich hinnehmen, dass die Wahl von Jesusmördern bestimmt wird? Siehst du das Bild an jenem schrecklichen Tag im Heiligen Land nicht vor dir? Siehst du nicht die Stirn deines Heilands blutend von den Dornen, die die Juden ihm auf den Kopf gedrückt haben, die Peitschenhiebe, die sein Fleisch zerfetzten und ...«

»Das waren die römischen Soldaten. Hast du keine Bibel oder kannst du nicht lesen? Oder bist du vielleicht sogar ein Katholik und darfst die Bibel gar nicht lesen?«

»Doch, das waren die Soldaten«, rief eine andere Stimme. »Und der Aasgeier Pilatus. Die waren schuld dran.«

Einstimmig brüllten die Morrisiten die wenigen nieder, die den Hebräern zur Verteidigung kamen. Was die Politik betraf, mochte der Mob geteilter Meinung sein – in seinem Hass auf die Jesusmörder war er sich einig.

Caleb Devrey stand am Rand des Gedränges, den Rücken an der Tür zum Haus seines Vaters. Aber er war nah genug, um zu merken, was da passierte. Er spürte die Wut, die sich aufbaute, die Blutgier ... Guter Gott! Fast war es ihm, als könnte er den Hass mit Händen greifen. Hunderte von Menschen, die genau das empfanden, was er seit fünf Jahren empfand, die sich die Fragen stellten, die er sich Hunderte von Malen gestellt hatte.

Welches Recht hatte ein hässlicher alter Jude wie Solomon DaSilva auf ein Mädchen wie Jennet? Jüdische Heimtücke, das war's. Das wusste doch jeder, dass die Hebräer intrigierten und Verrat betrieben und mit Lug und Trug versuchten, den Christen das Leben schwer zu machen. Kein Wunder, dass Calebs Träume sich zerschlagen hatten. Solomon DaSilva hatte Jennet für sich gewollt. So war es überhaupt gekommen. DaSilva hatte mit der schwarzen Magie der Juden die Sterne beeinflusst, um die Pläne eines aufrechten Christen zu vereiteln. Endlich wusste jeder in New York Bescheid. Endlich würde DaSilva dafür bezahlen.

»Die Juden sind schuld!«, rief ein Mann, der ein Stück von Caleb entfernt stand, auf der anderen Seite des schmiedeeisernen Devrey-Zauns. Er war ein Arbeiter, stammte aus einer anderen Welt. »Die sind das Problem in dieser Stadt. Wegen denen sind wir in den letzten Jahren immer ärmer geworden. Hier gibt's zu viele Juden!«

»Moment mal!«, rief ein anderer. »Benutzt doch mal euren Verstand. Es ist nicht die Schuld der Juden, dass in Philadelphia billiges Mehl gemahlen wird.«

Solche Einwände wollte die Menge nicht hören. »Die Juden sind schuld! Wenn wir die Juden los sind, werden wir wieder reich!«

»Die Juden sind schuld!« Caleb hatte nicht gewusst, dass er in den Stimmenchor einfallen würde, bis ihm die Worte über die Lippen kamen. Er schritt aufs Tor zu, trat über die unsichtbare Grenze, die ihn, einen wohlhabenden Bürger,

Angehöriger der besseren Gesellschaft, vom gemeinen Volk trennte. »Die Juden sind an unseren Problemen schuld!«

Caleb schwang das Gartentor auf und drängte sich in die Mitte des Menschengewühls vor; dabei schrie er unentwegt lauthals. »Wir müssen die Jesusmörder loswerden!«

Brinker war sich bewusst, dass die letzten Strahlen der Spätnachmittagssonne von seinem kahlen Schädel reflektierten. Er versuchte, sich noch kleiner, noch unauffälliger zu machen. Möglicherweise hatte Devrey ihn in den vergangenen Wochen mehrmals bemerkt; wenn er ihn jetzt hier sah, würde er zwei und zwei zusammenzählen. Und womöglich würde Devrey mit seinem Einfluss es schaffen, dass die Behörden Jan Brinker wieder an den Pranger stellten.

Doch Calebs Aufmerksamkeit galt etwas völlig anderem als dem Zwerg. Die Menschenmenge gärte, kochte bald über und suchte etwas, suchte jemanden, an dem sie ihren Zorn auslassen konnte. Caleb Devrey wusste, wer das sein sollte. »Die Juden sind schuld«, rief er. »Männer wie Solomon DaSilva, die sind schuld an unserer Misere.«

Brinkers Herz machte einen Satz. Diesmal vor Freude. DaSilva würde kriegen, was er verdiente. Die Narbe in der Hand des Zwergs klopfte und pochte. Von seinem Platz oben am Zaun konnte er gerade den Galgen vor der City Hall sehen. Und konnte sich nur allzu gut vorstellen, wie er dort stand und zu Solomon DaSilvas weißer Satinhose und seinen schwarz glänzenden Stiefeln aufblickte und jubelte, wenn die Falltür aufging. Jesu Christo! Beinahe glaubte er, DaSilva tatsächlich hoch in der Luft am Galgen baumeln zu sehen.

Diese Vorstellung bereitete ihm diebische Freude. Einige Sekunden berauschte er sich daran. Dann stieg ein anderes Bild vor ihm auf. Wie es wäre, wieder arm zu sein, riskieren zu müssen, auf den Märkten zu betteln und dafür an den Pranger gestellt zu werden, um nicht zu verhungern.

Vom ersten, anfänglichen Geldsegen einmal abgesehen, als DaSilva ihm nachts im Keller das Kohlenstück auf die Handfläche gedrückt hatte, zahlte der Jude ihm zwei Shilling die Woche. Und dafür brauchte er bloß Caleb Devrey im Auge zu behalten. Normalerweise war das ganz einfach und viel sicherer als Betteln. Und höllisch viel besser als das bisschen Wohlfahrt aus der Armenkasse der Kirche.

Die Menge schrie nach Blut, drängelte und stieß, wogte zur City Hall, fort vom Devrey-Haus.

Die Sonne war mittlerweile untergegangen, bald würde es dunkel werden. Jesu Cristo … Wenn er hinters Haus gelangen könnte, ohne dass jemand ihn sah, könnte er sich nach Norden durchschlagen. Sobald er aus dem Umkreis der City Hall war, würde er leichter vorankommen.

Ein paar Sekunden noch. Er schaute vom Galgen zu seiner Hand. Dachte an das Geld. Fast eine ganze Minute. Brinker holte tief Luft, hielt sie drei Herzschläge lang an, dann sprang er vom Zaun und hastete durch den Schatten im Vorgarten zum Haus. Dahinter, etwa eine halbe Meile nördlich, lag die Nassau Street.

»Was willst du?«, fragte Flossie barsch. Beim Sprechen drückte sie sich das seidene Taschentuch vor die Nase. Der Zwerg stank gottserbärmlich. An seiner Kleidung klebte getrockneter Pferdemist, sein Gesicht und sein großer, kahler Schädel war mit Dreck verschmiert.

»Das hab ich schon dem schwarzen Mädel gesagt, wo vorher an die Tür gekommen ist. Ich muss mit Mijnheer DaSilva reden.«

»Das geht nicht. Und in diesem Haus haben gottverdammte Missgeburten nichts zu suchen. Verschwinde!«

Flossie wollte die Tür schließen, doch Brinker stellte

rasch einen Fuß dazwischen. Das musste er tun, was blieb ihm denn sonst übrig? Er war doch schon im Greased Griddle drüben in der Queen Street gewesen. Das hatte auf dem Weg gelegen, und dort traf er sich manchmal mit dem Juden. Das war direkt neben einem von seinen Hurenhäusern. Aber keine Spur von DaSilva, weder da noch dort. Nicht heut abend. Und fast 'ne halbe Stunde war schon vergangen, seit Caleb Devrey das Pack von Judenhassern angestachelt hatte, die nach Blut schrien. Wenn er noch länger trödelte, würd's zu spät sein. »Ach, Mevrouw, Gott segne Sie, wenn Sie mir helfen.« Brinker legte sich flehentlich ins Zeug. Manchmal wirkte das bei Frauen, wo so hochnäsig taten wie die da. »Mit meinen kurzen Beinen und überhaupt, da bin ich 'ne Stunde unterwegs, bis ich bei Mijnheer DaSilvas ...« Jesu Cristo, Hurenhaus konnt er wohl kaum sagen. Dann würd die alte Ziege ihm die Tür einfach ins Gesicht schlagen. Würd ihm seinen Fuß einklemmen, das würd sie tun. »Mijnheer DaSilvas Etablissement drüben am Hudson River. Haben Sie Erbarmen, Mevrouw. Sagen Sie mir, ob der Weg sich lohnt. Ist Mijnheer DaSilva überhaupt da drüben am Hudson River?«

Flossie starrte ihn einen Moment an, hin und her gerissen zwischen Abscheu und Mitleid. Schließlich schüttelte sie den Kopf. »Nein, er ist nicht da. Und hier auch nicht. Mr. DaSilva ist unterwegs. Geschäftlich. Und jetzt verzieh dich, du hässlicher kleiner Kerl! Und wenn du noch mal hier auftauchst, hetz ich dir die Polizei auf den Hals. Das versprech ich dir.«

Brinker nahm den Fuß aus der Tür. Flossie schloss sie und lehnte sich mit dem Rücken dagegen. Fächelte sich Luft zu. In ihren sechsundvierzig Jahren gab's weiß Gott wenig, womit sie nicht zurechtgekommen war; aber es wurde ihr immer ganz anders, wenn sie mit Leuten reden musste, die das Teufelsmal trugen.

Der Mob wogte von der Wall Street zur Broad Street wie ein Tier mit entblößten Fängen. Vom Jagdfieber gepackt. Mittlerweile war es stockdunkel geworden. Ein paar geteerte Fackeln wurden durch die Luft geschwenkt. Die Bestie war in Rot getaucht. Die Farbe des Bluts. »Was ist mit Simpson?«, rief jemand. »Dem Juden, der wo einen Fluch ins Fleisch stempelt, bevor er's auf die Inseln schickt. Der lebt hier ganz in der Nähe.«

»Ja, genau das machen die Juden, verfluchen das Fleisch, bevor Christenleut es essen. Ich find, wir ...«

»Nicht Simpson!« Vor zorniger Enttäuschung verkrampfte sich Caleb der Magen. Er war heiser vom vielen Schreien. »Simpson ist ein Tudesco.«

»Was ist denn das – ein Tudesco? Red Englisch, Mann Gottes!«

»So nennen sie die Juden, wo aus Deutschland und so kommen«, rief ein Junge. »Die anderen, die wo als Erste hier waren, die wo aus Brasilien und den Niederlanden kommen, die heißen Sephariden. Können die Tudesco nicht ausstehen. Und was die auf ihr Fleisch tun, ist kein Fluch nicht. Die sagen 'n paar Gebete auf und tun den Stempel von ihrer Kirche drauf, damit die andren Juden ...«

Die Menge drehte sich zu dem Jungen um, wich zurück und ließ ihn einsam in einem rot tanzenden Lichtkreis stehen.

»Woher weißt'n du so viel über die Heiden?«

»Bist wohl selber 'n Judenbengel, was?«

»Muss er sein! Kommt, wir schleppen ihn runter zum Fort und knüpfen ihn am alten Galgen auf.«

Caleb hämmerte das Herz wie wild in der Brust. Er sah sich um, spähte in die Dunkelheit und sah ein Regenfass. Er lief hinüber, sprang hinauf, gestikulierte heftig und brüllte: »Hört auf! Ihr macht einen Riesenfehler! Hört auf!«

Doktor Devrey. Der Sohn von Will Devrey. Seine wohlhabende Familie und sein gesellschaftliches Ansehen machten Caleb in den Augen des Mobs zum geborenen Führer. Zwei flammende Fackeln tauchten in seinem Umkreis auf, badeten ihn in ihrem roten Schein. Die Menge beruhigte sich, wartete.

Caleb spürte ihre Bereitschaft, ihm zu folgen, ebenso wie er ihre Blutgier gespürt hatte. Instinktiv. Er stand über ihnen, war aber ein Teil von ihnen. Er und die Menge, sie verstanden einander. Es war nur richtig und natürlich, dass er, ein gebildeter Mann, der Befehlshaber dieser Truppen sein sollte.

»Lasst ihn in Ruhe«, sagte Caleb und deutete auf den Jungen, der den Fehler begangen hatte, die Religion der Hebräer erklären zu wollen. »Das ist Lliam Jones. Ihr wisst doch alle, dass er kein Jude ist. Er arbeitet auf dem Markt, auf dem Simpson seine Rinder schlachtet. Deswegen kennt er sich damit aus.«

Die Feindseligkeit, die sich gegen Jones gerichtet hatte, ebbte ab, legte sich aber nicht ganz. Hass wogte und wütete in der Menge von rund siebzig Menschen. Suchte nach einem Ziel.

»Die Tudesco-Hebräer wollen wir nicht«, rief Caleb in die Nacht. »Da hat der junge Lliam Recht. Sondern die, die aus Brasilien und den Niederlanden kommen, die am längsten hier sind und sich in unser Leben gedrängt haben und die sich genommen haben, was rechtmäßig uns gehört – das sind die Männer, die wir wollen.«

»Und unsre Frauen nehmen sie uns auch weg!«, schrie jemand von hinten. »Die verfluchten Juden kommen hierher und heiraten unsere Frauen!«

»Genau!«, fiel ein anderer ein. »'ne Christenfrau, wo einen Juden heiratet, ist nicht besser als 'ne Hure! Und weiß nicht jeder von uns, was man mit 'ner Hure macht?«

Das Gebrüll, das darauf erscholl, war ohrenbetäubend.

Heiliger Herr im Himmel, der Gedanke ... Jennet diesem

Pack Männer, diesem Mob ausgeliefert. Ihm selbst ausgeliefert. Caleb pochte das Blut in den Adern. »Solomon DaSilva!« Er stieß den Namen hervor, halb Fluch, halb Kampfschrei. »Solomon DaSilva ist genau der Jude, den wir brauchen! Der ist aus Brasilien gekommen und ist mit unserem Geld stinkreich geworden!«

»DaSilva ist der größte Hurenmeister von allen!«

»Und er hat 'ne Christenfrau geheiratet!«

»Und hat 'n nobles Haus in der Nassau Street! Los, Leute, worauf warten wir noch?«

Caleb sprang vom Regenfass, und die Horde stürmte los, ihm nach.

Brinker stand in der Dunkelheit gegenüber von DaSilvas Haus. Dort war er, seit Flossie O'Toole ihm die Tür gewiesen hatte. Er war enttäuscht und dachte sich, dass es den Frauen nur Recht geschähe, wenn ihnen etwas passierte – was immer ihnen passierte. Trotzdem harrte er an seinem Platz aus.

Natürlich war's nicht sicher, dass sie kommen würden. Vielleicht waren sie jetzt schon 'nem anderen Juden hinterher, Levy oder Gomez oder Simpson. Die meisten von denen wohnten näher bei der City Hall, in der Nähe der Mill Street bei dem Haus, das sie Synagoge nannten. Ja, aber wenn Caleb Devrey etwas damit zu tun hatte …

Es würde ihm verdammt gut tun zu sehen, wie sie Solomon DaSilvas nobles Haus demolierten und keinen Stein auf dem anderen ließen. Und was würden sie mit seinen Sklaven und seiner Frau anstellen? Die vergötterte er. DaSilva betete seine junge Christenfrau an. Das wusste doch jeder. Und wenn DaSilva zurückkam von wo immer er war, würde sie …

Jesu Cristo! Was würde Solomon DaSilva als Belohnung zahlen, wenn er seine Frau vor der blutrünstigen Bande rettete? Noch mehr als für die Warnung, was passieren könnte.

Fünf Minuten vergingen. Zehn. Es war nicht kalt an diesem Septemberabend, doch der Zwerg zitterte. Wie sie ihn angeschaut hatte, dieses Weibsstück, das sich Flossie O'Toole nannte. Halb mitleidig, halb angewidert. Das konnt er gar nicht leiden, so angeschaut zu werden. Er hasste sie. Stolzierte durch die Stadt wie 'ne feine Dame, dabei war sie nichts als 'ne verschrumpelte alte Hure, wo früher ...

Er spürte die Bestie, noch bevor er sie hörte. Es war, als würde die Erde unter dem Getrampel der vielen Füße beben. Dann folgte das Donnern von Lederstiefeln auf den Pflastersteinen. Und dann die Schreie. *Juden raus! Tod den Jesusmördern! Wir holen uns DaSilva! Ja, ihn und sein Hurenweib!*

Jesu Cristo! Da hatte er also doch Recht gehabt. Die kamen hierher. Und wenn sie rausfanden, dass DaSilva nicht da war, würden sie durchdrehen. Würden alles kurz und klein schlagen. Und Jan Brinker gleich dazu. Jesu Cristo!

Kerzen und ein Kaminfeuer flackerten hinter den Gardinen der hohen Fenster im Erdgeschoss des eleganten Hauses von DaSilva. Brinker beobachtete die tanzenden Schatten, seit er seinen Posten bezogen hatte. Und auf diesen Lichtschein hielt er zu, als er über die Straße huschte.

Seit fast einer Stunde saß Jennet im Salon und beobachtete die Kerzen in den wunderschön polierten Messingständern. Die Hände über dem Bauch verschränkt, versuchte, zu einer Entscheidung zu kommen.

Nicht, was sie tun sollte – das wusste sie –, aber wie sie es tun sollte. Solomon würde es erfahren müssen. Jetzt, da sie sich sicher war, konnte sie es kaum erwarten, dass auch er es wusste. Andererseits musste sie klug vorgehen, um bei dieser wichtigen Sache ihren Willen durchzusetzen. Sie würde ... Oh! Bewegte sich da schon das Kind in ihr? Nein, natürlich nicht. Nur eine kleine Blähung. Es war viel zu früh. Wie dumm von ihr.

Guter Gott, warum schweiften ihre Gedanken immer wieder ab? Während sie hier behaglich in der Wärme des Feuers saß, die Füße auf einen Schemel gelegt, den sie als Zwölfjährige selbst bestickt hatte, konnte sie nur träumen.

Ich habe eine Überraschung für dich, liebster Solomon. Fünf Jahre lang hast du getreulich diese schrecklichen Seidenhüllen verwendet, hast dich aus mir gelöst, gerade bevor du zu zittern und zu schaudern anfingst und meinen Namen schriest. Hast deinen Samen über meinen Bauch verspritzt und nicht in mich ... Und trotzdem ist es passiert. Die Natur lässt sich nicht verleugnen, und jetzt bin ich schwanger. Fast drei Monate schwanger mit deinem Kind.

*Wir müssen jetzt vorsichtig sein, Geliebter. Um unseres Kindes willen.* Das würde sie sagen.

Und das würde Solomon auch verstehen. Sie brauchte keine ausgeklügelten Pläne zu entwerfen. Sobald sie es ihm gesagt hatte, würde er versprechen, keine Waffen mehr an die Indianer zu verkaufen. Genauso, wie sie nicht mehr das Skalpell benützte, weil er sie darum gebeten hatte. Sie würde sich nicht mehr beschwichtigen lassen von seinen Beteuerungen, dass alle, die seine Geschäfte eigentlich unterbinden sollten, viel Geld bekamen, um wegzusehen. Wann immer sie von ihrer Angst wegen seines Waffenhandels sprach, sagte er mehr oder minder dasselbe.

Seine Argumente überzeugten Jennet nicht. Sie hatte schreckliche Angst. Jetzt mehr als je zuvor. Der Ärger mit Kanada flammte wieder auf, und die Geschichten in den Zeitungen, dass es Bündnisse zwischen den Franzosen und den Indianern gab, wurden immer unheilvoller. Und jede

Woche konnte man auch etwas darüber lesen, dass die Regierung nicht tolerieren würde, wenn Bürger sich einmischten in ... Guter Gott, was war das für ein Geräusch?

Es kam von der Straße, ein leises Dröhnen. Ein Donnern. Und dazu ein schrilles Pfeifen. Als würde ein Sturm sich ankündigen, all seine Kräfte sammeln.

Jennet lief zum Fenster und schob die Spitzenvorhänge beiseite. Sie sah Fackeln, die im Dunkeln auf und ab tanzten. Viele Fackeln. Und sie alle bewegten sich die Nassau Street hinauf ...

»Psst ... Mevrouw, ich bin's. Jan Brinker, der Zwerg.«

Sie fuhr zusammen, erschrak fast zu Tode angesichts der missgebildeten Kreatur, die durchs Fenster hereinäugte und die Lippen bewegte, ohne dass sie etwas verstand. »Verschwinde! Was tust du in meinem Garten? Ver...«

Brinker schaute über die Schulter. Die Fackeln kamen immer näher. Mit seiner kleinen Faust klopfte er heftig an die Glasscheibe, die ihn von DaSilvas Frau trennte. »Mevrouw, es drängt! Machen Sie das Fenster auf, kommen Sie!«

»Verschwinde! Wer bist du überhaupt? Du hast hier nichts zu suchen. Verschwinde!« Wenn Clemence hier wäre, würde er diese schreckliche Kreatur im Handumdrehen verjagen. Aber Clemence war mit Solomon unterwegs. Außer Flossie und Tilda war niemand mit ihr im Haus.

Brinker schaute wild um sich. Der Mob kam immer näher, keine hundertfünfzig Fuß mehr. Er musste sie da rausholen. Wenn er Solomon DaSilvas Frau das Leben rettete, würde der Jude ihm ewig dankbar sein. Und er, Jan Brinker, würde sich für den Rest seines Lebens keine Sorgen mehr machen müssen. Neben seinen Füßen lag ein runder Stein, der zur Einfassung eines Blumenbeets gehörte. Unter Aufbietung aller Kraft hob der Zwerg den Stein hoch und schleuderte ihn durch die Scheibe.

Es ging so schnell, dass Jennet kaum Zeit hatte, beiseite zu springen. »Bist du verrückt geworden! Ich lass dich ver...«

»Mevrouw, wenn Ihnen Ihr Leben lieb ist, dann kommen Sie! Jetzt! Schnell! Hören Sie doch nur!«

Jetzt war das Lärmen ohrenbetäubend, ein Brüllen, das nur eines bedeutete: Hass. Sie hörte Solomons Namen und wusste, dass sie ihm fluchten. Andere Wörter verstand sie nicht, aber das war nicht nötig; sie spürte die Blutgier.

»Schnell, Mevrouw!« Brinker steckte die Hand durch die zerschlagene Scheibe und zog Jennet am Rock. »Kommen Sie! Sie haben keine Zeit mehr!«

Sie holte tief Luft, überlegte. Wenn sie weglief – weiß Gott, was dann mit dem Haus passieren würde, den vielen schönen Dingen, die Solomon hier angesammelt hatte. Und was würde mit den Dienerinnen passieren, mit Flossie und Tilda? Sie konnte nicht einfach davonlaufen und die beiden ...

Die Stimmen auf der Straße wurden lauter. Die ersten Fackeln tauchten das Nachbarhaus in ein rotes Licht. In wenigen Sekunden würde es in ihrem eigenen Garten taghell sein. Und die rasende Bestie, die Solomons Namen rief, nach seinem Blut schrie, würde sie sehen.

Guter Gott! Eine Verpflichtung hatte sie, die wichtiger war als alle anderen – Solomons Kind zu schützen. Ihr Kind. Mit einer Hand raffte sie ihre Röcke zusammen, mit der anderen öffnete sie den Fensterflügel und trat in den Garten hinaus.

»Ja! Schnell, Mevrouw! Kommen Sie.«

## III

In Martha Kincaids Spelunke sah es noch genauso aus wie damals, als Jennet das erste Mal hierher gekommen war. Männer und Frauen, Schwarze und Weiße drängten sich in der Schänke zusammen. Mehr als die Hälfte war grausam entstellt, oft von den Pocken oder noch Schlimmerem. Der Mann mit dem Horn auf dem Kopf servierte noch immer die Krüge mit Bier, Rum oder Genever. Und die Frau mit dem schrecklichen roten Teufelsmal im Gesicht saß neben einem Mann ohne Beine, der vor aller Augen ihre halb nackten Brüste streichelte.

Als Jennet sich umsah, empfand sie dieselbe Mischung aus Angst und Mitleid wie damals vor knapp sechs Jahren. Aber dieses Mal war sie noch hilfloser.

»Wieso bringst du denn die hierher?«, herrschte Martha den Zwerg an. »Die kann doch keinem von denen hier helfen. Das wissen wir doch schon lange.«

Brinker öffnete den Mund, um zu antworten, doch Jennet kam ihm zuvor. »Diesmal bin ich es, die Hilfe braucht, Mistress Kincaid.«

»Sie? Von uns? Nie im Leben. Und außerdem, weshalb sollte ich Ihnen denn helfen?«

Das Gesicht der Frau war in keiner Weise entstellt. In dem Raum brannten Dutzende von Kerzen, es wurde vom Feuer erleuchtet, und in all dem Licht war nicht einmal eine Narbe vom Eingriff zu sehen. »Mein Vater hat Ihnen geholfen«, sagte Jennet leise. »Vielleicht mögen Sie mir um seinetwillen helfen, wenn nicht um meinetwillen.«

Martha Kincaid musterte sie wortlos und drehte sich dann zu der Holztheke, die an der Wand entlang verlief. In regelmäßigem Abstand waren Bierfässer oben aufgereiht, dazwischen waren Zinnkrüge aufgestellt. Sie nahm einen, hob ihn an den Mund, trank einen langen Zug, stellte den Krug wieder ab und rief nach dem Wirt. »Tom!«

Der Mann mit dem Horn lief zu ihr, um ihr nachzuschenken. Martha fasste sich ins Gesicht und ließ die Hand eine Weile auf ihrer glatten Wange ruhen. »Um Ihres Vaters willen. Ja, da haben Sie wohl Recht. Aber ich weiß trotzdem nicht, was Sie hier suchen.«

»Zuflucht«, sagte Jennet.

»Ihr Mann ist nicht da. Und mit der Wahl und so...« Brinker stotterte beinahe vor Hast, Martha Jennets Situation begreiflich zu machen. »Die Leute in der Stadt sind verrückt geworden. Schreien nach Judenblut. Die bringen sie um, wenn ich ihr nicht helfe.«

»Aber sie ist doch keine Jüdin.«

»Nein, aber sie ist mit einem Juden verheiratet. Deswegen hab ich sie hergebracht, Martha. Die haben gejohlt, dass sie 'ne Hure ist, und haben weiß Gott was für Drohungen gemacht.«

»Gott ist nicht der Einzige, wo die Drohungen kennt.« Martha Kincaid stützte sich mit den Ellbogen auf der Theke ab und lehnte sich an den Tresen. »Das kann sich doch jeder Idiot vorstellen, was 'ne Horde von Männern mit so 'ner feinen Frau anstellen will. Und Sie wollen hier arbeiten, Mistress? Eine von uns sein? Sich zu Tom legen, dem mit dem Horn am Kopf? Oder vielleicht zum alten Seth. Das ist der ohne Beine. Oder Sie könnten...«

»Ich bitte um Unterschlupf, Mistress Kincaid, nicht um Arbeit. Ich bin eine verheiratete Frau.«

»Unterschlupf, ach ja? Können Sie zahlen?«

»Ja, aber nicht sofort. Wir waren sehr in Eile. Sobald mein Mann zurückkommt, wird er...«

»Ja«, warf Brinker hastig ein. »Ihr Mann, das ist Solomon DaSilva. Der ist reich. Wenn...«

»Ich weiß, wer ihr Mann ist. Dann sagen Sie mir doch

eins, Mistress DaSilva. Unter den Umständen, wo's Ihnen so dick eingeht – wieso sind Sie da nicht zu einem von den noblen Freudenhäusern von Ihrem Mann gelaufen und haben da Unterschlupf gesucht? Von denen wissen Sie doch, oder?«

»Ich weiß davon.« Sie ließ sich nicht erschüttern, wich dem Blick der anderen Frau nicht aus.

»Ich hab sie hergebracht«, sagte Brinker und hüpfte vor Ungeduld auf und ab. »Das war nicht ihre Idee, Martha. Ich hab sie hergebracht, weil Solomon DaSilva, der wird so dankbar sein, dass er sich nicht mehr einkriegt. Jeder weiß doch, wie verrückt er ist nach ihr.«

»Das weiß ich auch«, sagte Martha gereizt. »Halt den Mund, Jan. Du kriegst schon deine Belohnung dafür, dass du Mistress DaSilva das Leben gerettet hast. Sie kann bleiben, so lang sie mag, und zahlen, wenn sie …« Sie unterbrach sich. Ihre Augen begannen zu leuchten. »Nein, das machen wir ganz anders. Mistress DaSilva kann jetzt gleich für ihre Unterkunft zahlen.«

Das Mädchen war sehr bleich im Gesicht. Mürrisch starrte sie auf die beiden Frauen, die an ihrem Bett standen. »Das ist Ellen«, sagte Martha. »Die ist im vierten Monat. Sie will das Kind nicht. Machen Sie's ihr weg.«

Jennet atmete hörbar ein. »Wegmachen – das kann ich nicht. Und selbst wenn ich's könnte, würde ich es nicht tun. Wie können Sie etwas so Schreckliches …«

»Das war ihr eigener Pa, wo ihr das Kind gemacht hat. Er hat's mit ihr getrieben, seit sie acht ist. Jetzt ist sie zwölf.«

»Guter Gott«, wisperte Jennet. »Ihr Vater … Woher wissen Sie, dass die Geschichte wirklich stimmt, Mistress Kincaid? Was, wenn …«

»Da gibt's kein Wenn und Aber. Geschichten wie die

krieg ich mein halbes Leben lang zu hören. Ich weiß, welche wahr sind und welche nicht.«

Das Mädchen beobachtete die beiden Frauen durch halb geschlossene Augen, aber sie richtete ihre Worte nur an Martha: »Ist die 'ne Engelmacherin? Hat sie das Zeug, das macht, dass das Kind vor der Zeit kommt? Die schaut zu vornehm aus, um 'ne Engelmacherin zu sein. Auch wenn ihr Kleid zerfetzt ist. Und dreckig.«

Jennet hatte es sich zerrissen, als sie mit Jan Brinker durch den Wald gelaufen war. Einmal war sie in den Schlamm gefallen. »Ich bin keine Engelmacherin«, sagte sie. »Und ich weiß nicht, wie …«

»Das wissen Sie schon«, unterbrach Martha sie. »Ich hab doch oft mit Ada Carruthers und den anderen oben bei den Gerbereien geredet. Die haben alle erzählt, was Sie getan haben. Dass Sie mit dem Messer umgehen wie'n Chirurg oder Bader oder was immer. Wie Ihr Pa. Bis Sie so vornehm und allmächtig geworden sind, dass Sie's nicht mehr tun wollten. Aber heut Nacht sind Sie nicht mehr so vornehm und allmächtig. Wo die halbe Stadt hinter Ihnen her ist. Also tun Sie's. Wenn Sie der Ellen helfen, helf ich Ihnen. Eine Hand wäscht die andre.«

Jennet schüttelte den Kopf. »Ich habe nicht aufgehört, weil ich so vornehm geworden wäre, von allmächtig ganz zu schweigen. Ich habe aufgehört, weil ich's meinem Mann versprochen habe.«

»Aber der ist jetzt nicht da, um was davon mitzukriegen, oder? Und so, wie's klingt, ist er davongelaufen und hat Sie dem Mob überlassen. Also …«

»Das hat er nicht! So etwas würde Solomon nie tun. Er ist seit drei Tagen weg. Er ist in den Norden gefahren. Etwas Geschäftliches oben in …« Jennet brach ab und biss sich auf die Lippen. Sie hatte den berechnenden Blick in Martha Kincaids Augen gesehen.

Eine Sekunde später war deren Miene schon wieder undurchdringlich. Und ihre Stimme klang resigniert. »Ach, hören Sie doch auf. Als wüsst ich nicht, wie das ist, wenn 'ne Frau sich einredet, dass sie 'nen guten Mann erwischt hat, ob er nun wirklich gut ist oder nicht. Aber jetzt geht's nicht um Sie und ihn und nicht mal um mich. Es geht um Ellen. Wenn ein Pa seiner Tochter 'n Kind macht, wird's 'ne Missgeburt. Wie die armen Seelen da draußen.« Sie machte eine Kopfbewegung auf die Schänke hin. »Das weiß jeder.«

Das Mädchen setzte sich im Bett auf, packte Jennet am Arm und zerrte heftig daran. »Bitte, Mistress, Sie müssen was tun für mich. Wenn die in der Stadt das rausfinden, tauchen sie mich ins Wasser. Die ertränken mich, prügeln mich. Ich will kein Monsterkind nicht«, wimmerte sie. »Ich häng mich auf, wenn Sie nicht ...«

»Das ist überhaupt nicht nötig«, sagte Jennet und befreite sich aus Ellens Griff. »Wenn du das Kind wirklich nicht willst, kannst du etwas einnehmen. Ein Pulver, das man trinkt und das das Kind austreibt. Vor der Zeit, wie du gesagt hast.« Sie hatte die Frauen in den Gerbereien von diesem Mittel reden hören. Manche schworen darauf, andere sagten, es wirke nur in jedem zweiten Fall. Aber alle wussten, wo man es bekam. »Ich kann das Pulver für dich besorgen«, fügte sie hinzu. »Ich kenne jemanden, der es macht.«

»Herr des Himmels!« Die Verachtung in Martha Kincaids Stimme war nicht zu überhören. »Denken Sie, ich wüsste das nicht?«

Jennet fuhr nicht zusammen, als sie Martha wie einen Mann fluchen hörte. Nicht nach ihren vielen Besuchen oben bei den Gerbereien. »Warum haben Sie ihr das Pulver dann nicht gegeben?«

»Das Mädel, die wo das macht, das schwarze Ding in

der Apotheke, die ist nicht mehr da. Und die Herrin rückt's nicht raus. Nicht für unsereiner. Da brauch ich nicht mal nach zu fragen.«

»Tamsyn? Das kann ich mir vorstellen. Aber was meinen Sie damit, dass das schwarze Mädel nicht mehr da ist? Phoebe muss da sein. Sie gehört meinem Vater, er hat sie an Tamsyn verpachtet. Sie ...«

»Die ist davongelaufen. Vor drei Wochen. Guter Gott, ihr reichen Leute ... Manchmal frag ich mich, ob ihr nicht jemanden braucht, der euch nach dem Scheißen den Hintern abputzt. So wie ihr lebt, hinter den Zäunen in euren feinen Häusern, hört ihr gar nichts.«

»Weggelaufen? Aber warum sollte Phoebe denn weglaufen? Sie ist doch so gerne in der Apotheke. Und sie macht ihre Arbeit sehr gut.«

»Kann schon sein. Aber davon bleibt sie winters nachts im Bett nicht warm, und ein Kind kriegt sie davon auch nicht. Heiraten, das hat sie wollen. Einen von Craddocks Sklaven. Craddock hat's ihnen verboten. Also sind sie zusammen auf und davon.«

Die ganze Zeit wartete Ellen darauf zu hören, was die beiden Frauen tun wollten, um ihr zu helfen. Stattdessen redeten sie von einer entlaufenen Sklavin. »Hört auf, ihr beide!«, schrie sie. »Hört auf, von 'ner Schwarzen zu reden, die wo nicht mal hier ist! Ich hab den Ärger am Hals. Und Sie müssen mir helfen, Mistress, Sie sind die Einzige, die wo das kann. Wenn Sie das Kind nicht wegmachen, bin ich verflucht und könnt gleich tot sein.«

Jennet schüttelte den Kopf. »Ich kann es nicht. Es tut mir Leid. Ich wüsste nicht einmal, wie ...«

»Wieso haben Sie mich eigentlich nicht nach Meg und Peg gefragt?«, unterbrach Martha Kincaid. Sie kniff die Augen zusammen und beobachtete Jennet genau. »Sie erinnern sich doch – die Zwillinge, wo zusammengewachsen ...«

»Ich weiß«, flüsterte Jennet. »Die beiden habe ich nie vergessen.«

»Na, heut Abend haben Sie sie da draußen nicht gesehen, oder?« Martha Kincaid deutete auf die Schänke.

»Nein.«

»Das wird auch gut sein. Weil, wenn Sie sie gesehen hätten, wären's Geister gewesen. Seit zwei Jahren sind sie tot. Meg und Peg. Und wollen Sie wissen, wie sie gestorben sind, Mistress DaSilva?« Jennet schüttelte den Kopf, aber Martha Kincaid fuhr unbeirrt fort. »Haben sich selbst auseinander geschnitten. Mit dem Messer, wo ich mit Schweine schlachte, wenn ich eins erwische. Zusammen haben sie's gemacht, wie alles andere auch. Zwei Hände an einem Griff. Aber wie sie fertig waren, haben sie nicht mehr aufgehört zu bluten. Keiner von uns hat was tun können. Mausetot waren sie, nur 'n paar Minuten, nachdem sie geschnitten hatten.«

Jennet spürte Übelkeit in sich aufsteigen. Sie würgte, hielt sich am Bettgestell fest, um nicht zu wanken.

»Heiliges Kreuz«, flüsterte Ellen. »Hier passiert nichts wie Schreckliches. Die aneinander geklebten Zwillinge sind tot, und ich bin als Nächste dran.« Sie begann zu schluchzen.

Martha achtete nicht auf das weinende Mädchen und schien auch nicht zu bemerken, dass Jennet beinahe in Ohnmacht fiel. »Sie haben gesagt, Ihr Mann wär geschäftlich unterwegs. Irgendwas im Norden, oder? Was für ein Geschäft könnte das denn sein, Mistress? Die Indianer da im Norden sind nicht grade, was man freundlich nennt. Und die französischen Soldaten auch nicht. Das Reisen kann heutzutage ganz schön gefährlich sein.«

Jennets Fingerknöchel waren weiß geworden, so fest umklammerte sie den Bettpfosten. Wenn sie losließ, würde sie umfallen. Martha Kincaid wusste Bescheid. Dass Solomon

Gewehre an die Indianer verkaufte. Sie hatte es erraten. »Ich weiß nicht genau, was er da macht. Mein Mann macht viele Geschäfte. Er ...«

»Er hat Geld wie Heu, so viel steht fest. Aber soweit ich weiß, wollen die, die was haben, immer noch mehr. So geht es doch zu in der Welt, oder nicht, Mistress DaSilva? Vor allem bei den Juden. Nix ist zu gefährlich, wenn's Geld einbringt.«

»Ich brauche heißes Wasser«, sagte Jennet. »Mengenweise. Und Lumpen. Und einen ganz langen Stecken, der ihr bis in den Bauch reicht.«

Sie entschied sich für einen Holzstecken. Er war beinahe zwei Fuß lang und sehr dünn, aber aus Eichenholz, so dass er nicht brechen würde. »Der große schwarze Bento«, erklärte Martha. »Der hat den für mich geschnitzt. Für wenn wir Klamotten über'm Feuer auskochen.«

Der Stock war vorne abgerundet und rundum sehr glatt. Er erschien Jennet ungefährlicher als die beiden Messer und der metallene Spieß, die ihr noch zur Wahl standen.

Währenddessen kippte Martha Ellen Rum in den Hals. Das Mädchen würgte, spuckte und keuchte, aber sie trank. Als sie nichts mehr hinunterbrachte, trug Martha den leeren Krug in die Schänke zurück und kehrte mit vier Frauen wieder. Die eine mit dem roten Teufelsmal im Gesicht, eine, die durch die Pocken ein Auge und den Großteil der Nase verloren hatte, eine, deren rechtes Bein ein gutes Stück kürzer war als das linke, und eine hünenhafte Schwarze.

Ellen lag flach auf dem Bett, von der Taille ab nackt, die Knie angezogen. »Ihr müsst sie festhalten«, sagte Martha den Frauen. »Die Mistress DaSilva macht den Rest. Damit nicht noch 'ne Missgeburt zur Welt kommt.«

Die Frauen kannten Ellens Geschichte. Sie nickten und nahmen ihre Stellung ein.

Jennet begann. Sacht, mit großer Vorsicht. Ganz langsam führte sie den dünnen Stecken in die Scheide des Mädchens ein, die Vagina, wie es in den Medizinbüchern ihres Vaters hieß. Ellen bewegte sich nicht. Es schien, als würde sie schlafen, aber wahrscheinlich war sie nur vom Rum benommen.

Nach etwa sechs Zoll stieß der Stock auf Widerstand. Jennet wusste, hier ging die Scheide in die Gebärmutter über. Vor vielen Jahren hatte sie in einem Buch einmal eine Abbildung gesehen. Ohne allzu große Einzelheiten – nur die Zeichnung vom aufgeschnittenen Bauch einer Toten und darin ein lebendes Kind; die Abbildung war bei einer Sektion angefertigt worden. Doch im Text stand eindeutig, dass es in der Gebärmutter bis kurz vor der Geburt nur eine winzige Öffnung gab, kaum größer als ein Stecknadelkopf. Deswegen hatte Jennet sich auch für den dünnen Stecken entschieden. Irgendwie musste sie in die geschlossene Gebärmutter gelangen, in der Ellens Missgeburt heranwuchs.

Ihr eigenes Kind war …

Nein, nicht jetzt.

Sie zog den Stecken ein Stück heraus und schob ihn wieder hinein. Etwas kraftvoller dieses Mal. Der Widerstand war immer noch da. Jennet stieß ein zweites und dann ein drittes Mal zu. Immer noch ohne Erfolg. Beim dritten Versuch erwachte Ellen aus ihrem Rausch und bäumte sich gegen den Halt der Frauen auf. Ihr Stöhnen wurde lauter. »Hör auf. Hör auf! Lasst mich das Monstrum kriegen, und ich bring's gleich nach der Geburt um. Hör auf!«

»Sei still«, stieß Jennet zwischen zusammengebissenen Zähnen hervor. »Du hast es so gewollt, also sei still.« Wieder versuchte sie, den Stecken in die Gebärmutter zu zwingen. Und noch einmal. Bei jedem Versuch wendete sie mehr Gewalt an. Ellen schrie.

»Heiliger Strohsack.« Die Frau mit dem Teufelsmal lachte leise. »Wenn du's nicht mal aushältst, wenn dir so was in die Möse gesteckt wird, dann steht dir ein einsames Leben bevor, Mädel.«

»Du kannst von Glück reden, dass er so dünn ist«, fügte die große Schwarze hinzu und hielt Ellens linke Schulter fest aufs Bett gepresst. »Seit ich neun bin, bin ich jeden Tag viel härter gefickt worden als so.«

»Ja, ich auch.« Diejenige mit dem kürzeren Bein sah nicht wesentlich älter aus als Ellen. Ihr schien die Aufgabe, die sie hier hatte, Spaß zu machen. »Du solltest Eintrittskarten verkaufen, Martha«, sagte sie grinsend. »Von den Männern gibt's viele, wo zahlen würden, um zu sehen, wie 'n Mädel mit 'nem Stock gevögelt wird.«

»Halt dein Mundwerk, sonst stopf ich's dir mit Asche.« Martha stand am Kopfende des Bettes, streichelte Ellen die Stirn und murmelte beruhigend auf sie ein. »Wie lange wird's noch dauern, Mistress?«

»Das kann ich nicht sagen. Das hängt davon ab …« Jennet verstummte, konzentrierte sich auf ihre Aufgabe. Dieses Mal zog sie den Stecken vier Zoll heraus und rammte ihn mit aller Kraft wieder hinein. Plötzlich hatte ihr behelfsmäßiges Instrument den Widerstand überwunden, steckte in etwas.

»Hör auf, Hexe!« Ellen brüllte und warf sich herum.

»Haltet sie fest!«, rief Jennet den Frauen zu. Sie musste wohl von der Scheide in die Gebärmutter gelangt sein. Was sollte es sonst sein? Sie verstärkte den Druck. Ellen kreischte wieder. Noch lauter, ein unartikulierter Schrei, der das Blut in den Adern gerinnen ließ.

Martha Kincaid legte Ellen die Hand auf den Mund und erstickte das Gellen des Mädchens. Sie sah auf. »Mistress …«

Jennet war wie erstarrt vom letzten Aufkreischen. Und

von der Erkenntnis, dass sie jetzt womöglich in der Gebärmutter war, aber keine Ahnung hatte, was sie jetzt tun sollte.

»Machen Sie schon, Mistress«, flüsterte Martha Kincaid drängend. »Worauf warten Sie noch? Machen Sie's fertig.«

Eine Operation, die man nur halb durchführte, war ein sicheres Todesurteil. Das hatte sie ihren Vater Dutzende von Malen sagen hören. Und Lucas Turner hatte geschrieben, die oberste Verpflichtung eines Chirurgen bestand seinem Patienten gegenüber. Die nächste darin, das Wissen anderer Chirurgen zu vergrößern.

*Aber gleichgültig, wie viel wir einmal auch wissen werden, es ist töricht zu glauben, dass wir jemals in den dunklen Leibeshöhlen des Bauchs oder der Brust werden operieren können, oder dass wir uns einen Weg in den Schädel werden sägen können. Alle, die glauben, dass wir eines Tages derartige Grausamkeiten am lebendigen Körper durchführen werden, sind ebenso irregeleitet wie jene, die glauben, es könne jemals eine Zeit geben, in der man ohne Schmerzen zu verursachen operieren kann.*

In der dunklen Höhle des Bauchs operieren. Wo man nichts sehen konnte. Gott steh ihr bei, genau das tat sie jetzt. Sie hatte zwar kein Skalpell in der Hand, und sie war nicht im Bauch, sondern in der Gebärmutter. Zumindest glaubte sie das. Aber sie erforschte eine Leibeshöhle, in die sie nicht sehen konnte. Genau das, was laut Lucas nie getan werden durfte.

Weil Martha Kincaid ihr keine Wahl gelassen hatte. Sie hatte es um Solomons willen tun müssen. Um ihren Mann zu schützen. Solomon war wichtiger als dieses verderbte Mädchen.

Jennet schob den Stecken noch tiefer in Ellens Unterleib. Das Mädchen bäumte sich wieder auf und versuchte mit aller Kraft, sich dem Stock zu entwinden, doch die Frauen hielten sie fest. »Um Himmels willen, sie darf sich nicht bewegen«, flüsterte Jennet. Sie drehte den Stecken hin und her.

Das Mädchen auf dem Bett entwickelte die übermenschliche Kraft, wie nur grenzenlose Qual sie entstehen lässt. Sie befreite sich aus dem Griff der Frauen; nur die Schwarze presste noch ihre Schulter aufs Bett. »Aaah! Ich verfluch euch allesamt!«

»Um Himmels willen!«, rief Martha. »Sei ruhig, Kind. Und halt still. Du machst alles nur noch schlimmer.«

Ellen achtete gar nicht auf sie, sondern schrie immer nur weiter, warf sich hin und her. Mittlerweile hatte sie sich aus dem Griff aller befreit, nur der Stecken verband sie noch mit Jennet. Der Holzstecken, der sich tief in ihren Körper bohrte, und Jennet, die ihn am anderen Ende festhielt. »Ich verfluch dich in die Hölle, du Hexe!«, brüllte das Mädchen und versuchte, sich aufzusetzen. »Auf immer und ewig! In der Hölle sollst du schmoren!«

Martha Kincaid packte Ellen entschlossen an den Schultern und drückte sie aufs Bett zurück. Dann legte sie ihr wieder die Hand vor den Mund. »Sei still! Beiß dir in die Zunge und halt durch! Sollen wirklich alle Männer in der Schänke hören, was hier vor sich geht?«

Entsetzt wichen die Frauen vom Bett zurück und sahen plötzlich erschrocken und ängstlich drein. Martha Kincaid hatte ihnen etwas ins Gedächtnis gerufen, das sie eigentlich nur allzu gut wussten: dass die Männer in dieser Welt das Sagen hatten, und dass die Männer allesamt dagegen waren, wenn eine Frau ein Kind vor der Zeit austrieb. Aus welchem Grund auch immer.

»Ach, zum Himmel noch eins,« sagte Martha und schaute die vier Frauen reihum an. Ihr Ton war gereizt. »Macht doch kein Gesicht wie ein Schwein, dem gerade der Garaus gemacht wird. Stellt euch wieder an euren Platz und haltet sie fest, bis alles vorbei ist. Je früher, desto besser, weil dann da draußen niemand mitkriegt, was wir hier machen.«

Es war egal, dass jeder Mann da draußen in der Schänke selbst entweder ’ne Missgeburt oder ’n Entlaufener war. Wenn’s um so was ging, taten sie alle wie hochnoble Herren. Eine Frau, die ein Kind austrieb, sollte mit der ganzen Härte des Gesetzes bestraft werden. Und wer ihr dabei half, für den war die Peitsche noch zu schade.

»Die machen uns einen dicken Bauch«, flüsterte Martha. Sie beugte sich über Ellen, fuhr dem Mädchen mit der einen Hand übers Haar, während sie ihr mit der anderen den Mund verschlossen hielt. »Damit bekommen sie Macht über uns, Mädel. Machen uns Kinder, die wir viel zu viel lieb haben, um sie im Stich zu lassen. Und dann brauchen wir die paar Pennies, die die Männer heimbringen, um den Kleinen was in den Mund zu stopfen, und dann bleiben wir. Kochen und putzen für sie. Machen die Beine breit, wann immer sie wollen. Bis sie uns ausgelaugt haben, oder bis sie was Besseres finden und uns rausschmeißen. An dem Tag, wo wir keine Kinder mehr kriegen müssen, die wir nicht kriegen wollen – das ist der Tag, an dem wir so frei sind wie die. Und da gibt’s keinen Mann, der wo das wollen tät.«

Die Frauen hielten Ellen jetzt zwar fest, schauten aber alle zur Tür. »Alles in Ordnung«, sagte Martha und bemühte sich, überzeugend zu klingen. »Vor lauter Vögeln und Saufen kriegen die überhaupt nicht mit, was hier los ist. Aber Herr im Himmel, Mistress DaSilva, sind Sie immer noch nicht fertig?«

»Ich bin mir nicht sicher.« Jennet bemühte sich verzweifelt zu spüren, was sie nicht sehen konnte. »Ich bin nicht ganz …«

Ellen fuhr so heftig auf, dass sie sich fast wieder befreit hätte. Ein lautes Ächzen drang hinter Martha Kincaids Hand hervor.

Jennet stieß ein letztes Mal mit dem Stock zu, tiefer in das, was sie nicht sehen konnte. Dann drehte sie ihn mit raschen Bewegungen hin und her. Mehrfach. Gott steh ihr bei, als würde sie Haferschleim umrühren.

Wieder ein gewaltsames Aufbäumen. Es gelang Ellen zwar nicht, sich loszureißen, aber sie hatte den Kopf aus Marthas Griff befreit. »Aaaah!«, gellte sie. »Hör auf, du Hexe! Du bringst mich um! Ich verfluch dich! Hör auf!« Grausige Schreie, so laut, dass sie in Himmel und Hölle zu hören waren. Auf jeden Fall in der Schänke nebenan.

Die hünenhafte Schwarze ließ Ellen los, lief zur Tür und stellte sich mit dem breiten Rücken dagegen. Als könnte sie die Männer auf diese Weise daran hindern, das Schloss aufzubrechen, wenn sie es denn wollten.

Abrupt zog Jennet den Stecken heraus. Sie hatte ihr Bestes getan. Wenn es nicht genügte, dann sei es. Ellens Schreie sanken zu einem schluchzenden Wimmern herab. Jennets Brust hob und senkte sich schwer. Die geistige und körperliche Anstrengung hatten sie erschöpft. Sie schloss die Augen und atmete tief durch.

»Mistress.« Das Mädchen, das Ellens rechtes Bein festhielt, zupfte Jennet am Ärmel. »Schauen Sie mal, Mistress.« Jennet öffnete die Augen und sah aufs Bett. Aus Ellens Scheide rannen Blutklümpchen und Schleimpfropfen. Das Mädchen begann, die rote Masse mit ihrer Schürze aufzuwischen.

»Nicht damit.« Jennets Stimme war heiser vor Müdigkeit. Es war alles zu viel gewesen. Der ganze Abend. Zuerst der Mob, der nach Solomons Blut verlangte und ihr ungeborenes Kind bedrohte. Und jetzt das. »Hol die Tücher und das heiße Wasser vom Feuer«, flüsterte sie. »Wasch sie gründlich.«

So erschöpft sie auch war, sie konnte den Blick nicht abwenden von dem, was zwischen Ellens reglosen Beinen passierte. So viel Blut. Und diese Schleimklumpen – war einer davon das Kind, die Missgeburt, die der Vater seiner eigenen Tochter gemacht hatte? Wenn ihr Kind, ihrs und Solomons, abgetrieben würde, würde es ebenso aussehen? Oder würde es sich von dieser Blutmasse unterscheiden, weil es ein Kind der Liebe und der Leidenschaft war?

»Mistress«, sagte eine der Frauen. »Können Sie nichts tun?«

»Was? Ich …« Vor ihren Augen schien alles zu verschwimmen. Aber sie musste hinsehen, musste etwas tun. Das Blut strömte zwischen Ellens Beinen hervor. Alle Tücher und Lappen waren bereits voll gesogen. Ein leuchtend roter Fluss rann über die Innenseite ihrer Oberschenkel. Und über das Bett. Und über die Hände aller, die die Blutung zu stillen versuchten.

»Heiliger Bimbam, ich hätt nie gedacht, dass jemand so viel Blut hat.« Das kam von der Frau, der Martha Kincaid gedroht hatte, sie würde ihr das Mundwerk mit Asche stopfen; die vor wenigen Minuten geklungen hatte, als mache die ganze Sache ihr Spaß. »Grauslich ist das. 's sieht fast so aus, als hätten Sie sie umgebracht, Mistress. Schaun Sie nur, die rührt sich gar nicht mehr.«

Schnell trat Jennet ans Kopfende des Bettes. Ellen lag wie leblos da, ihr Kopf war zu einer Seite gefallen, die Lippen waren schlaff. Jennet drängte die anderen Frauen beiseite und legte ein Ohr auf die Brust des Mädchens. Nichts. Aber dann nahm sie doch ein schwaches, unregelmäßiges Pochen wahr. Sie betrachtete ihre Patientin. Ellens Atem ging in kurzen, heftigen Stößen, ihre Haut war bläulich verfärbt. »Guter Gott, sie hat zu viel Blut verloren.«

»Ja, viel zu viel Blut«, sagte Martha Kincaid leise. »Das sehen wir. Können Sie nichts tun dagegen?«

Jennet lief wieder zum Fußende des Bettes. Die Blutung versiegte allmählich, aber alles war blutdurchtränkt.

Bevor Jennet mit dem Eingriff begonnen hatte, hatte sie Martha Kincaid um eine große Stopfnadel und einen Faden gebeten – es war sinnlos, nach Schafsdärmen zu fragen –, aber selbst wenn sie richtige Ligaturen gehabt hätte, sah sie nicht, was sie damit hätte abbinden können. Außerdem hatten ihre geheimen Operationen nie derartige Fähigkeiten von ihr verlangt. Sie hatte von blutenden Gefäßen gelesen, vom Vernähen der Arterien und Abbinden der Venen, sogar vom Vernähen der Ränder einer Wunde. Und heimlich hatte sie ihren Vater beobachtet, wenn er solche Dinge machte, aber sie hatte sie nie selbst ausgeführt. Dennoch streckte Jennet in absoluter Verzweiflung die Hand nach Nadel und Faden aus.

»Wollen Sie ihr die Möse zunähen, Mistress?« Diese Frage kam von der schwarzen Hünin.

»Nur zu«, sagte diejenige mit dem Teufelsmal. »Brauchen tut sie sie eh nicht mehr. Die ist hinüber. Ruhe sie in Frieden.«

»Nein!« Jennet lief wieder ans Kopfende des Bettes, horchte nach dem Herzschlag, den sie dieses Mal nicht wahrnahm, legte dem Mädchen eine Hand auf die Stirn. Die Haut fühlte sich bereits etwas kühler an. »Eine Spiegelscherbe, schnell! Dann können wir sehen, ob sie noch atmet, und …«

»Das braucht's nicht.« Martha sprach mit ruhiger Stimme, ohne eine Spur Ärger. »Unsereiner kann sehen, wann jemand tot ist.«

»Ich kann noch etwas anderes versuchen.« Jennet brachte die Worte vor Hast kaum über die Lippen. »Etwas, das mein Vater vor Jahren einmal gemacht hat. Er ist überzeugt, dass es funktionieren kann. Ich brauche ein Messer und einen Schlauch. Ich kann mein Blut in …«

»Sie können gar nichts mehr.« Wieder Martha Kincaid, die ihr den Arm um die Schulter legte, als wären sie Gleichberechtigte. Freundinnen sogar. »Lassen Sie's gut sein, Mädel. Sie haben für einen Abend genug Ärger gehabt. Das geht nicht an, dass Sie zu Ihren Sünden auch noch Hexerei betreiben. Und die arme Ellen – glauben Sie bloß ja nicht, dass Sie sie umgebracht haben. Das hat schon ein Mann gemacht. Ihr eigener Vater.«

Die Backsteinmauern von DaSilvas prachtvollem Haus in der Nassau Street waren schwarz von Rauch und Ruß, aber sie standen noch. Das Dach jedoch fehlte. Die beiden Feuerwagen der Stadt – sie stammten aus London, waren vor einigen Jahren erst eingeführt worden und hatten große Wasserbehälter und Hebel, mit denen das Wasser mit großem Druck durch einen Schlauch gespritzt werden konnte – waren zum Brand geschoben worden, aber die Freiwilligen hatten vor allem die benachbarten Häuser bespritzt, damit die Flammen sich nicht ausbreiteten.

Das hätte all ihren Bemühungen zum Trotz dennoch passieren können, so heftig hatte das Feuer gewütet. So hungrig. Als hätten die vielen Kostbarkeiten DaSilvas, die Symbole seines Wohlstands und seines Erfolgs, prasselnder gebrannt als die gewöhnlichen Gegenstände in einem gewöhnlichen Haus. Allzu leicht hätte die ganze Straße in Flammen aufgehen können. Und die nächste. Und womöglich noch die übernächste. Der größte Schrecken aller New Yorker. Dieses Mal war es nicht soweit gekommen. Kurz vor Mitternacht hatte ein heftiger Regen eingesetzt, im Morgengrauen nieselte es noch immer.

Christopher zog seinen Mantel fester um sich und achtete nicht auf das Wasser, das ihm von seinem Dreispitz in den Kragen tropfte. Ein paar Schweine, die sich überall in New York herumtrieben, wühlten in der noch glimmenden Asche. Aufmerksam beobachtete er sie, als könnten sie etwas Wichtiges zu Tage fördern, einen Hinweis darauf, wo seine Tochter war. »Und du bist dir sicher, dass du niemanden gesehen hast?«, fragte er zum dritten Mal. »Weder Solomon noch Jennet und auch nicht die Bediensteten?«

»Gar niemanden.« Luke stieß mit der Stiefelspitze gegen die schwarzen Überreste einer weißen Säule. Sie hatte neben der Haustür gestanden; jetzt sah sie aus wie ein dunkler Finger, der sich anklagend gen Himmel reckte. »Ich war hier, gleich nachdem das Ganze anfing. Der Mob stand herum und hat zugeschaut. Ein paar hielten noch die Fackeln, mit denen sie das Haus in Brand gesteckt hatten.«

»Und du hattest ... das dabei.« Christopher deutete auf die Muskete, die um Lukes Schulter hing.

»Ja. Und wenn ich rechtzeitig gekommen wäre, hätte ich sie auch abgefeuert. Ich habe sie mitgenommen, weil ich hörte, wie sie nach dem Blut der Juden geschrien haben.«

»Schufte. Solomon ist ein guter Mensch. Sie hatten gar keinen Grund dazu.«

»Zumindest zu uns ist er gut«, stimmte Luke zu. »Schade, dass ich zu spät gekommen bin, um sie davon abzuhalten, das Haus anzuzünden.«

»Du darfst dir keine Vorwürfe machen, Junge. Du hast dein Bestes getan. Solomon wird dir dafür dankbar sein. Aber hast du auch wirklich nichts von ihm oder von deiner Schwester gesehen? Oder von der Irin, wie heißt sie gleich ...?«

»Flossie O'Toole. Nein. Und von den beiden Negern, dem Dienstmädchen und dem Kutscher, auch nichts. Nur der ganze Mob, der von dieser Wahl aufgeheizt war. Und, wie gesagt, er.«

»Caleb Devrey.« Christopher konnte es noch immer nicht ganz glauben, obwohl Luke ihm das als Allererstes erzählt hatte. »Du bist dir absolut sicher?«, fragte er wieder.

»Absolut«, antwortete Luke.

Sicherer konnte er sich gar nicht sein. Die beiden Männer hatten sich angesehen im Licht des Infernos, das einmal Solomon DaSilvas prächtiges Zuhause gewesen war. Ohne jedes Gefühl von Verwandtschaft, nur mit der Feindseligkeit, die auf Dinge zurückging, die lange vor ihrer Geburt passiert waren. Eine weitere Generation, die gelernt hatte, ihr eigen Fleisch und Blut zu hassen. »Devrey war an der Spitze der Meute.« Die Worte schmeckten bitter in seinem Mund; es tat ihm gut, sie laut auszusprechen. »Er war der Anführer.«

»In der Hölle soll er schmoren.« Christophers Kinn war weiß und verspannt, so große Mühe bereitete es ihm, seinen Zorn nicht laut herauszuschreien. Und seine Angst. Wenig später hatte er sich wieder gefasst. »Sie müssen irgendwo in Sicherheit sein, Luke. Solomon wird gesehen haben, was da kommt. Er betet Jennet an. Er würde nie zulassen, dass ihr etwas zustößt. Und Caleb Devreys Hass war kein Geheimnis. Ein Mann wie Solomon DaSilva … Er hat bestimmt Vorkehrungen getroffen.«

Als die Franzosen 1608 in das Land kamen, das sie Kanada nannten, gab es dort dreitausend Wyandot, Inselmenschen. Die Franzosen nannten sie Huronen – Raufbolde. 1737 lebten nur noch dreihundert Huronen in ihrer Heimat, die sie Hochelaga nannten, die Franzosen aber Quebec tauften.

Die wenigen Huronen, die die von den Engländern eingeschleppten Krankheiten überlebten sowie die Biber-Kriege, welche die Stämme wegen des Pelzhandels der Engländer gegeneinander führten, lebten wie ihre Vorfahren, die seit Menschengedenken denselben Bräuchen folgten und in Langhäusern lebten, die rund um eine große Feuergrube angeordnet waren.

Auf dem Boden liegend, alle viere von sich gestreckt und

an Pflöcke gebunden, die tief in die Erde gerammt waren, konnte Solomon das Feuer riechen und den dunklen, harzigen Holzrauch, der aus den Flammen aufstieg. »Wollen die uns verbrennen?«, fragte er und drehte den Kopf zu Shea, der, ebenfalls gefesselt, neben ihm lag. »Ein rituelles Feuer, um ihre Götter zu besänftigen?«

»Nicht ganz«, antwortete der Ire. »Die Mohawk und die Oneida, die Cayuga und die ganzen anderen Irokesen, die tun so'n Feuer machen. Aber die Huronen haben ihre eignen Sitten.«

DaSilva versuchte, den Kopf zu heben und zu sehen, was rundherum vor sich ging. Ein Mokassintritt stieß ihn wieder zu Boden. »*Viado*«, murmelte er. »*Filho de puta* ...« Auf die portugiesischen Flüche kam keine Reaktion. Offenbar konnte er sagen, was er wollte, solange er sich nicht bewegte. »Shea«, sagte er, ohne den Kopf zu drehen, »hör mal. Du kannst doch mit ihnen reden. Sag ihnen, dass die Gewehre, die sie abgefangen haben, nur die Hälfte der Lieferung sind. Sag ihnen, dass wir ihnen nächste Woche noch fünfzig mehr bringen, wenn sie uns laufen lassen.«

»Glaubst du, das hätt ich nicht längst schon versucht? Die wollen sie nicht. Die haben gewusst, dass die Gewehre, die sie uns abgenommen haben, für die Mohawk waren. Und es gibt niemand, den die Huronen mehr hassen als die Mohawk. Das ist die eine Sache.«

»Und was ist die andere?«, fragte DaSilva.

»Das weiß ich nicht genau«, antwortete der Ire leise. »Vielleicht war die Jagd diesen Sommer nicht so gut. Vielleicht haben sie Lust auf 'n bisschen Frischfleisch.«

Phoebe schmiegte sich enger an Jethro und war froh über die Wärme seines Körpers. Der harte Boden roch nach Frost. Keiner von ihnen hatte sich darüber Gedanken gemacht, dass es immer kälter werden würde, je weiter sie nach Norden gelangten, und dass die Luft Mitte September eisig wie im New Yorker Winter sein würde.

»Jethro, schläfst du?«

»Nein.«

»Hast du 'ne Ahnung, warum wir die Indianer noch nicht gesehen haben?«

»Die wollen wahrscheinlich nicht gesehen werden.«

Phoebe seufzte. Das hatte sie sich auch bereits gedacht. »Aber alle sagen doch, dass sie entlaufene Schwarze aufnehmen. Dass sie sie gut behandeln und sie in ihren Dörfern leben lassen. Also warum verstecken sie sich vor uns?«

»Das weiß ich nicht.« Jethro legte den Arm um sie und zog sie an sich in der Hoffnung, seinen Worten damit ihre Härte zu nehmen. »Uns bleibt nichts anderes übrig, als immer weiter in dieselbe Richtung zu gehen. Irgendwann wird den Indianern schon klar werden, dass wir ihnen nichts Böses wollen. Dann verstecken sie sich vielleicht nicht mehr vor uns.«

»Wenn ich ihnen erkläre, was in meinem Korb ist, Jethro, und was ich alles kann, dann nehmen sie uns ganz bestimmt auf. Wir können ihnen wirklich nützlich sein.«

»Wie wär's, wenn du jetzt mir nützlich wärst?«, flüsterte er ihr ins Haar.

Phoebe kicherte.

Der Mann, der die Szene im Wald beobachtete, fuhr sich mit der Zunge über die Lippen. Herr des Himmels, er verging vor Brennen. Es war schon mindestens 'nen Monat her, seit er 'ne Frau gehabt hatte. Und die Schwarzen waren gut. Meist viel besser als die Weißen. Und um Längen besser als 'ne Squaw. Andererseits ... für entlaufene Sklaven gab's 'ne gute Belohnung. 'ne doppelt gute, wenn man sie lebend fing, so nah bei der Grenze. Hier oben waren die Rotröcke ganz schön nervös.

Der Regen hatte die Glut gelöscht, die Asche zu schwarzgrauem Schlamm werden lassen. Jennet konnte über Glasscherben und Backsteinhaufen in die Überreste ihres Salons treten.

Vor drei Nächten hatte sie dort gesessen und sich überlegt, wie sie Solomon das Versprechen abnehmen könnte, den Wilden keine Waffen mehr zu verkaufen. In der Wärme. In Sicherheit. Wo Flossie und Tilda sich um sie kümmerten. Und ihr Herz war voll Liebe und Hoffnung gewesen.

»Es ist nicht gut, wenn Sie sich hier rumtreiben, Mevrouw. Kommen Sie wieder mit zu Martha. Ich habe gut nach Mijnheer DaSilva Ausschau gehalten. Sobald er in die Nähe kommt, lass ich Sie ...«

»Ist die Treppe noch da?« Jennet trat vorsichtig über den geschwärzten Erdboden, wo früher polierte Holzdielen gelegen hatten. »Bist du oben gewesen?«

»Nein, Mevrouw. Es gibt keine Treppe. Nicht mehr.« Während Jan Brinker ihr folgte, sprach er leise, aber eindringlich auf sie ein. »Und kein erster Stock auch nicht. Ich hab's Ihnen doch schon gesagt, Mevrouw. Nichts ist übrig geblieben. Alles ist verbrannt. Aber was soll's – Sie sind am Leben. Und Ihr Mann ist nicht hier gewesen, also haben sie ihm nichts tun können. Und dem vielen Geld auch nicht ... Mijnheer DaSilva baut Ihnen ein neues Haus, Mevrouw. Sobald er heimkommt. Also können Sie jetzt mit mir wieder zu Martha gehen, und ...«

»Wieso schaust du ständig über die Schulter? Wovor hast du Angst?« Sie stand an der Stelle, wo der Fuß der Treppe gewesen war, und blickte zum Sternenhimmel und zum Mond empor. Und zu den schwarz verkohlten Balken, die früher das geteerte Dach mit der glänzend weißen Balustrade gestützt hatten. Solomon war sehr eigen gewesen, was die Balustrade betraf. Alle sechs Monate hatte er sie frisch streichen lassen. »Werden sie noch mal herkommen, Jan Brinker? Ist es das, wovor du Angst hast?«

»Ich weiß es nicht, Mevrouw. Aber so, wie's in der Stadt ausschaut ...«

»Haben sie sich nicht beruhigt, nachdem sie das Haus in Schutt und Asche gelegt haben? Hat das Feuer den Leuten nicht genügt? Will Caleb noch mehr? Mein liebender Anverwandter Caleb Devrey. Er war's, stimmt's? Genau, wie du gesagt hast.«

»Ja, er war's, Mevrouw. Das schwör ich. Bei so was würd ich nie nicht lügen. Mijnheer DaSilva hat's ja geahnt. Er ...«

»Ja, das hast du mir schon gesagt. Er hat dich bezahlt, um Caleb zu beobachten. Deswegen warst du auch hier, als ich dich brauchte.« Sie hörte selbst, dass ihre Stimme ruhig und gefasst klang, und fragte sich, wie ihr das gelang. »Dass Flossie und Tilda auch davongekommen sind – ist das das Problem? Dass Caleb und das Pack zwar das Haus bekommen haben, aber keinen der Bewohner? Kein Blutvergießen. Ist das der Grund, warum sie sich nicht zufrieden geben?«

»Ich hab's Ihnen doch gesagt, Mevrouw, davon weiß ich nichts. Von denen hab ich nix gesehen. Die müssen weggekommen sein, weil ich nichts gehört hab. Nicht über die.«

»Aber das heißt, dass du etwas anderes erfahren hast. Was, Jan Brinker? Komm schon, erzähl's mir. Du glaubst doch selbst nicht, dass mich nach all dem noch irgendetwas schockieren könnte?«

»Nichts Besonderes, Mevrouw. Nur, dass die Morrisiten dann doch gewonnen haben. Sie haben die Stimmen der Juden weggestrichen und gesagt, die dürften in New York nicht mehr wählen. Mijnheer De Lanceys Kandidat wird nicht in der Versammlung sitzen, sondern der von Morris.«

»Ein glücklicher Umstand für ihn und natürlich für all

die aufrechten Männer von New York, die für ihn gestimmt haben. Wie Caleb zum Beispiel. Glaubst du, dass er seine Stimme abgegeben hat, Jan Brinker? Bevor er seine Mordbande hergebracht hat, um mein Haus anzuzünden und meine Diener auf die Straße zu treiben oder sie bei lebendigem Leib zu verbrennen. Glaubst du, dass er seine Bürgerpflicht getan und gewählt hat?«

»Das weiß ich nicht, Mevrouw. Aber ich weiß, dass er für die Morrisiten ist. Das hab ich gesehen. Auch wenn er gut Freund ist mit dem Bruder von Mijnheer De Lancey.«

»Ja, ja, Caleb ist wahrlich ein Mann des Volkes. Verlangt Gerechtigkeit für die einfachen Leute.«

»Mevrouw, wir sind hier nicht sicher. Bald wird der Nachtwächter kommen. Und in der Stadt rumort's immer noch. Alle sagen, wenn es nicht geregnet hätt, wär die ganze Stadt in Flammen aufgegangen.«

»Das stimmt.« Jennet raffte ihren Rock hoch und kehrte langsam zur Straße zurück. Der Rock war aus grobem Gewebe, ebenso wie die Bluse und der Umhang. Martha Kincaid hatte ihr die Kleider geliehen. Und dazu eine weiße Haube, die ihr langes, schwarzes Haar bedeckte. Sie könnte wieder das Mädchen sein, das sie einmal gewesen war, Tochter des verarmten, allseits verachteten Chirurgen. »Sag mir, Jan Brinker: Wenn die Stadt so aufgebracht ist, weil ihr Hab und Gut in Flammen hätte aufgehen können – kommt Caleb Devrey dann jetzt an den Pranger? Oder klagen sie ihn vielleicht wegen Brandstiftung an? Hast du darüber etwas gehört?«

»Nein, Mevrouw.«

»Nein? Und wieso überrascht mich das jetzt nicht?«

»Die sagen, es wären die Juden, wo das getan haben, Mevrouw.«

»Die Juden? Die Glaubensgenossen meines Mannes sind

hergekommen, haben nach Judenblut verlangt und ein Judenhaus verbrannt und Mord und Totschlag …«

»Ja. Ich versteh's auch nicht, Mevrouw. Aber das sagen die Leute. Und jetzt müssen wir gehen. Sonst …«

»Ja, ich weiß, was sonst passiert. Sei kurz still, Jan Brinker. Lass mich überlegen.«

Die Spelunke kam nicht in Frage. Dort war sie zwar in Sicherheit, aber sie konnte es keine Minute länger ertragen. Und Solomon könnte noch vier oder fünf Tage unterwegs sein. Es war nichts Ungewöhnliches, wenn er bei solchen Reisen eine Woche oder zehn Tage fortblieb. Und er und Clemence kehrten immer ganz leise in die Stadt zurück, mitten in der Nacht waren sie plötzlich wieder da. Der Zwerg würde es vielleicht gar nicht merken. Und wie sollte Solomon sie dann finden? Sie hatte ihm nie von Martha Kincaid erzählt.

Das Haus ihres Vaters war denkbar. Oder das ihres Bruders. Luke wohnte in einem neuen Anwesen an der Ann Street. Dort war es nicht so gedrängt wie im Hall Place, und Jennet hatte sich immer gut mit der Frau verstanden, mit der Luke aus Edinburgh zurückgekommen war. Aber wenn sie zu ihrem Vater oder ihrem älteren Bruder ging, unterstellte sie sich wieder deren Autorität. Als wäre sie wieder ein lediges Mädchen. Das konnte sie auch nicht ertragen. Außerdem, wenn es stimmte, was der Zwerg von der Stimmung in der Stadt erzählte, könnte es ihre Familie gefährden, wenn sie bei ihnen wohnte. Es war besser, woanders hinzugehen. Sobald sie sicher war, dass er sie nicht finden könnte, würde sie Papa einen Brief schreiben und ihm mitteilen, dass ihr nichts passiert war.

Das schallende Läuten einer Handglocke drang durch die Stille der Nacht. Sie hörten sie beide. Es war zwar noch ein Stück entfernt, aber deutlich zu hören. »Mevrouw …«

»Ja, ich habe einen Entschluss gefasst.«

»Gott sei Dank. Kommen Sie, schnell.«

»Nein. Ich gehe nicht mit dir, Jan Brinker. Nicht in die Spelunke.«

»Aber Mevrouw ...«

»Ich gehe nach Westen. Zum ... zum Etablissement meines Mannes drüben am Hudson River. Ich würde mich über einen Begleiter freuen, Jan Brinker. Magst du mitkommen?«

Er zögerte nur einen Moment. Es war nicht so gut, als wenn sie bei Martha Kincaid war, wo er Martha als Verbündete hatte, aber in dem vornehmen Bordell war sie auch in Sicherheit. Und das war das Wichtigste. Dass ihr nichts passierte, bis Solomon DaSilva wiederkam. »Ja, natürlich, Mevrouw. Warum nicht? Aber wir müssen hier weg, jetzt gleich.«

Das Glockenläuten kam näher. Jennet drehte sich um, damit sie einen letzten Blick auf die ausgebrannte Ruine werfen konnte, die einmal ihr Zuhause gewesen war. Dann, gerade bevor sie Jan Brinker auf die Straße folgte, nahm sie in der Asche ein schwaches Glitzern wahr. Es war der goldene Pferdekopf mit den Rubin-Augen, der Solomons liebsten Spazierstock gekrönt hatte. Der Stock war zu Asche zerfallen, aber der Kopf hatte die Feuersbrunst unbeschadet überstanden.

Jennet bückte sich und nahm ihn in die Hand, wischte ihn an ihrem Rock ab. Auf dem grobem Gewebe blieb ein hässlicher schwarzer Fleck zurück. Er genügte ihr nicht. Ganz bewusst fuhr Jennet mit der rechten Hand über die rußverschmierten Backsteine der Wand neben der Haustür, die nicht mehr existierte.

»Mevrouw, bitte.« Der Zwerg sprach in dringlichem Flüsterton. »Was machen Sie denn? Wir müssen ...«

»Ich nehme ein Memento mit. Ein Andenken.« Langsam und bedacht wischte Jennet ihre rußschwarze Hand an dem derben Rock ab, so dass der schwarze Fleck noch deutlicher wurde. Eine kurze Weile betrachtete sie ihn, wie er sich im Mondlicht dunkel und unheilvoll von dem hellen Stoff abhob.

»Komm«, sagte sie schließlich. »Jetzt gehen wir. Du und ich, wir haben einen weiten Weg vor uns.«

## IV

»Warum hast du mich hierher gebracht, Jan Brinker?« Drei Tage zuvor hatte Jennet den Zwerg das letzte Mal gesehen. Da war sie mit ihm zu Solomons elegantestem Bordell gegangen und hatte festgestellt – das einzig Gute, das passiert war, seitdem Caleb Devrey seine Mörderbande zu ihrem Haus gehetzt und sie, Jennet, auf die Straße getrieben hatte –, dass Flossie und Tilda bereits dort waren. Jetzt führte er sie einen steilen, schmalen Pfad die Klippe oberhalb des Hudson River hinauf, hastete ihr auf seinen dünnen Beinchen voraus.

Jennet ärgerte sich, dass sie so schnell außer Atem kam. Früher einmal hätte sie diesen Berg mühelos bestiegen. Aber jetzt – obwohl sie nicht glaubte, dass ihr Umfang ihr Geheimnis schon verriet – bewegte sie sich anders. Und das gefiel ihr gar nicht. Am Zwerg konnte sie ihre Gereiztheit ausleben.

»Ich habe dir doch gesagt, du sollst den Brief am Hall Place abgeben und sonst nichts sagen. Wenn du von Solomon eine Belohnung bekommen willst, darfst du niemandem sagen, wo ich bin. Was soll also dieser Unsinn, dass jemand mich sprechen will?«

Sie wollte nicht, dass irgendjemand sie sah. Niemand, der sie kannte. Gerade an dem Morgen war sie aus dem Bad gestiegen, und Flossie hatte sie mit einem wissenden

Blick betrachtet. Jennet hatte getan, als würde sie es nicht bemerken. Sie war fest entschlossen, niemandem etwas zu sagen, bis sie es Solomon erzählt hatte. Und ganz bestimmt würde sie nicht … Ah, Gott sei Dank. Endlich oben angekommen. Und dort drüben wartete jemand, dort bei dem Baum, den der Wind in eine seltsame Gestalt gekrümmt hatte. Eine Schwarze. »Amba! Um Himmels willen, was machst du denn hier?«

Jennet wartete keine Antwort ab, sondern trat auf den Zwerg zu und drohte ihm mit dem Finger. »Ich habe dir gesagt, keine Belohnung, wenn du jemandem sagst, wo ich …«

»Ich war's, ich hab den *haptoa* gezwungen zu sagen, wo Sie sich verstecken«, sagte Amba. »Ich hab ihm gesagt, dass ich ihn verhexe. Mit einem großen Fluch. Viel größer wie er. Ein tödlicher Fluch.«

Jan Brinker hörte dem Gespräch zu. Er hatte seinen übergroßen, kahlen Kopf zwischen die schmächtigen Schultern gezogen, mit einer Hand schützte er sein Gesicht und bedeckte halb die Augen. Als wollte er sich vor dem Zorn der beiden Frauen verstecken. »Das hat sie gesagt, Mevrouw. Sie hat geschworen, sie würd mich verfluchen. Und ich weiß, dass sie das kann. Wo sie doch von 'nem Guinea-Schiff kommt, und wo alle wissen, wie sie die ganze Zeit gesungen hat …«

»Geh«, sagte Jennet. »Hör auf zu winseln und geh.«

»Aber Mevrouw, ich konnt doch nicht …«

»Geh!«

Der Zwerg eilte davon. Jennet sah ihm nach, bis er den Klippenpfad hinabschlitterte, dann wandte sie sich wieder Amba zu.

Es war früher Abend. Eine herbstliche Frische lag in der Luft des späten Septembertages, jenseits des Flusses ging langsam die Sonne unter. Möwen schrien, kreisten und tauchten, füllten sich den Bauch für die lange, dunkle Nacht. »Weiß meine Mutter, dass du hier bist?«, fragte Jennet. Amba schüttelte den Kopf. »Mein Vater?« Wieder ein Kopfschütteln. »Sie werden dich vermissen. Und wenn du heimkommst, bestrafen sie dich.«

»Amba hat keine Angst nicht vor Strafe. Das wissen Sie, Mistress Jennet.«

»So darfst du mich nicht mehr nennen. Ich bin jetzt verheiratet. Ich bin schon seit Jahren keine Mistress Jennet mehr. Mistress DaSilva, so solltest du zu mir sagen.«

»Den Hintern hab ich Ihnen abgewischt, bis Sie alt genug waren, das selbst zu tun. Da änder ich nicht mehr, wie ich Sie anrede.« Der geschorene Schädel, auf dem nach wie vor kaum ein Viertel Zoll langes schwarzes Haar wuchs, deutete auf Jennets Bauch. »Sie sind in Umständen. Ihre Mama hat gedacht, Sie würden Ihr nie kein Enkelkind schenken. Hat mir gesagt, ich soll einen Zauber machen.«

»Und? Hast du das?«

Wieder deutete sie mit dem Kopf auf Jennets Bauch. So flach er noch sein mochte, wissenden Augen verriet er offenbar doch sein Geheimnis. »Woran denken Sie?«

»Ich denke, du möchtest die Weißen glauben machen, dass du viel afrikanischen Zauber kennst. Aber das tust du nicht, Amba. Das ist eine Lüge. Wie dein ganzes Gerede, dass du eine Königin bist. Du bist eine schwarze Sklavin wie alle anderen auch.«

Als sie als kleines Mädchen mit Phoebe in der Küche gesessen und Amba Geschichten über ihr Leben als Königin in Afrika erzählt hatte, hatte sie jedes Wort geglaubt. Jetzt dachte sie nur daran, wie es Amba immer wieder gelang, alles so darzustellen, als wären die Weißen Sklaven und sie selbst ihre Besitzer. Und wie sie Jan Brinker dazu gebracht hatte, sein Versprechen zu brechen und zu verraten, wo Jennet sich aufhielt. »Wenn du wirklich Zauberkraft hättest, wärst du schon vor Jahren geflohen. Wärst nach Hause gefahren, wo du herkommst, und wieder Königin geworden. Aber du bist immer noch hier, und du bist immer noch eine Sklavin. Und du kannst nicht wirklich zaubern, genauso wenig wie … Ach, Amba, nicht doch! Du darfst nicht weinen. Es tut mir Leid. Ich hätte das nicht sagen sollen. Ich wollte nicht …«

Amba hatte sich abgewandt. Ihre Schultern bebten, aber sie gab keinen Laut von sich. Es war das allererste Mal, dass Jennet sie weinen sah. »Amba, bitte. Was ist denn? Ich wollte dich nicht weinen machen. Warum hast du den Zwerg dazu gebracht, mich herzubringen?«

»Sie haben Recht.« Amba drehte sich zu ihr. Die Tränen waren ebenso schnell versiegt, wie sie gekommen waren. Ihr Gesicht verriet nichts von dem kurzen Moment, in dem sie ihre Qual offenbart hatte. »Wo ich den Zauber wirklich gebraucht hätt, da hab ich nicht genug gehabt. Aber Sie haben genug. Sie haben weißen Zauber. Mehr als Ihr Papa. Ich hab doch alles gehört, was Ihre Mama und Ihr Papa sagen, seit Sie vor sechs Jahren davongelaufen sind und geheiratet haben. Solomon DaSilva kann alles passieren machen, was er will. Ich brauch ihn, damit er was passieren macht.«

»Mein Mann ist nicht da, Amba. Außerdem kann er dich nicht nach Afrika zurückschicken lassen, wenn du das meinst. Du gehörst meinem Vater, und Solomon kann nicht …«

»Sie reden Unsinn. Wie ein kleines Mädchen. Amba ist nicht hier, um zu ihrem Volk heimgeschickt zu werden. Amba ist hier wegen Phoebe.«

»Phoebe! Ach so. Sie haben sie also gefunden?« Amba nickte. »Und der Junge, der bei ihr war, ist der …?«

»Der wo Jethro heißt. Der ist tot.«

»Ich verstehe. Na, das geschieht ihm Recht, weil er weggelaufen ist. Er und Phoebe gehören Zachary Craddock. Ich meine, Phoebe natürlich nicht, sie gehört Papa, aber Doktor Craddock hat viel Geld bezahlt, um sie zu pachten. Dann bekommt sie eben ein paar Stockschläge, das hat sie sich selbst zuzuschreiben. Außerdem glaube ich nicht, dass ich irgendetwas tun oder sagen könnte, damit sie nicht in den Schandkäfig kommt. Ich kann nicht ...«

»Aber die wollen mein Kind nicht prügeln.«

»Nicht? Ach, das freut mich. Ich mag Phoebe gern. Das weißt du auch, Amba. Es wäre mir gar nicht Recht, wenn sie ...«

»Die wollen mein Kind verbrennen.«

»Was? Das ist Unsinn. Wie kommst du bloß auf die Idee? Das würde Papa nie zulassen. Warum sollte er auch? Wenn Phoebe tot ist, bringt sie ihm keinen Penny mehr ein.«

»Es ist ja nicht Ihr Papa, der wo mein Kind verbrennen will. Und der Craddock auch nicht. Das sind die Rotröcke.« Als Jennet sie ungläubig anstarrte, fuhr sie fort: »Meine Phoebe und ihr Jethro, die haben sie da beim Land der anderen Weißen gefunden. Die, wo Ihre Feinde sind.«

»Bei den Franzosen«, sagte Jennet. »Du liebe Güte. Phoebe und der Junge, mit dem sie weggelaufen ist, wurden in der Nähe der kanadischen Grenze gefunden? Meinst du das?«

»Ja. Die Rotröcke sagen, meine Phoebe und ihr Jethro haben dem feindlichen Stamm Geheimnisse von hier verraten. Also müssen sie sterben. Den Jethro haben sie erschossen. Und jetzt bringen die Rotröcke Phoebe hierher. Die wollen sie hier verbrennen, weil sie hier zu Hause ist. Vor dem Rathaus, ein langsames Feuer. Wie bei ihrem Papa.«

Rosa Jollette hatte einen eigenen kleinen Raum neben dem großen Salon, in dem die Herren tranken und Karten spielten, bevor sie weiteren Vergnügungen nachgingen. Jennet wusste, dass Rosa am frühen Abend, bevor die Gäste eintrafen, immer in ihrem Raum saß. Ohne anzuklopfen öffnete sie die Tür und trat so überraschend ein, dass sie die ältere Frau dabei ertappte, wie sie beim Anblick der Ehefrau ihres Arbeitgebers die Lippen schürzte.

»Ich möchte mit Ihnen sprechen.«

»Ja, nun, ich stehe Ihnen natürlich zur Verfügung, Mistress DaSilva.« Die Freundlichkeit in Person. »Aber wenn es vielleicht bis morgen Zeit hätte … Die Herren werden bald kommen, und …«

»Es hat nicht Zeit bis morgen.« Jennet war zwar kein Stuhl angeboten worden, aber sie zog trotzdem einen Sessel mit geschnitzten Holzbeinen und einem Brokatsitz an Rosa Jollettes eleganten Schreibtisch und setzte sich. »Es kommen doch immer englische Offiziere hierher, nicht wahr? Ich glaube, ich habe im Salon häufiger uniformierte Männer gesehen.«

»Hierher kommen alle Männer, die in New York großen Einfluss haben, Mistress. Ich habe schwer gearbeitet, um dieses Haus …«

»Ja. Unter der Anleitung meines Mannes und mit seinem Geld.«

Es war das erste Mal, dass sie Rosa Jollette in einem leicht anmaßenden Ton ansprach. Flossie drang beständig in sie, die Rolle der Herrin zu übernehmen, was Solomons Geldangelegenheiten betraf. Rosa Jollette in die Schranken zu weisen. Dinge zu übernehmen wie das tägliche Zählen der Einnahmen, unten in dem kleinen Raum im Keller; die Gewinne von Solomons anderen Geschäften in Empfang zu nehmen. Jennet hatte sich geweigert. Denn wenn sie das tat, so sagte sie sich, würde sie damit anerkennen, dass Solomon nicht zurückkommen würde, dass sie die Verantwortung für sein und ihr Kind allein tragen musste. Flossie hatte das alles an ihrer Statt getan, aber Rosa Jollette wusste, wer in diesen unsicheren Zeiten ihre wirkliche Feindin war. Sie betrachtete Jennet mit kaum verhüllter Abscheu.

Jennet tat, als würde sie es nicht bemerken. »Was ist der höchstrangige Rotrock, den Sie heute Abend erwarten?«

Rosa Jollettes Augen verengten sich berechnend. »Das ist schwer zu sagen, Mistress DaSilva. Wir haben oft eine Reihe von Leutnants zu Gast, manchmal einen Major. Ein oder zwei Generäle. Darauf haben wir kaum Einfluss, nicht wahr? Im Voraus kann ich schlecht wissen, wer kommt.«

»Das ist verständlich. Nun gut. Heute Abend, gleichgültig zu welcher Uhrzeit – lassen Sie nach mir schicken, sobald Sie einen englischen Offizier sehen, der mindestens im Leutnantsrang steht. Sofort. Haben Sie mich verstanden?«

»Natürlich habe ich Sie verstanden, Mistress DaSilva. Aber ich versichere Ihnen, Mr. DaSilva würde es nicht gutheißen, wenn ...«

»Ich befinde darüber, was mein Mann gutheißt oder nicht. Und ich gehe davon aus, dass meine Ansicht über seine Angestellten von großem Interesse für ihn sein wird, wenn er zurückkehrt.« Jennet erhob sich. Jetzt hatte sie den Vorteil, auf die andere Frau herabzublicken. »Der erste Rotrock, der Leutnant oder höher ist«, wiederholte sie. »Sofort.«

Wie sich herausstellte, war es ein Oberst. Jennet empfing ihn in dem kleinen Raum, aus dem sie Rosa Jollette kurzerhand vertrieb.

Die neuen Kleider, die Flossie bei der Schneiderin für sie geordert hatte, waren noch nicht angeliefert worden. Jennet hatte sich ein rotes Spitzenkleid von der Hure geliehen, die am ehesten ihre Größe hatte. Es saß eindeutig sehr eng um die Taille. Und ihre Brüste waren mittlerweile so üppig geworden, dass das Mieder sie kaum verhüllte. Der Oberst betrachtete sie entzückt. »Welchem Umstand verdanke ich die Ehre dieser Begegnung, Mistress DaSilva? Ich muss sagen, ich bin doch sehr überrascht, Sie hier anzutreffen.«

»Das bezweifele ich allerdings, Oberst … Fenwick, sagten Sie?«

»Genau. Oberst Alden Fenwick vom vierten königlichen Reiterregiment. Zu Ihren Diensten, gnädige Frau.«

Die Uniform war prachtvoll. Mit so viel Goldlitze auf einer scharlachroten Jacke würde jeder Mann schmuck aussehen. Und die kleine Verneigung des Kopfes war überaus ansprechend. Jennet hatte nie zuvor Umgang mit einem hochstehenden britischen Offizier gehabt. Sie war von seinem Gebaren und seinem Aussehen ausgesprochen angetan. Unbenommen der Tatsache, dass sie ihn wegen der Frechheit dessen, was er nun sagte, verachtete. »Es kommt nicht oft vor, dass ein Mann ein Bordell aufsucht und von der Ehefrau des Inhabers begrüßt wird.«

»Sie belieben zu scherzen, Oberst Fenwick. Die ganze Stadt weiß doch, dass ich durch ein Feuer aus meinem Haus vertrieben und zur Obdachlosen gemacht wurde. Und aus keinem anderen Grund, weil mein Mann einer bestimmten Religion angehört. Warum ist es also überraschend, mich an dem einen Ort zu sehen, an dem ich Schutz und Zuflucht finden kann?«

»Ich bin sicher, dass die Behörden festzustellen versuchen, wer Ihr Zuhause in Brand gesteckt hat, gnädige Frau. Und Ihnen den Schutz der …«

»Die Behörden versuchen gar nichts. Jeder weiß, wer mein Haus angezündet hat. Es wird bewusst weggeschaut.« Jennet hielt einen – ebenfalls geliehenen – Fächer aus roter Spitze in der Hand. Er war ihr einziger Schmuck;

ihre Juwelen waren alle in der Feuersbrunst verloren. Jetzt ließ sie den Fächer zuschnappen und beugte sich vor, so dass Fenwick einen noch besseren Blick auf ihre beinahe entblößten Brüste bekam. »Verzeihen Sie, Oberst, dieses Gespräch ist recht unergiebig. Sie sind gekommen, um sich zu amüsieren, und es ist nicht meine Absicht, Ihre Zeit zu vergeuden und über mein persönliches Unglück zu reden. Ich möchte etwas anderes mit Ihnen besprechen.«

Fenwick blickte gebannt zu ihr. Das war natürlich die Wirkung ihrer Brüste, aber auch ihrer Worte. »Und worum geht es, wenn ich fragen darf?«

»Um Phoebe, eine schwarze Sklavin meines Vaters. Sie ist weggelaufen. Eine dumme Geschichte mit einem anderen Sklaven, den sie heiraten wollte, was immer das bei Negern auch heißen mag. Vor kurzem wurde Phoebe gefasst. Von Soldaten. Mir wurde gesagt, dass sie zum Tode verurteilt wurde und nach New York gebracht werden soll, um öffentlich verbrannt zu werden. Als Abschreckung für andere.«

»Ich habe von der Sache nichts gehört.«

»Sie haben mein Wort, Oberst. Es ist, wie ich sage.«

»Nun gut. Dann muss sie wohl im Umkreis von vierzig Meilen von Quebec gefangen worden sein. Als sie dem Feind Nachrichten überbrachte.«

»In der Nähe von Quebec, das stimmt. Aber Phoebe hatte keine Nachrichten, die sie jemandem überbringen konnte. Sie ist eine einfache Sklavin, Oberst – eine Sklavin, die heiraten wollte und nicht die Erlaubnis dafür bekam. Man kann sie des Eigensinns bezichtigen und dass sie nicht weiß, was sich in ihrer Stellung gehört. Mehr nicht. Zugegeben, sie ist eine gute Apothekerin und hätte den Franzosen in medizinischen Belangen nützlich sein können. Aber sie weiß von militärischen Dingen weniger als ich. Und ich, das versichere ich Ihnen, weiß gar nichts.«

Fenwick legte den Kopf zur Seite und musterte sie. »Irgendwie«, sagte er leise, »habe ich den Eindruck, dass es im Zusammenhang mit Männern gar nichts gibt, das Sie nicht wissen, Mistress DaSilva.«

»Sie schmeicheln mir, Sir. Aber ich bin mit meinem Gatten verheiratet, der eben ist, was er nun einmal ist ... so habe ich natürlich einiges gelernt.«

Fenwick bekam einen trockenen Mund. Dieses verlockende Wesen schien sich ihm anzubieten im Gegenzug dafür, dass er etwas für eine Schwarze tat, die bei Verhandlungen mit dem Feind erwischt wurde. Sie sah weiß Gott besser aus als alles, was er im Salon der Jollette finden würde. Teufel noch eins, wahrscheinlich war sie die schönste Frau, die er in New York überhaupt je zu Gesicht bekommen hatte. »Sagen Sie mir, Gnädigste, wie kommt es überhaupt, dass wir diese Unterhaltung führen können? Wo ist Ihr Gatte an diesem zauberhaften Abend?«

»Er ist in Philadelphia.« Die Lüge fiel ihr nicht schwer. Sie hatte sie ebenso einstudiert wie das ganze Gespräch. »Nach dem Brand unseres Hauses ist er mit unserem Kutscher so schnell wie möglich nach Süden gefahren, um mit den Müllern in Pennsylvania zu reden. Er hofft, eine bessere Vereinbarung wegen des Mehls aushandeln zu können, das unsere beiden Kolonien auf die Inseln exportieren, möglicherweise einen Einheitspreis. Dann wären die New Yorker vielleicht eher geneigt, meinen Mann und mich in Frieden leben zu lassen.«

»Ich verstehe. Das ist eine lange Reise, nicht wahr? Bis nach Philadelphia. Er wird einen Monat unterwegs sein, wenn nicht länger.«

»In der Tat. Mindestens einen Monat.«

Ein derart dunkles Blau hatte er noch bei keinen Augen gesehen. Die Farbe des Meers im Sonnenschein. In solchen

Augen könnte ein Mann ertrinken. »Ohne Ihren Gatten fühlen Sie sich sicher einsam, Mistress DaSilva.« Er beugte sich vor; sein Gesicht berührte fast das ihre.

»Natürlich«, sagte Jennet. »Aber wir Frauen sind daran gewöhnt, darauf zu warten, bis ihr Männer eure Angelegenheiten abgeschlossen habt und uns eure Aufmerksamkeit schenkt.« Sie klappte den Fächer auf und schob ihn zwischen sich und ihn, während ihre Augen ihn über den Rand der Spitze weiterhin anlächelten. Und während er sie anstarrte, beinahe geifernd, steckte sie die freie Hand in die Schublade von Rosa Jollettes Schreibtisch und nahm einen Stapel Münzen heraus, den sie zuvor dort deponiert hatte. Gott sei Dank hatte Flossie die finanzielle Seite übernommen. Von Rosa Jollette hätte sie kaum einen Holzpenny bekommen. »Zum Glück hat mein Gatte mich gut ausgestattet, bevor er mich verließ, so dass ich in seiner Abwesenheit alles Nötige erledigen kann, Oberst.«

Fenwick hörte die Münzen klicken. Er lehnte sich zurück, seine Augen verengten sich, er schaute zum Geld, war nicht sicher, was hier gespielt wurde.

Jennet ließ den Fächer sinken und schenkte ihm ihr strahlendstes Lächeln. »Fünfzig niederländische *daalder*, Oberst.« Sie schob den Berg Münzen zu ihm hinüber. »Eine kleine Anerkennung für einen kleinen Gefallen, den Sie mir und meiner Familie erweisen.«

Fenwick kam aus begütertem Hause, doch wie die meisten britischen Offiziere war er der Zweitgeborene. Sein älterer Bruder würde die Erbschaft antreten, nicht er. Die Zuwendung, die er von seinem Vater bekam, war lächerlich gering, und sein Sold von der Krone kaum weniger lächerlich. Andererseits waren da die Uniformen, die Waffen, die Pferde. Alles musste gekauft, die Löhne der Bediensteten bezahlt werden ... mindestens drei bei einem Offizier seines Rangs. Die goldenen *daalder* blitzten ihn im Schein der Kerzen an. »Ein Gefallen im Zusammenhang mit dieser Sklavin, vermute ich.«

»Mit Phoebe, ja. Ich möchte Sie nur bitten, sich darum zu kümmern, dass das Urteil revidiert und uns unser Besitz zurückerstattet wird. Ich bin überzeugt, dass ein Herr in Ihrer Position Mittel und Wege findet, um das zu ermöglichen.« Fenwick sagte nichts. Es entging Jennet nicht, dass er nicht widersprach und behauptete, er habe keinerlei Einfluss auf das Urteil. »Phoebe ist keine Spionin, Oberst Fenwick. Es wäre Unsinn, sie zu verbrennen. Ein grundlose Verschwendung einer fähigen Sklavin, die noch jahrelang Arbeit leisten kann.«

»Wer den Franzosen Nachrichten übermittelt, wird mit dem Tode bestraft. Entlaufene Sklaven, die innerhalb von vierzig Meilen der kanadischen Grenze gefasst werden, werden hingerichtet. Es gibt wenig, was ich oder sonst jemand …«

Zu spät. Er hatte schon zu erkennen gegeben, dass er einschreiten konnte, wenn er wollte. Ein zweiter Stapel *daalder* wurde neben den ersten geschoben. Hundert Münzen lagen nun auf dem Tisch. Mehr als sein gesamtes Einkommen der kommenden fünf Jahre. »Wenn Phoebe unversehrt zum Haus meines Vaters zurückgebracht wird, erwartet Sie hier noch einmal dieselbe Summe. Sie haben mein Wort darauf. Insgesamt zweihundert *daalder*.«

»Das ist sehr viel Geld, Mistress DaSilva.«

Jennet zuckte die Achseln. »Nicht mehr als der Preis für einen guten Sklaven, Oberst Fenwick. Aber natürlich weitaus mehr als die Kosten für einen prächtigen Hengst und einige schmucke Uniformen.«

Fenwick streckte die Hand aus und zog beide Münzstapel zu sich. »Die Differenz wird in Münzen beglichen? Hier im Bordell?«

»Ja. Ich werde Sie selbst hier empfangen und Ihnen das Geld übergeben, Oberst. Am selben Tag, an dem Phoebe zu meinem Vater zurückgebracht wird. Ich gebe Ihnen mein Wort darauf.«

»Sehr gut. Und welcher Mann könnte dem Wort einer Dame wie Ihnen misstrauen, Mistress DaSilva?«

## V

*Lasst den Kelch kreisen, trinkt auf die Maid, Grund genug ist sie, drum fröhlich ihr seid.*

Grund genug war sie in der Tat gewesen, wer auch immer sie sein mochte. Der Kelch war so oft zu Caleb Devrey gekreist, dass er in Rumpunsch förmlich ersoff. Er torkelte über das Pflaster der Broad Street und musste sich an Oliver festhalten, um nicht zu stürzen. »Ich muss pissen.«

»Nicht hier, Caleb. Die alte Ziege Livingston gegenüber sitzt bestimmt hinter ihrer Spitzengardine auf der Lauer. Komm, noch ein paar Schritte, dann kannst du nach Herzenslust pissen, ohne jemanden zu stören.«

Etienne De Lancey, der Vater von James und Oliver, war ein Hugenotte aus Frankreich, der 1685, als in Paris das Blut der Protestanten die Gassen rot gefärbt hatte, nach New York geflohen war. Zwei Dinge hatten ihn reich gemacht: seine Heirat mit einer Van Cortlandt, die eine üppige Mitgift erhielt, sowie sein Geschäftssinn. 1719 hatte Etienne an der Kreuzung von Pearl Street und Broad Street ein Haus gebaut – hoch, quadratisch, aus rotem Backstein mit hohen, eleganten Fenstern und einem steilen Balustradendach –, das zum Vorbild aller anderen Häuser wohlhabender New Yorker Kaufleute mit gesellschaftlichen Ambitionen wurde.

Caleb blieb vor der Haustür stehen. Rechts und links davon stand je eine weiße Säule, über dem Türsturz war ein fächerförmiges Fenster eingelassen. »Oliver, du bist ein gemeiner Schuft. Du hast mich hängen lassen. Ich hab dir doch gesagt, mein Vater zieht mir das Fell über die Ohren, wenn ich noch einmal so nach Hause …«

De Lancey packte ihn am Arm und zog ihn ins Haus. »Jetzt mach keinen Ärger, Alter. Das ist mein Zuhause, nicht deins. Komm, ich dachte, du musst pissen.«

»Das muss ich auch. Aber …«

»Nichts aber. Nur noch ein paar Schritte. Mehr nicht.« Mittlerweile standen die beiden in dem sehr langen, ebenerdigen Raum, in dem Punkt drei Uhr nachmittags das Essen serviert wurde. Und wenn Etiennes Söhnen und deren Frauen und Kindern an ihrem Erbe gelegen war, sollten sie tunlichst am Tisch des dreiundsiebzigjährigen Patriarchen erscheinen.

Mit dem Fuß angelte Oliver unter der soliden geschnitzten Anrichte einen Nachttopf hervor. »Hier. Jetzt kannst du nach Lust und Laune pissen. Aber pass auf, wo du hinzielst.«

»Ich schwör's dir, Alter, ich ziele so gut wie – ach was, besser als jeder andere hier in der Provinz.« Beim Sprechen knöpfte Caleb sich die Hose auf. »Weißt du was, ich fordre dich zu 'nem Wettpissen auf. Hol dir auch 'nen Topf, und wir wetten, wer ihn als Erster voll hat. Zehn Minuspunkte für jeden Spritzer, der daneben geht. Eine Guinee für den Sieg…«

»Master Oliver, vielleicht könnten die Herren 'n bisschen leiser sein?« Der Schwarze, der in der Tür stand, hielt eine Kerze, die er mit einer Hand beschattete. »Doktor Turner ist grade oben. Mit der ganzen Familie.«

»Guter Gott, Thomas, was ist los? Wer ist denn krank?«

»Die Kleine von Master James, Sir. Die kleine Emma. Sie

erstickt an der Rachenbräune. Doktor Turner ist vor zehn Minuten gekommen.«

Caleb machte sich an seiner Hose zu schaffen. Er merkte, dass Oliver ihn anschaute. »Nein«, sagte er. »Wenn sie den verfluchten Luke Turner geholt haben, brauchen sie mich nicht.«

»Dich konnten sie ja wohl schlecht holen, oder? Du warst mit mir im Black Horse und hast dir kräftig die Kehle angefeuchtet. Himmel noch eins, Caleb, das Kind ist noch kein Jahr alt.«

»Gegen die Halskrankheit kann man nicht viel tun. Ich glaub nicht, dass ich …«

»Aber irgendetwas muss man doch tun können. Geh wenigstens nach oben und schau sie dir an. Schau zu, dass Turner alles tut, was man tun kann. Himmel, Caleb, gerade heute Nachmittag hat die kleine Emma noch bei mir auf den Knien gesessen. Sie wirkte völlig normal. Wie krank kann sie …«

»Manchmal geht das ganz schnell, ohne Vorwarnung. Und wie gesagt, man kann nicht viel … Sogar ein Idiot wie Luke Turner weiß, dass man schröpfen und purgieren muss. Recht viel anderes kann ich auch nicht …«

Oliver wandte sich an den Sklaven, der immer noch in der Tür stand. »Thomas, tut er das? Setzt Doktor Turner bei Emma am Hals einen Schröpfkopf an?«

»So was hab ich nicht gesehen, Master Oliver. Doktor Turner steckt den Geist von ’nem Schwein in die kleine Emma. Und er sagt, das Schwein ist ein ganz guter Zauber gegen die Rachenbräune.«

Luke trug sich schon seit Wochen mit dem Gedanken. Seitdem sein Vater das Mädchen seziert hatte, das im Armenhaus-Hospital gestorben war, als Luke nach den Beschreibungen vom alten Lucas Turner einen Luftröhrenschnitt an ihr vornehmen wollte. Deswegen hatte die Apparatur bereit gelegen, als De Lancey ihn holen ließ. Eine Kupferröhre, im richtigen Winkel gebogen, der Durchmesser nicht größer als sein kleiner Fingernagel, und an einem Ende mit der Blase eines Ferkels versehen. Genial einfach. Wenn es funktionierte.

Bislang schien es zu funktionieren.

Er hatte die anderen angewiesen, die Kleine festzuhalten, dann hatte er ihr mit sanfter Gewalt den Mund geöffnet und ihr langsam und vorsichtig die Kupferröhre in den Schlund gesteckt. Jetzt stand er über sie gebeugt da, atmete die Luft aus seiner Lunge in die Blase und ließ sie wieder heraus, unablässig im regelmäßigen Rhythmus. Er war zu sehr mit dem Gerät beschäftigt, um zu erklären, was er tat, aber das Mädchen verdrehte nicht mehr die Augen, ihr Gesicht war nicht mehr blau angelaufen, sie kämpfte nicht mehr den schrecklichen, grausamen Kampf nach Luft, der die letzten Minuten von *Angina suffocativa* begleitete. Im Augenblick konnte er das als Erfolg verzeichnen.

»Was macht er denn da, in drei Himmels Namen?«

»Guten Abend, Oliver. Wir sind nicht ganz sicher.« James klang matt und ängstlich – was man von ihm sonst nicht kannte. Emma war seine Jüngste, sein Liebling. »Was immer es ist, was er da tut, er kann keine Pause machen, um es uns zu erklären.«

»Caleb sagt, dass man schröpfen muss. Und purgieren mit Kalomel. Hat er …?«

»Nein«, sagte Caleb. »Das hat er nicht.« Er war nah genug ans Bett getreten, um über Lukes Schulter auf die Patientin zu blicken. Von einer Blase war am Hals nichts zu sehen. »Wenn ihr jemanden nach meiner Tasche schickt, dann könnte ich …«

Luke drehte den Kopf gerade so weit, dass er noch in die

Schweineblase atmen konnte, und schaute Caleb Devrey an. »Nein«, sagte er in den zwei Sekunden, in denen er die Luft aus der Blase abließ. »Nicht schröpfen. Reiner Unsinn.«

»Die Literatur ist bei diesem Thema absolut eindeutig. Schröpfen und starkes Purgieren …« Caleb wusste, dass er sich genau wie der bramarbasierende Cadwallader Colden anhörte. Und dass er schneller nüchtern wurde, als ihm lieb war. Und dass Luke ihn ansah, als würde er ihn umbringen wollen. Gut, sollte er's doch versuchen. Nichts besser als das – Luke Turner ermorden und sich mit Notwehr herausreden zu können. »Du bist verantwortungslos, Turner. Diese Leute haben ein Recht auf …«

»Sie war am Ersticken. Und jetzt …« Luke brach ab. Ihm wurde bewusst, dass er sich von seinem Zorn, der ihn allein beim Anblick von Caleb Devrey packte, von der weitaus wichtigeren Aufgabe ablenken ließ, der kleinen Emma De Lancey das Leben zu retten. Wer die Lieblingstochter einer so einflussreichen Familie wie den De Lanceys heilte, brauchte sich um weitere Patienten nicht zu sorgen. Den verfluchten Mordbrenner Caleb Devrey konnte er sich ein anderes Mal vornehmen. Luke konzentrierte sich wieder auf die Aufgabe, Luft in die Lunge seiner kleinen Patientin zu pumpen.

»Trau dich, mir nicht zu antworten, du Schuft! Ich sage dir, du machst alles falsch, und deine Patientin wird für dein Dummheit büßen müssen.« Oliver legte Caleb beschwichtigend eine Hand auf den Arm, doch dieser schüttelte sie ab. »Du gefährdest das Leben des Kindes durch deine Ignoranz …«

James De Lancey räusperte sich. »Ihr zwei könnt eure Feindseligkeiten woanders beilegen. Nicht hier am Krankenbett meiner Tochter.« Als er sich Caleb zuwandte, hielt er sich ein spitzenbesetztes Taschentuch vor die Nase. »Oliver, dem Alkoholgehalt seines Atems nach zu urteilen, hat dein Freund wohl etwas mehr Punsch zu sich genommen, als ihm gut tut. Vielleicht kannst du …«

Das Kind im Bett bewegte eine Hand.

Drei Frauen waren im Raum – Emmas Mutter und zwei ihrer Tanten, und alle drei traten sofort näher. »Weg«, sagte Luke in der nächsten Atempause. Die Frauen wichen zurück. Er hörte, wie James, Oliver und Caleb sich im Hintergrund unterhielten, aber er schottete sich gegen die Geräusche ab. In die Blase atmen, die Luft herauslassen. In die Blase atmen, die Luft herauslassen. In die Blase atmen …

Nach einer Weile begann die Kleine heftig zu schwitzen, ihre Wangen nahmen eine natürlichere Farbe an. Und ihr Blick wanderte durch den Raum, als suche sie ein vertrautes Gesicht. Langsam, zögernd, hob Luke den Kopf. Unwissentlich hielt er selbst die Luft an, während er die Schweinsblase beobachtete. Sie füllte sich, leerte sich, füllte sich. Von selbst. Ohne dass er etwas tun musste. Luke legte Emma eine Hand auf die Stirn. Die Haut war feucht, aber kühl. »Das Fieber ist gebrochen«, sagte er in die plötzliche Stille hinein. »Und sie scheint von selbst zu atmen.«

Drei Wochen später, in der Taverne Black Horse, wo Caleb immer die wichtigsten Neuigkeiten erfuhr, hörte er, dass die kleine Emma De Lancey gestorben war. Sie hatte plötzlich hohes Fieber bekommen und war gestorben, bevor ein Arzt gerufen werden konnte. »Das ist Pech, Oliver«, sagte er. »Ich weiß, die ganze Familie hat das Kind geliebt.«

»Ja, wir alle. Phila ist außer sich.«

Caleb sah beiseite. Es war ihm unangenehm, über Olivers Frau zu sprechen. Phila De Lancey war die Tochter von Jacob Franks, einem Tudesco-Juden. »Ich hab dich ja gewarnt«, brummte er, während er in seinen Becher Rumpunsch schaute und Olivers Blick auswich. »Schröpfen und purgieren. Und keinen Hokuspokus mit dem Geist eines Schweins.«

»Ich weiß, dass du Luke Turner nicht ausstehen kannst, aber daran ist sie nicht ... Ach, was soll's. Morgen ist die Beerdigung. Außerdem hat sie die Rachenbräune offenbar überstanden gehabt. Sie muss an etwas anderem gestorben sein.«

Caleb schüttelte den Kopf. »Das stimmt nicht. Das habe ich schon oft gesehen. Es scheint, als wären sie von der *Angina suffocativa* genesen, und ein paar Wochen später sind sie tot. Da muss es eine Verbindung geben.«

»Kann schon sein.« Jemand reichte ihm die Schale, er schöpfte sich zwei Kellen Punsch in seinen Becher und warf zur Bezahlung zwei Kupfermünzen auf den Tisch. »Aber wenn das immer wieder passiert, wie du selbst gesagt hast, kann es wohl kaum Luke Turners Schuld sein, oder?«

Caleb gab keine Antwort.

Lautlos tauchten die Ruder ins winterkalte Wasser des Hudson, schienen die graublaue Oberfläche kaum aufzuwirbeln. Das Kanu kam in der Strömung rasch voran, hielt sich eng ans Ostufer der Küste Manhattans, zuerst im Schutz der überhängenden Klippen, dann, an der Südspitze der Insel, im Schatten der unbelaubten Bäume, die am abschüssigen Ufer wuchsen.

Es war Dezember. Der Mann, der auf dem Boden des Bootes lag, hatte keine Ahnung, wo er sich befand. Er war eingepackt wie ein Papoose, in Decken gewickelt und auf ein langes Brett geschnürt. Er konnte zwar den Kopf heben, aber nicht so weit, dass er über die Wand des Kanus hätte blicken können. Der Ruderer kniete auf dem Boden, den Rücken zu dem Mann auf dem Brett gewandt. Die beiden sprachen nicht. Der Eingewickelte konnte sich nicht erinnern, wie lange er so gelegen hatte, während er immer wieder aus der Ohnmacht aufgetaucht war, nur um wieder das Bewusstsein zu verlieren. Er erinnerte sich an sehr wenig. Nur an die Dinge, die er einfach nicht vergessen konnte.

Nach einer Weile legte das Boot am Ufer an. Der Indianer zog den Mann auf dem Brett aufs Trockene und ließ ihn dort liegen, während er das Kanu im Gestrüpp verbarg. Dann ging er landeinwärts, das Brett hinter sich herziehend.

Jetzt sah der Mann, der darauf lag, nur die Baumwipfel, die den Horizont unterbrachen. Vielleicht waren es andere Bäume als diejenigen, die er in den langen Wochen gesehen hatte, als er nur Qual und Delirium gekannt hatte. Er war sich nicht sicher und besaß auch nicht genügend Kraft, weiter darüber nachzudenken. Er schloss die Augen und biss die Zähne zusammen, um nicht aufzuschreien vor Schmerz auf dem holperigen Weg.

Er musste in Ohnmacht gefallen sein. Als er das nächste Mal die Augen aufschlug, lag er am Rand einer Lichtung. Nein, in einer Art Hinterhof. Da waren Stangen. Und dazwischen waren Leinen gespannt. Wäscheleinen. Und ein Mädchen beugte sich über ihn, die Augen vor Schreck weit aufgerissen, die Hand vor den Mund geschlagen. Die erste Weiße, die er sah seit jenem Septembertag, als er aus New York hinaus und zu Shea geritten war. Zusammen mit Clemence. Und den Gewehren. Die beiden Männer gab es jetzt nicht mehr. Und ihn auch nicht. Denn er war, wie Clemence und Shea, an einen Ort in weiter Ferne gereist, von dem es keine Rückkehr gab.

»Hol jemand«, flüsterte Solomon DaSilva. Speichel lief ihm aus dem Mundwinkel. Er achtete nicht darauf, denn eingewickelt wie er war, konnte er ihn nicht wegwischen. »Hol deine Herrin. Bring sie her. Sofort.«

»Solomon ... Gott sei Dank! Gott sei Dank!« Jennet kniete neben ihm, dort auf dem Küchenboden, wo er lag, noch ans Brett gebunden, und legte ihr Gesicht auf seine Brust. »Solomon, Liebster ...« Sie konnte nicht aufhören zu weinen. Seitdem er fort war, hatte sie sich nicht gestattet zu weinen. Und jetzt konnte sie nicht mehr aufhören. »Ich dachte, du wärst tot. Ich konnte nicht ... Ach, Solomon.«

Viele Frauen aus dem Bordell standen um sie herum. Rosa Jollette, vier Huren – nur in seidene Morgenröcke gehüllt, da gerade der Tag anbrach und sie noch nicht schlafen gegangen waren –, das Küchenmädchen, eine Dienstverpflichtete, die gerade die Wäsche aufhängen wollte, als sie den Mann dort am Boden liegen sah, Flossie und Tilda. Sie alle beobachteten, wie die junge Frau über einen Mann weinte, der wie ihr Großvater aussah.

Nach ein paar Sekunden hob Jennet den Kopf. »Ach, mein Liebster, Solomon, was haben sie bloß mit dir gemacht?« Vor drei Monaten hatte er sie verlassen, da war sein schwarzer Schopf nur von einigen grauen Haaren durchzogen. Jetzt war er völlig weiß. Und ein buschiger, ungepflegter, fast weißer Bart bedeckte Kinn und Wangen. Die Augen, die darüber lagen, waren tot. Dunkelbraune Steine in leeren Höhlen. Solomons tote Augen weigerten sich, den ihren zu begegnen.

»Schick sie alle raus.« Auch, als er zu ihr sprach, schaute er sie nicht an, und seine Stimme war so leise, dass nur sie ihn verstehen konnte. »Sag ihnen, sie sollen gehen.«

Jennet blieb neben ihm knien, schaute unablässig in sein eingefallenes Gesicht. »Lasst uns allein«, sagte sie zu Rosa Jollette und den anderen, ohne den Blick zu heben. »Das ist der Wunsch meines Mann. Geht. Alle. Sofort.«

Rosa zögerte einen Moment, als wollte sie die Autorität eines Mannes, der wie ein Indianerbalg eingewickelt war, anzweifeln, dann scheuchte sie die Frauen zur Küche hinaus. Tilda ging mit ihnen, warf nur einen letzten Blick auf die gealterte, vertrocknete Gestalt am Boden, und schlug die Hände vor den Mund, um ihr Schluchzen zu unterdrücken.

Flossie folgte den anderen nicht. Als alle fort waren, trat sie näher. »Sie wollen doch sicher nicht, dass ich auch gehe, Mr. Solomon. Mistress Jennet braucht vielleicht Hilfe, um Sie aus dem Ding da auszupacken.«

Auch Jennet trug einen seidenen Morgenmantel. Und darunter mehrere Unterröcke. Aber kein Korsett. Nichts verbarg ihren Bauch, in dem seit sechs Monaten ein Kind heranwuchs. »Flossie meint, dass ich vielleicht Hilfe brauche, weil ich dein Kind trage, Liebster. Ich wollte es dir sagen, sobald du wieder da bist.« Die Worte sprudelten aus ihr hervor. Sie konnte gar nicht schnell genug sprechen. Sie wollte ihm etwas schenken. Irgendetwas. Sie wollte sehen, wie seine Augen aufleuchteten, wie er sie liebevoll betrachtete. »Es wird bestimmt ein Junge. Er wird im März geboren. Ende März. Ein Sohn, um den Frühling zu begrüßen. Und jetzt, mein Liebster, müssen wir dich von dem Brett losbinden und dich in ein richtiges Bett legen. Flossie, hilf mir. Wenn wir ihn ...«

»Geh weg.« Endlich wandte er sich ihr zu. Schaute sie sogar an. Seine Augen waren nicht mehr ausdruckslos, sondern glühten wie Kohlen. Die Augen eines Verrückten. »Flossie, bring sie weg von mir.«

»Das ist doch Ihre Jennet, Mr. Solomon. Ihre Frau seit ...«

»*Viado!* Ich weiß, wer sie ist. Geh«, wiederholte er, ohne den Blick von Jennet zu wenden. »Sofort. Flossie wird mir helfen.«

Jennet zuckte zusammen, getroffen von der Wucht seiner Worte. »Solomon«, flüsterte sie. Das Einzige, was seinen Zorn zu rechtfertigen schien. »Du weißt doch genau, dass es dein Kind ist. Du glaubst doch nicht, dass ich …«

»Geh.« Als sie sich noch immer nicht von der Stelle bewegte, schrie er. »Geh, verdammt! Ich kann deinen Anblick nicht ertragen. Verschwinde und lass mich allein mit Flossie.«

Taumelnd richtete Jennet sich auf und stand über ihm, schaute hinab auf – was? Sie wusste es nicht. »Solomon, was habe ich getan?« Er drehte das Gesicht zur Wand und schwieg.

»Gehen Sie, Kind«, flüsterte Flossie und schob sie sanft zur Tür. »Ich kümmere mich um ihn. Und sobald ich kann, komm ich zu Ihnen.«

Rosa Jollette und die Huren, Tilda und das junge Küchenmädchen standen alle im Flur vor der Küche zusammen. Warteten. Lauschten. Rosas Miene verhieß Triumph.

Jennet schob sich an ihr vorbei und ignorierte die anderen. Sie hielt den Kopf aufrecht und zwang sich, nicht zu weinen. Aber Tilda schluchzte, mit weit offenem Mund, Tränen strömten ihr über die Wangen. Jennet fasste sie am Arm. »Komm mit, Tilda. Ich brauche dich.«

»Kannst du das Ding heben?«, fragte Solomon. »Und es gegen die Wand stellen?«

»Das glaub ich doch. Aber wenn …« Flossie hatte ein Messer in der Hand und machte sich an den Lederriemen zu schaffen, die kreuz und quer über die Decken verliefen. »Aber wenn ich die Bänder aufschneide, ist es vielleicht leichter …«

»Nein, ich will, dass du mich aufrecht hinstellst. Bevor du die Riemen aufschneidest.«

Sie legte das Messer beiseite, packte das Brett und hob es mit aller Kraft an. Beinahe hätte sie das Gleichgewicht verloren – es war so viel leichter, als sie erwartet hatte.

»Gut«, sagte Solomon. »Lehn mich an die Wand.«

Sie hatte sich überlegt, das Brett durch den Raum zu schleifen. Aber das war gar nicht nötig. Er war leicht wie eine Feder. Gütiger Gott, was war mit ihm da oben in den Wäldern nur passiert?

Sie stellte das Brett auf, lehnte es an die Wand und griff wieder nach dem Messer. Das Leder war zäh, doch nacheinander fielen die Riemen zu Boden. Aber nicht die Decken. Solomon hielt sie von innen fest, damit sie ihn bedeckten. »Jetzt sind Sie frei«, sagte Flossie leise, als das letzte Band gelöst war. »Können Sie gehen?«

»Ich glaube schon, wenn du mir hilfst.«

»Natürlich helf ich Ihnen. Legen Sie den Arm um mich, Mr. Solomon. Schaffen Sie das?«

»Nicht wirklich.« Er steckte das, was sein linker Arm gewesen war, aus der Decke heraus. Der Stumpf endete am Ellbogen.

Flossie stockte der Atem. »Verfluchte Wilde«, flüsterte sie. »Verdammte Heiden. In der Hölle sollen sie schmoren.«

»Kannst du mir den Arm um die Taille legen und mich stützen?«, fragte Solomon. »Ja, so. Ich glaube, jetzt können wir gehen.«

Jesus, Maria und Josef mitsamt allen Heiligen, es war fast nichts mehr an ihm dran. Sie konnte ihn mit dem einen Arm um seine Taille geschlungen tragen. »Ein Schritt nach dem anderen«, sagte sie munter. »Jetzt sind Sie zu Hause, Mr. Solomon. Eile mit Weile.«

Und dann, mit sichtlichem Vergnügen: »Rosa!« Sofort steckte die Gerufene den Kopf zur Tür herein. »Sie haben wohl direkt davor gestanden, was? Das habe ich mir doch gedacht. Schicken Sie die anderen aus dem Gang. Die sollen hingehen, wo sie hingehören. Und räumen Sie Ihre Sachen aus dem großen Schlafzimmer. Das ist der beste Raum, den wir haben, also kommt Mr. DaSilva da hinein.«

»Der linke Arm ist am Ellbogen abgeschnitten«, berichtete Flossie. »Und ich glaube, an der Rechten fehlen die meisten Finger.«

Jennet saß auf der Kante des schmalen Betts in der winzigen Dachkammer, die Rosa Jollette ihr zugewiesen hatte, wiegte sich hin und her, als könnte die Bewegung sie beruhigen, und versuchte zu begreifen, warum der Tag, der ein Freudentag hätte sein sollen, zum Albtraum wurde. »Was noch? Erzähl mir alles, Flossie. Alles.«

»Mehr kann ich Ihnen nicht sagen, Kind. Das schwör ich. Er wollte unbedingt in die Indianerdecken gewickelt bleiben. Ist nur ins Bett gefallen und hat mir aufgetragen, Tilda mit einer heißen Brühe zu ihm zu schicken und ihn dann schlafen zu lassen.«

»Jetzt ist er also in Rosas Zimmer und schläft?«

»Ja.«

»Hat er noch etwas über mich gesagt? Warum sollte er denn glauben, dass es mir etwas ausmacht, wenn ihm ein Stück Arm fehlt? Oder beide Arme. Was stört mich das, solange ...«

»Sicher, das weiß ich ja, Kind. Aber ich weiß nichts, ich schwör's Ihnen. Sie wissen, ich würde Sie nie anlügen.«

»Das darfst du auch nie tun, Flossie. Ich muss mich darauf verlassen können, dass du mir immer die Wahrheit sagst. Vor allem jetzt.«

»Das können Sie auch. Ich hab Ihnen immer die Wahrheit gesagt, seit wir hier sind. Hab ich Ihnen vielleicht nicht gesagt, dass er wiederkommt?«

»Doch, das stimmt.« Aber nichts war, wie Flossie es verheißen oder wie Jennet es sich ausgemalt hatte.

»Vielleicht sollte ich dann jetzt zu ihm gehen.« Es war nicht mehr als ein Flüstern, als wollte sie sich selbst Mut machen, als wartete sie auf eine Ermutigung von Flossie.

»Wenn er schläft, kann ich mich neben ihn legen und bin dann da, wenn er aufwacht. Jetzt, wo er ...«

»Ich glaube nicht, dass er sich darüber freuen würde, Kind. Es tut mir Leid, aber was ich in seinen Augen gesehen habe ...«

»Was, Flossie? Was hast du in seinen Augen gesehen? Sag's mir.«

»Hass«, flüsterte die Irin. »Und Entsetzen.«

»Und beides gilt mir?« Die Worte wollten ihr schier nicht über die Lippen kommen. »Mein Mann hasst mich und hat Angst vor mir?«

»Ich weiß es nicht. Aber irgendetwas hasst und fürchtet er. Und irgendwie spielen Sie eine große Rolle dabei.«

Der Gedanke war einfach zu entsetzlich. Er ließ sie im tiefsten Inneren erschaudern. Sie verschränkte die Hände vor ihrem runden Bauch. Fast kam es ihr vor, als würde ihr Kind die schrecklichen Dinge miterleben, die gerade passierten. Nein, das durfte nicht sein. Ihre Aufgabe war es, das Kind vor solchem Grauen zu beschützen. Immer. »Bring mir einen Kiel und etwas Papier, Flossie.« Ihre Stimme war jetzt gefasst und ruhig. »Dann such den Zwerg, Jan Brinker. Er ist immer irgendwo in der Nähe. Sag ihm, er soll meinem Vater einen Brief bringen.«

Christopher saß neben dem Bett und untersuchte vorsichtig den entstellten Stumpf, der Solomon DaSilvas linker Arm gewesen war. »Die Wunde ist überhaupt nicht entzündet. Du hast Glück gehabt. Sie ist gut behandelt worden. Du sagst, das waren die Huronen?«

»Den Arm abgeschnitten hat ein Tomahawk der Huronen, ja. Aber behandelt haben ihn Mohawk-Squaws.«

In Christophers Augen waren alle Indianer gleich, und alle waren ihm tot lieber als lebendig. »Wohl ein Scharmützel, oder? Die Wilden haben sich bekriegt, und du bist mittendrein geraten.«

»Nicht ganz. Ich war mit meinem Kutscher Clemence und einem irischen Fellhändler nach Norden unterwegs. Shea hieß er.« DaSilvas Stimme war tonlos, ohne jede Hebung oder Senkung. »Wir wollten eine Ladung von dreißig Gewehren abliefern. Wenn du also sagen willst, dass ich mir das selbst eingehandelt habe, hast du nicht Unrecht.«

»Ich wollte nichts dergleichen sagen.« Christopher griff nach der Pfeife, die Flossie neben das Bett gelegt hatte. »Soll ich sie dir stopfen? Das muss mit einer Hand ziemlich schwierig sein.«

»Alles ist schwierig mit einer Hand, vor allem, wenn sie bloß zwei Finger hat. Ja, bitte, gern.«

Solange es dauerte, den Tabak in die Pfeife zu stopfen und sie mit einem glühenden Kohlestück aus dem Kamin im Schlafzimmer anzuzünden, hatte Christopher Zeit, seinen Schwiegersohn näher zu betrachten. Solomon hatte sich von Flossie O'Toole rasieren lassen. Sein Gesicht war hager, die Wangen eingesunken. Das und die weißen Haare verliehen ihm das Aussehen eines alten Mannes. Der tatkräftige, kluge Jude, der sein Leben ganz nach seinem Wunsch gestaltet hatte, der Christophers kaum siebzehnjährige Tochter entführt und dann alle Turners irgendwie dazu gebracht hatte, den Tag zu segnen, an dem er in ihr Leben eingebrochen war – dieser Solomon DaSilva existierte nicht mehr. Christopher dachte, er würde einiges darauf verwetten, dass der Mann, den er gekannt hatte, tot war. Was er noch nicht wusste, war, wer seinen Platz eingenommen hatte. »So, hier, nimm, die sollte für ein paar Züge reichen.«

DaSilva nahm die Pfeife mit der Rechten entgegen. Wie er gesagt hatte, besaß er nur noch Daumen und Zeigefinger, doch die setzte er geschickt ein. Ein Mann, der sich den

Umständen anpasste, so grauenvoll diese Umstände auch sein mochten.

»Wenn ich dich recht verstehe, ist der Kutscher tot«, sagte Christopher.

»Ja. Zu Clemences Glück ging es sehr schnell. Ein Pfeil mitten ins Herz, gleich, als die Huronen angriffen.«

»Um die Gewehre zu bekommen?«

»Genau.«

»Aber du und dieser Shea, ihr seid entkommen?«

»Daran war nicht zu denken. Die waren zu zehnt, wir nur zu zweit. Wir wurden gefangen genommen.«

»Ist das nicht ungewöhnlich? Ich dachte, die Huronen wären genauso blutrünstig wie alle anderen Wild...«

»Das sind sie auch. Aber auf ihre eigene Art.« Solomon zog wieder an der Pfeife.

Christopher machte ein nachdenkliches Gesicht. Er versuchte, den Anschein aufrecht zu erhalten, dies sei eine ganz gewöhnliche Unterhaltung zwischen Männern der besseren Gesellschaft, eine Austausch interessanter Information. »Ah so. Um noch mehr Unwissenheit meinerseits preiszugeben – leben die Huronen nicht in Kanada? Bedeutet die Tatsache, dass du ihnen begegnet bist, dass du die Grenze überquert hattest?«

»Das glaube ich nicht, aber das lässt sich schwer sagen. Shea, der Ire, von dem ich gesprochen habe, der kannte sich in den Wäldern aus. Außerdem, die Grenzen, wie wir Weiße sie kennen, die besagen, wem welches Gebiet gehört – solche Grenzen kennen die Indianer nicht. Und wir sind den Huronen nicht begegnet. Sie wussten von den Waffen, also haben sie einen Kriegstrupp ausgeschickt, um uns abzufangen, bevor wir sie den Mohawk abliefern konnten. Die beiden sind Erzfeinde. Das war viel wichtiger als jede Grenze, die die Engländer oder die Franzosen ziehen können.«

»Ich verstehe.« Blaue Rauchschwaden trieben in der

Luft zwischen ihnen. Dieser Dunst machte es Christopher unmöglich, Solomons Gesichtsausdruck zu deuten. »Willst du mir den Rest erzählen?«, fragte er. »Zum Beispiel, was mit Shea passiert ist.«

»Was mit Shea passiert ist.« DaSilva wiederholte die Worte, als wären sie eine fremde Redewendung in einer fremden Sprache. »Was mit Shea passiert ist. Willst du das wirklich wissen?«

»Das muss ich wohl, wenn ich dich wiederherstellen soll.«

DaSilva lachte. Das erste Mal, dass er einen solchen Laut von sich gab, aber es war ein freudloses Lachen. »In Anbetracht der Umstände – was bedeutet ›mich wiederherstellen?‹«

»Dass du wieder auf die Beine kommst, dass du nicht nur im Nachtgewand im Bett liegst. Dass du dich für deine Geschäfte interessierst, für deine Frau und das Kind, das du bekommen wirst.«

Zwei Züge an der Pfeife, dann, als hätte Christopher gar nicht gesprochen: »Was mit Shea passiert ist? Also gut. Die kürzest mögliche Fassung: Die Huronen haben ihn Stück um Stück zerlegt und die Teile über dem heiligen Feuer gebraten und dann gegessen.«

Christopher öffnete den Mund, aber kein Laut kam heraus.

»Dafür haben sie ihn so lang wie möglich am Leben gehalten.« DaSilvas Stimme war ruhig. Genauso gut hätte er über den Marktwert eines Grundstücks reden können. »Haben ihn mit Lederriemen abgebunden, damit er nicht verblutet.«

»Tourniquets«, flüsterte Christopher. »Ich dachte immer, das wäre eine französische Technik.«

»Vielleicht haben die Huronen sie von ihnen gelernt. Oder umgekehrt.« Derselbe ebenmäßige Ton, ohne jede

Gefühlsregung. Und die toten Augen blickten auf nichts, ganz bestimmt nicht auf Christopher, waren nur starr auf die Decke gerichtet. »Wie auch immer. Shea durfte ihnen zusehen, wie sie sein Fleisch aßen, seine Knochen abnagten, die sie dann ins Feuer warfen. Gestorben ist er erst, als sie ihm das Herz rausschnitten. Den Teil haben sie als Letztes gegessen. Roh, nicht gegart.«

»Herr im Himmel. Und du …«

»Ich musste auch zuschauen. Es war purer Zufall, dass sie Shea als Ersten gegessen und mich für später aufgehoben haben. Also war ich noch am Leben, als der Stoßtrupp der Mohawk das Dorf angriff. Um die Gewehre zu holen.«

»Und hinterher haben die siegreichen Mohawk dich mitgenommen? In ihr Dorf?«

»Ja. Ich liefere ihnen Waffen. Nicht bloß Musketen, sondern Langgewehre. Auf die sind sie ganz wild. Also sind die Mohawk zu dem Ergebnis gekommen, dass es besser ist, wenn sie mich am Leben halten.« DaSilva hob den Armstumpf. »Wie du siehst, haben die Huronen mich davor bewahrt zu verbluten, und die Medizinfrauen der Mohawk haben alles getan, um mich zu heilen.«

»Das ist eine grausige Geschichte, Solomon, das muss ich sagen. Aber guter Gott, Mann, ich finde, du solltest dankbar sein. Ich weiß, es muss schauderhaft gewesen sein, das alles mit anzusehen, aber …«

DaSilva warf die Decken zurück. »Schauderhaft«, sagte er leise. »Das wäre ein Wort dafür. Vielleicht nicht stark genug. Und was dankbar betrifft – das wäre ich vielleicht, wenn die Mohawk ein paar Minuten früher gekommen wären. Oder später. Aber so, wie's jetzt ist, glaube ich kaum, dass ich einen besonderen Grund zur Dankbarkeit habe.«

Christopher betrachtete den abgemagerten Körper, den DaSilva entblößt hatte. Sein Nachtgewand lag zusammengebauscht um seine Taille. Darunter ragten seine nackten Beine wie Stecken hervor, seine Hüften waren schmal wie die eines Jungen. Und seine Lenden … Heiliger Herr des Himmels. Er hatte keine Geschlechtsteile. Hoden und der Penis waren nicht mehr da.

»Den Teil essen die Huronen als Erstes«, sagte DaSilva in derselben tonlosen Stimme wie zuvor. »Alle Krieger bekommen einen Bissen. Sie essen deinen Schwanz und deine Eier, und du musst ihnen dabei zuschauen. Roh, wie sie auch dein Herz essen, wenn du tot bist. Also, jetzt sag mir, Christopher Turner – wie dankbar soll ich für diese wundersame Errettung sein?«

Es schneite zum ersten Mal in diesem Winter. Große, weiche Flocken fielen auf die kahlen Äste der Bäume, zerschmolzen im Fluss, vereinten sich mit Jennets Tränen. Sie stand am Ufer, die Hände über dem immer runder werdenden Bauch verschränkt, das Gesicht nach Westen gewendet. Immer wieder dachte sie über die Dinge nach, die ihr Vater ihr erzählt hatte, um ihre Bedeutung zu erfassen und zu begreifen, was sie für die Zukunft bedeuteten. Für ihre Zukunft. Für Solomons. Und für die des Kindes.

*»Glaubt er denn, ich liebe ihn nur im Ehebett? Kann Solomon so töricht sein, dass er nicht …*

*»Du bist diejenige, die töricht ist, Jennet. Ihm wurde mehr genommen als nur die Fähigkeit, dich zu besitzen. Seine ganze Manneskraft ist ihm geraubt worden. Der Mensch, der er war, ist grausam ermordet worden, und ein Eunuch ist zurückgeblieben.*

*»Ein Eunuch … aber guter Gott, Papa, das ist doch nicht meine Schuld. Ich habe ihn angefleht, mit dem Waffenhandel aufzuhören. Warum hasst Solomon mich denn, wo ich …«*

*»Er hasst dich nicht, Nettie.« Er bemühte sich so sehr,*

*sanft zu sein, ihr zu sagen, was sie wahrhaben und anerkennen musste, wenn sie sich nicht zu Tode grämen wollte. »Gerade weil Solomon dich so sehr geliebt hat, kann er jetzt deinen Anblick nicht ertragen. Du erinnerst ihn an alles, was er verloren hat.«*

*»Und glaubst du, dass sich das je ändern wird?«*

*Er hatte einen Moment gezögert, bevor er das Urteil sprach. »Das bezweifele ich sehr, Kind.«*

Sosehr sie sich auch bemühte, sie konnte den Richtspruch ihres Vaters nicht verstehen. Der Schmerz wütete in ihr, glühend, stechend. Bitterster, unerträglicher Verlust.

Die Sonne sank unter den Horizont. Rasch ging die Dämmerung in die Nacht über. Es war bitterkalt, aber sie spürte nichts als brennende Qual. Schließlich, als könnte sie das, was in ihr war, nicht länger in sich bewahren, nicht länger verbergen, öffnete Jennet den Mund und begann zu klagen. Eine urzeitliche Trauerweise, von der sie nicht gewusst hatte, dass sie sie kannte, eine Wehklage, die ein Vermächtnis ihrer Ahnen war, der Frauen, die vor ihr gewesen waren. Die vor ihr gelitten hatten. Die Vorfahren ihrer Mutter und die Turner-Frauen wie Sally und die Rote Bess. Und Gott weiß wer noch. Sie alle waren gezwungen gewesen, das Einzige zu tun, was Frauen tun können – zu ertragen.

*»Ich verfluch dich in die Hölle, du Hexe!«* Das hatte das Mädchen Ellen gesagt, damals an dem Abend, als Jennet die Abtreibung verpfuscht und sie umgebracht hatte. Was immer Martha Kincaid gesagt hatte, es war ihre Schuld gewesen. Der Vater des Mädchens hatte das Werk begonnen, aber Jennet hatte es zu Ende geführt. Sie hatte das Mädchen umgebracht. *»Ich verfluch dich in die Hölle!«* Der Wunsch der toten Ellen war in Erfüllung gegangen. Vor Jennet lag nichts als eine endlos lange, unerträgliche Hölle. Eine Zukunft, die sie sich unmöglich vorstellen konnte. Sie würde

es gar nicht versuchen. Sie würde die Zukunft einfach Tag um Tag leben, was immer geschah.

Der Klagelaut wurde vom Wind aufgenommen, über den Fluss getrieben, erstarb. Ihr Todesgesang fand ein Ende. Sie ließ ihn los, wie sie ihre Träume und Hoffnungen fahren ließ. Ihre Liebe. Ihre Leidenschaft. All das übergab sie der Dunkelheit und der Welt jenseits ihrer Grenzen. Dann drehte Jennet sich um und ging durch den Schnee zurück.

Die ersten Kutschen fuhren vor. Die Herren von New York fanden sich im besten Bordell der Stadt ein, suchten Entspannung von den gewichtigen Geschäften, die sie tagsüber betrieben. Eine Weile stand Jennet vor dem Haus und beobachtete sie. Viele Gesichter erkannte sie, darunter die der angesehensten und einflussreichsten Männer der Stadt. Oliver De Lancey gehörte auch dazu. Caleb Devreys Freund. Sie lächelte.

Zum ersten Mal spürte sie die Kälte. Sie zog den wollenen Schal fester um sich und ging auf den rückwärtigen Eingang zu, denselben, durch den Solomon sie geführt hatte, als er sie zum ersten Mal hierher brachte und begann, sie den Nutzen von Wohlstand und Macht zu lehren.

Dann überlegte sie es sich anders. Und Jennet Turner Da-Silva – eine Witwe, obwohl ihr Mann noch lebte, schwanger mit einem Kind, das keinen Vater hatte, obwohl es noch nicht geboren war – schritt den Pfad hinauf und öffnete die Tür, die zu ihrer eigenen Haustür geworden war.

– ENDE –

# *... und dann*

Sie legte für den Rest ihres Lebens Witwenkleidung an, zog einen schwarzen Schleier vors Gesicht und wurde zur Hurenmeisterin von New York, zur wohlhabendsten, einflussreichsten Frau in der ganzen Stadt. Um sie zu beschämen, nannte man sie Squaw DaSilva.

»Wenn du erst mal in so 'nem feinen Haus von der Squaw bist, gehörst du ihr mit Haut und Haar. Dann musst du's mit Hunden und Pferden treiben. Ja, als Hure von der Squaw DaSilva musst du tun, was sie sagt. Und die Mannsbilder kostet's ein Vermögen, bloß 'nen Fuß in die Bordelle von der Squaw zu setzen.«

Auf Squaw DaSilva ging es auch zurück, dass die Straßenmädchen unbarmherzig verfolgt wurden; die einfachen Dirnen machten ihren Bordellen Konkurrenz. Als hätte sie die Frauen von den Gerbereien und deren Leben vergessen.

»Früher hat der Auspeitscher bloß im Armenhaus seine Arbeit gemacht. Aber dann hat die Squaw vorgeschlagen, die Leute öffentlich auszupeitschen, auf der William Street. Weil's schlimmer ist für die armen Schweine, wenn die ganze Stadt zuschaut. Die hat sich wohl gedacht, dann würd unsereiner aufhören, ihr das Geschäft zu vermasseln. Und jede Hure von der Squaw DaSilva, wo nein zu ihr sagt, muss in die William Street. In die Hölle von der William Street.«

Der öffentliche Auspeitscher war ein kräftiger Mann, dunkel und stämmig, mit Armen so dick wie die Vorderläufe eines kleinen Bullen. Er trug schwarze Beinkleider und war von der Taille aufwärts nackt bis auf die lange Lederschürze, die seine bloße Brust vor den Blutspritzern schützte.

Auf einer Seite standen die Frauen, die wegen Hurerei in den Straßen New Yorks verurteilt waren, und beobachteten ihn mit angstgeweiteten Augen. Roisin Campbell, fünfzehn Jahre alt, kaum einen Monat in New York, wartete gefesselt inmitten der anderen. Die Eisenketten um ihre Knöchel und Handgelenke waren vor ihrem Körper mit einem derben Lederriemen zusammengebunden; mit dem würde sie, wenn sie an die Reihe kam, an den Schandpfahl gehängt werden.

Die schöne Roisin. Halb irisch, halb schottisch, durch und durch katholisch, eine Waise, ganz allein in dieser Stadt protestantischer Ketzer. Als sie den Auspeitscher in seiner schwarzen Schürze und den schwarzen Beinkleidern sah, fuhr ihr das Grauen in die Gedärme, und sie kniff das Gesäß zusammen, schluckte die bittere Galle ihrer Angst hinab. Die werden nicht sehen, wie ich mich besudle. Nie. Heilige Jungfrau, um der Frauen von Connemara willen, steh mir bei.

Der Aufseher, der die Auspeitschungen überwachte, trug ein scharlachrotes Gewand und eine langhaarige weiße Perücke. Auf seiner Brust prangte die gewichtige goldene Medaille seines Amtes. »Durch die Gnade des Allmächtigen und zum Ruhm seiner Erhabenen Majestät George II., führt die erste Gefangene vor.«

Der Mann mit der Lederschürze holte ein drittes Mal aus, hob die Peitsche, und die knallenden Schnüre trafen zum ersten Mal auf dem zarten, bleichen Rücken der Frau auf. Der erste Kuss, so nannten die Auspeitscher das. Und der schönste von allen, wenn die Haut nicht von alten Narben entstellt war. Ein jungfräulicher Kuss.

Die Zuschauer reckten die Hälse, hielten die Luft an, sahen, wie der Körper der Frau sich aufbäumte, und warteten, doch sie wurden enttäuscht. Kein Laut war zu hören. Der Auspeitscher lächelte. Eine Starke. Aber er würde sie schon noch kriegen. Letzten Endes kriegte er sie alle. Sie schmolzen für ihn dahin. Alle, ohne Ausnahme. Zufrieden, dass eine solche Aufgabe vor ihm lag, holte er mit der Peitsche zum zweiten Kuss aus.

Er hatte nicht mit Morgan Turner gerechnet, dem Sohn der Squaw DaSilva, dem tollkühnsten Freibeuter von New York, Kapitän der *Fanciful Maiden*, dem berüchtigtsten der rund siebzig im Auftrag der Kolonie plündernden amtlich zugelassenen Piraten, die die Meere nach feindlichen Schiffen durchkämmten. New York besaß die größte derartige Flotte in den Kolonien. Die Freibeuter brachten den Investoren – den Männern, die für den Bau und die Ausstattung der Schiffe zahlten und dafür einen Anteil am Kapergut erhielten – jedes Jahr knapp zwei Millionen Pfund Gewinn ein, ausgezahlt in Kaffee, Baumwolle, Zucker, Wein, Indigo und allen Arten von Nahrungsmitteln, dazu lebende Ware – Sklaven –, Goldstücke und Dublonen, *daalder* und *louis d'or* und Achter-Stücke. Aus den Laderäumen dieser Freibeuter floss ein Vermögen in die Taschen der New Yorker Kaufleute.

Wer auf Morgan Turner setzte, wurde reichlich belohnt. Innerhalb von drei Jahren brachte Turner zweiundzwanzig Mal Beute im Wert von beinahe hunderttausend Pfund zurück. Dann, nach ihrer dreiundzwanzigsten Kaperfahrt, schleppte sich die *Fanciful Maiden* mit aufgerissenem Rumpf in den Hafen, ihr Deck war blutbesudelt, ihr Bauch leer. Morgan Turner lachte. Und dachte an das königliche Lösegeld, das er vergraben hatte. »*... geh sieben Schritte, dreh dich nach Osten und geh neun weitere Schritte.*«

Squaw DaSilva stellte sicher, dass niemand, der von dieser Geschichte wusste, sie je würde verraten können. Und säte damit die Saat ihres eigenen größten Kummers. Wegen ihrer Ruchlosigkeit würde Morgans Herz immer der schönen Roisin gehören. Einer der Frauen von Connemara.

»Ich kenne mich ein bisschen im Heilen aus«, sagte sie ihm, während sie zum Bett ging und nach dem seidenen Morgenrock griff.

»Nein«, sagte Morgan. »Bleib, wie du bist. Ich will sehen, was ich gekriegt hab, jetzt, wo's gewaschen und sauber und nackt ist. Komm, zieh mir die Stiefel aus.«

Sie zögerte nur einen Moment, dann hob sie das Kinn, wandte ihm den Rücken zu und nahm seinen rechten Fuß zwischen die Beine.

»Wunderschön«, sagte er, während er die Rundung ihres Gesäßes bewunderte, noch leicht gerötet von der Hitze des Bades. »Das ist ein Arsch, der einem Mann wirklich gefallen kann. Wir werden uns einen schönen Abend machen. Wie heißt du?«

»Roisin.« Sie zog den rechten Stiefel aus, machte sich am linken zu schaffen. »Roisin Campbell.«

»Roschin«, wiederholte er den Namen, wie sie ihn ausgesprochen hatte. »Hübsch.«

»Danke. Aber ...« Sie wollte noch etwas hinzufügen, doch Morgan wehrte ab. »Jetzt mach schon, Mädel. Runter mit dem Stiefel.«

Die straffe Rundung ihrer Brüste, wenn sie sich vorbeugte, gefiel ihm. Und der Blütenduft, der von ihr aufstieg, jetzt, da sie richtig gewaschen war. »Was ist deine Spezialität? Oder brauchen Straßendirnen heutzutage keine Spezialität mehr? Weil ihr sowieso genug Kundschaft kriegt?«

»Ich ... ich habe keine Spezialität. Und ich bin keine ...« Der linke Stiefel lag in ihren Händen, sie hob den rechten vom Boden und trug beide zum Schrank auf der anderen Seite des Raums.

»Keine Spezialität«, sagte Morgan. »Na, da kann man nichts machen. Aber bevor's Morgen wird, wissen wir vielleicht, was du am besten kannst. Jetzt dreh dich um und lass dich richtig von vorne anschauen.«

Roisin wandte sich ihm zu und wartete zu hören, was sie als Nächstes tun solle. Hinter ihr brannte im Kamin ein Feuer, ihr Gesicht lag im Schatten, deshalb sah er die Tränen nicht, die ihr über die Wangen liefen.

Das Ding in seinem Bauch ließ Caleb Devrey nie in Ruhe. Manchmal schlief es, eine glühendheiße, zusammengerollte Schlange, die nur darauf wartete zuzuschlagen. Wenn sie es dann tat, musste er sich zusammenkrümmen vor tobenden Schmerzen, aber manchmal nagte sie auch nur unablässig an seinen Gedärmen, wie an diesem Abend. Gottverdammte Pein ohne Ende. Und wieder ging er rastlos durch die Straßen.

»Pssst, Doktor Devrey. Hier bin ich.«

Caleb stolperte, fiel beinahe in die Gosse. »Wer ist da? Was willst du?«

»Ich will Ihnen nix Böses nicht, Doktor. Ich heiße Vrinck.« Der Mann trat aus dem Schatten hervor, stützte Devrey mit der Hand. »Ich bin Petrus Vrinck. Ich such schon überall nach Ihnen.«

Dem Aussehen nach zu urteilen war er ein Matrose. Devrey entzog sich seiner Berührung. »Was wollen Sie von mir? Zu dieser Zeit behandele ich keine Patien...«

»Ich bin nicht krank. Ich muss Ihnen was sagen. Ein Stück die Straße runter ist 'ne Kneipe. Da können wir reden.«

»Ich pflege nicht mit Seeleuten in Kneipen zu trinken. Sie können morgen in meine Praxis kommen, wenn ...«

Vrinck trat näher. Er war klein und gedrungen, hatte ungewöhnlich kräftige Arme und Beine. Eines seiner Augen war halb geschlossen und blickte in eine andere Richtung als das zweite. Er reckte sein graubärtiges Gesicht so weit vor, dass er Devrey beinahe einen Kuss gab. »Ich weiß was. Ich war '59 mit Morgan Turner auf der *Fanciful Maiden*. Die Kaper ist 'n ganzes Stück anders gelaufen, als wie die Leute sagen. Und anders, als wie Turner sagt.«

Das Einzige, was seine Kollegen ihm zur Linderung seines Leidens empfahlen, war Schröpfen, Aderlässe und Purgieren. Reine Zeitverschwendung. Monatelang war es ihm gleichgültig gewesen. Caleb hatte darum gebetet zu sterben. Jetzt nicht mehr. Heiliger Heiland, jetzt wollte er leben. Lange genug, um zu sehen, wie Morgan Turner wegen Betrugs verurteilt wurde, weil er die beeidigte Pflicht der Freibeuter, seine Beute heimzubringen und mit den Investoren zu teilen, nicht erfüllt hatte. Er wollte miterleben, wenn sie ihn zum Piraten erklärten und am Galgen aufknüpften. Jennet, die Squaw DaSilva, würde auch dasein, das stand fest. Sie würde dabei sein, wenn sie ihren Sohn hängten. Und Caleb Devrey auch. Gleichgültig wie, er würde lange genug leben, um diesen Triumph auszukosten.

Aber o mein Gott, diese Qual ... O Gott. Die Schmerzen waren schlimmer als je zuvor. Er zitterte wie ein Laubblatt im Sturm. Es gelang ihm, die Karaffe an den Mund zu heben und ein paar Tropfen Weinbrand hinunterzuschlucken, auch wenn der Großteil ihm übers Kinn rann und auf sein Hemd tropfte. Heiliger Heiland ...

Nach einigen Minuten war es vorbei. Erleichterung durchflutete ihn, überschwemmte ihn. Er fühlte sich stark, erfüllt von einer Kraft, die er schon jahrelang nicht mehr empfunden hatte. Hoffnung. Verdammt! Er musste leben. Was immer dazu nötig war, er würde es tun. Er würde es ertragen.

Andrew Turner war nach New York zurückgekehrt. Nach dem, was die Leute über ihn sagten, war er mit dem Messer sogar noch geschickter als sein Großvater. Die Turnersche Gabe. Erst Lucas, dann Christopher, jetzt Andrew.

In der Tiefe der Nacht, meist nach einem Anfall wie diesem, ging Caleb diese Frage immer wieder durch den Kopf. Was würde den jungen Andrew Turner dazu bewegen, ihm den Bauch aufzuschneiden und was immer es war, das ihm die Schmerzen bereitete, rauszuholen?

Das Pesthaus – das einzige Gebäude auf Bedloe's Island – stand rund hundertfünfzig Fuß vom Ufer entfernt. Zwei Geschosse, in jedem Stockwerk strohbedeckte hölzerne Bettgestelle, nur im Erdgeschoss gab es eine halbhohe Zwischenwand, die die Pfleger von den Patienten trennte.

»Gütiger Gott«, murmelte Andrew. »Das ist ein Todesurteil.«

Ein Mann zeigte ihm gerade die zweite Institution, die die Stadt seiner Obhut anvertraut hatte. Dieser Mann war verkrüppelt, ein Bein war wesentlich kürzer als das andere, und er konnte nur am Stock gehen. »Johnson, so heißen Sie doch, oder?«

»Genau, Sir. Harry Johnson.«

»Und Sie sind verantwortlich für dieses ... wir sollen wir es nennen? Dieses Quarantänehaus?«

»Genau, Sir. Ich soll mich um all die Seeleute kümmern, wo hergebracht werden, weil sie die Pocken haben. Von den Schiffen, wo in den Hafen einlaufen, Sir.«

Auch jeder New Yorker, den dieses Unglück befiel, wurde nach Bedloe's Island verbannt. So verlangte es das Gesetz. »Sagen Sie mal, Johnson, warum haben Sie diese gottverlassene Stellung denn angenommen?«

»Hab keine Wahl nicht gehabt, Sir. Ich nicht, und die anderen Jungs auch nicht. Wir sind nur 'ne Stunde vor Ihnen hergekommen, Sir. Erst heut Morgen haben sie uns aus dem Kittchen geholt.«

Guter Gott. »Johnson, sind Sie varioliert worden?«

»Nein, Sir. Nie, Sir. Hab nie nichts getan als 'n paar Kerzen zu klauen, wo ich verkaufen wollt, um ...«

»Varioliert zu werden ist kein Verbrechen, Mann. Was immer die Leute auch sagen. Das kann Ihnen das Leben retten.«

»Davon kriegt man doch die Blattern, oder nicht, Sir? Ich hab gehört ...«

»Eine milde Form der Pocken. Aber danach bekommen Sie sie nie wieder. Haben Sie die Pocken schon gehabt, Johnson?«

»Nein, Sir.«

Insgesamt waren es fünf Pfleger, und sie alle erzählten dieselbe Geschichte. Sie waren vom neuen Gefängnis auf dem Common hergebracht worden, um die letzte Gruppe von Männern zu ersetzen, die diese grauenvolle Aufgabe gehabt hatten und – worauf Andrew seinen letzten Shilling verwetten würde – an den Pocken gestorben waren. Johnson und zwei der anderen zeigten keine Spuren der Krankheit.

Kaum zehn Minuten später hatte er diese drei geimpft. »Ein oder zwei Tage werdet ihr euch ein bisschen matt fühlen«, sagte Andrew, während er die Lanzette an einem Lappen abwischte und dabei an die Geschichte dachte, die sein Großvater ihm von Cotton Mather oben in Boston erzählt hatte: unsichtbare Würmer, die herumkrochen und die Krankheit verbreiteten. An der Medizinfakultät in

Edinburgh hatte niemand an Mathers Würmer geglaubt. Aber in Christophers Aufzeichnungen – die Andrew zusammen mit Lucas Turners Tagebüchern bekommen hatte – stand der Rat, Skalpell und Lanzette nach Gebrauch abzuwischen. Um sich vor den möglichen unsichtbaren Würmern zu schützen. »Vielleicht bekommt ihr etwas Fieber, ein paar Pocken kriegt ihr auf jeden Fall. Aber habt keine Angst, das geht bald vorbei.«

Bitte, lieber Gott, mach, dass es so ist. Er hatte besonders sorgsam darauf geachtet, wie viel Eiter er mit dem Blut der Männer vermischte, bevor er sie damit impfte. Nach einem Aufenthalt in einem Gefängnis Seiner Majestät war es um die Gesundheit kaum so gut bestellt, dass jemand mehr als nur die allermildeste Form der Pocken überlebte. »Geht erst in die Nähe der Patienten, wenn ihr euch wieder ganz gesund fühlt. Ihr beiden, die heute nicht geimpft wurdet, ihr müsst euch bis dahin allein um sie kümmern. Und pflegt eure Kameraden.«

Mehr konnte er nicht tun, um das Elend in diesem Leichenhaus zu lindern. Andrew sammelte seine Instrumente ein und machte sich ans Gehen. »Johnson, winken Sie einem Boot, damit es mich abholt.«

Die Quarantänegesetze untersagten allen größeren Schiffen, sich Bedloe's Island zu nähern. Nur kleine Boote durften anlegen, und das auch nur, wenn sie Patienten anlieferten oder gerufen wurden, um einen Fahrgast abzuholen.

Johnson wartete mit ihm am Steg. Ein Kahn hielt auf sie zu; die drei Männer, die es bemannten, ruderten schnell. Andrew wusste, wie sehr sie diese Aufgabe hassten. Vor Bedloe's Island hatte jeder in der Provinz Angst.

»Verzeihung, Sir …«

»Ja, Johnson, was ist?«

»Dort drüben, bei dem großen Felsen, Sir. Ich und die Jungs, Sir, wir waren vorhin dort.«

»Ja?« Ein eisiger Novemberwind fegte übers Wasser, wehte Andrew die blonden Haare aus der Stirn. Die Sonne war nicht einmal als fahle Scheibe am Himmel zu sehen. Der erste Schnee lag in der Luft. Andrew zog seinen schweren grauen Umhang fester um sich.

»Wenn Sie nur mal mitschauen könnten, Sir ...« Der Mann trug keinen Mantel. Er sprang auf und ab. Aber nicht vor Kälte, vielmehr vor Aufregung.

Der Kahn war fast bei ihnen angelangt. Widerstrebend wandte Andrew sich wieder an Johnson. »Also gut, dann gehen wir mal hin.«

Der Mann führte ihn zu einem riesigen Granitfelsen, der rund dreißig Fuß linker Hand des Pesthauses aus der Erde ragte. »Da ist es.«

»Das ist ein Felsen, Mann. Und kein Wunder, dass die Bauarbeiter ihn nicht ausgegraben haben. Er ist gewaltig groß.«

»Der Stein ist nicht die Sache, Sir. Was mich wundert und die anderen Jungs auch ... Das da, Sir.« Johnson deutete mit seinem Stock auf eine Reihe von Löchern.

Andrew trat einen Schritt näher. Die Löcher waren alle frisch gegraben. Ein Dutzend, schätzte er, nur jeweils eine Spatenbreite breit, aber knapp zwei Fuß tief.

»Glauben Sie, dass das die Geister waren, Sir? Die Geister von denen, wo die Pocken hatten und hier gestorben sind? Dass die sich jetzt aus der Erde buddeln?«

Morgan Turner hielt, während er sprach, den Blick unverwandt auf den Mann gerichtet, der ihm das Recht hatte verweigern wollen, in dieser Runde zu sitzen. »Meines Wissens sind wir hier, um über die Gesetze in den Kolonien zu sprechen. Und ich bin eingeladen worden, weil ich Geld habe, das ich beisteuern kann, da die Gesellschaft, die wir schaffen wollen, zwangsläufig große Kosten mit sich bringt. Sehr große Kosten, Mr. Willet. Können Sie da mithalten? Eine Guinea für jede, die ich einzahle?«

»Das wissen Sie selbst, dass ich das nicht kann. Ich habe keine Mutter, die …«

Morgan beugte sich vor, packte den Kragen von Willets grob gewebtem Hemd und zog ihn so fest zusammen, dass er dem Mann fast die Luft abschnürte. »Das reicht, Sir«, sagte er leise. »Kein Wort mehr. Eigentlich hab ich wenig Lust, Ihnen die Zunge rauszuschneiden und sie Ihnen in den Arsch zu rammen, aber wenn Sie mir 'nen guten Grund dafür geben, dann tu ich's vielleicht doch.« Einige Sekunden verstrichen, in denen die beiden sich nur anstarrten, dann ließ Morgan ihn los. »Und jetzt, meine Herren – sollen wir anfangen?«

Eine Stunde später war der Sachverhalt des Problems klar. Am ersten Tag des November war die Stamp Act – die erstmals eine direkte Besteuerung der Kolonien durch England ermöglichte – in Kraft getreten, doch die Steuermarken waren noch nicht verteilt worden. Cadwallader Colden hielt sich nach wie vor auf der *Coventry* auf, dem Kriegsschiff der britischen Marine, und fürchtete um sein Leben. Angeblich sollte in Kürze ein königlicher Gouverneur in New York eintreffen und die Herrschaft über die Provinz übernehmen. In der Zwischenzeit hatten zweihundert der einflussreichsten New Yorker Geschäftsleute ein Dokument unterzeichnet, in dem sie gelobten, keine aus dem Mutterland importierten Güter mehr zu kaufen, bis diese Frage geklärt sei. Der erste Aufstand in den Kolonien.

»Ach, da haben die Jungens was Feines gemacht, was Feines und Tapferes.« McDougall war als Kind von Schottland in die Kolonien gekommen. Sein Akzent wurde mit jedem Glas Bier stärker. »Ach doch, gut und mutig. Aber es wird nie reichen, um die englischen Teufel von ihrem hohen Ross zu holen. Die Engländer lassen sich durch nichts abschrecken, wenn sie erst mal jemanden unterm Daumen haben.«

Sears war in Connecticut geboren und aufgewachsen und sprach noch immer mit dem flachen Yankee-Akzent, auch wenn er schon seit Jahren in New York lebte und wie ein New Yorker Geld verdiente und ausgab. »Da ist was Wahres dran. Aber sind wir auch wirklich alle bereit, die Folgen zu tragen?«

Alex McDougall sprang auf und hämmerte mit der Faust auf den Tisch. »Aber ja doch, Leute! Aber ja doch!«

Marinus Willet nickte und brummte etwas über die Vorsehung Gottes.

Morgan schwieg. Die anderen schauten zu ihm. »Kapitän Morgan«, sagte Sears leise.

Morgan zögerte noch einen Moment. Dann erhob er sich und schenkte aus dem Bierkrug, der in der Mitte des Tisches stand, alle Gläser voll. »Meine Herren, bitte erheben Sie sich. Ich möchte einen Trinkspruch anbringen.« Die Männer standen auf. Sogar Willet, auch wenn er Morgan nicht anschaute. »Auf uns«, sagte Morgan. »Und auf alle, die sich uns anschließen werden. Auf die Vaterlandsliebe, meine Herren. Auf die Sons of Liberty, die Söhne der Freiheit.«

Reichtum und Krankheit, Liebe und Hass – all das wogte in einer Stadt, in der überall von Krieg geredet wurde, und alle wussten, dass sie die von beiden Seiten begehrte Beute waren.

»Wenn die Englischen die Stadt einnehmen, beherrschen sie nicht nur den besten Hafen an der ganzen Küste.« Der Sprechende fuhr mit dem Finger durch die Bierlache auf dem Tisch in der Pig and Whistle Tavern am Hanover Square. Die Umstehenden beugten sich vor und betrachteten die jeweilige Position der Rebellen und der Truppen Seiner Majestät, die in der Bierlache aufgezeichnet waren. »Sie werden den Korridor vom Hudson zum Lake Champlain schließen und die Hitzköpfe von Neuengland von den übrigen Kolonien abspalten.«

»Hitzköpfe nennen Sie sie? Ich nenn sie Patrioten.«

»Ganz meine Rede.« Der Offizier war gerade zwanzig, die Messingknöpfe auf seiner blau-goldenen Uniform funkelten, so neu waren sie, doch er sprach voll innerer Überzeugung. »Wenn Neuengland den anderen nicht das Rückgrat stärkt, fallen sie um und warten drauf, dass der alte George ihnen den Bauch krault.«

Washington und seine Generale waren der gleichen Ansicht. New York war der Dreh- und Angelpunkt. Der Kontinentalkongress hatte den Befehl erteilt, die Stadt zu halten, und die Rebellen hatten eine Batterie von Kanonen rund um die Insel in Stellung gebracht und sich im Fort Washington verschanzt. Außerdem auf dem Common und auf der anderen Seite des East River auf den Hängen oberhalb der Fährstelle in Brooklyn.

Die amerikanischen Truppen waren in den Landhäusern der vornehmen Familien, der Morris und der Baynards, der Stuyvesants und der De Lanceys, auf Manhattan einquartiert. Und in den Schänken und Tavernen, in den Hütten und Villen wartete die Stadt auf den Krieg.

»Ganz schön warm heute Abend, nicht, Andrew?«

»Sehr warm, Samuel.«

Endlich war die Punsch-Schale bei ihm angekommen. Andrew schenkte sich den Becher voll, warf eine Kupfermünze in die Schüssel mitten auf dem Tisch und schob die Schale nach links weiter.

Sam Devrey zog heftig an seiner Pfeife. Er beugte sich vor und sprach durch eine Rauchwolke, die hier, in der Bolton's Tavern, besonders dicht war, weil sich hier die Mediziner von New York zum Bier trafen, und die weigerten sich, das Fenster zu öffnen, weil die Nachtluft Krankheiten hereinwehte. »Du warst heute nicht bei der Versammlung, Andrew. Du wurdest vermisst.«

»Ach, um welche Versammlung geht's denn, Samuel?«

»Wir haben uns alle zusammengesetzt, um über ein Medizinkorps für Washingtons Armee zu reden. Sechzehn Männer haben sich freiwillig gemeldet. Mindestens ein Dutzend davon sind Chirurgen.«

»Chirurgen werden im Krieg ja wohl auch am meisten gebraucht, oder nicht? Die Musketen leisten selten ganze Arbeit.«

»Genau das meine ich. Dein Geschick mit dem Skalpell wird ja viel gerühmt, Andrew. Hast du nicht die Absicht, General Washington deine Dienste zur Verfügung zu stellen?«

Bevor Andrew antwortete, nahm er einen langen Zug von seinem Punsch. »Ich habe einen Vater, der behindert ist, eine Frau und drei kleine Kinder, Samuel. Wäre ich ein Junggeselle wie du ... Aber ich dachte, wir wären hergekommen, um uns über Medizin zu unterhalten, nicht über Krieg.«

»Dieser Tage hat alles mit Krieg zu tun, vor allem die Medizin.« Devrey hob die Stimme, so dass alle seine Worte hören konnten. »Keiner von uns kann es sich leisten, nicht Partei zu ergreifen. Nicht einmal der viel gerühmte Doktor Turner. Sag uns doch, lieber Anverwandter, stehst du nun auf Seiten der Patrioten oder der Torys?«

Jedes Augenpaar in der Schänke war auf ihn gerichtet. Bolton's unterschied sich in nichts von den anderen Schänken und Tavernen in New York. Voller Hitzköpfe, die von der Unabhängigkeit schwärmten, trotz der Übermacht, der sie sich gegenübersahen. Andrew stellte seinen Becher ab und erhob sich. »Ich stehe auf Seiten der Kranken, die geheilt werden müssen, meine Herren. Wer immer sie sein mögen.«

Er wandte sich ab und ging hinaus. Er wusste, dass sie ihm alle hinterhersahen. Aber vor allem spürte er Sam Devreys Blick, der sich in seinen Rücken bohrte.

*Schätze und Spione, Reichtümer, die zerrannen, wie sie gewonnen wurden, der immer während Kampf gegen Krankheit und Leid. Begleiten Sie die Turners und die Devreys, vereint in ihrer Liebe zur Medizin und ihrem Hass aufeinander, durch die Fortsetzung dieser dramatischen Geschichte. Sie spielt vor dem Hintergrund jener Stadt, die zum Inbegriff der Neuen Welt und zur ersten Hauptstadt der neuen Nation werden sollte – New York.*

# *Anmerkung der Autorin*

Die hier geschilderte geografische Entwicklung von New York City und insbesondere von Manhattan entspricht den historischen Tatsachen – mit einer Ausnahme: Den Hall Place hat es nie gegeben. Ich habe ihn erfunden vor dem Hintergrund all dessen, was über viele kleine Gassen in Nieuw Amsterdam rund um das alte *Stadt Huys* bekannt ist.

Auch hinsichtlich der komplexen politischen und sozialen Geschichte New Yorks habe ich mich um Genauigkeit bemüht. Die grausamsten Szenen sind zugleich auch die realistischsten und wurden in Gänze den Tagebüchern und Briefen von Menschen entnommen, die diese Gräueltaten überlebten. Doch auch hier gibt es eine Ausnahme: Der Erlass, der die Impfung untersagte, wurde in Wirklichkeit erst 1747 von Gouverneur Clinton beschlossen, also zehn Jahre später als im Roman. Allerdings gibt es zahlreiche Hinweise darauf, dass die Einstellung zur Impfung ein Jahrzehnt zuvor nicht anders war; auf jeden Fall wurde bereits eine hitzige Debatte über das Für und Wider dieser Praxis geführt. Der Fortgang der Erzählung bedingte es, dieses Datum vorzuverlegen.

Schließlich und endlich – und was vielleicht am meisten erstaunt: Die Beschreibungen der medizinischen Techniken und Praktiken entsprechen der Wahrheit. Die Menschen der damaligen Zeit nahmen wirklich derartige Operationen ohne Narkose auf sich, ließen diese außergewöhnlichen, langwierigen und qualvollen Eingriffe tatsächlich über sich ergehen. Schließlich ist Hoffnung der Verzweiflung allemal vorzuziehen. Und so viele Umwege die Gedankengänge und die Behandlungsmethoden auch nahmen – nur durch diese Hoffnung auf Heilung konnten wir unser heutiges medizinisches Wissen erwerben. Die Heiler der Vergangenheit bewiesen mit ihrer grenzenlosen Wissbegier und ihrem Drang, den Menschen zu helfen, oft ungewöhnlichen Mut und große Stärke. Von ihnen handelt diese Geschichte.

# *Danksagung*

Ohne die liebevolle Unterstützung meines Mannes wäre dieses Buch nie geschrieben worden. Und ohne die beispielhafte Kompetenz meiner Agenten Henry Morrison und Danny Baror könnten Sie es heute nicht lesen. Mehr noch aber danke ich ihnen beiden für ihre Freundschaft. Diese drei waren die Hauptstützen meiner Arbeit.

Darüber hinaus stehe ich vor allem in der Schuld der Autoren all der zahllosen Bücher, die in den vielen beeindruckenden Bibliotheken der Stadt mit ihren politischen, sozialen und medizinischen Abteilungen archiviert werden. Konkurrenzlos ist in meinen Augen die New York Public Library; von besonderer Bedeutung war für mich das dort untergebrachte Schomburg Center for Research in Black Culture. Ähnliches gilt für die Bibliothek der New York Historical Society sowie die umfassenden Bibliothekseinrichtungen der Schulen und Universitäten von New York. Für einen Autor historischer Romane ist New York, wenn es um New York geht, einfach unschlagbar.

Ungemein erleichtert wurde mir die Recherche durch die grenzenlose Geduld und Hilfsbereitschaft der Archivare und Bibliothekare. In Zusammenhang mit diesem Buch verdienen zwei Namen besonderer Erwähnung: Adrienne

Millon, Archivarin der Ehrman Medical Library am NYU Medical Center, die mir die Aufzeichnungen über das städtische Bellevue Hospital bis zu seinen im Dunkeln liegenden Anfängen in Nieuw Amsterdam zur Verfügung stellte, sowie Caroline Duroselle-Melish, Referenzbibliothekarin bei der Historical Collection an der New York Academy of Medicine. Mit ihren Büchern, deren Seiten so brüchig sind, dass ich beim Lesen kaum Luft zu holen wagte, breitete sie vor mir eine Wunderwelt des 17. und 18. Jahrhunderts aus.

Zahllos sind diejenigen, die mich mit ihrem Wissen und ihrem Rat unterstützten. Mein besonderer Dank gilt Hope Cooke für ihre phänomenalen Kenntnisse der Stadtgeschichte sowie Ted Burrows und Mike Wallace. Deren bemerkenswerte Stadthistorie *Gotham* erschien zu dem Zeitpunkt, als ich mein Buch zur Hälfte geschrieben hatte. Ihre Geschichte wurde zu meinem Leitstern, der mich nie im Stich ließ und mich stets auf Kurs hielt. Beide Autoren ließen sich mit unendlicher Großzügigkeit und Kollegialität darauf ein, immer wieder Ideen und Spekulationen zu diskutieren. Auch Judith Morris De Celis, MD, gebührt mein Dank dafür, dass sie Seetang erwähnte und mich dadurch auf etwas aufmerksam machte, was der Geschichte noch einen völlig anderen Dreh verlieh.

Und wem dankt man für das Internet? Dieses Buch und mein Leben wurden durch die Menschen bereichert, die ich über dieses Medium kennen lernte und auf deren Fachwissen und Informationen ich mit einem Mausklick Zugriff hatte. Insbesondere danke ich hier Lee Salzman, dessen preisgekrönte Geschichten über die Ersten Nationen – darunter auch die ersten Bewohner von Manhattan – mein Denken beeinflussten und den Rahmen meiner Erzählung bilden. Sie sind unter dickshovel.com allgemein zugänglich.

Und zu guter Letzt: Was immer sich – trotz der Bemühungen so vieler Menschen – an Irrtümern in das Buch eingeschlichen haben mag, geht ausschließlich auf mein Konto.